# 欧阳修和他的散文世界

洪本健 著

上海古籍出版社

**图书在版编目(CIP)数据**

欧阳修和他的散文世界 / 洪本健著. —上海:上
海古籍出版社,2017.4(2023.4 重印)
ISBN 978-7-5325-8255-6

Ⅰ.①欧⋯ Ⅱ.①洪⋯ Ⅲ.①欧阳修(1007-1072)
—古典散文—文学研究 Ⅳ.①I207.62

中国版本图书馆 CIP 数据核字(2016)第 242835 号

**欧阳修和他的散文世界**

洪本健 著

上海古籍出版社出版发行

(上海市闵行区号景路 159 弄 1-5 号 A 座 5F 邮政编码 201101)

(1)网址:www.guji.com.cn

(2)E-mail:guji1@guji.com.cn

(3)易文网网址:www.ewen.co

上海新艺印刷有限公司印刷

开本 890×1240 1/32 印张 18.5 插页 5 字数 432,000

2017 年 4 月第 1 版 2023 年 4 月第 2 次印刷

ISBN 978-7-5325-8255-6

I·3110 定价:148.00 元

如有质量问题,请与承印公司联系

# 序

迈向古典文学研究之路，是我的心愿，也是我的幸运。

上个世纪 70 年代末，我国的科学事业在历经十年浩劫遭受重创之后，随着拨乱反正的进展，渐次复苏，迎来了欣欣向荣的春天。老一辈学者焕发精神，重振学术，著书立说，还竭尽心力，培养继承者；年轻的学子们在中断了多年的学业之后，考上研究生，似久旱之逢甘霖，如饥似渴地学习，手握学术的接力棒，在科研的路上迅跑。躬逢其时，我于 1980 年重回母校华东师大中文系，继续深造。回顾我的研究之路，对导师和诸多学界前辈及朋友的感激之情油然而生。

我报考的是叶玉华先生为导师的先秦两汉文学专业。叶老主攻先秦诸子，尤其是管子，深有造诣，在红学等研究上，亦颇有建树。不幸的是，在我和两位同窗获侍门下之时，竟然因车祸辞世，令我们十分痛惜和茫然。系里委托朱碧莲老师代管我们，她给我们以极大的帮助。朱老师是复旦毕业的《楚辞》研究专家，一见面就给我们开出了先秦两汉专业的必读书目，后来不时地询问我们阅读的情况，还请上海师大古文字专家罗君惕先生教我们《说文解字》。我们和罗先生的弟子们,围坐在罗家书房的圆桌旁,边听讲,边做笔记。这门课结束,我写了毕生第一篇学术论文《对几种转注说的质疑》,呈罗先生审阅,他建议我去投稿,后发表在《华东师范大学学报》上。我由衷感激朱老师热情的引导和罗先生亲切的关怀与指导。

本科学习期间,教历代散文选的叶百丰老师给我留下了很深的印象,他个高而瘦弱,待人和蔼可亲,令人肃然起敬。百丰师生于桐城书香门第,与马茂元先生为世交,情谊甚笃。他自幼就喜爱古文,在课堂上口诵解读,如数家珍,《先妣事略》《登泰山记》等名篇,同学们听得聚精会神,如饮醇酎而陶醉。我和两位同窗都希望受教于百丰师,遂登门恳请指导,幸得宽厚谦和的百丰师的接纳,经系里批准,从先秦跳到了唐宋,跟随百丰师学古文。

还在中学时,我对唐宋散文就极有兴趣,《小石潭记》《岳阳楼记》等最喜诵读。家里有民国版的古文选本,内有王安石的《祭欧阳文忠公文》,我尤欣赏“其清音幽韵,凄如飘风急雨之骤至;其雄辞闳辩,快如轻车骏马之奔驰”二句,在写作文时,还加以化用。百丰师要我们确定毕业论文的选题时,两位同窗选了韩愈和王安石,我选了欧阳修。百丰师叫我们重点通读各家的文集和姚鼐的《古文辞类纂》等书,关注众多古文选本中评说唐宋八大家的内容,搜集有关评语,做好卡片资料。百丰师还带我们到四川大学,听成善楷教授讲古文。我在川大图书馆中,看到吴文治先生所著古典文学资料汇编《柳宗元卷》,极为向往,立下了编撰《欧阳修卷》的宏愿。

欧公是大家,著述丰硕,关于他的研究资料,在其身后的历代书籍中比比皆是。欧阳修研究资料的搜集,给我毕业论文的写作和顺利完成以莫大的帮助。留校任教后,我把大量的时间投入到继续搜集资料的工作中去。记得寒假里，我获得热心的校图书馆管理员的许可，在北风凛冽中置身丽娃河畔的书库里，查阅一排排的图书，多有所获；而整个暑假，为了抄录线装书里的资料，我几乎每天早出晚归，骑着自行车，奔波在师大一村与上海图书馆巨鹿路书库之间的路上。朱碧莲老师知道我搜集了较多资料后，热情地向她的朋友、中华书局编审冀勤女士作了推荐，我随即寄去了部分样稿，为中华书局编辑部所接受。我在线装书中查到相关资料后，边抄录边加标点，回家再看时，总觉得有些地方断句有问题，心里没把握。因此，我每隔一段时间，把有疑问的稿子交给百丰师，请他审阅。他总是不辞辛劳，仔细阅读，在稿子上作记号，到再见面时指出问题所在，解决了我不少的疑难，可谓雪中送炭。

我特别幸运的是，遇上了中华书局的刘尚荣先生。他对宋代文献极为熟悉，审稿极其认真细致，在我近百万字的书稿上，于存疑处贴了许多小标签，请我思考并改正，还帮我补充了若干极有价值的资料，默默无闻地付出了多少辛劳。尚荣先生毕业自北大，不仅作为责编推出了许多高质量的古籍整理成果，自己也有许多高水平的著述出版。记得我到北京看《欧阳修研究资料》清样那天，正是中秋佳节，到中华书局时编辑们早已下班了，只有尚荣先生一个人在办公室等我。他为我准备了月饼和水果，送我到书局附近的招待所住宿，在那里我完成了校阅清样的任务，心里充满了温暖。我视百丰师和尚荣先生为引领自己走上学术研究道路而感激不尽的恩人。

为我主持硕士学位论文答辩的马茂元先生，令我十分难忘。马老是著名的研究《楚辞》和唐诗的专家，百丰师对他的学问赞不绝口，嘱我多向他请教。我把毕业论文打印稿送到他在上海师大的寓所，他审阅得相当细致。在后来答辩时，他肯定富于情感性确是欧公散文最重要的特点,认为抓住这一点深入分析是可取的,同时指出文中关于欧文情感性对后世的影响,说得较为简略,宜加充实。百丰师和马老因同患肺气肿,后来都住进上海第二肺结核医院,病床紧挨着。我因常去医院探望,得以聆听二老聊天,他们从古文到家事无话不谈,亲密无间。时百丰师仍在编著《韩昌黎文汇评》,在床上铺开许多卡片,取精汰粗,选用之时,再三斟酌,马老对此很是赞许。百丰师请马老在书成之日赐序,马老欣然允诺。孰料就在此次住院四个月时,百丰师病情恶化,呼吸困难,病危之际在纸条上书"痛不欲生"四字示我,不久即辞世。《韩昌黎文汇评》文稿遂由我收尾,仍由华东师大图书馆沈达伟女士誊写,经夏漪师母辛劳辗转交台湾正中书局出版。马老为此书作序时,正饱受肺气肿的折磨,三年后亦不幸病故。当我看到他坐在小板凳上伏身修改此序时,正不停地咳嗽,他深情地对我说:"我不能保证文章写得很好,但我能保证对你老师的感情完全是真诚的。"序文七易其稿而成,情辞并美,动人心弦,马老回忆住院时的情景,以"联床风雨,乙夜论心,相知愈深,情好弥笃"描述两人的深厚友情和对老友的无限怀念,感人至深。

　　我还忘不了中州古籍出版社年轻的编辑范炯先生,我们是在1985年出席首届桐城派学术讨论会时在桐城相识的。百丰师收到会议的邀请,但因多病体虚,虽极思返乡与会,但无法成行,叫我代表他出席盛会,顺便去叶家老宅拍个照片,给他看看,一解思乡之渴。这是我留校后首次参加大型国际学术研讨会,莅会的有钱仲联、吴孟复、周本淳等教授和好几位外国学者,上海去的年轻人还有复旦大学的王镇远先生。此会让我大开眼界,听了国内外著名学者的学术报告。会后,我和范炯等朋友一起宿营山林中,穿越神秘洞,攀登天柱山,一路上聊得非常投机。他知道我正在研究欧阳修，即邀我写欧公评传，从商议大纲到审阅书稿，直至书名"欧阳修评传"前加上"醉翁的世界"五字，他不知操了多少心，以致我们通信达数十封之多。在范炯热诚的帮助下，《评传》终于很不容易地出版了。范炯曾策划并出版过《历史的顿挫》事变卷和人物卷，深受广大读者的欢迎。我遵其嘱咐，请我校文史哲兼通的苏渊雷教授为此书作序。挚友范炯后来病发猝然，英年早逝，此为河南出版界的一大损失，也使包括我在内的许多亲密朋友非常痛心，我们都深深地怀念他。

　　《醉翁的世界：欧阳修评传》尚属稚嫩之作，但毕竟是我学术研究上迈出的重要一步。此后，中华书局出版了《欧阳修资料汇编》，华东师大出版社出版了《宋文六大家活动编年》，受到读者的欢迎，也为我自己的专业探索打下了较为坚实的基础。在古代散文的教学与研究中，我深感百丰师对古文评说的深切关注十分正确。古人对诸多名篇所作的批语，在眉评、旁评、双行夹评外，还有题下评与尾评（此二评或称总评），虽仅只言片语，却能切中肯綮，阐发精义，彰显艺术特色，让后人受用无穷。马老在《韩昌黎文汇评序》中以"君（指百丰师）之言曰"引出的议论发人深思："评点之学，乃吾国文学理论批评之特有形式，由来尚矣。片言居要，一羽破的。其精深透辟，启发人意之处，往往有逾于解说者。"这其实是马老与百丰师两位精通古文之前辈的共同见解，值得珍惜。我效法百丰师，指导研究生钻研《古文观止》，分工收集有关资料。《观止》里的每篇文章，其写作背景均取自史书或其他古文献的原文，评语则取自数十本古文评专书。《解题汇评〈古文观止〉》编成后，由华东师大出版社出版，朋友们反映此书对古文教学与研究颇有用处。五南图书公司将其改名为《深入阅读〈古文观止〉》，在台湾地区出了繁体字版,亦颇受欢迎。

本世纪初,我已逾天命之年,终于卸下了近二十年行政管理与教学科研"双肩挑"的重担,把全副精力投入古典文学的教学和科研之中。全国高等院校古籍整理研究工作委员会批准了我"欧阳修诗文集校笺"课题的立项,现任上海古籍出版社社长、时任上海古籍出版社副总编的高克勤先生向我约稿,并将《四部丛刊》本《欧阳文忠公文集》中《居士集》与《居士外集》一厚叠影印件交给我。上海古籍出版社的信任给我莫大的激励,此后在华东师大、韩国启明大学和延聘至上海商学院执教的数年里,我集中全力为欧公的诗文作校笺。我从日本早稻田大学的内山精也先生处,得知当时在鹿儿岛大学、后调至九州大学任教的东英寿先生有天理图书馆号称日本"国宝"的我国南宋版《欧阳文忠公文集》的影印本,就请内山先生转告东英寿先生我欲一睹"国宝"的愿望,不久,我就收到了一箱寄自东瀛的《居士集》与《居士外集》共75卷完整的影印件,对东英寿先生无私的大力支持,我心中无限感激,打电话向克勤先生报告这一喜讯,克勤先生说:"学术乃天下之公器。"一句话蕴含着对东英寿先生毫无保留地提供"国宝"级文献资料的由衷赞美之情。在多年的笔耕之后,《欧阳修诗文集校笺》于2009年作为《中国古典文学丛书》之一种,由上海古籍出版社出版,翌年,获得中国古籍整理优秀图书一等奖的荣誉。东英寿先生是海外研究欧阳修用力极多、成就极大的学者,关于欧阳修的研究成果极为丰硕。他将天理本与其他版本的欧阳修书简加以比对,发现天理本有九十六篇之多未为常用的通行本所收,遂悉心整理出《新见九十六篇欧阳修散佚书简辑存稿》,在《中华文史论丛》2012年第一期刊出。我对新见九十六篇书简作了初步解读之后,著文在《武汉大学学报》发表。东英寿先生得知后,希望我能为新见书简作笺注，并约我一起到上海古籍出版社商量出版事宜。奚彤云副总编等热情接待了我们，讨论了编书的若干细节，很快地，《新见欧阳修九十六篇书简笺注》在2014年6月出版。由此，我深切地感受到东英寿先生对欧阳修学术研究锲而不舍的专注和上海古籍出版社对弘扬我国传统文化的高度热情。

我也由衷地感激上海商学院的领导，他们将我商调到该院后，原定我到图书馆任职，但我执意到基础学院从事教学工作，得到了他们的理解和支持。近五年的岁月里，我与同事们切磋教学的心得，特别是交流古文教学和研究的体会，而且在学院领导的大力支持下，共同筹办了盛大的欧阳修国际学术研讨会。除了国内著名的专家出席外，还来了好多位日韩学者，会议开得热烈而成功。

在考研之后的三十多年时间里，怀着对我国古典文学尤其是古代散文的挚爱，在出版欧阳修的资料、评传、编年、笺注及其他著作外，我还撰写了数十篇论文和百馀篇文章。我的论文多涉及唐宋八大家，而以欧阳修为研究重点，故内容较为集中，且互为关联。将相关的论文加以梳理编排，结集出版，是我的心愿。上海古籍出版社副总编奚彤云和一编室副主任杜东嫣女士得知我撰有《欧阳修和他的散文世界》书稿时，又一次给予大力的支持，由出版社把拙稿推荐到上海文化基金会属下的出版基金管理部门，经评审获得通过。我从报纸上看到公布的评审结果，心中十分感激。常德荣先生在复旦大学做博士后研究，得到宋代文学学会前会长、著名学者王水照教授的指导。在他作为《新见欧阳修九十六篇书简笺注》责编时，我就为他专业知识之丰富和高度敬业的精神所感动。担任本书责编后，他依然极其认真细致地审读，和我交换看法，多所质疑，意见十分中肯。谨此向上海古籍出版社和奚彤云、杜东嫣、常德荣三位致以衷心的谢意。

任教中国传媒大学的王永副教授,为人谦虚敦厚,笃学深思,勤勉有加。他是吉林人,颇钟情于故乡的历史与文化。在华东师大跟我读博期间,由唐宋散文而延展至金代散文,看了不少书,也请教了国内著名的专家,做成了《金代散文研究》的博士论文。本书末章第二节"金元对欧文成就的传承和延展性的评说"是应我的要求而写的,他对那个时代及其文学用功比我深,了解比我透。我感谢他尽力于我所求之事,为末章增添了亮丽的光彩。

我虽尽力于欧公的研究,期盼有所创新,给学术的发展增添一点助力,但学养有限,功力欠深,疏误之处,当所难免,尚祈专家和广大读者给予指正。

是为序。

洪本健 2016 年 9 月 25 日
于上海浦东康桥半岛

# 目　录

# 第一章

# 欧阳修的人生

## 第一节　欧阳修等士人的
## 谪宦迁徙与散文创作

　　贬谪之于士大夫往往是不可缺少的人生经历,尤其是对那些胸有抱负、刚直不阿、勇于担当、敢作敢为的士大夫而言。北宋最为脍炙人口的散文名篇,如王禹偁的《黄州新建小竹楼记》、范仲淹的《岳阳楼记》、苏舜钦的《沧浪亭记》、苏轼的前后《赤壁赋》等,均出自谪宦迁徙的士大夫之手。欧阳修亦是如此,而且两次贬谪跟他追随范仲淹,投身革新活动,都有密切的关系。

　　景祐三年(1036)正是欧阳修的而立之年,天章阁待制、权知开封府范仲淹,因言宰相吕夷简专权,落职,贬知饶州。欧阳修贻书斥责司谏高若讷非但不能辩范仲淹之无辜,反而诋诮之。若讷以书缴进朝中,致欧阳修贬官夷陵。庆历五年

（1045），范仲淹领导、欧阳修大力支持的新政夭折。欧阳修上
《论杜衍范仲淹等罢政事状》鸣不平，反对派视之为眼中钉，必
欲除之而后快。欧被诬以与甥女张氏有私且欺其财，虽查明为诬
枉，犹落龙图阁直学士，罢都转运按察使，降知滁州。在两度贬
谪的生涯里，欧阳修创作了《读李翱文》《丰乐亭记》与《醉翁
亭记》等传世佳作。不难发现，谪宦迁徙难以忘怀的经历，给欧
阳修带来了思想的磨砺、人格的升华和创作的丰收。杰出士大
夫的贬谪催生出优秀的作品，尤其是值得探讨的一种文化
现象。

一

遭贬谪的士大夫，无不充满不可遏止的创作欲望。他们在
朝中任职的时候，直言极谏，献可替否，活跃异常，一旦被贬，离
开国家政治权力中枢，失落之感油然而生，但以天下为己任的
事业心和舍我其谁的责任感，并未泯灭。于是，在仕宦失意之
时，在远离国家政治中心的贬居之地，凭借士大夫著书作文的专
长，继续追求心中的理想，履行自己惩恶扬善的崇高职责。王禹
偁在《答张扶书》中自述"四年之中，再为谪吏，顿挫摧辱，殆无
生意"，但仍然以"传道而明心"为使命，"及其无位也，惧乎心之
所有不得明乎外，道之所畜不得传乎后，于是乎有言焉；又惧乎
言之易泯也，于是乎有文焉"。

欧阳修贬官夷陵时，与同遭贬谪的好友尹洙商量撰修《五
代史》之事，《与尹师鲁第二书》云："吾等弃于时，聊欲因此粗
伸其心，少希后世之名。"他的修史表明了不甘被摒弃于现实政
治生活之外的心态，写的是史事，却每每针对现实而发。皇祐间
成书的《新五代史》，在《唐六臣传论》中，有"欲空人之国而去

其君子者，必进朋党之说"的大段感慨，实际上就是针对守旧派的卑劣行径而发的，正是他们，以攻击朋党为名搞垮范仲淹所主持的庆历新政。

遭贬辱时，为排解满腔抑郁，宣泄内心苦闷，抒发不平的文字，往往奋然涌出。明道二年（1033），范仲淹因谏郭皇后不当废，忤仁宗，贬知睦州，有《睦州谢上表》云："臣非不知逆龙鳞者，掇齑粉之患；忤天威者，负雷霆之诛。理或当言，死无所避。"他坚持不向错误屈服，此后不久作《严先生祠堂记》，借赞美严子陵清高不俗、耿介超拔的风范和光武帝谦恭大度、尊重故人的行为，袒露了自己坚持真理、不屈权势的心迹。显然，谪宦迁徙不但没有减弱士大夫的创作激情，反而使他们的创作欲望更趋强烈。

苏舜钦因进奏院祀神无端获罪后，抑制不住万分悲愤，作《与欧阳公书》，谓"遭此构陷，累及他人，故愤懑之气不能自平，时复嵘岉于胸中，一夕三起，茫然天地间无所赴诉"，于是发为《答韩持国书》《答范资政书》《沧浪亭记》等抑郁不平、感慨万端的佳作。

崇宁间，立元祐党人碑，毁三苏、黄庭坚、秦观等人文集，但这并不能使遭迫害的士大夫屈服。黄庭坚有《题自书卷后》这样耐人寻味的短文：

> 崇宁三年十一月，余谪处宜州半岁矣。官司谓余不当居关城中，乃以是月甲戌，抱被入宿子城南予所僦舍喧寂斋。虽上雨傍风，无有盖障，市声喧愦，人以为不堪其忧，余以为家本农耕，使不从进士，则田中庐舍如是，又可不堪其忧邪？既设卧榻，焚香而坐，与西邻屠牛之机相直。为资深书此卷，实用三钱买鸡毛笔书。

流离失所的困窘惆怅,"家本农耕"的勉为宽解,"与西邻屠牛之机相直"的自我调侃和"三钱买鸡毛笔"的一点幽默,无不尽情泄发了对政治迫害的不满,体现出身处逆境而坚忍不拔的精神。

欧阳修写于贬官夷陵途中的《读李翱文》,也压抑不住满腔的郁愤,借李翱之"无怪神尧以一旅取天下,后世子孙不能以天下取河北以为忧",无比愤激地写道:

> 呜呼! 使当时君子皆易其叹老嗟卑之心,为翱所忧之心,则唐之天下岂有乱与亡哉! 然翱幸不生今时,见今之事,则其忧又甚矣。奈何今之人不忧也? 余行天下,见人多矣,脱有一人能如翱忧者,又皆贱远,与翱无异。其余光荣而饱者,一闻忧世之言,不以为狂人,则以为病痴子,不怒则笑之矣。呜呼! 在位而不肯自忧,又禁他人使皆不得忧,可叹也夫!

愤慨无比的语句中迸发出忧国忧民的强烈情感。

贬官赴州县,深入社会下层,体察百姓疾苦,更增添了以天下为己任的士大夫的忧患意识。《容斋随笔》卷四"张浮休书"引欧阳修的话说:"吾昔贬官夷陵,方壮年,未厌学,欲求《史》、《汉》一观,公私无有也。无以遣日,因取架阁陈年公案,反复观之,见其枉直乖错不可胜数,以无为有,以枉为直,违法徇情,灭亲害义,无所不有。且夷陵荒远褊小尚如此,天下固可知也。当时仰天誓心曰:自尔遇事不敢忽也。"在强烈的使命感和责任心的驱使下,欧阳修以戴罪之身,处贬谪之地,仍念念不忘天下大事,念念不忘为民兴利除弊,展现出一个正直无私的士大夫的崇高人格。

必须指出的是,晚唐五代以来,道德沦丧,士风不振,寡廉鲜耻者,不乏其人。王禹偁、范仲淹、欧阳修等,狠批陋习,高扬正气,率先垂范,大振士风,使政坛风习为之一变。苏轼在《六一居士集叙》中说:"自欧阳子出,天下争自濯磨,以通经学古为高,以救时行道为贤,以犯颜纳谏为忠。"因替《居士集》作序,文中只提及欧阳修,其实赞美了欧所代表的杰出人物。应该说,在王、范、欧等人的倡导下,正道直行,以身许国,逐渐成为士大夫的立身准则,遇事敢言、言无不尽更形成一时的风气,即使是遭贬谪的士人,仍不改秉笔直书、畅所欲言之习,从而给后世留下了大量身处逆境,依然忧国忧民的杰作。

## 二

北宋统治者注重文治,优礼文士,为士大夫创造了较为宽松的政治环境,这是士大夫敢于放胆直言、秉笔直书的一个重要原因。宋代开国以后立下不诛大臣言官的"祖宗家法",以致如王夫之在《宋论》卷一《太祖四》中所说的"终宋之世,文臣无欧刀之辟"。朝臣们对敏感的政治问题,乃至帝王沉湎女色之事,都敢上书,毫无保留地直陈己见。遭贬的士大夫依然该说就说,该写就写,没有很多顾忌,而始终保持旺盛的创作热情。

政治环境的宽松,可以从朝官遭贬后并不冷落孤单,在京都与各地依然受到尊重和礼遇上看出。欧阳修谪宦夷陵,一路记日记,为我们留下了考察这一现象的难得的资料。《于役志》从景祐三年五月九日范仲淹出知饶州写起,记"饮于祥源之东园",为范送行。接着写余靖被贬,追送之而不及;尹洙被贬,与朋友为之送行。而后记自己遭贬,与友人会饮话别,或烹茶,或鼓琴,或弈棋,或作诗,十几位友人相送,热闹了几天。沿水路到了南京(今河南商丘),留守推官石介等数人来迎接,"饮于河亭"。过宿州、泗州、洪泽、楚州、高邮,迎送不绝,饮酒不断。抵扬州,上岸游佛寺;还,小饮并留宿于友人家。至真州,听处士弹琴;歇江宁,又与友人小饮。过江州,拟与朋友游庐山,因病不果往。到蕲阳、黄州,知县、知州等都出面接待。船至岳州,已有夷陵县吏来接。这分明是朝官的出巡,看不见一点贬谪的凄凉。抵达夷陵之后,欧阳修又得到峡州知州朱正基的热情照顾。《与尹师鲁第二书》云:"朱公以故人日相劳慰,时时颇有宴集。"欧阳修因仗义执言被贬,声望不但未减,反而更高。迁徙途中及抵夷陵以后,见闻甚丰,感触良多,《读李翱文》就是写于抵夷陵前的佳作。

　　到了熙宁变法的时候,统治集团内部的斗争趋于激烈,对立的一方欲置人于死地,但未能得逞。苏轼因乌台诗案贬为黄州团练副使,属于监管对象,虽自称"多难,畏事",作《前赤壁赋》后,"未尝轻出以示人",但仍压抑不住创作佳篇的兴奋,将此赋抄寄友人[①]。与此前历代士大夫因笔墨得祸及明清大兴文字狱相比,应该说,宋代的文人还是相当幸运的。司马迁外孙杨恽颇有才干,遭贬后甚有怨言,在《报孙会宗书》中一吐为快,惹得汉宣帝大怒,视为大逆不道,腰斩于市。而北宋犯龙颜、婴逆鳞的文章甚多,却从未有遭杀身之祸的。朝臣获罪,多从中央贬往地方任职了事,而过不多久,又每每得到提升。黜陟交替,枯而复荣,并非一贬不复,置于死地,这也造成了士人较为宽松的心态,因此在创作上没有过多的顾忌和束缚,这为畅抒胸臆的佳作的产生创造了有利的条件。

　　谈到北宋人才与文章的兴盛,人们很自然就想起苏轼

---

① 《苏轼文集·苏轼佚文汇编》卷二《与钦之》,中华书局,1986 年,第 2455 页。

《六一居士集叙》中"嘉祐末号称多士"之说。主持嘉祐贡举的古文运动领袖、爱才荐才的欧阳修当然居功至伟,而彼时的君王宋仁宗也值得一提。在北宋九朝中,仁宗一朝舆论环境颇为宽松,士大夫言行较为自由,这与仁宗的为人行事有很大关系。魏泰写道:"仁宗圣性仁恕,尤恶深文,狱官有失入人罪者,终身不复进用。至于仁民爱物,孜孜惟恐不及。一日晨兴,语近臣曰:'昨日因不寐而甚饥,思食烧羊。'侍臣曰:'何不降旨取索?'仁宗曰:'比闻禁中每有取索,外面遂以为例,诚恐自此逐夜宰杀,以备非时供应,则岁月之久,害物多矣。岂可不忍一夕之馁,而启无穷之杀也?'时左右皆呼万岁,至有感泣者。"①这与那些嗜杀成性的残暴帝王相比,真有天壤之别。仁宗别无玩好,惟亲翰墨,尤善飞白体,常赐予大臣。他愿意听取臣下意见,反对堵塞言路。据李焘《续资治通鉴长编》②(以下称《长编》)卷一九四载,嘉祐六年,苏辙举贤良对策,极言阙失,曰"自西方解兵,陛下弃置忧惧小心二十年矣","陛下无谓好色于内不害外事也","宫中赐予无艺,所欲则给,大臣不敢谏,司会不敢争"云云。考官以辙妄言,欲黜之。仁宗不许,曰:"求直言而以直弃之,天下其谓我何?"特与科名,仍令史官编录。可见仁宗对文士的态度还是相当宽厚、宽容的。因此,仁宗朝虽有激烈的党争,进奏院祀神冤案使庆历革新派人士受到沉重的打击,但总体上说,言禁较少,士大夫或进或退,处境或顺或逆,始终敢于进言,敢于为文,出现了以欧、苏、王、曾为代表的一批杰出作家和他们的不朽作品。

---

① 《东轩笔录》卷三,中华书局,1983 年,第 31 页。
② 清光绪七年浙江书局刊本。

# 三

与在朝为官时忙于政务相比,贬官后的士大夫有较多的闲暇投入创作之中,散文的数量陡然增多。以欧阳修文学色彩较浓的记体文创作为例作一分析:欧贬夷陵前,在京为馆阁校勘,由景祐元年正月至三年四月,共28个月,他只写有《明因大师塔记》和《洛阳牡丹记》2篇;景祐三年五月遭贬,赴夷陵,至宝元元年八月在光化军乾德县令任上,也是28个月,他写了《泗州先春亭记》《湘潭县修药师院佛殿记》《夷陵县至喜堂记》《峡州至喜亭记》《游儵亭记》,共5篇。再看贬谪滁州前后的作品:庆历四年有《吉州学记》。五年八月贬滁,十月到任,是年无记体文。六年作《醉翁亭记》《丰乐亭记》《偃虹堤记》《菱溪石记》。两次贬官前后合计,所作记体文,贬官前3篇,贬官后9篇,是前面的3倍。至于苏轼,王水照先生在《苏轼选集·前言》中已有分析。他指出:"两次在朝任职时期是苏轼创作的歉收期",而"元丰黄州和绍圣、元符岭海的两次长达十多年的谪居时期,是苏轼创作的变化期、丰收期"。

贬谪期间的作品,不仅数量多,而且质量高,或者说,具有较强的思想性和艺术性。韩愈在《柳子厚墓志铭》中意味深长地写道:"(子厚)斥时,有人力能举之,且必复用不穷。然子厚斥不久,穷不极,虽有出于人,其文学辞章,必不能自力以致必传于后如今,无疑也。"仕途上的不幸,居然造成文学上的大幸,贬谪居然带来创作的丰收。事实表明,柳宗元如此,欧阳修、苏轼也是如此。

欧阳修在《梅圣俞诗集序》里写道:

予闻世谓诗人少达而多穷，夫岂然哉！盖世所传诗者，多出于古穷人之辞也。凡士之蕴其所有而不得施于世者，多喜自放于山颠水涯，外见虫鱼草木风云鸟兽之状类，往往探其奇怪；内有忧思感愤之郁积，其兴于怨刺，以道羁臣寡妇之所叹，而写人情之难言，盖愈穷则愈工。然则非诗之能穷人，殆穷者而后工也。

"穷而后工"之说，令人信服地阐明了遭贬谪的士大夫在文学创作上获得卓越成就的原因："士之蕴其所有而不得施于世"，是说政治上失意，徒有抱负而才华被压抑；"自放于山颠水涯"云云，见受挫后走向广阔的天地，接触下层的一切，深入探究，多有所得；"内有忧思感愤之郁积"，言激愤之情难以抑制，胸有郁结理当发泄；"兴于怨刺"云云，谓全身心专注于创作，以精益求精的文学作品，反映所见所闻所感，批判现实，抨击黑暗，道出不平的心声。

综览北宋散文名作，许多都写于贬谪期间，无不是"穷而后工"的产物，给读者留下了不可磨灭的印象。王禹偁在"八年三黜"之后写下《三黜赋》，声称"屈于身兮不屈其道，任百谪而何亏？吾当守正直兮佩仁义，期终身以行之"，是何等的铿锵有力，意气轩昂，动人心魄，令人肃然起敬！范仲淹在庆历新政失败后，为也是遭贬的友人滕宗谅作《岳阳楼记》，倡导"先天下之忧而忧，后天下之乐而乐"，又是何等的慷慨激越，磊落坦荡，激励人心，催人奋发向上！遭贬的士大夫素有操守，虽遭到沉重的打击，但"穷且益坚，不坠青云之志"，保持着崇高的人格。这是有着可贵的精神支柱的创作主体，他们失去了原先的政治权力，无法过问自己关心的国家大事，甚至成为被监管对象，但却赢得了打磨精品的宝贵的创作时间；他们被剥夺了显赫的官位，排挤出森严的朝堂,但却深入民间,接近大众,汲取了丰富的创作营养;他们历经坎坷,抱才受屈,身处逆境,但却有着亟待迸发的创作激情。如此,则精彩的文墨在他们的笔下流淌,传世的精品在他们的手中诞生,自是顺理成章不足为奇的了。

# 四

创作源于生活,贬谪期间的生活特点决定了创作的内容。欧阳修等遭贬士大夫的创作中,多见如下的题材:

(一)描绘自然风光,寄托人生情怀。

贬离京都,抵达贬所,各地水光山色无限,风物民情不一,历史遗迹甚多,游览之余,被贬者每每触感兴怀。王禹偁的《新建黄州小竹楼记》,范仲淹的《桐庐郡严先生祠堂记》,欧阳修的《黄杨树子赋》《夷陵县至喜堂记》《峡州至喜亭记》《丰乐亭记》《醉翁亭记》《菱溪石记》,苏舜钦的《沧浪亭记》《浩然堂记》《苏州洞庭山水月禅院记》,苏轼的前后《赤壁赋》《游沙湖》《记承天寺夜游》《记游松风亭》《游白水书付过》,苏辙的《武昌九曲亭记》《黄州快哉亭记》,黄庭坚的《书幽芳亭》等,皆属此类。《黄杨树子赋》写于欧贬官抵夷陵时舟中所见景色:

> 岂知绿藓青苔,苍崖翠壁,枝翁郁以含雾,根屈盘而带石。落落非松,亭亭似柏,上临千仞之盘薄,下有惊湍之溃激。涧断无路,林高暝色,偏依最险之处,独立无人之迹。江已转而犹见,峰渐回而稍隔。嗟乎! 日薄云昏,烟霏露滴,负劲节以谁赏,抱孤心而谁识?

这分明是借景言情,抒发自己处险不惊的勇气和坚贞不移的气节。

（二）叙写贬所生活，敞露谪居心态。

面对谪居生活，士大夫们抒写逆境中的种种感受：或袒露悲愤的情怀，或显现不屈的意志，或展示旷达的胸襟。王禹偁《三黜赋》云："一生几日，八年三黜。始贬商於，亲老且疾。儿未免乳，呱呱拥树。六百里之穷山，唯毒蛇与赞虎。"在叙过"再谪滁上"与又贬黄州后，他以"屈于身兮不屈其道，任百谪而何亏"表达自己坚守正直、决不屈服、顽强斗争的意志。欧阳修的《与尹师鲁书》有"路中来，颇有人以罪出不测见吊者，此皆不知修心也。师鲁又云非忘亲，此又非也。得罪虽死，不为忘亲，此事须相见，可尽其说也"云云，将自己的满腹心事滔滔不绝地向挚友倾诉，见投身正义的事业，不知畏惧，一往无前的精神。苏舜钦的《答韩持国书》《答范资政书》，苏轼写于黄州的《答秦太虚书》《答李端叔书》《上文潞公书》《书孟东野诗》，写于惠州的《书渊明东方有一士诗后》《书东皋子传后》《跋所赠昙秀书》《跋山谷草书》，写于海南的《与侄孙元老》《书上元夜游》《桄榔庵铭》，黄庭坚的《题自书卷后》，张耒的《问双棠赋》等，均为这一类的佳作。

（三）记述友朋交往，充满真情挚意。

遭贬的士大夫在令人窘困的时刻，在冷漠的氛围中，最需要的是心灵的慰藉，是向可以交心的友人诉说委屈，一吐胸中之不平。那些抒写友朋交往的文章，往往充满浓浓的情意，令作者自身感到无限的温暖。那些为已故或健在的友朋所作的诗文集序，每每写得回肠荡气，感人至深。为新朋老友所作的赠序与随笔，也饱含着无尽的情思。范仲淹的《尹师鲁河南集序》，欧阳修的《与尹师鲁第一书》《与尹师鲁第二书》《送田画秀才宁亲万州序》《梅圣俞诗集序》《送杨寘序》，苏轼的《方山子传》、

《王定国诗集叙》,苏辙的《吴氏浩然堂记》,张耒的《冰玉堂记》、《潘大临文集序》等,就是这样的作品。

(四)反映治学经历,不忘学术追求。

对学术与艺术孜孜不倦的追求,是欧阳修等士大夫在贬谪中所念念不忘的。赴夷陵后,欧阳修研《易》、论《书》《春秋》、修《五代史》。景祐四年,作《易或问》三首、《明用》、《春秋论》三首、《春秋或问》二首、《泰誓论》,又作《与尹师鲁第二书》云:"开正以来,始似无事,治旧史。前岁所作《十国志》,盖是进本,务要卷多。今若便为正史,尽宜删削,存其大要,至如细小之事,虽有可纪,非干大体,自可存之小说,不足以累正史。数日检旧本,因尽删去矣,十亦去其三四。"元丰三年(1080),苏轼至贬所,有《黄州上文潞公书》云:"到黄州,无所用心,辄复覃思于《易》《论语》,端居深念,若有所得。遂因先子之学,作《易传》九卷。又自以意作《论语说》五卷。"

(五)漫谈创作体会,开导问学诸人。

在谪居的日子里,士大夫利用难得的空闲,勤于著述,还热心地向问学求教者,特别是众多的晚辈,毫无保留地介绍自己治学为文的经验体会。这样的文章不少,如王禹偁的《答张扶书》、《再答张扶书》,欧阳修的《与荆南乐秀才书》、《答祖择之书》、《与曾巩论氏族书》,苏轼的《与王庠书》、《答刘沔都曹书》、《答谢民师书》,黄庭坚的《与王观复书》、《与洪甥驹父书》等皆是。

贬谪时期的创作,就体裁而言,与在朝时有很大的不同:居庙堂之上,多参政议政之作,如诏诰、奏疏、策议、政论等;而处江湖之远,多杂记、书信、序跋、随笔等,由以上举例中可见,因为那是最适于反映谪居生活,抒写迁客心绪的文体。

北宋重文,文士众多,云蒸霞蔚的文章创造了一代文学的辉煌,而欧阳修等士大夫贬谪期间的作品,以其深邃丰富的思想内容和经久不衰的艺术魅力,为这一辉煌增添了灿烂夺目的光彩。

# 第二节　识才爱才荐才
## ——以欧阳修出使河东为例

欧阳修出使河东,奏请陟黜当地文武官员。除擢拔布衣刘羲叟外,尤着意举荐了一批文武才俊,这些人物后来的表现,凸显了欧的伯乐眼光。《河东奉使奏草》体现了欧识才爱才、乐于荐才的美德;体现了欧为守边御敌考虑,对将才选拔的高度重视;体现了欧敢于承担政治责任,保荐人物,全然出以公心与爱国;在"朋党"舆论甚嚣尘上、政治形势极为不利的情况下,欧依然积极地奏请陟黜人物,体现了难能可贵的政治品格。

## 一

庆历四年(1044)四月,欧阳修奉命出使河东,七月返回汴京。在前后四个月的时间里,"地分阔远,山川险绝"[①]的河东路,留下了他考察边防、财经等事务辛劳奔波的足迹。《河东奉使奏草》上下两卷收入了他奏报朝廷的状牒札子,凡38篇。其中《乞减配卖银五万两状》、《论矾务利害状》、《免晋绛等州人户远请蚕盐牒》、《相度并县牒》、《论西北事宜札子》、《论麟州事宜札子》、《乞罢铁钱札子》、《请耕禁地札子》等,分别论及关系国

---

① 《欧阳文忠公集·河东奉使奏草》卷上《画一起请札子》,《四部丛刊》本。(《欧阳公文集》以下简称《欧集》,《欧集》均用《四部丛刊》本,故以下略去。)

计民生的诸多具体事务,但更为集中的议题是人才,表现了欧阳修对这一问题强烈的关注和加以解决的迫切愿望。他接连写了《举米光濬状》、《再举米光濬状》、《举孙直方奏状》、《条列文武官材能札子》、《举刘羲叟札子》、《缴进刘羲叟春秋灾异奏状》、《举张旨代王凯札子》、《论不才官吏状》、《举陆询武札子》和《论举官未行札子》,奏请朝廷重视选贤任能,提拔重用文武才俊,弃用昏昧无能之辈。有些人物,由于官位不显等原因,生平资料已无从查考,如米光濬、孙直方、陆询武等,但还是有不少人物在史书、方志、别集上留下了他们的身影,足以证明欧阳修奏请陟黜得当。特别是欧热情举荐的人物,多身手不凡,贡献突出,显见欧实有伯乐的眼光。

欧阳修着力推荐的一个人物是刘羲叟。王称《东都事略》卷六五云:"刘羲叟字仲更,泽州晋城人也。欧阳修使河东,荐其学术该博,擢试大理评事、赵州推官,留修《唐书》。羲叟强记,于经史百家无不通晓。至于国朝典故、财赋刑名、兵械钟律,皆知其要。其乐事、星历、数术,尤过人。"这是一位知识广博、有深厚的学术素养、对修史极有贡献的学者,欧阳修拔诸草莱间,谓其"博涉经史,明于治乱"[1],"论议有出于古人,文字可行于当世"[2],可与汉之刘歆、刘向、张衡等相比,确是慧眼识英才。《宋史·李之才传》云:"世称羲叟历法远出古今,上有扬雄、张衡所未喻者。"据《长编》卷一五六载,由欧阳修推荐,刘羲叟于庆历五年六月为大理评事,后为《唐书》编修官,嘉祐五年以修成《唐书》擢崇文院检讨,但不久因疽发背而去世。

---

[1] 《欧集·河东奉使奏草》卷下《举刘羲叟札子》。
[2] 《欧集·河东奉使奏草》卷下《缴进刘羲叟春秋灾异奏状》。

在《条列文武官材能札子》中，欧阳修首先推举了"战将八人，缓急可以使唤"，这八人是如京使孟元、内殿承制郝质、北作坊使田朏、崇仪副使王吉、礼宾副使张岊、百胜寨主折继长、权镇川堡陈怀顺、麟州兵马都监田屿。孟元以下五人后皆立有战功，事迹载诸史册。折继长等三人，《山西通志》引用了欧在此札子中"有勇好战"等评介。孟元等人后来的表现，充分证明了欧阳修的推荐是完全正确的，他们没有愧对欧的荐举，在治军、戍边、理政、维安方面都竭尽全力，有突出的表现。

孟元，字善长，洺州人。《宋史》本传载："王则据贝州反，元赴城下攻战，被数十创，又中机石，坠濠中。既出，战愈力。更募死士由永济渠穴地以进。贼平，改右骐骥使。徙大名府路钤辖。河朔饥，权知沧州。民鬻盐为生，岁荒盐多不售，民无以自给。元度军食有余，悉用易盐，由是民不转徙。"王则据贝州反，在庆历七年（1047）冬，《宋史》上述记载为欧推举孟元三年后的事情。孟元后来官至大名府路副都总管，徙定州路，迁马军都虞候，徙鄜延路。卒赠遂州观察使。《隆平集》《续通志》有他的事迹记载。

郝质，字景纯，汾州介休人。据《宋史》本传，平定贝州后迁六宅使，历高阳关、定州、并代钤辖，为马军殿前都虞候、马军副都指挥使。英宗立，迁武昌军节度观察留后，为殿前副指挥使。神宗立，为安武军节度使、殿前都指挥使。本传称："质御军有纪律，犯者不贷，而享犒丰渥，公钱不足，出己奉助之。平居自奉简俭，食不重肉。笃于信义，田朏不振而死，为表揭前功，官其一孙。"郝质的事迹，《东都事略》《长编》都有记载。

田朏，据《长编》卷一四六，庆历四年（1044）二月时为并代都监，受赐器币，"以击西贼有劳也"。又据《宋史·郝质传》，朏与郝质一起"将兵护军需馈麟州"，又尝一起"行边"，有功。《长编》卷一五六载庆历五年（1045）五月时田胐已为钤辖,疑与欧阳修的推荐有关。

　　王吉,据《宋史·杨偕传》载,尝"用偕刀楯败元昊于兔毛川"。《长编》卷一六八载皇祐二年（1050）"二月乙丑,遣内侍赐河东沿边巡检使、北作坊使王吉金创药。时以本路安抚使王拱辰言,吉前与西贼战,为流矢所中,今疾发且甚,故赐之"。《长编》卷一八五载嘉祐二年（1057）王吉已在"都巡检"任上。《宋史》卷一○五《礼志八》有他人与"王吉于麟州神堂砦各以功业建庙"的记载。

　　张岊,字子云,府州府谷人,是抗击西夏军的一员勇将。《宋史》本传载其:"遇贼接战,流矢贯双颊,岊拔矢,斗愈力,夺马十二匹而还。贼兵攻府州甚急,城西南隅库下,贼将登,众嚣曰:'城破矣!'岊乘陴大呼搏贼,贼稍却,飞矢中右目,下身被三创,昼夜督守……以劳,迁右班殿直。"又载:"岊护永诚,遇贼三松岭。贼以精骑挑战,矢中岊臂,犹跃马左右驰射,诸将乘胜而进,贼皆弃溃……贼破丰州,岊与诸将一日数战,破容州刺史耶布移守贵叄砦,俘获万计。迁礼宾副使。"在抗击入侵军的激烈战斗中,张岊有如此杰出的表现,自然深受欧的赏识。据《宋史》本传,岊后为麟府路驻泊都监,累迁洛苑使。"尝从数骑夜入羌中侦机事,既还,羌觉追之,岊随羌急驰,效羌语,与羌俱数里,乃得脱"。堪称智勇双全的将领。

　　张旨,字仲微,怀州河内人。欧阳修在《举张旨代王凯札子》中言其任河东提点刑狱、职方员外郎,"为人有心力胆勇,才干可称","谙知边事,晓达军情"。《宋史》本传载,张旨早年为安平尉,"尝与贼斗,流矢中臂不顾,犹手杀数十人"。为提点河东路刑狱,"范仲淹、欧阳修复言其鸷武有谋略,除阁门使,固辞。进工部郎中、知凤翔府。"据《宋会要辑稿·选举三三》,张旨庆历六年（1046）五月知梓州。又据《宋史》本传,张旨后"以直龙图阁知荆南,入判尚书刑部,累迁光禄卿,知潞、晋二州,以老疾权判西京御史台"。

在《条列文武官才能札子》中,欧阳修推荐"通判中五人,可以升陟差使:并州通判、秘书丞张日用,通晓民事;岚州通判、殿中丞董沔,清洁,勤于吏事;宁化军通判、大理寺丞武陶,勤干;屯田员外郎、麟州通判孙预,清勤;保德军通判、赞善大夫吴中,廉干。"其中武陶、孙预、吴中三人已难考其事迹,张日用、董沔有不俗的表现:

张日用,《明一统志》卷一二载:"静海人,知新昌县,见群曹掾之子郑獬,奇之,妻以女,后果魁天下。文彦博宣抚河北,日用谓彦博此行须得便宜行事。请于上,遂许之。擒王则,实日用参赞之力也。"看来张日用果真"通晓"人事,其眼光犀利,颇有谋略。

董沔,据《长编》卷一六五载,庆历八年（1048）在三司盐铁判官任上;卷一六九载,皇祐二年（1050）时为权度支判官、屯田员外郎;卷一八九载,嘉祐四年（1059）二月,"工部郎中董沔为刑部郎中,沔尝为京西转运使,捕剧贼二十人,特迁之"。而据《文恭集》卷一五和《华阳集》卷五六的记载,沔尝为京东路转运使、河北都转运使。从董沔的仕历和表现看,他也没有辜负欧阳修的期待。

以上调查的是欧所举荐的若干武将文臣,应该说他们的表现大致是可圈可点的。

二

欧所奏请贬黜的官吏,情况又是如何呢?

　　《论西北事宜札子》云："代州知州康德舆，老懦不济事。臣方欲到京奏乞替却，近知已差张亢。然德舆却充并、代钤辖。只此职亦非德舆所堪，乞与一近里小处知州，钤辖别选差人。"康德舆字世基，河南洛阳人，时为代州知州。欧阳修建议将康德舆调离并代钤辖这一重要岗位是有根据的，反映了他对守边御敌的高度重视和对庸才难以胜任要职的清醒认识。欧阳修深怕康德舆误了边防大事，给国家造成不可弥补的损失。司马光《涑水记闻》卷一二载，康定二年（1041）西夏军围丰州及宁远寨，"宁府州钤辖、东染院使、昭州知州康德舆只在府州闭垒自守，并无出兵救援之意，以致八月七日宁远寨破，十九日丰州破"。丰州及宁远寨之被攻破，康德舆有不可推卸的责任，《宋史·康德舆传》载：

　　　　有蕃部乜罗为殿侍，求锦袍、驿料，德舆不与也。乜罗颇出怨言。后有谮乜罗与贼通，战则反射汉人，乜罗无以自明，乃谋附贼。指挥张岊闻之，召乜罗与饮，乜罗泣曰："我岂附贼者邪？ 盖逃死耳。"岊以告德舆："乜罗叛，信矣，不可不杀。"元昊方屡入寇，德舆不听，曰："今日岂杀蕃部时邪？"岊曰："叛者特乜罗，非众所欲也。请为君召与饮，仆崖谷中，声言堕马死，安知汉杀之？"德舆犹豫不决，以问所亲，所亲恶岊，短毁之，岊计不得行。知府州折继闵闻贼将至，以告德舆，德舆怒曰："君不召之，何以知其来也！"贼果以乜罗为向导，自后河川入袭府州。蕃汉欲入城，德舆闭门不纳，或降贼，或为贼所杀，不可胜计。

此后即有康德舆见死不救丰州及宁远寨之事。而德舆止坐不出战，降为东染院使、河阳兵马都监，不久又恢复了昭州刺史的职务。可以想见,欧阳修对此当是极为不满,如今奉命视察河东,将昏庸误国、刚愎自用的无能之辈列入降黜名单,自是理所必然。

欧阳修在《论不才官吏状》中还列举了"年老昏昧,视听不明,行步艰涩,本州职事全然不治"的泽州知州鲍亚之,"年老昏昧,不能检束子弟,在州贩卖,骚扰人民"的汾州知州范尹,"年及七十,行步艰难,精神昏昧"的宪州通判刘与等人,建议让这些老迈不才官僚尽早致仕。

## 三

在人才的问题上,欧阳修一贯态度鲜明,他求才爱才,不遗余力地举荐贤才。门生苏轼曰:"欧阳公好士,为天下第一。士有一言中于道,不远千里而求之,甚于士之求公。以故尽致天下豪俊,自庸众人以显于世者固多矣。"① 朱弁曰:"欧公下士,近世无比……访刘羲叟于陋巷中。羲叟时为布衣,未有知者。公任翰林学士,尝有空头门状数十纸随身,或见贤士大夫称道人物,必问其所居,书填门状,先往见之。果如所言,则便以延誉,未尝以位貌骄人也。"②

黄震赞不绝口地称欧阳修"荐布衣刘羲叟、苏洵、陈烈,举胡瑗居太学,梅尧臣充直讲,苏轼应制科,章望之、曾巩、王回充馆职,刘攽、吕惠卿充馆职,乞与尹洙孤子构一官。皆汲汲人材,忠厚盛心也"③。而对于不贤不才、无德无能之辈,欧坚决加以排抑,以别贤不肖为国之大事。庆历二年(1042)所作《准诏

---

① 《苏轼文集》卷一〇《钱塘勤上人诗集序》,第321页。
② 《曲洧旧闻》卷三,《丛书集成》本。
③ 《黄氏日钞》卷六一,耕馀楼刊本。

言事上书》云："今赃吏因自败者乃加黜责，十不去其一二，至于不材之人，上下共知而不问，宽缓容奸，其弊如此，便可为退不肖之法乎？贤不肖既无别，则宜乎设官虽多而无人可用也。臣愿陛下明赏罚，责功实，则材皆列于陛下之前矣。"

北宋面临辽国和西夏的侵凌，边防问题尤为突出。欧阳修认为守边御敌必须加强军队建设，故于军事人才的选拔备加关注，在奉使河东，奏上《条列文武官才能札子》时，首先推荐的即是战将八人。《居士集》与《外集》除自传《六一居士传》外，仅有一篇人物传记，即《桑怿传》。桑怿武功高强，是捕盗能手，且人格高尚，凭借其非凡的表现逐步升迁。后参与抗击西夏军的战斗，十分英勇顽强，与敌搏杀，奋不顾身，直至为国捐躯。欧阳修在《桑怿传》中谓"怿所为壮矣"，"可谓义勇之士"，评价很高。他的《奏议集》中有大量议军论将的奏状札子，如《论乞诏谕陕西将官札子》《论河北守备事宜札子》《论军中选将札子》《论郭承祐不可将兵状》《论西贼议和利害状》《论李昭亮不可将兵札子》《论水洛城事宜乞保全刘沪等札子》等，一看标题，就知欧对择材选将高度重视。《论河北守备事宜札子》奏"王克基凡庸轻巧，非将臣之材而任定州，其余州郡多非其人"，亟请改变现状；《论军中选将札子》在批评朝廷"外以李昭亮、王德基辈当契丹"的错误后，吁请"特诏两府大臣别议求将之法，尽去循常之格，以求非常之人"；《论西贼议和利害状》称"屡败之军，不知得人则胜，但谓贼来常败，此臣所谓懦将疲兵欲急和也"；《论李昭亮不可将兵札子》批评朝廷"宁用不材以败事，不肯劳心而择材，事至忧危，可为恸哭"；《论水洛城事宜乞保全刘沪等札子》感叹"边将不和，用兵大患，况狄青、刘沪皆是可惜之人，事体须要两全"，足见欧对富于才干的将领深切爱惜之情和刻意保护的良苦用心。

"开口揽时事,论议争煌煌"①,面对军国大事,奉使河东的欧阳修出以公心,畅抒己见,陈说利害,无所顾忌,臧否人物,无所隐讳。宋时推荐保举人物,是要负政治责任的,被荐举的人如犯法被治罪,荐举者也难免受责罚。范仲淹曾得到晏殊的举荐,《长编》卷一〇八载:

> (天圣七年十一月)癸亥冬至,上率百官上皇太后寿于会庆殿,乃御天安殿受朝。秘阁校理范仲淹奏疏言:"天子有事亲之道,无为臣之礼;有南面之位,无北面之仪。若奉亲于内,行家人礼可也。今顾与百官同列,亏君体,损主威,不可为后世法。"疏入,不报。晏殊初荐仲淹为馆职,闻之大惧,召仲淹,诘以狂率邀名,且将累荐者。仲淹正色抗言曰:"仲淹缪辱公举,每惧不称,为知己羞,不意今日反以忠直获罪门下。"殊不能答。

仲淹秉持正道,直言极谏,光明磊落。晏殊患得患失,虽有举贤之明,却又生怕受到连累。足见慧眼识英才不易,而能毫无私心地举荐人才更难。欧阳修当然知道举荐人物,绝非小事,被举者后来的表现也难以逆料,举荐者是要承担责任和风险的。在庆历三年(1043)所作《论台官不当限资考札子》中,欧阳修写道:

> 臣伏见御史台阙官,近制令两制并中丞轮次举人,遂致所举多非其才,罕能称职……仍乞重定举官之法,有不称职者,连坐举主,重为约束,以防伪滥,庶几称职,可振纲纪。②

---

① 《欧集·居士集》卷二《镇阳读书》。
② 《欧集·奏议》卷五。

《举米光濬状》云："其米光濬,臣今同罪保举再任岢岚。如再任后犯入己赃,及边防军政但有一事败恹,并甘连坐。"《举孙职方奏状》云："如后犯正入己赃,及执事败阙,并甘同罪。"可以说,欧阳修完全不计个人的利害得失,凭着对国事的高度关切和强烈的责任心,积极而认真地推举他认为应当擢升的人物。

引人注目的是欧阳修出使河东的背景。庆历三年(1043)九月,参知政事范仲淹作为革新派的代表人物,与枢密使杜衍、副使韩琦、富弼一道,在谏官欧阳修、余靖、王素、蔡襄等支持下,颇有声势地掀起了以整顿吏治为中心的革新浪潮,史称庆历新政。仁宗皇帝采纳了范仲淹所上"明黜陟、抑侥幸、精贡举、择官长"等十事,朝廷更定磨勘、荫子之法并加推行。新政触犯了保守官僚的既得利益,遭到强烈的抵制和反抗。他们为动摇仁宗对革新派的信任,给范仲淹、欧阳修等加上了结成"朋党"的罪名。《长编》卷一四八庆历四年(1044)四月戊戌条云:

> 为党论者恶(欧阳)修擿语其情状,至使内侍蓝元震上疏言:"范仲淹、欧阳修、尹洙、余靖,前日蔡襄谓之四贤。斥去未几,复还京师。四贤得时,遂引蔡襄以为同列。以国家爵禄为私惠,胶固朋党,苟以报谢当时歌咏之德……不过三二年,布满要路,则误朝迷国,谁敢有言?挟恨报仇,何施不可?九重至深,万几至重,何由察知?"

在这样的情况下,欧阳修毅然呈上《朋党论》辩诬。曾被剥夺枢密使职务而由杜衍取代的夏竦,认为复仇时机已到,诬蔑富弼指使石介撰废立诏草,致使范仲淹、富弼惧不自安,请出按边。庆历四年(1044)六月和八月,范仲淹与富弼先后离开京都,分别出任陕西、河东路宣抚使与河北路宣抚使。十一月,杜衍女婿苏舜钦因进奏院祀神,以卖故纸钱宴宾客,遭弹劾被废为民,与宴者同时贬黜,同情革新的人士被"一网打尽"①。革新派已失去仁宗的支持,新政终于走到了尽头。这就是欧阳修奉使河东前后政坛的状况。不难看出,在考察河东情况后,欧阳修奏请陟黜一批官员,仍是坚持庆历新政推行"十事"的宗旨,坚持以整顿吏治为中心的改革,在新政大势已去的不利情况下,欧阳修斗志并没有衰减,意志并没有消沉,仍一如既往地以国事为念,不知疲倦地为国操劳,为选贤任能而竭尽心力,为巩固河东边防献计献策,这是一种多么高尚的精神、多么难能可贵的政治品格啊!

# 第三节 北宋高官和欧阳修的致仕卒葬

北宋时,东京开封与西京洛阳及其周围地区有诸多大臣致仕养老的居所和卒葬的墓地。在两京养老的著名大臣就有赵普、李昉、张齐贤、吕蒙正、张士逊、富弼、文彦博、范镇、司马光等,在紧邻东京的南京(应天府)养老的有杜衍、赵槩等;葬于两京及其周围地区的大臣更比比皆是,引人注目的是,老家远在外地而卒葬未归故土,却葬于两京及附近区域的,亦不在少数,王旦、陈尧佐、曹玮、程琳、范仲淹、晏殊、包拯、欧阳修、苏轼等皆如此。这种现象的出现不是偶然的。

一

东京开封,水陆交通甚为发达,商贾如云,店铺林立,人口超过百万,堪称当时的世界第一都市。西京洛阳和东京开封一

---

① 参阅费衮《梁溪漫志》卷八"苏子美与欧阳公书"条,涵芬楼刊本。

样,也是久享盛名的都市,生活条件的优越自不待言,这对退休的大臣们当然有很大的吸引力。但是,他们老于斯、葬于斯的原因,难道仅仅在于此吗? 我们必须对两京及其周围地区的人文自然环境加以考察。

北宋大臣的致仕与归宿,有着人文自然环境的背景,主要表现在:

(一)北宋诸多大臣皆有任职两京的经历,熟悉两京环境,习惯两京生活。

开封作为京都,是北宋政治、经济、军事、文化、教育的中心,国家最高权力机构设在这里。北宋朝廷文官众多,加上开封府的官员,因仕宦而居京都者不在少数。据清代管竭忠纂修的《开封府志》,北宋各朝在开封担任府尹或知府事职务的就有一百多人,还有不少担任判官、推官的。曾知开封府事的名臣就有钱若水、寇準、梁颢、毕士安、王随、庞籍、薛奎、吕夷简、程琳、陈尧佐、贾昌朝、吕公弼、范仲淹、冯京、蔡襄、王珪、曾公亮、杜衍、张方平、王素、包拯、欧阳修、吴奎、祖无择、吕公著、韩维、郑獬、韩绛、王存、钱勰、吕大防、王岩叟、吴择仁、范百禄、安焘、向子諲、范纯礼、吴居厚、李纲、宗泽等。

洛阳作为九朝古都,有悠久的文化积淀,和东都汴京同属知识阶层精英荟萃的地方。据清代陆继辂、魏襄纂修的《河南洛阳县志》,北宋官员为西京留守或知河南府事的,亦为数不少。吕蒙正、钱惟演、张方平等当过西京留守,而以各种身份知河南府事的官员更多,王化基、何承矩、向敏中、李至、冯拯、寇準、陈尧佐、张士逊、李迪、王随、章得象、夏竦、晏殊、宋庠、文彦博、蔡襄、王拱辰、韩绛、韩缜、范纯仁、范百禄、李清臣等皆是。仕宦两京的官员们,从政之余,或吟咏于园林,或出游于山川,两京一带的自然风光和人文景致,都成为他们创作的重要内容。

嘉祐二年（1057）正月，主考官欧阳修与参详官梅尧臣等会集于尚书礼部，考天下贡士。锁院期间，适逢元宵节，汴京街头，灯火辉煌，考官们却不得出游，梅尧臣只能登楼远眺，写了一首《莫登楼》诗："莫登楼，脚力虽健劳双眸，下见纷纷马与牛。马矜鞍辔牛服辀，露台歌吹声不休。腰鼓百面红臂韛，先打六幺后梁州。棚帘夹道多夭柔，鲜衣壮仆狞髭虬。宝挝呵斥倚王侯，夸妍斗艳目已偷。天寒酒醱谁尔侑，倚楹心往形独留，有此光景无能游。粉署深沉空翠帱，青绫被冷风飕飕。怀抱既如此，何须望楼头。"京师佳节美不胜收的夜景，对士大夫们具有如此强烈的吸引力。当他们熟悉并习惯了这里的生活以后，如果有一定的经济实力，定居于此而安度晚年，无疑是十分惬意的。至于西京洛阳，历代达官名士多有在彼处安家的，仕宦于此的北宋士大夫们步武前人，营建居所，且形成一种风尚，也是很自然的。

（二）两京一带，物质与文化生活丰富多彩，最宜于文人学士出身的官员们居住。

关于汴京的繁华，梅尧臣诗已有形象的描写。孟元老的《东京梦华录》也有详尽的记载，此不赘述。当然，吸引朝廷大员们的，并非京都的茶楼酒肆，那是平民百姓的去处，非达官贵臣们所宜涉足。文人学士出身的官员们，自有其雅兴，东京与西京所特有的自然人文环境，充分满足了他们的需求。譬如，开封有皇家园林，洛阳也有西京留守的楼堂馆所，是文士们饮酒赋诗、你唱我和的好去处。《邵氏闻见录》卷八就记载了谢绛、尹洙、欧阳修三人，因西京留守钱惟演府第起双桂楼，西城建临园驿，奉命作文以较优劣的逸事，一时传为美谈。

两京不少私家的宅园，有亭台花木、清流竹石，文人雅士，不时会集，谈诗论艺，其乐融融。米芾的《西园雅集图记》，据李公麟的图画,生动地描述了元祐时苏轼等雄豪绝俗之士,在驸马都尉王诜宅园聚会的情景。李格非在《洛阳名园记》中,也展现了西京诸多私家名园的风采,其中有赵普的赵韩王园、吕蒙正的吕文穆园、富弼的富郑公园、司马光的独乐园等。洛阳一带的山川,风光迷人,令文人学士们在公务之余流连忘返:至龙门,或歌吟登山,或泛舟伊川,或宿广化寺,或吊白傅坟;游嵩山,或登峻极峰,或跻封禅坛,或窥玉女窗,或憩三醉石。这些活动,与汴京琼林苑的赐筵、从驾过金明池的荣耀一起,充实了集官员、文士、学者于一身的大臣们的精神生活。

北宋朝臣很多都有任职馆阁的经历,执掌修史、藏书、校书的三馆(史馆、昭文馆、集贤馆),曾是他们梦寐以求的去处,而从馆阁校勘走向翰林学士,则成为令人艳羡的仕宦轨迹。他们从皇家丰富的藏书中汲取营养,而这每每令他们终生难忘。欧阳修、司马光都曾担任过馆阁校勘,接触过世人很难见到的许多皇家秘籍,这为他们后来顺利编修《新唐书》、《新五代史》、《资治通鉴》,打下良好的基础。作为中央官学的太学在汴京,北宋名臣任太学讲官的也不少,胡瑗、宋祁、司马光、程颐等皆是。

总之,两京尤其是东京,不仅在政治上,而且在思想、文化、教育等方面,给北宋政坛的精英们增添了充足的营养,提供了得以大展身手的活动舞台。钟情两京而终老于斯,是不难理解的。

(三)宋廷重儒右文,文臣经济优裕,在两京添置园宅,为退居作好了必要的准备。

北宋帝王注重文治。《宋史·文苑传》云:"艺祖革命,首用文吏而夺武臣之权,宋之尚文,端本乎此。"太宗锐意文史,诏命编纂《太平御览》、《文苑英华》。淳化时,新修秘阁,太宗登阁观所藏群书,喜不自禁,即赐坐命酒,宴请三馆学士。真宗听政之暇,尤喜观书,观毕吟诗,使近臣赓和。仁宗喜书法,善飞白,常书大字以分赐群臣。《归田录》卷一云："自太宗崇奖儒学，骤擢高科至辅弼者多矣。"帝王的尊重知识、尊重人才，使朝廷内外的文化氛围更加浓郁。

宋廷给予朝官的待遇相当优厚。除正俸外，尚有匹帛、禄粟、随从衣粮、厨料、薪炭诸物的供给。据《宋史·职官志十一》记载，宰相、枢密使每月俸禄三百千，春冬服各给绫二十匹、绢三十匹，冬绵又给百两，每月禄粟一百石、薪柴一千二百束，每年炭一千六百秤、盐七石，另给随从七十人衣粮。参知政事、枢密副使每月俸禄二百千，春冬服各给绫十匹、又春绢十匹、冬绢二十匹、绵五十两，每月禄粟一百石、薪柴四百束，每年炭三百六十秤、盐二石，另给随从五十人衣粮。皇帝如此关照，真所谓"恩逮于百官者，唯恐其不足"①。对于退休大臣中的劳苦功高者，皇帝更是恩遇有加。元丰七年（1084），文彦博告老陛辞，"神宗即日对御赐宴，顾问温渥，上酌御盏亲劝。数日，朝辞，上遣中使以手札谕公留过清明，饬有司令与公备二舟，溯汴还洛。清明日，锡宴玉津园，（文）公作诗示同席。翌日，上用公韵属和，亲洒宸翰，就第赐公。将行，特命三省以上赴琼林苑宴饯，复赐御诗送行"②。士大夫的生活，到了神宗元丰年间，趋于奢华，如司马光《训俭示康》所云："近日士大夫家，酒非内法，果、肴非远方珍异，食非多品，器皿非满案，不敢会宾友。常数月营聚，然后敢发书。"

辅佐太祖平定天下的王公贵戚、达官勋臣，很多在开封定居，置有田产庄园。赵普为相时，两浙钱俶给他送来"满贮瓜子金"的"海物"，太祖得知，命其"谢而受之"，后赵普"东京宅，皆

① 赵翼著、王树民校证《廿二史劄记校证》卷二五，中华书局，2013年，第560页。
② 王辟之《渑水燕谈录》卷二，中华书局，1981年，第18页。

用此金所修也"①。真宗皇帝对宰相王旦说:"闻卿居第甚陋,朕密令计之,官为修营,其间更系卿意增损之。"②其关切可谓无微不至,恩宠可谓无以复加。仁宗朝曾三度拜相的张士逊,上章告老,拜太傅,封邓国公致仕。据《宋史》本传载:"士逊因建千岁堂,尝请买城南官园,帝以赐士逊。"当然,大多数在京师养老的官员,居住的是个人出资购买的宅院。

至于西京,退休大臣以园林闻名的居所亦甚多,除前文提到的赵韩王园等处外,还有"王开府"的环溪、"刘给事"的刘氏园、"门下侍郎安公"的丛春园、"李文定公丞相"的松岛,等等③。

(四)安度晚年于两京一带,就近关注国事,足见大臣们系心朝政、不忘君父的情怀。

退老的大臣们颇受皇帝的眷顾,据《玉壶清话》卷三载,至道元年(995)元宵夜,太宗在城楼上观灯,时李昉以司空致仕于家,皇帝派车就其宅召至,一道赏灯,"亲酌御尊饮之,选肴核之精者赐焉"。大臣们知恩图报,虽退居养老,依然系念国事。黄宗羲《宋元学案》卷三载:"神宗欲相富弼,以疾辞,退居洛阳,多以手疏论天下大利害,神宗必赐手札报之。"《宋史·富弼传》称,富弼"加拜司空,进封韩国公致仕","虽家居,朝廷有大利害,知无不言","帝虽不尽用,而眷礼不衰"。庆历末,丞相杜衍告老,居南京(应天府),"然忧国之意犹慷慨不已,每见于色"④。欧阳修有《借观五老诗次韵为谢》赞之:"白发忧民虽种种,丹心

---

① 司马光《涑水记闻》卷三,《学津讨原》本。
② 江少虞《宋朝事实类苑》卷七《王文正》引《名臣遗事》,上海古籍出版社,1981年,第77页。
③ 李格非《洛阳名园记》,《文渊阁四库全书》本。
④ 叶梦得《石林诗话》卷上,《历代诗话》本。

许国尚桓桓。"皇祐元年（1049），仁宗特迁其为太子太保，"召陪祀明堂，仍诏应天府敦遣就道，都亭驿设帐具几杖待之"。杜衍"称疾固辞，进太子太傅"，临终"语不及私"，而犹念念不忘国事，上遗疏云："无以久安而忽边防，无以既富而轻财用；宜早建储副，以安人心。"[1]赵槩以太子少师致仕，退居南京15年，集古今谏争事成《谏林》120卷，呈进宫中，神宗赐诏曰："请老而去者，类以声问不至朝廷为高。唯卿有志爱君，虽退处山林，未尝一日忘也。当置于坐右，时用省阅。"[2]元老们喜好宴集，饮酒时少不了议论时事。杜衍退居南京，与太子宾客致仕王涣等为"五老会"，饮咏相欢。元丰五年（1082），文彦博留守西都，慕白居易"九老会"，悉聚洛中贤士大夫之退老者，为"洛阳耆英会"。洛阳多名园古刹，鬓眉皓白的元老们，欢宴交谈其间，百姓随而观之，场面极为热闹，成了西京一道引人瞩目的风景线。退老的大臣们，仍关注着国事，他们的言谈褒贬，无形之中，产生了某种舆论导向，给朝政施加了影响。如果他们远离两京，各回老家，天南海北，不相往来，上述的舆论和影响都是难以产生的。

## 二

　　欧阳修致仕居颍，卒葬新郑。饶州鄱阳（今江西鄱阳县）人洪迈，对同乡前辈、文坛宗师告老未还家乡甚有微辞。在《容斋续笔》卷一六《思颍诗》条中，他引述欧的《思颍诗序》及作于熙宁三年（1070）的《续诗序》后，感叹道："公次年致仕，又一年而薨，其逍遥于颍，盖无几时，惜无一语及于松楸之思。崇公惟一

---

[1]　脱脱等《宋史·杜衍传》，中华书局，1977年，第29册第10192页。
[2]　脱脱等《宋史·赵槩传》，第30册第10365页。

子耳，公生四子，皆为颖人，泷冈之上，遂无复有子孙临之，是因一代贵达，而坟墓乃隔为它壤。予每读二序，辄为太息。嗟乎！此文不作可也。"罗大经为庐陵人，对欧终老颖州更是不满，《鹤林玉露》甲编卷一《仕宦归故乡》条云："公自葬郑夫人之后，不复归故乡。……乐颖昌山水，作《思颖诗》，退休竟老焉。前辈议其无回首敝庐、息肩乔木之意。近时周益公归休，尹真卿以诗贺之云：'六一先生薄吉州，归田去作颍昌游。我公不向螺江住，羞杀青原白鹭洲。'"对欧公致仕居颖而未归吉州，卒葬新郑而未葬故里，究竟应该如何认识和看待呢？

　　宋仁宗皇祐元年（1049），欧阳修由扬州移知颖州，致书韩琦云："汝阴西湖，天下胜绝。养愚自便，诚得其宜。"[①] 他作诗叹颖州西湖风光之美："柳絮已将春去远，海棠应恨我来迟。"[②] 是时，即萌生了定居颖州之念。次年，欧有《寄圣俞》诗谓："行当买田清颍上，与子相伴把锄犁。"已与挚友梅尧臣相约买田于颖。皇祐四年（1052），母郑氏病故，欧自南京归颖州守制。翌年，护母丧归吉州，葬沙溪泷冈。事毕，复归颖州，直到至和元年（1054）除去丧服，欧才离颖赴京。在此后漫长的仕宦生涯中，欧每每以归颖为念。何以如此钟情颖州呢？皇祐二年（1050）改知应天府兼南京留守司事时所作的一封书信透露了个中缘由："自过界沟，地土卑薄，桑柘萧条，始知颖真乐土，益令人眷眷尔。"[③] 须知宋时颖州是十分美丽富饶的地方，西湖尤令人倾心，欧写有一组《采桑子》词描写其旖旎之景致，苏轼也发出过

---

① 《欧集·书简》卷一《与韩忠献王》。
② 《欧集·居士集》卷一一《初至颖州西湖种瑞莲黄杨寄淮南转运吕度支发运许主客》。
③ 《欧集·书简》卷四《与张职方》。

"未觉杭颍谁雌雄"[①] 的感叹。嘉祐六年（1061）以后，虽然官职荣升，但欧阳修归田之心益切，归颍之志益坚，其情其意，屡见于《初食鸡头有感》《下直呈同行三公》《秋怀》《忆焦陂》等诸多诗作中，直至熙宁四年（1071）如愿以偿，致仕归颍。

　　欧阳修也并不是没有想到家乡，没有想到回江西。由嘉祐二年（1057）至五年（1060），他七上奏章，乞知洪州。《乞洪州第五札子》云："年齿老大，疾病侵陵，听重目昏，聪明并耗，发白手颤，精力俱衰。兼以父母坟茔远在江外，未有得力子弟照管，诚心迫切。……今来《唐书》已得了当，欲望圣慈差臣知洪州一次，所冀退养衰拙，兼便私茔。"《乞洪州第六状》更详陈"兼便私茔"之愿："臣不幸少孤，先父远葬乡里，在吉州之吉水。昨臣丁母忧日，又扶护归葬。然臣方在忧祸，故事力有所不周。臣但仰天长号，抚心自誓，只期服阕，便乞一江西差遣，庶几近便营缉。至于种植松柏，置田招客，盖造屋宇，刻立碑碣之类，事虽仓卒，冀于一二年间勉力可就。当是时，乡人父老、亲族故旧，环列墓次，并闻臣言。自臣除服还朝，皆引领望臣归践前约。而臣迁延荏苒，一住七年，是臣欺罔幽明，贪恋荣禄，食言不信，罪莫大焉。"欧阳修迫切希望能回老家江西任职，但最终未能如愿。欧一再乞知洪州，主要是想"兼便私茔"，即归省双亲之坟，而致仕归颍的想法始终没有动摇。

　　欧阳修何尝不知历来有仕宦归故乡之说？《相州昼锦堂记》发端即云："仕宦而至将相，富贵而归故乡，此人情之所荣，而今昔之所同也。"北宋大臣告老而还乡者不乏其人，而告老并未还乡者亦大有人在。欧"乐颍昌山水"是事实，然而倘从前述

---

① 《苏轼诗集》卷三五《轼在颍州与赵德麟同治西湖未成改扬州三月十六日湖成德麟有诗见怀次其韵》，中华书局，1982年，第1876页。

北宋朝廷崇儒重文、优礼文士、宠待大臣的角度看,致仕而留在两京一带是不难理解的。致仕之后,不归故乡,在当时是比较普遍的现象。

北宋大臣葬于两京一带者众多,绝不是个别现象。究其原因,跟致仕后,许多官员并未返乡而在两京一带养老有很大的关系。那些祖籍远在江南、西蜀而退休后即回家的官员,一般是不会到两京附近来寻觅墓地的。开封是举世闻名的京都,是文人士子向往的地方,在这里任过官职,退老又在此安享天伦之乐,卒后葬于此地周边,合情合理,十分自然。洛阳为九朝古都,北邙山上有历代王侯公卿的陵墓,由商、周直至唐代,葬于此地的名人甚多。张籍有《北邙行》诗写道:"洛阳北门北邙道,丧车辚辚入秋草。车前齐唱《薤露》歌,高坟新起白峨峨。朝朝暮暮人送葬,洛阳城中人更多。"看来,能长眠于北邙山上,是许多人所渴求的。赵普作为开国宰相能葬于"北邙之原",又有太宗皇帝御制神道碑,自是极其荣耀的事。邙山由洛阳向东延伸,到了巩县,这里土层深厚,直立性强,加上气候干燥,"风水"又好,成为北宋皇陵所在地。高怀德、曹彬、寇準等陪葬于皇陵,亦是莫大的荣幸。宋廷厚待文人,而作为臣属,就恋恋君父、拱卫京都而言,卒葬于两京一带,不失为一种理想的选择。

北宋文人登第后,加入庞大的官僚队伍,享有优厚的俸禄和良好的待遇。大臣在东京开封、西京洛阳等地买田宅、置园林者甚多。由于宋廷总的说来对士人采取比较尊重和宽容的态度,特别对大臣恩遇有加,如仁宗常召大臣到后苑赏花钓鱼,设宴款待,有时还亲书"飞白"大字,分赐群臣,故北宋达官显贵退休后多在两京及附近地区居住,并未远离京都和君王,并非都回家乡养老。赵翼在《陔余丛考》卷一八"宋时士大夫多不归本籍"条中举例说:"杜衍由会稽徙睢阳,范仲淹由苏州徙许州,范镇由蜀徙许,文彦博由汾徙洛,吕公著由寿徙洛,欧公由吉徙颍,二苏由眉徙颍。"杜衍是越州山阴人,退休后居南京,时欧阳修知应天府兼南京留守司事,为杜衍等五老举办过庆老公宴。范镇为蜀人,苏轼作《范蜀公墓志铭》,谓范镇"晚家于许,许人爱而敬之"。文彦博,汾州介休人,司马光作《文潞公家庙碑文》云:"公自汾渚,迁于洛浒,允乐兹土,永燕私处。""二苏由眉徙颍"之"颍"指颍昌府,苏辙有田在颍昌府,北归后即居彼处。苏轼遇赦北还,苏辙劝其同居颍昌,后卒于常州。从上述例子可以看出,宋时士大夫致仕而不归本籍,确实大有人在。吴伟业在《梅村家藏稿》卷三六《座师李太虚先生寿序》中说:"伟业尝读《欧阳文忠公传》,见其行事,慨然想见其为人,以为上下千百年,江右儒者学术之盛,未有出于欧阳公者也。独疑其致政之后不归庐陵,而买田颍上,何欤? 盖有宋待臣子之礼为最厚,为之臣者亦恋恋君父,不忍远归故土,而于宛、雒、汝、颍之间起居朝请,以近于京师。韩、范、杜、富诸公皆然,不徒欧阳公也。"可见,欧阳修致仕居颍而未归江西,固然有个人钟爱颍州风光的缘故,亦与"宋时士大夫多不归本籍"而在京都附近区域居住的社会背景有关。

## 三

　　欧阳修于熙宁五年(1072)卒于颍州私第,熙宁八年(1075)葬于新郑县旌贤乡,而未归葬吉州。曾敏行《独醒杂志》卷三载:"里中父老至今相传云,公葬太夫人时,尝指其山之中曰:'此处他日葬老夫。'后葬于新郑,非公意也。"卒葬新郑是否违背了欧的本意,仅凭曾氏传说之语,难以确定。但从欧生前思颍、归颍,至终并未归吉州来看,卒葬新郑也是很自然的,所谓

"恋恋君父,不忍远归故土"者,比比皆是,已形成一时未见条文的风气。我们不妨看看北宋一些大臣的籍贯与葬地的情况:

赵普(922—992),幽州蓟县(今北京西南)人,葬"洛阳北邙之原"(太宗皇帝御制《赵中令公普神道碑》)。

高怀德(926—982),真定常山(今河北正定西南)人,葬巩县(据中州书画社1981年版《巩县石窟寺·北宋皇陵·杜甫故里》,下简称《北宋皇陵》)。

曹彬(931—999),真定灵寿(今属河北)人,葬巩县(据《北宋皇陵》)。

王旦(957—1017),大名莘县(今属山东)人,葬"开封府开封县新里乡大边村"(欧阳修《太尉文正王公神道碑铭》)。

寇準(961—1023),华州下卦(今陕西渭南北)人,"朝廷许葬洛师"(孙抃《寇忠愍公旌忠之碑》)。按:据《北宋皇陵》,葬巩县。

陈尧佐(963—1044),阆州阆中(今属四川)人,"葬于新郑"(欧阳修《太子太师致仕赠司空兼侍中文惠陈公神道碑铭》)。

曹玮(973—1030),真定灵寿(今属河北)人,葬"南洛阳之金谷乡尹村原"(宋庠《赠侍中曹公墓志铭》)。

杜衍(978—1057),越州山阴(今浙江绍兴)人,葬"应天府宋城县之仁孝原"(欧阳修《太子太师致仕杜祁公墓志铭》)。

程琳(988—1056),永宁军博野(今河北蠡县)人,葬"河南府伊阙县神阴乡张刘里"(欧阳修《镇安军节度使同中书门下平章事赠太师中书令程公神道碑铭》)。

庞籍(988—1063),单州成武(今属山东)人,葬"雍丘之东山"(司马光《太子太保庞公墓志铭》)。

范仲淹(989—1052),苏州吴县(今江苏苏州)人,葬"河南尹樊里万安山下"(欧阳修《资政殿学士户部侍郎文正范公神道碑铭》)。

晏殊(991—1055),抚州临川(今江西抚州)人,葬"许州阳翟县麦秀乡之北原"(欧阳修《观文殿大学士行兵部尚书西京留守赠司空兼侍中晏公神道碑铭》)。

包拯(999—1062),庐州合肥(今属安徽)人,葬巩县(据《北宋皇陵》)。

陈希亮(1000—1065),眉州青神(今属四川)人,葬"河南县南宫里之西原"(范镇《陈少卿希亮墓志铭》)。

吴育(1004—1058),建州浦城(今属福建)人,葬"郑州新郑县崇义乡朝村之原"(欧阳修《资政殿大学士尚书左丞赠吏部尚书正肃吴公墓志铭》)。

范镇(1008—1089),成都华阳(今四川成都)人,葬"汝之襄城县汝安乡推贤里"(苏轼《范蜀公墓志铭》)。

宋敏求(1019—1079),赵州平棘(今河北赵县)人,葬"管城县马亭乡东城原之先茔"(范镇《宋谏议敏求墓志》)。

王珪(1019—1085),成都华阳(今属四川)人,葬"开封东明县清陵乡之原"(李清臣《王太师神道碑》)。

鲜于侁(1019—1087),阆州(今四川阆中)人,葬"颍昌府阳翟县大儒乡高村之原"(范镇《鲜于谏议墓志铭》)。

王陶(1020—1080),京兆万年(今陕西西安)人,葬"开封府祥符县东韩里之先茔"(范镇《王尚书陶墓志铭》)。

吴充(1021—1080),建州浦城(今属福建)人,葬"开封府开封县新里乡大边村之原"(李清臣《吴正宪公充墓志铭》)。

苏轼(1037—1101),眉州眉山(今属四川)人,葬"汝州郏城县上瑞里"(苏辙《亡兄子瞻端明墓志铭》)。

苏辙(1039—1112),眉州眉山(今属四川)人,葬"汝州郏城县上瑞里"(孙汝听《苏颍滨年表》)。

上列大臣的原籍,分属今天西至四川、东至山东、北至河北、南至福建的各地,但他们的葬地,除杜衍在应天府外,都集中在西起河南府,中经汝州、郑州、颖昌府,东至开封府,东西长约200多公里、南北宽约100多公里的大地上,如上图所示,都在今天的河南省内。

上列大臣的葬地集中在河南,尤其是在两京之间,这不是偶然的。高怀德、曹彬、寇準、包拯等,均为功绩卓著的大臣,他们奉诏陪葬于巩县的皇陵区域内,这是皇帝对他们的隆盛的褒奖,哀荣之礼莫过于此。北宋诸多大臣虽未陪葬于巩县,但都葬于两京一带,显然是归葬原籍之外的一种充满荣耀的选择。当然,大臣们卒葬河南,跟他们退休时未归本籍养老有关。如不少大臣在洛阳养老,有田宅庄园置于彼处,辞世后也就安葬于洛阳的周围。由此看来,欧阳修致仕后居于颖州,逝世后葬于离颖州不远而位于两京之间的新郑,丝毫不值得奇怪,而应视之为顺理成章之举。

# 第二章

# 欧阳修的思想

## 第一节　排拒道教与吸收老庄

　　欧阳修以笃信儒学、力排佛老著称。他撰写的《崇文总目叙释·儒学类》称:"仲尼之业,垂之六经,其道宏博,君人治物,百王之用,微是无以为法。"这是对儒家正统地位的强有力的肯定。而对于佛老,在欧的诗文中,贬抑之词,比比皆是。

一

　　庆历二年(1042),欧作《本论》上下篇,这是继韩愈《原道》之后大张旗鼓地挞伐释氏的重要文章。而早在明道、景祐间,欧就作《仙草》诗,抨击"仙书"的怪妄。庆历三年(1043)时,有《读张李二生文赠石先生》诗,声称"千年佛老贼中国","拔根掘窟期必尽"。成书于嘉祐七年(1062)的《集古录》,收有《唐华阳颂》,其跋尾云:"甚矣,佛老之为世惑也!佛之徒曰'无生'者,是畏死之论也;老之徒曰'不死'者,是贪生之说也。"对佛与老仍不依不饶地加以无情批判。到了熙宁元年(1068),已经62岁的欧又有《升天桧》一诗,谓"乃知神仙事茫昧,真伪莫究徒自传","何必诡怪穷根源",对道家的愚妄之说依然予以严肃否定。

欧之晚年对道教态度已有所改变的说法,来自两则宋人笔记。大约与苏轼、苏辙同时的彭乘在《墨客挥犀》卷四中写道:"欧公既致政,凡有宾客上谒,率以道服华阳巾便坐延见。"生活在崇宁、大观时的魏泰在《东轩笔录》卷四中也说:"欧阳公在颍,唯衣道服,称六一居士,又为传以自序。"关于欧之"衣道服",最有力的旁证即是《苏轼诗集》卷四三的《欧阳晦夫遗接羅琴枕作诗谢之》:"我怀汝阴六一老,眉宇秀发如春峦。羽衣鹤氅古仙伯,岌岌两柱扶霜纨。"那么,穿道服、戴华阳巾是否就是认同道教了呢?

在一贬商州、二贬滁州、三贬黄州之后,历尽人生坎坷的王禹偁给世人留下了脍炙人口的《黄州新建小竹楼记》。在文中,他抒写自己"公退之暇,披鹤氅,戴华阳巾,手执《周易》一卷,焚香默坐,消遣世虑"的生活,意在将仕宦失意之愤懑消解于安居山林的恬淡之中,我们能说王禹偁是认同道教了吗?须知他是一个杰出的士大夫,以"致君望尧舜,学业根孔姬"自许[1],"服勤古道,钻仰经旨,造次颠沛,不违仁义"[2],在晚唐五代之后,为重建儒学的信仰和权威而不遗余力地奋斗。同样,一贬夷陵、二贬滁州,后又自请出知亳州的欧阳修,退老颍州之后,以道服华

---

[1] 《小畜集》卷三《吾志》,《四部丛刊》本。
[2] 《小畜集》卷一八《送孙何序》。

阳巾出见宾客,表现的是自己欲从"轩裳珪组劳吾形于外,忧患思虑劳吾心于内"① 的仕宦网罗中解脱出来的强烈意愿。如《归田录序》所云:"既不能因时奋身,遇事发愤,有所建明,以为补益;又不能依阿取容,以徇世俗,使怨疾谤怒丛于一身,以受侮于群小。"于是,年老多病的欧阳修以归隐田庐为自己的最佳选择。与人们常说的遗貌取神相反,欧之衣道服、戴华阳巾纯属遗神取貌之举,与信仰道教之类无涉。《六一居士传》云:"六一居士初谪滁山,自号醉翁。既老而衰且病,将退休之颍水之上,则又更号六一居士。"显然,六一居士与醉翁一样,是作为士人的欧阳修在不同时期为自己所取的雅号,都寄寓着甚多仕宦沧桑的人生况味,如此而已。

值得注意的是,蔡京季子蔡绦所著《西清诗话》,内有与欧阳修相关的"许昌龄"一条。此条为《宋朝事实类苑》所收,《宋诗话辑佚》本的《西清诗话》亦收之,题为《石唐山隐者》,但较简略。《类苑》卷四四"许昌龄"条则甚详细:

> 颍阳石唐山,一峰特峙,势雄秀,独歧遥通绝顶,有石室,邢和璞算心处也。治平中,许昌龄者,安世诸父,蚤得神仙术,杖策来居,天下倾焉。后游太清宫,时欧阳文忠公守亳社,公生平不肯信老佛,闻之,邀致州舍与语,豁然有悟,赠之诗曰:"绿发青瞳瘦骨轻,飘然乘鹤去吹笙。郡斋坐觉风生竹,疑是孙登长啸声。"公集中许道人、石唐山隐者,皆昌龄也。一日,公问道,许告以公屋宅已坏,难复语此,但明了前境,犹庶几焉。且道公昔游嵩山见神清洞事,公默有所契,语秘不传。后公归汝阴,临薨以诗寄之:"石唐仙

---

① 《欧集·居士集》卷四四《六一居士传》。

室紫云深,颖阳真人此算心。真人已去升寥廓,岁岁岩花自开落。昔公曾为洛阳客,偶向岩前坐盘石。四字丹书万仞崖,神清之洞锁楼台。云深路绝无人到,鸾鹤今应待我来。"

文中所引二诗,皆见《欧集·居士集》,前首载卷一四,题作《又寄许道人》;后首载卷九,题为《戏石唐山隐者》,"昔公"作"我昔"。

蔡绦记欧阳修与许道人的交往,透露出的是"生平不肯信老佛"的欧公,晚年有所动摇,不仅向道人"问道",而且"默有所契"的信息,这是真实的吗? 没有其他记载可以证实蔡绦的说法。众所周知,欧阳修像韩愈一样,虽极力排斥佛老,但从不拒绝与和尚道士交往,相反结交了不少方外的朋友,如昙颖、慧勤、智蟾、居讷、秘演、惟俨、潘道士、净照大师等。在吟诗唱酬或作诗文集序之时,表达了自己对社会阴暗面的不满,对人才隐于佛道未能发挥作用的惋惜,对不顺心、难有作为的仕宦生活的厌倦,以及对无忧无虑啸傲林泉的生活的向往。包括《戏石唐山隐者》和《又寄许道人》在内的诸多诗文,从未表示过对佛老二氏之认同。晚年所编定的《居士集》中依然收入辟佛的《本论》和诸多抨击道家愚妄的作品。因为他坚定地信奉"君人治国""微是无以为法"的儒道,而佛老对生产力的破坏和对人心的危害却是他深以为忧的。可以说,从国家的利益出发,于政治层面上排斥佛老,在欧的心目中是毫不动摇的。他与许昌龄的接触是朋友的交往,并非儒者对道教的礼拜,虽然晚年对佛老的抨击不像早先那样激烈,但从信仰上说,他决没有认为自家"屋宅已坏",并为此彷徨不安,而对神仙茫昧之事"默有所契"。

以蔡绦所引两首诗言之,《又寄许道人》不过把许昌龄描写成仙风道骨般的人物,"疑是"云云,文笔颇诙谐,千万别以为真是那么回事。《戏石唐山隐者》,一个"戏"字,已给全诗定下了并非一本正经的基调。《居士外集》卷四有注明欧"临薨作"之诗《绝句》,而此诗题下注"熙宁□年",未必是"临薨"时作。诗的前四句写许昌龄在石唐山的"算心"与"升寥廓",与另一首给许道人的《赠隐者》诗写其"飘然"而别,"孤云飞去杳无踪"一样,神秘莫测,见道家之诡怪,纯属戏说。后六句,回忆在西京幕府任职时,曾与友人一起游嵩山,访石唐山紫云洞,见峭壁上苔藓成文,似"神清之洞"四字的往事,渲染诡异的气氛。虽含对苔藓成文的不解,但主要是呼应前幅的戏说。至于《西清诗话》引神清洞事谓欧公与道家神仙说"默有所契",《青琐高议》亦就此事称欧公"乃神仙中人",都是借题发挥的夸张与神化之笔,不能当真。

当然,必须指出,"四字丹书"的疑惑,对欧阳修一生反对神仙怪异的思想不能不产生负面的影响,或者说减弱了欧力排神仙之说的锐气。不应讳言,晚年的欧阳修在抨击佛老的态度上较先前之激烈而言,是稍有和缓的。另外,欧阳修对佛老的抨击也是有轻重之别的。《御书阁记》指出:"佛能箝人情而鼓以祸福,人之趣者常众而炽。老氏独好言清净远去、灵仙飞化之术,其事冥深,不可质究,则其常以淡泊无为为务。故凡佛氏之动摇兴作,为力甚易,而道家非遭人主之好尚,不能独兴。"可见,他认为佛教的影响和危害比道教大得多。

二

明确了欧阳修不满和排斥道教的立场后,再来看他对道家的态度。道家不同于道教,但道教依托于道家,以老子为教主,以庄子为南华真人。老庄的神仙长生思想和道教的结合是不可避免的。不过,老庄思想有很丰富的内容,而道教只是一味神化老子"道"的学说,竭力鼓吹得"道"可以成仙,长生不死。所以,欧阳修对道教的批判,并不是对整个老庄思想的批判。他拒绝神仙茫昧愚妄之学,但从老庄思想中也汲取了一些有益的东西。他的《崇文总目叙释·道家类》写道:"道家者流,本清虚,去健羡,泊然自守,故曰'我无为而民自化,我好静而民自正',虽圣人南面之术不可易也。至或不究其本,弃去仁义,而归之自然,以因循为用,则儒者病之。"显然,欧阳修对道家的"本清虚,去健羡,泊然自守"并没有提出异议,也没有表现反感,而只是从儒者的立场出发,对道家的弃"仁义"、务"因循"表明了不赞同的态度。

作为一个始终笃信儒学、力行孔孟之道的士大夫,欧阳修以补阙修本,"使王政明而礼义充"[1]为己任。综观其一生,关注朝政、勇于革新、体恤百姓、求道取义、行道救时、守道不屈,与老庄的"无为""好静"自是水火不容。但是,他的不慕荣利、不为富贵功名所羁束,尤其在仕宦屡遭挫折,难以有所作为的时候,毫不恋栈,急流勇退,累乞致仕而终得归田的举动,则不难看出老庄思想对他的影响。应该说,欧阳修善于吸收老庄思想中可取的东西,却能摒弃其糟粕。熙宁三年(1070),也就是离他辞世不到两年的时候,他写了一首《寄答王仲仪太尉素》诗:"丰乐山前一醉翁,余龄有几百忧攻。平生自恃心无愧,直道诚知世不容。换骨莫求丹九转,荣名岂在禄千钟?明年今日如寻我,颍水东西问老农。"这是欧阳修一生仕宦与操守的写照,也表明了他退隐田园的决心。有意思的是,"换骨"二句很形象地道出了欧

---

[1] 《欧集·居士集》卷一七《本论上》。

对老庄思想的弃与取：他坚拒老庄关于神仙长生的虚妄追求，却接受其鄙弃荣利的健康观念。

在对自然和生命的认识上，欧与老庄有许多一致的地方。在《删正黄庭经序》中，他假托"无仙子"之名，抨击"后世贪生之徒，为养生之术者，无所不至"的怪奇，指出："自古有道无仙，而后世之人知有道而不得其道，不知无仙而妄学仙，此我之所哀也。道者，自然之道也，生而必死，亦自然之理也。以自然之道养自然之生，不自戕贼夭阏而尽其天年，此自古圣智之所同也。"我们知道，老子反对上帝有知、天道有为的神秘主义观念，提出天道自然无为的朴素的唯物主义思想。《老子》十六章云："天乃道，道乃久。"意为合乎天理自然即合乎道，合乎道即能长久。第二十五章又云"道法自然"。欧崇尚自然之道，其源自可追溯至《老子》。而庄子强调全性保真，反对戕害人的自然本性，关注生命和自我保全，追求自由与超脱，宁"生而曳尾于涂中"[1] 等等，从欧阳修的诗文看来，这些观点曾经引起他的共鸣；尤其是随着年岁的渐长、阅历的增多、病患的加剧、仕途的累遭坎坷，这种共鸣也从轻度而趋向强烈。

三

欧阳修受老庄思想的影响，主要表现在看淡荣名利禄，善于自处，尊重自然规律，善待生命上。

早在景祐五年（1038）欧阳修由贬所夷陵赴乾德县任职途中，过荆州，访兄晔，作《游鯈亭记》就抒发了自己不以荣名为念，不以处卑为虑的旷达襟抱。他赞赏欧阳晔"击壶而歌，解衣

---

[1]　郭庆藩《庄子集释·外编·秋水》，中华书局，1961 年，第 604 页。

而饮。陶乎不以汪洋为大,不以方丈为局" 的情怀。欧贬夷陵时与尹洙以 "慎勿作戚戚之文" [1] 相勉励,并为自己所崇敬的韩愈 "论事时,感激不避诛死,真若知义者,及到贬所,则戚戚怨嗟" 的行为惋惜不已。确实,宋代的欧、苏在身处逆境时,比起唐代的韩、柳要旷达得多,这固然与两代政治、文化等环境氛围不同有关,但欧、苏的看淡荣利,善于自处毕竟要高韩、柳一筹,这自然与他们思想上的融合儒、道或融合儒、释、道有关。

嘉祐六年(1061),欧阳修由枢密副使转参知政事,官越做越大,但他并不因 "官荣日清近,廪给自丰羡" 而自得,相反认为 "纷华暂时好,俯仰浮云散。淡泊味愈长,始终殊不变" [2]。到了熙宁三年(1070),已经做了 "六一居士" 的欧阳修写了一篇神情绵邈、感慨万端的《岘山亭记》,叹息羊祜、杜预两位功业不凡的古人不该 "汲汲于后世之名",实是以宾衬主,借古喻今,微讽求记的光禄卿史中辉,也借以展现了自守谦恭的博大心胸。晚年的欧阳修不求荣名、鄙弃功利的淡泊情怀在这篇佳作中也流露无遗。

老庄的崇尚自然、全性保真,对欧阳修的思想颇有影响,虽然在行道救时、建功立业上,作为儒者和官员的欧阳修有着强烈的责任感,对自己有着很高的要求,但在仕宦屡遭挫折、报国宏愿未能实现的情况下,岁月之不居与生命之短促不能不令他一再地哀叹。贬滁后于庆历六年(1046)作《新霜》云:"无情木石尚须老,有酒人生何不乐!" 至和元年(1054)返京后,政治局面依然沉闷,欧因无所作为而苦闷,为 "清霜一以零,众木少坚劲。

---

① 《欧集·居士外集》卷一七《与尹师鲁书》。
② 《欧集·居士集》卷九《读书》。

物理固如此,人生宁久盛"① 而伤怀。嘉祐三年(1058)回忆近三十载的从政生涯时,欧不由感叹道:"无情草木不改色,多难人生自摧拉。"② 治平时,朝政一度险恶,欧以惊惧忐忑的心情写道:"黄犬可为戒,白云当自由。无将一抔土,欲塞九河流。"③ 治平四年(1067),坚辞朝职,出知亳州,经过日思夜梦的归隐之地颍州时,欧阳修不禁发出了"十载荣华贪国宠,一生忧患损天真"④ 的慨叹,返归林泉的欲望愈加强烈而无法遏止。

　　作于嘉祐四年(1059)的《秋声赋》,很能代表欧阳修在其人生后期的思想情绪:"草木无情,有时飘零。人为动物,惟物之灵。百忧感其心,万事劳其形,有动于中,必摇其精;而况思其力之所不及,忧其智之所不能,宜其渥然丹者为槁木,黟然黑者为星星。奈何以非金石之质,欲与草木而争荣,念谁为之戕贼,亦何恨乎秋声!"作者对百忧感心、万事劳形的慨叹,蕴含着对徒有壮志而不能施展抱负的现实的不满和对暮气沉沉的朝政的忧虑。在抒发内心不平的同时,他深知必须正视现实,尊重自然,善待生命,自我珍重。如果说他前半生意气风发地投身范仲淹领导的革新事业,"开口揽时事,论议争煌煌"⑤,颇有儒家以天下为己任、千秋功业舍我其谁的气概,那么后半生在"丹心皎虽存,白发生已迸"⑥ 的情况下,老庄顺应自然、全性保真、追求超脱的观念,在他的思想里已经越来越占上风,这就是他皇祐时"已约梅圣俞买田于颍上"⑦,而且此后思颍诗越来越多的原因。

---

① 《欧集·居士集》卷六《述怀》。
② 《欧集·居士集》卷七《谢观文王尚书惠西京牡丹》。
③ 《欧集·居士外集》卷七《试笔》。
④ 《欧集·居士集》卷一四《再至汝阴三绝》。
⑤ 《欧集·居士集》卷二《镇阳读书》。
⑥ 《欧集·居士集》卷六《述怀》。
⑦ 《欧集·居士集》卷四四《续思颍诗序》。

可以说,欧阳修对道教的排拒是坚决的,而对老庄思想的吸收也是不容置疑的事实。

## 第二节　王禹偁思想和创作的影响

王禹偁是宋初颇有影响的政治人物,也是声誉卓著的文学家。在政治和文学两方面,他都是改革的先驱者,担任导乎先路的角色,对半个世纪后登上政坛和文坛的欧阳修,在思想和创作上,都产生了相当重要的影响。

王禹偁和欧阳修有着相似的人生轨迹。两人均出身贫寒,王“世为农家”[①],以磨麦制面为生;欧“四岁而孤”,“父为吏廉”,“其亡也,无一瓦之覆、一垅之植”[②]。他们都生活在社会底层,对时政弊端和百姓疾苦有切身的体验。入仕后,都怀着满腔的政治热情,为革故鼎新而竭尽全力。由于秉性刚直,累遭打击与挫折:王一贬商州,再贬滁州,三贬黄州;欧一贬夷陵,再贬滁州,晚年因濮议之争横遭污蔑,自请出知亳州。他们的人生道路都十分坎坷,但“果敢之气,刚正之节,至晚而不衰”[③]。他们又都有很高的文学才华,诗文兼擅,造就卓绝,为扭转时风作出重大贡献。王编《五代史阙文》,欧撰有《新五代史》等,在史学上均有不凡的造诣。

欧阳修仰慕王禹偁的为人,贬官滁州时,瞻仰王的画像而有诗云:“偶然来继前贤迹,信矣皆如昔日言。诸县丰登少公事,一家饱暖荷君恩。想公风采常如在,顾我文章不足论。名姓已

---

① 脱脱等《宋史·王禹偁传》,第 28 册第 9793 页。
② 《欧集·居士集》卷二五《泷冈阡表》。
③ 《临川先生文集》卷八六《祭欧阳文忠公文》,《四部丛刊》本。

光青史上,壁间容貌任尘昏。"① 颔联化用了王《滁州谢上表》中
"诸县丰登,苦无公事;一家饱暖,共荷君恩"之语。诗的首句说
自己踏着"前贤"足迹,到滁州任职,实际上表达了敬佩之情与
效法之意。综观欧阳修的一生,不管是从政,还是为文,他都以
王禹偁为楷模,且将前辈的业绩发扬光大。

一

　　对晚唐五代以来的社会现状和风气,王禹偁是不满的。在
《送乐良秀才谒梁中谏序》中,他感慨不尽地写道:"天下之人,
背道义而趋势利者众矣。是故权门火炎,归之如市;散地灰冷,
过而弗顾。偷薄苟且,率以为常,非士君子谋道徇义,乌能矫世
而行哉!"他一再感叹"近代以来,丧礼尤废"②,"古者自天子至
士,皆有家庙祭祀其先","唐季以来,为人臣者,此礼尽废"③。在
《送孙何序》中,先言"国家乘五代之末,接千岁之统","君子之
儒兴矣",接着用"然而"一转,写道:"服勤古道,钻仰经旨,造次
颠沛,不违仁义,拳拳然以立言为己任,盖亦鲜矣。"在《北楼感
事》诗中,他更是忧心忡忡地哀叹:"自从五代来,素风已陵迟。
干戈为政事,茅土输健儿。儒冠筮仕者,仅免寒与饥。至今明圣
代,此风犹未移。"鉴于晚唐五代以来战乱频仍、社会动荡、礼义
鲜见、儒风不振的现实,他渴望重建儒学的信仰和权威,《吾志》
诗就以"致君望尧舜,学业根孔姬"自许,但北宋开国已三十余
年,仍沿袭五代遗风,犹未有所变易,这不能不令王禹偁深感痛
心疾首。

---

① 《欧集·居士集》卷一一《书王元之画像侧》。
② 《小畜集》卷一四《记孝》。
③ 《小畜集》卷一四《画纪》。

　　王禹偁轻天命而重人事,持积极入世的人生态度。他的《天道如张弓赋》谓"天道远,人道迩"。《君者以百姓为天赋》声称:"但人心之悦矣,任天道之何如……善知天者,以民为先。"无疑,他的重人事与积极入世,源自于强烈的民本思想。在著名的《端拱箴》中,他一再呼吁"当念贫民,室无环堵","当念流民,地无立锥",且云:"计口授田,兼并何有。是谓仁政,及于黔首。"《吊税人场文》中,他惊叹道:"虎之搏人也,止于充肠;官之税人也,几乎败俗!"在《对雪》诗中,他想到"输挽供边鄙"的"河朔民",想到"荷戈御胡骑"的"边塞兵",为自己"不耕一亩田,不持一只矢"与偷安尸位、无所作为而惭愧。为改变现状,他十分重视谏官的职责,《端拱箴》谓"箴诫惟艰,斥君之过;谏诤惟艰,救君之祸"。除旧布新,要靠朝臣;朝臣有邪正,须分辨君子和小人。故《端拱箴》又云:"孰为君子? 先人后己。信而用之,斯为至理。孰为小人? 害物谋身。察而斥之,斯为至仁。"至道三年(997),王禹偁上《应诏言事》书,恳请新登基的真宗皇帝"亲大臣,远小人,使忠良謇谔之士知进而不疑,奸险倾巧之徒知退而有惧",又引"放郑声,远佞人"的古语,提醒道:"夫小人之徒,巧言令色,先意希旨,事必害正,心惟忌贤,非圣帝明王不能深察。"此前,王禹偁还写了一篇《朋党论》:

　　　　夫朋党之来远矣,自尧舜时有之。八元、八凯,君子之党也;四凶族,小人之党也。惟尧以德充化臻,使不害政,故两存之。惟舜以彰善明恶,虑其乱教,故两辩之。由兹而下,君子常不胜于小人,是以理少而乱多也。夫君子直,小人谀。谀则顺旨,直则逆耳。人君恶逆而好顺,故小人道长,君子道消也。《书》曰:"有言逆于汝心,必求诸道;有言逊于汝志,必求诸非道。"君天下者能践斯言而行之,则朋党辨矣,又何难于破贼哉?

　　此文很容易使我们联想到欧阳修也写过同名的文章。在那篇《朋党论》里,欧阳修继承了王禹偁的思想,如认为自古以来就有朋党,也引了八元、八凯、四凶等为证;认为小人之朋党害政乱教,酿成祸端;认为关键在于国君能辨君子小人,分别进退之,等等。当然,欧阳修也有他的创造,认为"君子以同道为朋",是"真朋";"小人以同利为朋",是"伪朋"。应该说,王禹偁关于君子小人的诸多论述,对欧阳修的思想产生了很大的影响。

　　欧阳修每每痛心疾首于晚唐五代以来社会的动荡、道德的沦丧、士人的堕落、风气的衰靡,这与王禹偁的观点颇为一致。在《五代史·一行传序》中,他就哀叹五代时"干戈兴,学校废,而礼义衰,风俗隳坏,至于如此"。欧阳修的许多感慨,跟王禹偁毫无二致,是为现实而发的。他在《本论》中写道:"前日五代之乱可谓极矣。……天下之势方若弊庐,补其奥则隅坏,整其桷则栋倾,枝撑扶持,苟且而已。"联系危机四伏的北宋社会现实,他又写道:"财不足用于上而下已弊,兵不足威于外而敢骄于内,制度不可为万世法而日益丛杂,一切苟且,不异五代之时,此甚可叹也。"欧阳修为当政者未能吸取前代的教训,为现实社会中的儒道不振、法度残缺、弊病丛生、积重难返而心急如焚,担忧宋廷重蹈五代的覆辙。

　　和王禹偁一样,欧阳修以天下为己任,以儒家十分积极的入世态度,投入变革现实的斗争。欧阳修也是轻天命而重人事的,《易或问》强调要"修吾人事",因为"治乱在人而天不与者"。《五代史·伶官传序》发端即感叹道:"盛衰之理,虽曰天命,岂非人事哉!"和王禹偁一样,欧阳修对人事的关注,主要表现为对黎民社稷的关怀,将国家的安危、百姓的疾苦时时挂在心头。《食糟民》诗写道:"田家种糯官酿酒,榷利秋毫升与斗。酒沽得钱糟弃物,大屋经年堆欲朽。……不见田中种糯人,釜无糜粥度冬春。还来就官买糟食,官吏散糟以为德。嗟彼官吏者,其职称长民。衣食不蚕耕,所学义与仁。仁当养人义适宜,言可闻达力可施。上不能宽国之利,下不能饱尔之饥。我饮酒,尔食糟。尔虽不我责,我责何由逃!"此诗宣泄了对吏治腐败的不满,如同王禹偁的《对雪》诗,深切同情百姓的苦难,而充满自责自疚之情。欧阳修力图改变现状,也像王禹偁那样,重视对朝政有很大发言权的谏官的职责。他早年就写了《上范司谏书》,谓"谏官者,天下之得失、一时之公议系焉","立殿陛之前与天子争是非者,谏官也",勉励范仲淹就国事大胆进言。庆历年间自己任谏官时,接二连三地呈上札子,不知疲倦地放胆直言朝政得失。他认为改革的关键在于用人,国君的责任是要辨清君子和小人,进贤退不肖。于是,就在庆历革新斗争最尖锐的时刻,他像王禹偁一样,也写了一篇《朋党论》。

综观王、欧二人的一生,从政的经历颇为相似,思想的轨迹也如出一辙。尤其值得重视的是,在批判现实、针砭恶习、高扬君子意识、倡导君子风范上,王禹偁发其端,欧阳修承其绪,对宋代士人的思想和文学创作产生了重大而深远的影响。

# 二

王禹偁有篇文章值得注意,这就是《全宋文》卷一五七所收的《君子乡记》。此文谓"民之善恶,系君之教化",并举尧舜、桀纣等为例,认为社会风习是由统治者造成的。"自粹德云亡,浇风日寖,礼义冰释,奸邪蔓滋。忠正之人,囚声锁气;谗毁之士,

鼓舌张颐。"这是说,道德礼义一旦消亡,则正人受气,邪恶嚣张。文章接着给我们描绘了"君子乡"的美好图景:

> 礼让尤新,淳和未散,蕴德抱义,畜道戴仁。牧竖稚童,绰有夷齐之行;婴儿鬐老,咸遵邹鲁之风。祥麟在郊,威凤来巢,虫沙影绝,猿鹤音交,我乡之鸟兽也;荆棘不生,兰茝于荣,寒竹挺槚,清松袅声,我乡之草木也。罾缴不设,罝罘不陈,麛卵遂性,飞走全身,鳏寡惸独,怡怡忻忻,所以我乡之人;威仪容止,惇惇济济,揖让中规,尊卑有齿,君君臣臣,父父子子,所以我乡之礼。唯礼与仁,君子之行也。是知反道败德、贼义残仁者,不可入于我乡矣。

这是王禹偁一生所追求的理想社会图,也是他一生所实践的君子宣言书。他希望按照这个蓝图改造整个社会,实现人生理想,但四处碰壁,未能成功;他高扬君子意识,倡导君子作风,且率先垂范,激浊扬清,在有宋一代士人中产生强烈的反响,欧阳修便是深受其熏蒸浸渍的一位。

欧阳修十分向往王禹偁在《君子乡记》中所描绘的那种儒家的理想社会,他在《吉州学记》里对经受庆历兴学洗礼的家乡怀着美好的憧憬:

> 幸予他日因得归荣故乡而谒于学门,将见吉之士皆道德明秀而可为公卿,问于其俗而婚丧饮食皆中礼节,入于其里而长幼相孝慈于其家,行于其郊而少者扶其羸老、壮者代其负荷于道路,然后乐学之道成。而得时从先生、耆老,席于众宾之后,听乡乐之歌,饮献酬之酒,以诗颂天子太平之功。

要实现这样的理想社会,自然必须从自身做起,以君子的规范严以律己。欧阳修早年所作的《非非堂记》就视"非非",亦即敢于否定和批判错误为"君子之常"。在《朋党论》中,他义正词严地宣称,君子"所守者道义,所行者忠信,所惜者名节。以之修身,则同道而相益;以之事国,则同心而共济,终始如一"。在《杂说三首》中,他感叹道:"人之有君子也,其任亦重矣。万世之所治,万物之所利,故曰'自强不息',又曰'死而后已'者,知其所任矣。"基于对君子所应遵循规范和所承担责任的明确认识,欧阳修在《答李翊书》中,谓"毁誉不干其守,饥寒不累其心,此众人以为难,而君子以为易";在《尹师鲁墓志铭》中,称颂尹洙的"忠义之节",谓其"处穷达,临祸福,无愧于古君子";在《与高司谏书》中,痛斥"身惜官位,惧饥寒而顾利禄",甚至毁贤人"以为当黜"的高若讷为"君子之贼"。

由诸多论述与所作所为中可以看出,王、欧所倡导的君子风范主要包含下列内容:

(一)求道取义的名节观念。

王、欧二人都继承了儒家重道义、重名节的传统观念,这与他们身处唐末五代"乱世"之后有很大的关系。王的《君子乡记》感叹"举世乱,烝民奸","未见君子,忧心忡忡",痛斥"反道败德、贼义残仁者"。在《单州成武县主簿厅记》中,他谆谆告诫道:"升是厅者,勿以下位而自败其道焉。"《答丁谓书》更是语重心长地教诲道:"盖修之于身,则为名节。……今谓之第一进士,得一中允,而欲与世浮沉,自堕于名节,窃为谓之不取也。"从王禹偁一生的经历看来,他始终珍惜自己的名节,符合道义的事,坚决去做,违背道义的事,宁死不为。他的仕途是一个挫折接着一个挫折,原因就在于此。

欧阳修也有强烈的名节观念,他沿袭古代"三不朽"的说法,把立德摆在首位。《送徐无党南归序》谓"圣贤者,修之于身,施之于事,见之于言"。为了强调立德的重要,又说:"修于身矣,而不施于事,不见于言,亦可也。"还举例说:"若颜回者,在陋巷,曲肱饥卧而已,其群居则默然终日如愚人。然自当时群弟子皆推尊之,以为不敢望而及,而后世更百千岁亦未有能及之者。其不朽而存者,固不待施于事,况于言乎?"他认为君子应唯道义是求,"死不失义",无怨无悔,故不满于"前世有名人,当论事时,感激不避殊死,真若知义者,及到贬所,则戚戚怨嗟,有不堪之穷愁形于文字",谓"其心欢戚无异庸人"①。故韩琦十分崇敬地赞曰:"噫公之节,其刚烈烈。弼违斥奸,义不可折。"②《宋史·欧阳修传》亦称"修以风节自持"。石介是庆历新政的支持者,由于他"贤愚善恶,是是非非,无所讳忌","小人尤嫉恶之,相与出力必挤之死",欧阳修肯定他讲仁义、明是非、善善恶恶、奋不顾身的大节,极力称颂其"德"与"道",谓为"鲁人之所瞻","逾远而弥长"③。到了晚年,欧阳修对名节看得更重,据《倦游杂录》载:"欧阳文忠在蔡州,屡乞致仕。门下生蔡承禧因间言曰:'公德望为朝廷倚重,且未及引年,岂容去也?'答曰:'修平生名节,为后生描画尽,惟有速退以全节,岂可更俟驱逐乎?'"

(二)行道救时的责任意识。

王、欧二人都以天下为己任,不避艰险,不畏权势,行道救时,一往无前。还在做"棘寺小吏"即大理评事的时候,王禹偁就写了著名的《待漏院记》,将时相分为两类,褒贤贬奸,并陈述

---

① 《欧集·居士外集》卷一七《与尹师鲁书》。
② 《安阳集》卷五○《故观文殿学士太子少师致仕赠太子太师欧阳公墓志铭》,《文渊阁四库全书》本。
③ 《欧集·居士集》卷三四《徂徕石先生墓志铭》。

了"一国之政,万人之命,悬于宰相,可不慎欤"的道理,且"请志院壁,用规执政者"。接着,他上《端拱箴》,以天下苍生为念,直言极谏,劝国君实行仁政。又上《三谏书序》,"采掇古人章疏可救今时弊病者,凡三篇"。每篇之末,"别有起请条目,指陈时病,稽合前文,庶引古以证今,必朝行而暮复。又自立问难,缀于终篇,断在不疑,以绝浮议"。为唤醒国君,痛革时弊,可谓想尽办法,足见其规讽劝诫的良苦用心。贬官滁州时,他在《和杨遂贺雨》诗中,以一个"出临永阳民"的地方官员的身份,建议"可办官赋调,亦免农艰辛",这是何等强烈的政治责任感啊!当真宗即位,下诏求直言时,王禹偁迫不及待地呈上《应诏言事》书,就国家大事畅叙己见,知无不言,言无不尽,忧国忧民的拳拳情意溢于字里行间。

秉承先辈忠于国事、勇于变革的精神,欧阳修在自己漫长的仕宦生涯中,始终保持着行道救时的高度责任感。景祐时,任馆阁校勘,就上书御史中丞杜衍,谓即将任御史台主薄的石介不当以言事见罢;旋作《送王圣纪赴扶风主薄序》抨击官吏报喜而不报忧,置百姓疾苦于不顾;又贻书责司谏高若讷诋诮范仲淹,实乃"君子之贼"。庆历时,枢密使又是恩师的晏殊,邀欧阳修饮酒赏雪,欧即席赋《晏太尉西园贺雪歌》进谏,谓"须怜铁甲冷彻骨,四十余万屯边兵",满怀忧国忧民的深情,却因此得罪了晏殊。仁宗就国事征求意见,欧立即采当世急务为三弊五事,作《准诏言事上书》呈进。入谏院后,他更是以无比旺盛的精力,接连不断地上书进言,献可替否,表现出对国事的高度关切。其强烈的责任意识,于《欧集·奏议集》中可见:在谏院不到两年的时间里,就呈进了95篇奏状札子,有关国计民生的大事,事事关心。至和、嘉祐时,欧阳修为修河事连上三状,谓"当此天灾岁旱之时,民困国贫之际","兴大役,动大众",尤须谨慎,当"谋于其始而审"①。极为恳切的陈辞中,尤见忧念国事、体恤百姓之情怀。英宗登基初,与太后有隙,欧阳修同韩琦等竭力弥缝母子,镇安内外,以防不测。据苏辙《欧阳文忠公神道碑》载:"枢密使尝阙人,公当次补,韩公(琦)、曾公(公亮)议将进拟,不以告公。公觉其意,谓二公曰:'今天子谅阴,母后垂帘,而二三大臣自相位置,何以示天下?'"正因为胸有国家的大局,视行道救时为自己最大的责任,而不谋私利,欧阳修才能发出如此铿锵有力、感人肺腑的声音。苏轼在《居士集序》中由衷地称赞道:"自欧阳子出,天下争自濯磨,以通经学古为高,以救时行道为贤,以犯颜纳说为忠。"这是何等确切的评价!

(三)守道不屈的人格精神。

王禹偁所信守的儒家之道,显现了积极入世者时刻以民生为念的博大胸怀,又体现为坦荡耿直、正道直行、坚贞不屈的人格操守。为个人一生三贬而发不平之鸣的《三黜赋》,庄严地宣称;"屈于身兮不屈其道,任百谪而何亏!吾当守正直兮佩仁义,期终身以行之。"《滁州谢上表》也自负地袒露了"出一言不愧于神明,议一事必归于正直"的心迹。《答丁谓书》云:"夫刚直之名,吾诚有之。盖嫉恶过当,而贤不肖太分,亦天性然也。"他明知"廉其身而浊者忌之,直其气而曲者恶之"②,仍始终如一地坚持自己的信念,守道行道,悯时救时,不屈不挠地抗争,没有一丝一毫的妥协,这实在是难能可贵的品格。

欧阳修步履前贤的足迹,守道不屈,刚直不阿,与王禹偁并称楷模,滁州曾立二贤堂以祀之。王有《官舍竹》以自喻人格:"不随夭艳争春色,独守孤真待岁寒。"欧《谢提刑张郎中寄笋

---

① 《欧集·奏议集》卷一二《论修河第一状》。
② 《全宋文》卷一五三《为长洲令自叙》。

竹杖》则以"玉光莹润锦斓斑,霜雪经多节愈坚"自勉自励。写于贬官夷陵途中的《与尹师鲁书》说:"路中来,颇有人以罪出不测见吊者,此皆不知修心也。"又说:"可嗟世人不见如往时事久矣!往时砧斧鼎镬,皆是烹斩人之物,然士有死不失义,则趋而就之,与几席枕藉之无异。有义君子在傍,见有就死,知其当然,亦不甚叹赏也。"历代士人舍生忘死以殉节取义的精神,给欧阳修以何等巨大的激励!在庆历革新遭遇危机的时刻,他"孤忠一许国,家事岂复恤"①,"不避群邪切齿之祸,敢干一人难犯之颜"②,愤然上奏,冀国君一悟,实是明知不可为而为之。故王安石在《祭欧阳文忠公文》中,对欧公"仕宦四十年,上下往复,感世路之崎岖,虽屯遭困踬,窜斥流离,而终不可掩","既压复起,遂显于世"的那种气概与节操,表达了由衷的、深深的敬意。《宋史·欧阳修传》也赞叹他"天资刚劲,见义勇为,虽机阱在前,触发之不顾。放逐流离,至于再三,志气自若也"。倘若没有守道不屈的人格精神,欧阳修是很难穿越仕途中那接连涌来的惊涛骇浪而一往无前的。

## 三

王、欧的思想对他们文学创作的影响是巨大的,这集中表现在他们的创作理论深深地打上了自己的思想烙印,对宋代及以后的文学,尤其是散文的发展,带来极为深远的影响。

先看王禹偁的创作主张。《五哀诗》云:"文自咸通后,流散不复雅。因仍历五代,秉笔多艳冶。"《送孙何序》云:"人之文,

--------

① 《欧集·居士集》卷二《班班林间鸠寄内》。
② 《欧集·奏议集》卷一一《论杜衍范仲淹等罢政事状》。

六籍五常。舍是而称文者,吾未知其可也。咸通以来,斯文不竞,革弊复古,宜其有闻。"《答张扶书》云:"夫文,传道而明心也。古圣人不得已而为之也。且人能一乎心至乎道,修身则无咎,事君则有立。及其无位也,惧乎心之所有不得明乎外,道之所畜不得传乎后,于是乎有言焉。又惧乎言之不易泯也,于是乎有文焉。信哉不得已而为之也!既不得已而为之,又欲乎句之难道邪?又欲乎义之难晓邪?必不然矣……姑能远师六经,近师吏部,使句之易道,义之易晓,又辅之以学,助之以气,吾将见子以文显于时也。"《赠朱严》诗云:"谁怜所好还同我,韩柳文章李杜诗。"

可以看出,王禹偁所言之道是传统之道。他不满于晚唐以来儒学不振与世风衰靡,故强调"人之文,六籍五常",推崇儒家的传统典籍与伦理观念。与此相应,他不满于晚唐以来绮艳不雅的文风,希望"革弊复古","远师六经,近师吏部",以"韩柳文章李杜诗"为学习的榜样,因为这些诗文是晚唐前公认的艺术佳构、"传道而明心"的典范之作。在他的眼中,儒学复古与文学复古是完全一致的。王禹偁所言之道也是现实之道。他以天道远、人道近而尤重人事,持积极入世的态度,对国计民生极为关切。他的求道取义,是面对严酷的官场现实做出的勇敢抉择;他的行道救时,是为改变弊病丛生的社会现实做出的不懈努力;他的守道不屈,是遭受现实的沉重打击时保持的自尊自强的人生态度。他以为,能"一乎心至乎道"的人,在位时,"修身则无咎,事君则有立",应是现实生活中的贤者和强者。王禹偁所言之道又是平易之道。源于传统并植根于现实的道,远离天命而切近人事的道,是大多数人所关心所能接受的,也是除旧布新所依恃而不可缺的。君子在"修身"、"事君"的同时,还肩负着将"道之所畜""传乎后"的立言的使命。既然如此,怎么会"又欲乎句之难道邪？又欲乎义之难晓邪"？他们希望"以文显于时"，自然"使句之易道，义之易晓"，乐此而不疲。

欧阳修论文大抵继承了王禹偁的观点。这颇为集中地反映在明道年间所作的《与张秀才第二书》中："知足下之好学，甚有志者也。然而述三皇太古之道，舍近取远，务高言鲜事实，此少过也。君子之于学也务为道，为道必求知古，知古明道，而后履之以身，施之于事，而又见于文章而发之，以信后世。其道，周公、孔子、孟轲之徒常履而行之者是也；其文章，则六经所载至今而取信者是也。其道易知而可法，其言易明而可行。"欧阳修道崇周公、孔子、孟轲，书崇六经，"讲之深而信之笃"[1]，与王禹偁重儒学传统无异。他反对"舍近取远，务高言而鲜事实"，反对"弃百事不关于心"[2]，"知古明道"，是为了"履之于身，施之于事"，而后发为文章。他重视儒学传统，但不侧重于伦理纲常，不用教条的眼光视之，更重儒道致用的品格，充分发挥儒道在现实生活中的教化作用，这与王禹偁相比，可谓有过之而无不及。欧阳修谓"君子之于学，是而已，不闻为异也"[3]，道应"易知而可法"，言应"易明而可行"，与王禹偁的"易道易晓"论同样注重道的平易。总之，王禹偁的思想和文论深深地影响了欧阳修，当然，欧在继承的基础上也有所发展。

在文道关系上，欧阳修认为两者是紧密结合而不可分离的。《答祖择之书》云："道纯，则充于中者实；中充实，则发为文者辉光。"同时他对文的作用有更多的阐述，给予更多的重视。《代人上王枢密求先集序书》云："君子之所学也，言以载事而文以饰言，事信言文，乃能表见于后世。"文中又举《诗》《书》、

---

① 《欧集·居士外集》卷九《与乐秀才第一书》。
② 《欧集·居士集》卷一七《答吴充秀才书》。
③ 《欧集·居士外集》卷一六《与石推官第一书》。

《易》《春秋》为例，谓"善载事而尤文者"，"其传尤远"。《薛简肃公文集序》云："君子之学，或施于事业，或见于文章，而常患于难兼也。"这与《送徐无党南归序》说"言之不可恃"而强调立言不易，属同样的意思。他关于"偶俪之文，苟合于理，未必为非"[①]的论断，也反映了他对表现形式和艺术技巧的重视。与道的平易相应，王、欧力倡之平易，而欧更强调自然。《与渑池徐宰》认为为文须"峻洁"，"然不必勉强，勉强简节之，则不流畅，须待自然之至"。至于欧的"简而有法"、"穷而后工"等新见，影响甚大，此不赘述。

王禹偁的思想和创作都是高出时辈的，正因如此，他活着的时候比较孤单，死后不久，西昆体盛行。作为重建儒学信仰推动诗文革新的先驱，他的巨大影响不在当时，而在后世。他影响了欧阳修的思想、人格和操守，影响了欧阳修的文学理论，也影响了欧阳修与有宋一代的文学创作。他以自己的文学理论和创作实践，为宋代诗文的发展开拓了前进的道路。后来，虽不时出现偏颇，但文道结合，重道亦重文，逐渐成为诸多文士的共识；在创作内容上，欧阳修及后世的大量作品，无不关切国计民生，倡扬君子风范，充满了以天下为己任的忧国忧民之意识；与此相关，在表达上产生了议论化的倾向，就家事、国事、天下事大发议论的诗文层出不穷；就文风而言，浮艳或怪异难成长期的气候，平易自然成为发展的主流，而不可逆转。所有这些，与欧阳修作为北宋文坛盟主发挥巨大的作用密切相关。但是，我们千万不要忘记作为先驱者的王禹偁的作用，不要忘记他对欧阳修及其他文士人格精神的熏陶和诗文创作的影响。

---

① 《欧集·居士外集》卷二三《论尹师鲁墓志》。

# 第三节 和而不同理念的坚守与践行

　　有宋一代,庶族知识分子大批登上政治舞台,他们的抱负、理想与作为,跟贵族士大夫有着天壤之别,他们追求社会的和谐与安定。王禹偁、范仲淹、欧阳修等就是庶族士大夫的杰出代表。

一

　　欧阳修在从政的生涯里,始终关注社会的和谐,皇祐元年(1049)作《桐花》诗云:"常闻汉道隆,上下相和谐。"[1] 为此,他力主革新,剪除弊政。贬官夷陵时,阅官署陈年公案,见枉直乖错不可胜数,为社会不公愤慨不已。庆历革新所推行的明黜陟、抑侥幸、厚农桑、减徭役等措施,亦力图革去时弊,消弭不公,施惠百姓。

　　欧阳修对和谐的向往和追求,突出地表现在反对官僚享有特权,不受约束,高高凌驾于黎民百姓之上。至和元年(1054),欧阳修在历滁州之贬和扬州、颖州、应天府的任职后,回京权判吏部流内铨,刚接手人事管理时,就向朝中呈进《论权贵子弟冲移选人札子》,乞请保障孤寒贫乏者候补官职的权利,抑制豪门贵族子弟优先入仕的特权。嘉祐三年(1058)权知开封府,时宠贵犯禁令,多求内降苟免,欧坚持原则,即上《请今后乞内降人加本罪二等札子》。在他的眼中,纵容特权,就是侵犯了普通人的权益,就是对社会安定和谐的破坏。他关注百姓的生存状

---

[1] 《欧集·居士外集》卷四。

态,对社会底层的弱势群体充满同情,作《食糟民》诗,为官民的不平等及贫富之悬殊而愤慨,以贫民"食糟"与自身"饮酒"对比,抒自责自疚之情。他告诫十二侄通理:"但存心尽公,神明亦自祐汝,慎不可思避事也。昨书中言欲买朱砂来,吾不阙此物,汝于官下宜守廉,何得买官下物? 吾在官所,除饮食物外,不曾买一物,汝可安此为戒也。"①

　　欧阳修向往和追求和谐,更表现在他对人际关系处理的见解与作为。他的一生重情重义,尊重前辈,爱护后生,关心朋友、同僚,《书简》中留下的大量文字,就是他们长久友情的记述②。仅挥之不去的洛阳情结与庆历情结,就关联着梅尧臣、尹洙、富弼、谢绛、杜衍、范仲淹、韩琦、蔡襄、苏舜钦、石介、余靖、王素等诸多同僚挚友。皇祐间颍州聚星堂诗会,显现了欧与吕公著、刘敞、魏广、焦千之、王回、徐无逸等人结下的久而弥笃的情谊。嘉祐贡举又让欧与韩绛、范镇、王珪等考官和曾巩、苏轼、苏辙等出类拔萃考生的交往密切起来。正直、有良知的士大夫,是北宋中前期社会发展和稳定的基石。社会的和谐与进步、国家的安定与繁荣,自然跟他们推心置腹的相处、互帮互助的努力与竭尽心智于国事息息相关。在坚守、践行和推进和谐的理念方面,欧阳修的所作所为备受称赞,所谓"座中客常满,樽中酒不空","礼贤下士,为天下第一",都是当之无愧的评价。

　　在《朋党论》中,欧阳修指出:"大凡君子与君子以同道为朋,小人与小人以同利为朋……小人所好者禄利也,所贪者财货也。当其同利之时,暂相党引以为朋者,伪也;及其见利而争先,或利尽而交疏,则反相贼害,虽其兄弟亲戚不能相保。……

―――――――

① 《欧集·书启》卷一〇。
② 详见本书第八章第二节。

君子则不然,所守者道义,所行者忠信,所惜者名节。以之修身,则同道而相益;以之事国,则同心而共济,终始如一。"作为最基本的特征,"同道"属于君子之朋,而"同利"属于小人之朋。谋道或求利也分别是君子或小人行为的目的与出发点。欧阳修继承先秦儒家的学说,他的论述是对孔子思想的继承与发展。《论语·子路》曰:"君子和而不同,小人同而不和。"按欧阳修的阐释,"君子和",在于"同道",在道义上有共同的追求;"小人同",在于"同利",为追逐私利而拉帮结伙。由于"同道",君子修身、事国,从不苟且,"终始如一",虽有差异,仍"和""合"为先;而"同利"的小人,以利相合,为利相争,"利尽而交疏",直至"反相贼害",故终是"不和""不合"。当然,要做到和合为先,同道事国,修身是根本。欧阳修强调修身的必要,因为君子小人不是天生的,他认为"不修其身,虽君子而为小人";"能修其身,虽小人而为君子"①。

## 二

君子道同,目标一致,这是其政治品格所决定的。然而,人与人之间是有差异的,小人如此,就君子而言,由于思想认识、宗教信仰、家庭出身、仕宦经历、性格爱好等等千差万别,要做到一切趋同也是不现实、不可能的。应该说,和而不同很好地概括了君子的特征。在长期的仕宦生涯中,欧阳修践行和而不同的理念,正道直行,始终如一,为造福国家、社会和百姓,作出了自己的贡献。欧的和而不同,可以从人生观、政治观、创作观三个方面加以解读。

---

① 《欧集·居士集》卷四七《答李诩第二书》。

（一）求道取义尽显个性的人生观。

在欧阳修的人生信条中，为或不为，孰是孰非，全看是否符合道义。景祐时，范仲淹言吕夷简专权，欧站在范的一边，仗义执言，为此遭贬，而且得罪了与范意见相左的胥偃。即便胥偃是自己的岳父，曾带自己赴京应试而及第，又将女儿许配给自己，可谓恩重如山，欧阳修仍不肯罔顾道义，曲循私情，站在岳父一边。康定元年（1040），欧作《与刁景纯学士书》，剖露心迹，甚为感人："某自束发为学，初未有一人知者。及首登（胥公）门，便被怜奖，开端诱道，勤勤不已，至其粗若有成而后止。虽其后游于诸公，而获齿多士，虽有知者，皆莫之先也。"对胥偃栽培之恩的无限感念溢于字里行间。接着欧写道："然亦自念不欲效世俗子，一遭人之顾己，不以至公相期，反趋走门下，胁肩诌笑，甚者献诌谀而备使令、以卑昵自亲，名曰报德，非惟自私，直亦待所知以不厚。是故惧此，惟欲少励名节，庶不泯然无闻，用以不负所知尔。"欧阳修坦陈自己要以"至公"和"少励名节"来报答胥偃，绝对摒弃所有"非惟自私，直亦待所知以不厚"的"卑昵"低俗的行径。他又遗憾地写道："某之愚诚，所守如此，然虽胥公，亦未必谅某此心也。"欧之从政行事，纯然出以公心，是非分明，不存私利，最终却不能获得岳父的谅解，这成为他深藏内心难以排解的忧伤。

王安石称欧公"以道德为天下所望"[1]。确实，欧阳修以君子风范自勉自律，为国为民，不遗余力，谋道取义，奋斗不止，人格高尚，享有很高的威望。韩琦高度评价欧阳修曰："在庆历初，职司帝聪。颜有必犯，阙无不缝。正路斯辟，奸萌辄攻。气劲忘忤，行孤少同。於穆仁庙，诚推至公。孰好孰恶，是焉则从。

---

① 《临川先生文集》卷七四《上欧阳永叔书三》。

善得尽纳,治随以隆。人畏清议,知时不容。各砺名节,恬乎处躬。二十年间,由公变风。"①韩琦不仅肯定欧阳修身为谏官,无私无畏,犯颜直谏,一身正气,扬善抑恶,为国建功,而且强调庆历、嘉祐二十年间,讲求道义、砥砺名节之风逐渐形成,欧阳修率先垂范,起关键作用,居功至伟。

　　对于欧阳修及其同道而言,谋道取义是其共性,是其人生观所决定的。但如何履行道义,谋社会之安定和百姓之福祉,则又尽显风采,各见个性。欧阳发等述《事迹》云:"先公天性劲正,不顾仇怨,虽以此屡被谗谤,至于贬逐,及居大位,毅然不少顾惜,尤务直道而行,横身当事,不恤浮议。是时,今司徒韩魏公当国,每诸公聚议,事有未可,公未尝不力争,而韩公亦欣然忘怀,以此与公相知益深。"如果说欧阳发记父亲与韩琦交往,尚有些许含蓄的话,朱熹编《三朝名臣言行录》卷一《丞相魏国韩忠献王》,就直截了当地写道:"欧阳永叔在政府时,每有人不中理者,辄峻折之,故人多怨。(韩)公则不然,从容喻之以不可之理而已,未尝峻折之也。"又云:"(韩)公言欧、曾(公亮)同在两府,欧性素褊,曾则龌龊,每议事,至厉声相攻,不可解。公一切不问,俟其气定,徐以一言可否之,二公皆伏。"这是相当生动的描述:皆为身居大位的君子型人物,皆有行道救时的志向和正直士大夫的人格,然而欧阳修和曾公亮在性情、器量等方面各有各的不足,而韩琦则从容不迫、镇定自如。都是忠心事国,而个性迥然不同。欧阳修在学术上具有疑古精神,在宋代开风气之先,而韩琦不以欧之疑古为是,但从不在欧的面前持有异议,不因此影响两人的关系。《丞相魏国韩忠献王》载:"公晚与永叔相知,而相亲最深,永叔深服公之德量,尝曰:'累百欧阳修,何

---

① 《安阳集》卷四四《祭少师欧阳公永叔文》。

敢望韩公？'公知永叔不以《系辞》为孔氏书,又不取文中子《中书》,相会累年,未尝与之言及。"这是典型的君子之交,足见欧、韩之和而不同。

(二)行道救时求同存异的政治观。

范仲淹、韩琦、欧阳修等都是对宋代士风有举足轻重影响的人物,他们官至宰相或参政,都以行道救时为己任,庆历年间,共同致力于朝政的改革。在他们和杜衍、富弼、尹洙等人的主持或支持下,新政轰轰烈烈地得以实施,给社会以强烈的震撼,给守旧的官僚以巨大的打击。范、韩、欧等同气相求,同声相应,同道相助,展示了革新的力量和决心。虽然在保守势力的反扑下,新政终遭夭折,但范、韩、欧等为革故鼎新所做的不懈努力和一往无前的战斗气概,在史册上留下了辉煌的一页。在大方向一致的前提下,庆历诸贤并非事事趋同。针对新政人物结为朋党的指责,欧阳修在《太子太师致仕杜祁公墓志铭》中写道:"初,边将议欲大举以击夏人,虽韩公亦以为可举,公争以为不可,大臣至有欲以沮军罪公者,然兵后果不得出。契丹与夏人争银瓮族,大战黄河外,而雁门、麟、府皆警,范文正公安抚河东,欲以兵从。公以为契丹必不来,兵不可妄出。范公怒,至以语侵公,公不为恨。后契丹卒不来。二公皆世俗指公与为朋党者,其论议之际盖如此。"为了国防大计,为了共同的事业,身为大臣的杜衍和范仲淹,都敢于争议,坚持己见,而未屈从于对方,展现君子一心为国、光明磊落、和而不同的风范。

欧阳修与尹洙于天圣、明道间即同在西京钱惟演幕府任职,相与切磋诗文,关系极为密切,又先后调至京都为馆阁校勘。景祐三年在范仲淹与吕夷简的斗争中都站在范的一边,先后被贬。贬官之后,两人还相约共撰《五代史记》。庆历三年(1043),仁宗欲更天下弊事,增置谏官,欧、尹又一起入选,为新政造势助威。四年,当新政处于困境之时,他们先后呈进《朋党论》,劝仁宗勿为小人之舆论所惑,应知贤而任,任贤而终。新政失败后,两人又都遭到贬谪。在一条战壕里并肩战斗的两个战友,虽志同道合,但也不可能观点全然一致,或为了友情而迁就对方。在尹洙与刘沪争水洛城事矛盾爆发之后,欧阳修作为尹洙的好友,仍据自己对事件本身是非曲直的理解和判断,向朝中呈进《论水洛城事宜乞保全刘沪等札子》《再论水洛城事乞保全刘沪札子》,以"事系国家利害甚大",为避免"边防生患",在刘沪、尹洙同处前线,而尖锐对立,水火不容的情况下,力主"必不得已,宁移尹洙,不可移沪"。欧阳修不是不讲友情,而是以国家利益为先,不因私情而害公义。君子和而不同,这里展现的是只问是非,不计个人利害,公而忘私的思想境界。

(三)文道结合各具特色的创作观。

欧阳修在创作上始终坚持文道结合,《与张秀才第二书》云:"君子之于学也,务为道。为道必求知古,知古明道,而后履之以身,施之于事,而又见于文章而发之,以信后世。其道,周公、孔子、孟轲之徒常履而行之者是也;其文章,则六经所载,至今而取信者是也。"《与乐秀才第一书》云:"其充于中者足,而发乎外者大以光。""充于中者",道也;"发乎外者",文辞也。显然,离开了道,文章就没有了生命力。但他并没有忽视文的作用,《代人上王枢密求先集序书》云:"'言之无闻,行而不远。'君子之所学也,言以载事而文以饰言;事信言文,乃能表见于后世。"欧之论创作,虽置道于文之先,但总体上还是强调二者的结合。与朋友和晚辈的诸多书信一再阐明这一点。以和而不同言之,文道结合即"和",是所有作者必须遵守的,不允许有所背离。因此,他在《送徐无党南归序》中慨叹"言之不可恃",因为若只是一味重视文辞的话,"文章丽矣,言语工矣,无异草木荣华之飘风,鸟兽好音之过耳也",难以长存。相反,如果不重视文采的话,同样难以流传。所谓"其为言也,质而不文,则不足以行远而昭圣谟"①,说的即是此意。总之,文道结合是创作时须臾不可忘记的。

然而,创作毕竟是个性化极强的一项活动,它打上了作家个人鲜明的烙印。《与乐秀才第一书》云:"古人之学者非一家,其为道虽同,言语文章未尝相似。孔子之系《易》,周公之作《书》,奚斯之作《颂》,其辞皆不同,而各自以为经。子游、子夏、子张与颜回同一师,其为人皆不同,各由其性而就于道耳。"欧阳修注重个性的特色,即"各由其性而就于道",在风格上决不求同。就文道结合而言,道是必须共有的,不能不讲,而文是各具特色的,无需求同。曾巩庆历七年曾赴滁州,拜谒欧阳修,作《与王介甫第一书》云:"欧公更欲足下少开廓其文,勿用造语及模拟前人,请相度示及。欧云:孟、韩文虽高,不必似之也,取其自然耳。"欧反对因模拟而造成雷同、划一,提倡风格的多样化,要求出自自然。因为只要出于自然,"各由其性",文章就一定会各具面目。在欧阳修的倡导下,他的门生弟子各展才性,各具风采。以豪放不羁、挥洒自如的文风著称并博得当世和后人好评的苏轼,也反对文章的强求一律,千人一面。在《答张文潜书》中,他严厉批评王安石的"好使人同己",指出:"自孔子不能使人同;颜渊之仁,子路之勇,不能以相移。而王氏欲以其学同天下。地之美者,同于生物,不同于所生;惟荒瘠斥卤之地,弥望皆黄茅白苇,此则王氏之同也。"王安石在治学、为文上的"使人同",违背了君子和而不同的理念。只有坚持和而不同,才能带来创作上百花齐放的繁荣。正是由于欧、苏这两位文坛领袖大

---

① 《欧集·表奏书启四六集》卷一《谢知制诰表》。

力提倡风格的自然形成与多样化,在为文上讲"和"的同时,不忘讲"不同",避免"使人同己"的情况出现,且不断有优秀而各具风采的作品问世,带动诸多年轻的作者进步,宋代散文的创作才呈现空前的繁荣,形成我国古代散文发展的又一个高峰。

# 第三章
# 欧阳修的主盟历程

欧阳修在北宋文坛和中国散文史上有着公认的崇高的历史地位。与范仲淹一同致力于庆历革新而甚为欧阳修所敬佩的韩琦,是这样评价欧阳修的:"自汉司马迁没几千年,而唐韩愈出。愈之后又数百年,而公始继之,气焰相薄,莫较高下,何其盛哉!"[①] 这个结论,千百年来被不少学者用相近的言辞重申过。那么,欧阳修是怎样入主文坛,一步步地确立自己的盟主地位并发挥其影响的呢? 历来的著述或没有涉及,或语焉不详。以下拟对欧阳修天圣起步、庆历奠基、嘉祐辉煌的主盟历程及其主盟特点略作论述。

## 第一节　天圣起步：入主文坛的准备

欧阳修是在天圣年间(1024—1031)步入政坛和文坛的。

---

① 《安阳集》卷五〇《故观文殿学士太子少师致仕赠太子太师欧阳公墓志铭》。

此时,在最高统治者的关注下,正酝酿着文体和文风的变革。据《长编》卷一〇六记载,鉴于"景德后,文士以雕靡相尚,一时学者乡之","朝廷欲矫文章之弊",于天圣六年(1028),命"好古独行"的陈从易、杨大雅并知制诰,"以风天下"①。天圣七年(1029),因文士"竞为浮夸靡曼之文,无益治道"②,有诏申戒浮靡文风。天圣八年(1030),范仲淹就"文章柔靡,风俗巧伪"上书执政者,建议劝学育才以救文弊,疾呼"斯文丕变,在此一举"③。明道二年(1033),宋仁宗亲政,以近岁进士所试诗赋多浮华,令有司兼以策论取士。欧阳修就是在这样的背景下登上政治和文学舞台的。《欧集·试笔》中《苏氏四六》一则值得注意:

> 往时作四六者,多用古人语及广引故事,以衔博学,而不思述事不畅。近时文章变体,如苏氏父子以四六述叙,委曲精尽,不减古人。自学者变格为文,迫今三十年,始得斯人,不惟迟久而后获,实恐此后未有能继者尔。

从"近时文章变体,如苏氏父子"云云看来,这则文字应作于嘉祐二年(1057)贡举之后、治平三年(1066)苏洵去世之前。上溯三十年即"学者变革为文"的时期,约在天圣、明道间。在《与荆南乐秀才书》中,欧阳修也说:"天圣中,天子下诏书,敕学者去浮华,其后风俗大变。"可见,欧阳修涉足文坛之日,恰是"学者变革为文"之时。时代为他提供了机遇,他也通过自己的努力,抓住机遇,一展身手。

在天圣八年(1030)礼部试前,欧阳修就认识了苏舜钦、苏

① 李焘《续资治通鉴长编》卷一〇六。
② 李焘《续资治通鉴长编》卷一〇八。
③ 《范文正公集》卷九《上时相议制举书》,《四部丛刊》本。

舜元昆仲以及石延年等人。与欧同年及第的又有蔡襄、王拱辰、刘沆、孙抃、田况、孙甫、尹源、张谷、刁约、王畴、王素、张先等；同年中制科的还有余靖、尹洙、富弼等。在"最盛于文章"①的西京钱惟演幕府，欧又结交了诸多友朋，其中不乏后来从事政治革新和文学革新的志同道合的伙伴。

在西昆首领、文坛巨子钱惟演的身边，在文学气氛极为浓厚的西京，欧阳修与梅尧臣、尹洙尤为友善，相与创作诗歌古文，携手走上诗文革新的道路。尹洙学古文在欧阳修之前，欧"服其简古"②，以之为师，后来居上，以致尹有"欧九真一日千里也"③之叹。《神宗旧史本传》云：

> 是时、尹洙与修亦皆以古文倡率学者，然洙材下，人莫之与。至修文一出，天下士皆向慕，为之唯恐不及，一时文章大变，庶几乎西汉之盛者，由修发之。④

西京这块文学沃土为新苗的成长创造了良好的条件，欧阳修能脱颖而出，主要在于：第一，他能充分利用有利的条件，广结文友，时时切磋；第二，他不甘居于人后，勤奋刻苦地创作；第三，天资聪颖。因而，他很快超越先于他作古文的柳开、穆修、苏舜钦、尹洙等，令人刮目相看。韩琦《故崇信军节度副使检校尚书工部员外郎尹公墓表》云：

> 文章自唐衰，历五代日沦浅俗，寝以大敝。本朝柳公仲

① 《欧集·表奏书启四六集》卷六《上随州钱相公启》。
② 邵伯温《邵氏闻见录》卷八，中华书局，1983年，第81页。
③ 文莹《湘山野录》卷中，《学津讨原》本。
④ 《欧集·附录》卷四。

> 涂始以古道发明之,后卒不能振。天圣初,公独与穆参军伯
> 长矫时所尚,力以古文为主次,得欧阳永叔以雄词鼓动之,
> 于是后学大悟,文风一变。

韩琦大力肯定穆修、尹洙、欧阳修于天圣初促使"文风一变"的功绩,"文风一变"亦即欧在《试笔·苏氏四六》中所说的"学者变格为文"。叶涛说尹洙"材下",韩琦说欧阳修有"雄词",观尹、欧两家之文集判然而别。尹洙对欧的才华是钦敬的,庆历四年(1044)所作《答河北都转运欧阳永叔龙图书》云:"昔柳州见韩文公所作《毛颖传》,叹称不已。韩之文无不商者,颇怪柳何独如此为异。见永叔所作奏记,把玩骇叹者累日,盖非意之所期乃尔,益知柳言为过。"

步入仕途之后,欧阳修的文学活动和政治活动紧密联系在一起,文坛上的声誉鹊起、名望日隆,是与他在政坛上的敢说敢为、奋不顾身密切相关的。当石介因议论朝廷录用五代及诸国后嗣之事而被免召御史台主簿时,欧阳修作《上杜中丞论举官书》,为石介鸣不平;当范仲淹因指责权相过失,贬知饶州时,欧慨然上书,为仲淹鸣不平;又作《与高司谏书》,痛斥高若讷见死不救,而被贬为夷陵令。此事轰动京师,蔡襄赞美范、欧等而讥刺高若讷,作"《四贤一不肖》诗,布在都下,人争传写,鬻书者市之,颇获厚利"①。欧阳修的仗义执言、不怕丢官,赢得士大夫和舆论的广泛同情,韩琦、蔡襄、苏舜钦、梅尧臣等均赠诗相慰。欧离京及舟行途中,送行及看望问候者甚众,欧的声名随着他"沿汴、绝淮、泛大江"赴贬所的经历而远播各地。

贬官夷陵,是欧阳修遭到的第一次政治挫折,但他没有消

---

① 王辟之《渑水燕谈录》卷二,第15页。

沉。离开京都,深入民间,接触社会现实,大大开阔了他的眼界。他勤于吏事,养精蓄锐,期待着重返政坛,再显身手。他也有了更多时间,以更为专注的态度投入创作。如果说在西京幕府时,欧阳修在文坛上已崭露头角的话,那么谪宦夷陵时荆南乐秀才及吴充、祖无择等皆登门或发书求教,可知欧阳修已有不小的文名。

欧阳修在文学的道路上迈出坚实可喜的步伐,不仅表现在他已写出了日趋成熟的作品,如《上范司谏书》《李秀才东园亭记》《送王圣纪赴扶风主簿序》《夷陵县至喜堂记》《峡州至喜亭记》《送田画秀才宁亲万州序》等,而且表现在正气凛然的《与高司谏书》和忧念国事的《读李翱文》以感慨淋漓、曲折尽致的文字,显示出独特的艺术风格和其雄厚的创作实力,另外还表现在他发表了诸多的创作见解,已形成了令人称道的文道观,对宋文基本特色的奠定产生了深远的影响。自明道二年(1033)作《与张秀才第二书》、景祐元年(1034)作《代人上王枢密求先集序书》(上章已引述)、景祐二年(1035)作《与石推官第一书》《与石推官第二书》之后,景祐四年(1037)在夷陵,欧阳修又写了《与乐秀才第一书》(上章已引述)、《与荆南乐秀才书》《答祖择之书》,此后,还写了《答吴充秀才书》。在这一系列的书信中,欧阳修对文道关系作了明确的、完整的论述:

> 其道易知而可法,其言易明而可行。(《与张秀才第二书》)

> 修闻君子之于学,是而已,不闻为异也。(《与石推官第一书》)

今足下以其直者为斜,以其方者为圆,而曰:"我第行尧舜周孔之道。"此甚不可也。……足下自以为异,是待天下无君子之与己同也。(《与石推官第二书》)

夫时文虽曰浮巧,然其为功亦不易也。(《与荆南乐秀才书》)

盖文之为言,难工而可喜,易悦而自足。世之学者往往溺之,一有工焉,则曰:"吾学足矣。"甚者至弃百事不关于心,曰:"吾文士也,职于文而已。"此其所以至之鲜也。(《答吴充秀才书》)

从上面的引文中可以看出,欧阳修关于道须易知而言须易明、事信言文而不为怪异、中充实而发于外者辉光、骈文浮薄然写好亦不易、文士不可弃百事不关于心等重要的文论,已形成于明道、景祐年间。换言之,庆历之前,欧阳修不仅从友朋的联络和散文的创作上,而且从散文理论的建树上,为此后的入主文坛做好了充分的准备。

# 第二节　庆历奠基:盟主地位的确立

欧阳修在北宋文坛和中国散文史上有着公认的崇高地位,其文学活动对宋文和后世散文的发展产生了深远的影响。嘉祐二年(1057),欧知贡举,力挽狂澜,扭转时风,使古文运动获得重大的胜利,历来学者对此论述颇多。有一种模糊的认识,以为欧是在知贡举后被公认为文坛领袖的。事实是怎样的呢?欧阳修究竟是何时入主文坛的呢?学界对这个问题讨论得并不多。

王水照先生认为:"从景祐元年(1034)到庆历五年(1045),是欧阳修政治道路和文学道路上又一个重要时期。""欧阳修在文坛的地位也日益提高,终于成为公认的领袖。"① 从"终于"看来,欧阳修之"成为公认的领袖",当在这一段时间的下限——庆历。孙望、常国武先生主编的《宋代文学史》第二章《北宋前期文学概述》则作如下表述:"如果以庆历年间的《朋党论》、《醉翁亭记》等作为欧阳修散文创作高度成熟的标志,那么,嘉祐二年(1057)他主持礼部贡举时所采取的有关措施,则是利用科举考试来扭转科场文风的成功尝试。欧阳修主盟文坛以来所作的出色贡献,使宋代古文运动取得了决定性的胜利。"② 这里所说的"欧阳修主盟文坛以来所作的出色贡献",显然包括庆历创作的成熟和嘉祐贡举的成功,则"主盟文坛"的时间上限也是在庆历。把欧阳修"主盟文坛"或"成为公认的领袖"定在庆历年间无疑是正确的。

强至在皇祐二年(1050)所作的《代上新知南京欧阳龙图状》中,以"主盟吾道,于变文章之淳"称扬欧阳修的功绩;后又作《代上南京欧阳龙图状》,谓欧"文章大淳,坐复古道。制作一出,立为人模"。这是我们今天所看到的同时代人尊欧为文坛盟主的较早的记述。毕仲游所撰《欧阳叔弼传》写道:"本朝欧阳庐陵文忠公起于天圣、明道间,主天下文章之盟者三十年。"由欧逝世的熙宁五年(1072)上溯三十年,为庆历二年(1042),可知欧大致在庆历初已确立了文坛盟主的地位。

在欧逝世后五年出生的叶梦得也指出:"庆历后,欧阳修

① 见《欧阳修散文选集》序言,百花文艺出版社,1995年,序第8、9页。
② 《宋代文学史》,人民文学出版社,1996年,第37页。

以文章擅天下,世莫敢有抗衡者。"①足见欧文影响之大。欧阳修于庆历初即入主文坛,还可以从曾巩的著作中获得佐证。庆历元年(1041),曾巩入太学,作《上欧阳学士第二书》,称欧文"与孟子、韩吏部之书为相唱和",说"韩退之没,观圣人之道者,固在执事之门矣"。他奉欧阳修为韩愈的继承者。庆历二年(1042),作《上欧阳学士第二书》,又称欧之"文章、智谋、材力之雄伟挺特,信韩文公以来一人而已"。

庆历初入主文坛的欧阳修,在此后的岁月中更加牢固地确立了自己的盟主地位,这主要表现在从政、交游和创作上。

首先,欧阳修对政治活动的积极投入大大提高了他的声望。

庆历年间,欧阳修以高度的热情投身于政治活动之中。他身为谏官,全力支持范仲淹领导的庆历革新,呈进大量献可替否的奏章,遇挫折而不气馁,奋不顾身地捍卫改革而不动摇。新政遭敌对势力的诽谤,欧阳修针锋相对地写了《朋党论》,劝仁宗皇帝"退小人之伪朋,用君子之真朋"。当范仲淹、韩琦等相继以党议罢去时,他"不避群邪切齿之祸,敢干一人难犯之颜",慨然上书,力陈范仲淹等为"可用之贤",谓"正士在朝,群邪所忌;谋臣不用,敌国之福"②。这种直言极谏、无私无畏的举动在当时和后世都有不小的影响。庆历二年(1042),苏轼七岁始知读书时,即闻欧公之名③。庆历三年(1043),石介《庆历圣德诗》传至乡校,苏轼从旁窃观,对欧公之为人不胜仰慕④。庆历五年(1045),苏洵至京师,亲见新政受挫、欧阳修等被贬,十分痛

---

① 叶梦得《避暑录话》卷上,《学津讨原》本。
② 《欧集·奏议集》卷一一《论杜衍范仲淹等罢政事状》。
③ 见《苏轼文集》卷四八《上梅直讲书》。
④ 见《苏轼文集》卷一〇《范文正公文集叙》。

心①。曾巩亦为新政夭折感愤不已,献书鸣不平②。欧阳修遭到
谪宦夷陵后又一次沉重打击——贬官滁州,但他的人格却闪耀
着光辉,他的声望不但没有跌落,反而越来越高。上章已引述
韩琦《祭少师欧阳公永叔文》赞欧在庆历时"正路斯辟,奸萌辄
攻……二十年间,由公变风"等语,可见其深为敬佩之情。

　　至和二年(1055)冬,欧阳修出使契丹,契丹派贵臣四人陪
宴,其中皇叔两人、官阶最高的北宰相一人,另一人为太皇太后
的弟弟,他们对欧阳修说:"此非常例,以卿名重。"送伴使耶律
元宁还说:"自来不曾如此一并差近上亲贵大臣押宴。"③足见欧
阳修影响之广与声望之高。

　　其次,欧阳修与朋辈后学的广泛交游继续扩大着他的
影响。

　　曾巩在庆历二年(1042)所作《上欧阳学士第二书》中
写道:

> 　　所深念者,执事每曰:"过吾门者百千人,独于得生为
> 喜。"及行之日,又赠序引,不以规而以赏识其愚,又叹嗟其
> 去。此巩得之于众人,尚宜感知己之深,恳恻不忘,况大贤
> 长者,海内所师表,其言一出,四方以卜其人之轻重。某乃
> 得是,是宜感戴欣幸,倍万于寻常可知也。

欧阳修对曾巩的赏识、关怀和器重溢于言表,自然,这也是他深
受门生后学爱戴的原因。从这封书信中可以了解到,庆历初,

---

① 见苏洵著,曾枣庄、金成礼笺注《嘉祐集笺注》卷一二《上欧阳内翰第一书》,上
　　海古籍出版社,1993年。
② 见《曾巩集》卷五二《上欧蔡书》,中华书局,1984年。
③ 见《欧集·附录》卷五欧阳发等述《事迹》。

欧阳修已是其言为四方所重、其人为"海内所师表"的"大贤长者"。由"过吾门者百千人"可见仰慕欧之为人与为文者甚众。

在"环滁皆山"、交通不便的情况下,仍有诸多后学前来拜访、求教,足见欧阳修这位"大贤长者"的吸引力。庆历七年(1047),曾巩至滁州拜见欧公,盘桓近二十日。他亲眼看到欧公见王安石之文,"爱叹诵写,不胜其勤"的情景。当然,欧也发现王文的不足,请曾巩代为转告。前此一年,有章生、孙生先后来访,欧均以诗相赠。《送章生东归》诗曰:"穷山荒僻人罕顾,子以一身千里来。"孙生携文数十篇来访,不巧于渡江时丢失,欧有《送孙秀才》诗:"明珠渡水覆舟失,赠我玑贝犹满把。迟迟顾我不欲去,问我无穷惭报寡。"这一年刚刚进士及第的魏广也来看望欧公,欧有《送荥阳魏主簿》诗:"卓荦东都子,姓名闻十年。穷冬雪塞空,千里至我门。"翌年,又有徐无党、徐无逸兄弟来谒,《怀嵩楼晚饮示徐无党无逸》诗云:"滁山不通车,滁水不载舟。舟车路所穷,嗟谁肯来游。念非吾在此,二子来何求?"从以上诗作不难看出门生后学对欧的钦敬、急于求教之心和欧对他们的关切之情。

欧阳修还通过文酒诗会、书信往来、作序铭墓等保持着与友朋密切的交流,在文坛上发挥自己的影响。庆历元年(1041)春,欧阳修与宋祁、李淑、王举正、王洙、刁约、杨仪等集于汴京东园,饮酒赋诗。庆历八年(1048)中秋夜,盛宴款待梅尧臣,请许元、王琪等作陪,歌诗唱酬,极一时之欢。在扬州,欧还常携客往游平山堂,传花饮酒,赋诗为乐。皇祐年间,欧宴宾客于颍州聚星堂,与吕公著、刘敞、魏广、焦千之、王回、徐无逸等分咏室内之物;又与众人赋雪诗,传为文坛佳话。欧与友朋书信往来频繁,诗歌唱和不绝。庆历六年(1046),欧建丰乐亭于滁州,苏舜钦、梅尧臣、蔡襄等均有《寄题丰乐亭》之诗相赠。欧时以诗作阐述自己的文学见解,如庆历四年(1044)作《水谷夜行寄子美圣俞》,形象地描述苏、梅诗的风格并大加褒扬;同年,又作《绛守居园池》,讥嘲樊宗师文风之怪异。欧还为挚友作序铭墓,著名的《梅圣俞诗集序》作于庆历六年(1046),继司马迁的"发愤著书",韩愈的"不平则鸣"之后,提出"穷而后工"之说。庆历八年(1048),欧作《尹师鲁墓志铭》,赞"师鲁为文章,简而有法"。翌年,又作《论尹师鲁墓志》阐述自己的写作用意,这是一篇难得的古文大师的经验之谈。

再次,欧阳修以成熟作品的不断涌现充分展示了他的实力。

庆历年间,欧阳修的创作获得丰收,许多脍炙人口的作品均诞生于这一时期。包括《朋党论》在内的大量的谏章奏议之外,还有《释惟俨文集序》、《释秘演诗集序》、《梅圣俞诗集序》、《送曾巩秀才序》、《送杨寊序》、《画舫斋记》、《王彦章画像记》、《醉翁亭记》、《丰乐亭记》、《菱溪石记》、《黄梦升墓志铭》、《尹师鲁墓志铭》等佳作问世。特别是以《醉》、《丰》二记为代表的传世精品,震动了文坛,《曲洧旧闻》卷三有"《醉翁亭记》初成,天下莫不传诵,家至户到,当时为之纸贵"的记载。皇祐年间,欧阳修的创作精力仍十分旺盛,除完成《新五代史》外,还写出了《真州东园记》、《苏氏文集序》、《祭资政范公文》等佳作。

笔者曾泛览南宋以来诸多古文选本,如陈亮的《欧阳文忠公文粹》、茅坤的《欧阳文忠公文钞》、归有光的《欧阳文忠公文选》、姚鼐的《古文辞类纂》、储欣的《唐宋八大家类选》、林云铭的《古文析义》、吴楚材等的《古文观止》、高步瀛的《唐宋文举要》等,并对欧文入选其中的情况作了统计。若取前十八篇的话,入选次数最多的篇目依次为《五代史·伶官传序》、《丰乐亭记》、《泷冈阡表》、《纵囚论》、《释秘演诗集序》、《五代史·宦者传论》、《上范司谏书》、《送徐无党南归序》、《祭石曼卿文》、

《岘山亭记》《朋党论》《梅圣俞诗集序》《送杨寘序》《醉翁亭记》《张子野墓志铭》《秋声赋》《苏氏文集序》《释惟俨文集序》。那么,前文所列的欧阳修在庆历、皇祐年间创作的佳篇多数都在其中了。

综上所述,如果因欧阳修嘉祐二年知贡举,扭转时风,影响巨大,而认定其文坛主盟即在嘉祐,是不正确的。欧阳修入主文坛,或者说文坛盟主地位的确立,应在庆历而非嘉祐。

# 第三节　嘉祐辉煌:一代宗师的伟绩

嘉祐元年(1056),欧阳修在政坛和文坛上的活动都非常活跃。出使契丹回来后,他就关系国计民生的重大水利问题呈上《论修河第三状》,后又上书劝仁宗早立储嗣。爱惜人才、乐于荐士的他写了《荐布衣苏洵状》《举梅尧臣充直讲状》和《再论水灾疏》,在后文中称王安石"学问文章,知名当世,守道不苟,自重其身,论议通明,兼有时才之用"。裴煜知吴江,欧为之设宴饯行,梅尧臣、苏洵、王安石等均在座,以"黯然销魂惟别而已矣"分韵赋诗,亦是文坛诸杰的一次盛会。

苏洵从僻远的蜀地携张方平、雷简夫的书信来京都拜访欧阳修,足以显出欧在当时的影响。据叶梦得《避暑录话》卷下记载,张方平与欧"素不相能",苏洵求知于张,张说:"吾何足以为重,其欧阳永叔乎?"虽与欧有嫌隙,仍极力向欧推荐了苏氏父子。雷简夫在《上欧阳内翰书》中写道:"执事职在翰林,以文章忠义为天下师,洵之穷达,宜在执事。向者洵与执事不相闻,则天下不以是责执事,今也简夫之书既达于前,而洵又将东见执事于京师,今而后,天下将以洵累执事矣。"从雷对欧的崇敬与信任中,可以看出欧作为文坛盟主,其地位何其重要。

嘉祐二年(1057),欧阳修主持礼部贡举,这是在宋代文学史上有着重大影响的事件。欧阳发等述《事迹》指出:"时学者为文,以新奇相尚,文体大坏。公深革其弊,一时以怪僻知名在高等者,黜落几尽。二苏出于西川,人无知者,一旦拔在高等。榜出,士人纷然,惊怒怨谤。其后,稍稍信服。而五六年间,文格遂变而复古,公之力也。"从西京幕府举起反西昆的大旗,到嘉祐贡举排斥太学体的怪异,欧阳修为反对浮艳靡丽的骈体,继而反对艰涩怪僻的太学体,并以平易自然的散体取而代之,已奋斗了二十六年!而礼部试榜出,士论汹汹,有些人还要闹事,又经过"五六年间"坚持不懈的努力,"文格遂变而复古",终于完成了变革文体、扭转时风的伟业,这是值得大书特书的成就。苏轼在《太息一首送秦少章》中写道:"昔吾举进士,试于礼部……方是时,士以剽裂为文,聚而见讪,且讪公者,所在成市。曾未数年,忽焉若潦水之归壑,无复见一人者。"这段话高度评价了欧阳修在嘉祐贡举时力挽狂澜、开辟宋文发展康庄大道的不朽功绩。在《六一居士集叙》中,苏轼指出:"自欧阳子出,天下争自濯磨,以通经学古为高,以救时行道为贤,以犯颜纳说为忠。长育成就,至嘉祐末,号称多士。"他把欧一生成就的辉煌定格在嘉祐之末,而且认为欧在为学、从政、做人上都是表率,培养出许多人才。张耒《上曾子固龙图书》说:"世之号能文章者,其出欧阳之门者居十九焉。"确实,育人得人是欧阳修领导宋代古文运动获得成功的关键,也是他作为文坛盟主值得夸耀的辉煌。

欧阳修所培养的人才中,最突出的当然是苏轼。嘉祐贡举前,欧最赏识的是"独于得生为喜"的曾巩和"常恨闻名不相识"的王安石;嘉祐贡举中发现了苏轼,令他欣喜不已,注意力转到了苏的身上。在《与梅圣俞》书简中,他说:"读轼书,不觉汗出,快哉,快哉!老夫当避路,放他出一头地也。"他还叫门生晁端彦与苏轼交友,说苏轼必名于当世。朱弁《曲洧旧闻》卷八也有"东坡诗文落笔,辄为人所传诵;每一篇到,欧阳公为终日喜"的记载。欧终于把文坛盟主的重任交给苏轼,说:"此我辈人,余子莫群。我老将休,付子斯文。"[①]

苏轼不负恩师的期望,作为欧的接班人,继续把宋代古文运动引向深入。元祐初,毛滂在《上苏内翰书》中说:"本朝以文章耸动缙绅之伍者,天下最知有欧阳文忠公。中间先生父子兄弟怀才抱道,吐秀发奇,又相鸣于翰墨之圃……为儿童者记诵先生之言,能论撰者盗窃先生之意,视先生以为规矩绳墨,未有以方圆曲直逃者也。"黄庭坚在《与王周彦长书》中亦高度评价了相为传承的文坛盟主欧、苏的业绩:"若欧阳文忠公之炳乎前,苏子瞻之焕乎后,亦岂易及哉!"和失去韩、柳的唐代古文运动急遽走向衰落相比,欧阳修有亲自培养的接班人继承自己所钟爱的文学事业,古文创作自此不可逆转地居于文章正宗的地位,这确是值得大书特书的辉煌。

嘉祐二年(1057)以后,欧阳修的创作更臻炉火纯青的境界。劲正刚直的个性,忧念国事的情思,自守谦恭的胸襟,凭借和婉畅达的文笔,发为感慨淋漓的篇章。其中,嘉祐年间所作的《秋声赋》《有美堂记》《集古录目序》,治平年间所作的《徂徕石先生墓志铭》《相州昼锦堂记》《霸州文安县主薄苏君墓志铭》《归田录序》《祭石曼卿文》,熙宁年间所作的《泷冈阡表》、《岘山亭记》《六一居士传》《江邻几文集序》等,在欧集中也都是可圈可点的名篇,呈现出文坛宗师晚年创作的辉煌。

回顾欧阳修从起步至辉煌的主盟历程,评价他对北宋古文运动的贡献,可以说,客观现实为他提供了机遇,主观努力使他

---

① 见《苏轼文集》卷六三《祭欧阳文忠公夫人文》,第 1956 页。

终于走向成功。其主盟活动有以下的特点：

第一，文学活动与政治活动息息相关。

欧阳修倡导文道结合，主张关心百事，在积极从事文学创作的同时，以旺盛的热情投入政治活动之中，而后者对前者又产生积极的影响。一贬夷陵、再贬滁州的两次政治挫折，极大地丰富了欧的创作内容，也极大地提高了欧的声望。庆历革新的主持者和支持者，以范仲淹和欧阳修为代表，都是热心于古文运动、又擅长古文写作的名人，其佳作如《岳阳楼记》《醉翁亭记》传诵至今，而他们的政治地位和号召力又进一步扩大了他们的文学活动的影响。在欧阳修的一生中，从政与创作、修史与警世、热心为文与关心百事是那样紧密地联系在一起。他是一个知名的政治活动家、史学家，更是一个杰出的文学家。

第二，文学改革与科举改革同步进行。

宋代古文运动的顺利进展，颇得益于科举制度的改革。赵宋政权为巩固其统治，网罗士人，扩大取士的额度，为中下层知识分子步入政坛创造了有利的条件。天圣七年（1029），朝廷复置制举诸科，有诏申戒浮靡之文；明道二年（1033），仁宗因进士所试诗赋多浮华，令有司兼以策论取士；庆历三年（1043），仁宗召辅臣条对天下急务，范仲淹所上精贡举等十事，为仁宗所采纳；庆历四年（1044），欧阳修上《论更改贡举事件札子》，又与八位朝臣同上《详定贡举条状》[①]，仁宗遂诏天下州县皆立学，更定科举法，进士试三场：先策，次论，次诗赋。无疑，科举制度重策与论等的改革措施，极其有力地推动了古文运动的开展。至嘉祐二年（1057），欧阳修秉文衡，革文弊，士子闹事，拦其马头，甚至为祭文投其家中。仁宗"以进士群辱欧阳修之故，殿试并赐

---

① 均见《欧集·奏议集》卷九。

及第,不落一人"①,皇帝对主考官的支持,于此可见一斑。这也是欧阳修能力挽狂澜的重要原因。

第三,反对浮艳与反对怪异都加重视。

欧阳修对骈文的浮薄十分反感,对自己为应举而随大流作"时文"感到羞愧。及第后,他毅然改弦更张,刻苦创作古文。晚年作《记旧本韩文后》,仍不满于当年"天下学者杨、刘之作,号为时文,能者取科第、擅名声,以夸荣当世,未尝有道韩文者"。但他并没有全盘否定骈文,认为"偶俪之文,苟合于理,未必为非"②,并在自己的散文创作中吸取了骈文的表现手法和艺术技巧。同时,他拒绝怪异,提倡自然,反对生硬地模拟前人,对批判骈文的浮靡华艳之后出现的走向另一极端的怪异艰涩的文风保持高度的警惕,在书信中与石介作激烈的论争,嘉祐贡举时对"太学体"痛加排抑,凡文涉雕刻者皆黜之。正是由于欧提倡平易自然的文风,坚持道与文、内容与形式的统一,而反对偏颇,宋代古文运动才得以沿着健康的方向不断发展。

第四,文学魅力与人格魅力相互交融。

欧阳修不仅学问渊博,识解通达,文学、史学、金石学等均造诣精深,而且刚直不阿,敢说敢为,笃于友情,乐于助人,虚怀若谷,好客荐士,因此有很强的感召力和凝聚力。王安石对欧公"器质之深厚、智识之高远"、"学术之精微"钦佩至极③。苏辙说:"见翰林欧阳公,听其议论之宏辩,观其容貌之秀伟,与其门人贤士大夫游,而后知天下之文章聚乎此也。"④显然,欧阳修的文章和道德、文学魅力和人格魅力是紧密交融,不可分割,并产生着

---

① 见《长编》卷一八五所引李复圭《纪闻》。
② 《欧集·居士外集》卷二三《论尹师鲁墓志》。
③ 见《临川先生文集》卷八六《祭欧阳文忠公文》。
④ 《栾城集》卷二二《上枢密韩太尉书》,上海古籍出版社,1987年,第478页。

巨大影响的。读其书想见其人,见其人想读其书。没有很高的
文学魅力与人格魅力,或者二者缺一,要想担当起文坛盟主的重
任,那是十分困难的。

# 第四章

# 欧阳修与北宋散文的发展

## 第一节　天圣学韩：
## 北宋"文学自觉"的标志

嘉祐二年(1057)贡举，欧阳修以力挽狂澜的气概，革文弊，变文风，擢拔二苏、曾巩等英才，引导北宋散文走上平易自然、繁荣昌盛的康庄大道。此后数年，他留下一篇在文学史上极负盛名的文章《记旧本韩文后》。此文于目录题下注"嘉祐□年"。文云"举进士及第……至于今盖三十余年矣"，欧阳修登第于天圣八年(1030)，过三十余年当在嘉祐五年(1060)或稍后。在北宋文学发展的鼎盛时期，作为文坛盟主的欧阳修，回顾少年时学韩的往事，深感"是时天下学者，杨、刘之作，号为时文，能者取科第，擅名声，以夸荣当世，未尝有道韩文者"，相比之下，"而今学者非韩不学也，可谓盛矣"。三十年天翻地覆的变化，而今古文强势的振兴，令欧阳修在万分感慨之余，充满了强烈的自豪感和成就感。清人孙琮评此文曰:"庐陵之学本出昌黎,故篇中虽记叙韩文,实自明学问得力。"① 显然,欧阳修创作成就的取得,与努力学韩,具有高度的"文学自觉",有密切的关系。欧阳修学韩甚早,据其所撰《李秀才东园亭记》,儿时与李尧辅交游,只有十岁左右。据《记旧本韩文后》,时欧得李家《昌黎先生文集》,开始接触韩文,然"犹少,未能悉究其义"。要说真正明白韩文价值,已是天圣元年(1023),时欧十七岁,州试遇挫而复阅韩文。当然,以韩愈为榜样,刻苦创作古文,是在天圣八年(1030)登第之后。由天圣起步、庆历奠基直至嘉祐成功,欧阳修在学韩的道路上一步步走向成熟与卓越,北宋诗文革新也在他的引导下,一步步走向灿烂与辉煌。

一

欧阳修天圣学韩的"文学自觉",表现在他将科举应试写作同真正的文学创作划清了界限,应考是为求得仕进,一旦登第,就要丢弃作为敲门砖的时文,理所当然地从事真正的古文创作。这种观念,常见于欧阳修的著述中:

> 年十有七试于州,为有司所黜。因取所藏韩氏之文复阅之,则喟然叹曰:"学者当至于是而止尔! 因怪时人之不道,而顾己亦未暇学,徒时时独念于予心,以谓方从进士干禄以养亲,苟得禄矣,当尽力于斯文,以偿其素志。"(《记旧本韩文后》)

---

① 《山晓阁选宋大家欧阳庐陵全集》评语卷四,清康熙刊本。

　　仆少孤贫，贪禄仕以养亲，不暇就师穷经，以学圣人之遗业。而涉猎书史，姑随世俗作所谓时文者，皆穿蠹经传，移此俪彼，以为浮薄，惟恐不悦于时人，非有卓然自立之言如古人者。然有司过采，屡以先多士。及得第已来，自以前所为不足以称有司之举而当长者之知，始大改其为，庶几有立。(《与荆南乐秀才书》)

　　今世人所谓四六者，非修所好，少为进士时不免作之，自及第，遂弃不复作。(《答陕西安抚使范龙图辞辟命书》)

　　很明显，欧阳修在应举前后的作文是截然不同的，应举前随流俗学作浮薄之时文，非其所好，全然为"干禄以养亲"；应举后"大改其为，庶几有立"，求"卓然自立之言"，则"尽力于斯文"即古文，断然弃时文而不为，这是何等的文学上的自觉！我们不妨把欧在精心琢磨时文的基础上所作的《监试玉不琢不成器赋》、《国学试人主之尊如堂赋》、《省试司空掌舆地图赋》、《殿试藏珠于渊赋》等，与后来写的《述梦赋》、《鸣蝉赋》、《秋声赋》等比较一下，看看程式化的、机械的、"穿蠹经传，移此俪彼"的应试之文与活泼的、形象的、充满生活气息的抒情之作，有着怎样的不同！

　　如把欧在应举的天圣八年所作《送方希则序》与后二年即明道元年所作《送陈经秀才序》、《送梅圣俞归河阳序》加以比较，差别也是明显的。《送方希则序》谓希则"时不见用，宜其夷然拂衣，师心自往，推否泰以消息，轻寄物之去来"。又云："昔公孙常退归，乡人再推，射策遂第一；更生书数十上，每闻报罢，而终为汉名臣。"通读全篇，可以发现尚存有时文之痕迹。后二篇则显然已摆脱了时文的羁绊,文笔活泼灵动,孙琮赞《送陈经秀才序》曰:"通幅读去,竟是一篇游记,读至尾一行,才是送人文字,将两人情绪曲曲写出,却无一笔落相,真是古人中高手。"① 茅坤评《送梅圣俞归河阳序》曰:"有逸趣。"②不难看出,在应试之后两年里,欧的文风就已经有了很大的变化。

二

　　欧阳修学韩的"文学自觉"又表现为与此前柳开、穆修、孙复等人的学韩有很大的不同:柳、穆、孙等尊韩学韩,在攘斥佛老、排击时文、振兴儒学上,做出了历史的贡献,但他们强调道统,以复古道为唯一旨归,而欧强调文道结合,尤注重作品的文学性,注重其艺术价值,两者迥然有异。

　　柳开堪称北宋尊韩学韩的先驱,其《应责》云:"吾之道,孔子、孟轲、扬雄、韩愈之道;吾之文,孔子、孟轲、扬雄、韩愈之文。"弘扬孔孟之道是其立论的根本与出发点,因尊韩愈之道,故重韩愈之文。是以《与广南西路采访司谏刘昌言书》云:"始学韩愈氏,传周公、孔子之道,尊尊而亲亲,善善而恶恶。"《昌黎集后序》亦云:"圣人不以好广于辞而为事也,在乎化天下、传来世、用道德而已。"他的重道轻文在《上王学士第三书》中表露无遗:"文学为道之筌也,文恶辞之华于理,不恶理之华于辞也。"

　　穆修热心于传播韩、柳文,亦以复古道传仁义为旨归,其

① 《山晓阁选宋大家欧阳庐陵全集》评语卷三,清康熙刊本。
② 《欧阳文忠公文钞》评语卷一八,皖省聚文堂重校刊本。

《唐柳先生集后序》谓："至韩、柳氏起，然后能大吐古人之文，其言与仁义相华实而不杂……世之学者，如不志于古则已；苟志于古，则践立言之域，舍二先生而不由，虽曰能之，非余所敢知也。"

孙复同样从道统上肯定韩愈，其《信道堂记》云："圣贤之迹，无进也，无退也，无毁也，无誉也，唯道所在而已……吾之所谓道者，尧、舜、禹、汤、文、武、周公、孔子之道也，孟轲、荀卿、扬雄、王通、韩愈之道也。"对韩愈这样一位文学大师，居然言道而不及文。

欧阳修天圣八年（1030）及第，九年至西京洛阳任职，即刻苦钻研古文。据《湘山野录》记载，欧与谢绛、尹洙分别为临辕馆作记。欧经"通夕讲摩"，所作与谢、尹相比，"尤完粹有法"。此事一时传为美谈，足见其于作文用功之勤，用力之深。登第后三年，即明道二年（1033），欧作《与张秀才第二书》，对为文就给予相当的重视，反对为文"述三皇太古之道，舍近取远，务高远而鲜事实"，强调"知古明道，而后履之以身，施之于事，而又见于文章而发之"，"其道易知而可法，其言易明而可行"。这里，很清楚地与空言古道，漠视现实，划清了界限，又以"道"与"言"的并提，宣示对文的高度重视。景祐元年（1034），欧作《代人上王枢密求先集序书》，谓"事信言文，乃能表见于后世"，"言文"的重要性空前地得以彰显。到了康定元年（1040），作《答吴充秀才书》，谈及文道关系，在着重论述文士"道未足"，"弃百事不关于心"的问题时，特别提醒那些以"职于文"自居的人说："盖文之为言，难工而可喜，易悦而自足。"在文道关系上，他主张结合而没有偏废。至和元年，作《送徐无党南归序》，言及立德、立功、立言"三不朽"，回顾历代著书情况，深深感叹立言之不易。欧阳修对作品的艺术价值十分重视，苏轼在《答谢民师书》中转述欧的话说:"文章如精金美玉,市有定价,非人所能以口舌定贵贱也。"这与柳、穆、孙等人仅仅把文作为载道的工具,不啻有天壤之别。正因为有着正确的文论思想的指导,欧在天圣、明道、景祐时即创作了《伐树记》《送梅圣俞归河阳序》《洛阳牡丹记》《李秀才东园亭记》《与高司谏书》《读李翱文》等紧密联系社会现实、思想内容与写作艺术俱佳的作品,这是柳、穆、孙等人很难望其项背的。

## 三

欧阳修的"文学自觉",还表现在他对文学群体力量和结盟的重视。

韩愈在中唐文学革新的道路上并非孤军奋战,有柳宗元与他作南北的遥相呼应,麾下又有李翱、皇甫湜等诸多干将。韩愈少时即与孟郊、张籍友善,与李观、李绛、崔群等为同年,友朋众多。又几度任学官,奖掖后进,不遗余力。他撰《师说》,好为人师,韩门弟子遍天下。这些都给欧阳修以重要的启迪。

欧阳修自幼熟读韩文,对韩愈的生平了如指掌,深知韩愈文学事业的成功,所赖者绝非一己之力。因此,他进士及第,一至洛阳,就与梅尧臣、尹洙等结为亲密的朋友,朝夕与共,切磋诗文。在好文喜士的西京留守钱惟演的支持下,文士们游龙门、登嵩岳,赋诗作文,乐之不疲。文学氛围浓郁的西京,涌动着创作的热流。欧的《书怀感事寄梅圣俞》诗在"幕府足文士,相公方好贤"之下,以优美的诗笔展现了谢绛、尹洙、尹源、富弼、王复、杨子聪、张先、梅尧臣诸人的风采。《答梅圣俞寺丞见寄》诗云:"文会忝余盟,诗坛推子将。"透露出步入政坛与文坛不久的欧阳修高度的自信和文学上的主盟意识。景祐元年,欧阳修因任满离开西京,然而以他为中心的洛阳文人集团,在宋代文学史上已书写了光彩灿烂的一页,故范仲淹在《尹师鲁河南集序》中提及尹洙"力为古文"时写道:"士林方耸慕焉,遽得欧阳永叔从而大振之,由是天下之文一变。"张芸叟亦云:"本朝自明道景祐间始以文学相高。"①当然,欧阳修能成为洛阳文人集团的核心,给文坛带来巨大的影响,与他的才华横溢不无关系。韩琦《赠太子太师欧阳公墓志铭》称:"景祐初,公与尹师鲁专以古文相尚,而公得之自然,非学所至,超然独骛,众莫能及。"叶涛在《重修(神宗)实录(欧阳修)本传》中也指出:"尹洙与修亦皆以古文倡率学者,然洙材下,人莫之与。至修文一出,天下士皆向慕,为之唯恐不及,一时文章大变,庶几乎西汉之盛者,由修发之。"

随着欧阳修政治上和文学上影响的扩大,他结识了更多志同道合的朋友及创作的知音,到庆历时已确立了文坛盟主的地位,年幼的苏轼已闻欧公之名,《上梅直讲书》云:"轼七八岁时,始知读书,闻今天下有欧阳公者,其为人如古孟轲、韩愈之徒。"苏轼又有《钱塘勤上人诗集叙》曰:"欧阳公好士,为天下第一。士有一言中于道,不远千里而求之,甚于士之求公,以故尽致天下豪俊,自庸众人以显于世者固多矣。"乐善好士、虚怀若谷令欧阳修声名远播,贬官滁州时,也有年轻士子们远道前来拜访求教,见欧《送章生东归》、《送孙秀才》等诗。宋文六大家中,三苏、曾巩、王安石都得到欧的热心扶持。徐无党、徐无逸、焦千之、魏广等后学也得到欧的关怀与指导。皇祐守颍时,聚星堂宴集赋诗是欧与众多年轻朋友的亲密交流,其中就有学富五车的刘敞。嘉祐二年贡举,欧更是擢拔了后来活跃在北宋政坛与文坛上的众多英才。其中他尤着意于苏轼,认定他是未来的接班

---

① 王正德《余师录》卷二,《丛书集成》本。

人,对他说:"我老将休,付子斯文。"①

　　苏轼《六一居士集叙》将欧阳修比为"今之韩愈",云:"宋兴七十余年,民不知兵,富而教之,至天圣、景祐极矣,而斯文终有愧于古。士亦因陋守旧,论卑而气弱。自欧阳子出,天下争自濯磨,以通经学古为高,以救时行道为贤,以犯颜纳说为忠。长育成就,至嘉祐末号称多士,欧阳子之功为多。"他充分肯定了欧阳修崛起于天圣,改革士风与文风,团结、培育文学的群体力量,为造就嘉祐政坛、文坛之兴盛所做出的杰出贡献。苏颂在《吕舍人文集序》中言及"仁宗皇帝一朝,文章人物之盛,跨越前代"时写道:"景祐中,故参知政事欧阳文忠公由铨选陟文馆,阅旬岁而历两禁,登二府,号令风采慜然动天下。"欧阳修的人格魅力与学术风范,自是光彩夺目,而他的同僚友朋,门生后学,多为官员、学者、文人兼于一身,且多诗文造诣不同凡响。三苏、曾、王之外,大略言之,有谢绛、尹洙、梅尧臣、苏舜钦、石介、韩琦、余靖、范镇、田况、江休复、祖无择、蔡襄、吕公著、刘敞、刘攽、王珪、宋敏求、苏颂、吴充等。他们之中,有不少人在政坛上叱咤风云,在文坛上亦大显身手,欧阳修和他们或书信往返,或歌咏唱酬,或谈诗论艺,或品评文章,交往密切,互动频繁,共同谱写了北宋文学辉煌的篇章。

# 四

　　这种"文学自觉",也表现在欧之学韩不是浮于表面,流于形式,已从模拟走向超越,显现时代特色,注重个性特点,让文学创作自具面目。欧、苏文学事业的成功,充分说明了这一点。

---

① 见《苏轼文集》卷六三《祭欧阳文忠公夫人文》。

众所周知,最初的学习往往是从模拟开始的。由于欧对韩文的衷心喜好,从欧文中可以察知不少模韩的信息。比较一下他们的作品,是容易看出来的。陈善云:"韩文重于今世,盖自欧公始倡之。公集中拟韩作多矣,予辄能言其相似处。公《祭吴长史文》似《祭薛中丞文》,《书梅圣俞诗稿》似《送孟东野序》,《吊石曼卿文》似《祭田横墓文》,盖其步骤驰骋亦无不似,非但仿其句读而已。"[1] 孙奕亦云:"(欧)公以文章独步当世,而于昌黎不无所得。观其词语丰润,意绪婉曲,俯仰揖逊,步骤驰骋,皆得韩子之体,故《本论》似《原道》,《上范司谏书》似《谏臣论》,《书梅圣俞诗稿》似《送孟东野序》,《纵囚论》、《怪竹辩》断句皆似《原人》,盖其横翔捷出,不减韩作,而平澹详赡过之。"[2] 陈、孙二人大抵从文章的架构、意旨、文句等某些方面指出欧有学韩之处,细读所举作品,二者还是有很大不同,并非全然模仿。以"《本论》似《原道》"言之,主要还是在旨意的一致上,故储欣评《本论》曰:"韩子云:'明先王之道以道之。'公此文只畅发他这一句。"[3] 陈曾则曰:"欧阳公更进而为探本之论,然终未出昌黎意外。文整齐犹韩,而雄放之气逊之。"[4] 实际上,孙奕与陈曾则在两段话之末还是点到了韩、欧的差异。

韩愈和欧阳修作为中唐和北宋的文学宗师,他们的文章因相距数百年而各具时代特点,二者有奇崛与平易、硬直与柔婉、清瘦与丰腴、古雅与通俗之不同。详见本书第五章第二节《从韩、柳、欧、苏文看唐宋文的差异》。从总体上说,这是时代所造

---

① 《扪虱新语》上集卷一,《儒学警悟》本。
② 《履斋示儿编》卷七《祖述文意》,《知不足斋丛书》本。
③ 《唐宋八大家类选》卷四,清光绪壬辰湖北官书处重刊本。
④ 《古文比》卷四,中华书局,1916年。

成的。当然,更重要的,我们还要看到他们因个性之不同而形成文风上的差异。袁枚《随园诗话》云:"欧公学韩文,全不似韩,此八家中所以独树一帜也。"此语可谓点到关键之处。唐文治《古人论文大义绪言》云:"子长高第,韩欧二生。阴柔之美,欧得其情。"陈祥耀阐说更为具体:"窃谓司马迁之文,规模宏大,开合自由,深情劲气,雄视千古,盖兼具阳刚阴柔、气势风神之美。韩文得其阳刚与气势之美为多,欧文得其阴柔与风神之美为多。永叔善绍史公之一端,学韩变韩而不为形似,皆出于性情之所近与所异。退之负气,永叔多情;退之急激,永叔宽和,其文之异也固宜。"① 欧学韩,从模拟走向超越,这就是他的"文学自觉",就是他的成功之处。王鏊云:"韩师孟,今读韩文,不见其为孟也;欧学韩,不觉其为韩也。"② 苏轼也是如此,他学《孟子》、《庄子》、《战国策》,学贾谊、陆贽,取资甚宏而能自具面目,在创作上取得巨大的成就。

## 五

这种"文学自觉"同时表现在,以欧阳修为代表,北宋文人、学者、官员的三位一体,使文学发展和繁荣得助于学术研究的推动和行政力量的有力支持。这更显示了欧阳修在"文学自觉"上对韩愈的超越。

韩琦在《赠太子太师欧阳公墓志铭》中称"自汉司马迁没几千年,而唐韩愈出。愈之后又数百年,而公始继之,气焰相薄,莫较高下,何其盛哉!所治经术,务究大本。尝以先儒于经

---

① 《唐宋八大家文说》,福建教育出版社,1995 年,第 97 页。
② 《震泽长语》卷下,《宝颜堂秘笈普集》本。

所得多矣,而不能无失,惟其说或有未通,公始为辨正,不过求圣人之意以立异论……公于物无他玩好,独好收古文图书,集三代以来金石铭刻,为一千卷,用以校正讹谬,人得不疑。"这是北宋出将入相声名赫赫的一位同僚、挚友对欧阳修的评价,涉及文学、史学、经学、金石学的领域。2007年是欧阳修诞生的一千周年,全国各地举行了许多纪念其千年诞辰的学术会议和庆祝活动,在不少场合,欧被尊称为百科全书式的大师,这是韩愈所不曾有的荣耀。

欧阳修在文学创作上取得重要成就,与其在多个学术领域的卓绝造诣有密切的关系。他勤于撰述,著作等身,领衔修撰的《新唐书》、独撰的《新五代史》,史学价值不言而喻;《诗本义》、《易童子问》等在经学研究上自成一家;《集古录跋尾》开我国金石学研究的先河;《崇文总目》为目录学方面极有影响的著作。作为一个学者式的文学家,欧阳修的文学作品吸收了他在诸多学术领域的成就而超越前人;在他的领导下,北宋文学的发展与繁荣也大大得助于学术研究的推动。

欧阳修的文学作品富于深厚的学术底蕴。《朋党论》、《春秋论》、《正统论》等,如无坚实的史学根底是写不出的。在欧诸多的文章中,历代史实信手拈来,旁征博引恰到好处,内涵丰富而思想深刻。名篇《丰乐亭记》即显示出欧的历史眼光,他写山水之景而俯仰古今,感悟历代盛衰的道理,抒发居安思危的深意。以经学中的《易》学言之,欧不仅有《易童子问》、《易或问》等关于《易》学研究的著述,而且相关的学术思想,也贯穿在他的许多散文作品中,如《送张唐民归青州序》谓"天人之理,在于《周易》否泰消长之卦。能通其说,则自古圣贤穷达而祸福,皆可知而不足怪";《送王陶序》言"乾健坤顺,刚柔之大用也",以"刚之不可独任","圣人之戒用刚",劝"好刚之士"王陶行事"尤宜

慎乎其初"；写《画舫斋记》时有感于自己贬官夷陵的经历，谓
"《周易》之象，至于履险蹈难，必曰涉川"，等等。北宋文学批评
的发展也是这一时期学术繁荣的重要内容，欧阳修不仅在诸多
书信、赠序、题跋中谈诗论文，而且还首创短小活泼的诗论新体
《诗话》。受其影响，此后众多的诗话、词话、文话作品问世，绵绵
不绝，成为文学批评的重要体式，对北宋及后世的文学发展起了
巨大的推动作用。

　　当然，不仅是欧阳修，翻开苏轼、王安石等人的文集，翻开吕
祖谦编的《皇宋文鉴》，宋人文史哲融通的学养、深刻的理性和
动人的情感的结合，都在他们流传百世的名篇中展现无遗。深
厚的学术给宋代散文以至整个宋代文学注入理性的精神和无穷
的活力。

　　在以行政力量支持和推动文学的发展和繁荣上，尤见欧阳
修的"文学自觉"。也许受到身为西京留守的钱惟演关爱麾下
文士创作活动的启发，欧阳修在自己力所能及的范围里，极力支
持和鼓励文学创作活动。庆历八年知扬州，欧阳修作平山堂，
与众宾客宴饮其间，文酒诗会，热闹非凡。皇祐年间，欧阳修知
颍州，常宴宾客于聚星堂，与众人分咏室内之物，还因雪会客赋
诗。此事传为佳话，为后四十余年守颍的苏轼所效仿。嘉祐二
年，欧阳修权知礼部贡举，《长编》卷一八五载："先是进士益相
习为奇僻，钩章棘句，寖失浑淳，修深疾之，遂痛加裁抑。"苏轼
《太息一首送秦少章》深有感慨地写道："昔吾举进士，试于礼
部……方是时，士以剽裂为文，聚而见讪，且讪(欧)公者，所在
成市。曾未数年，忽焉若潦水之归壑，无复见一人者。"欧凭借
手中的行政权力痛革文弊的魄力和取得的显著效果，由此可见。

　　作为一代宗师，欧阳修的天圣学韩，不仅体现了他个人的
"文学自觉"，也带动、影响了那个时代的文坛，从而成为北宋"文

学自觉"的重要标志。正是天圣学韩的"文学自觉",造就了一代文豪欧阳修,也造就了北宋诗文的革新与辉煌。

## 第二节　庆历革新：新政人士与北宋散文的发展

发生在中国 11 世纪 40 年代的庆历革新,虽然只历经短暂的岁月即告夭折,但它给弊政丛生的北宋朝廷和整个社会带来了巨大的冲击和震荡,也对北宋散文的发展产生了不小的影响。

在这场革新与保守的空前激烈的大较量中,阵线极为分明,枢密使职务被杜衍替代、大造朋党舆论、诬陷富弼指使石介撰废立诏草的夏竦,在进奏院祀神事件中指使部属鱼周询、刘元瑜弹劾苏舜钦以卖故纸钱宴宾客为监守自盗的御史中丞王拱辰,公开支持王拱辰的宋祁、张方平,暗中为王拱辰助力的曾任参知政事、后由枢密使拜相的贾昌朝等,站在新政的对立面。而新政阵营里人才济济,有先为枢密使、在晏殊罢相后接任相职的杜衍,新政领袖、参知政事范仲淹,枢密副使韩琦、富弼,宋仁宗欲兴利除弊而增置的谏官欧阳修、余靖、王素、蔡襄,以《论朋党疏》劝仁宗不要动摇对新政主持者信任的尹洙,作《庆历圣德诗》颂美新政的国子监直讲石介,杜衍之婿、由范仲淹推荐而监进奏院的苏舜钦,等等。

一

稍加留意就不难发现,新政阵营里的许多人物是北宋古文运动的中坚。在关系到国家前途命运的斗争中,他们团聚在一起,范仲淹是他们的政治领袖;而在北宋散文的发展上,他们也贡献了自己的力量,欧阳修是他们的文学旗手。

当我们历数新政的骨干力量,亦即北宋古文运动的中坚力量的时候,不能不提到在北宋政坛和文坛上颇有影响的人物——晏殊。他对新政的态度是漠然的,并无好感。《长编》卷一五二载:"殊初入相,擢欧阳修等为谏官,既而苦其论事烦数,或面折之。及修出为河北都转运使,谏官奏留修,不许。"《宋史·王益柔传》述及进奏院事件云:"时诸人欲遂倾正党(指新政集团),宰相章得象、晏殊不置可否。"这实际上助长了攻排新政者的气焰。晏殊政治上的软弱、无原则是一以贯之的。还在仁宗即位之初,章献太后当政,有人"欲媚章献太后,请天子帅百官献寿于庭。仲淹奏以为不可,晏殊大惧,召仲淹怒责之,以为狂。仲淹正色抗曰:'仲淹受明公误知,常惧不称,为知己羞。不意今日更以正论得罪于门下也。'殊惭,无以应。"①

但必须指出的是,晏殊在擢拔人才上,却很有过人之处。天圣时,延请范仲淹教生徒于应天府,后又荐其为秘阁校理;知礼部贡举,擢欧阳修为第一;择富弼为婿;在吕夷简罢相,身为宰相兼枢密使时,欧阳修、余靖、王素入为谏官。《宋史》本传云:"殊平居好贤,当世知名之士,如范仲淹、孔道辅皆出其门。及为相,益务进贤材,而仲淹及韩琦、富弼皆进用,至于台阁,多一时之贤。"《宋史·章得象传》比较晏、章、庞籍、王随四相云:"殊喜荐拔人物,乐善不倦,方之诸人,殊其最优乎!"确实,新政的领袖与骨干,多得到他的提携奖掖。尽管晏殊谨慎畏祸,对新政的激进措施"不置可否",但他还是识才、爱才、乐于荐才。在发现范、欧等人才,并把他们推上政治舞台及形成新政集团上,客

---

① 司马光《涑水记闻》卷一〇。

观地说,晏殊作出了很大的贡献。

据《全宋文》卷三九七载,晏殊"原有集二百四十卷",其文今仅存 53 篇:赋 9 篇,制、状、表、奏等 23 篇,余下为书、序、跋、论、记、铭、赞、碑、志 21 篇。虽非全帙,可窥一斑。表、奏等宫廷应用文字姑且不论,其赋用四六,文多骈体,或骈散兼用,终以骈为多,走的是宋初文章的老路。但晏殊对唐代古文甚有好感,所作《与富监丞书》纯用散体,气充文畅。其文云:"倾想所论韩、柳、独孤、权、刘之文,甚为善。"又云:"某少时闻群进士盛称韩、柳,茫然未测其端。洎入馆阁,则当时隽贤方习声律,饰歌颂,诮韩、柳之迂滞,靡然向风,独立不暇。自历二府,罢辞职,乃得探究经诰,称量百家,然后知韩、柳之获高名为不诬矣。迩来研诵未尝释手……孙汉公尝云:'有唐中叶之人,虽名不著者,比之五代、国初之文,益颇为优。'此诚知言。"可见,晏殊年轻时并未认识到韩、柳文的价值,而"自历二府,罢辞职",亦即由庆历三年(1043)出任宰相兼枢密使,至庆历四年(1044)罢相之后,他对以韩、柳为代表的唐代古文逐渐发生兴趣,以致"研诵未尝释手"。

从晏殊对韩、柳的肯定和赞赏,可以推断他对欧阳修等大力宣传、推行古文创作,当持肯定的态度。欧阳修在庆历初即入主文坛,北宋古文运动在庆历革新期间获得迅速的发展并产生巨大的影响,由晏殊文学观的变化中,也可以得到有力的证实。

## 二

庆历革新人士,在革除弊政、振兴国家的政治斗争中,是志同道合的战友;在反对骈俪,提倡散体的古文运动中,也是携手共进的斗士。他们都有相同或者相似的文学观,以尊韩、复古、反浮华、抨击西昆、倡导文道结合为己任。

　　早在天圣三年(1025),范仲淹就提出"救斯文之薄而厚其风化"① 的主张。尹洙推崇韩愈,谓"自孟而下千载,能尊孟氏者,唯唐韩文公"②。韩琦赞美韩文公扫荡时文,"挺然一变,而至于古"③ 的功绩,又大力肯定欧阳修作为宋代古文运动领袖的地位:"愈之后又数百年,而公始继之,气焰相薄,莫较高下,何其盛哉!"④ 石介有《怪说》等文批判杨亿,挞伐骈俪,不遗余力。苏舜钦赞赏穆修"为文章益根柢于道"⑤,对西昆体徒事文辞之工不满,强调"言也者,必归于道义","不敢雕琢以害正"⑥。蔡襄亦云:"其道馁焉,而其文虽工,终亦莫之至也。"⑦ 至于欧阳修、苏洵、曾巩的文学观,人所熟知,此不赘述。

　　新政人士的散文创作在庆历期间也很有影响。这不仅表现在斗争最尖锐的时候,有欧阳修的《朋党论》、尹洙的《论朋党疏》、苏舜钦的《与欧阳公书》等正气凛然、情怀激越的作品问世,而且在贬官之后,亦即在疾风暴雨般的斗争洗礼之后,他们依然用自己的动人笔触,描绘自然风光,抒写博大襟抱,体现刚毅人格,给读者以精神鼓舞和审美愉悦。范仲淹的《岳阳楼记》,欧阳修的《醉翁亭记》、《丰乐亭记》,苏舜钦的《沧浪亭记》

① 《范文正公集》卷七《奏上时务书》。
② 《河南先生文集》卷五《送李侍禁序》,《四部丛刊》本。
③ 《安阳集》卷二三《五贤赞》。
④ 《安阳集》卷五〇《赠太子太师欧阳公墓志铭》。
⑤ 苏舜钦著,傅平骧、胡问陶校注《苏舜钦集编年校注》卷六《哀穆先生文》,巴蜀书社,1990年,第385页。
⑥ 苏舜钦著,傅平骧、胡问陶校注《苏舜钦集编年校注》卷七《上三司副使段公书》,第458页。
⑦ 蔡襄著,陈庆元、欧明俊、陈贻庭校注《蔡襄全集》卷二四《再答谢景山书》,福建人民出版社,1999年,第529页。

等,就是这样的杰作。新政失败后,欧阳修等各赴贬所,从政之余,潜心创作,交流诗文,互通声问。欧阳修还积极地传授经验,指导后学,播撒文学革新的种子。政治变革的夭折,并没有使文坛沉寂,反而带来了文学创作的丰收。

新政人士绝大多数是在天圣期间登第入仕的。天圣正是北宋古文发展的起步阶段。天圣三年(1025),范仲淹作《奏上时务书》,希望"敦谕词臣兴复古道"。天圣五年(1027),礼部试兼考策论,这是对只重诗赋的传统的巨大冲击。是年,应天府学在范仲淹的主持下开办并兴盛起来。天圣六年(1028),陈从易、杨大雅并知制诰。据《长编》卷一○六载,在"文学以雕靡相尚,一时学者向之"之时,二人"自守不变"、"好古独行","朝廷欲矫文章之弊",故并进二人,"以风天下"。天圣七年(1029),有诏申戒浮文,欧阳修试国子监,名列第一;赴国学解试,再列榜首。天圣八年(1030),欧阳修试礼部,又获第一,殿试以甲科登第。天圣九年(1031),欧阳修至西京洛阳,与谢绛、尹洙、梅尧臣等切磋诗文,在洛阳文人集团中崭露头角,渐以文章知名天下。到了明道二年(1033),刘太后去世,仁宗亲政,令有司兼以策论取士。庆历新政人士就是在这样的时代,入仕而登上北宋的政治舞台;就是在这样的文化氛围中,开始从事散文的创作。可以说,天圣、明道间科举取士方法的微调,为庆历间范仲淹等提出"精贡举"作了初步的准备;而庆历革新内容之一的"精贡举",正是天圣明道科举取士方法变化的必然结果。

## 三

当然,庆历时采取的是断然的改革:"进士先策论而后诗赋,诸科墨义之外,更通经旨,使人不专词藻,必明理道。"① 从而避免了"国家专以词赋取士,以墨义取诸科,士皆舍大方而趋小道。虽济济盈庭,求有才有识者,十无一二"② 的现象出现。庆历新政实行的科举改革,无疑是有成效的,而庆历期间的重教兴学,也产生了不可低估的影响。欧阳修在《吉州学记》中就充满激情地欢呼:"(庆历四年)三月,遂诏天下皆立学,置学官之员,然后海隅徼塞、四方万里之外,莫不皆有学。呜呼,盛矣!"应该说,天圣时晏殊在应天府兴学,已开庆历间大兴州学的先河,而主持过应天府学的范仲淹,主掌新政,力倡兴学,无疑为再接再厉之举。以中央政府的权威,推动全国的兴学,其规模和气势远非天圣年间可比。当然,新政的夭折,也使兴学迟缓了前进的步伐。要之,庆历的科举和教育的改革,在天圣时可寻得萌发之端绪,它又为嘉祐年间的人才与文才的辈出,"号称多士",奠定了坚实的基础。

新政人士在积贫积弱的宋代,先于王安石的熙宁变法,发出居安思危革故鼎新的呐喊,但因主客观条件的限制没有成功。然而,他们所领导与积极从事的古文运动,由天圣起步、庆历奠基至嘉祐辉煌,获得了举世瞩目的成就。庆历三年(1043),当《庆历圣德诗》传至远在西蜀的乡校时,八岁的苏轼"从旁窃观,则能诵习其词"③,仰慕韩、范、富、欧之为人,于此足见新政的巨大影响。而在 14 年之后的嘉祐二年(1057)贡举中,在欧阳修痛排太学体的努力下,年轻的苏轼登上了政坛和文坛,于是庆历新政人士的文学事业有了接班的领袖,这也是嘉祐辉煌的极重要的表现。

---

① 李焘《长编》卷一四三。
② 李焘《长编》卷一四三。
③ 《苏轼文集》卷一〇《范文正公文集叙》,第 311 页。

## 第三节 嘉祐多士的涌现和
## 北宋散文的鼎盛

北宋文的繁荣在文学史上是十分引人注目的现象。笔者对《宋文鉴》中属于宫廷应用及骈偶有韵文字之外的作品加以考察,对被选收 2 篇以上作品的徐铉等 93 位作者作了入选篇数的统计,欧阳修、苏轼的文坛盟主地位及含欧、曾、王、三苏的宋文六大家的地位,以他们入选作品数量之多远超众人,印证了历来文学史对他们所作的充分肯定 ①。诚然,《宋文鉴》虽属一代诗文的总集,但作为选本,难免有作者视野与认识的局限性。为了更好地认识北宋文发展的全貌,了解彼时尽可能多的作者和文集的情况就显得非常必要,于是笔者又披阅了《宋史·艺文志》的别集类。因为主要探讨散文发展的问题,故别集中许多诗集的著者不列入调查的范围,而以生卒年可考的诗文集或文集的著者作为关注的对象。现将这些著者的简况整理为下表:

| 序号 | 姓名 | 生卒年份 | 登第年间 |
|---|---|---|---|
| 1 | 徐 铉 | 916—991 | |
| 2 | 徐 锴 | 921—975 | |
| 3 | 王 溥 | 922—982 | |
| 4 | 赵 普 | 922—992 | |
| 5 | 李 昉 | 925—996 | |
| 6 | 梁周翰 | 929—1009 | |
| 7 | 张 泊 | 934—997 | |

---

① 见拙文《从〈宋文鉴〉的编选看有关北宋散文繁荣的若干问题》,载孙以昭、陶新民主编《中国古代散文研究》,安徽大学出版社,2001 年。

（续表）

| 序号 | 姓名 | 生卒年份 | 登第年间 |
|---|---|---|---|
| 8 | 郭贽 | 935—1010 | 乾德 |
| 9 | 宋 白 | 936—1012 | 建隆 |
| 10 | 田 锡 | 940—1014 | 太平兴国 |
| 11 | 贾黄中 | 941—996 | |
| 12 | 张 詠 | 946—1015 | 大中祥符 |
| 13 | 柳 开 | 947—1000 | 开宝 |
| 14 | 李 至 | 947—1001 | 太平兴国 |
| 15 | 晁 迥 | 951—1034 | 太平兴国 |
| 16 | 郑文宝 | 953—1013 | 太平兴国 |
| 17 | 王禹偁 | 954—1001 | 太平兴国 |
| 18 | 种 放 | 956—1016 | |
| 19 | 王 旦 | 957—1017 | 太平兴国 |
| 20 | 苏易简 | 958—997 | 太平兴国 |
| 21 | 罗处约 | 960—992 | 太平兴国 |
| 22 | 孙 何 | 961—1004 | 淳化 |
| 23 | 魏 野 | 961—1020 | |
| 24 | 寇 準 | 961—1023 | 太平兴国 |
| 25 | 丁 谓 | 962—1033 | 淳化 |
| 26 | 钱惟演 | 962—1034 | |
| 27 | 陈尧佐 | 963—1044 | 端拱 |
| 28 | 刘 筠 | 971—1031 | 咸平 |
| 29 | 刘 随 | 971—1035 | 景德 |
| 30 | 王 随 | 973—1039 | 咸平 |
| 31 | 杨 亿 | 974—1020 | 淳化 |
| 32 | 穆 修 | 979—1032 | 大中祥符 |

（续表）

| 序号 | 姓名 | 生卒年份 | 登第年间 |
| --- | --- | --- | --- |
| 33 | 夏竦 | 985—1051 | 景德 |
| 34 | 范仲淹 | 989—1052 | 大中祥符 |
| 35 | 宋绶 | 991—1040 | 大中祥符 |
| 36 | 晏殊 | 991—1055 | 景德 |
| 37 | 孙复 | 992—1057 | |
| 38 | 尹源 | 996—1045 | 天圣 |
| 39 | 孙沔 | 996—1066 | 天禧 |
| 40 | 宋庠 | 996—1066 | 天圣 |
| 41 | 胡宿 | 996—1067 | 天圣 |
| 42 | 王洙 | 997—1057 | 天圣 |
| 43 | 聂冠卿 | 998—1042 | 大中祥符 |
| 44 | 宋祁 | 998—1061 | 天圣 |
| 45 | 包拯 | 999—1062 | 天圣 |
| 46 | 叶清臣 | 1000—1049 | 天圣 |
| 47 | 余靖 | 1000—1064 | 天圣 |
| 48 | 尹洙 | 1001—1047 | 天圣 |
| 49 | 梅尧臣 | 1002—1060 | |
| 50 | 富弼 | 1004—1083 | 天圣 |
| 5l | 石介 | 1005—1045 | 天圣 |
| 52 | 江休复 | 1005—1060 | 天圣 |
| 53 | 田况 | 1005—1063 | 天圣 |
| 54 | 文彦博 | 1006—1097 | 天圣 |
| 55 | 欧阳修 | 1007—1072 | 天圣 |
| 56 | 张方平 | 1007—1091 | 景祐 |
| 57 | 苏舜钦 | 1008—1049 | 景祐 |

（续表）

| 序号 | 姓名 | 生卒年份 | 登第年间 |
|------|------|----------|----------|
| 58 | 韩　琦 | 1008—1075 | 天圣 |
| 59 | 赵　抃 | 1008—1084 | 景祐 |
| 60 | 范　镇 | 1008—1089 | 宝元 |
| 6l | 李　觏 | 1009—1059 | |
| 62 | 苏　洵 | 1009—1066 | |
| 63 | 元　绛 | 1009—1084 | 天圣 |
| 64 | 程师孟 | 1009—1086 | 景祐 |
| 65 | 龚鼎臣 | 1010—1087 | 景祐 |
| 66 | 邵　雍 | 1011—l077 | |
| 67 | 蔡　襄 | 1012—l067 | 天圣 |
| 68 | 韩　绛 | 1012—1088 | 庆历 |
| 69 | 吕　海 | 1014—1071 | |
| 70 | 陈　襄 | 1017—1080 | 庆历 |
| 7l | 刘　彝 | 1017—1086 | 庆历 |
| 72 | 韩　维 | 1017—l098 | |
| 73 | 刘　敞 | 1019—1068 | 庆历 |
| 74 | 宋敏求 | 1019—1079 | 宝元 |
| 75 | 曾　巩 | 1019—1083 | 嘉祐 |
| 76 | 王　珪 | 1019—1085 | 庆历 |
| 77 | 司马光 | 1019—1086 | 宝元 |
| 78 | 鲜于侁 | 1019—1087 | 景祐 |
| 79 | 赵　瞻 | 1019—l090 | 庆历 |
| 80 | 张　载 | 1020—1078 | 嘉祐 |
| 8l | 王　陶 | 1020—1080 | 庆历 |
| 82 | 苏　颂 | 1020—1101 | 庆历 |

（续表）

| 序号 | 姓名 | 生卒年份 | 登第年间 |
|---|---|---|---|
| 83 | 王安石 | 1021—1086 | 庆历 |
| 84 | 冯 京 | 1021—1094 | 皇祐 |
| 85 | 郑 獬 | 1022—1072 | 皇祐 |
| 86 | 王 回 | 1023—1065 | 嘉祐 |
| 87 | 刘 攽 | 1023—1089 | 庆历 |
| 88 | 王 存 | 1023—1101 | 庆历 |
| 89 | 傅尧俞 | 1024—1091 | 庆历 |
| 90 | 王无咎 | 约1027—1075 | 嘉祐 |
| 91 | 杨 绘 | 1027—1088 | 皇祐 |
| 92 | 李 常 | 1027—1090 | 皇祐 |
| 93 | 范纯仁 | 1027—1101 | 皇祐 |
| 94 | 吕 陶 | 1027—1103 | 皇祐 |
| 95 | 王安国 | 1028—1074 | 熙宁 |
| 96 | 邓 绾 | 1028—1086 | |
| 97 | 徐 积 | 1028—1103 | 治平 |
| 98 | 孙 觉 | 1028—1090 | 皇祐 |
| 99 | 蒲宗孟 | 1028—1093 | 皇祐 |
| 100 | 王 韶 | 1030—1081 | 嘉祐 |
| 101 | 范百禄 | 1030—1094 | 皇祐 |
| 102 | 刘 挚 | 1030—1097 | 嘉祐 |
| 103 | 蒋之奇 | 1031—1104 | 嘉祐 |
| 104 | 王 令 | 1032—1059 | |
| 105 | 程 颢 | 1032—1085 | 嘉祐 |
| 106 | 李清臣 | 1032—1102 | 皇祐 |
| 107 | 吕惠卿 | 1032—1111 | 嘉祐 |

（续表）

| 序号 | 姓名 | 生卒年份 | 登第年间 |
|---|---|---|---|
| 108 | 孔文仲 | 1033—1088 | 嘉祐 |
| 109 | 韦 骧 | 1033—1105 | 皇祐 |
| 110 | 程 颐 | 1033—1107 | |
| 111 | 张舜民 | 约 1034—1100 | 治平 |
| 112 | 安 焘 | 1034—1108 | |
| 113 | 王安礼 | 1035—1096 | 嘉祐 |
| 114 | 曾 布 | 1036—1107 | 嘉祐 |
| 115 | 朱光庭 | 1037—1094 | 嘉祐 |
| 116 | 苏 轼 | 1037—1101 | 嘉祐 |
| 117 | 吴居厚 | 1038—1114 | 嘉祐 |
| 118 | 上官均 | 1038—1115 | 熙宁 |
| 119 | 苏 辙 | 1039—1112 | 嘉祐 |
| 120 | 吕大临 | 1040—1092 | 熙宁 |
| 121 | 范祖禹 | 1041—1098 | 嘉祐 |
| 122 | 舒 亶 | 1041—1103 | 治平 |
| 123 | 郑 侠 | 1041—1119 | 治平 |
| 124 | 张商英 | 1043—1122 | 治平 |
| 125 | 王岩叟 | 1044—1094 | 嘉祐 |
| 126 | 黄庭坚 | 1045—1105 | 治平 |
| 127 | 彭汝砺 | 1047—1095 | 治平 |
| 128 | 曾 肇 | 1047—1107 | 治平 |
| 129 | 任伯雨 | 1047—1119 | |
| 130 | 刘 弇 | 1048—1102 | 元丰 |
| 131 | 刘安世 | 1048—1125 | 熙宁 |
| 132 | 秦 观 | 1049—1100 | 元丰 |

（续表）

| 序号 | 姓名 | 生卒年份 | 登第年间 |
|---|---|---|---|
| 133 | 米 芾 | 1051—1107 | |
| 134 | 贺 铸 | 1052—1125 | |
| 135 | 陈师道 | 1053—1102 | |
| 136 | 晁补之 | 1053—1110 | 元丰 |
| 137 | 游 酢 | 1053—1123 | 元丰 |
| 138 | 杨 时 | 1053—1135 | 熙宁 |
| 139 | 张 耒 | 1054—1114 | 熙宁 |
| 140 | 毛 滂 | 约 1055—1114 | |
| 141 | 周邦彦 | 1056—1121 | |
| 142 | 龚 夬 | 1057—1111 | |
| 143 | 陈 瓘 | 1057—1124 | 元丰 |
| 144 | 陈师锡 | 1057—1125 | 熙宁 |
| 145 | 崔 鶠 | 1058—1126 | 元祐 |
| 146 | 李 鹰 | 1059—1109 | |
| 147 | 晁说之 | 1059—1129 | 元丰 |
| 148 | 邹 浩 | 1060—1111 | 元丰 |
| 149 | 赵令畤 | 1061—1134 | |
| 150 | 李 朴 | 1063—1127 | 绍圣 |
| 151 | 慕容彦逢 | 1067—1117 | 元祐 |
| 152 | 刘安上 | 1069—1128 | 绍圣 |
| 153 | 唐 庚 | 1071—1121 | 绍圣 |
| 154 | 苏 过 | 1072—1123 | |
| 155 | 许景衡 | 1072—1128 | 元祐 |
| 156 | 谭世勣 | 1074—1127 | 元符 |
| 157 | 王安中 | 1076—1134 | 元符 |

（续表）

| 序号 | 姓名 | 生卒年份 | 登第年间 |
|------|------|----------|----------|
| 158 | 刘　珏 | 1078—1132 | 崇宁 |
| 159 | 梅执礼 | 1079—1127 | 崇宁 |
| 160 | 倪　涛 | 1085—1123 | 大观 |
| 161 | 韩　驹 | 约 1086—1135 | 政和 |
| 162 | 陈　东 | 1087—1128 | |
| 163 | 傅　察 | 1089—1125 | 大观 |
| 164 | 李若水 | 1093—1127 | |

　　以上是北宋九朝活跃于政坛、文坛或学术领域，其著述见诸《宋史·艺文志》的人物简况表，凡 164 人。需要说明的是，徐铉之前，有陶穀、范质等人，主要活动岁月在五代，故未纳入表内。而两宋之交的人物，如晁说之、韩驹等（卒年在南渡后十年内），因主要活动处于北宋末年，故归入表中统计。为了比较准确地把握人物活动的时段，凡生卒年暂不可考者，未予统计。各人的登第时间，均以在位皇帝的年号表示，该栏空缺者，有几种情况：一是如徐锴、王溥、李昉、梁周翰、张洎、贾黄中等，分别是南唐、后汉、后周的进士，不在宋朝登第；二是不事举业或举进士不第，后以荐举而授官，前者如种放，后者如孙复、苏洵等；三是科举不第而绝意仕进，如李覯；四是以荫入官，如韩维；五是登第而年份不详，如吕诲、邓绾等。通过此简表，我们可以比较清楚地看出，北宋文的兴盛在仁宗朝。如果大致以登第入仕的时间来确定人物活动的年代，那么，我们可以粗线条地作如下的划分（人物姓名后标出其在表中的序号，便于查看）：

　　太祖朝（建隆、乾德、开宝共 17 年）：徐铉（1）—宋白（9），凡 9 人，年均 0.53 人；

太宗朝(太平兴国、雍熙、端拱、淳化、至道共 22 年):田锡(10)—陈尧佐(27),凡 18 人,年均 0.82 人;

真宗朝(咸平、景德、大中祥符、天禧、乾兴共 25 年):刘筠(28)—孙沔(39),凡 12 人,年均 0.48 人;

仁宗朝(天圣、明道、景祐、宝元、康定、庆历、皇祐、至和、嘉祐共 41 年):宋庠(40)—范祖禹(121),凡 82 人,年均 2 人;

英宗朝(治平共 4 年):舒亶(122)—曾肇(128),凡 7 人,年均 1.75 人;

神宗朝(熙宁、元丰共 18 年):任伯雨(129)—陈师锡(144),凡 16 人,年均 0.89 人;

哲宗朝(元祐、绍圣、元符共 15 年):崔鶠(145)—王安中(157),凡 13 人,年均 0.87 人;

徽宗、钦宗朝(建中靖国、崇宁、大观、政和、重和、宣和、靖康共 27 年):刘珏(158)—李若水(164)凡 7 人,年均 0.26 人。

仁宗朝 41 年,约占北宋 168 年的四分之一,而著者数为 82 人,却占北宋总数 164 人的一半。由上面统计的各朝年均著者人数看,仁宗朝最高,为 2,英宗、神宗、哲宗朝也分别达到 1.75、0.89 和 0.87,足见仁宗朝古文发展的影响;而至徽宗、钦宗朝仅为 0.26,趋于衰落。当然,这与徽、钦二朝有些著者不能不归入南宋的统计方式有关,如汪伯彦(1069—1141)、叶梦得(1077—1148,绍圣进士)、章谊(1078—1138)、程俱(1078—1144)、朱胜非(1082—1144 崇宁进士)、李纲(1083—1140,政和进士)、綦崇礼(1083—1142)、李邴(1085—1146,崇宁进士)、赵鼎(1085—1147,崇宁进士)均未放在徽、钦二朝统计;但即使加上这 9 人,徽、钦二朝的年均著者人数也仅有 0.59。据此,我们从北宋初年至末叶,大致可画出一条年均著者人数的曲线,两端低而中间高,最高点在仁宗朝,北宋文的繁荣主要在这一时期。北宋九朝年均著者人数表：

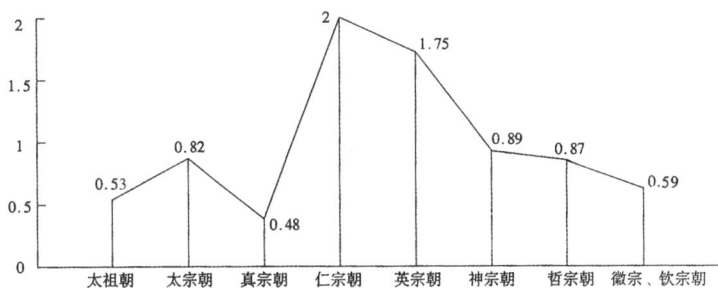

　　清人魏裔介指出："宋初无文，迨仁宗之世，涵育已及百年，乃有韩稚圭、范六丈、欧阳永叔、司马君实出，而曾子固与眉山父子起而羽翼之，雷轰电掣，云蒸霞变，宋文之盛，至此而极也。"[①]如果再加上其人其文影响极大的王安石，这段话就说得比较圆满了。

　　北宋古文的发展与文坛盟主欧阳修的活动息息相关，欧阳修积极投身政治和文学的变革，在古文创作上奏响了天圣起步、庆历奠基、嘉祐辉煌的三步曲。天圣前后、庆历前后、嘉祐前后确为北宋古文发展的三个重要阶段。从著者简况表来看，在范仲淹屡次呼吁革除文弊、拯救斯文、朝廷有诏申戒浮文、礼部试兼考策论的天圣及此后的景祐年间，一批才学兼备的学子得中高第，从尹源（38）至蔡襄（67），共有23人之多，竟占全表总人数的14%，这是多大的比例！其中宋庠、胡宿、宋祁、包拯、叶清臣、余靖、尹洙、富弼、石介、田况、文彦博、欧阳修、张方平、苏舜钦、韩琦、赵抃、蔡襄等，或为一代名臣，或为文学名家，或二者兼于一身，在政坛和文坛上都有相当的影响。以范仲淹、欧阳

---

①　魏裔介《兼济堂集》卷四《宋文欣赏集序》，《畿辅丛书》本。

修等所领导、所支持的政治革新彪炳史册的庆历及此前后的宝元、皇祐年间中进士者,表中更有 26 人,占总人数的 16%。刘敞、司马光、苏颂、王安石是其中的佼佼者,至于韩绛、宋敏求、王珪、刘攽、范纯仁、吕陶、李清臣等,都是治宋史或宋文学者耳熟能详的颇有影响的人物。到了欧阳修主持贡举、痛排太学体、开辟宋文平易自然发展大道的嘉祐年间,又涌现出大批人才,表中显示在此年间登第者就有 18 人,占总人数的 11%。尤值得指出的是,其中在欧知贡举的嘉祐二年(1057)登第的,就有曾巩、张载、王回、王无咎、王韶、蒋之奇、程颢、吕惠卿、曾布、朱光庭、苏轼和苏辙,凡 12 人,都是在宋史上很有影响的人物,是榜得人之盛,于此可见一斑。诚如周必大所言:"欧阳文忠公知嘉祐贡举,所放进士,二三十年间多为名卿才大夫。"①

　　嘉祐之极盛有赖于天圣的起步和庆历的奠基,又影响到英、神、哲三朝。在北宋文繁荣的 60 年间,即由庆历初至元符末的 60 年,以熙宁五年(1072)欧阳修逝世为界,分别为繁荣的前期与后期,前期由欧阳修主盟,后期由苏轼主盟,嘉祐起到了承前启后的关键的作用。从表上看,嘉祐末(1063)名士云集,贤才济济,从年长的孙沔(39)、宋庠(40)、胡宿(41)、余靖(47)、田况(53)到年轻的嘉祐进士王岩叟(125),荟萃的人才多至 69 人,占总人数的 42%。嘉祐之末,宋文鼎盛,人才鼎盛,此言不虚!

　　综上所述,北宋文兴盛于仁宗朝,鼎盛于嘉祐时,而其繁荣期则由仁宗朝的庆历初(1041)直到哲宗朝的元符末(1100),长达 60 年。

---

① 《庐陵周益国文忠公集·省斋文稿》卷二〇《葛敏修圣功文集后序》,清道光二十八年瀛塘别墅刊本。

# 第五章

# 欧阳修与唐宋古文运动

## 第一节　唐宋古文运动的差异

唐宋古文运动是十分曲折而漫长的历程,由韩、柳掀起第一个高潮的中唐至欧、苏掀起第二个高潮的北宋中叶,相距二百多年。以推翻骈文的统治、树立散文正宗地位为主旨的古文运动,何以跨越如此漫长的岁月才取得最后的胜利呢? 显而易见的原因是,北宋古文运动具备中唐古文运动所不曾拥有的优势。换言之,两代古文运动存在着不少的差异。

### 一、古文发展的起点不同

东汉之文已兴偶俪,西晋时骈文正式成体,至南北朝而大盛,到了隋朝与初、盛唐仍是骈文的天下。《新唐书·文艺传》称:"高祖、太祖,大难始夷,沿江左余风,绮句绘章,揣合低昂,故王、杨为之伯。"显然,初唐仍沿袭六朝"余风"。《文艺传》又称:"玄宗好经术,群臣稍厌雕琢,索理致,崇雅黜浮,气益雄浑,则燕、许擅其宗。"燕、许所擅仍是骈体,可知盛唐时文风之华靡虽有所收敛,文章的内容也较前充实,但骈俪之习依然如故。韩、柳于中唐发起古文运动,实属"挽狂澜于既倒"的壮举。李汉作《昌黎先生集序》,说韩愈"大拯颓风"。姚铉于《唐文粹》卷首赞韩愈"首唱古文,遏横流于昏垫,辟正道于夷坦",起衰救弊之功实乃至高至伟!《旧唐书·韩愈传》云:"自魏、晋已还,为文者多拘偶对,而经诰之指归,迁、雄之气格,不复振起矣。故愈所为文,务反近体,抒意立言,自成一家新语,后学之士,取为师法。当时作者甚众,无以过之,故世称韩文焉。"这段话客观反映了韩愈在文体、文风、文学语言的革新上所取得的成就和影响,足见其反潮流的勇气与胆识。韩、柳倡导复古,以先秦两汉散行单句之文为学习的榜样,苦心钻研。柳宗元在《答韦中立论师道书》中讲自己从五经、诸子、《国语》《离骚》《史记》中汲取营养,"旁推交通,而以为之文"。由此,足见新型古文的创作自有一番艰难摸索的过程。

面对六朝以来文风之靡丽,韩、柳或声言"辞必己出",或反对"荣古虐今",他们在继承先秦两汉文传统的基础上,勇于革新创造,以奇崛之作力矫时尚的华艳之习。刘熙载《艺概》说:"八代之衰,其文内竭而外侈,昌黎易之以万怪惶惑、抑遏蔽掩,在当时真为补虚消肿良剂。"柳宗元有《读韩愈所著毛颖传后题》,称赞道:"索而读之,若捕龙蛇,搏虎豹,急与之角而力不敢暇,信韩子之怪于文也。"韩、柳独出机杼的创作影响了一代的文风,故研读唐代古文,沉潜酝郁之致,奇崛壮伟之观,时时可见。

北宋古文运动是中唐古文运动的继续和发展,唐代古文的昌盛为宋代古文的繁荣打下了坚实的基础,宋人从唐人的实践中看到了前进的方向。于是,柳开以继承韩、柳的事业自任,穆修为宣传韩柳文而不遗余力,欧阳修十岁时见韩文深厚雄博而不胜喜爱,苏轼则盛赞韩文有起衰救弊之功。韩、柳文成为宋人学习的楷模,为宋人所取法和仿效。简言之,韩、柳复先秦两汉之古,而欧、苏则复中唐之古。正如贝琼在《潜溪先生宋公文集序》中所说:"韩子之文祖于孟子,而欧阳子又祖于韩子。"宋人自然与唐人一样,继承先秦两汉文的传统,但有了中唐古文运动的经验和堪称典范的韩、柳文,在推动古文的发展,繁荣古文的创作上,有着比唐人更高的起点。在学习唐文的基础上,宋人弃唐人的瑰丽奇崛,而取其文从字顺,开辟了散文创作的平易自然的康庄大道。宋代古文运动承继并发展唐人反对骈体、崇尚散体的成就的同时,既反对晚唐五代以来纤丽文风与杨、刘昆体浮艳之习,又反对太学体的奇涩艰深,古文的发展由易知易明而通向行云流水般畅达自如的境界。

## 二、时代造成的氛围不同

就科举取士而言,唐代数量远较宋代为少,且考官多重诗赋,以为取舍之标准。《全唐文纪事》引赵匡《举选议》云:"国朝举选,用隋氏之制,岁月既久,其法益讹。夫才智因习而就,固然之理。进士者,时共贵之。主司褒贬,实在诗赋,务求巧丽。"《新唐书·选举志》云:"先是进士试诗赋及时务策五道、明经策三道。建中二年(781),中书舍人赵赞权知贡举,乃以箴论表赞代诗赋,而皆试策三道。太和八年(834)礼部复罢进士议论而试诗赋。"由建中二年至太和八年的半个世纪,正是古文兴盛的贞元、元和时期,而此前科举的重诗赋、"求巧丽"和此后的"复罢进士议论而试诗赋",反映出务实崇散反浮华的中唐古文运动迈步的艰难和衰落的急遽。

中唐兴起的儒学复古对文学复古的影响是无可置疑的。在这有利的条件下,古文家渴望获得发展古文创作的良好氛围,但古文运动及其领袖人物却并未从最高统治者的执政大臣那里得到过直接的支持,而韩愈勇于创新的富于文学性的作品却常遭非议。裴度《寄李翱书》称韩愈"其人信美材也",接着说:"近或闻诸侪类云,恃其绝足,往往奔放,不以文立制,而以文为戏,可矣乎! 可矣乎! 今之不及之者,当大为防焉尔。"友人张籍赞美韩愈"独得雄直气,发为古文章"①。但仍批评韩愈"多尚驳杂无实之说"②。韩愈自称:"仆为文久,每自测意中以为好,则人必以为恶矣。小称意,人亦小怪之;大称意,即人必大怪之。"③李汉《昌黎先生集序》指出,见韩愈之文,"时人始而惊,中而笑且排"。柳宗元也对韩愈因收召后学、抗颜为师而遭"邑犬群吠"深为不平。

宋代情况不同,真宗、仁宗患时文之弊,多次降诏,以近古讽勉学者。大中祥符二年(1009),真宗就"下诏风励学者",谓"属词浮靡","当加严谴"④。天圣六年(1028),陈从易、杨大雅并知制诰。《长编》卷一〇六谓:"自景德后,文字以雕靡相尚,一时学者乡之,而从易独自守不变,与大雅特相厚,皆好古笃行,无所阿附。……朝廷欲矫文章之弊,故并进从易及大雅,以风天

---

① 张籍《张司业集》卷一《祭退之》,《文渊阁四库全书》本。
② 张籍《张司业集》卷八《与韩愈书》。
③ 韩愈著、马其昶校注《韩昌黎文集校注》卷三《与冯宿论文书》,上海古籍出版社,1998 年,第 196 页。
④ 李焘《长编》卷七一。

下。"天圣七年（1029），有诏戒"为浮夸靡曼之文"[1]。明道二年
（1033），刘太后卒，仁宗亲政，"谕辅臣曰：'近岁进士所试诗赋
多浮华，而学古者或不可以自进，宜令有司兼以策论取之。'"[2]
值得注意的是，北宋古文运动领袖欧阳修正是在天圣、明道间步
入政坛，并在西京幕府结交诸多能文之士，相与切磋诗文，而渐
以文章知名天下的。庆历三年（1043），仁宗召辅臣条对天下急
务，范仲淹所上十事中就有"精贡举"一条，提议"进士先策论
而后诗赋"，"使人不专辞藻，必明理道，则天下讲学必兴，浮薄
知劝"[3]。于是，庆历四年（1044），诏令天下州县皆立学，更定科
举法，进士试三场：先策，次论，后诗赋。这些改革为古文运动
的开展创造了有利的条件。另外，宋代扩大科举名额，中下层知
识分子易于通过科举，步入仕途，宋廷又推行优礼文士的政策，
环境较为宽松，文人众多而思想活跃，且热衷议论，便于抒怀达
意的古文自然受到他们喜爱，得到前所未有的普及。

## 三、作家所处的地位不同

韩、柳虽为古文运动的领袖，但政治地位都不高。韩愈"四
举于礼部乃一得，三选于吏部卒无成"[4]，经历坎坷，晚年虽枯而
复荣，但官职也仅至吏部侍郎。柳宗元于永贞革新失败后，远贬
南方，郁郁不得志。韩愈的朋友与弟子，不少是古文运动的积极
参与者，但他们一般地位低，仕途上不太得志。刘禹锡与柳宗
元一样，作为"八司马"之一被贬南方，后历任多州刺史，晚年迁

---

① 李焘《长编》卷一〇八。
② 李焘《长编》卷一一三。
③ 李焘《长编》卷一四三。
④ 韩愈著、马其昶校注《韩昌黎文集校注》卷三《上宰相书》，第155页。

太子宾客,加检校礼部尚书衔。回顾平生,历尽"二十余年作逐臣"[1]的艰辛。欧阳詹与韩愈为同榜进士,积极提倡古文,堪称文学上的同道,卒年四十余,官职仅为从八品下的国子监四门助教。李观亦热心古文创作,与韩愈相左右,不幸二十九岁夭折,仅为太子校书郎。樊宗师崇尚儒学,积极支持韩愈领导的古文运动,官亦不显,历绵、绛二州刺史,进谏议大夫,未就任而卒。李翱为韩愈侄婿,始从韩愈为文,是唐代古文运动的中坚人物,储欣列其为"唐宋十大家"之一,为国子博士、史馆修撰,后官终山南东道节度使。皇甫湜跟李翱同是韩愈的学生、古文运动的健将,入仕为陆浑尉,官至工部郎中、东都判官。沈亚之尝游韩愈门,为文深受韩愈影响,官终郑州掾。李汉系韩愈之婿,少事韩愈学古文,官至御史中丞、吏部侍郎,后贬为汾州刺史,又改州司马。由于政治地位不高,韩愈与志同道合的友人及韩门弟子都缺少权势,他们难以从国家权力部门获得对古文运动发展的有力支持。

北宋情况大有不同。范仲淹、欧阳修、王安石、苏辙等身为宰相、参政,在朝廷上均有发言权,甚至是举足轻重的人物,可以通过发布政令,对文学的发展施加影响。范仲淹在天圣三年(1025)身为文林郎、守大理寺丞时,就写有《奏上时务书》,呼吁振兴朝政,提出革除文弊的主张。到了庆历年间,范仲淹位至参知政事,领导了著名的庆历革新,改革取士方法,且积极促使仁宗诏天下皆立学。他在《邠州建学记》中追述道:"庆历甲申岁,予参贰国政,亲奉圣谋,诏天下建郡县之学,俾岁贡群士一由此出。"北宋文士众多,古文昌盛,与范仲淹重视教育、改革科举颇

---

① 刘禹锡《刘宾客文集·外集》卷一《杏园花下酬乐天见赠》,《文渊阁四库全书》本。

有关系。欧阳修于嘉祐二年（1057）权知礼部贡举，时太学体猖獗，举子钩章棘句，好为奇僻，欧阳修痛加裁抑，凡文涉雕刻者皆黜。榜出，落选举子候欧阳修上朝，群聚抵斥闹事，以至巡逻的吏役都制止不住。但是，文风自此转变。此科所擢拔的苏轼、苏辙、曾巩等英才，为宋代古文运动的发展作出巨大的贡献。苏轼于元祐元年（1086）主持馆职考试，毕仲游、黄庭坚、张耒、晁补之皆中选。《东都事略》卷四一《毕士安传》写及士安曾孙仲游："元祐中，召天下文学之士十三人策试，翰林学士苏轼以仲游为第一。"黄庭坚、张耒、晁补之与秦观并称苏门四学士，他们都有文名，北宋诗文的繁荣都与他们的努力密切相关。元祐二年（1087），苏轼与苏辙、黄庭坚、张耒、晁补之、秦观、李之仪、李公麟、米芾等集于王诜西园，米芾有《西园雅集图记》记载了这一盛会，并称："自东坡而下，凡十有六人，以文章议论、博学辨识、英辞妙墨、好古多闻，雄豪绝俗之资，高僧羽流之杰，卓然高致，名动四夷。"苏轼与聚集在他周围的文人学士的文采风流与社会地位于此可见一斑。

## 四、领袖后继的局面不同

唐代古文运动在韩、柳的指导下，蓬勃开展，一时声势动人，韩、柳的理论和创作都无愧于他们的领袖地位。散文艺术到韩、柳之时已发展至高峰，韩、柳之后总体水平趋于下降，韩门弟子和后学之士缺乏可与先辈媲美的典范之作，古文运动的发展失去了韩、柳时如日中天的气势。同时，古文运动内部以李翱和皇甫湜为代表，或重道，或重文，意见尖锐对立，导致散文创作渐趋衰微。概而言之，失去两位大师的古文营垒，缺少可以统军的后继人物。

　　宋代古文运动领袖欧阳修是一个气度恢宏、胸怀开阔的学者,他有海纳百川的气量和对朋辈后学循循善诱的精神。对尹洙,欧阳修虚心地学习其"简而有法"的创作,并有所发展,范仲淹说:"师鲁深于《春秋》,故其文谨严,辞约而理精。章奏疏议,大见风采。士林方耸慕焉,邃得欧阳永叔从而大振之,由是天下之文一变。"①　对石介,欧阳修既热情肯定这位宋代古文运动干将的"遇事发愤作为文章","是是非非,无所讳忌"②,又借评书法诚恳地劝告他改变怪奇的文风,不要"以教人为师,而反率然以自异"③。对曾巩,欧阳修早就发现他是"魁垒拔出之材",庆历二年(1042)作《送曾巩秀才序》,为其落选鸣不平,并在自己主持贡举时加以擢拔。对王安石,欧阳修十分欣赏他的才华,急切地盼望着与这位后生见面,《赠介甫》诗曰:"翰林风月三千首,吏部文章二百年。老去自怜心尚在,后来谁与子争先。"对三苏父子,欧阳修更是给予热诚的奖掖。苏辙说:"见翰林欧阳公,听其议论之宏辩,观其容貌之秀伟,与其门人贤士大夫游,而后知天下之文章聚乎此也。"④　张耒在《上曾子固龙图书》中也指出:"世之号能文章者,其出欧阳之门者居十九焉。"由此足见欧阳修人格之魅力及其影响。

　　这样一个慧眼识真才的文坛领袖,在世的时候就发现并培养了接班人。嘉祐二年(1057)贡举时,他发现了应试举子中不同寻常的苏轼,对梅尧臣说:"读轼书,不觉汗出,快哉,快哉!老夫当避路,放他出一头地也。"⑤　嘉祐五年(1060)又推荐苏轼

①　《范文正公集》卷六《尹师鲁河南集序》。
②　《欧集·居士集》卷三四《徂徕先生墓志铭》。
③　《欧集·居士外集》卷一六《与石推官第一书》。
④　《栾城集》卷二二《上枢密韩太尉书》,第478页。
⑤　《欧集·书简》卷六《与梅圣俞》。

参加制科考试,称赞苏轼"学问通博,资识明敏,文采烂然,论议蜂出"①。欧阳修把文坛盟主的重任交付苏轼,动情地说:"此我辈人,余子莫群。我老将休,付子斯文。"②苏轼为人襟怀坦白,表里澄澈,加以学识渊博,文笔超人,深受朋辈晚生的崇敬和爱戴。他也像欧阳修一样,十分关心后学,扶持奖掖,不遗余力。远贬海南时,还亲切勉励当地学子姜唐佐,赠之诗曰:"沧海何曾断地脉,白袍端合破天荒。"③姜氏后来果不负所望,"破天荒"地成为出自海南的进士。苏轼也是凭着自己的人格魅力和文学成就,在自己的身边聚集起一群有真才实学的文士,有力地推动着北宋诗文革新向纵深发展。毛滂在《上苏内翰书》中对欧阳修和苏轼在北宋文坛的地位和影响给予很高的评价:"本朝以文章耸动缙绅之伍者,天下最知有欧阳文忠公。中间先生父子兄弟怀才抱道,吐秀发奇,又相鸣翰墨之囿,如长江大河,浩无畔岸,崇岩峭壁,万仞崛起。此天下所以目骇耳回,而披靡于下风也。为儿童者记诵先生之言,能论撰者盗窃先生之意,视先生以为规矩绳墨,未有以方圆曲直逃者也。"有这样的两位文坛巨擘为领袖,宋代古文运动获得最终的成功自然不是偶然的了。

## 五、骈散关系的状况不同

　　骈散两体经历长期的矛盾、对立和斗争,古文运动的主要使命就是以散代骈,结束骈体对文坛的统治。柳宗元是杰出的古文家,他的骈文也很有成就,《河东集》中收有《乞巧文》、《南霁云睢阳庙碑》等骈文。他的古文也常夹以骈偶句式,如《梓人

---

① 《欧集·奏议集》卷一六《举苏轼应制科状》。
② 《苏轼文集》卷六三《祭欧阳文忠公夫人文》,第 1956 页。
③ 苏辙《栾城集·后集》卷三《补子瞻赠姜唐佐秀才并引》,第 1148 页。

传》有"彼佐天子,相天下者,举而加焉,指而使焉,调其纲纪而盈缩焉,齐其法制而整顿焉,犹梓人之有规矩、绳墨以定制也。择天下之士,使称其职;居天下之人,使安其业"云云。韩愈亦善融偶对于散体之中,《送李愿归盘谷序》就是融骈于散的佳作,刘熙载谓"韩文起八代之衰,实集八代之成"①。与古文吸收骈文的长处相反,唐代古文运动并未使骈文接受古文的影响而得到改造,致使晚唐古文衰落,而以《樊南四六》为代表的骈文,重又垄断文坛。应该指出,李商隐属于哀祭之类的骈文,如《祭小侄女寄寄文》等,写得情真意切,而较少用典,从中可以窥见古文的影响,但总的说来,晚唐骈文的卷土重来已止住了中唐以来昂然挺进的古文的步伐,以致孙樵在《乞巧文》中哀叹:"彼巧在文,摘奇搴新,辖字束句,稽程合度。磨韵调声,决浊流清,雕枝镂英,花斗窠明。至有破经碎史,稽古倒置,大类于俳,观者启齿。下醨沈、谢,上残《骚》《雅》。取媚于时,古风不归。"

　　宋代古文家不仅善于学习骈文的表现技巧,而且以古文作法改造骈文,在骈文中注入古文的气势,打破四六陈式而创造新体。陈善在《扪虱新话》中指出:"以文体为四六,自欧公始。"以《亳州乞致仕第一表》为例,欧阳修写道:"窃与机政之司,逮更二府之繁,盖亦八年之久。既不能遇事发愤,慨然有所建明;又不能与世浮沉,默尔以为阿徇。每多言而取怨,积众怒以难当。继逢时事之方艰,思欲乞身而未获。不虞暗祸,陷臣于风波必死之渊;上赖至仁,脱臣于鲛鳄垂涎之口。"这是欧阳修晚年的作品,与早年所作的《上胥学士启》《上随州钱相公启》等追求藻饰、用典及严守四六格式的骈文已有很大区别,散文化、畅达自然,是其主要特点。《归田录序》云:"而幸蒙人主之知,备

---

① 《艺概·文概》,上海古籍出版社,1978年,第20页。

位朝廷,与闻国论者,盖八年于兹矣。既不能因时奋身,遇事发愤,有所建明,以为补益;又不能依阿取容,以徇世俗,使怨嫉谤怒丛于一身,以受侮于群小。……赖天子仁圣,恻然哀怜,脱于垂涎之口而活之。"此与《亳州乞致仕第一表》,虽属骈散二体,但行文何其相似!

　　苏轼骈文一如其古文,议论抒怀皆能尽意,不假雕饰而舒卷自如。其议论,如《谢除两职守礼部尚书表》云:"昔汉文帝悦张释之长者之言,则以德化民,辅成刑措之功;而孝景帝入晁错数术之语,则以智驭物,驯致七国之祸。乃知为国安危之本,只在听言得失之间。"其抒怀,如《到昌化军谢表》云:"臣孤老无托,瘴疠交攻。子孙恸哭于江边,已为死别;魑魅逢迎于海上,宁许生还? 念报德之何时,悼此心之永已。俯伏流涕,不知所云。"如此挥洒自如之作,完全摆脱了四六文的种种束缚,以大步伐向古文靠拢。欧阳修在《试笔》中盛赞"苏氏四六"云:"往时作四六者,多用古人语,及广引故事,以衒博学,而不思述事不畅。近时文章变体,如苏氏父子以四六述叙,委曲精尽,不减古文。"在欧、苏的笔下,骈散二体由尖锐的对立走向互相吸收对方的长处,这是宋代古文家革新创造的成果。古文运动的影响所及,使古文和骈文的创作都出现了新的面貌,并确保古文居文章正宗的地位而不可逆转。

# 第二节　从韩、柳、欧、苏文看唐宋文的差异

　　以韩、柳、欧、苏为代表的唐宋散文,奇句单行,生动活泼。它们富于艺术魅力的共性,前人已多有论述。下面通过对四位大家作品的分析,于一致中寻求其不同之处,探讨唐宋两代散文的差异。

# 一、唐文奇崛，宋文平易

韩愈与欧阳修都曾撰文，为人才得不到重用而鸣不平，但风格迥然不同。如韩愈的《蓝田县丞厅壁记》与欧阳修的《送曾巩秀才序》就明显有奇崛与平易的差别。同样是叹息人才被搁置，韩文奇特，笔调幽默，寓讽刺于描写中；而欧文款款道来，发人深省，却无惊人之笔。韩文中，斯立"始至"时与"既噤不得施用"之后的两番喟叹，构成奇崛不平的行文和十分鲜明的对比，有力抨击并强烈嘲讽了有志之士无用武之地的社会现实。斯立无所作为，以"对树二松，日哦其间"为"公事"的巧妙绝伦的描写，更是对当时腐朽的用人制度的辛辣讥刺。而欧文批评不合理的考试制度，指责因循守旧的"有司"，对人才"往往失多而得少"深为不满，行文平易，落墨自然，无迭起的异嶂奇峰。以遣词造句而言，韩的"种学绩文"、"泓涵演迤"、"梏去牙角"等语皆戛戛独创，奇特新颖；而欧文则用语平易，了无奇崛之态。

综览韩、柳与欧、苏的作品，如韩的《燕喜亭记》与欧的《丰乐亭记》，柳的《答韦中立论师道书》与苏的《答谢民师书》，韩的《柳州罗池庙碑》与苏的《潮州韩文公庙碑》，柳的《愚溪诗序》与欧的《归田录序》等等，都可以看出两代散文奇崛与平易的差异。

那么，何以形成这种差异呢？刘大櫆在《论文偶记》中指出："唐人之体，校之汉人，微露圭角，少浑噩之象；然陆离璀璨，犹似夏、商鼎彝。宋人文虽佳，而奇怪惶惑处少矣……时代使然，不可强也。"这段话未免有后不如前的味道，但把唐文较宋文而显"奇怪惶惑"的原因归之于"时代使然"，无疑是正确的。

六朝骈文泛滥，靡丽之风至隋、唐而愈演愈烈。初唐四杰就看到当时文章"骨气都尽,刚健不闻"①,叹息"天下之文靡不坏矣"②,而从萧颖士到柳冕,都发表了不少批判骈文的见解,力主由骈而散的文体变革。但是,他们在理论上或空言明道,或将文道对立起来,在创作上一味拟古,成就不大,未能撼动骈文的统治地位。当领导古文运动的重任历史地落到韩、柳肩上的时候,他们举起"文以明道"的旗帜,强调古文所应起的不平则鸣和褒贬讽谕的作用,使之得以反映现实,抒写真情,充满了生命力。面对骈文的巨大影响,他们在推崇先秦两汉文,蔑视厌恶"俗下文字"的同时,并没有模古拟古,而致力于继承传统基础上的革新与创造。韩愈声言"辞必己出",柳宗元反对"荣古虐今",提倡独出机杼的创作。他们深知,只有勇于创新,以迥异时俗、不同凡响、雄健奇峻之文风力矫六朝以来相沿成习的靡丽之流俗,才能给骈文所垄断的文坛带来生机。故《艺概》云:"八代之衰,其文内竭而外侈;昌黎易之以万怪惶惑、抑遏蔽掩,在当时真为补虚消肿良剂。"对于韩愈的创新精神,柳宗元予以有力的肯定和热情的鼓励,《读韩愈所著毛颖传后题》云:"索而读之,若捕龙蛇,搏虎豹,急与之角而力不敢暇,信韩子之怪于文也。世之模拟窜窃,取青媲白,肥皮厚肉,柔筋脆骨,而以为辞者之读之也,其大笑固宜。"由此看来,韩、柳以古文之奇崛矫时文之靡丽实属力挽狂澜、破旧立新之举,非如此不足以使散体取代骈体而统治文坛。韩、柳之文以奇崛的面目出现,无疑是唐代古文运动发展的必然结果。

到了宋代,古文运动的倡导者在力主文道结合与变骈为散方面,与韩、柳完全一致,但在文体改革的同时,他们格外注重关

①　杨炯《杨盈川集》卷三《王勃集序》,《四部丛刊》本。
②　王勃《王子安集》卷八《上吏部裴侍郎启》,《四部丛刊》本。

系古文运动成功与否的文风的改革,这也是"时代使然"的缘故。

王禹偁谓:"文自咸通后,流散不复雅。因仍历五代,秉笔多艳冶。"[1]针对宋初文章的"犹仍余习"、文人的"因陋守旧,论卑气弱"[2],柳开声称"师孔子而友孟轲,齐扬雄而肩韩愈"[3],对五代以来文章的衰靡表示强烈的不满。王禹偁创作颇有成就,文风古雅简淡,与时尚背道而驰,《答张扶书》曰:"能远师六经,近师吏部,使句之易道,义之易晓,又辅之以学,助之以气,吾将见子之文显于时也。"后来欧阳修提出"易知易明"的创作主张,显然受到王禹偁"易道易晓"论的影响。宋文之平易,王禹偁已开其端。

柳开、王禹偁去世后,继五代、宋初文风之纤丽,气格之卑弱,杨亿、刘筠等又煽起了浮艳之风,"雕章丽句,堆砌典故"的绮靡之作,比比皆是,如叶涛《重修(神宗)实录·欧阳修传》所指出:"国朝接唐五代末流,文章专以声病对偶为工,剽剥故事,雕刻破碎,甚者若俳优之辞。如杨亿、刘筠辈,其学博矣,然其文亦不能自拔于流俗,反吹波扬澜,助其气势,一时慕效,谓其文为昆体。"于是,又有热情宣传韩、柳的穆修,猛烈抨击时文的石介,积极创作古文的尹洙等出来,与西昆体大唱反调。穆修在《答乔适书》中痛斥"非章句声偶之辞,不置耳目,浮轨滥辙,相迹而奔"的华靡"习尚";石介在《怪说》中更是无情鞭挞杨亿的"穷妍极态,缀风月,弄花草,淫巧侈丽,浮华纂组";尹洙则创作"简而有法"的古文,倡导迥别于时俗的朴质的文风。

然而,在古文运动的蓬勃发展中,出现了走向另一极端的错

---

① 《小畜集》卷四《五哀诗》。
② 脱脱等《宋史·欧阳修传》,第 10375 页。
③ 《河东先生集》卷六《上符兴州书》,《四部丛刊》本。

误倾向,如苏轼《谢欧阳内翰书》所指出的,在"罢去浮巧轻媚、丛错采绣之文"的同时,"求深者或至于迂,务奇者怪僻不可读,余风未殄,新弊复作"。为了打击这股以怪僻代替华靡,以艰深文其浅陋的歪风,欧阳修身体力行地实践自己"易知易明"的创作主张,撰写了大量平易生动的古文,成为人们学习的典范,而且在知贡举时,利用行政手段,极力排抑险怪奇涩的太学体,擢拔文章晓畅的二苏、曾巩等英才。这表明文风由艰涩趋向平易乃是形势使然,要想阻挡这个趋势是行不通的,而只能顺应它。

苏轼对"扬雄好为艰深之词,以文浅易之说"[①]甚为不满,继欧阳修之后,竭力提倡平易自然的创作,写下了许多随物赋形、姿态横生、脍炙人口的文章,进一步扩大了古文运动的影响,使宋代文风由立国初年的卑弱、杨刘昆体的华靡、太学诸生的奇涩,一变而至嘉祐之后的平易,成为不可逆转的历史潮流。

唐宋散文继承并发展了我国古代散文的优良传统,由于时代有先后,在继承和发展上,有着各自鲜明的时代特色。唐代古文运动"复"秦汉之"古",推崇雄浑、奇异之美,故唐文多得秦汉文之瑰奇壮伟,充满震撼人心的力量。邓绎云:"唐人之学博而杂,豪侠有气之士,多出于其间。磊落奇伟,犹有西汉之遗风。"[②]刘开云:"韩退之取相如之奇丽,法子云之闳肆,故能推陈出新,征引波澜,铿锵镗石,以穷极声色。"[③]宋文遵循秦汉文之遗范,与唐文可谓一脉相承,但宋代古文运动主要不是"复"秦汉之"古",而是"复"唐之"古"。穆修刻印韩、柳文集数百部,亲自到京都相国寺兜售。欧阳修十岁时得《昌黎先生文集》六卷,即读而爱之,十七岁时立誓"当尽力于斯文以偿其素志",后

---

① 《苏轼文集》卷四九《与谢民师推官书》,第1418页。
② 《藻川堂谭艺·三代篇》,清光绪四年刊本。
③ 《刘孟涂集》卷四《与阮芸台宫保论文书》,檗山草堂本。

来为"韩文遂行于世","学者非韩不学"①感到莫大的喜悦。苏轼更是盛赞韩愈"文起八代之衰"②。至于仰慕、学习柳宗元文章者,宋代亦不乏其人。自然,宋人在心慕手追韩、柳文时,并非一味模仿,而是弃唐文之奇崛不平,而取其文从字顺。这样,宋代古文运动虽然没有孕育出唐代那样令人畏惧惊怪的崇高的艺术风格,但是它所造就的一代作家,却以众多晓畅动人的佳构及其平易自然之美,博得了人们的喜爱,对后世散文的发展产生了深远的影响。

## 二、唐文硬直,宋文柔婉

《艺概》云:"昌黎文意思来得硬直,欧、曾来得柔婉。"又云:"太史公文,韩得其雄,欧得其逸。雄者善用直捷,故发端便见出奇;逸者善用纡徐,故引绪乃觇入妙。"试以《送孟东野序》与《送徐无党南归序》作一比较:韩文劈头提出"大凡物不得其平则鸣",于是紧扣"鸣"字,说物,说人,说音乐,说天时,说历代,说本朝,而后说到孟郊东野,全篇一气贯注,纵横汗漫,雄健劲直,有力地阐发了不平则鸣的道理,并对"善鸣者"的遭遇表示深切的同情,充分体现出"雄者善用直捷,故发端便见出奇"的行文特点。欧文是为"试于礼部,得高第"的徐无党写的,意在"摧其盛气而勉其思",但作者却远远地落笔,从草木、鸟兽、众人"为死则同,一归于腐坏澌尽泯灭"写起。继而,由众人引出"圣贤",言其"虽死而不朽,逾远而弥存"。圣贤何以不朽呢?文章先将修身、行事、立言三者并提,旋即撇去立言和行事,专讲修身

---

① 《欧集·居士外集》卷二三《记旧本韩文后》。
② 《苏轼文集》卷一七《潮州韩文公庙碑》,第509页。

的重要,揭出"不朽而存"的原因。然后,举"班固《艺文志》、唐《四库书目》"所列著述"散亡磨灭"为例,说明轻道重文实不可取,华靡之作没有生命力。末了,方点明此文是劝勉"少从予学为文章"的"徐生"并用以"自警"的。这是一篇"善用纡徐,故引绪乃觇入妙"的杰作。

类似《送孟东野序》的善用直捷、发端出奇的赠序,韩文中比比皆是:《送温处士赴河阳军序》以"伯乐一过冀北之野而马群遂空"开头,比喻"大夫乌公"一至河阳而东都才士即为其所"罗而致之幕下",从而显露出自己对国家选用贤人的喜悦;《送浮屠文畅师序》以对比式的问句发端:"人固有儒名而墨行者,问其名则是,校其行则非,可以与之游乎? 如有墨名而儒行者,问其名则非,校其行而是,可以与之游乎? "一落笔即已隐隐点出作序的对象,并阐明了尊儒的宗旨;《送李愿归盘谷序》在描叙盘谷的地形景观之后,接以"友人李愿居之"一语,引出李愿的长篇宏论,而寓强烈的褒贬于其中。诚如姚范所言:"宋人作序,前多有冒头,序其原由情节,惟昌黎不然,辟头涌来,是其雄才独出处。"①

唐宋文硬直与柔婉的差别,从全篇的结撰上看得十分清楚。一般地说,唐文纵横排奡,起落跌宕,不可端倪;而宋文则缓缓行去,平稳舒展,起承转合,流走自如。试以柳、苏的论说文为例说明之。

柳宗元的《桐叶封弟辩》以"古之传者有言"引出"桐叶封弟"之事,紧接着就用"吾意不然"四字,斩钉截铁地对周公劝王"封小弱弟于唐"之说表示怀疑。在阐述了"王之弟当封","周公宜以时言于王",若"不当封"则不该促成"不中之戏"后,

---

① 《援鹑堂笔记》卷四四,清道光十五年刊本。

出人意表地写道:"设有不幸,王以桐叶戏妇寺,亦将举而从之乎?"问得实在突兀,却有力地显示了王以桐叶之戏而封弟于唐的荒谬。作者随即声言:"凡王者之德,在行之何若。设未得其当,虽十易之不为病。"以尖锐的笔触揭去了君主神圣不可侵犯的外衣,并据此得出"若戏而必行之,是周公教王遂过也"的结论。文章似已结束,"吾意周公辅成王,宜以道"陡地一转,言周公于成王"必不逢其失而为之辞",再次对周公劝封之说表示怀疑。末尾"或曰:封唐叔,史佚成之",撇去周公,提出史佚,进一步肯定自己的怀疑。通观全篇,笔锋无比犀利,论述层层深入,一语紧过一语,而转接毫无痕迹,文风之峭硬不能不令人赞叹不已。

苏轼的《刑赏忠厚之至论》由尧、舜、禹、汤、文、武、成、康说起,指出应"以君子长者之道""待天下",执行赏罚也应本着忠厚仁爱之心。接着,详写唐尧决定是否杀人时,态度慎重,坚持从宽处理;在用人上,亦善于听取意见,采取宽容的做法。总之,从忠厚仁爱出发,以"罪疑惟轻,功疑惟重"为施加赏罚的准则。继而,从理论上进行阐发,指出爵禄之赏与刀锯之刑都有局限性,劝善裁恶有赖于"使天下相率而归于君子长者之道"。末了,引《诗》与《春秋》,强调"立法贵严,而责人贵宽",赏罚必须做到"忠厚之至"。作者围绕"刑赏忠厚之至"的中心侃侃而谈,全篇开阖自如,转接从容,前后照应,一意贯注,行文稳健而结构严谨,以平顺舒畅之笔展现出雄辩滔滔的气势,与柳文迥然相异。

值得注意的是,文章的硬直与柔婉跟虚词使用的多寡颇有关系。笔者曾以姚鼐所选各为七篇的韩、欧杂记文作分析,发现在使用语气和关连作用的虚词方面,二者有极大的差异。韩文用虚词121个,而欧文用了230个,几乎是韩文的两倍。由于两家文章总字数大致相同(均为 3100 字左右),体裁也一样,又都选自《古文辞类纂》,所以进行比较是合理的。比较的结果是:欧文之所以比韩文显得柔婉,多用虚词是一个重要的原因。

柳文与苏文相较,苏文所用虚词亦大大多于柳文,故苏文自然不像柳文那样古峭斩截,而呈现出行云流水般舒婉柔转的风貌。方东树曰:"好用虚字承递,此宋后时文体,最易软弱。须横空盘硬,中间摆落断剪多少软弱词意,自然高古。"① 姚范曰:"昌黎无论,即如柳州永、柳诸记,削壁悬崖,文境似觉偪侧,欧公情韵或过之,而文体高古莫及。"② 宋文固然有失于冗弱之弊,但唐文也有流于奇险之处,两代散文各有特色,不宜过多轩轾。不过,方、姚所说的"横空盘硬"、"削壁悬崖"、"高古莫及",确实很形象地道出了唐文那迥别于宋文的峭硬的特点。方氏还把宋以后文章"好用虚字承递"作为其不及唐文硬直高古的一种原因,这是颇有见地的。

## 三、唐文清瘦,宋文丰腴

唐宋文清瘦与丰腴的不同,从它们的篇幅上可明显看出。以《评校音注古文辞类纂》③ 所选韩、欧墓志文各 26 篇作比较,韩文只占 32 页,而欧文多至 43 页,篇幅上有不小的差距。孙奕曾比较韩、欧之文云:"《本论》似《原道》,《上范司谏书》似《谏臣论》,《书梅圣俞诗稿》似《送孟东野序》,《纵囚论》、《怪竹辩》断句皆似《原人》。盖其横翔捷出,不减韩作,而平澹详赡过

---

① 《昭昧詹言》卷一,人民文学出版社,1961 年,第 19 页。
② 《援鹑堂笔记》卷四四。
③ 此为王文濡所编中华书局 1923 年印行本。

之。"① 可谓窥见了韩、欧文瘦丰各异的面貌。唐文清瘦,宋文丰
腴,就宋文而言,突出表现在以下几个方面。

第一,好铺排,多引证。

唐文论述有力,说理深透,语言精炼,较少铺排与繁征博
引。韩愈的《原毁》以古今君子作对比,抨击"事修而谤兴,德
高而毁来"的不良社会风气。叙古君子处,仅举舜与周公为例,
赞誉他们乃"仁义人"、"多才与艺人",号召今人学习之,"责己
也重以周","待人也轻以约"。至于舜是如何行"仁义"的,周公
是如何"多才与艺"的,他们又是怎样严以律己,宽以待人的,并
没有展开论述。柳宗元的《守道论》批驳"守道不如守官"的论
点,认为此"非圣人之言,乃传之者误也",对《左传·昭公二十
年》的一段记载作了深刻的论析,引证部分说:"《礼记》曰:'道
合则服从,不可则去。'孟子曰:'有官守者,不得其职则去。'然
则失其道而居其官者,古之人不与也。"仅寥寥数语而已。

宋人为文好铺排,繁征博引,滔滔不绝,上皇帝书,动辄万
言,即使是篇幅不太长的论说文,也喜欢引古证今,横说竖论。
欧阳修的《朋党论》,由尧舜之时说到"唐之晚年",对历代进退
君子之朋的得失作纵向的阐述。又从贤君与昏君比较的角度,
再对进退君子之朋的得失作横向的论证,令人信服地说明人君
"当退小人之伪朋,用君子之真朋"的观点。苏轼的《平王论》,
引用极为丰富的史实,说明"周之失计,未有如东迁之缪者",直
至篇末,仍是对史实大加征引:"魏惠王畏秦,迁于大梁;楚昭王
畏吴,迁于都;顷襄王畏秦,迁于陈;考烈王畏秦,迁于寿春:皆
不复振,有亡征焉。东汉之末,董卓劫帝,迁于长安,汉遂以亡。
近世李景迁于豫章,亦亡。"为了借古讽今,宣传坚决抵抗外侮

---

① 《履斋示儿编》卷七,《知不足斋丛书》本。

的主张,作者就是如此不厌其烦地列举古事。

繁比博喻使宋文显得铺展丰腴。欧阳修在《送杨寘序》中,以琴声纾解怀才不遇者心中的抑郁,对琴声作了大段充满比喻和想象的描写。苏轼的《日喻说》一文,更是以喻发端,以喻作结,中又用古人之语为喻,极尽形象描述与抽象评析结合的铺叙之能事。

第二,好议论,多感慨。

唐人记叙文中略有议论,多由叙事缨带而出。如韩的《柳子厚墓志铭》在记叙墓主笃于友情,体谅刘禹锡的处境,"愿以柳易播"的感人事迹后,略发了一些"呜呼!士穷乃见节义"的议论。柳宗元的《宋清传》在详述宋清乐于助人,"虽不持钱者,皆与善药,积券如山,未尝诣取直"等行为后,对"今之交乎人者,炎而附,寒而弃"的"市道交"行径予以猛烈的抨击。宋人的记叙文中,议论增多了,篇幅拉长了,以至感慨万端,不能自已。李淦对欧文就作出了"遇感慨处便精神"[1]的评价。《王彦章画像记》中就有借端发慨、大做文章的例子。在简叙王彦章"善出奇","三日破敌"的情况后,欧阳修笔锋一转,借他人之酒杯,浇自己之块垒,就时事发了一大通感慨:"今国家罢兵四十年,一旦元昊反,败军杀将,连四五年,而攻守之计,至今未决。予独持用奇取胜之议,而叹边将屡失其机。时人闻予说者,或笑以为狂,或忽若不闻;虽予亦惑,不能自信。及读公家传,至于德胜之捷,乃知古之名将,必于出奇,然后能胜。然非审于为计者不能出奇,奇在速,速在果,此天下伟男子之所为,非拘牵常算之士可道也。"宋人之好议论乃是一种时代风尚。由于科举重策论,加上内忧外患不断,故宋代文人多喜议政谈兵,今人古

---

[1] 《文章精义》,《历代文话》本,复旦大学出版社,2007 年,第 1174 页。

事,内政外交,铺排论说,滔滔不止。

第三,好腾挪,多往复。

宋文极擅于腾挪,诸如由今溯古、由此及彼的腾挪,在欧、苏的文章中随处可见。围绕中心的诸多腾挪,形成了对主题思想往复不断地加以渲染的态势。这样的作品自然有异于唐文的清瘦,而显得格外丰腴。

苏轼的《决壅蔽》,忽而叙今,忽而道古,详析"王化所以壅遏而不行"的原因,富于说服力地提出了"省事而厉精"的改革主张。欧阳修的《真州东园记》在称赞东园今日之美景时,不忘追述往昔之荒凉:"芙蕖芰荷之的历,幽兰白芷之芬芳,与夫佳花美木列植而交阴,此前日之苍烟白露而荆棘也;高甍巨桷,水光日景,动摇而上下,其宽闲深靓,可以答远响而生清风,此前日之颓垣断堑而荒墟也;嘉时令节,州人士女啸歌而管弦,此前日之晦冥风雨、鼪鼯鸟兽之嗥音也。"由今时追想"前日"的腾挪,以铺排的方式构成对比,文章显得舒展而极富韵味。欧阳修在为友朋铭墓时,每每由此及彼,将诸多友人放在一起,敷陈其事,写得感慨歔欷,亦极尽腾挪往复之妙。

第四,好疏纵,多意态。

唐文紧敛,笔力峭劲;宋文疏纵,意态动人。洪迈《容斋随笔·三笔》说及"韩欧文语":

> 《盘谷序》云:"坐茂树以终日,濯清泉以自洁。采于山,美可茹;钓于水,鲜可食。"《醉翁亭记》:"野花发而幽香,佳木秀而繁阴";"临溪而渔,溪深而鱼肥;酿泉为酒,泉香而酒冽";"山肴野蔌,杂然而前陈"。欧公文势大抵化韩语也,然"钓于水,鲜可食"与"临溪而渔,溪深而鱼肥","采于山"与"山肴前陈"之句,烦简工夫则有不侔矣。

"简"是简炼,"烦"是繁多,以烦简不侔判别韩、欧之文,不甚妥当。洪迈所引述的语句,说明韩、欧文瘦丰各异。"丰"与"烦"仅在用字较多上有相近处,实质截然不同。欧文由于笔墨疏放,描写丰赡,多用虚词(引文中"而"字就用了六个),不同于韩文的简短有力,而因富于情韵意态给读者以强烈的艺术感染。

唐文敛,宋文纵;唐文紧,宋文疏。两代作家的审美喜好表现出如此的不同,这从柳、苏议论文上也看得十分清楚。柳的《六逆论》在批驳"贱妨贵"、"远间亲"、"新间旧"的谬说时,笔笔紧凑,言简意赅:"晋厉死而悼公入,乃理;宋襄嗣而子鱼退,乃乱,贵不足尚也。秦用张禄而黜穰侯,乃安;魏相成、璜而疏吴起,乃危,亲不足与也。苻氏进王猛而杀樊氏,乃兴;胡亥任赵高而族李斯,乃灭,旧不足恃也。"短短几行文字就囊括了十几个历史人物与众多的历史事件。苏轼在《刑赏忠厚之至论》中论述"罚疑从去"与"赏疑从与"时,举"尧之不听皋陶之杀人,而从四岳之用鲧"为例,洋洋洒洒地说了一大段,其中第一个例子还是"想当然"地编撰出来的:"当尧之时,皋陶为士,将杀人。皋陶曰杀之三,尧曰宥之三。故天下畏皋陶执法之坚,而乐尧用刑之宽。"这里,有记叙,有对话,还有评论,用笔极为疏纵,与柳文恰成鲜明的对照。王世贞云:"韩、柳氏,振唐者也,其文实;欧、苏氏,振宋者也,其文虚。"[1]实者,质实也,清瘦是其外观;虚者,舒张也,丰腴是其形态。所谓虚实之分,换言之,不就是丰瘦之别吗?

---

[1]　《艺苑卮言》卷三,《历代诗话续编》本。

## 四、唐文古雅，宋文通俗

　　随着时代的前进、语言的发展，散文从唐时较为古雅，演进为宋代的较为通俗。王应奎述及"古文难易之分"时曾引冯班的话说："韩子变今文而古之，欧阳子变古文而今之。"①朱熹云："欧公文章及三苏文好处，只是平易说道理，初不曾使差异底字换却那寻常底字。……欧、苏全不使一个难字，而文章如此之好。"② 由于唐宋文的文字存在着深浅难易之分，故今人阅读宋文，障碍较读唐文为少。

　　韩愈的《鳄鱼文》、《汴州东西水门记》、《燕喜亭记》、《送穷文》、《送廖道士序》、《贞曜先生墓志铭》等文中，奇词奥语，并不少见。柳宗元《起废答》等文中，难字僻词也不少。韩愈文起八代之衰，而实集八代之成，柳宗元对魏晋六朝的文章素有钻研，他们遣词用字的古雅，显然跟善于学古，又喜欢创新，自铸伟辞有关。当然，倘若过于尚奇好异，一味使用僻字，致使文章艰涩，令人难以卒读，那就毫不足取了。

　　唐文显得古雅，也有造句方面的原因。韩、柳受六朝文影响较深，尽管句式长短相间，错综变化，但仍极擅于骈偶与声韵的运用，行文颇具严谨整饬之美。《送李愿归盘谷序》写道："伺候于公卿之门，奔走于形势之途，足将进而趑趄，口将言而嗫嚅，处秽污而不羞，触刑辟而诛戮，侥幸于万一，老死而后止者，其于为人，贤不肖何如也！"作者以对仗的句式精炼而形象地描绘出奔走权门的小人的丑态，而且句末的"途"、"嚅"、"戮"、"如"等字

---

① 《柳南续笔》卷三，中华书局1983年，第192页。
② 《朱子语类》卷一三九，清同治壬申刊本。

押韵,富于音声之美。兼用偶俪之体的写法,使文章在保持"昌黎本色"的同时,"有六代风习"①。《答韦中立论师道书》云:"吾每为文章,未尝敢以轻心掉之,惧其剽而不留也;未尝敢以怠心易之,惧其弛而不严也;未尝敢以昏气出之,惧其昧没而杂也;未尝敢以矜气作之,惧其偃蹇而骄也。抑之欲其奥,扬之欲其明;疏之欲其通,廉之欲其节;激而发之欲其清,固而存之欲其重。此吾所以羽翼夫道也。"由于大段地运用排偶,柳文呈现出古雅洁整的艺术风貌。唐文的造句颇用"古"法。以《封建论》为例,"邦群后"、"无君君之心"、"都六合之上游"、"暴其威刑"等句中,名词和形容词用如动词,使文章平添了一种"古"味。

再看欧、苏。如朱熹所说,他们不使"难字",而用"那寻常底字"。从文笔活泼有口皆碑的《醉翁亭记》、《喜雨亭记》,到一本正经地谈论创作体会的《答吴充秀才书》、《与谢民师推官书》,皆是如此。即使是用词古丽的文赋,到了欧、苏的手里,也写得晓畅易懂。《秋声赋》中"嗟夫!草木无情,有时飘零",《赤壁赋》中"客亦知水与月乎? 逝者如斯,而未尝往也"等等,文字浅易,朗朗上口。

欧阳修首创"诗话"之体,自从他的《六一诗话》问世之后,历代诗话作品绵绵不绝。欧称其《诗话》乃"退居汝阴而集以资闲谈也",在这种三言两语聊天式的随笔中,作者谈诗论艺,无拘无束,语多浅近,无些微深奥之词。宋代笔记繁荣,如欧有《归田录》,苏有《东坡志林》。大量的宋人笔记,泛载君臣知遇、官政治绩、典章制度、文评诗论以至趣闻逸事等等,信笔而书,质朴自然,文字浅易,不假雕饰。笔记和诗话的大量涌现,使宋文

---

① 日本赖山阳语,转引自《唐宋文举要》甲编卷二,上海古籍出版社,1982年,第237页。

更趋通俗,传播更广,影响更大。

需要一提的是宋人的书简,在朋友亲戚之间用于道家常抒情怀的这种文体,写来自由自在,没有做文章的架势。如欧阳修《与十二侄通理》云:"昨书中言欲买朱砂来,吾不阙此物。汝于官下宜守廉,何得买官下物? 吾在官所,除饮食外,不曾买一物,汝可安此为戒也。已寒,好将息。"苏轼《与文与可》云:"与可抱才不试,循道弥久,尚未闻大用。公议不厌,计当在即,然廊庙间谁为恤公议者乎? 老兄既不计较,但乍失为郡之乐,而有桂玉之困,又却不见使者靦面,得失相乘除,亦略相当也。"两封书简的文字均极浅易明白。

宋文之通俗,跟作者大量吸取民间生动活泼、富于表现力的语言,让口语直接进入文学的殿堂有关。试看苏轼的《记游松风亭》:

> 余尝寓居惠州嘉祐寺,纵步松风亭下,足力疲乏,思欲就林止息,望亭宇尚在木末,意谓是如何得到? 良久,忽曰:"此间有甚么歇不得处?"由是如挂钩之鱼,忽得解脱。若人悟此,虽兵阵相接,鼓声如雷霆,进则死敌,退则死法,当怎么时,也不妨熟歇。

一篇不满百字的短文里作者就用了好几句当时的口语,把自己的心理活动惟妙惟肖地刻画出来。

## 五、由唐至宋,变体趋多

我国古代散文发展到唐代,文体已大致齐备,除了作为随笔的诗话外,宋代并无新的体类出现。但是,同样的文体,在宋人的手中,内容更加丰富,写法更为自由,陈式有所突破,所谓"变体"增多了。下面以杂记文和墓志文为例,略作说明。

吴讷在《文章辨体序说》中论及"记"体时说:"《金石例》云:'记者,纪事之文也。'……后之作者,固以韩退之《画记》、柳子厚游山诸记为体之正。然观韩之《燕喜亭记》,亦微载议论于中。至柳之记新堂、铁炉步,则议论之辞多矣。迨至欧、苏而后,始专有以论议为记者,宜乎后山诸老以是为言也。"

按"记"体常规,欧阳修作《相州昼锦堂记》,理应记载韩琦在故乡相州营建昼锦堂的经过,堂的结构、外观、规模和环境等,都必须有所交代。但是,欧阳修在文中仅用"公在至和中,尝以武康之节来治于相,乃作昼锦堂"一句,把作堂情况一下子带过,而从头至尾以酣畅淋漓的文笔,讽刺昔日"夸一时而荣一乡"的追名逐利之徒,盛赞韩琦"德被生民而功施社稷",却"不以昔人所夸者为荣,而以为戒"的阔大襟抱,作成了一篇地地道道的议论文。故此文迥别于韩愈"微载议论于中"的《燕喜亭记》,堪称典型的变体之作。苏轼的《李君山房记》亦是如此。有关李公择庐山藏书的情况,文中仅有寥寥数语的介绍,而以主要篇幅论说书籍作为人类精神财富的价值。作者由古时得书难而古人"日夜诵读,惟恐不及",谈到今日得书易而"后生科举之士,皆束书不观,游谈无根",感慨万端,表示自己虽"衰且病",仍将"尽读其所未见之书",从而讽勉"今之学者"应该养成好学不倦的美德。此外,苏轼的《醉白堂记》写成了一篇比较韩琦、白居易的"韩白优劣论",也是历来评家经常提到的变体之作。

显然,在欧、苏的笔下,所"记"的对象往往不是描叙的重点,而只是一个话题,由此而展开的议论和抒情,才包孕着文章的主旨,可谓以记为名而行议论抒情之实。《文体明辨序说·记》:"汉魏以前,作者尚少,其盛自唐始也。其文以叙事为主,后人不知其体,顾以议论杂之。故陈师道云:'韩退之作记,记其事耳,今之记乃论也。'盖亦有感于此矣。然观《燕喜亭记》已涉议论,而欧、苏以下,议论寖多,则记体之变,岂一朝一夕之故哉?"徐师曾在这里对唐代已开变体之端,而由唐至宋变态加剧、变体趋多的文学现象的概述,是十分客观的。

再说墓志文。程廷祚云:"古之作志铭者,以韩、欧为准。退之于王宏中,属吏也,孟东野、柳子厚,交之最善者也,诸志铭皆直叙其人之生平,而作者之交情不一及之。间有自道,则每在于文之首尾,而语亦无多,且恒自举其姓名、爵里焉。此盖正体也。若殿中少监马君,惟述交情;太学博士李君,惟陈服药之弊,斯类自当以变体论。永叔亦然。"① 欧文固然颇得韩文的沾溉,如《渤海县太君高氏墓碣》明显地模仿了《殿中少监马君墓志》的写法,然而在墓志文体由正至变的发展上,欧阳修显然更为用力,故而创作的变体较韩愈为多。欧的墓志文常由墓主而连带写及他人。《太常博士尹君墓志铭》写尹源而兼及其弟尹洙师鲁,就庆历新政的夭折以及"师鲁与时贤士多被诬枉得罪",深致不平之意。在《黄梦升墓志铭》里,欧阳修不仅提到梦升之兄茂宗,赞其"兄弟皆好学,尤以文章意气自豪",而且把自己引入文中,追述与墓主的多次交往,写得感慨不尽。《河南府司录张君墓表》对墓主的事迹只作概要的叙述,而对自己当年与墓主朝夕相处的西京生活,却着墨甚多。可见,作者已完全突破墓志文专叙墓主生平的正体的藩篱。

---

① 《青溪文集》卷九《上望溪先生书》,清道光丁酉东山草堂刊本。

# 第六章
# 唐宋八大家文之比较(上)

## 第一节　韩文如水与柳文如山

　　韩愈和柳宗元是唐代最杰出的散文家,他们成功地领导了在我国文学史上影响深远的古文运动,揭开了有悠久传统的散文发展的新篇章。对这两位同时代的造就卓绝的文豪,后人喜欢通过比较,找寻其差异,但或扬韩抑柳,或褒柳贬韩,往往走向极端,有欠公允。事实上,两位大师各有所擅长的创作领域,也各有独特鲜明的艺术风格,不必多所轩轾。刘熙载《艺概》云:"昌黎之文如水,柳州之文如山;'浩乎'、'沛然','旷如'、'奥如',二公殆各有会心。"这是对两家散文十分形象和恰当的评价。以下拟从情思、文势、结构、语言四个方面,对韩柳之文如水如山判然二途的风貌进行比较。

# 一、情　思

　　生活于中唐时代的韩愈和柳宗元,都对朝政的日益腐败、社会的动荡不安和藩镇割据的愈演愈烈深为不满,都有改变现状、报效国家的强烈愿望。他们积极参与政治斗争,仕途中都历尽风波,遭到程度不同的打击。但是,由于处境不尽相同,秉性颇多差异,故情思亦各具特色。

　　韩愈热衷于应举求官,不但是急于求得个人的出路,也是希望能在政治舞台上一显身手。然而,时运不济,"四举于礼部乃一得,三选于吏部卒无成"①,直至35岁才当上国子监四门博士。入仕后,他以极为饱满的热情,评议时政,献可替否,由于"发言真率,无所畏避"②,得罪权贵和天子,以致一贬阳山,再贬潮州。他的胸中充满了非宣泄不可的对社会弊端的痛恨和一切由客观现实所激起的主观上的不平。韩愈的文学观是不平则鸣,因而,他的情思明显地体现出汹涌澎湃、奔放激烈的特点,无所拘束,也无所掩饰。《论佛骨表》对供养佛骨的唐宪宗大谈"事佛求福,乃更得祸"的道理,婴逆鳞而不知规避,末云:

　　　　今无故取朽秽之物,亲临观之,巫祝不先,桃茢不用,群臣不言其非,御史不举其失,臣实耻之。乞以此骨付之有司,投诸水火,永绝根本,断天下之疑,绝后代之惑。使天下之人,知大圣人之所作为,出于寻常万万也。岂不盛哉! 岂不快哉!

---

① 韩愈著、马其昶校注《韩昌黎文集校注》卷三《上宰相书》,第155页。
② 欧阳修、宋祁《新唐书·韩愈传》,上海古籍出版社、上海书店《二十五史》本,1986年。

这种甘愿为了国事、为了信仰献出一切的精神,贯注于字里行间,千载之下依然感人。作者在议论朝政得失时就是这样地表现出如江河一般奔腾激荡而不可遏止的情思,而在抒发对自己的坎坷与遭遇的不平时,我们也可以看到他那似怒涛一般翻滚的心态。

汹涌奔放的情感还在韩愈为众多友人或自己所崇敬的历史人物鸣发不平中,在对种种恶劣的社会现象的有力抨击中,淋漓尽致地表露出来。在《蓝田县丞厅壁记》里,韩愈为身任县丞,"于一邑无所不当问",却因"位高而偪,例以嫌不可否事"的崔斯立鸣;在《柳子厚墓志铭》里,他感叹世风衰靡,人情浇薄,为学识渊博、勤于吏事而命运不幸的柳宗元鸣;在《张中丞传后叙》里,他怒斥"擅强兵坐而观者",为抗击叛军,坚守睢阳,殉国后却遭人非议的英雄张巡、许远鸣;在《原毁》里,他揭露嫉妒谤毁旁人的不良现象,为"处此世,而望名誉之光、道德之行"的有志之士鸣。可见,感情炽烈,情思激荡,是韩文显著的特点。

柳宗元 21 岁时就中了进士,30 岁任监察御史里行,与刘禹锡等一起参加永贞革新,协助王叔文推行一系列改革措施,但遭到宦官、藩镇势力和守旧官僚的反对,而壮志未酬。他在仕途上与韩愈的枯而复荣不同,曾是一帆风顺,然而于革新夭折后遭到一而再、再而三的打击,先贬为永州司马,一度召回朝廷,又出为柳州刺史,官职虽升,而任职之地更远。就这样,素怀"利安元元"之志,"俊杰廉悍"、声振一时的柳宗元,在远离京师的蛮荒之地,背着"僇人"的政治包袱抑郁而终,死时年仅 47 岁。

始料未及的政治挫折、远贬不归的可悲遭遇,使柳宗元的情思如山一般郁结不平,显得格外敛蓄蕴藉,而迥异于韩愈那如水一般奔放激荡的情思。他那主于"辞令褒贬,导扬讽谕"[1]的文学观,也对他的散文形成沉郁而内敛的风貌产生影响。于是,爱憎分明而情意含蓄,文笔犀利而讽谕深刻,成为柳文的显著特点。

以《六逆论》言之,此文抨击"贱妨贵"、"远间亲"、"新间旧"的谬说,对当时崇尚门第、倒置贤愚的社会风气作了有力的批判,寄寓着作者对守旧势力与腐朽思想的强烈不满。但与韩愈《论佛骨表》所表现出的主观感情汹涌炽烈不同,此文的论析十分冷静客观:

> 夫所谓"贱妨贵"者,盖斥言择嗣之道,子以母贵者也。若贵而愚,贱而圣且贤,以是而妨之,其为理本大矣,而可舍之以从斯言乎? 此其不可固也。夫所谓"远间亲,新间旧"者,盖言任用之道也。使亲而旧者愚,远而新者圣且贤,以是而间之,其为理本亦大矣,又可舍之以从斯言乎?

作者不动声色,侃侃而谈,然而言辞锋锐,明辨是非,冷隽的论析中,含蕴着对谬说的憎恶之情。再看《愚溪诗序》,它最能体现柳宗元情思郁结深沉,呈内敛态势,而发之以讽谕的特点:

> 愚溪之上,买小丘,为愚丘。自愚丘东北行六十步,得泉焉,又买居之,为愚泉。愚泉凡六穴,皆出山下平地,盖上出也。合流屈曲而南,为愚沟。遂负土累石,塞其隘,为愚池。愚池之东为愚堂,其南为愚亭,池之中为愚岛。嘉木异石错置,皆山水之奇者,以余故,咸以"愚"辱焉。

---

[1]《柳河东集》卷二一《杨评事文集后序》,上海人民出版社,1974年,第371页。

溪、丘、泉、沟、池、堂、亭、岛,皆因"余"之"愚"而以"愚"名焉,这显示出作者对自己横遭迫害的愤慨和对贤愚颠倒的现实的不满。语似自责,实见自负,自责愈切,则自负愈甚;语颇诙谐,深寓感慨,诙谐愈甚,则感慨愈深。作者愤世嫉俗的情怀,纯以冷隽的笔墨来抒写,展现出与韩文截然不同的艺术风貌。

韩、柳情思如水如山判然而别,这从《张中丞传后叙》与《段太尉逸事状》这两篇名作的对比中看得尤为清楚。韩文的情感是炽热而直露的,强烈的爱憎溢于词句之间,反驳谬论的色彩极为浓厚,由腔吻之急迫足见其内心之不平,而柳文的情感则是那样的深沉而蕴藉,落墨时不大肆声张,然而语意斩钉截铁,一字不苟,十分冷静而鲜明地流露出对自己所表彰的英雄人物的态度。此详见本章第二节的分析。

## 二、文　势

文势是作者内在的情思于作品中的流露,韩、柳的情思既然有异,其外在的表现也必然不同。韩愈那汹涌澎湃、奔放激烈的情思,在作品中发为浩乎沛然、雄肆不羁的旺盛气势。柳宗元称韩"遣言措意","猖狂恣睢,肆意有所作"[1];皇甫湜谓韩文似"冲飙激浪,瀚流不滞"[2];苏洵则以"如长江大河,浑浩流转"[3]誉之。而柳宗元那郁结不平、敛蓄蕴藉的情思,在作品中则以旷如奥如、巍然卓立的面目出现。如水如山,韩、柳的文势各有特色。

韩愈远承孟子"吾善养吾浩然之气"之说,近受梁肃"道能

[1] 《柳河东集》卷三四《答韦珩示韩愈相推以文墨事书》,第548页。
[2] 《皇甫持正文集》卷一《谕业》,《四部丛刊》本。
[3] 苏洵著,曾枣庄、金成礼笺注《嘉祐集笺注》卷一二《上欧阳内翰第一书》,第328页。

兼气,气能兼辞"① 论的影响,提出了有关文气问题的重要论断:
"气,水也;言,浮物也。水大,而物之浮者大小毕浮;气之与言
犹是也,气盛,则言之短长与声之高下者皆宜。"② 他的创作完全
实践了自己的文论观点,韩文之气盛言宜在当时与后世都得到
高度的评价。

韩文起笔往往突兀峥嵘,不可端倪,造成先声夺人的气势。
《原道》倡儒家之道以辟佛老,一开头就是排比:"博爱之谓仁,
行而宜之之谓义,由是而之焉之谓道,足乎己而无待于外之谓
德。"可谓笔力雄健而气势磅礴。《平淮西碑》曰:"天以唐克肖
其德,圣子神孙,继继承承,于千万年。"庄严无比的开头有气吞
山河的力量,沈德潜称赞说:"起大手笔,必如此才领得一篇文
字。"③

就全篇而言,韩愈的不少作品中明显地流动着旺盛的气
势。如《送孟东野序》以"大凡物不得其平则鸣"领起,从"草木
之无声,风挠之鸣。水之无声,风荡之鸣","金石之无声,或击
之鸣",直说到"人之于言也亦然";而后,由"在唐、虞,咎陶、禹,
其善鸣者也"开始,述及历代"善鸣"之士,直至末云"孟郊东
野,始以其诗鸣"。38 个"鸣"字,联翩而下,如惊涛怒浪翻滚不
息,通篇一气贯注,堪称无一句懈怠。

当然,韩文的气势有些是隐伏于作品之中,虽无排山倒海
之态,却使人感受到一股难以抵挡的冲力。如《答李翊书》将论
文与论道紧紧地结合在一起,反复阐述"无望其速成,无诱于势
利"的道理,以"抑不知"、"抑又有难者"、"虽如是"钩连各段,

① 《唐文粹》卷九二《补阙李君前集序》,《四部丛刊》本。
② 《韩昌黎文集校注》卷三《答李翊书》,第 171 页。
③ 《唐宋八大家文读本》卷五《平淮西碑》评语,光绪壬寅年孟夏宁波汲绠斋石
印本。

论说层层深入，虽不动声色，却潜含着逼人的气势，不能不使人折服。

理足方能气盛，韩文注意借助严密的推理，使论说产生所向披靡的威力。《讳辩》一文引经据典，援用古今事例，反复论证，阐说李贺举进士，既不犯"二名律"，又不犯"嫌名律"的道理，充满了无可辩驳的逻辑力量。"父名晋肃，子不得举进士；若父名'仁'，子不得为人乎"的反诘，足以驳得论敌哑口无言。

与韩文气势之雄健恣肆不同，柳文的气势显示出峭拔不凡的特点。《始得西山宴游记》着力描写西山之高峻，接着说："然后知是山之特立，不与培塿为类。"赞美西山，正是表明了自己高远的志向与傲岸的性格。《至小丘西小石潭记》云："坐潭上，四面竹树环合，寂寥无人，凄神寒骨，悄怆幽邃。"亦表现出抑郁的情思和幽峭的文势。

茅坤曰："子厚所谪永州、柳州，大较五岭以南，多名山削壁，清泉怪石，而子厚适以文章之隽杰客兹土者久之。愚窃谓公与山川两相遭，非子厚之困且久，不能以搜岩穴之奇；非岩穴之怪且幽，亦无以发子厚之文。"① 无疑，柳文之峭拔有力颇得助于奇山异水的陶冶。幽奇的风光与抑郁的心情交融，峭拔的山势和峻洁的品格相契，造就了旷如奥如的氛围中以傲然卓立的气势独占风标的柳文。《钴鉧潭西小丘记》描写小丘之上"争为奇状，殆不可数"的山石，叙此"丘之小不能一亩"，且沦为"唐氏之弃地"，而经"铲刈秽草，伐去恶木"的清理，竟然出现了"嘉木立，美竹露，奇石显"的胜景，令人喜出望外。由是发慨云："噫！以兹丘之胜，致之沣、镐、鄠、杜，则贵游之士争买者，日增千金而愈不可得。今弃是州也，农夫渔父，过而陋之，贾四百，连

---

① 《唐宋八大家文钞·柳柳州文钞》卷七，皖省聚文堂重校刊本。

岁不能售。而我与深源、克己独喜得之,是其果有遭乎! 书于石,所以贺兹丘之遭也。"林云铭评曰:"借题感慨,全说在自己身上","乃今兹丘有遭,而己独无遭,贺丘所以自吊"①。刘大櫆评曰:"前写小丘之胜,后写弃掷之感,转折独见幽冷。"②此文初看纯为自贬自怜,其实颇有自珍自赏之意。借小丘之不凡与文笔之峭厉,字里行间隐然可见一股傲岸之气,其文势之幽峭挺拔,与韩文之雄肆不羁迥然相异。

柳宗元思想进步,认识不同凡响,富于真知灼见,这是文势能够峭拔的重要原因。以《封建论》言之,此文指出分封制之产生及其为郡县制所替代,乃是历史发展之必然,而非"圣人之意",用正反两面的历史经验,论证郡县制的优越,并提出废除"继世而理"的世袭制,"使贤者居上,不肖者居下"的政治主张,识解超卓,观点新颖,文势尤显峻峭。故苏轼在《论封建》中先是钦佩地指出:"宗元之论出,而诸子之论废矣,虽圣人复起,不能易也。"在文末又强调说:"柳宗元之论,当为万世法也。"《敌戒》也是一篇立意奇警、妙语迭出的佳作:"敌存而惧,敌去而舞,废备自盈,只益为愈。敌存灭祸,敌去召过,有能如此,道大名播。"显然,柳宗元以精深独特的见解、冷静辩证的分析,赋予自己的作品以卓立非凡的气势。如果说韩文如水,奔腾不止,浩乎沛然,动人心魄,以冲击的力度取胜的话,那么,柳文如山,旷如奥如,巍然而立,耐人寻思,则以其开掘的深度给读者留下难忘的印象。

---

① 《古文析义》卷一三《钴鉧潭西小丘记》评语,清康熙丙申刊本。
② 王文濡《评校音注古文辞类纂》卷五二《钴鉧潭西小丘记》评语引,中华书局,1923 年。

# 三、结　构

《艺概·文概》云:"一波未平,一波已作,出入变化,不可纪极,而法度不可乱,此《姜白石诗说》也。是境常于韩文遇之。"以水流运动的难以捉摸来形容韩文的变化是再恰当不过的了。韩愈在《送高闲上人序》中称张旭草书"变动犹鬼神,不可端倪",这正是他自己散文创作的形象写照。

韩愈的墓志文,一人一样,结构无一同者,可谓匠心独运。同是抨击服食金丹,《唐故监察御史卫府君墓志铭》仅述卫中立采药炼金食丹而死之事,以显其愚;而《故太学博士李君墓志铭》则作成一篇批判文章,举出李君与他人的例子后问道:"蕲不死,乃速得死,谓之智,可不可也?"又如《柳子厚墓志铭》,因墓主参加永贞革新而成"僇人",故只记载他从政经历,不多加议论,而对他的交友与为文却反复感叹,写得淋漓生色。擅于相题设施,力求变化而避免雷同,这是韩愈墓志文创作的一个重要特点。

韩愈赠序文的结构也极尽变化之能事。同是宾主相形的写法,《送李愿归盘谷序》是两宾夹一主,前后分别写炙手可热的权贵和趋炎附势的小人,用以衬托中间那洁身自好的隐士;而《送高闲上人序》则是以养叔、庖丁、师旷、扁鹊等乐其业而"终身不厌"者为宾中之宾,衬托张旭这个因专心致志而"善草书"之宾,再以张旭衬托因"师浮屠氏"学书不能专一而难有所成的高闲上人这个主。又如,为皆应河阳军节度使兼御史大夫乌重胤之召请而出来为国效力的东都隐士石洪与温造作的赠序文,亦各具机杼,毫不相似。《送石处士序》以前后两段对话组成文章,颂扬乌公的"以义取人"和石洪的"以道自任";《送温处士赴河阳军序》则借伯乐相马的妙喻构撰全篇,说乌公召二处士前往,导致东都无人,以故意埋怨的口吻表达对贤材被选用的无比欣喜的心情。

刘大櫆谓韩文"一集之中篇篇变,一篇之中段段变,一段之中句句变"①,这是毫不夸张的称誉。篇篇变已如上述,段段变还以《送石处士序》言之。此文前段写求贤的乌公与荐石先生者的对话,后段的对话者换为即将动身的石先生和持酒致送行辞的人;前段取一问一答的方式,介绍石洪的处世为人,十分生动,后段则以祝辞为主要内容,寄托着作者对石洪的希望,而石洪的答辞仅有"敢不夙夜以求从祝规"一句,用以收束对话,极其有力。至于句句变,更是不胜枚举。如《送孟东野序》以"鸣"字贯通篇,而句法尤多变化。

韩文的结构,如上所述,以"一波未平,一波已作"的出入变化为其主要特点。而柳文呢,亦如《艺概·文概》所云,在结构上呈现出"奇峰异嶂,层见迭出"的特色。如果说韩文以变幻莫测而独树一帜的话,那么柳文则以层深谨严而另具风采,试举其论说文与记叙文各一篇为例:

《桐叶封弟辨》叙周公见"成王以桐叶与小弱弟戏,曰:'以封汝。'"遂入贺,言"天子不可戏",从而导致成王"乃封小弱弟于唐"。针对君主无戏言、君威神圣不可犯之说,柳宗元以层层深入的强有力的辨析,予以斩钉截铁的否定,赋予文章以高度的思想性。全篇"奇峰异嶂,层见迭出",论述极其透彻,入情入理而无懈可击。沈德潜评此文曰:"一层进一层,一语紧一语,笔端有锋,无坚不破。"② 详析见本章下一节。

《始得西山宴游记》写西山之怪特,以其卓立不群自况,行

---

① 《论文偶记》,人民文学出版社,1959年,第8页。
② 《唐宋八大家文读本》卷七《桐叶封弟辨》评语。

文亦层进层深。文章先以三分之一的篇幅介绍"未始知西山之怪特"时的情况，如孙琮所言："篇中欲写今日始见西山，先写昔日未见西山；欲写昔日未见西山，先写昔日得见诸山。"[①] 作者巧妙地以诸山之平凡衬托西山之怪特，以"向之未始游"衬托登上西山而"游于是乎始"。至于西山顶上所看到的景色，文中又分三层加以描叙：先写初见，以目力所及，"凡数州之土壤，皆在衽席之下"，显西山之高峻；次述细览，以"岈然洼然，若垤若穴，尺寸千里，攒蹙累积，莫得遁隐"的对面景观，反衬西山之巍然特立；后叙远眺，以"萦青缭白，外与天际，四望如一"的浩渺山水，抒发"登泰山而小天下"的感觉。然后从目游过渡到神游，写自己在酒的助兴下，在暮色苍茫的氛围中，"与万化冥合"，从失意的苦闷中解脱出来。全篇从游诸山写到游西山，从登山写到至山上，从初见、细览写到极目远眺，再从目游写到神游，在缜密细致、层次分明的结构中，把自己遭到政治迫害后极为愤懑抑郁的情感动人地抒发了出来。

韩、柳文之结构，或如水之变幻，或如山之层深，以相同体裁的作品作比较，看得就更加清楚了。韩愈的《送董邵南游河北序》和柳宗元的《送薛存义序》皆为赠序文中的名篇，但结构特征迥然不同。韩文先言董生举进士不得志，赴燕赵"必有合"；次云燕赵风俗古今不同，恐难以"有合"；末嘱董生转告燕赵之士应"出而仕"，则显见董生此行之非。在变化不可端倪的行文中，既流露出对人才不被朝廷重用的感慨，又含蓄着对与中央抗衡的割据势力的规劝，更表达了对董生无比关切、希望他勿为藩镇效力的心情。柳文前幅议论，抨击官吏之"役民"；后段叙述，赞美存义之"为民役"。前后对照，一贬一褒，深刻地阐明

---

① 《山晓阁选唐大家柳柳州全集》评语卷三，清康熙刊本。

了"官为民役"的进步观点。而议论部分,层次井然,说理十分透彻:先是申说吏为民所雇佣,理应为民办事;接着批评天下之吏对百姓的态度是"受其直怠其事";继而指出"岂惟怠之,又从而盗之",实在蛮横无理;于是强调百姓对此要"甚怒而黜罚之",仅因无权无势,"莫敢肆其怒与黜罚"而已;最后严正警告说,"势不同而理同",要是"势"变了,官吏是要遭到惩罚的,"得不恐而畏乎"!逐层深入的论述有力地揭露了贪官污吏的丑恶嘴脸,表达了作者对百姓命运的深切关注与同情。

同是赠序,韩文富于变化,运掉自如,似涛起浪涌,千状万态,而魅力无穷;柳文则层层剖析,鞭辟入里,似崇山峻岭,愈进愈深,而深不可测。《艺概·文概》作比较云:"文莫贵于精能变化,昌黎《送董邵南游河北序》,可谓变化之至;柳州《送薛存义序》,可谓精能之至。"这是极有见地的。

# 四、语　言

韩愈是一位杰出的语言大师,在造语上他固然有尚奇好异的一面,但文从字顺是其主流。在诸多气盛言宜的作品中,他的文辞如水一般圆活流转而略无窒碍。《送石处士序》极写石洪洞察力之敏锐与口才之出众:"与之语道理,辨古今事当否,论人高下、事后当成败,若河决下流而东注,若驷马驾轻车就熟路,而王良、造父为之先后也,若烛照数计而龟卜也。"《送高闲上人序》称赞张旭的书法,言其"观于物,见山水崖谷、鸟兽虫鱼、草木之花实、日月列星、风雨水火、雷霆霹雳、歌舞战斗,天地事物之变,可喜可愕,一寓于书"。这两个长句的描写,语言形象畅达,在驱遣文辞上,如作者形容石洪的论辩那样,有驾轻就熟的本领和一股"若河决下流而东注"的旺盛气势。《柳子厚墓志铭》中"呜呼！士穷乃见节义"云云，与此有异曲同工之妙。

自然，韩愈懂得文贵参差。《答李翊书》中"气，水也"以下一段话，就是句式灵活、长短参差、一气呵成、表意完满的极好例子。《鳄鱼文》云："今与鳄鱼约：尽三日，其率丑类南徙于海，以避天子之命吏。三日不能，至五日；五日不能，至七日。七日不能，是终不肯徙也，是不有刺史听从其言也。不然……刺史则选材技吏民，操强弓毒矢，以与鳄鱼从事，必尽杀乃止。其无悔！"作者把浅易明白的语言组织于长短交错的句式中，行文如波涛汹涌，时而腾起，时而跌落，一浪接着一浪，气势磅礴地表达了自己对"丑类"作恶的憎恨和对百姓疾苦的关心。文起八代之衰而实集八代之成的韩愈，擅于吸取骈文的表现手法，每每奇偶兼行，笔下涛澜迭起，势不可挡。如《张中丞传后叙》中有议论云："守一城，捍天下，以千百就尽之卒，战百万日滋之师，蔽遮江淮，阻遏其势，天下之不亡，其谁之功也。"凭借参差中寓对称的句式，慷慨激昂地抒发了自己对舍生取义的英雄无限崇敬的心情。

林纾在《春觉斋论文》中指出："子厚之文，古丽奇峭，似六朝而实非六朝；由精于小学，每下一字必有根据，体物既工，造语尤古，读之令人如在郁林、阳朔间。"这道出了柳宗元独特的语言风格。与韩文相比，柳文在畅达上未能及之，而在"古丽"上却有过之而无不及。《封建论》中"邦群后"、"无君君之心"、"都六合之上游"等句，均可见"造语尤古"的特色。"汉知孟舒于田叔，得魏尚于冯唐，闻黄霸之明审，睹汲黯之简靖"，则对仗工整，有六朝骈文之遗风。同样是排比，韩文句子多长短不齐，以富于气势取胜，而柳文常兼用偶对，以严整矜重见长，如《答韦中立论师道书》："吾每为文章，未尝敢以轻心掉之，惧其剽而不留也；未尝敢以怠心易之，惧其弛而不严也；未尝敢以昏气出之,惧其昧没而杂也;未尝敢以矜气作之,惧其偃蹇而骄也。"四句排比,字数完全相同,"未尝敢以……之"与"惧其……也"构成整齐的句式;而前两句的"轻心"与"怠心"、"飘而不留"与"弛而不严"相对,后两句的"昏气"与"矜气"、"昧没而杂"与"偃蹇而骄"相对,尤见整饬凝重、峭立不凡的特色。

与韩文擅于使用长句不同,柳文多短句,多停顿,造语如山一般刻削峭厉。《黔之驴》叙虎闻驴鸣,先是"大骇,远遁","甚恐",继而"稍近,益狎",最后"跳踉大㘎,断其喉,尽其肉,乃去",语极简劲。叙事如此,写景亦然。《至小丘西小石潭记》摹画潭中景象云:"全石以为底,近岸,卷石底以出,为坻,为屿,为嵁,为岩。青树翠蔓,蒙络摇缀,参差披拂。"遣辞造句,可谓峻洁至极。再看说理,《封建论》云:"或者曰:'封建者,必私其土,子其人,适其俗,修其理,施化易也。守宰者,苟其心,思迁其秩而已,何能理乎?'余又非之。"设问与回答,句句峭拔有力,体现出柳宗元"精裁密致"的功夫。

为了取得文约而意丰的表达效果,"精于小学"的柳宗元,非常注意词语的选择与锤炼。《段太尉逸事状》记段秀实惩治乱兵云:"太尉列卒,取十七人,皆断头注槊上,植市门外。晞一营大噪,尽甲。"文章以郭晞部下的震惊骚动衬托太尉行为的无畏果敢,太尉的捕人枭首与兵营中的"大噪,尽甲"的描写,均极简炼有力。林纾以"直逼《汉书·酷吏传》"誉之,谓"工夫在用一'注'字、'植'字,光色灿然动目"[①]。《钴鉧潭西小丘记》以"突怒偃蹇"状"负土而出"之石,又以"嵚然相累"与"冲然角列"形容趋势不同、"争为奇状"的怪石。用语古峭简劲,却能"牢笼百态",这正是柳文富于魅力的一个重要原因。

---

[①] 《韩柳文研究法·柳文研究法》,商务印书馆,1914年,第81页。

# 第二节　由八组文对比观韩、柳风格之迥异

韩愈与柳宗元以他们辉煌的创作成就,震撼当时,影响后世。他们各具特色的文章,深受历代读者的关注和喜爱。在韩、柳两大家并称的同时,他们的文学作品,特别是脍炙人口的文章,也被历代研究者反复比较,一再评说,真知灼见,在在皆是,为我们今天的研究提供了许多宝贵的借鉴。

关于韩文的风格,唐宋人早有卓见。皇甫湜称韩文"如长江秋清,千里一道,冲飙激浪,瀚流不滞"①。此已揭示出韩文奔放有力的特点。苏洵曰:"韩子之文,如长江大河,浑浩流转,鱼鼋蛟龙,万怪惶惑,而抑遏蔽掩,不使自露。"② 这里,补充了"万怪惶惑,而抑遏蔽掩"的特点。于是,韩文雄奇奔放的风格得到了生动而全面的表述。而柳宗元之为文,其《杨评事文集后序》有云:"文有二道:辞令褒贬,本乎著述者也;导扬讽谕,本乎比兴者也。"③

柳文实兼"辞令褒贬"与"导扬讽谕"之功能,故《柳河东集》中,愤郁情调的积蓄,加之奇山异水的陶冶,而发为幽峭敛蓄的文章,可谓不胜枚举。堪称唐代文坛"双子星座"的韩、柳,文风截然相异,却共同谱写了唐代散文异彩纷呈的壮丽篇章。

韩、柳文佳作甚多,既然是对比,理所当然的是,必须从中选出有可比性的作品,即在体裁或题材方面有相同或相近之处的代表作。由于考虑到双方的对等,即大体具备可比的条件,故所

---

① 《皇甫持正文集》卷一《谕业》。
② 苏洵著,曾枣庄、金成礼笺注《嘉祐集笺注》卷一二《上欧阳内翰第一书》,第328页。
③ 《柳河东集》卷二一,第371页。

挑选的作品有些难以称为最佳。以下谨将韩、柳文分为八组,韩文在前,柳文在后,对比分析,以凸显两家文风雄奇奔放与幽峭敛蓄之不同。

第一组:《张中丞传后叙》与《段太尉逸事状》

这两篇文章都是歌颂为维护国家统一,反对藩镇叛乱而壮烈献身的英雄,都有辨诬与补充正史的作用,都强调写作素材的真实性,又都有人物形象的生动刻画,但两篇又有很多的不同,特别表现在文风方面。

《张中丞传后叙》之定名,即可见韩愈的创意。李翰已作《张巡传》,韩愈不便重写,"然尚恨有阙者,不为许远立传,又不载雷万春事首尾"①,故以"传后叙"为篇名,便于或补叙或议论的自由发挥。方苞曰:"截然五段,不用勾连,而神气流注,章法浑成,惟退之有此。前三段乃议论,不得曰记张中丞逸事;后二段乃叙事,不得曰读张中丞传,故标以《张中丞传后叙》。"②此文结构灵活,作者满腔的激情贯注全文,前议后叙,融为一体。不仅议为抽象之叙,在痛斥谬论的同时,自然展示了英雄正气凛然的壮举;而且叙为形象之议,以生动的事实,有力回击了对英雄无端的诽谤。另外,议论处的"擅强兵坐而观者,相环也"为金针暗渡之笔,引出下文彭城太守、河南节度使贺兰进明"不肯出师救"的记叙,使全篇的议与叙结合得十分紧密,可谓天衣无缝。显然,叙议结合而造成贯穿全篇的"神气流注",大大强化了文章奔放的气势。

《段太尉逸事状》属行状体,以三件逸事颂扬段秀实的刚、仁、节,末以亲访"老校退卒"的见闻证实所书之不谬,见此状之

---

① 《韩昌黎文集校注》卷二《张中丞传后叙》,第73页。
② 王文濡《评校音注古文辞类纂》卷七《张中丞传后叙》评语引。

严谨。文中纯为细腻生动的描写,相比于韩文的叙议结合,柳文主于记叙,作者的主观感情隐伏于人物形象的刻画之中,显得敛蓄而绝不张扬。故清人何焯以"深谨"二字评此文[①]。林纾则评曰:"写忠义慷慨处,气壮而语醇,力伟而光敛。"[②]他们都感受到此篇的谨严与敛蓄。

　　无疑,两篇文章最重要的差别还是表现在作者的情感处理和文风展示上,即表现在韩愈的激情洋溢、文势奔放和柳宗元的冷静客观、文势敛蓄上。韩愈为张巡、许远伸张正义,义愤填膺地痛斥污蔑许远畏敌后死、应负城陷之责及张、许不该死守,应"弃城而逆遁"等等谬论。柳宗元以段秀实平日所作所为的详尽事实,客观地证明其关键时刻奋不顾身的必然性。韩愈以张巡、许远、南霁云一心为公、取义成仁、相映生辉的鲜明形象,昭示世人,收到动人心魄的效果。柳宗元以郭晞、焦令谌、韦晤的反衬,突出段太尉嫉恶如仇、关爱弱者和忠毅坚贞的高尚品格,以潜移默化世人的心灵。韩文讴歌殉国的英烈,"守一城,捍天下"八句,以两相对应的长短句和有力的反问,展现磅礴的气势;柳文"皆断头注槊上,植市门外"的描写,一"注"字,一"植"字,极为峭拔,不动声色地显示了太尉的果断和刚毅。两篇佳作,各具匠心,各有特色。

　　第二组:《应科目时与韦舍人书》与《上门下李夷简相公陈情书》

　　此二篇皆为处困境时求人援己之作。韩愈贞元八年登进士第,九年于吏部试博学宏辞科,有《应科目时与韦舍人书》,是科不中,后于贞元十年、十一年又两试博学宏辞,均失利。《上宰相

--------

① 《义门读书记》卷三五,中华书局,1987年,第613页。
② 《韩柳文研究法》,第80页。

书》云"四举于礼部乃一得,三选于吏部卒无成",即谓此也。柳宗元一贬永州,再贬柳州,北还无日,极其郁闷。元和十三年,在柳州刺史任上,作《上门下李夷简相公陈情书》。韩愈作书时才二十六岁,意气犹盛;柳宗元上书时已四十六岁,衰疲至极,次年即卒于任上。

先看韩文:

> 月日,愈再拜。天池之滨,大江之濆,曰有怪物焉,盖非常鳞凡介之品汇匹俦也。其得水,变化风雨,上下于天不难也;其不及水,盖寻常尺寸之间耳。无高山大陵、旷途绝险为之关隔也。然其穷涸不能自致乎水,为獱獭之笑者,盖八九年矣。如有力者,哀其穷而运转之,盖一举手、一投足之劳也。然是物也,负其异于众也,且曰:"烂死于沙泥,吾宁乐之。若俯首帖耳,摇尾而乞怜者,非我之志也。"是以有力者遇之,熟视之若无睹也。其死其生,固不可知也。今又有有力者当其前矣,聊试仰首一鸣号焉,庸讵知有力者不哀其穷,而忘一举手、一投足之劳,而转之清波乎?其哀之,命也;其不哀之,命也;知其在命,而且鸣号之者,亦命也。愈今者实有类于是,是以忘其疏愚之罪,而有是说焉。阁下其亦怜察之。

韩愈之书,通篇托物以喻,自比怪物,而自信异常。因已登进士第,故谓"不及水,盖寻常尺寸之间耳",而一旦得水,则"变化风雨,上下于天不难也",傲岸之态毕现。既渴望"有力者,哀其穷而运转之",又自视甚高,不肯放下身段,声称"俯首帖耳,摇尾而乞怜","非我之志";既不满于"有力者遇之,熟视之若无睹",却又不放弃"鸣号"以求得"转之清波"的希望。"怪物"的自喻,恢诡的意态,塑造了不妥协地与命运抗争的士人形象。求人之文却写得气势不凡,毫无卑下之态,淋漓尽致地展示出雄奇奔放的风格。

再看柳文的前半篇:

> 月日,使持节柳州诸军事守柳州刺史柳宗元,谨再拜献书于相公阁下:宗元闻有行三涂之艰,而坠千仞之下者,仰望于道,号以求出。过之者日千百人,皆去而不顾。就令哀而顾之者,不过攀木俯首,深暖太息,良久而去耳,其卒无可奈何。然其人犹望而不止也。俄而有若乌获者,持长绠千寻,徐而过焉,其力足为也,其器足施也,号之而不顾,顾而曰不能力,则其人知必死于大壑矣。何也? 是时不可遇而幸遇焉,而又不逮乎己,然后知命之穷、势之极,其卒呼愤自毙,不复望于上矣。

柳宗元之《陈情书》在上面的引文之后,还有"宗元曩者齿少心锐,径行高步,不知道之艰以陷于大阨,穷蹶殒坠,废为孤囚"及"伏惟念坠者之至穷,锡乌获之余力,舒千寻之绠,垂千仞之艰,致其不可遇之遇,以卒成其幸"等下半篇文字,如孙琮所言,此乃"前虚后实"之文,"上半篇是隐喻,下半篇是实说"①。虽前伏后应,结撰严谨,相较于韩文,毕竟有辞费之憾。

韩、柳二书,愤激之情溢于言表,在运用隐喻吁人相助上如出一辙。柳书后出,似摹韩而有变化,韩径以"怪物"自比,柳则借众多比喻自述窘境;韩书作于初试吏部之日,柳书写于久贬不归之时;韩书气盛,柳则气衰;韩书愤号,柳书悲鸣;韩书狂

---

① 《山晓阁选唐大家柳柳州全集》卷一《上李夷简相公书》评语。

傲,颇自命不凡,柳书多自责,见无可奈何;韩书言"知其在命",仍满怀希冀,柳书叹"命之穷",则近乎绝望。金圣叹评柳书曰:"沉困至久,其言至悲,与昌黎《应科目时书》绝不同。盖彼段段句句字字负气傲岸,此段段句句字字迫蹙掩抑,则所处之地不同也。看他拉拉杂杂,将'坠者'字、'乌获'字、'千寻之绠'字、'千仞之艰'字、'不可遇'字、'幸遇'字、'号'字、'望'字、'呼愤自毙'字,如桃花红雨,一齐乱落,便成绝妙收煞。"①何焯评柳书曰:"此与《应科目时与人书》貌似,而命意殊不如韩之工,用笔亦繁简纡径差异。"②相较于韩书,柳书虽有如是差异,但抒发深陷绝境的悲切,沉郁顿挫的行文,仍见幽峭不平之风貌。"呼愤自毙,没有余恨",可谓悲之已甚,但自悲并非自卑,柳称"径行高步,不知道之艰以陷于大阨",其中不难窥见自尊自矜的心理,由此言之,幽怨中犹可见峭拔的风姿。

第三组:《进学解》与《起废答》

《进学解》作于元和七年,洪兴祖《韩子年谱》引《宪宗实录》:"元和七年二月乙未,职方员外郎韩愈为国子博士。"此即文中所谓"三为博士"是也。此文以国子先生教诲诸生之言发端,称"诸生业患不能精,无患有司之不明;行患不能成,无患有司之不公"。反话正说,暗示有司之"不明""不公"。旋以弟子语"先生欺余哉"领起下文的责难:先生有学问,有作为,有文章,却"公不见信于人,私不见助于友。跋前踬后,动辄得咎"。从而证实"无患有司之不明"、"无患有司之不公"为伪说。随后是先生之"解",即答词,赞孟、荀二子"优入圣域",而自责以"动而得谤,名亦随之;投闲置散,乃分之宜"。妙的是先生之言,皆

① 《山晓阁选唐大家柳柳州全集》卷一《上李夷简相公书》评语引。
② 《义门读书记》卷三六,第659页。

当以反意视之,而弟子之语,全出于正意。作者以极其恢诡的笔调,入木三分地刻画出了执政者不明不公的丑态,并予以辛辣的嘲讽。茅坤指出:"其主意专在宰相,盖大材小用,不能无憾。而以怨怼无聊之辞托之人,自咎自责之辞托之己,最得体。"① 让有司顺耳的话自己说,自然"得体",而讽刺有司的话借别人说,亦无所顾忌;正话反说,怪怪奇奇,反话正说,畅快淋漓。韩愈尚奇的文风在《进学解》中得到充分的展现。为文也追求奇崛的孙樵高度评价此篇曰:"拔地倚天,句句欲活,读之如赤手捕长蛇,不施控勒骑生马。"② 储欣亦为之倾倒,曰:"其体自汉人来,其文则汉未有。"③ 又曰:"局调句字,色色匠心,雄深奥衍,固非《客难》《解嘲》所能颉颃也。"④

柳宗元《起废答》作于来永州十年之际,为元和九年,贬而难归,愤懑郁结,遂有匪夷所思之构撰。所谓"起废",起用者谁欤? 永州司马"柳先生","游于愚溪之上",问"溪上"所"聚鳌老壮齿",答曰:"东厢躄浮图,中厩病颡之驹。""起废"之详情如下:

> 今年,他有师道者悉以故去,始学者与女释者伥伥无所师,遂相与出躄浮图以为师,盥濯之,扶持之,壮者执舆,幼者前驱,被以其衣,导以其旗,怵惕疾视,引且翼之。躄浮图不得已,凡师数百生。日馈饮食,时献巾帨,洋洋也,举莫敢逾其制。中厩病颡之驹,颡之病亦且十年,色玄不庞,无异

---

① 《唐宋八大家文钞·韩文公文钞》评语卷一〇,皖省聚文堂重校刊本。
② 《孙樵集》卷二《与王霖秀才书》,《四部丛刊》本。
③ 《唐宋十大家全集录·昌黎先生全集录》杂著《进学解》评语,清光绪壬午江苏书局重刊本。
④ 《唐宋八大家类选》卷三《进学解》评语。

技,碎然大耳。然以其病,不得齿他马。食斥弃异皁,恒少
食,屏立摈辱,掣顿异甚,垂首披耳,悬涎属地,凡厩之马,无
肯为伍。会今刺史以御史中丞来莅吾邦,屏弃群驷,舟以泝
江,将至,无以为乘。

于是平素"凡厩之马,无肯为伍""无异技"的病颡驹居然荣幸
之至,得以起用,与乘"他有师道者悉以故去"之机,幸运地登上
师座的"蹩浮图",一起享受前所未有的待遇,出尽风头。那么,
自称"病德之人"的柳先生呢?文章写道,永州的鬵老也为他抱
屈:"足轶疾风,鼻知膻香,腹溢儒书,口盈宪章,包今统古,进退
齐良,然而一废不复,曾不若蹩足涎颡之犹有遭也。"渴望得到
起复,以便回归中原,施展身手,造福百姓的柳宗元,竟然连"蹩
浮图"与"病颡驹"都比不上,这是怎样的不公啊!心愿与现实
的巨大反差,将柳先生的抑郁推向了极致。

与《进学解》一样,《起废答》以正话反说的讽谕,有力抨击
了是非不分、贤愚倒置的社会。作者"病德之人"的自称及结尾
处的议论,看似自责,实见自负,潜伏的笔锋刺向丑陋的现实,
幽默的笔调抒写对不平的抗议,柳宗元幽峭敛蓄的风格表露无
遗。黄翰《祭柳侯文》云:"一斥不复,困于三湘。譬如鸾凤,不
巢高冈。栖之枳棘,六翮摧伤。亦如巧匠,睥睨观旁。缩手袖
间,善刀以藏。"[①] 此堪称柳宗元一贬不复的蛮荒生涯、出头无日
的可悲命运和他那幽峭文风的形象写照。

第四组:《龙说》与《谪龙说》

韩愈和柳宗元皆有说龙之作,韩为《杂说一》即《龙说》:

---

① 见《柳河东集》附录《河东先生集传》,第853页。

　　龙嘘气成云,云固弗灵于龙也。然龙乘是气,茫洋穷乎玄间。薄日月,伏光景,感震电,神变化,水下土,汩陵谷,云亦灵怪矣哉!

　　云,龙之所能使为灵也;若龙之灵,则非云之所能使为灵也。然龙弗得云,无以神其灵矣,失其所凭依,信不可欤!

　　异哉,其所凭依,乃其所自为也。《易》曰:"云从龙。"既曰龙,云从之矣。

　　此篇是韩文中极有魅力之作,云与龙之所指即引来诸多的猜测。龙为主,云为宾,此毫无疑问。曾国藩曰:"龙以自喻其身,云以喻其文章,凭依乃其所自为,犹曰文书自传道,不仗史笔垂。"[1] 多数古代学者认为龙以喻君,云以喻臣。如汪份所言:"此篇以龙喻圣君,以云喻贤臣,言贤臣为圣君所自举,而即为其所凭依。要之既是圣君,自必举贤臣而凭依之也,一则见贤臣之重,一则见圣君之尤重。"[2] 李光地思路开阔,曰:"此篇寄托至深,取类至广。精而言之,则如道义之生气,德行之发为事业文章;大而言之,即为君臣之遇合,朋友之应求,圣人之兴起于百世之下,皆是也。"[3] 李氏未受君臣之喻的局限,无疑是正确的。韩愈是个想象力极为丰富的大师,上天入地,纵情驰骋,思接万里,神游古今,如以君臣之说排斥其他见解,势必将本文所蕴含的义理缩限于极小的范围,大大减弱了韩文那无穷的艺术魅力。韩文在极小的篇幅里,仍转折不穷,变幻莫测,其笔力之雄奇真令人叹为观止。

　　柳之《谪龙说》亦短而有味:

---

[1]　叶百丰编著《韩昌黎文汇评》杂著《杂说一》评语引,正中书局,1990年。
[2]　叶百丰编著《韩昌黎文汇评》杂著《杂说一》评语引。
[3]　叶百丰编著《韩昌黎文汇评》杂著《杂说一》评语引。

扶风马孺子言：年十五六时，在泽州，与群儿戏郊亭上。顷然，有奇女坠地，有光晔然，被缎裘白纹之裹，首步摇之冠。贵游少年骇且悦之，稍狎焉。奇女颒尔怒曰："不可。吾故居钧天帝宫，下上星辰，呼嘘阴阳，薄蓬莱，羞昆仑，而不即者。帝以吾心侈大，怒而谪来，七日当复。今吾虽辱尘土中，非若俪也。吾复，且害若。"众恐而退。遂入居佛寺讲室焉。及期，进取杯水饮之，嘘成云气，五色儵儵也。因取裘反之，化为白龙，徊翔登天，莫知其所终。亦怪甚矣。

呜呼，非其类而狎其谪，不可哉。孺子不妄人也，故记其说。

柳宗元此龙非韩愈之龙，为寓言中的谪龙，乃其为自己量身定制。林纾评曰："重要在'非其类而狎其谪'句。想公在永州，必有为人所侵辱者。"[①]柳氏在自己所创作的寓言中，往往有篇末点出主旨之笔，如《捕蛇者说》之"孰知赋敛之毒，有甚是蛇者乎"，《罴说》之"今夫不善内而恃外者，未有不为罴之食也"等。故一看便知是因遭贬谪之辱而发。"奇女坠地"真切地道出了显赫的京朝官被贬至蛮荒之地一落千丈的感受。故遇到有人"稍狎焉"的侵犯时，即予以怒斥，亮出自己"居钧天帝宫，下上星辰，呼嘘阴阳"的不同凡俗的身份，严正声明"今吾虽辱尘土中，非若俪也。吾复，且害若"。后奇女果然"化为白龙，徊翔登天"，这其实是柳氏对自己量移有日、重返京都的殷切期待和暗示。落难之际盼望着有洗刷屈辱的明天，被压之时仍显出心有不甘的倔强之姿，在诉诸寓言的敛蓄中，作者仍通过对奇女形

---

① 《韩柳文研究法·柳文研究法》，第95页。

象的精心刻画和篇末点题,显露出幽峭的文风而引人注目。

第五组:《鳄鱼文》与《逐毕方文》

这两篇均为韩、柳遭贬时所作,一作于潮州,驱害民之鳄鱼;一作于永州,逐不祥之毕方鸟。韩文全用散体,柳则序用散体,正文用骚体。

姚范谓《鳄鱼文》篇首"有'告之曰'云云,则作《告鳄鱼文》为得之"①。此篇言"昔先王"为民除害,后言己承"今天子"之命赴潮为吏,向作恶不止的鳄鱼发出严正的警告:

> 鳄鱼有知,其听刺史言:潮之州,大海在其南,鲸鹏之大,虾蟹之细,无不容归。以生以食,鳄鱼朝发而夕至也。今与鳄鱼约:尽三日,其率丑类南徙于海,以避天子之命吏。三日不能,至五日;五日不能,至七日。七日不能,是终不肯徙也,是不有刺史听从其言也。不然,则是鳄鱼冥顽不灵,刺史虽有言,不闻不知也。夫傲天子之命吏,不听其言,不徙以避之,与冥顽不灵,而为民物害者,皆可杀。刺史则选材技吏民,操强弓毒矢,以与鳄鱼从事,必尽杀乃止。其无悔!

此文将鳄鱼视作可与之话语交流的对象。"潮之州"七句,指明允许鳄鱼迁徙活动的区域。"今与鳄鱼曰"以下为长短交错义正词严铿锵有力的讨伐文字,先用"五日"、"七日"的顶针句,急切地命令鳄鱼速速离开。"不然"一转,怒斥鳄鱼"冥顽不灵",宣称"为民物害者,皆可杀",并誓言将鳄鱼斩尽杀绝。通篇充满一往无前所向披靡令丑类胆战心惊的气势。何焯评曰:

---

① 《援鹑堂笔记》卷四二。

"浩然之气,悚慑百灵。"① 沈德潜评曰:"从天子说到刺史,如高屋之建瓴水,一路逼拶而来,到后段运以雷霆斧钺之笔,凛不可犯。"②

《逐毕方文》先以序交代永州火灾频发的情况,并引《山海经》"有鸟如鹤,一足,赤文白喙,其名曰毕方,见则其邑有讹火"的记载,交代毕方鸟与火灾的关系,而后是逐毕方的骚体文:

> 后皇庇人兮,敬授群材。大施栋宇兮,小蔽草莱。各有攸宅兮,时阖而开。火炎为用兮,化食生财。胡今兹之怪戾兮,日十蒸而穷灾。朝储清以联邅兮,夕荡覆而为灰。焚伤羸老兮,炭死童孩。叫号膻突兮,户骇人哀。袒夫狂走兮,倏忽往来。郁攸孽暴兮,混合恢台。民气不舒兮,僵踣颠颓。休炊息燎兮,仄伏煨煤。门甍晦黑兮,启伺奸回。若坠之天兮,若生之鬼。令行不讹兮,国恐盍已。问之禹书,毕方是祟。

> 嗟尔毕方兮,胡肆其志?皇亶聪明兮,念此下地。灾皇所爱兮,僇死无贰。幽形扇毒兮,阴险诡异。汝今不惩兮,众恕咸至。皇斯震怒兮,殄绝汝类。祝融悔祸兮,回禄屏气。太阴施威兮,玄冥行事。汝虽赤其文,只其趾,逞工炫巧,莫救汝死。黠知急去兮,愚乃止此。高飞兮翱翔,远伏兮无伤。海之南兮天之裔,汝优游兮可卒岁。皇不怒兮永汝世,日之良兮今速逝。急急如律令!

毕方到底是不是引发火灾的不祥之鸟?柳宗元是信还是不

---

① 《义门读书记》卷三三,第592页。
② 《唐宋八大家文读本》卷六《鳄鱼文》评语。

信?序叙永州火灾频发之后曰:"讹言相惊,云有怪鸟……见则其邑有讹火。若今火者,其可谓讹欤?而人以鸟传者,其毕方欤?"作者显然是存疑的。本文的创作,主要不是探究毕方是否不祥之鸟,而是表现对饱受火灾之苦的永州百姓的同情。前段从先人造房以安居说起,叹火为民生所用,却酿成今日之灾。详写火场惨状毕,以"禹书"即《山海经》为据,指毕方难辞其咎。后段由"嗟尔毕方兮,胡肆其志"的反问展开,控诉毕方"幽形扇毒兮,阴险诡异",引发众怒,必遭严惩,且示以"逞工炫巧,莫救汝死"的警告。最后命毕方"急去""速逝",以求"远伏兮无伤"。细绎柳文,对负恶名的毕方,虽加谴责,但态度跟作《鳄鱼文》的韩愈不同。因潮州鳄鱼确实屡屡侵害民畜,而永州毕方罪名尚未落实,则难以痛下杀手,只是劝其离开了事。有趣的是,柳文严词厉色,"殄绝汝类"等句颇触目惊心,但鞭子高高举起,却又轻轻落下。与韩文的震慑丑类,气势非凡有别,柳文张中有弛,形似张扬,实则有敛蓄之意,显示出极强的艺术功力。

第六组:《燕喜亭记》与《小石城山记》

《燕喜亭记》和《小石城山记》皆为远谪贬所之作。韩记作于贞元十九年自监察御史出为山阳令时,亭在连州,山阳为连之属邑。柳记作于元和七年,时宗元贬官永州已有八年。

同在贬谪中,两记的格调很不同。《燕喜亭记》写同为贬官者的友人王弘中在连州发现天然美景,作者遂取经史中寓美善之意的文辞,为其地之丘、谷、瀑、洞、池、泉等命名,"以屋曰燕喜之亭,取《诗》所谓'鲁侯燕喜'者颂也"。此后由州人对此处山水的赞美,述及弘中"贬秩而来"漫漫长途中经历的无数山水,联系"智者乐水,仁者乐山"的古训,称赏友人对美景美德的不懈追求。通篇叙写贬谪中营造美山美水的自得其乐,寄意深远,情怀壮阔,气盛言宜,文有蓬勃之势、疏朗之气与雄放之风。

《小石城山记》写此山景致,突出其"无土壤而生嘉树美箭,益奇而坚,其疏数偃仰,类智者所施设"的特点,紧接着是一番意味深长的议论:

> 噫!吾疑造物者之有无久矣。及是,愈以为诚有。又怪其不为之中州,而列是夷狄,更千百年不得一售其伎,是固劳而无用,神者傥不宜如是,则其果无乎?或曰:"以慰夫贤而辱于此者。"或曰:"其气之灵不为伟人,而独为是物,故楚之南少人而多石。"是二者,余未信之。

借小石城山所发的一通议论,作者将积蓄胸中多年的怨气,巧妙地加以宣泄。茅坤评曰:"借石之瑰玮以吐胸中之气。"[1]文中以弃物喻弃人,以奇景"不得一售其技"喻己一贬不复,金圣叹云:"笔笔眼前小景,笔笔天外奇情。"[2]可见寓情于景之蕴蓄。至于"以慰夫贤而辱于此者",更是作者极为自负不甘屈辱的心声,在敛蓄中而见峭拔的文风,于此可谓展露无遗。

第七组:《子产不毁乡校颂》与《梁丘据赞》

这一组属颂赞类,柳文纯用四字体韵文,韩文夹用少量五字句,文气更为舒展。子产为郑国之名大夫,梁丘据为齐国之嬖大夫。两篇都不长,先看韩文:

> 我思古人,伊郑之侨。以礼相国,人未安其教。游于乡之校,众口嚣嚣。或谓子产:"毁乡校则止。"曰:"何患焉,可以成美。夫岂多言,亦各其志。善也吾行,不善吾避。维

---

[1]　茅坤《唐宋八大家文钞·柳柳州文钞》卷七《小石城山记》评语。
[2]　孙琮《山晓阁选唐大家柳柳州全集》卷三《小石城山记》评语引。

善维否,我于此视。川不可防,言不可弭。下塞上聋,邦其倾矣!"既乡校不毁,而郑国以理。在周之兴,养老乞言;及其已衰,谤者使监。成败之迹,昭哉可观。维是子产,执政之式。维其不遇,化止一国。诚率是道,相天下君。交畅旁达,施及无垠。於虖!四海所以不理,有君无臣。谁其嗣之,我思古人。

此文的背景是:德宗贞元十四年,国子司业阳城出为道州刺史,众太学生诣阙,乞留阳城数日,但为吏所遮止,疏不得上达天听。李刚己以为:"是时朝廷必有忌疾太学诸生之意,此文盖因是而作。反复咏叹于子产之事,所以讽切当时君相,其旨微矣。"①由此,如百丰师所言,我们不难理解韩愈何以在文章的首尾,"一再曰'我思古人',以今无其人也"②。

文章前幅櫽括《左传》所载子产不毁乡校之事迹,以"在周之兴,养老乞言;及其已衰,谤者使监"的对比,深切感慨于子产的远见卓识,抒发对现实的不满。后幅为子产仅"化止一国",未能"施及无垠"而深为遗憾,并发出强烈的思古忧今的感叹。李刚己称"诚率是道"四句"笔势奇纵,在韵语中尤为难得"③,又称此篇"咏叹作结,有含蓄不尽之意"④。储欣誉本篇为气势不凡的"颂古人,儆时相"的杰作⑤,吴汝纶则评曰:"纵横跌宕,使人忘其为有韵之文。"⑥

再看柳文:

---

① 李刚己《古文辞约编·子产不毁乡校颂》题注,柏香书屋1925年校印本。
② 叶百丰编著《韩昌黎文汇评》杂著《子产不毁乡校颂》评语。
③ 李刚己《古文辞约编·子产不毁乡校颂》文中夹评。
④ 李刚己《古文辞约编·子产不毁乡校颂》文中夹评。
⑤ 李刚己《古文辞约编·子产不毁乡校颂》文中夹评。
⑥ 李刚己《古文辞约编·子产不毁乡校颂》文中夹评。

齐景有嬖,曰梁丘子,同君不争,古号媚士。君悲亦
悲,君喜亦喜。曷贤不赞? 卒赞于此。媚余所仇,激赞有
以。梁丘之媚,顺心狎耳,终不挠厥政,不嫉反己。晏子躬
相,梁丘不毁。恣其为政,政实理之。时睹晏子食,寡肉缺
味。爱其不饱,告君使赐。中心乐焉,国用不坠。后之嬖
君,罕或师是。导君以谀,闻正则忌。谗贤协恶,民蠹国
圮。呜呼! 岂惟贤不逮古,嬖亦莫类。梁丘可思,又况晏
氏? 激赞梁丘,心焉孔瘁!

此文讽意昭然。首六句形容嬖大夫梁丘据谄媚之态,"曷
贤不赞"四句,以设问的方式,引出之所以"激赞""所仇"的下
文:梁丘"不挠"国政,"不毁"晏子,还为晏子的饮食操心。接
着,笔锋一转,叹今之嬖臣,"谗贤协恶",谀君误君,害国害民。
末以"激赞梁丘,心焉孔瘁",无情地鞭挞世风,宣泄对贤愚倒
置现状的强烈不满和自身被弃置蛮荒的无比郁愤。故爱新觉
罗·弘历评曰:"此亦激昂风世之论。"[1] 作者的真意凭借古今对
比与反讽的手法彰显出来,其幽峭敛蓄之文风得到充分的展现。

第八组:《讳辩》与《桐叶封弟辩》

这两篇是历来备受推崇的佳作。《新唐书·韩愈传》谓李
贺"以父名晋肃,不肯举进士,愈为作《讳辩》,然卒亦不就举。"
洪迈曰:"韩文公作《讳辩》,论之至切,不能解众惑也。《旧唐史》
至谓韩公此文为'文章之纰缪者',则一时横议可知矣。"[2] 韩愈
写此文时,顶着何其大的压力,足以想见。文章开门见山,叙作
辩之缘由即"劝贺举进士"。旋曰"二名""嫌名"皆不必讳,并

---

① 《唐宋文醇》卷一一河东柳宗元文评语,清光绪三年浙江书局重刊本。
② 洪迈《容斋随笔·续笔》卷一一,中华书局,2005 年,第 350 页。

举周公、孔子、曾参等为证，后更以宦官、宫妾有所讳相形，反衬避讳之不当。末收卷前文，谓当效法周、孔、曾参，而不可追随宦官、宫妾。文引律、经、典为说理之依据，反复辩难，畅快淋漓。谢枋得评曰："一篇辨明，理强气直，意高辞严，最不可及者，有道理可以折服人矣，全不直说破，尽是设疑，佯为两可之辞，待智者自择。"① 所谓"全不直说破，尽是设疑"，实乃蓄势而待发，给读者之思维以理性的冲击，确系文章高手之所为。故张裕钊曰："辨析处理足而词辨，足以厌乎人人之心。"②

《桐叶封弟辨》发端言成王戏封其弟而周公促成其事，随即以"吾意不然"一句抹倒，谓不当以王之戏言而成其事，关键取决于当封不当封。并以"设有不幸，王以桐叶戏妇、寺，亦将举而从之乎"，极言戏封之不当，强调"设未得其当，虽十易之不为病"。又指出，"周公辅成王宜以道"，必不逢王之失而"为之辞"。终以"封唐叔，史佚成之"之语，明周公无预戏封之事，釜底抽薪地推翻谬说。谢枋得评曰："七节转换，义理明莹，意味悠长。字字精思，句句着意，无一字懈怠，亦子厚之文得意者。"③ 此篇层层辩驳，锋芒无限，而文笔极其谨严，与韩愈的《讳辩》均有极强的批判力，但奔放与严谨实各异其趣。

通过以上八组文章的对比，韩、柳文迥异的风格清晰可辨，朱熹在修订《韩文考异》时，与到访学者言及韩、柳文："韩退之议论正，规模扩大，然不如柳子厚较精密。"④ 后又称"柳文局促"⑤，似已窥见韩文奔放柳文敛蓄的一点奥秘。秦笃辉指出：

---

① 谢枋得《文章轨范》卷二，清同治五年刊本。
② 王文濡编《评校音注古文辞类纂》评语卷二引。
③ 谢枋得《文章轨范》卷二，清同治五年刊本。
④ 朱熹《朱子语类》卷一三九论文上。
⑤ 朱熹《朱子语类》卷一三九论文上。

"韩之文,扬而明,乾也;柳之文,抑而奥,坤也。"① 揭示了韩柳文外显与内敛的差异。刘熙载曰:"昌黎之文如水,柳文之文如山;'浩乎''沛然','旷如''奥如',二公殆各有会心。"② 那么,这种差异或不同是怎么形成的呢?下文拟从两人的秉性与遭际及文论、学养等入手,略作比较分析。

韩愈是颇有激情而秉性直率的人。《旧唐书》本传曰:"愈发言真率,无所畏避,操行坚正,拙于事务。"一个"拙"字将其个性的秉直和缺乏城府与机巧的为官,相当生动地表现出来。在步入仕途之前,他"四举于礼部乃一得,三选于吏部卒无成",三上宰相书,坦诚得可爱,毫不避讳地称自己"居穷守约,亦时有感激怨怼奇怪之辞",又不顾尊严地自诉:"遑遑乎四海无所归,恤恤乎饥不得食,寒不得衣,滨于死而益固,得其所者争笑之。"③ 还疾言厉色地责问宰相:"有观溺于水而爇于火者,有可救之道而终莫之救也,阁下且以为仁人乎哉?"④ 更有甚者,以"今阁下为辅相亦近耳"领起"天下之贤才岂尽举用?奸邪谗佞欺负之徒岂尽除去"等十一个问题,要宰相明确回答,以泄发未获回示的愤怒,斥宰相"不宜默默而已也"⑤。直至晚年作《论佛骨表》,依然未改真率的个性,历陈帝王佞佛短命的下场,指责宪宗迎佛骨入皇宫的举动,令宪宗大怒,欲处以极刑,赖裴度等再三说情,得以贬潮州刺史了事。宪宗卒后穆宗继位,韩愈返京任国子祭酒,调兵部侍郎。又因平叛立功转吏部侍郎。综观其一生,虽有青年时应举求官的蹭蹬、中年时三为博士的坎坷,韩愈

① 秦笃辉《平书》卷七文艺篇上,《湖北丛书》本。
② 刘熙载《艺概·文概》,第25页。
③ 韩愈著、马其昶校注《韩昌黎文集校注》卷三《上宰相书》,第155页。
④ 韩愈著、马其昶校注《韩昌黎文集校注》卷三《后十九日复上书》,第160页。
⑤ 韩愈著、马其昶校注《韩昌黎文集校注》卷三《后廿九日复上书》,第162页。

毕竟有枯而复荣的晚年。尽管仕途有顺逆,命运有波折,为了博得宪宗的欢心,以改变自己的处境,甚至在《潮州谢上表》中劝宪宗东封泰山,但大节不亏,追随裴度,反藩镇与宦官,敢怒敢言。文如其人,难怪韩愈笔下出了那么多雄健奔放的力作。

柳宗元与韩愈贫寒的出身大有不同。《柳子厚墓志铭》记载柳之先世颇为显赫:

> 七世祖庆,为拓跋魏侍中,封济阴公。曾伯祖奭,为唐宰相,与褚遂良、韩瑗,俱得罪武后,死高宗朝。皇考讳镇,以事母弃太常博士,求为县令江南。其后以不能媚权贵,失御史;权贵人死,乃复拜侍御史,号为刚直,所与游皆当世名人。

有着不寻常身份、名声的先祖辈与“不能媚权贵”、“号为刚直”的父亲,当是少年柳宗元的骄傲和激励他发愤读书力求仕进的巨大动力。《墓志铭》接着写道:

> 子厚少精敏,无不通达。逮其父时,虽少年,已自成人,能取进士第,崭然见头角。众谓:“柳氏有子矣。”其后以博学宏词,授集贤殿正字。俊杰廉悍,议论证据今古,出入经史百子,踔厉风发,率常屈其座人,名声大振,一时皆慕与之交。诸公要人,争欲令出我门下,交口荐誉之。

登第后的柳宗元可谓一帆风顺,“俊杰廉悍”,“踔厉风发”,“名声大振”,“交口荐誉”,见锋芒毕露,意气非凡,继承先辈事业,再创家族辉煌的前景,隐隐可期。

但永贞革新的失败和贬官永州的打击,彻底改变了柳宗元的命运,政坛大展身手和振兴家族的愿望全部落空,又被当作罪人,远赴蛮荒。在永州的落寞、痛苦与不甘,尽显游记之中。一改昔时的英气勃发与个性张扬,柳宗元深陷失望与迷茫,愤激令个性转向了内敛。《说车赠杨诲之》以"圆其外而方其中"设置了新的做人准则,内中既有的原则绝不改,但外在的处世之态有变化。元和十年,例召至京都,旋又贬往更远的柳州,曹辅《祭柳侯文》曰:"三湘之一斥十年兮,怅远符之再分;意冥冥以即夜兮,志郁郁而不伸。"[①]残存的一丝希望再落空,心中的怨恨、悲切与绝望可想而知。但在自身极为不幸的暮年,他还是为柳州百姓做了许多好事,留下了千古的名声。正因为外圆而内方,正因为心存不甘,故忧郁中难消峭拔之态,敛蓄中仍见自重自尊。其幽峭敛蓄之文风盖源于此。漫长的贬谪生涯和奇山异水的陶冶对柳宗元创作的发展和文风的形成,产生了很大的影响。唐顺之曰:"公之文章,开阳阖阴,固所自得。至于纵其幽遐诡谲之观,而遂其要眇沉郁之思,则江山不为无助。"[②]茅坤曰:"公与山川两相遭:非子厚之困且久,不能以搜岩穴之奇;非岩穴之怪且幽,亦无以发子厚之文。"[③]二者所言,堪称真知灼见。

作家的文论对其创作的影响是不言而喻的,韩、柳自不例外。关于韩愈,尤要言其"不平则鸣"和"气盛言宜"二说。《送孟东野序》云:"大凡物不得其平则鸣。"韩愈在自身的经历以及与友朋的交往中看到太多的不平。以本文所举文章言之,《张中丞传后叙》为殉国后仍受诬的英雄张巡、许远鸣,《子产不毁乡校颂》为乞留国子司业阳城而遭阻止的太学生鸣,《应科目

---

① 见《增广注释音辩唐柳先生集》附录,《四部丛刊》本。
② 唐顺之《荆川先生文集》卷一三《永州祭柳子厚文》,《四部丛刊》本。
③ 茅坤《唐宋八大文钞·柳柳州文钞》评语卷七。

时与韦舍人书》为一介寒士科考及选官屡遭挫折的自身鸣,《讳辩》为因父名"晋肃"而不得举进士的李贺鸣,等等。韩愈远承孟子"我善养吾浩然之气"之说,近受梁肃论气说的影响,倡导"气盛言宜"之说,本文所举韩文皆气势壮盛,言语畅达,无愧于"气盛言宜"之美誉。正是在自身文论的指导下,韩愈推出了众多雄奇奔放的佳作。

　　柳宗元重视作品对现实的美刺功能,强调"辞令褒贬"与"导扬讽谕"的作用,又借助寓言的写法,在贬所创作了如本文所列举的《段太尉逸事状》《小石城山记》《起废答》《梁丘据赞》等佳作,有褒贬,有讽谕,充分展现了自己幽峭敛蓄的文风。柳宗元在经学方面深有造诣,以《逐毕方文》为例,其古丽奇峭特色的形成,离不开《诗经》《楚辞》《左传》等经典对作者的滋养。总之,韩、柳形成影响深远而各具特色的文风,决非偶然,他们的创作经验是值得我们好好学习和研究的。

# 第三节　韩、欧文变化之差异

　　韩愈与欧阳修是唐宋两代古文创作杰出的领军人物,他们的作品以阳刚或阴柔之美震撼当世,沾溉后学,在中国文学史上确立了不可动摇的崇高地位。世人多以韩、欧并称,且热衷于两家的比较。南宋大儒朱熹不满韩、欧"裂道与文以为两物",但对两家之文犹赞叹不已,称韩愈振衰起弊,"慨然号于一世","而后欧阳子出,其文之妙,盖已不愧于韩氏";他还称赞"韩文高,欧阳文可学",说:"如欧公、曾南丰、韩昌黎之文岂可不看?"[1] 有趣的是,朱熹对韩、欧这两位先贤,亦"裂道与文为两

---

[1]《朱子语类》卷一三九。

物"而观之而评之,于韩、欧之道称"未见其有探讨服行之效"[1],而于二公之文却津津乐道,赞不绝口。如称"韩文公诗文冠当时,后世未易及",答"文字如何进工夫"之问曰:"看得韩文熟。"称"六一文一唱三叹,今人是如何作文",又赞"欧公文字锋刃利,文字好,议论亦好"[2]。综而观之,朱熹这个理学大师,并未因与韩、欧"道不同"而全然贬之,对韩、欧之文还是客观地予以高度的评价。

## 一、韩、欧文变化之"无心"与"有心"

朱熹对韩、欧两家的行文有精辟的比较,说:"韩千变万化,无心变。欧有心变,《杜祁公墓志》说一件未了,又说一件。韩《董晋行状》尚稍长,权德舆作宰相,神道碑只一板许。欧、苏便长了。"[3] 这段话的后半部分,主要是夸韩文之精练,为欧、苏文所不及。前半部分十分重要,强调韩文千变万化,出于"无心";而欧文亦求变化,却是"有心"。有心者,刻意为之也,自然有痕迹;无心者,不可端倪也,俨然见高格。

先来看看欧文的"有心"。《杜祁公墓志》载于《欧阳文忠公集·居士集》卷三一,清人王元启评曰:"此志第一节述杜氏世谱家法,第二节述公为人大略,第三节述公寿考恩荣,第四节叙历官。自'公治吏事'以下至'岁余致仕'为第五节,叙政迹。自'布衣'至'为善惟日不足'为第六节,又叙其琐行。第七节叙前后世系,第八节叙卒葬月日。"[4] 确实,此篇布局严谨,以宰

---

① 《晦庵先生朱文公文集》卷七〇《读唐志》,《四部丛刊》本。
② 《朱子语类》卷一三九。
③ 《朱子语类》卷一三九。
④ 《读欧记疑》卷一,《食旧堂丛书》本。

相杜衍之事迹不胜枚举,作了精到的编排,自是"有心",故明人唐顺之赞曰:"此文之密,岂班孟坚下哉?"①

再看韩愈的"无心",李淦《文章精义》云:"退之墓志,篇篇不同,盖相题而设施也。"以朱熹提及的《唐故相权公墓碑》言之,此篇叙权德舆功绩,仅述"讥排奸幸"裴延龄及"与阳城为助"两事,重点突出,行文极其简练,堪称一字不苟。可见"无心"并非随意,是下了功夫,令人称妙称奇,而无斧凿之痕迹。《文章精义》又云:"退之诸墓志,一人一样,绝妙。"如《试大理评事王君墓志铭》生动地描写其以骗而娶妻之事,《故太学博士李君墓志铭》尽举李于等人服丹药致死的悲剧:叙事别具一格,各有侧重。以文末铭语言之,亦变化多端,各尽奇妙。《李元宾墓铭》云:"寿也者,吾不知其所慕;夭也者,吾不知其所恶。生而不淑,孰谓其寿?死而不朽,孰谓之夭?"此就年轻友人之才高而命短发慨,寿夭并提,前后对照,以"吾不知"见内心不平,痛惜不已,悲伤不尽。《韩滂墓志铭》云:"天固生之耶?偶自生耶?天杀也耶?其偶自死耶?莫不归于死,寿何少多?铭以送汝,其悲奈何?"此为更加年轻而夭折的侄孙铭墓,用悲伤得令人窒息的一连串反问,抒发因遭受沉重打击而无限伤感的情怀。可见韩文多变,无轨迹可寻,自然之至,无固定之模式,颇多神来之笔!

## 二、韩、欧文变化之差异的形成

韩、欧文之变化何以有"无心"与"有心"的差异呢?窃以

---

① 茅坤《唐宋八大家文钞·欧阳文忠公文钞》卷二四《太子太师致仕杜祁公墓志铭》评语引。

为,从根本上说,是两位大师文风不同使然,韩愈气盛,其所行文,崇尚奇崛怪异,故篇篇相异,毫不雷同,且奇思妙想,联翩而出,笔走龙蛇,化为篇章,各呈气象,变幻莫测,实则有意,却似"无心";而欧阳修情深,在抒情上下足工夫,讲究文从字顺,崇尚平易自然,与怪怪奇奇无涉,以明白晓畅示人,情韵之深,一唱三叹,阴柔之美,委婉动人,风格鲜明,未见异端,而行文虽求变化,操作未免"有心"。

关于韩愈,陈祥耀先生指出:

> 退之文章最不可及处,在气势之盛。其气之行也,或盘旋夭矫而直上,如神龙凌空,奇峰矗地;或洋溢倾泻而奔流,如长河趋海,狂潮袭岸;或曲出旁伸,如巨灵乔岳之展布;或往复进退,如神兵奇阵之阖开。直起直落,直转直接;欲张即张,欲缩即缩;其来飘忽,其止斩截。纵横恣肆,一骋其情之所欲达。①

韩文气势旺盛,所向披靡,开阖进退,起落张缩,如陈先生所极力摹写。这股雄迈之气,纵横恣肆,不见涯涘,不可端倪,千态万状,变幻莫测,见诸文字,则以奇崛怪异著称。故李汉《昌黎先生集序》形容韩文云:"汗澜卓踔,鬶泫澄深,诡然而蛟龙翔,蔚然而虎凤跃,锵然而韶钧鸣;日光玉洁,周情孔思,千态万状。"皇甫湜《韩文公墓志铭》云:"茹古涵今,无有端涯;浑浑灏灏,不可窥校。及其醨放,豪曲快字,凌纸怪发,鲸铿春丽,惊耀天下。"苏洵《上欧阳内翰第一书》云:"鱼鼍蛟龙,万怪惶惑,而抑遏蔽掩,不使自露。而人望见其渊然之光,苍然之色,亦自畏

① 陈祥耀《唐宋八大家文说·韩愈文说》,第7页。

避,不敢逼视。"方孝孺《张彦辉文集序》亦云:"退之俊杰,善辩说,故其文开阳阖阴,奇绝变化,震动如雷霆,淡薄如韶濩,卓然为一家言。"诸名家都指出了韩文尚气尚奇的特点,这正是韩文善于变化的根本原因。因此,我们在尚气尚奇外,还要称韩文尚变。刘大櫆对这种变化的表述可谓深刻全面:"一集之中篇篇变,一篇之中段段变,一段之中句句变。神变,气变,境变,音节变,字句变,惟昌黎能之。"①

以韩愈赠序文言之:气势磅礴者如《送孟东野序》,以"大凡物不得其平则鸣"领起全文,"从物声说到人声,从人声说到文辞,从上古之文辞历数以下说到有唐,然后转落东野。位置秩然,而出以离奇惝悦,使读者河汉其言;其实法律严谨,无逾此文也"②。手法巧妙者如《送李愿归盘谷序》,以两宾夹一主,即将卑鄙的得志小人与不得志小人置于前后,突出居中的隐居者如鹤立鸡群般的高洁,曾国藩给予"别出蹊径,跌宕自喜"的好评③。想象丰富者如《送高闲上人序》,极意描写张旭之善草书曰:"喜怒窘穷,忧悲愉佚,怨恨思慕,酣醉无聊不平,有动于心,必于草书焉发之。观于物,见山水崖谷,鸟兽虫鱼,草木之花实,日月列星,风雨水火,雷霆霹雳,歌舞战斗,天地事物之变,可喜可愕,一寓于书,变动犹鬼神,不可端倪。"以上所举三篇各有鲜明特色,写法绝不雷同。其实,"变动犹鬼神"二句正是韩愈自身为文的生动写照。

那么欧阳修呢?苏洵《上欧阳内翰第一书》云:"执事之文,纡余委备,往复百折,而条达疏畅,无所间断;气尽语极,急言竭论,而容与闲易,无艰难劳苦之态。"苏辙《欧阳文忠公神道

---

① 刘大櫆《论文偶记》,第8页。
② 沈德潜《唐宋八大家文读本》评语卷四。
③ 曾国藩《求学斋读书·录韩昌黎集》评语卷八,湖北咸宁郝经祖刊本。

碑》云："公之于文，天才有余，丰约中度，雍容俯仰，不大声色，而义理自胜。"曾巩《与王介甫第一书》言及欧公教以"孟、韩文虽高，不必似之也，取其自然耳"。委婉畅达，平易自然，是上述欧公亲密的朋友、门生对欧文一致的评论。欧不似韩之尚气尚奇，欧文不似韩文之奇崛怪异，变幻莫测。欧阳修走的是平顺而非怪奇的路子，故行文之开阖张缩、出入变化，一般来说，中规中矩，有迹可寻。

亦以欧阳修赠序文言之：《送曾巩秀才序》先言曾生见弃于有司；继言"骇其文，又壮其志"，谓其必将有遇；末言与曾生之交往并称誉之。《送徐无党南归序》从修身、行事、立言说起，即所谓"以三不朽"并提；"后说言事为轻，修身独重；后更说言为尤轻，直向文章家下一针砭"①，"伤立言之不足恃"②；末以上述之语勉励徐生，用"亦因以自警"作结。《送秘书丞宋君归太学序》发端谓寒门之士"修仁义"，能自守，固然可嘉，而高门子弟能上进不止，更加不易；于是表彰宋敏修少而自立，长而好学，"守官太学，甘寂寞以自处"；又以自身经历证实修行之不易，再次赞扬敏修之德行。以上各篇，足见欧公行文平顺稳健，自然畅达，无有突兀奇峰，合于规矩，易于效仿，少有韩愈那种起落无端、随意挥洒、奇特不凡的变化。

当然，欧文也有被赞为手法高妙之作，如《送杨寘序》。此文有学韩的痕迹，"有心变"甚为明显。送失意人，欧却将赠序写成一篇琴说，至末方称杨子"累以进士举，不得志，反从荫调"，远赴南方为尉，故以此解其心怀之郁郁。何焯云："此似学《送王秀才序》而不如者，不独笔力简古为难，韩乃简古中旨趣

---

① 沈德潜《唐宋八大家文读本》卷一一《送徐无党南归序》评语。
② 储欣《唐宋八大家类选》卷一一《送徐无党南归序》评语。

深远。"① 又如《送廖倚归衡山序》,亦见欧之学韩而"有心变"。
文之发端甚为奇兀:"元气之融结为山川,山川之秀丽称衡、湘,
其蒸为云霓,其生为杞梓,人居其间得之为俊杰。"随即引出"生
于衡山之阳,而秀丽之精英者得之尤多,故其文则云霓,其材则
杞梓"的廖倚,写其虽"以乡进士举于有司,不中",而"游公卿
间"却得到甚多的礼遇。又叙与廖氏之相识,谓"今君之行也,
予疑夫不能久畜于衡山之阿也",以意味深长的赞勉笔调作结。
归有光评曰:"宛似昌黎公笔,非欧阳公本色。"② 汪琬亦云:"文
忠公所作《送廖倚序》,即退之《送廖道士序》也。"③ 但欧类似的
作品不多,如前所述,欧深于言情,其文重抒情而有韵味,赠序文
亦是如此,故沈德潜谓《送徐无党南归序》"文情感喟唏嘘,最
足动人"④。林纾则评《送杨寘序》云:"文之幽渺凄厉,如秋宵之
风雨,是欧文中别饶一种风格。"⑤ 由此看来,欧文的主要特色是
善于言情而并非多变,即使"有心变",也难免流露出效法韩愈
的痕迹。

## 三、关键在意在言外境界的追求

　　意在言外,是诸多名家为文所追求的境界,文章的多变与
否,与这种境界的展现与否大有关系。韩愈的"无心变"与欧阳
修的"有心变"的差别,还体现在他们追求意在言外的功夫上。
　　韩愈的"无心变",技巧圆熟,手法多样,不留意难以察觉,

---

① 何焯《义门读书记》卷三八,第 687 页。
② 归有光《欧阳文忠公文选》卷六《送廖倚归衡山序》评语,清刊本。
③ 《尧峰文钞》卷三九《题欧阳公集》,《四部丛刊》本。
④ 《唐宋八大家文读本》卷一一《送徐无党南归序》评语。
⑤ 《古文辞类纂选本》卷六《送杨寘序》评语,商务印书馆,1926 年。

微情妙旨每每寄于笔墨之外,已到巧夺天工的地步,以下仍以赠序文为例言之。

先看为读者所熟知、为评家所热议的《送董邵南序》:

> 燕赵古称多感慨悲歌之士,董生举进士,连不得志于有司,怀抱利器,郁郁适兹土,吾知其必有合也,董生勉乎哉! 夫以子之不遇时,苟慕义强仁者皆爱惜焉,矧燕赵之士出乎其性者哉! 然吾尝闻风俗与化移易,吾恶知其今不异于古所云邪? 聊以吾子之行卜之也,董生勉乎哉! 吾因子有所感矣。为我吊望诸君之墓,而观于其市,复有昔时屠狗者乎? 为我谢曰:明天子在上,可以出而仕矣。

此文堪称韩愈意在言外的代表作。联系当时藩镇作乱的背景和董邵南的为人,是不难读出本篇的弦外之音的。此篇于董邵南,名为送之,实欲留之,深忧其赴河北效力藩镇,故一叹“董生勉乎哉”以危耸之。“然吾”四句以风俗移易,古今有异,言河北处境险恶,再叹“董生勉乎哉”而危耸之。以下吊墓观市之说,乃推崇仁义之士,暗批居心不良的藩镇。“明天子”二句收结,仍寓效力中央之意,婉劝董邵南慎赴河北。当然,除了委婉表达的这一中心意思外,此篇尚有其他弦外之音,如婉讽当局要爱惜人才,勿流失之;规劝藩镇要效忠中央,勿生歹意,等等。

韩文喜用对比、反说、迂回、影射等手法,将微情妙旨寄于笔墨之外。如《送高闲上人序》以专心致志、精于其业的“草圣”张旭,与“一死生,解外胶”,为心“泊然无所起”,于世“淡然无所嗜”,无“旭之心”而“逐其迹”的高闲上人对比,见高闲学书必然无所成就,而寓辟佛之旨。《赠崔复州序》因“民就穷而敛愈急”,欲当权者宽赋减徭,但不明讲,反而赞美名声不佳的崔复州及连帅于公说:"崔君之能,足以苏复人;于公之贤,足以庸崔公。"实以反说之法规劝崔、于二人。《送郑尚书序》对即将赴任的尚书郑权,盛称岭南节度使"其任之重,以戒勉之,而以两语(指"故选帅常重于他镇"等语)反复微讽,使知所自处"①。此以迂回之法表讽喻之意。《送杨少尹序》以汉疏广、疏受年老辞位,送行者众,名扬后世,影射赠序对象杨巨源为人之贤。茅坤评曰:"二疏美少尹,而专于虚景籔弄,故出没变化不可捉摸。"②

　　相比于韩愈以多样的手法弹奏弦外之音,为文变化多端,堪称登峰造极而言,欧阳修不以手法层出不穷,行文变幻莫测见长;而在抒情上显现自己非凡的艺术功力,展示自己的独特风采。如《送田画秀才宁亲万州序》从"五代之初"说起,称田秀才之祖"从诸将西平成都及南攻金陵,功最多",继而言秀才"将家子,反衣白衣"之不遇,叹"彼此一时,亦各遭其势而然也";后称秀才"辞业通敏,为人敦洁可喜",将西行宁亲万州,该地为"王师伐蜀",先祖尝立战功之处,"览其山川,可以慨然而赋矣"。茅坤评此文"风韵跌宕"③,爱新觉罗·弘历评曰:"此篇与《丰乐亭记》同义。俯仰百年间,想创业之艰难,识治平之有由,抚安乐之适时,惧危亡之不戒,期全孝于抒忠,畏失义而离道,种种俱流露于意言之表。"④

　　欧公的赠序文亦工于变化,但与韩文的不可端倪相比,显然有迹可寻。《送陈经秀才序》、《送杨子聪户曹序》与《送梅圣俞

① 何焯《义门读书记》卷三二,第572页。
② 茅坤《唐宋八大家文钞·韩文公文钞》卷六《送杨少尹序》评语。
③ 茅坤《唐宋八大家文钞·欧阳文忠公文钞》卷一八《送田画秀才宁亲万州序》评语。
④ 《唐宋文醇》卷二五《送田画秀才宁亲万州序》评语。

归河阳序》均作于明道年间,却有明显不同的构思。

《送陈经秀才序》宛如游记,却寄寓着对友人的深情,孙琮评曰:"通幅读去,竟是一篇游记,读至尾一行,才是送人文字,看他闲闲然似不欲作送人文字者,然已写尽送人文字之妙,如一起写山水形胜之足游,无论矣。中幅说出贵显者不能得游之乐,惟卑且闲者得之。只此二段,便见得自己与陈生朝夕览胜,实为庆幸,今一旦远去,能不赠言? 将两人情绪曲曲写出,却无一笔落相,真是古人中高手。"①

《送杨子聪户曹序》反复突出杨子聪乃位卑而能出头角者。先写河南府"地大望高",达官贵人不计其数,而杨子聪所任户曹参军之职"卑且贱";继言卑贱者于此而能出头角者实属罕见,"其才能之美非有异乎众,莫能也";最后称杨子聪不同寻常,居然获得西京留守、相国钱惟演和通判、集贤学士谢绛的推荐,"能出其头角矣",且预计子聪将"吏于南",成为"杰然而独出者"。

《送梅圣俞归阳序》以"至宝潜夫山川之幽"引出"求珠者必之乎海,求玉者必之乎蓝田,求贤士者必之乎通邑大都",紧接着称洛阳"亦珠玉之渊海",再引出"崭然独出于众人中"志高行洁的梅圣俞;后叙自己与梅氏的亲密交往,称其虽沉沦下僚,而"光气之辉然者,岂能掩之哉"! 比喻的妙用使此篇大"有逸趣"②。同一时期为三位友人所作的赠序,毫不雷同而竞放异彩。

当然,欧阳修的赠序文也不尽然是抒情的。前述《送徐无党南归序》就"三不朽"说理,告诫勉励徐无党。《送王陶序》体现了欧阳修精通《易》学的特点,以绝大部分的篇幅谈《易》理。

---

① 《山晓阁选宋大家欧阳庐陵全集》卷三《送陈经秀才序》评语。
② 《欧阳文忠公文钞》卷一八《送梅圣俞归阳序》评语。

文中曰:"夫君子之用其刚也,有渐而不失其时,又不独任,必以正,以礼,以说,以和而济之,则功可成,此君子动以进而用事之方也。"末幅更明确交代"予为《刚说》以赠之",乃是鉴于王陶为"好刚之士"的特点,告以"圣人之戒用刚也"。范镇《王尚书陶墓志铭》云:"初为小官时,欧阳文忠公作《刚说》赠公,且戒以过。韩魏公知公者,韩丞相荐公者,及论事,则弹劾无所回避,世因谓文忠公为知言云。"归有光赞叹曰:"欧阳永叔《送王陶序》全用《易》象默化疏通,而议论亦好。文章似此,方成文章。"[①]《送张唐民归青州序》亦主于议论,但谈《易》之外,还言及《周礼》,勉励张唐民不因"困且艰"而泄气,继续努力,必"艰而后通"。由此可见,主于说理的赠序文,欧公亦有意为之,且注意变化。

　　在唐宋众多古文名家中,韩愈与欧阳修成就卓绝,素有定评,他们的碑志文也是领先诸家而有口皆碑。但由于个性和风格的不同,就行文的变化而言,如朱熹所指出的那样,在"无心变"和"有心变"之间,存在着明显的差异。在实为有意却表现为"无心"的艺术创造功力方面,我们不能不说,韩愈更胜一筹。

---

① 《古文举例》评语,清光绪乙巳邹寿祺重辑昆山归氏本。

# 第七章
# 唐宋八大家文之比较(下)

## 第一节　欧、曾、王文之比较

　　唐宋八大家中宋有六家,三苏之外,是同出江西的欧阳修、曾巩和王安石。他们都是宋代文坛上的杰出人物,欧是古文运动的领袖,又是曾、王的前辈,对曾、王多有提携。欧、王分别官至参政、宰相,历仕仁、英、神宗三朝,对宋代的政治都产生过影响。曾巩长期任地方官,亦供职馆阁,有修史的经历。他们在仕宦生涯和文学创作上,多有交集和联系,互动密切,共同为宋代散文的发展和兴盛作出卓越的贡献。

### 一、欧、曾、王的交往与文学观的差异

　　庆历元年(1041),曾巩入太学,上书并献文于欧阳修,欧见曾文而奇之。翌年,曾落第南归,欧有赠序,褒扬且勉励之。庆

历五年（1045），曾上书欧阳修与蔡襄，为庆历新政夭折而感愤不已。七年（1047），又上书欧公，谢其为祖父铭墓。北上途中还特地前往滁州，拜见欧公。嘉祐二年（1057），欧知贡举，曾巩与二苏等及第。五年（1060），由欧举荐，曾入京编校史馆书籍，为馆阁校勘。治平间，濮议之争起，曾私下撰有《为人后议》，足见其对欧公的同情和支持。欧知亳州时有与曾书，告以过颍谋葺居庐事。欧卒，曾作祭文，赞欧"爱养人材，奖成诱掖。甄拔寒素，振兴滞屈"①。欧阳修对王安石也很关心，庆历七年（1047），欧见曾巩所呈王文，即编入《文林》，并请曾转告王："少开廓其文，勿用造语及模拟前人。"又曰："孟韩文虽高，不必似之也，取其自然耳。"② 至和元年（1054），欧推荐王为谏官而未果，上表中称其"德行文学，为众所推，守道安贫，刚而不屈"③。嘉祐元年（1056），欧诗赠安石曰："翰林风月三千首，吏部文章二百年。老去自怜心尚在，后来谁与子争先？"对安石在文坛的发展寄托莫大的希望④。王答诗云："欲传道义心虽壮，强学文章力已穷。他日若能窥孟子，终身何敢望韩公？"⑤谓志在政治，不在文学。嘉祐二年（1057）曾巩及第南归，王安石出知常州，欧为二人饯行。熙宁二年（1069），王为参知政事，议行新法。三年，在青州任上，欧因擅止散青苗钱受责。朝廷欲遣欧主政河东，此意或出自安石，但欧坚辞不受。欧公逝世时，王安石作祭文，给予高度评价，此文被公认为诸多祭文中之最佳者。

曾、王间也有不少的互动。早在景祐三年（1036），曾巩入

---

① 《曾巩集》卷三八《祭欧阳少师文》，第526页。
② 《曾巩集》卷一六《与王介甫第一书》，第255页。
③ 《欧集·奏议集》卷一四《荐王安石吕公着札子》。
④ 《欧集·居士外集》卷七《赠王介甫》。
⑤ 《临川先生文集》卷二二《奉酬永叔见赠》。

京赴试,即与王安石初识,有《寄王介卿》诗,云:"君材信魁崛,议论恣排辟……寥寥孟韩后,斯文难大得。"庆历二年(1042),王作《答段缝书》,称曾巩曰:"其心勇于适道,殆不可以刑祸利禄动也。"《答曾子固南丰道中所寄》赞曾巩曰:"吾子命世豪,术学穷无间。"又有《赠曾子固》曰:"曾子文章众无有,水之江汉星之斗。"庆历三年(1043),王至曾家拜访,作《同学一首别子固》。四年,曾有《上欧阳舍人书》,推荐王安石。六年,作《再与欧阳舍人书》,又推荐之。至和元年(1054),王力辞馆职,有谤之者,曾巩作《答袁陟书》,为之辩诬。晚年曾、王因变法而生歧见,交往渐疏,但友情仍存。巩侄曾纡《南游记旧》曰:"南丰先生病中,介甫日造卧内。"当属可信。

欧以循循善诱的教导与不遗余力的扶持,指引曾、王走上文学创作的坦途;曾、王在欧的教诲下成长,同时形成自己鲜明的创作特色,与三苏一起为多姿多态的宋文百花园增光添彩。曾、王早年就相识,在为人为文上,颇多相互勉励与支持。在政见上,欧、曾始终较为一致,至晚年与王有较大分歧,但与三苏一样,他们均有独立的思想与高尚的人格。

欧、曾、王均有深厚的儒学与文学修养,主张文道结合。皆推崇韩愈,皆深于经学。当然三人也有差异。欧阳修强调"事信言文"[1],反对"弃百事不关于心"[2],论"三不朽"时感叹立言之不易[3],肯定文的相对独立性。而曾巩偏重于理道,虽以"畜道德而能文章"[4]盛赞欧公,却又认为应先理后辞[5],强调"学之

---

① 《欧集·居士外集》卷一七《代人上王枢密求先集序书》。
② 《欧集·居士集》卷四七《答吴充秀才书》。
③ 《欧集·居士集》卷四三《送徐无党南归序》。
④ 《曾巩集》卷一六《寄欧阳舍人书》,第253页。
⑤ 《曾巩集》卷一六《答李沿书》,第258页。

有统,道之有归",当本原六经,一切要"折中于圣人"①。王安石
认为文必"务为有补于世",当"以适用为本",谓"文者,礼教治
政云尔"②,对内容的理解未免偏狭,对形式重视不够。王亦重
道崇经,主张为文当"详平政体,缘饰治道,以古今参之,以经术
断之"③。正由于文论观点上有差异,表现在创作上,三家文的不
同非常明显。欧文在内容与形式的结合上甚为完美,富于艺术
感染力。曾文长于道古,说理明畅而不事雕饰,但有先道后文、
重学术、轻辞章的倾向。一般说来,王文内容重于形式,故政治
思想性、学术性强,形象性与艺术感染力则弱些。

曾王皆崇经重道,在坚持文道结合的前提下,皆置理道于文
辞之先,多论道而少言文,重视文的内容与教化功能。相较于
欧,艺术情趣难免不足。相异的是,王以治教政令为文章,注重
发挥文的现实效应,强调直接的"适用";曾偏重以传统道德熏
陶世人,更留意于学术、史传之文,致力于发挥文学潜移默化的
作用,而无急切的功利性。王文借古言今,为现实服务;曾文颂
扬六经,注重道统、学统,以"折中于圣人"为旨归。

## 二、欧、曾与王在文势上的不同

在文体的擅长方面,吴充称欧阳修"文备众体,变化开阖,
因物命意,各极其工"④。鉴于欧文之极富情感性,重视艺术性,
且欧有坎坷漫长的仕宦经历,交游众多,甚有声望,故诗文集
序、记体文与墓志碑铭的成就特别突出。而儒学的修养、馆阁

---

① 《曾巩集》卷一一《新序目录序》,第 177 页。
② 《临川先生文集》卷七七《上人书》。
③ 《临川先生文集》卷六九《取材》。
④ 《欧集》附录卷一《赠太子太师欧阳公行状》。

供职与地方官的经历,使曾巩对目录序、记体文、书体文较为擅长。政治家的视野、经学的修养与广泛的交往,则造就了王安石对议论文、记体文与碑志文的擅长。

就文势而言,欧、曾一般皆不直说,以曲为势,行文皆敛蓄渐进,委婉纤徐,而藏锋不露,以两人最负盛名之文观之,清晰可见。欧阳修《丰乐亭记》写道:

> 滁于五代干戈之际,用武之地也。昔太祖皇帝尝以周师破李景兵十五万于清流山下,生擒其将皇甫晖、姚凤于滁东门之外,遂以平滁。修尝考其山川,按其图记,升高以望清流之关,欲求晖、凤就擒之所,而故老皆无在者,盖天下之平久矣。
>
> 自唐失其政,海内分裂,豪杰并起而争,所在为敌国者,何可胜数! 及宋受天命,圣人出而四海一。向之凭恃险阻,刬削消磨,百年之间,漠然徒见山高而水清。欲问其事,而遗老尽矣。
>
> 今滁介于江、淮之间,舟车商贾、四方宾客之所不至,民生不见外事,而安于畎亩衣食,以乐生送死。而孰知上之功德,休养生息,涵煦百年之深也。

欧文从容不迫,由太祖平滁说起,俯仰古今,含蓄吞吐,一唱三叹,韵味无穷,阐发居安思危的主旨。何良俊欣赏欧文之以曲作势,评此篇曰:"中间何等感慨,何等转换,何等含蓄,何等顿挫!"[①] 林纾也指出:"欧文讲神韵,亦于顿笔加倍留意。如《丰乐亭记》……本来作一层说即了,而欧公特为夷犹顿挫之笔,乃

---

愈见风神。"① 这里其实已经谈到欧文的以曲作势、委婉纡徐与六一风神的关系了。

曾巩《墨池记》写道：

> 临川之城东……有池窪然而方以长，曰王羲之之墨池者，荀伯子《临川记》云也。
>
> 羲之尝慕张芝，临池学书，池水尽黑，此为其故迹，岂信然邪？方羲之之不可强以仕，而尝极东方，出沧海，以娱其意于山水之间，岂其徜徉肆恣，而又尝自休于此邪？
>
> 羲之之书晚乃善，则其所能，盖亦以精力自致者，非天成也。然后世未有能及者，岂其学不如彼邪？则学固岂可以少哉！况欲深造道德者邪？

曾文亦以曲作势，醇厚平和。本篇由墨池说起，赞羲之书法因锲而不舍"乃善"，又由书法言及"深造道德"，引发"仁人庄士之遗风"影响后世之感叹。曾的另一名篇《寄欧阳舍人书》亦因以曲作势深得好评，茅坤曰："此书纡徐百折，而感慨呜咽之气、博大幽深之识，溢于言外。"②

欧长于感叹，《王彦章画像记》曰：

> 一枪之勇，同时岂无？而公独不朽者，岂其忠义之节使然欤？画已百余年矣，完之复可百年，然公之不泯者，不系乎画之存不存也。而予尤区区如此者，盖其希慕之至焉耳。读其书，尚想乎其人，况得拜其像，识其面目，不忍见其

---

① 《春觉斋论文》，人民文学出版社，1959年，第119—120页。
② 《唐宋八大家文钞·曾文定公文钞》评语卷三，皖省聚文堂重校刊本。

坏也。

曾亦长于感叹，《颜鲁公祠堂记》曰：

> 夫公之赫赫不可尽者，固不系于祠之有无，盖人之向往之不足者，非祠则无以致其至也。闻其烈足以感人，况拜其祠而亲炙之者欤！

两段文字在句式的运用和感慨的抒发上，何其相似！说明曾巩行文在不经意间已受到欧公潜移默化的影响。

曾又有《醒心亭记》，曰：

> 一山之隅，一泉之旁，岂公乐哉？乃公所以寄意于此也。若公之贤，韩子殁数百年而始有之。今同游之宾客，尚未知公之难遇也。后百千年，有慕公之为人而览公之迹，思欲见之，有不可及之叹，然后知公之难遇也。

此类文字，情韵意态与欧文已极为相近，故宋以后学者常以欧、曾并称。

在以委婉纡徐的笔法表达唱叹有致的情韵意态上，欧、曾文固然一致，同见柔婉之姿，但必须看到两者文字仍有舒展与紧敛之别，欧《醉翁亭记》云：

> 若夫日出而林霏开，云归而岩穴暝，晦明变化者，山间之朝暮也。野芳发而幽香，佳木秀而繁阴，风霜高洁，水落而石出者，山间之四时也。朝而往，暮而归，四时之景不同，而乐亦无穷也。

显然,此处文气舒展,情趣益然。

曾《拟岘台记》云:

> 若夫烟云开敛,日光出没,四时朝暮,雨旸明晦,变化不
> 同,则虽览之不厌,而虽有智者,亦不能穷其状也。

曾文所述景致与欧公极为相似,然多短语,行文较欧文紧敛
多了。

王安石的文势与欧、曾截然不同,堪称气吞万里,势如破
竹。《读孟尝君传》云:

> 世皆称孟尝君能得士,士以故归之,而卒赖其力以脱于
> 虎豹之秦。嗟乎! 孟尝君特鸡鸣狗盗之雄耳,岂足以言得
> 士? 不然,擅齐之强,得一士焉,宜可以南面而制秦,尚何取
> 鸡鸣狗盗之力哉? 夫鸡鸣狗盗之出其门,此士之所以不至也。

此篇文笔凌厉,步步紧逼,气势磅礴。“世皆称”三句提供三个
供批驳的观点,是一笔;旋以三笔,即两个反问和末尾的感叹,
一一驳倒三个观点。故金人瑞评曰:“凿凿只是四笔,笔笔如一
寸之铁,不可得而屈也。”[1] 沈德潜誉之为“语语转,笔笔紧,千秋
绝调”之佳作[2]。

又如《答司马谏议书》云:“如君实责我以在位久,未能助
上大有为,以膏泽斯民,则某知罪矣。如曰今日当一切不事事,
守前所为而已,则非某之所敢知。”言语之间,傲岸之气,喷发

---

[1] 《评注才子古文》卷八,江左书林 1914 年石印本。
[2] 《唐宋八大家文读本》评语卷三〇。

而出,凌厉逼人。书信如此,祭文亦然。《祭欧阳文忠公文》曰:"其积于中者,浩如江河之停蓄;其发于外者,烂如日星之光辉。其清音幽韵,凄如飘风急雨之骤至;其雄辞闳辩,快如轻车骏马之奔驰。世之学者,无问乎识与不识,而读其文,则其人可知。"文句长短差互,成对而出,排比而下,文势如开闸之激流,一气奔驰。

## 三、欧、曾、王文辞运用上的差异

三家的文辞亦有不小的差异。欧阳修以平易畅达的文辞垂范当时,影响后世。欧遣词用语易读易懂,又善用虚词,行文显得圆活流转。

欧《杂说三首》其一云:

> 蚓食土而饮泉,其为生也,简而易足。然仰其亢而鸣,若号若呼,若啸若歌,其亦有所求邪?抑其求易足而自鸣其乐邪?苦其生之陋而自悲其不幸邪?将自喜其声而鸣其类邪?岂其时至气作,不自知其所以然而不能自止者邪?何其聒然而不止也!吾于是乎有感。

此文仅百又一字,文辞平易自然,"而"、"也"、"其"、"邪"、"岂"等虚词用了三十多字,占全文的三分之一,使通篇显得极为流畅自如且唱叹有致。

曾巩的文辞简净典雅。对经史典籍的刻苦钻研,对"圣人之道"的不懈追求,造就了曾巩方正醇洁、古雅平实的文字。《列女传目录序》赞同刘向"以谓王政必自内始"的观点,曰:"以臣所闻,盖为之师傅保姆之助,《诗》《书》图史之戒,珩璜琚瑀之节，威仪动作之度，其教之者虽有此具，然古之君子未尝不以身化也。"曾巩用语明洁而古雅，行文谨重而方正。何焯评此篇曰："词醇气洁，无一冗长之字，此宋文之不愧匡、刘者。"①

王文之简洁与曾文有相通之处，但笔力劲健，"瘦硬通神"，是王文独具之特点。《鄞女墓志》云：

> 鄞女者，知鄞县事临川王某之女子也。庆历七年四月壬戌前日出而生，明年六月辛巳后日入而死，壬午日出葬崇法院之西北。吾女生惠异甚，吾固疑其成之难也，噫。

首句点明所葬者为自己的女儿，后各以一句写其生、死、葬，末叹其惠而夭，可谓篇无余语，语无余字，简劲无匹。其中，又用"前日出"、"后日入"、"日出"表明具体时间，即使在超短之文中也精心关注用词的整饬，行文不苟且如是。

## 四、欧、曾文风的同中有异

三家文风格之不同也是非常明显的。欧文从容不迫，委婉尽致。苏洵的表述最为生动准确："执事之文，纡余委备，往复百折，而条达疏畅，无所间断；气尽语极，急言竭论，而容与闲易，无艰难劳苦之态。"②曾文以平正古雅，纡余委备之风貌著称。王安石称之为："安驱徐行，轥中庸之庭而造于其堂。"③刘熙载曰："曾文穷尽事理，其气味尔雅深厚，令人想见硕人

① 《义门读书记》卷四一，第749页。
② 苏洵著，曾枣庄、金成礼笺注《嘉祐集笺注》卷一二《上欧阳内翰第一书》，第328页。
③ 《临川先生文集》卷七一《同学一首别子固》。

之宽。"① 唐文治曰："子固先生文,其妙全在曲折而达,逶迤周至。"② 王文则简炼有力,峭拔不凡。谢枋得《文章轨范》称安石"笔力简而健"。刘熙载曰："半山文善用揭过法,至下一二语,便可扫却他人数大段,是何简贵!"又曰："半山文瘦硬通神。"③

比较欧、曾之文,虽皆委婉纡徐,但仍有各自鲜明的特色。欧《送杨寘序》与曾《相国寺维摩院听琴序》都写听琴,文风迥然有别。先看欧文:

> 予尝有幽忧之疾,退而闲居,不能治也。既而学琴于友人孙道滋,受宫声数引,久而乐之,不知疾之在其体也。
>
> 夫琴之为技小矣,及其至也,大者为宫,细者为羽。操弦骤作,忽然变之,急者凄然以促,缓者舒然以和。如崩崖裂石,高山出泉,而风雨夜至也;如怨夫寡妇之叹息,雌雄雍雍之相鸣也。其忧深思远,则舜与文王、孔子之遗音也;悲愁感愤,则伯奇孤子、屈原忠臣之所叹也。喜怒哀乐,动人心深。而纯古淡泊,与夫尧舜三代之言语、孔子之文章、《易》之忧患、《诗》之怨刺无以异。其能听之以耳,应之以手,取其和者,道其堙郁,写其忧思,则感人之际亦有至者矣。是不可以不学也。
>
> 予友杨君,好学有文,累以进士举,不得志。及从荫调,为尉于剑浦,区区在东南数千里外,是其心固有不平者。且少又多疾,而南方少医药,风俗饮食异宜。以多疾之体,有不平之心,居异宜之俗,其能郁郁以久乎?然欲平其心以养其疾,于琴亦将有得焉。故予作"琴说"以赠其行,

① 《艺概·文概》,第31页。
② 《国学经纬贯通大义》卷一,1925年石印本。
③ 《艺概·文概》,第32、33页。

且邀道滋酌酒进琴以为别。

徐文昭评曰:"送失意人,却以得意处摹写之,故妙。"[①] 过珙说得更翔实:"杨子心怀郁郁,而欧公借琴以解之,故通篇只说琴,而送友意已在其中。文致曲折,古秀雅淡,言有尽而情味无穷。"[②]
再看曾文:

古者学士之于六艺,射能弧矢之事矣,又当善其揖让之节;御能车马之事矣,又当善其驱驰之节;书非能肆笔而已,又当辨其体而皆通其意;数非能布策而已,又当知其用而各尽其法。而五礼之威仪,至于三千,六乐之节文,可谓微且多矣。噫!何其烦且劳如是!然古之学者必能此,亦可谓难矣。

然习其射御于礼,习其干戈于乐,则少于学,长于朝,其于武备固修矣。其于家有塾,于党有庠,于乡有序,于国有学,于教有师,于视听言动有其容,于衣冠饮食有其度,几杖有铭,盘杅有戒。在舆有和鸾之声,行步有佩玉之音,燕处有《雅》《颂》之乐。而非其故,琴瑟未尝去于前也。盖其出入进退,俯仰左右,接于耳目,动于四体,达于其心者,所以养之至如此其详且密也。

虽然,此尚为有待于外者耳。若夫三才万物之理,性命之际,力学以求之,深思以索之,使知其要,识其微,而斋戒以守之,以尽其才、成其德,至合于天地而后已者,又当得之于心,夫岂非难哉?

---

① 归有光《欧阳文忠公文选》评语卷六引。
② 《古文评注》评语卷八,清嘉庆庚申刊本。

噫！古之学者，其役之于内外以持其心、养其性者，至于如此，此君子所以爱日而自强不息，以求至乎极也。然其习之有素，闲之有具如此，则求其放心，伐其邪气，而成文武之材，就道德之实者，可谓易矣。孔子曰："兴于《诗》，立于《礼》，成于《乐》。"盖乐者，所以感人之心而使之化，故曰"成于《乐》"。昔舜命夔典乐，教胄子，曰："直而温，宽而栗，刚而无虐，简而无傲。"则乐者非独去邪，又所以救其性之偏而纳之中也。故和鸾、佩玉、《雅》《颂》琴瑟之音，非其故不去于前，岂虚也哉！今学士大夫之于持其身、养其性，凡有待于外者，皆不能具，得之于内者，又皆略其事，可谓简且易矣。然所以求其放心，伐其邪气，而成文武之材，就道德之实者，岂不难哉！此予所以惧不至于君子而入于小人也。

夫有待于外者，余既力不足，而于琴窃有志焉久矣，然患其莫余授也。治平三年夏，得洪君于京师，始合同舍之士，听其琴于相国寺之维摩院。洪君之于琴，非特能其音，又能其意者也。予将就学焉，故道予之所慕于古者，庶乎其有以自发也。同舍之士，丁宝臣元珍、郑穆闳中、孙觉莘老、林希子中，而予曾巩子固也。洪君名规，字方叔，以文学吏事称于世云。

曾巩精通六艺，长于道古，借听琴之事，洋洋洒洒说了一大通。首段笼统言及"六艺"、"五礼"、"六乐"；次段详言古之礼乐及其教化作用；三段言礼乐于人而言，为外在之物，要实现内化，仍有待艰难的努力；四段言古之学者持之以恒，故有所成，而今之学者心浮气躁，难有所成；直至文末，才以"洪君之于琴，非特能其音，又能其意者也"，即一笔带过的方式，与题目挂上钩，自称"慕于古","而于琴窃有志焉久矣"。长于道古,无可非议,但过于冗长,则少有情趣。王夫之批评曾文"如村老判事,止此没要紧话,扳今掉古,牵曳不休,令人不耐"[1],是有一定道理的。

再比较一下记体文。先看欧阳修的《画舫斋记》:

> 予至滑之三月,即其署东偏之室,治为燕私之居,而名日画舫斋。斋广一室,其深七室,以户相通,凡入予室者如入乎舟中。其温室之奥,则穴其上以为明;其虚室之疏以达,则阑槛其两旁以为坐立之倚。凡偃休于吾斋者,又如偃休乎舟中。山石嶙峋,佳花美木之植列于两檐之外,又似泛乎中流,而左山右林之相映,皆可爱者。故因以舟名焉。
>
> 《周易》之象,至于履险蹈难,必日涉川。盖舟之为物,所以济险难,而非安居之用也。今予治斋于署,以为燕安,而反以舟名之,岂不戾哉?矧予又尝以罪谪走江湖间,自汴绝淮,浮于大江,至于巴峡,转而以入于汉沔,计其水行几万余里,其羁穷不幸而卒遭风波之恐,往往叫号神明以脱须臾之命者数矣。当其恐时,顾视前后,凡舟之人非为商贾则必仕宦,因窃自叹,以谓非冒利与不得已者孰肯至是哉?赖天之惠,全活其生,今得除去宿负列官于朝,以来是州,饱廪食而安署居。追思曩时山川所历,舟楫之危,蛟鼍之出没,波涛之汹欻,宜其寝惊而梦愕。而乃忘其险阻,犹以舟名其斋,岂真乐于舟居者邪!
>
> 然予闻古之人,有逃世远去江湖之上终身而不肯反者,其必有所乐也。苟非冒利于险,有罪而不得已,使顺风恬波,傲然枕席之上,一日而千里,则舟之行岂不乐哉!顾

---

[1] 《姜斋诗话》卷二,人民文学出版社,1961年,第180页。

予诚有所未暇,而舫者宴嬉之舟也,姑以名予斋,奚曰不宜?

贬官夷陵,舟行跋涉,出没风波,历经艰险,对欧阳修而言,是一段刻骨铭心的经历,因此在滑州任职时,因斋似画舫,难免俯仰今昔,借端发慨,而手法甚为巧妙。全文紧扣舟行而展开,委婉尽致地抒发先前遭贬而积蓄的抑郁与不平。黄震评曰:"始言为燕居而作,次反言舟之履险,而终归舟行之乐,三节照应。"①归有光亦赞曰:"先摹出画舫景趣,中用三层翻跌,后滃滃收转,极有法度。"②

再看曾巩的《清心亭记》:

> 嘉祐六年,尚书虞部员外郎梅君为徐之萧县,改作其治所之东亭,以为燕息之所,而名之曰清心之亭。是岁秋冬,来请记于京师,属余有亡妹殇女之悲,不果为。明年春又来请,属余有悼亡之悲,又不果为。而其请犹不止。至冬乃为之记曰:夫人之所以神明其德,与天地同其变化者,夫岂远哉?生于心而已矣。若夫极天下之知,以穷天下之理,于夫性之在我者,能尽之,命之在彼者,能安之,则万物之自外至者安能累我哉?此君子之所以虚其心也,万物不能累我矣。而应乎万物,与民同其吉凶者,亦未尝废也。于是有法诫之设,邪僻之防,此君子之所以斋其心也。虚其心者,极乎精微,所以入神也。斋其心者,由乎中庸,所以致用也。然则君子之欲修其身,治其国家天下者,可知矣。
>
> 今梅君之为是亭,曰不敢以为游观之美,盖所以推本为

---

① 《黄氏日钞》卷六一。
② 《欧阳文忠公文选》评语卷六。

治之意，而且将清心于此，其所存者，亦可谓能知其要矣。乃为之记，而道予之所闻者焉。十一月五日，南丰曾巩记。

此文首叙作记缘由；中发议论，扣住亭名，由尽性、安命、虚心，直说至修、齐、治、平；末尾与发端呼应，赞亭名"清心"，"可谓能知其要"。文极平正，刘埙曰："公之文自经出，深醇雅淡。"[①] "文自经出"，信然，唯与欧文之富于情调实大有不同。

再以两家的墓志铭为例以见其差异，欧阳修《蔡君山墓志铭》云：

予友蔡君谟之弟曰君山，为开封府太康主簿，时予与君谟皆为馆阁校勘，居京师，君山数往来其兄家，见其以县事决于其府。府尹吴遵路素刚，好以严惮下吏，君山年少位卑，能不慑屈而得尽其事之详，吴公独喜，以君山为能。予始知君山敏于为吏，而未知其他也。

明年，君谟南归拜其亲。夏，京师大疫，君山以疾卒于县。其妻程氏，一男二女皆幼，县之人哀其贫，以钱二百千为其赙，程氏泣曰："吾家素以廉为吏，不可以此污吾夫。"拒而不受。于是又知君山能以惠爱其县人，而以廉化其妻妾也。

君山间尝语予曰："天子以六科策天下士，而学者以记问应对为事，非古取士之意也。吾独不然，乃昼夜自苦为学。"及其亡也，君谟发其遗稿，得十数万言，皆当世之务。其后逾年，天子与大臣讲天下利害为条目，其所改更，于君山之稿十得其五六。于是又知君山果天下之奇才也。

---

① 《隐居通议》，《丛书集成》本。

君山景祐中举进士,初为长溪县尉。县媪二子渔于海而亡,媪指某氏为仇,告县捕贼。县吏难之,皆曰:"海有风波,岂知其不水死乎?且虽果为仇所杀,若尸不得,则于法不可理。"君山独曰:"媪色有冤,吾不可不为理。"乃阴察仇家,得其迹⋯⋯自天子与大臣条天下事,而屡下举吏之法,尤欲官无小大,必得其材,方求天下能吏,而君山死矣,此可为痛惜者也。

蔡高,字君山,蔡襄之弟。文章由此着笔,叙蔡君山为能吏、廉吏,又为奇才,并分别以"予始知君山敏于为吏,而未知其他也","于是又知君山能以惠爱其县人,而以廉化其妻妾也","于是又知君山果天下之奇才也"颇严整而相关联的句式加以收束。叙其为长溪县尉政绩,以断狱事证之,哀叹天子"方求天下能吏,而君山死矣"。文字饱含情感,墓主个性突出。如王元启所言:"通体精切,无一语可移赠他人。"①

曾巩《虞部郎中戚公墓志铭》云:

余观三王所以教天下之士,而至于节文之者,知士之出于其时者,皆世其道德,盖有以然也。去三王千数百年之间,教法既已坏,士之学行世其家,若汉之袁氏、杨氏、陈氏,唐之柳氏,其操义风概有以厉天下、矫异世否邪?以予所闻,若宋之戚氏,其事可以次叙焉。公其世家子也。叙曰:公,宋之楚丘人。大父讳同文,唐天祐元年生,历五代入宋,皆不仕,以文学义行为学者师。殁,其徒相与号为正素先生。后以子贵,赠兵部侍郎。考讳纶,事太宗、真宗,以

---

① 《读欧记疑》卷一,《食旧堂丛书》本。

贤能为枢密直学士,与其兄职方郎中维以友爱闻。祥符、天禧之间,学士以论天书绌,而郎中盖亦举贤良不就,以为曹国公翊善,不合去。盖其父子、兄弟之出处如此。学士后以子贵,赠司徒。

公讳舜臣,字世佐,司徒之少子也。恭谨恂恂,举错必以礼,择然后出言。与其兄某官舜宾、某官舜举,复以友爱能帅其家,有先人之法度闻。自天祐至今,百有五十余年,天下六易,士之名一能,守一善,或身不终,或至子孙而失者多矣,而戚氏之世德独久如此,何其盛也……公少以荫补将作监主簿,然三十犹在司徒之侧。司徒终而贫,乃出监雍丘税,又监衢州酒。迁知舒州太湖县,兼提举茶场。治有惠爱,民乞留,诏从之。复三年,乃得代。献诗言赋茶之苛,岁用万数,愿弃勿采,以感动当世。归,监在京盐院,言盐之利宜通商,听之。出通判泗州,能使转运使不得以暴敛侵其民,而民之养其父者得以其义赏死。又通判濮州,当王则反于贝,濮民相惊且乱,公斩一人摇濮中者,惊乃止。已而提点刑狱以为功,得改官,公不自言。转知抚州,其治大方,务除苛去烦。州之诡祠有大帝号者,祠至百余所,公悉除之,民大化服。徙知南安军,至,未及有所施为,而公盖已病矣。以皇祐四年六月七日卒于官,年五十有七。

此篇从"三王所以教天下之士"说起,亦以之为全文之纲。言墓主舜臣之祖、父能"世其家",见"三王"教化之效。称舜臣与其兄"复以友爱能帅其家,有先人之法度闻",又以其历官政绩及能使"民大化服"为有"先人之法度"之明证。除发端议论稍嫌辞费外,叙家世、仕历皆简明扼要,言理道则前后照应,体现作者"折中于圣人"的创作准则。

　　由以上序、记、墓志铭作品的比较,可以明显看出,欧文情意之深,韵味之浓,与曾巩之言必称理道,文不离教化,截然不同。欧文以深美之情韵感动读者,而曾文以道古说经的醇厚开导世人。姚鼐《复鲁絜非书》云:"欧阳、曾公之文,其才皆偏于柔之美者。"刘熙载云:"欧、曾来得柔婉。"① 就文章的柔婉、纡徐而言,欧、曾确实相近,但以重情、抒情与重理、说理之差别言之,欧、曾实各异其趣。

## 五、欧、王文风之迥异

　　欧之"望韩"自然影响至欧对作品文学性必然的重视,而王之"窥孟"导致王对"立言",即作品的政治性和思想性,有更多的关注。由此,欧文多记叙、抒情与王文多议论,也展现出明显的差异。

　　下面以欧与王为丁宝臣所作之文为例,加以比较。丁宝臣字元珍,与欧、王关系都很亲密。欧贬峡州夷陵,时宝臣为峡州军事判官,两人皆喜吟诗,颇多唱酬。宝臣殁,欧作《集贤校理丁君墓表》与《祭丁学士文》。宝臣之于王安石,为亦师亦友者,安石撰有《司封员外郎秘阁校理丁君墓志铭》与《祭丁元珍学士文》。通过为同一人所作墓志文与祭文的比较可以清楚看出欧、王文风的差异。

　　(一)欧文丰,王文瘦。

　　欧阳修《丁君墓表》有千余字,王安石《丁君墓志铭》仅六百余字,而祭文的篇幅,欧是王的一倍多,一丰一瘦,大相径庭。对丁宝臣的为人与经历,欧有血肉丰满的描写,人物的形象

————————————

① 《艺概·文概》,第31页。

感较强,而王文法度谨严,叙事概括,较少具体的刻画。如失守端州一节,是丁宝臣生平的大事,欧表记叙甚详,在介绍了国家"偃兵弛备者六十余年","而岭外尤甚"的危机后写道:

> 一日,智高乘不备,陷邕州,杀将吏,有众万余人,顺流而下,浔、梧、封、康诸小州,所过如破竹,吏民皆望而散走。独君犹率羸卒百余拒战,杀六七人,既败,亦走。初,贼未至,君语其下曰:"幸得兵数千人,伏小湘峡,扼至险,以击骄兵,可必胜也。"乃请兵于广州,凡九请,不报。又尝得贼觇者一人,斩之。贼既平,议者谓君文学宜居台阁,备侍从,以承顾问,而眇然以一儒者守空城,提百十饥羸之卒,当万人卒至之贼,可谓不幸。而天子亦以谓县官不素设备,而责守吏不以空手捍贼,宜原其情,故一切轻其法。而君以尝请兵不得,又能拒战捕贼,则又轻之。故他失守者皆夺两官,而君夺一官。

文中渲染了侬智高起兵后"所过如破竹"的声势,概述了丁宝臣率兵拒敌终亦败走的经过,强调他曾有据险设伏、挫敌制胜的打算,但得不到上司的支持,还交代了人们对端州失守的议论和朝廷从宽发落的情况。茅坤曰:"丁元珍失守端州一节,生平瑕指处,欧阳公曲意摹画以覆之。"①
　　王安石《丁君墓志铭》曰:"侬智高反,攻至其治所。君出战,能有所捕斩,然卒不胜,乃与其州人皆去而避之,坐免一官,徙黄州。"同样的内容,在王安石的笔下,则写得极为扼要简明,主要的情节都以极概括的文字点到了,至于失陷的原因,王文另

---

① 《唐宋八大家文钞·欧阳文忠公文钞》卷三〇《集贤校理丁君墓志铭》评语。

有议论揭示之,文亦甚精炼,故刘熙载曰:"半山文善用揭过法,只下一二语,便可扫却他人数大段,是何简贵!"[1]

再看祭文,欧《祭丁学士文》写道:

> 呜呼元珍! 善恶之殊,如火与水,不能相容,其势然耳。是故乡人皆好,孔子不然,恶于不善,然后为贤。子之美才,懿行纯德,谁称诸朝,当世有识。子之憔悴,遂以湮沦,问孰恶子,可知其人。毁善之言,譬若蝇矢,点彼白玉,濯之而已。小人得志,暂快一时,要其得失,后世方知。受侮被谤,无如仲尼,巍然衮冕,不祀桓魋。孟轲之道,愈久弥光,名尊四子,不数臧仓。是以君子,修身而俟。扰扰奸愚,经营一世。迫荣华之销歇,嗟泯没其谁记? 是皆生则狐鼠,死为狗彘。

作者就宝臣的"受侮被谤"反复感叹,以善恶之不能相容,说明宝臣遭小人攻击是很自然的;以"白玉"为"蝇矢"所污,"濯之"依旧洁净,形容"毁善之言"无损于宝臣的形象;又以孔孟之道"愈久弥光",赞颂宝臣德行可嘉。通篇包含强烈的爱憎,抒情淋漓尽致,表意充分而生动,体现欧文丰而多姿的特色。

王《祭丁元珍学士文》云:

> 我初闭门,屈首书诗。一出涉世,茫无所知。援掣覆护,免于阽危。壅培浸灌,使有华滋。微吾元珍,我始弗殖。如何弃我,陨命一昔。以忠出恕,以信行仁。至于白首,困厄穷屯。又从跻之,使以踬死。岂伊人尤,天实为

---

[1] 《艺概·文概》,第 32 页。

此。有盘彼石,可志于丘。虽不属我,我其徂求。请著君
德,铭之九幽。以驰我哀,不在醽羞。

前幅交代宝臣对自己的关怀保护,倍加感激曰:"微吾元珍,我
始弗殖。"而后则称扬宝臣忠信仁恕的品格,哀其"困厄穷屯"
的不幸,抨击"使以踬死"的小人,表达对逝者的爱戴。通篇内
涵甚丰,而措辞简炼,语意斩截,以瘦而有力别具一格。
　(二)欧文柔,王文刚。
　《丁君墓表》末云:

　　君之平生,履忧患而遭困阨,处之安焉,未尝见戚戚之
色。其于穷达、寿夭,知有命,固无憾于其心,然知君之贤,
哀其志而惜其命止于斯者,不能无恨也。

欧文富于阴柔之美,曲折尽致是其重要特色。通过前文曲尽其
意的描写和申说,作者有力地抒发了对丁宝臣不幸命运的深切
同情。
　王安石笔力简劲,为文干脆利落,峭硬之态与欧文柔婉之
姿适成鲜明的对照。此与虚词之使用有很大的关系。欧常用
"而"、"也"等虚词,读其文,有圆转柔婉、流走自如之感。《丁君
墓表》中,欧用了二十三个"而"字,几乎是王文的六倍。有表
并列关系的如"履忧患而遭困厄",有表偏正关系的,如"今吾民
乃幸而得之",有表转折关系的,如"他失守者皆夺两官,而君夺
一官而已",最多还是表示顺承关系,如"民畏信而便安之"等。
这些"而"字的运用,使行文更加自然流畅,平添了一种柔婉的
风致。相反,在《丁君墓志铭》中,"而"字仅出现四次,却用了
不少"又"字、"则"字。"又"字使上下文连接极为紧凑。来看

"则"字：

> 君质直自守，接上下以恕。虽贫困，未尝言利。于朋友故旧，无所不尽。故其不幸废退，则人莫不怜，少进也，则皆为之喜。……夫驱未尝教之卒，临不可守之城，以战虎狼百倍之贼，议今之法，则独可守死尔，论古之道，则有不去以死，有去之以生。吏方操法以责士，则君之流离穷困，几至老死，尚以得罪于言者，亦其理也。

"则"字不像"而"字使行文显得柔婉圆转，却给人以劲直刚健的感觉。王文之瘦硬，无疑与此类虚词的运用有关。

欧、王所作的祭文，或柔畅，或硬直，亦各具特色。欧文遣词通俗，造语平易，畅达可诵。"如火与水，不能相容"；"问孰恶子，可知其人"；"小人得志，暂快一时"等均接近口语，流转自如。而王文则以古朴奇崛独标异彩，"壅培浸灌，使有华滋"；"又从跻之，使以踬死"；"有盘彼石，可志于丘"等均造语奇特，措辞有力。且"微吾元珍"、"岂伊人尤"、"虽不属我"等逆接之笔，比比皆是，颇见峭崛之态。

（三）欧文逸，王文雄。

欧《丁君墓表》云：

> 君治州县，听决精明，赋役有法，民畏信而便安之。其始治剡也如此，后治诸暨，剡邻邑也，其民闻其来，欢曰："此剡人爱而思之，谓不可复得者也。今吾民乃幸而得之。"而君亦以治剡者治之。由是所至有声。

写"治诸暨"的情况，用"亦以治剡者治之"，说明同样收到"民畏信而便安之"的成效。妙在中间插进诸暨百姓对宝臣的赞语，既含蕴着对主人公德行的评价，又使其贤而有材的形象活跃起来，光彩烂然。简洁的叙述中却颇富韵味。吴汝纶评欧《丁君墓表》云："荆公所为墓志，代发不平之鸣，此则立言含蓄，尤为得体。"①

王《丁君墓志铭》云："夫驱未尝教之卒……亦其理也……铭曰：文于辞为达，行于德为充。道于古为可，命于今为穷。呜呼已矣，卜此新宫。"在叙过丁宝臣遭贬的坎坷经历后，王安石的一段感慨深沉而劲健有力的议论和篇末的铭语，通过一气而下的排比和强有力的转折，把对朋友的怜惜之意和对世道的不平之情推向极致，以雄健的气势收束通篇。

由三家文论、文势、文辞、文风等之比较，显见其差异及各家独有之特色。《宋史·曾巩传》云："曾巩立言于欧阳修、王安石间，纡徐而不烦，简奥而不晦，卓然自成一家。"此评涉及三家。若以"纡徐"言之，欧、曾文相似，均有柔婉之美，但欧更畅达，曾偏古雅。就"不烦"而言，欧胜过曾，乃不言而喻。至于"简奥而不晦"，"奥"有含义深而隐之意，欧推崇"简而有法"，文亦平易，似与"奥"无涉。而曾、王均师尊扬雄，长于道古，"奥"皆有之，两家行文虽皆"不晦"，却仍有平顺与峭崛之别。

# 第二节　苏洵、苏辙文比较

"一门父子三词客"，苏氏父子以散文创作的卓越成就并列唐宋八大家之中。三苏之中，苏轼历来备受研究者重视，苏洵、苏辙相对关注较少。苏洵善议论，其文"皆有为而作"，"言必中

---

① 王文濡编《评校音注古文辞类纂》卷四五引。

当世之过"①,以雄肆笔力著称;苏辙则"求天下奇闻壮观,以知天地之广大"②,议论之外善记叙,以疏宕文墨见长。通过对苏洵、苏辙所作议论、书信、杂记之比较,足以见二人文风之异同。

## 一、议论:纵横驰骋与纤徐委备

苏洵的《嘉祐集》中,有《几策》《权书》《衡论》《六经论》、《太玄论》《洪范论》《杂论》等,议论文的篇幅几及全书的三分之二。欧阳修曾对苏洵说:"吾阅文士多矣,独喜尹师鲁、石守道,然意犹有所未足。今见子之文,吾意足矣。"③ 这里所说的"子之文"即苏洵谒见欧阳修时呈上的《权书》《衡论》《几策》二十篇,亦即曾巩所谓"欧阳公修为翰林学士,得其文而异之,以献于上"④ 者。无疑,苏洵的议论文是《嘉祐集》中最精彩的部分。他正是凭借自己对经术和议论的兼擅而获得欧阳修的赏识,欧阳修说他"论议精于物理而善识变权,文章不为空言而期于有用","辞辩闳伟,博于古而宜于今,实有用之言,非特能文之士也"⑤。苏辙的《栾城集》中有《新论》《历代论》《进论》、《进策》《秘阁试论》等议论文,计百余篇。《宋史》本传称苏辙"论事精确,修辞简严"。当然,父子相比较,老苏的议论更为出色。

苏氏父子皆撰有《六国论》。苏洵开门见山地提出了"六国破灭,非兵不利,战不善,弊在赂秦"的观点;继而论述割地赂秦势必导致国家的破败,而六国中不赂者亦因赂者而亡国;最后,

① 《苏轼文集》卷一〇《凫绎先生诗集序》,第 313 页。
② 《栾城集》卷二二《上枢密韩太尉书》,第 478 页。
③ 见邵博《邵氏闻见后录》卷一五,中华书局,1985 年,第 116 页。
④ 《曾巩集》卷四一《苏明允哀词》,第 560 页。
⑤ 《欧集·奏议集》卷一四《荐布衣苏洵状》。

由古及今感叹宋赂契丹、西夏是"从六国破亡之故事"。作者满腔激愤,说理极为透彻,痛快淋漓的行文和深切激烈的感叹使作品充满磅礴的气势和震撼人心的力量。

苏辙的《六国论》由读史说起,称六国相继灭亡是因为"不知天下之势"。什么是"天下之势"呢,文章说:"韩、魏塞秦之冲,而蔽山东之诸侯,故夫天下之所重者,莫如韩、魏也。"作者认为,六国如果团结一致,秦必不敢"越韩过魏而攻人之国都";令人痛惜的是,齐、楚、燕、赵"委区区之韩、魏,以当虎狼之强秦",致使两国"附秦",天下遂不可收拾。于是,就四国理应"厚韩、亲魏以摈秦"又展开论说,指出"背盟败约,以自相屠灭"是六国破亡的根本原因。此文紧扣"天下之势",逐层深入地议论,虽不如老苏那样纵横恣肆,但说理委曲详尽,笔调沉稳有力,亦不失为富于个性的佳作。

洵与辙又皆撰有《管仲论》,可作比较。老苏在文章的开头概述了管仲死后齐国大乱不止的史实,提出"夫功之成,非成于成之日,盖必有所由起;祸之作,不作于作之日,亦必有所由兆"的观点,新警的见识通过偶对的句式加以表达,显现出峭拔不凡的气势。作者把齐国动乱的责任归之管仲,提出齐桓公用竖刁、易牙、开方这三个"乱人国者",管仲身为相国,未能制止,直至病重,才说竖刁等"非人情,不可近",为时已晚。称管仲"将死之言"已无用,齐国"患无仲",管仲一死,齐国必乱;说桓公即使"幸而听仲,诛此三人"亦无用,因为其余小人未能"悉数而去";又说管仲的失误在于"不知本","未能举天下之贤者以自代"。先后三句反诘,加上一句感叹,对管仲的过失穷追深究,文笔紧凑,气势如虹。最后,文章将齐、晋两国加以对比,极言贤才在霸业的继承中所起的重要作用,对管仲未能举贤自代以至身死国衰发出强烈的感叹。客观而言,老苏所言不见得没有偏颇,但立论新颖,引人注目,确是其文的显著特点。而纵横驰骋的论说又极有力地阐明了观点,遒劲的笔力和饱满的感情相结合,那所向披靡的气势就不可遏止地奔涌而出了。

小苏论管仲,自称是阐发"先君之论",但另是一副笔墨。篇首引"先君"之言曰:管仲能"九合诸侯,一匡天下","而不能止五公子之乱","盖有以致此也哉"。原因何在?篇中反复叙说"三归六嬖之害",指责管仲不能用人,而把国家大事付托于宋襄公。"智者盖至此乎","无已,则人乎","而况于家人乎",一唱三叹,纡徐尽致地道出了齐国内乱的原因。下文,又详引古书关于管仲病危之际劝桓公勿亲近易牙、开方、竖刁的记载,批评管仲"知小人之不可用,而无以御之"。末了,以"内既不能治身,外复不能用人,举易世之忧而属之宋襄公"三句,重申前说,深咎管仲。从容不迫,侃侃道来,纡徐委备,言必尽意,虽无苍劲之力、雄迈之气,却见柔中之刚、深沉之慨,这是小苏的特色。

## 二、书信：周折雄放与委婉尽致

苏氏父子的书信,最著名的当推《上欧阳内翰第一书》与《上枢密韩太尉书》。两篇均属干谒文字,但都写得有声有色,不卑不亢。

苏洵上欧阳修书分三段。首段将诸君子的离合与自己求道之成与未成结合起来,极写对范、富、欧、余、蔡、尹六位朝臣的"慕望爱悦"之情。叙诸贤之离而复合以后,先卸去已故的范、尹二公,又卸去"为天子之宰相,远方寒士未可遽以言通于其前"的富公和"远者又在万里外"的余公、蔡公,逼出"在朝廷间,而其位差不甚贵,可以叫呼扳援而闻之以言"的欧公,气势奔放而文笔曲折。次段盛誉欧文以见己知欧公之深。前说孟

子、韩愈,中说欧公,后说李翱、陆贽,以前后四人作陪,突出欧
公,极尽以宾衬主、委曲论说之妙。末段介绍自己的治学经历,
将数十年的甘苦曲折道出,欲欧公知之。通览全篇,文思绵密而
文词恳切,运笔周折而意气雄放。

　　苏辙的《上枢密韩太尉书》写于进士及第春风得意之时,在
纡徐婉转的文字中,勃发着年轻才子逼人的英气。作者从为文
应养气说起,论述求天下奇观、访名人贤士为养气所必需,故殷
切希望能拜见太尉,末以当加强修养(自然是进一步养气),"益
治其文"收束。实际上这是一篇以养气为话题的干谒之文。作
者的笔墨由古到今,由远到近,由虚到实。先以养气引出孟子、
太史公,又以太史公引出自身离家赴京的"周览"与"交游",再
以"交游"引出欧公,最后以欧公引出韩太尉,可谓翻跌起伏,一
波三折,言此意彼,其妙无穷。

　　行文曲折自然是苏氏父子书信之的共同特点,不同的是老
苏笔势纵横,意气雄放,如《上韩枢密书》"似西汉书疏,雄辩可
喜"[1],《上田枢密书》"文气力大,朗诵一过,令人文思勃勃"[2],
《上余青州书》"气势宏放,有一泻千里之态"[3]。而小苏年轻时
的作品尚英气勃发,以后的书信则更多地显现出文思的敛蓄与
深沉。如《答黄庭坚书》旨在赞美庭坚不以迁谪为意、淡泊宁静
的生活情趣,却从"家兄子瞻与鲁直"及"辙与鲁直舅氏公择"
的交情写起,说及诵读庭坚诗文而愿见其人,可知仰慕已久。又
写"观鲁直之书所以见爱者,与辙之爱鲁直无异",更见心有灵

<hr />

[1]　苏洵著、曾枣庄、金成礼笺注《嘉祐集笺注》卷一一《上韩枢密书》集说引《静
　　观堂三苏文选》陆钺评语。
[2]　苏洵著、曾枣庄、金成礼笺注《嘉祐集笺注》卷一一《上田枢密书》集说引《静
　　观堂三苏文选》宗方域评语。
[3]　苏洵著、曾枣庄、金成礼笺注《嘉祐集笺注》卷一一《上余青州书》集说引《静
　　观堂三苏文选》王守仁评语。

犀,相知相通。下文,直抒对庭坚的无比钦敬之情,以为他胜过阮籍与嵇康,与颜回相比,也毫无愧怍,"目不求色,口不求味",过着"独居而蔬食,陶然自得"的生活,"此其中所有过人远矣",不能不令人万分感叹。全篇先作叙仰慕、说相知的两番铺垫,又以三位古人作衬托,在敛气蓄势上下足了功夫,这样,篇末对庭坚"过人远矣"的志节的赞颂,显得分外有力,堪称委婉尽致而意味隽永的佳作。

## 三、杂记:峻整劲健与疏宕袅娜

老苏擅长议论,所作杂记文远较小苏为少,但亦自具面目。谋篇严整是老苏记体文的显著特点。如《木假山记》是一篇托物寄慨的作品,它从"木之生"和木假山形成的艰难曲折,说到自己家有形如"三峰"的木假山,料想其亦历经磨难"而后得至乎此",在赞美"三峰"的可爱可敬中,寄寓了人生塞滞、际遇难期的深沉感慨。文章先记物,后发慨,层次分明,过渡自然,结构十分严谨,体现了作者谋篇布局的深厚功力。《张益州画像记》热烈褒扬治蜀有功的张方平,先概叙张氏治蜀的缘起、经过和结果,为下文的议论张本。接着,论说张方平在蜀地"有乱之萌,无乱之形",将乱未乱的严峻形势下,力挽狂澜,实属极其不易,并指出其成功的原因是"约之以礼,驱之以法"。而有感于张氏"爱蜀人之深,待蜀人之厚",蜀人必欲为之立像。这大段的议论使先前的记叙中已表现的主题得到进一步的深化,张氏的形象从安民升到了爱民的高度。但作者意犹未尽,又颂之以诗,不仅深情抒发了百姓对张益州的感激之情,而且通过诗中对蜀人安居乐业的太平景象的描绘,形象地展现了张氏治蜀的业绩,为此前的记叙和议论作了生动的补充。全篇先记事,后议论,再抒情,三者紧密结合,主旨鲜明突出,构思可谓尽善尽美。

老苏的《极乐院造六菩萨记》极陈失去亲人的悲痛。亲人接连丧亡的不幸,以"又"字联缀的句式,不停顿地加以诉说,在峻急的文势中,伤感之情表达得淋漓尽致。《苏氏族谱亭记》对乡俗之薄深恶痛嫉,"自斯人之逐其兄之遗孤子而不恤也,而骨肉之恩薄"以下六个排比句,声色俱厉地谴责"某人"之薄行,文势如决堤之水,笔端有千钧之力。

小苏记体文的成就较为突出,有不少上乘之作,是其散文中最有艺术价值的部分。《黄州快哉亭记》一落笔就写出了"江出西陵"的浩大气势,随之点出江边的快哉亭:

> 盖亭之所见,南北百里,东西一舍。涛澜汹涌,风云开阖。昼则舟楫出没于其前,夜则鱼龙悲啸于其下。变化倏忽,动心骇目,不可久视。今乃得玩之几席之上,举目而足。西望武昌诸山,冈陵起伏,草木行列;烟消日出,渔夫樵父之舍,皆可指数。此其所以为"快哉"者也。至于长洲之滨,故城之墟,曹孟德、孙仲谋之所睥睨,周瑜、陆逊之所骋骛,其流风遗迹,亦足以称快世俗。

快哉亭上所见到的山川形胜,从俯瞰、仰观、远眺、近览等各方面加以描绘,不仅写出白昼所见,而且兼及夜间所闻。作者的笔触还从现实伸向过去,凭吊历史遗迹,紧扣"快哉"二字做足了文章。下文,联想及《风赋》中楚襄王与宋玉的一段对话,点明"快哉"的出处,抒发超然物外、无所不适的旷达襟怀。全篇由记事写景自然地转为抒情议论,文笔疏朗奔放,挥洒自如,腾挪跌宕,姿态横生。

《武昌九曲亭记》与之有异曲同工之妙,而更注意把写景与写人结合起来：

> 有废亭焉，其遗址甚狭，不足以席众客。其旁古木数十，其大皆百围千尺，不可加以斤斧。子瞻每至其下，辄睥睨终日。一旦大风雷雨，拔去其一，斥其所据，亭得以广。子瞻与客入山视之，笑曰："兹欲以成吾亭耶？"遂相与营之。亭成而西山之胜始具，子瞻于是最乐。

废亭遗址太窄，而旁边又尽是大树，如何扩展？"子瞻每至其下，辄睥睨终日"一句，写出了苏轼专注地观察思索但未有良策不知所措的神态。雷雨毁掉一棵大树，"亭得以广"，苏轼乐了，说老天要帮他修成亭子。一笑一语把苏轼诙谐的个性传神地刻画出来。沈德潜评此篇"笔墨翛然"[1]，确实，苏辙的文笔疏宕有致，而且，其中还不乏袅娜生姿的韵味。

## 四、风格：雄奇恣肆与汪洋澹泊

苏洵谈到自己"大肆其力于文章"时说："诗人之优柔，骚人之精深，孟、韩之温淳，迁、固之雄刚，孙、吴之简切，投之所向，无不如意。"[2] 他还自述"取《论语》《孟子》韩子其他圣人、贤人之文，而兀然端坐终日以读之者七八年"[3]。可见，他的创作颇得力于对前人的学习和借鉴。除了孟、韩、史迁、孙子等人外，苏洵所受的影响，主要还来自纵横家，王安石即指出"苏明允有战国

---

① 《唐宋八大家文读本》卷二六。
② 苏洵著，曾枣庄、金成礼笺注《嘉祐集笺注》卷一一《上田枢密书》，第319页。
③ 苏洵著，曾枣庄、金成礼笺注《嘉祐集笺注》卷一二《上欧阳内翰第一书》，第329页。

纵横之学"①。正是少年任侠与壮游的经历，落拓不羁的个性，纵横雄迈的意气，对"古今成败治乱"的关心，对谈兵论政的喜好，对"六经百家之说"特别是纵横之学的探究，造就了苏洵雄奇恣肆的文风。

老苏行文极其奔放，纵横恣肆而气势磅礴，开阖自如而雄辩滔滔。张方平谓其文"如大云之出于山，忽布无方，倏散无余，如大川之滔滔，东至于海源"②。《高祖》一文论说高祖预知有"吕氏之祸"，故安排周勃平乱安刘。既有此先见之明，何以"不去吕后"呢？"势不可也"。作者认为，这是为年轻的惠帝打算，"家有主母，而豪奴悍婢不敢与弱子抗"。但吕后毕竟是能救病却有毒的"堇"，故高祖"削其党以损其权"，以至于下令要杀掉吕后的妹夫、在楚汉相争中功劳卓著而"诸将所不能制"的樊哙。如何看待"与帝最亲"的樊哙其人呢？文章说，高祖健在时，"韩信、黥布、卢绾皆南面称孤"，谁能保证高祖死后樊哙没有不轨之心呢？作者揣摩高祖之意，而尽情地驰骋其笔墨，全篇涉及众多历史人物，议论纵横，开阖自如，不乏雄奇的色彩。茅坤评曰："虽非当汉成败确论，而行文却自纵横可爱。"③唐顺之评曰："不循成说，实以斩哙一节，此犹高帝所或然者；独谓哙必与禄、产叛为已甚耳！扬之而在云，抑之而在渊，文中胸中之奇，不可禁御如此。"④苏洵极善于引物托喻，使说理益发明爽，行文更为畅达，且多腾挪起伏而不板滞。《仲兄字文甫说》以风水相遭，变态万千，形容"天下之至文"；《六国论》以"抱薪救火，

① 见邵博《邵氏闻见后录》卷一四，第111页。
② 《文安先生墓表》《嘉祐集笺注》附录，第522页。
③ 《唐宋八大家文钞·苏文公文钞》卷七，皖省聚文堂重校刊本。
④ 苏洵著、曾枣庄、金成礼笺注《嘉祐集笺注》卷三《高祖》集说引《评注苏老泉集》唐顺之评语。

薪不尽,火不灭",说明赂秦的危害;《御将》以"其志常在千里"的骐骥喻才大者,以"养骐骥"当"丰其刍粒,洁其羁络,居之新闲,浴之清泉",喻应为人才的发挥作用创造优越的条件。最妙的还是《名二子说》,通篇以车喻人,形象地道出了轼与辙的个性。大苏才气横溢,豪放不羁,表里澄澈,不知收敛锋芒,后来在仕途上屡遭摧折,难怪老苏有"吾惧汝之不外饰"的担心。小苏为人谨重,"善处祸福之间",宦海中虽浮沉不定,但毕竟"免"遭其兄那样的沉重打击。老苏的预见以生动的比喻道出,多么的奇特不凡与发人深省!

老苏用语警策犀利,颇有战国纵横家的遗风。《审势》的"治天下者定所尚",《心术》的"为将之道,当先治心",《御将》的"御将难,御才将尤难",《广士》的"夫贤之所在,贵而贵取焉,贱而贱取焉",《送石昌言使北引》的"丈夫生不为将,得为使,折冲口舌之间,足矣"等等,皆是寓意深刻的警策之语,简炼刚劲,予人以启迪。老苏又喜用排偶,《项籍》云:"不有所弃,不可以得天下之势;不有所忍,不可以尽天下之利。"《谏论下》云:"夫臣能谏,不能使君必纳谏,非真能谏之臣;君能纳谏,不能使臣必谏,非真能纳谏之君。"警策之语以排偶句式出之,更显得说理辩证而气势不凡。《上韩枢密书》向韩琦力陈驭骄兵之策,大段的排偶使文章表意周密而结构井然,笔意纵横而气势磅礴。楼昉谓此篇"词严气劲"[①],这与排偶句的运用自然有很大的关系。

苏辙的散文风格亦自成一体。苏轼说:"其文如其为人,故汪洋澹泊,有一唱三叹之声,而其秀杰之气,终不可没。"[②]茅坤说:"子由之文,其奇峭处不如其父,其雄伟处不如其兄,而其疏

---

① 《崇古文诀》,《文渊阁四库全书》本。
② 《苏轼文集》卷四九《答张文潜县丞书》,第 1427 页。

宕袅娜处,亦自有一片烟波,似非诸家所及。"① "汪洋澹泊"确实很能体现小苏文的风格。汪洋,言水之广阔无际;澹泊,与滔滔汩汩相反,形容水流舒缓,呈现出宁静平稳的态势。合而言之,谓小苏文蕴蓄深广而纡徐有致。因此,它不像父兄之文那样"奇峭"、"雄伟",充满澎湃的气势,却以"一唱三叹之声"、"秀杰之气"、"疏宕袅娜"之姿而独树一帜。

小苏那冲和澹泊的文风的形成显然与他的个性有密切的关系。在《名二子说》里,苏洵就指出苏辙不同于"不外饰"的苏轼,深沉不露,故而"善处祸福之间"。据《瑞桂堂暇录》载,苏洵曾携二子谒张方平,方平谓洵曰:"皆天才,长者明敏,尤可爱;然少者谨重,成就或过之。"一个明敏而不外饰,故为文奔放不羁;一个谨重而不外露,故文风澹泊而沉静。苏辙自己也说:"子瞻之文奇,吾文但稳耳。"② 他在《欧阳文忠公神道碑》中称欧文"天材有余,丰约中度,雍容俯仰,不大声色,而义理自胜",甚为推崇。不难看出,在接受父兄疏放洒脱的文风影响的同时,他也以欧文作为学习的楷模,把委婉纡徐、一唱三叹的艺术情趣融入自己的创作之中。

小苏与大苏一样,虽上下浮沉,历尽风波,但都能以顺处逆,面对困厄而不消沉。"谨重"的小苏以养气自厉,为文"不大声色",其气度之宁静闲雅与大苏迥异。《吴氏浩然堂记》从"无求于深,无意于行,得高而渟,得下而流,忘己而因物","浩然放乎四海"的江水,说到"足乎内,无待乎外,中其潢漾,与天地相终始","未有不浩然者"的君子,从容不迫的论述中,可以窥见作者那阔大的襟抱和雍容的气度。《刑赏忠厚之至论》虽不像

---

① 《唐宋八大家文钞·苏文定公文钞》卷八,皖省聚文堂重校刊本。
② 见苏籀《栾城先生遗言》,陶氏涉园影刻宋刊《左氏百川学海》本。

乃兄所作的那样纵横恣肆,气势磅礴,但考察古人治国的经验,论说实行刑赏的原则,侃侃而述,不急不缓,态度和婉,文气雍容,亦不失为佳作。

小苏不乏洒脱与旷达,也不乏气势奔放的作品,但给读者感受较深的还是为人之沉稳与文势之纤徐。《南康直节堂记》对杉树的深情礼赞,既表达了对直节堂主人徐望圣的崇敬,也抒写出自己守正不苟的情操。全篇紧扣"直节"二字展开,正写侧写,或叙或议,托物言志,借人说己,极见纤徐之文势。《汝州杨文公诗石记》感伤杨大年百余篇诗歌刻石委于荒榛野草之间,一唱三叹,文情不尽,尤近乎欧阳文之神韵。

# 第三节　苏轼文对欧的效法与超越

宋文六大家中,苏氏父子占了三家,辉煌的创作业绩彪炳于文学史册。在三苏父子的发愤与不懈努力之外,欧阳修对苏洵的荐引和对轼、辙兄弟的奖掖,不能不说是三苏成才并产生巨大影响的重要原因。苏氏父子对欧公怀着无限的感激和敬意,而且忠实地沿着欧公开辟的散文发展的康庄大道尽情驰骋。其中,以苏轼的成就最为卓绝,这是因为才华横溢的他不仅对欧公有心悦诚服的效法,而且实现了青出于蓝而胜于蓝的可喜超越。

从小就对欧公无比崇敬的苏轼,在登第后所作《上梅直讲书》中写道:"轼七八岁时,始知读书,闻今天下有欧阳公者,其为人如古孟轲、韩愈之徒。"在《祭欧阳文忠公文》中,苏轼又写道:"轼自龆龀,以学为嬉。童子何知,谓公我师。昼诵其文,夜梦见之。"可见其从小就对欧公五体投地般的佩服。嘉祐二年(1057)礼部试苏轼为欧公所擢拔,后来,在《太息一首送秦少章》中,他回顾当年欧公对自己的赏识和称誉:"昔吾举进士,试于礼部,欧阳文忠公见吾文曰:'此我辈人也,吾当避之。'"由此可知,当时他受到何等巨大的激励,并得以在此后的文学创作上突飞猛进,获得累累硕果。苏轼从对政坛和文坛的观察和自己的成长进步中,深切地感受到欧阳修地位的崇高、指引的正确和成就的伟大。《六一居士集叙》曰:

> 愈之后三百余年,而后得欧阳子,其学推韩愈、孟子以达于孔氏;著礼乐仁义之实,以合于大道。其言简而明,信而通,引物连类,折之于至理,以服人心,故天下翕然师尊之。自欧阳子之存,世之不说者,哗而攻之,能折困其身,而不能屈其言。士无贤不肖,不谋而同曰:"欧阳子,今之韩愈也。"宋兴七十余年,民不知兵,富而教之,至天圣、景祐极矣,而斯文终有愧于古。士亦因陋守旧,论卑而气弱。自欧阳子出,天下争自濯磨,以通经学古为高,以救时行道为贤,以犯颜纳谏为忠,长育成就,至嘉祐末,号称多士,欧阳子之功为多。呜呼!此岂人力也哉?非天其孰能使之?……予得其诗文七百六十六篇于其子棐,乃次而论之曰:欧阳子论大道似韩愈,论事似陆贽,记事似司马迁,诗赋似李白。此非余言也,天下之言也。

这是苏氏对欧阳修一生的概括和总结,对一代宗师全面而公允的评价。他高度肯定欧阳修推崇孔孟之道,在韩愈之后排除万难继续复兴古文的业绩;高度评价欧阳修步入政坛与文坛,为改变萎靡不振的士风和培养众多优秀士人所作的杰出贡献;高度赞扬欧阳修诗文创作堪与古代最著名的大家相媲美的巨大成就。

像欧阳修极为尊崇韩愈一样,苏轼激赞韩愈"文起八代之

衰,道济天下之溺"①。韩愈亦如欧阳修而成为苏轼十分敬重的
人物。像韩、欧秉持文道结合的观念一样,苏轼同样是以文明
道,不作空文。他自然也接受了两位大师的影响,韩、欧文的雄
奇奔放与委婉从容,他都有所吸收。他效法欧文的平易自然,使
之成为后世遵循的主流文风,而不可逆转。他赞同并实践欧阳
修发起的对骈文的改革,对宋四六的形成和发展,做出了自己的
贡献。他也和欧阳修一样,为宋文体裁多样性的发展,在创作上
起了表率作用,他的序跋、书简、笔记等在当时和后世都产生很
大的影响。

　　更为可喜的是,欧阳修鼓励自己的弟子充满个性的自由发
展,而苏轼对欧阳修也不是亦步亦趋,而是在学习的基础上,扬
己之长,自具特色,青出于蓝而胜于蓝,在创作的若干方面,实现
了对恩师的超越,主要表现在:

## 一、坚持文道结合而更注重文,<br>展现出神入化的散文艺术

　　秉持文道结合的理念,但十分注重文的价值,史无前例地突
出散文艺术的重要性,是苏轼与包括他所敬重的欧公在内的同
时代作家的有所不同之处。欧阳修的文道观,本书第三章第一
节已有较详尽的论述,他主张文道并重,强调道亦重视文而没有
偏废。第四章第一节里更指出欧甚重视文的艺术价值。当然,
他也讲过"道胜者文不难于自至"②的话,似有重道轻文之嫌,其
实"不难"并非"必然",倘若综观欧公的文论,不应产生这种误

---

① 《苏轼文集》卷一七《潮州韩文公庙碑》,第509页。
② 《欧集·居士集》卷四七《答吴充秀才书》。

解。当然,毫无疑问,苏轼比起他的恩师来,对文的强调和重视是有过之而无不及的。

首先,苏轼对道的理解已经突破儒家强调的孔孟学说的范围,往往扩及自然、社会中的万物,表现出对客观规律的积极探究。如《日喻》言水之道:"南方多没人,日与水居也。七岁而能涉,十岁而能浮,十五而能没矣。夫没者岂苟然哉!必将有得于水之道也。"显然,"水之道"指的是水的客观规律。《书李伯间山庄图后》曰:"有道有艺,有道而不艺,则物虽形于心,不形于手。"这里的"有道",应是掌握物理的意思。无疑,苏轼的道已不等同于传统的儒学观念,亦非政治家的治教政令,更非理学家的心性之说,以致朱熹断定他只是一味为文,到需要的时候,方去讨一"道"来①。在韩、柳、欧、苏四家中,苏轼之道内容最是深广,他对道的理解也最为宏通。

其次,苏轼不是高谈只为明道而为文,而是强调"有为而作"。他在《凫绎先生诗集叙》中说:"先生之诗文,皆有为而作,精悍确苦,言必中当世之过。凿凿乎如五谷必可以疗饥,断断乎如药石必可以伐病。其游谈以为高,枝词以为观美者,先生无一言焉。"强调文人士大夫不为空言,"言必中当世之过",起"疗饥"、"伐病"的作用,因此,他深叹"儒者之病,多空文而少实用"②。苏辙亦称赞苏轼"论古今治乱,不为空言","缘诗人之义,托事以讽,庶几有补于国"③。我们看到他因好言时弊,故元丰不见容,元祐不见信,绍圣更遭无以复加的摧残。前人不是没有主张文应针砭时弊,但像苏轼这样毫不犹疑地将明道定位为杜绝

① 《朱子语类》卷一二六:"今东坡之言曰:'吾所谓文,必与道俱。'则是文自文,道自道,待作文时,旋去讨个道来,入放里面。此是它大病处。"
② 《苏轼文集》卷四九《与王庠书》,第1422页。
③ 《栾城集·后集》卷二二《亡兄子瞻端明墓志铭》,第1414页。

"空文","有为而作",亦即在文道结合上,比起欧公的反对"弃百事不关于心"①,更加旗帜鲜明地赋予"明道"以"必中当世之过"的社会功能,确实是难能可贵的。

再说,应该如何为文呢? 苏轼《答谢民师书》曰:"大略如行云流水,初无定质,但常行于所当行,常止于不可不止,文理自然,姿态横生。"《文说》又称:"吾文如万斛泉源,不择地而出,在平地滔滔汩汩,虽一日千里无难,及其与山石曲折,随物赋形,而不可知也。"可见苏轼坚持并提倡不拘一格、出神入化的散文艺术,赞赏并追求文的独立性及其美学价值,重视散文创作随心所欲的技巧。苏轼还说:"某平生无快意事,惟作文章,意之所到,则笔力曲折,无不尽意。自谓世间乐事,无逾此者。"②焦竑称赞曰:"古今之文,至东坡先生,无馀能矣。引物连类,千转万变,而不可方物,即不可摹之状与甚难显之情,无不随形立肖,跃然现前者,此千古快心也。"③苏轼把文学视为自己全身心投入的充满"快意"的事业,从发掘散文艺术瑰宝中领略了无限的乐趣。苏轼指出"文章如金玉,各有定价","决非一夫所能抑扬"④,这是对散文客观存在的美学价值的充分肯定。苏轼不遗余力地探讨散文创作的艺术技巧,总结出随物赋形而姿态横生、胸有成竹而意在笔先、身与物化而神与物交等诸多超越时辈的创作经验,和他的大量散文精品一起,成为后人珍藏、学习的宝贵财富。

---

① 《欧集·居士集》卷四七《答吴充秀才书》。
② 何薳《春渚纪闻》卷六"文章快意"条,学津讨原本。
③ 见杨慎原选、袁宏道参阅《嘉乐斋选评注三苏文范全集》卷首,扫叶山房民国八年再版石印本。
④ 《苏轼文集》卷五三《答毛泽民》,第 1571 页。

## 二、在继承传统的基础上,创造
## 集大成而自铸精品的伟绩

苏轼在散文创作上能集前人之大成而加以发展,取得骄人的成绩并不是偶然的。他从小以父为师,勤奋学习,收获甚丰。其父苏洵熟读"《论语》《孟子》、韩子及其他圣人、贤人之文"①,"大究六经、百家之说"②,对"诗人之优柔,骚人之精深,孟、韩之温醇,迁、固之雄刚"③,皆深有所悟。苏轼耳濡目染,得益匪浅,故杂取百家,学问广博,对文学性强的著作,尤为喜爱,说:"熟读《毛诗·国风》与《离骚》,曲折尽在是矣。"④又说:"宜熟看前后《汉史》及韩、柳文。"⑤苏辙说他"初好贾谊、陆贽书,论古今治乱,不为空言。既而读《庄子》,喟然叹息曰:'吾昔有见于中,口未能言,今见《庄子》,得吾心矣。'"⑥博观约取,融会贯通,自铸宏文,这就是苏轼的创作。故商辂评三苏云:"庄之幻,马之核,陶之逸,白之超,苏氏盖集大成云。"⑦此评苏轼最是当之无愧。

苏轼的"集大成"是在学习继承文学遗产精华的基础上,求变出新,自成一家的。他以书法为例说:"吾书虽不甚佳,然自出新意,不践古人,是一快也。"⑧崇尚自然,立主变革创新,而文

---

① 苏洵著,曾枣庄、金成礼笺注《嘉祐集笺注》卷一二《上欧阳内翰第一书》,第329页。
② 见《欧集·居士集》卷三四《故霸州文安县主簿苏君墓志铭》。
③ 苏洵著,曾枣庄、金成礼笺注《嘉祐集笺注》卷一一《上田枢密书》,第319页。
④ 见许颉《彦周诗话》,《历代诗话》本。
⑤ 《苏轼文集》卷六〇《与侄孙元老》,第1842页。
⑥ 《栾城集·后集》卷二二《亡兄子瞻端明墓志铭》,第1421页。
⑦ 见杨慎原选、袁宏道参阅《嘉乐斋选评注三苏文范全集》卷首。
⑧ 《苏轼文集》卷六九《评草书》,第2183页。

臻化境的苏轼,决不拘守什么凝固的现成的法度,理所当然地反对一家之学,反对用一种模式来限制和窒息生动活泼、多姿多彩的创作。《答张文潜书》云:"文字之衰,未有如今日者也。其源实出于王氏。王氏之文未必不善也,而患在于好使人同己。自孔子不能使人同;颜渊之仁,子路之勇,不能以相移。而王氏欲以其学同天下。地之美者,同于生物,不同于所生;惟荒瘠斥卤之地,弥望皆黄茅白苇,此则王氏之同也。"在《送人序》中,苏轼表达了同样的意思:"王氏之学,正如脱裈,案其形模而出之,不待修饰而成器耳,求为桓璧彝器,其可乎?"他反对千篇一律,不断地呼吁在继承传统精华基础上的创造与革新。

　　罗大经评苏轼的《刑赏忠厚之至论》云:"《庄子》之文,以无为有;《战国策》之文,以曲作直。东坡生平熟此二书,故其为文,横说竖说,惟意所到,俊辨痛快,无复滞碍。"[①]学《庄子》《战国策》,是承继传统;"惟意所到"、痛快淋漓的写作,是苏轼创造的结果。茅坤评《留侯论》云:"此文只是一意反复,滚滚议论。然子瞻胸中见解,亦本黄老来也。"[②]"本黄老",亦是承继传统。归有光释为"寻大头脑,立得意定"。然妙在"遣词发挥,方是气象浑成",即"以'忍'字贯说"[③],是苏轼得意之发挥。贾谊、陆贽的文章,亦为苏轼所喜好与效仿。轼有《乞校正陆贽奏议上进札子》,称赞陆贽"论深切于事情,言不离于道德。智如子房,而文则过;辩如贾谊,而术不疏"。又曰:"如贽之论,开卷了然,聚古今之精英,实治乱之龟鉴。"对陆贽的见识与文章,可谓倾倒之至。苏轼的奏议,感情充沛,析理明快。他的《上神宗皇帝

---

① 《鹤林玉露》乙编卷三,中华书局,1983年,第167页。
② 《唐宋八大家文钞·苏文忠公文钞》卷一四,皖省聚文堂重校刊本。
③ 《文章指南》信集,清光绪二年闰五月皖江节署刊本。

书》，李淦认为"是步趋贾谊《治安策》"①；茅坤以为"其指陈利害似贾谊，明切事情似陆贽"②；沈德潜则指出，该篇"极恺挚，亦极婉曲"，"贾长沙之雄恣，陆宣公之整顿，兼而有之"③。当然，才气奔放的苏轼并非一味模仿前人，而自有鲜明的特点，故刘大櫆曰，"宣公止敷陈条达明白，足动人主之听"，此文"虽自宣公奏议来，而笔力雄伟，抒词高朗，宣公不及也"④。博闻多识、善取善创的苏轼，并非只学一家，《孟子》的气势磅礴、雄辩有力，《庄子》的汪洋恣肆、诙诡奇妙等特点，在他的文章中都时有所见，故刘熙载云："东坡文，亦孟子，亦贾长沙、陆敬舆，亦庄子，亦秦、仪。"⑤

　　唐宋两代古文运动的领袖韩愈、欧阳修，都是苏轼十分敬重的人物。苏轼的为文自然也接受了两位大师的影响。韩文的雄奇奔放、气盛言宜，欧文的平易流转、从容不迫，苏轼都有所吸收，且融汇于自己的创作中，因而，他的那些行云流水般挥洒自如的作品，兼有韩、欧的长处。昔人以"奇"、"粹"之类称韩、欧，而以"博"誉苏轼，当是看出苏文兼收并蓄而自成一家的特点。可以说，苏轼是在继承传统的基础上创造了集大成而自铸精品的伟绩。

## 三、景情事理融为一体的随意挥洒，<br>显创作境界之无与伦比

　　苏轼作品的随意挥洒，表现在他的写景、叙事、抒情、议论，

①　《文章精义》，《历代文话》本，第 1170 页。
②　《唐宋八大家文钞·苏文忠公文钞》卷三，皖省聚文堂重校刊本。
③　《唐宋八大家文读本》卷一八。
④　见王文濡《评校音注古文辞类纂》卷一八。
⑤　《艺概·文概》，第 29 页。

莫不得心应手,精彩绝伦;而实现景情事理的自然交融,可谓天衣无缝,真有天工之巧,天成之妙。

苏轼注意观察生活,又有如椽的健笔,故能随物赋形,神态尽出,写景记人,莫不皆然。《放鹤亭记》写景:"彭城之山,冈岭四合,隐然如大环,独缺其西十二。而山人之亭,适当其缺。"以"大环"形容"四合"之"冈岭",十分贴切;西面地势平坦,如环之缺口,"适当其缺",极巧妙而确切地点明"山人之亭"的地理位置。"春夏之交,草木际天;秋冬雪月,千里一色",以凝练的笔墨,通过景色和气候的变化,勾画出迷人的大自然。山人之鹤,或立或飞,随心所欲,山人隐居的乐趣自在不言之中。

《方山子传》记人:"余谪居于黄,过岐亭,适见焉。曰:'呜呼!此吾故人陈慥季常也,何为而在此?'方山子亦矍然问余所以至此者。余告之故,俯而不答,仰而笑,呼余宿其家,环堵萧然,而妻子奴婢皆有自得之意。"岐亭邂逅,始料未及,"矍然"刻画出方山子惊异的表情。得知苏轼贬官黄州的情况后,他的神态耐人寻味:"俯而不答",是陷入沉思,为友人而不平,无限感慨尽蓄于胸中;"仰而笑",是看透世事和豪爽不羁的写照。由苏轼的耿直忤世,他再次确认自己由侠入隐为正确的选择。至于"妻子奴婢皆有自得之意"的描写,更从侧面衬托出方山子自甘清贫的旷达胸襟。

苏轼的抒情不假雕饰,发自肺腑,《祭欧阳文忠公文》云:"昔其未用也,天下以为病;而其既用也,则又以为迟;及其释位而去也,莫不冀其复用;至其请老而归也,莫不惆怅失望,而犹庶几于万一者,幸公之未衰。孰谓公无复有意于斯世也,奄一去而莫予追!岂厌世混浊,洁身而逝乎?将民之无禄,而天莫之遗?"祭文按欧公"未用"、"既用"、"释位而去"、"请老而归"四个时段,用逐层递进的手法,叙写天下人对欧公的期待和祝福,

"孰谓"二句,痛惜欧公骤然仙逝,又连用两句反问表达失去欧公的无限悲痛,抒情可谓淋漓尽致。茅坤评曰:"欧阳文忠公知子瞻最深,而子瞻为此文以祭之,涕入九原矣。"[①]

苏轼的议论亦震撼人心。以"匹夫而为百世师,一言而为天下法"发端的《潮州韩文公庙碑》,盛赞"塞乎天地之间"的"浩然之气"的威力,说韩愈"文起八代之衰,而道济天下之溺,忠犯人主之怒,而勇夺三军之帅",正是浩然正气的体现。在抨击昏君佞臣的同时,颂美韩愈感天动地的诚心。全篇感情充沛,纵横挥洒,充满了雄浑的气势和强烈的感染力,以致洪迈发出"大哉言乎"的感叹,极为佩服地说:"刘梦得、李习之、皇甫持正、李汉,皆称颂韩公之文,各极其挚","及东坡之碑一出,而后众说尽废"[②]。

更值得人们敬佩的是,苏轼在他的诸多佳作里,熔写景、记叙、抒情、议论于一炉,用笔若天马行空,当行当止,操控自如,落墨即自由挥洒,云卷云舒,仪态万端。脍炙人口的《前赤壁赋》,记"苏子与客"泛舟夜游赤壁,风平水静月明,令人陶醉,飘飘欲仙;然而悲凉的箫声引出"客"对曹操和赤壁之战的遐想,并由此生发宇宙永恒、人生短促的喟叹;于是"苏子"就宇宙人生"变"与"不变"的问题展开一番议论,终于使"客"转悲为喜,得以超脱。文章因景生情,情景交融;又由情入理,情理相生。写景展示了可资议论的生动形象,议论又发掘了景物的潜在意蕴,而抒情则成为贯通全篇的脉络。风水月紧扣不离,乐悲喜一波三折,情境理融为一体,使这篇名赋充满了强烈的艺术感染力。谢枋得赞此篇:"非超然之才、绝伦之识,不能为也。潇洒

---

① 《唐宋八大家文钞·苏文忠公文钞》卷二八《祭欧阳文忠公文》评语。
② 《容斋随笔》卷八《论韩公文》,第108、109页。

神奇,出尘绝俗,如乘云御风,而立乎九霄之上。"① 李调元指出:"苏东坡前后《赤壁赋》,高出欧阳文忠《秋声赋》之上。"②

需要指出的是欧阳修虽然吸收老庄鄙弃荣利、全性保真的观念,但笃信儒学是其思想的主导。而苏轼的思想为三教兼容,释、道二教的濡染对其散文创作产生积极的影响,这从东坡文谋篇布局的虚实相生,出入变化,直至用词造句上的驱遣佛典、化用老庄,均可看出。《前赤壁赋》"客亦知水与月乎"一段,紧扣水、月谈变与不变的道理,颇为辩证,清人储欣誉之为"出入仙佛"③。段末"而吾与子所共适"之"适",多种古本作"食",因佛经有"风为耳之所食,色为目之所食"语,东坡盖用佛典也④。当然《秋声赋》中必须善待生命、自我珍重的意识,也可以看出老庄思想对欧阳修的影响。

篇幅短于《前赤壁赋》的《喜雨亭记》亦魅力无穷。在点出"亭以雨名,志喜"的主旨,叙过作亭、降雨、庆喜的情况,并发了一通喜从天降、意义重大的议论之后,又以一段颂雨之歌抒情。作者信笔而书,触处皆春,幽默中见乐民之乐的情怀。楼昉评曰:"蝉蜕污浊之中,蜉蝣尘埃之外。"⑤ 吴楚材、吴调侯评曰:"只就'喜雨亭'三字,分写、合写、倒写、顺写、虚写、实写,即小见大,以无化有。意思愈出而不穷,笔态轻举而荡漾,可谓极才人之雅致矣。"⑥

《记承天夜游》篇幅极短,也是信笔挥洒而美不胜收:

---

① 《文章轨范》卷七。
② 《赋话》卷一〇,《丛书集成》本。
③ 《唐宋八大家类选》卷一四《前赤壁赋》评语。
④ 见王水照《苏轼选集》,上海古籍出版社,1984年,第386页。
⑤ 《崇古文诀》卷二四。
⑥ 吴楚材、吴调侯《古文观止》卷一一,文学古籍刊行社,1956年,第489页。

　　元丰六年十月十二日夜,解衣欲睡,月色入户,欣然起行。念无与为乐者,遂至承天寺寻张怀民。怀民亦未寝,相与步于中庭。庭下如积水空明,水中藻荇交横,盖竹柏影也。何夜无月?何处无竹柏?但少闲人如吾两人耳。

短短八十多字,先记事,次写景,后发慨,一气呵成,诗情画意交织,生动地展现出身处逆境的作者,于仕宦失意的惆怅不平中仍不失恬淡自适的洒脱情怀的复杂心境。至于《文与可画筼筜谷偃竹记》,谈艺术,忆亡友,述交往,寄哀思,有诗有赋,有笑有哭,叙议抒情,熔于一炉,真是"从心所欲不逾矩"了。

　　苏轼自评其文云:"渐老渐熟,乃造平淡。其实不是平淡,绚烂之极也。"①晚年作于海南的《书上元夜游》即是例证:

　　己卯上元,予在儋州。有老书生数人来过,曰:"良月嘉夜,先生能一出乎?"予欣然从之,步城西,入僧舍,历小巷,民夷杂糅,屠沽纷然,归舍已三鼓矣。舍中掩关熟睡,已再鼾矣。放杖而笑,孰为得失?过问先生何笑,盖自笑也;然亦笑韩退之钓鱼无得,更欲远去,不知走海者未必得大鱼也。

远贬海南是政敌无以复加的迫害,但苏轼坦然面对,随遇而安。"老书生数人"来邀共赏"良月嘉夜",遂"欣然"同游,足见作者之随和与因缘自适。"步""入""历"三动词引出愉悦的上元夜游过程,"民夷"三句再展现当地淳朴的民风和尽兴而归的心境。"放杖而笑"以下是发慨,用"自笑"答幼子苏过之问,抒写

----

① 《苏轼文集·佚文汇编》卷四《与二郎侄》,第2523页。

自己因耿直不阿被贬至天涯海角之不悔和对小人不择手段的打击的蔑视。又引出韩愈之语意,表达自己的无奈,回应前文"孰为得失"的发问,洒脱中隐含着落寞。这是叙事简明而畅抒胸臆的短篇,亦即"其实不是平淡,绚烂之极也"的杰作,东坡已然臻于无与伦比的创作境界。

无疑,这和苏轼当年的人生处境和精神境界相关。与欧公晚年虽遭诬陷仍身居高位而后退老颍州相比,苏轼已陷缺医无药、食饮不具、至为难堪的窘境。在海南,晚年的东坡有很多"和陶诗",像陶渊明一样,表现出绝不折腰而以自由洒脱为傲的崇高人格,这种人格光辉也必然投射到他的散文创作领域中来,成为造就"不是平淡,绚烂之极也"的崇高艺术的坚实的思想基础。

## 四、由欧阳修的"平易",走向不懈追求的"畅达"

欧阳修继承王禹偁"传道明心"之文应"句之易道,义之易晓"之说①,提出"其道易知而可法,其言易明而可行"的主张②,又在《与王介甫第一书》等文中,强调作文必须"自然"。在文坛领袖身体力行的推动下,平易自然遂成为宋文发展的主流,这是欧阳修对整个古代散文发展做出的极其重要的贡献。

"平易"表达的是平顺、平正、易知、易明之意;"自然"表达的是不做作、不牵强、不怪异、不拘束之意,行文理当如此。苏轼不满"浮巧轻媚丛错采绣之文",也反对"求深者或至于迂,

---

① 　王禹偁《小畜集》卷一八《答张扶书》。
② 　《欧集·居士外集》卷一六《与张秀才第二书》。

务奇者怪僻而不可读" 之作 ①，完全赞同欧公的理念。可见，就"自然"而言，欧、苏完全一致；在行文用语的"平易"上，苏轼还有更具体和深入的阐述。《与王庠书》云："孔子曰：'辞达而已矣。' 辞至于达，止矣，不可以有加矣。"《答谢民师书》又云："孔子曰：'言之不文，行而不远。' 又曰：'辞达而已矣。' 夫言止于达意，即疑若不文，是大不然。求物之妙，如系风捕影，能使是物了然于心者，盖千万人而不一遇也，而况能使了然于口与手者乎？是之谓辞达。辞至于能达。则文不可胜用矣。"从"了然于心"，到"了然于口与手"，这是他对"求物之妙"的要求，也是他对当行当止，舒卷自如，行云流水般创作境界的追求。正因为有如此自觉的追求，故苏轼的笔触已由平易而臻于畅达。他抒写自己的真情实感，纯属信笔而书，十分随意，通俗生动，趣味盎然，特别是晚年的作品，看似平淡，实则隽永，毕现炉火纯青的艺术。在书札、杂记、序跋等文体中，苏轼的语言不假雕饰，却分外畅达灵动，个性色彩浓烈，极受读者喜爱。

《记游松风亭》写道：

> 余尝寓居惠州嘉祐寺，纵步松风亭下。足力疲乏，思欲就床止息。仰望亭宇，尚在木末，意谓是如何得到？良久，忽曰："此间有甚么歇不得处？"由是如挂钩之鱼，忽得解脱。若人悟此，虽两阵相接，鼓声如雷霆，进则死敌，退则死法，当恁么时，也不妨熟歇。

在严酷的政治斗争中，作者深感自己如"挂钩之鱼"，受尽磨难而无法解脱，就像朝松风亭所在的山上攀登，目标可望而

---

① 《苏轼文集》卷四九《谢欧阳内翰书》，第 1423 页。

不可即那般。经过"良久"的思索,他顿悟出半山腰亦可休息的道理,如同"兵阵相接"之际,"也不妨熟歇"一样。作者以登山喻仕进,以战场比政坛,阐明了自己置进退荣辱于度外,身处逆境,随遇而安的豁达的人生态度。尺幅短章中,用语通俗、畅达、隽永,包含着鲜活的思想内容、丰富的人生体验和十分深刻的哲理,有无限的意味,却不假雕饰,明白如话,"怎么""熟歇"等口语,亦入文中,别有风味。

东坡的题跋、书简、笔记数量远超过欧公,皆以畅达、灵动、通俗、口语化而耐人寻味。《书吴道子画后》是一篇精警动人的画论:"道子画人物,如以灯取影,逆来顺往,旁见侧出,横斜平直,各相乘除,得自然之数,不差毫末。出新意于法度之中,寄妙理于豪放之外,所谓游刃余地,运斤成风,盖古今一人而已。"对于吴道子的画技,既有"如以灯取影"等形象评价,又有"出新意于法度之中"等抽象论述,还动用了《庄子》的典故加以称赞,内涵极为丰富,"逆来顺往"、"各相乘除"等极为顺口,通俗晓畅而又活泼生动。

东坡六十岁时在惠州作《答参寥》一书:

> 某到贬所半年,凡百粗遣,更不能细说。大略只似灵隐天竺和尚,退院后却在一个小村院子,折足铛中,罨糙米饭吃,便过一生也得。其余瘴疠病人,北方何尝不病?是病皆得死人,何必瘴气?但苦无医药。京师国医手里,死汉尤多。参寥闻此一笑,当不复忧我也。

远贬南方的政治迫害未能使苏轼屈服消沉,他以无比蔑视的口吻述及苦难,以旷达的态度对待坎坷的人生。行文完全口语化,以"灵隐天竺和尚"的妙喻,"何尝不病"、"何必瘴气"的反问和"国医手里,死汉尤多"的谐谑,"更不能细说"、"便过一生也得"等拉家常的话语,表达对当权者的不满,宣泄满腹的牢骚,同时抒发自己不向命运低头的气概和万分洒脱的情怀。

笔记文《二红饭》也写得饶有趣味:

> 今年东坡收大麦二十余石,卖之价甚贱,而粳米适尽,乃日夜课奴婢春以为饭。嚼之啧啧有声。小儿女相调,云是嚼虱子。日中饥,用浆水淘食之,自然甘酸浮滑,有西北村落气味。今日复令庵人,杂小豆作饭,尤有味。老妻大笑曰:"此新样二红饭也。"

此篇写的是贬官黄州时的生活,纯属口述其事,通俗之极,寓苦涩之情于诙谐的描写中。可能春米不净而带壳,且大麦为粗粮,不如粳米精细,故"嚼之啧啧有声",又有"甘酸浮滑"之味,小儿女开玩笑,说是"嚼虱子"。更妙的是"杂小豆作饭,尤有味"的自我宽慰,及"老妻大笑"称"新样二红饭"之妙语,将苦中作乐的情怀调侃一番。

概而言之,苏轼对欧公不仅有学习与效法,更有超越与创造。在南宋名家所编《皇宋文鉴》等四书的选文统计中,苏轼入选数量已以162篇超过了欧阳修的132篇[1]。而在元明清10个选本中,除茅坤与张伯行各自选编的《唐宋八大家文钞》和陈兆仑的《陈太仆批选八大家文钞》外,其他选本所收苏文数量皆超过欧文[2]。两位大师在古文创作上的传承,真切地显现了青出于蓝而胜于蓝的特点,堪称北宋文坛上引人注目值得称道的佳话。

---

[1] 见本书第十二章第一节。
[2] 见夏汉宁《从历代散文选本看欧阳修散文的经典化过程》,载《江西社会科学》2010年第3期。

# 第八章

# 欧阳修的碑志、书简和笔记

## 第一节　欧阳修的碑志

碑志文在唐宋士人的文集中占有相当大的比重,《欧阳文忠公集》的《居士集》、《居士外集》共收欧文 54 卷,其中碑志文 20 卷,占 37%。作为唐宋两代杰出的散文大师,韩愈与欧阳修都以碑志文的创作成就闻名,博得后世的好评,就数量而言,欧还以 111 篇比 75 篇超过韩愈。显然,评价欧文离不开对其碑志文作全面深入的研究。

### 一、创作准则

在《送徐无党南归序》中,欧阳修表达了对"三不朽"的热切向往,而特别感叹立言"不朽而存"之不易。如何使立言"不朽而存"呢?《代人上王枢密求先集序书》云:"君子之所学也,言以载事而文以饰言,事信言文,乃能表见于后世。"他把"事信"置于"言文"之先。正因为他十分看重文章"不朽而存"的历史价值,深知铭近于史的功能,对碑志文的创作不敢掉以轻心。《书简》卷六嘉祐四年(1059)所作《与梅圣俞》云:"忽辱惠教,兼得唐子方家行状,谨当牵课,然少宽数日为幸。其如行状中泛言行己,殊不列事迹,或有记得者,幸更得数件,则甚善。"又云:"寻常人家送行状来,内有不备处,再三去问,盖不避一时忉忉,所以垂永久也,乞以此意达之。"梅尧臣受托请欧阳修为唐介(字子方)之父唐拱作《右班殿直赠右羽林将军唐君墓表》,欧希望家属提供的墓主事迹能具体一些,详细一些,不要泛泛地空洞地评说。"再三去问","不避一时忉忉"等均见其忠于事实、一丝不苟的创作态度。《与杜诉论祁公墓志书》云:"须慎重,要传久远,不斗速也。"又云:"所纪事,皆录实,有稽据。"因曾巩"见托撰次碑文事",欧作《与曾巩论氏族书》,谓"近世士大夫,于氏族尤不明其迁徙,世次多失其序",并举"若曾氏出于郯者,盖其支庶自别为曾氏者尔,非子之后皆姓曾也"等为例,望曾巩"皆宜更加考正"。对于自己撰碑中的疏忽,欧阳修亦不讳言,而是实事求是地承认差错。《苏轼文集》卷七二《范文正谏止朝正》云:"欧阳文忠公撰《范文正神道碑》,载章献太后临朝,仁宗欲率百官朝正太后,范公力争乃罢。其后轼先君奉诏修太常因革礼,求之故府,而朝正案牍具在。考其始末,无谏止之事,而有已行之明验。先君质之于文忠公,曰:'文正公实谏而卒不从,墓碑误也,当以案牍为正耳。'"可见,就碑志的客观性而言,在欧公的心目中,是否符合事实,乃是唯一的标准。为"不朽而存"而创作的碑志文,因其具有真实性、客观性、全面性的特点,对当时与后世而言,也就具有警劝性,这自然是欧阳修孜孜以求的。他在《永州军事判官郑君墓志铭》中说:"铭所以

彰善而著无穷。"门生曾巩在《寄欧阳舍人书》中称:"铭志之著
于世,义近于史","其辞之作,所以使死者无有所憾,生者得致
其严",有"近乎史"的"警劝之道"。虽然他是感谢欧公为祖父
铭墓而作此书,说话难免带些私情,但是他称欧公"蓄道德而能
文章",作碑志文"能尽公与是",应该说是公允的。

　　求真务实之外,欧阳修碑志文创作的一个重要原则是记大
略小。《与杜诉论祁公墓志书》云:"修文字简略,止记大节,期
于久远。"又云:"然能有意于传久,则须纪大而略小。"《代人上
王枢密求先集序书》亦云:"事信矣,须文;文至矣,又系其所恃
之大小,以见其行远不远也。"又云:"故其言之所载者大且文,
则其传也章;言之所载者不文而又小,则其传也不章。"关于碑
志创作,记大略小是科学之论。欧碑墓主多为各级官员,由入仕
至致仕、由政事至文学、由先世至子女、由本身至交游,可叙之
事甚多,不能眉毛胡子一把抓,否则没有重点,不见主干,流于
芜杂。尤其像杜衍这样官至宰相的大人物,如巨细无遗地加以
描写,再长的篇幅也容纳不下,何况要刻石入墓呢? 故欧以为,
所记"皆大节与人之所难者。其他常人所能者,在他人更无巨
美,不可不书,于公为可略者,皆不暇书"①。由于彰显了大节,略
去了小事,突出了主干,删剪了繁枝,人物形象更为清晰,盖棺论
定更为明确,行于久远而"传也章",真正发挥了碑志表彰良善、
警劝后世的作用。记大而略小,在范仲淹(《资政殿学士户部侍
郎文正范公神道碑铭》)、王旦(《太尉文正王公神道碑铭》)、晏殊
(《观文殿大学士行兵部尚书西京留守赠司空兼侍中晏公神道碑
铭》)、王德用(《忠武军节度使同中书门下平章事武恭王公神道
碑铭》)、薛奎(《资政殿学士尚书户部侍郎简肃薛公墓志铭》)、杜

---

① 《欧集·居士外集》卷一九《与杜诉论祁公墓志书》。

衍(《太子太师致仕杜祁公墓志铭》)、王尧臣(《尚书户部侍郎参知政事赠右仆射文安王公墓志铭》)、吴育(《资政殿大学士尚书左丞赠吏部尚书正肃吴公墓志铭》)、胡宿(《赠太子太傅胡公墓志》)等人,自然是表现为记述他们作为名臣的重要仕宦经历,褒扬他们安邦治国之贡献,文韬武略之不凡。而在石介(《徂徕石先生墓志铭》),则表现为对他以"徂徕之岩岩"与"汶水之汤汤"为象征的道德的赞美;在苏洵(《故霸州文安县主苏君墓志铭》),表现为对他"纵横上下,出入驰骤,必造于深微而后止"的文章的颂扬;在苏舜钦(《湖州长史苏君墓志铭》),表现为对他身陷冤狱的同情和对早日平反的期待;在石延年(《石曼卿墓表》),表现为对自重难合之士不得以施展奇才而去世的惋惜。总之,记大而略小,是就构思选材而言,各人身份、地位、特点、命运各不相同,所记与所略的内容自然也不一样。

　　欧阳修在《论尹师鲁墓志》中,一再强调尹洙"文简而意深","简而有法"。记大而略小,自然有助于文章的简炼,但要做到语少而意丰,"有法"而"意深",欧以为要效法《春秋》,寓褒贬之意于简炼的记叙之中。实际上,尹洙文章的篇幅一般较短小,内容之充实生动、形象之丰满活泼都很欠缺,虽云"有法"却难见深意。欧阳修的碑志文强调记大略小,注意剪裁,有所褒贬,写得简炼而不拖沓,但人物形象饱满,意态盎然,实为尹洙之所不及。《黄梦升墓志铭》就是极为生动的一篇,孙琮以为读此篇,"恰如与故友一番话旧。前幅述其髫年相与,中幅记其饮酒悲歌,恍然风雨联床通宵话旧时也"[1]。倒是《五代史记》即《新五代史》中的人物传记过分注意学《春秋》、讲义法,简是简了,褒贬也有了,但缺少具体的情节描写、细节刻画和气氛渲染,读

---

① 《山晓阁选宋大家欧阳庐陵全集》评语卷四,清康熙刊本。

了不能让人满足。欧的少部分碑志作品也有这种不足,不如韩愈的变化莫测、异彩纷呈、新警动人。

## 二、史学价值

如前所述,欧阳修基于对铭近于史的深刻认识,注重碑志作品的客观真实、"不朽而存",故而具有很高的史学价值。欧碑的很多内容为李焘著名的编年体北宋史《续资治通鉴长编》所采用。欧碑的主人公近四成《宋史》有传,《宋史》亦多采用欧碑的内容,不少人物传记就是由欧碑压缩而成的。北宋许多重要史实与人物事迹,赖欧碑得以保存。众多宋人笔记与欧碑的记载一致,可相互参验。言及欧阳修在史学上贡献,与宋祁一起领衔修撰《新唐书》与独撰《新五代史》每被学界提起,其实,欧碑的史学地位与价值也是不容忽视与低估的。《长编》卷一八七关于蔡襄有一段记载:

> 襄世闽人,知其风俗。往时闽士多好学,而专用赋以应科举,襄得(周)希孟,专用经术传授,学者尝至数百人。襄亲至学舍,执经讲问,为诸生率。延见处士陈烈,尊以师礼。陈襄、郑穆,学行著称,襄皆折节待之。闽俗重凶事,其奉浮屠,会宾客,以尽力丰侈为孝,往往至数百千人,至有亲亡不举哭,必破产办具,而后敢发丧者。有力者乘其急时,贱买其田宅,而贫者立券举债,终身困不能偿。襄下令禁止。至于巫觋主病、蛊毒杀人之类,皆痛断绝之。其子弟有不率教令者,条其事,作《五戒》以训敕之。及襄去,闽人为立德政碑。

此段内容取自欧的《端明殿学士蔡公墓志铭》：

> 公为政精明，而世闽人，知其风俗，至则礼其士之贤者，以劝学兴善，而变民之故，除其甚害。往时闽士多好学，而专用赋以应科举。公得先生周希孟，以经术传授，学者常至数百人。公为亲至学舍，执经讲问，为诸生率。延见处士陈烈，尊以师礼。而陈襄、郑穆方以德行著称乡里，公皆折节下之。闽俗重凶事，其奉浮图，会宾客，以尽力丰侈为孝。否则深自愧恨，为乡里羞。而奸民、游手、无赖子，幸而贪饮食，利钱财，来者无限极，往往至数百千人，至有亲亡秘不举哭，必破产办具，而后敢发丧者。有力者乘其急时，贱买其田宅，而贫者立券举债，终身困不能偿。公曰："弊有大于此邪！"即下令禁止。至于巫觋主病、蛊毒杀人之类，皆痛绝之。然后择民之聪明者，教以医药，使治疾病。其子弟有不率教令者，条其事，作《五戒》以教谕之。久之，闽人大便。公既去，闽人相率诣州，请为公立德政碑。

由于文体的关系，墓志铭中的"公"，《长编》改为"襄"，另有少数字句作些压缩外，两段文字几近相同。

《宋史》人物传记材料，有不少取自欧碑，修史者多照抄照录。以江休复为例，比较欧的《江邻几墓志铭》与《宋史·江休复传》，除了若干句子在文中位置有所变动，及增减了个别字句外，《宋史》传记篇幅略长，但全文基本是照录碑志。欧碑的撰著客观真实，有不凡的识见，它为后世保存了珍贵的史料，也留下了同样珍贵的史识。以《文正范公神道碑铭》为例，欧阳修并未囿于"朋党"的偏见，而是据实直书，提出释憾解仇的问题。《范碑》写道：

> 自公坐吕公贬,群士大夫各持二公曲直,吕公患之,凡直公者,皆指为党,或坐窜逐。及吕公复相,公亦再起被用,于是二公欢然相约戮力平贼,天下之士皆以此多二公。

这段话引起了轩然大波,范家子弟在刻石时擅自删去,在当时和后世引起颇多争议。可能定稿之前欧已有"麻烦将起"的预感,特请与范仲淹一同主持新政的韩琦审阅,并致书云:"范公道大材闳,非拙辞所能述。……惟公于文正契至深厚,出入同于尽瘁,窃虑有纪述未详,及所差误,敢乞指谕教之。此系国家天下公议,故敢以请。"① 《范碑》在征求韩琦意见后,作了适当的修改。

以如此负责慎重的态度记下释憾一节,并非空穴来风,而是有史实为据的。司马光《涑水记闻》卷八云:"范文正公于景祐三年言吕相之短,坐落职知饶州。康定元年复天章阁待制、知永兴军,寻改陕西都转运使。会吕公自大名复入相,言于仁宗曰:'范仲淹贤者,朝廷将用之,岂可但除旧职耶? 除龙图阁直学士、陕西经略安抚使。'上以许公为长者。天下皆以许公为不念旧恶。文正面谢曰:'向以公事忤犯相公,不意相公乃尔奖拔!'许公曰:'夷简岂敢复以旧事为念邪!'"苏辙《龙川别志》卷上也有仲淹"自越州还朝,出镇西事,恐许公不为之地,无以成功,乃为书自咎,解仇而去"的记载。"自咎"之书,即仲淹《上吕公书》,谓"相公有汾阳之心之言,仲淹无临淮之才之力"云云。此以唐代郭子仪与李光弼释憾交好,共讨安史叛军为喻,言西夏犯边,大敌当前,应捐弃前嫌,共图国事,充分显示了范仲淹的大度、大局观和政治智慧,也充分证实了《范碑》关于"二公欢然

---

① 《欧集·书简》卷一《与韩忠献王》。

相约戮力平贼"的论断是完全符合历史真实的。此详见本书第
十章第一节。

由于碑志文体特点的限制,一般不记载墓主一生的缺陷和
过失,欧也难免有为尊者、贤者、亲者而讳之处,比较典型的是他
笔下的许元这个人物。许元擅长转运,为朝廷所看重,这当然也
与他善于"公关"分不开。欧与许元私交不错,有《招许主客》、
《海陵许氏南园记》等诗文。在《尚书工部郎中充天章阁待制
许公墓志铭》中,对许元治财强敏、长袖善舞的政绩颇多推崇。
许元确是"商财利"的能手,他开始作江、淮、两浙、荆湖发运判
官,还得到范仲淹的推荐。但许元作为"官商",在经济活动中
有不光彩的一面。《长编》卷一七七至和元年十一月丙寅条载:
"(许)元在淮南十三年,急于进取,多聚珍奇以赂遗京师权贵,
尤为王尧臣所知。治所在真州,衣冠之求官舟者,日数十辈。元
视势家要族,立推巨舰与之,即小官悍独,伺候岁月,有不能得。
人以是愤怨,而元自谓当然,无所愧惮。"熙宁三年(1070),御史
中丞冯京亦以为言,《长编》卷二一二载冯京谓"元赂遗权要,
倾巧百端"。诸如此类,《许公墓志铭》皆不载,盖为墓主讳也。
梅询是梅尧臣的叔父,于功名利禄孜孜以求,至老犹是。《涑水
记闻》卷三云:"梅侍读询晚年尤躁于位。……询年七十余,又
病足,常抚其足詈之曰:'是中有鬼,令我不至两府者汝也。'"
《宋史》本传亦称询"卞急好进,而侈于奉养,至老不衰"。而欧
阳修所作《翰林侍读学士给事中梅公墓志铭》对于梅询深为人
所诟病的缺憾只字不提,只说其"为人严毅修洁",亦是为墓主
讳也。

## 三、几种类型

欧碑的主人公,大致可分为名臣、良吏、友朋、亲属、宗室、女性与其他数类。有些既是友朋又是名臣的如蔡襄、既是亲属也是名臣的如薛奎,皆归入名臣类中。亲属、宗室中的女性仍归亲属或宗室类。如此分类,111篇欧碑中,墓主为名臣者29篇、良吏者13篇、友朋者14篇、亲属者11篇、宗室者17篇、女性者10篇、其他17篇。后世对欧碑的哪几类甚感兴趣,或有较高评价呢?在历代古文的选本中,又是欧碑的哪几类入选率比较高呢?带着这两个问题,笔者查阅了南宋及此后编的古文选本,它们是南宋吕祖谦的《宋文鉴》、明代茅坤的《欧阳文忠公文钞》、归有光的《欧阳文忠公文选》、清代孙琮的《山晓阁选宋大家欧阳庐陵全集》、储欣的《六一居士全集录》、《唐宋八大家类选》、张伯行的《唐宋八大家文钞》、何焯的《义门读书记》、林云铭的《古文析义》、方苞的《古文约选》、吴楚材与吴调侯的《古文观止》、沈德潜的《唐宋八大家文读本》、吕留良的《唐宋八家古文精选》、浦起龙的《古文眉诠》、蔡世远的《古文雅正》、过珙的《古文评注》、爱新觉罗·弘历的《唐宋文醇》、姚鼐的《古文辞类纂》、唐介轩的《古文翼》、林纾的《古文辞类纂选本》、高步瀛的《唐宋文举要》、陈曾则的《古文比》,凡22部。兹将欧碑入选3次以上的有关篇目及其所属类别、入选次数列成下表:

| 次数 | 篇　　　　目 | 类别 |
|------|--------------|------|
| 21 | 《泷冈阡表》 | 亲属 |
| 15 | 《张子野墓志铭》 | 友朋 |
| 13 | 《石曼卿墓表》 | 友朋 |

（续表）

| 次数 | 篇　目 | 类别 |
|---|---|---|
| 11 | 《胡先生墓表》 | 名臣 |
|  | 《河南府司录张君墓表》 | 友朋 |
| 10 | 《文正范公神道碑铭》 | 名臣 |
|  | 《徂徕石先生墓志铭》 | 友朋 |
|  | 《孙明复先生墓志铭》 | 其他 |
| 9 | 《太尉文正王公神道碑铭》 | 名臣 |
|  | 《黄梦升墓志铭》 | 友朋 |
| 8 | 《梅圣俞墓志铭》 | 友朋 |
|  | 《湖州长史苏君墓志铭》 | 友朋 |
|  | 《南阳县君谢氏墓志铭》 | 女性 |
| 7 | 《集贤校理丁君墓表》 | 友朋 |
|  | 《尹师鲁墓志铭》 | 友朋 |
|  | 《太常博士尹君墓志铭》 | 友朋 |
| 6 | 《赠司空兼侍中晏公神道碑铭》 | 名臣 |
| 5 | 《太子太师致仕杜祁公墓志铭》 | 名臣 |
|  | 《给事中梅公墓志铭》 | 名臣 |
|  | 《江邻几墓志铭》 | 友朋 |
|  | 《故霸州文安县主簿苏君墓志铭》 | 友朋 |
|  | 《蔡君山墓志铭》 | 友朋 |
| 4 | 《武恭王公神道碑铭》 | 名臣 |
|  | 《连处士墓表》 | 其他 |
|  | 《文简程公墓志铭》 | 名臣 |
|  | 《端明殿学士蔡公墓志铭》 | 名臣 |
|  | 《右谏议大夫杨公墓志铭》 | 名臣 |
|  | 《大理寺丞狄君墓志铭》 | 良吏 |

（续表）

| 次数 | 篇　　目 | 类别 |
|---|---|---|
| 3 | 《尚书都官员外郎欧阳公墓志铭》 | 亲属 |
|  | 《尚书户部郎中曾公神道碑铭》 | 名臣 |
|  | 《天章阁待制王公神道碑铭》 | 名臣 |
|  | 《赠太师中书令程公神道碑铭》 | 名臣 |
|  | 《尚书屯田员外郎张君墓表》 | 友朋 |
|  | 《太常博士周君墓表》 | 其他 |
|  | 《永春县令欧君墓表》 | 良吏 |
|  | 《知制诰谢公墓志铭》 | 名臣 |
|  | 《天章阁待制杜公墓志铭》 | 名臣 |
|  | 《集贤院学士刘公墓志铭》 | 名臣 |
|  | 《分司南京欧阳公墓志铭》 | 亲属 |
|  | 《简肃薛公墓志铭》 | 名臣 |
|  | 《天章阁待制许公墓志铭》 | 名臣 |
|  | 《北海郡王氏墓志铭》 | 女性 |

欧阳修共创作111篇碑志文,表中所列系入选名次靠前的42篇。其中名臣最多,为18篇;其次是友朋,14篇;亲属与其他均为3篇;良吏与女性各2篇;宗室0篇。如以入选名次最靠前的22篇(即入选5次以上的篇目)来统计,则友朋最多,为13篇;名臣其次,为6篇;亲属、女性、其他各1篇,而赫然列于首位的是亲属类的《泷冈阡表》。事实说明,欧阳修对至爱亲朋最了解,感情最深厚也最真挚,为他们作的碑志最精彩也最感人,故博得后世一致的好评。对入选名次靠前的42篇,又可分类了解其入选率:

| | 总计 | 名臣 | 良吏 | 友朋 | 亲属 | 宗室 | 女性 | 其他 |
|---|---|---|---|---|---|---|---|---|
| 《欧集》 | 111 | 29 | 13 | 14 | 11 | 17 | 10 | 17 |
| 入选篇数 | 42 | 18 | 2 | 14 | 3 | 0 | 2 | 3 |
| 入选率 | 38% | 62% | 15% | 100% | 27% | 0% | 20% | 18% |

从百分比高低来看,名列前茅的是友朋类,《欧集》中14篇尽数入选;其次是名臣类,入选率高达62%;再次是亲属类,为27%;可贵的是女性类,亦达到20%;最差的是宗室类,无一篇入选。这些数字是十分能说明问题的。

在长期的仕宦生涯和文学活动中,欧阳修和众多朋友结下了生死不渝的感情。他和石介同年登第,又一同全力支持庆历新政,石介蒙冤受屈,他激愤难抑,怒鸣不平。梅尧臣是亲密无间的诗友,欧赞赏他的“穷而后工”,同情他困于下僚、才华不得施展的遭遇,百般关心他的生活。苏舜钦既是卓越的诗人,又是政治革新的积极参与者,为此在进奏院事件中遭到无情的迫害。欧阳修高度赞美他的才华,又深切哀悯他的不幸,精心地为他编纂文集。欧怀着深挚的情感为友朋所撰写的碑志文也成为传诵千古的名篇。

宋代是文人政治极为兴盛的一个朝代,大量中下层知识分子,通过科举考试步入仕途,登上国家的政治舞台,凭借自己的才干在安邦治国的实践中做出了一番业绩,而成为一代名臣,范仲淹就是其中的佼佼者。欧阳修历仕三朝,参加了庆历革新、赞立英宗等重要政治活动,关心、熟悉国家大事,了解自己所亲历的历史,钦仰那些勤政爱民、忠于国事的名臣高官,在为他们铭墓时,倾注了自己无限崇敬的感情,也为后世留下了那个时代的风云记录和意气风发的人物写照。

四岁而孤的欧阳修难忘父亲的遗训、母亲的教诲、叔父的关爱,他对早逝的胥、杨二夫人充满了歉疚和思念,对岳父薛奎的子嗣亦充满了关切和同情。为这些至爱亲属所作碑铭文字,凝聚了欧阳修的情和爱,感人至深。林纾称《泷冈阡表》为"至文",谓"不能以文字目之,当以一团血性说话目之"。又云:"凡大家之文,自性情中流出者,不用文法剪裁,而自然成为文法。以手腕随性情而行,所以特立千古,如此篇是也。"①

为女性铭墓之作,入选率排在第四位,是颇值得一提的。以被八家所选录、评议的《南阳县君谢氏墓志铭》言之,墓主谢氏为欧的挚友梅尧臣的妻子,又是当年洛阳通判、欧视为师友的谢绛的妹妹。欧对她是有所了解的,自然对尧臣失去这位贤内助深表同情。沈德潜评此篇曰:"叙治家,叙知人,叙忧世,不必多及琐屑,足称贤妇人矣。字里行间,俱带凄惋之气。"②

反观欧为宗室所撰的碑志,无一篇入选,则值得深思。这类碑志,集中收入《居士集》卷三七,卷后有编者语云:"国朝故事,宗室宗妇初亡,皆权欑京城之僧寺。遇葬尊属,乃启殡从行。嘉祐五年十月三十日,葬皇兄濮安懿王,以向传式为护葬使,于是分命近属宗懿随护,三祖下宗室宗妇,同时祔于西京及汝州路,例差翰林学士分撰志铭。"该卷中17篇墓志铭皆为嘉祐五年十月"启殡从行"于濮安懿王灵柩之后的宗室宗妇而作。欧系翰林学士,奉命为文,而死者为皇族,无何可观之业绩,与欧亦无何交往,欧对他们的了解实在有限。如此纯属遵命而书的文字,为交差而作,且时间紧迫,又批量完成,怎能有佳篇出于其中?我们看到的多是空洞的评价而缺少感人的事实,多是类型化的形象而缺少个性的特征,多是概念化的描叙而缺少生动的内容,类

---

① 《古文辞类纂选本》卷八《泷冈阡表》评语。
② 《唐宋八大家文读本》卷一三《南阳县君谢氏墓志铭》评语。

似公式化地作鉴定,写评语,读来无味,乏善可陈。宗室墓志,难以入选,原因是很清楚的。

显然,对欧碑不能一概而论。从以上分类调查看来,记叙友朋、名臣两类的碑志最有份量,最耐人诵读,亦最有影响。记述亲属、女性的,亦有佳篇,然而数量较少,不过,它们也是欧阳修最有价值的碑志文的不可或缺的部分。

## 四、两个情结

作为宋代著名的政治活动家和杰出的文学家,欧阳修是参加范仲淹领导的政治革新的勇猛斗士,又是自西京发起而声势日隆的诗文革新的领袖人物。伴随革新而产生于政坛和文坛且各自影响深远的庆历情结和洛阳情结,对欧阳修一生来说,难以消解而时时牵挂,挥之不去而刻骨铭心。它体现了欧阳修对循安常理不思进取的现实政治的不满、对革故鼎新始终如一的追求和对亲密友朋绵绵不绝的思念,体现了他情怀的真挚坦荡和对信念的坚守不移。毫无疑问,它对欧阳修的诗文创作产生了巨大的影响。

在《居士集》与《居士外集》的诗歌中,不仅有《班班林间鸠寄内》、《自河北贬滁州初入汴河闻雁》、《啼鸟》、《重读徂徕集》等抒写为庆历革新夭折而痛惜不已、悲愤莫名的作品,也有《寄西京张法曹》、《送张屯田归洛歌》、《书怀感事寄梅圣俞》、《再至西都》、《过钱文僖公白莲庄》等回忆西京生活而留恋不已、感慨万端的篇章。同样,在欧阳修的散文中,亦有显现庆历情结和洛阳情结的佳篇,如《祭资政范公文》、《梅圣俞诗集序》等。而最为集中和最为强烈地反映出这两种牢不可破的情结的,却是欧阳修的碑志文。先看有关庆历情结的表现:

《文正范公神道碑铭》铭云："帝趣公来,以就予治。公拜稽首,兹惟难哉! 初匪其难,在其终之。群言营营,卒坏于成。匪恶其成,惟公是倾。"按:对新政在"群言营营"的诋毁下,难以有终,而仲淹遭人倾陷,欧公是耿耿于怀!

《观文殿大学士行兵部尚书西京留守赠司空兼待中晏公神道碑铭》:"公居相府时,范仲淹、韩琦、富弼皆进用,至于台阁,多一时之贤。天子既厌西兵,闵天下困弊,奋然有意,遂欲因群材以更治,数诏大臣条天下事,方施行,而小人权倖皆不便。明年秋,会公以事罢,而仲淹等相次亦皆去,事遂已。"按:晏殊怕惹事,对新政并不热心,但毕竟识才用才。碑中仍大书特书新政之事,实见作者自身的难以忘怀。

《赠刑部尚书余襄公神道碑铭》:"景祐、庆历之间,天下怠于久安,吏习因循,多失职。及赵元昊以夏叛,师出久无功,县官财屈而民重困,天子赫然思振颓弊以修百度。既已更用二三大臣,又增置谏官四员,使言天下事,公其一也。"按:轰轰烈烈的新政,从背景写来,迤逦而下,方写至余靖身上,不避辞费,堪称浓墨重彩。

《集贤校理丁君墓表》:"庆历中,诏天下大兴学校,东南多学者,而湖、杭尤盛。"按:欧公文章每遇庆历革新处便分外精神。

《太常博士尹君墓志铭》:"是时,天子用范文正公与今观文殿学士富公、武康军节度使韩公,欲更置天下事,而权幸小人不便,三公皆罢去。而师鲁与时贤士多被诬枉得罪,君叹息,忧悲发愤,以为生可厌而死可乐也。"按:叙革新者遭诬陷迫害,令人扼腕叹息。欧公假尹源之酒杯,浇自家之块垒。

《湖州长史苏君墓志铭》:"自元昊反,兵出无功,而天下殆于久安,尤困兵事。天子奋然用三四大臣,欲尽革众弊以纾民。

于是时,范文正公与今富丞相多所设施,而小人不便,顾人主方信用,思有以撼动,未得其根。以君文正公之所荐而宰相杜公婿也,乃以事中君。"按:详叙苏舜钦得罪根源,为舜钦,亦为新政人士一吐愤懑之气。

《江邻几墓志铭》:"当庆历时,小人不便大臣执政者,欲累以事去之。"按:类似话语反复诉诸笔端,庆历情结何其沉重乃尔!

再看文中所显示的洛阳情结:

《尚书屯田员外郎张君墓表》:"其在河南时,予为西京留守推官,与谢希深、尹师鲁同在一府。……其后同府之人皆解去,而希深、师鲁与当时少壮驰骋者,丧其十八九,而君癯然唾血如故,后二十年,始以疾卒。"按:写张谷,兼及希深、师鲁与"当时少壮驰骋者",以见当年西京幕府之盛。

《河南府司录张君墓表》:"初,天圣、明道之间,钱文僖公守河南。公,王家子,特以文学仕至贵显,所至多招集文士,而河南吏属适皆当世贤材知名士,故其幕府号为天下之盛,君其一人也。……自君卒后,文僖公得罪,贬死汉东,吏属亦各引去。今师鲁死且十余年,王顾者死亦六七年矣。其送君而临穴者,及与君同府而游者,十盖八九死矣。其幸而在,不老则病且衰,如予是也。"按:盛衰生死相形,又由他人言及自身,何等伤怀,何等感慨!

《张子野墓志铭》:"天圣九年,予为西京留守推官。是时,陈郡谢希深、南阳张尧夫与吾子野尚皆无恙。于时一府之士皆魁杰贤豪,日相往来,饮酒歌呼,上下角逐,争相先后以为笑乐,而尧夫、子野退然其间,不动声色,众皆指为长者。……初在洛时,已哭尧夫而铭之。其后六年,又哭希深而铭之。今又哭吾子野而铭。于是又知非徒相得之难,而善人君子欲使幸而久在于世,亦不可得。呜呼,可哀也已!"按:昔日亲密友朋一一离去,欢歌笑语犹在耳际,而己所珍惜者却已永远丧失,何其不幸与悲哀!

由上面的引述可知,参与新政及西京幕府的经历,在欧阳修一生的政治活动和文学活动中占有何等重要的位置,又在他的情感海洋里掀起何等壮阔的波澜!

在碑志文的创作中,庆历情结与洛阳情结起了十分重要的作用。两种情结激发了创作碑志的强烈欲望;其本身也成为创作的重要内容,不时在碑志中出现,使这一原本形式比较呆板的文体充满了情感的张力;它往往能奠定全篇的基调,营造感情的氛围,引领读者走进已经逝去然而鲜活的历史,并给予巨大的感染和心灵的震撼;在两种情结的掌控下,工于抒情而略于叙事,则成为欧碑突出而重要的特色。

## 五、独特风神

在我国古代碑志文的创作上,韩愈的碑志文以其奇崛岸异、形神毕肖、富于变化而惊耀天下。欧阳修少时,即勤学韩文,倾慕之至,但在碑志创作方面,并未接受其雄奇怪丽的影响,而偏好其情味深美的一面。韩碑这一类代表作是《殿中少监马君墓志》,沈德潜评曰:"哭少监并哭其父祖,将三世官位、三世交情、三世死丧层迭传写,字字呜咽,墓志中变体也。"[1] 欧阳修钟情于这种"变体",铭墓时在抒怀上特别着力,以富于情韵迈越前贤而独具特色。《殿中少监马君墓志》,唐顺之评云:

---

[1] 《唐宋八大家文读本》卷六《殿中少监马君墓志》评语。

"此欧文《黄梦升》、《张应之》诸作之祖。"[1]李刚己评云:"韩文以雄奇胜,独此文与《罗池庙碑》、《送董邵南序》诸篇,情韵深美,令读者往复不厌。欧公《释秘演集序》、《张子野墓志铭》、《河南司录张君墓表》诸作,盖源于此。"[2]在《渤海县太君高氏墓碣》中,欧写自己与谢绛家三代的交往,明显模仿了韩愈的《马君墓志》,何焯特别指出:"'见其鬓发垂白'至'皆颖发而秀好',大涉摹拟。"[3]然而摹拟毕竟是由倾慕他人走向独自创造的第一步。钱谦益谓《河南府司录张君墓表》"仿韩公《马少监志》而无痕迹可寻,乃仿之之至也。"[4]林纾谓《马君墓志》"翻新出奇,一变常格,以沉吟感慨之笔出之。此诀竟为欧公所得,往往变化而袭之,不见痕迹,真善于学韩"[5]。欧阳修从欣赏、摹拟韩愈碑志富于情韵的篇目,到全力构撰、精心推出以情韵见长的诸多铭墓佳作,而被世人所认可和推崇,又被后世如归有光等所效仿,正是其创造获得成功的明证。

其实,欧不仅仅是学韩,他更是从《史记》中汲取了丰富的营养。茅坤在《欧阳文忠公文钞·论例》中称"韩公碑志多奇崛险谲","故于风神处或少遒逸","至于欧阳公碑志之文,可谓独得史迁之髓矣"。《论例》还指出,欧文"调自史迁出,一切结构裁剪有法,而中多感慨俊逸处,予故往往心醉"。这是见识精辟、深中肯綮之论。刘熙载对史迁与韩、欧的关系更作了概括而明晰的论述:"太史公文,韩得其雄,欧得其逸。雄者善用直捷,

---

① 茅坤《唐宋八大家文钞·韩文公文钞》卷一五《殿中少监马君墓志》评语引。
② 《古文辞约编·殿中少监马君墓志》评语。
③ 《义门读书记》卷三九,第710页。
④ 吕留良《唐宋八家古文精选·欧阳文》引,清康熙甲申吕氏家塾刊本。
⑤ 《古文辞类纂选本》卷八《殿中少监马君墓志》评语。

故发端便见出奇；逸者善用纡徐,故引绪乃觇入妙。"[1]而茅坤对所谓欧阳修"独得史迁之髓"也有更具体的表述,在《欧阳文忠公文钞引》中,他忻慕不已地赞叹欧文"姿态横生,别为韵折,令人读之,一唱三叹,余音不绝"。这应该就是茅坤称道的"风神",亦即为后世津津乐道的以抒情为重点,以诗化为特色,以阴柔之美见长,显示出令人心驰神往的无穷韵味的六一风神。陈衍云:"世称欧公文为六一风神,而莫详其所自出。世又称欧公得残本韩文,肆力学之。其实,昌黎文有工夫者多,有神味者少。……欧公文实多学《史记》,似韩者少。"[2] 这是颇有见地的。

体现六一风神的自然不是欧阳修作品的全部,也不是欧碑的全部。欧公那种风神逸发的佳篇有史论,如《五代史伶官传序》《五代史一行传序》；有诗文集序,如《释秘演诗集序》《江邻几文集序》；有杂记,如《丰乐亭记》《岘山亭记》；有祭文,如《祭石曼卿文》《祭尹师鲁文》,等等。但欧的碑志,特别是为友朋、亲属所作的诸多碑志,确属情挚意浓、感人至深的杰作,令读者十分真切地从中领略六一风神的韵味,感受其所独有的艺术魅力。

方苞《与程若韩书》云:"足下喜诵欧公文,试思所熟者,《王武恭》《杜祁公》诸志乎？抑《黄梦升》《张子野》诸志乎？然则在文言文,虽功德之崇,不若情辞之动人心目也。"这话说得很透彻。欧名臣类的碑志,据前统计,入选率是颇高的,其史学价值亦如前述,毋庸置疑；在文章的构撰上,如整体的布局、详略的安排、叙议的结合等等,亦有诸多可观之处,《文正范公神道碑铭》即堪称碑版大作之佼佼者,《王武恭》《杜祁公》诸志亦

---

① 《艺概·文概》,第13页。
② 陈衍《石遗室论文》卷五,《无锡国学专修学校丛书》本。

是大手笔。然而,若侧重从文学价值、从文学史上的地位看来,以《泷冈阡表》《黄梦升墓志铭》《张子野墓志铭》为代表的至爱亲朋类碑志,确实最能打动人心,最富艺术魅力。那么,欧碑这种动人心弦耀人眼目的风神又是如何产生的呢? 下面从四个方面略作分析。

其一,友情亲情是题材。

欧碑志文中可写的内容很多,包括生平交游、寻常往事等等,不胜枚举,欧在叙事时尤着意于言情上下功夫。茅坤在《欧阳文忠公文钞》中谓《湖州长史苏君墓志铭》"悲咽",谓《江邻几墓志铭》"多悲感故人之思",谓《石曼卿墓表》"以悲慨带叙事",谓《尚书屯田员外郎张君墓表》"通篇交情上相累歇"。归有光在《欧阳文忠公文选》中谓《湖州长史苏君墓志铭》"淋漓之色,怅惋之致,悲咽之情,种种逼人"。千年以来脍炙人口的《泷冈阡表》,写的是母亲口中的父亲事迹,作文是有难度的,但欧阳修怀着对父母的挚爱和感激,将先人事述"率意写出,不事藻饰,而语语入情,只觉动人悲感,增人涕泪"[①]。《尚书都官员外郎欧阳公墓志铭》是为抚养自己长大成人的叔父而作的,也是在抒写亲情上用足笔墨:"修不幸幼孤,依于叔父而长焉。尝奉太夫人之教曰:'尔欲识尔父乎? 视尔叔父,其状貌起居言笑,皆尔父也。'修虽幼,已能知太夫人言为悲,而叔父为亲也。……呜呼! 叔父之亡,吾先君之昆弟无复在者矣。其长养教育之恩,既不可报,而至于状貌起居言笑之可思慕者,皆不得而见焉矣。"真是语语含悲,发自肺腑,缠绵凄惋,情不可终。此外,《梅圣俞墓志铭》抒写对"穷而后工"的诗人、挚友才不得用于时的深切同情,《江邻几墓志铭》表达对友人当"在上者知将

---

① 吴楚材、吴调侯《古文观止》卷一〇《泷冈阡表》评语,第 457 页。

用之"之时,却"以疾终于京师"的无比惋惜,等等,也是把情看得极重,写得极足。欧碑志文自有重点所在,故林云铭评《张子野墓志铭》曰:"看来止是篇首'平生之旧、朋友之恩与其可哀者'数句,成此大篇。其善可铭处,则轻轻点缀。"①欧阳修胸中轻重分明,笔下则详略有致,如归有光所说,"工于写情,略于序事,极淋漓骚郁之致"②。

其二,古今俯仰成角度。

欧碑志文在抒情上选取了古今俯仰这一绝佳的角度,收到了感人至深的艺术效果。《河南府司录张君墓表》从张汝士之子嘉祐时"改葬其先君"入手,回忆天圣、明道间钱惟演"守河南","而河南吏属适皆当时贤材知名士,故其幕府号为天下之盛","余得日从贤人长者赋诗饮酒以为乐",而二十五年后的今日不堪回首:善待文士的钱惟演早已"贬死汉南",当时"送君而临穴者,及与君同府而游者,十盖八九死矣"。在俯仰今昔所引出的聚与散、盛与衰、生与死、乐与悲的巨大反差中,作者对友情的倍加珍惜、对友人的深切怀念表露无遗。沈德潜评本文曰:"感慨淋漓,极文章之能事。"③《尚书屯田员外郎张君墓表》与上篇有异曲同工之妙。墓主张谷"在河南时",与作者及"谢希深、尹师鲁同在一府","少壮驰骋于一时"。而谁能料及,二十年不到,"当时少壮驰骋者,丧其十八九",令人无限伤怀!徐文昭评曰:"累欷感慨,不知文生情情生文也。"④如此感人的艺术魅力,纯是抚今追昔的构思所造成的。《黄梦升墓志铭》也是通过今昔的对比造成巨大的反差以感染读者。遇于江陵时

---

① 《古文析义》卷一四《张子野墓志铭》评语。
② 《欧阳文忠公文选》卷九《张子野墓志铭》评语。
③ 《唐宋八大家文读本》卷一四《河南府司录张君墓表》评语。
④ 归有光《欧阳文忠公文选》评语卷一〇《尚书屯田员外郎张君墓表》引。

的"颜色憔悴",遇于邓州时的求其文,"不肯出",与初见时梦升"年十七八,眉目清秀,善饮酒谈笑",意气自豪,形成极为鲜明的对比,突显了梦升沉于下僚、怀才不遇的不幸和对其命运的无限同情。林纾在评论《河南府司录张君墓表》时,总结欧阳修这一创作经验说:"欧文之多神韵,盖得一'追'字诀。追者,追怀前事也。……抚今追昔,俯仰沉吟,有令人涵咏不能自已者。"①

其三,主客相形为手法。

欧碑志文喜用主客相形的手法,墓主自是主体,而以友人、亲人等配说,不仅使内容更丰富充实而且能产生比较、衬托、渲染等作用,有助于深化主题,强化抒情的感染力。《太常博士尹君墓志铭》墓主尹源,字子渐,为尹洙之兄。二人性格有异:"师鲁好辩,果于有为。子渐为人刚简,不矜饰,能自晦藏。"兄弟俩皆登进士第,皆知州县,皆关心国家大政,尤其注目西事,皆以庆历新政之成败为欢戚,而命运皆不幸。欧于文末感叹道:"呜呼! 师鲁常劳其智于事物,而卒蹈忧患以穷死。若子渐者,旷然不有累其心,而无所屈其志,然其寿考亦以不长,岂其所谓短长得失者,皆非此之谓欤? 其所以然者,不可得而知欤? "林纾评曰:"末段极抒哀惋之情,举师鲁互相比较,言师鲁之死,死于忧患,而子渐既淡荣利,似不应死,然仍以愤时嫉俗而死。乃偏言无累,不知好善恶恶之过严,即足为子渐之累。乃吞吐不涉痕迹,是行文之神化处。"②欧阳修通过尹氏兄弟的比较,见忧念国事、愤时嫉俗者,皆不容于世,将庆历新政夭折后自己的满腔愤懑抑郁和对挚友深深的悲悯痛惜真切地表达出来。《张子野墓

---

① 《古文辞类纂选本》卷八《河南府司录张君墓表》评语。
② 《古文辞类纂选本》卷八《太常博士尹君墓志铭》评语。

志铭》以谢绛、张汝士配说张先,《河南府司录张君墓表》以钱惟演、尹洙、王顾等配说张汝士,《尚书屯田员外郎张君墓表》以谢绛、尹洙等配说张谷,都在借客形主、渲染悲剧气氛上,取得很好的效果。

其四,一唱三叹起波澜。

一唱三叹,源于《诗经》,后常见于诗歌的创作,欧阳修以之引入碑志文创作中,使篇中迭起情感的波澜,感伤之意与激愤之情每每不能自已。《黄梦升墓志铭》极写墓主的仕途坎坷,"予益悲"、"予又益悲"、"予素悲"等反复的慨叹,诉说着世道之不公和对友人的同情。《泷冈阡表》中最精彩的当属"太夫人告之曰"一段:"吾于汝父,知其一二,以有待于汝也。自吾为汝家妇,不及事吾姑,然知汝父之能养也。汝孤而幼,吾不能知汝之必有立,然知汝父之必将有后也。吾之始归也,汝父免于母丧方逾年,岁时祭祀,则必涕泣曰:'祭而丰不如养之薄也。'间御酒食,则又涕泣曰:'昔常不足而今有余,其何及也!'吾始一二见之,以为新免于丧适然耳。既而其后常然,至其终身未尝不然。吾虽不及事姑,而以此知汝父之能养也。"以上每隔数句,均以"也"字煞尾,先后用三、三、三、五、四、六句,富于节奏而又有参差变化,动情地诉说父亲的"能养"、笃诚的孝心。反复的唱叹中,充满了对父亲的爱戴和思念。《江邻几墓志铭》写道:"君之论议颇多,凡与其游者莫不称其贤,而在上位者久未之用也。自其修起居注,士大夫始相庆,以为在上者知将用之矣。而用君者亦方自以为得,而君亡矣。呜呼,岂非其命哉!"不长的一段,至"久未之用也"为一叹,哀江君之不遇;至"知将用之矣",再叹,庆江君终有出头之日;到了"而君亡矣",是三叹,由喜转悲,无奈至极,为其终不遇而哀痛不已,并结以"呜呼,岂非其命哉"的沉重感叹。跌宕起落的唱叹中,尽情抒发悲悯之意,故茅坤评此

"《志》多悲感故人之思"①。

综上所述,欧阳修作为三朝元老与文章宗师,在政界和文坛有着广泛的交游,他参与诸多墓主所从事的社会活动,或与他们共有难忘的生活经历,庆历情结和洛阳情结始终难以消解。在碑志文的创作中,他坚持"事信言文"的准则,注重反映客观真实,注重抒发真情实感,又注重艺术技巧的锤炼,其亲属、友朋类碑志更具魅力无穷的风神,有很高的史学价值和文学价值。

## 第二节　欧阳修的书简

《欧阳文忠公集》中的十卷《书简》是个人大量书信的首次结集,是欧阳修漫长而又曲折的心路历程的真切写照,也是欧阳修辛勤而又感人的创作活动的珍贵实录。欧阳修书简之文具有篇幅短小、落笔随性等特点。阅读这些书简,能加深我们对欧阳修人格、文学及多方面学术成就的进一步了解。这些近千年前的珍贵书简,也让我们深切地理解欧阳修能成为影响深远的一代文宗的原因。

书简在古时乃泛指书于竹简上的文字,后与书札、书翰、翰札、书牍、尺牍等一起成为书信的总称。

欧阳修《书简》是《欧阳文忠公集》的一部分,南宋周必大主持编纂、于庆元二年(1196)刊刻的《欧阳文忠公集》,内有《书简》10卷,计453篇。此《书简》经南宋文人增补19篇,多至472篇,为中国国家图书馆和日本宫内厅所藏,系通行的《四部丛刊》《四库全书》《四部备要》之底本。后约在南宋开庆元年(1259)流传至日本的一个本子,又增补了96篇。此本在大

---

① 《唐宋八大家文钞·欧阳文忠公文钞》卷二九《江邻几墓志铭》评语。

陆毁于南宋末年战火,而为日本天理大学图书馆所收藏,称天理本 ①。将《欧阳文忠公集》通行本《书简》加上天理本《书简》所增补的部分,共有 568 篇,此即本节论述的主要对象。

当然,此《书简》牵涉到与《欧集》所收《居士集》及《居士外集》中 56 篇"书"(含 2 篇"上书")的联系和区别的问题,因为二者实有关联,又有差异。

所谓关联,一是从大处说,它们统称"书"或"书简";二是若干书信置于《居士外集》或《书简》似皆可,难以绝对划线区分。熊礼汇教授认为,依照欧公自编《居士集》及周必大编《居士外集》的考虑,书简"按内容和功用分为两类,一为论理言事之作,一为'存劳'谈心之作。当然,论理言事之作也有表达'存劳'之意的,'存劳'之作也会有论理言事成分,只是主次、多寡有别而已"②,这是很有见识的。综览欧阳修多至数百篇的《书简》,深感其于研究欧公及当时的朝政演变、宦海风波、士人心态、诗文创作等,具有极大的价值。

## 一、个人大量书信命名《书简》的首次结集

书简创作在我国历史上源远流长,书简有上行、平行与下行三类。秦代、西汉时最著名的当推李斯《谏逐客书》、司马迁《报任安书》,属上行、平行类;东汉时较著名的有马援《诫兄子严敦书》,属下行类。

魏、晋后书简的数量渐趋增多,以下是据《四部丛刊》调查

---

① 见日本九州大学东英寿教授《新见九十六篇欧阳修散佚书简辑存稿》,载《中华文史论丛》2012 年第 1 期。以下简称《辑存稿》。

② 《略论欧阳修书简的艺术特色——从日本学者新发现的 96 通书简说起》,载《武汉大学学报》人文科学版 2012 年第 3 期。

的收有散体书简的集部著作的情况:

魏《曹子建集》卷九存书3篇;晋嵇康《嵇中散集》卷二存书2篇,名篇《与山巨源绝交书》篇幅甚长;陆云《陆士龙文集》卷八、一〇存书凡68篇,篇幅不甚长,但数量遥遥领先于诸家;南北朝鲍照《鲍氏集》仅存1篇,即卷九所收著名的《登大雷岸与妹书》;《梁昭明太子集》卷三存书5篇;江淹《江文通集》卷五存书3篇;徐陵《徐孝穆集》卷四至七存书凡33篇,仅次于陆云;庾信《庾子山集》仅有卷一一中的1篇。

唐代王勃《王子安集》卷九存书6篇;卢照邻《幽忧子集》卷七存书3篇;《骆宾王文集》卷七存书5篇;陈子昂《陈伯玉文集》卷九、一〇存书15篇;张九龄《曲江张先生文集》卷一六存书4篇;李白《分类补注李太白诗》卷二六存书6篇;元结《元次山文集》卷七存书5篇;颜真卿《颜鲁公文集》卷一一及补遗存书、帖17篇;权德舆《权载之文集》卷四一、四二存书8篇。

到了韩愈、柳宗元两位大家出现,古文的复兴引领散体书简创作趋于活跃。《朱文公校韩昌黎先生集》卷一四至卷一九收韩愈书48篇,另有《外集》卷二收书7篇,合计55篇;《增广注释音辨柳先生集》卷三〇至卷三四收柳宗元书35篇。

韩、柳之后,书简数量呈下降的态势。刘禹锡《刘梦得文集》卷一四存书11篇;吕温《吕和叔文集》卷三存书7篇;皇甫湜《皇甫持正文集》卷四存书6篇;李翱《李文公集》卷六至八存书16篇;欧阳詹《欧阳行周集》卷八存书4篇;孟郊《孟东野诗集》卷一〇存书2篇;沈亚之《沈下贤文集》卷七、八存书17篇;李德裕《李文饶文集》之《别集》卷六存书4篇;元稹《元氏长庆集》卷二九至三一存书6篇;白居易《白氏长庆集》卷二七、二八存书7篇;杜牧《樊川文集》卷一一至一三存书16

篇;李商隐《李义山文集》卷四存书 3 篇;《刘蜕集》卷四至六,
存书 12 篇;《孙樵集》卷二存书 6 篇;皮日休《皮子文薮》卷九
存书 4 篇;司空图《司空表圣文集》卷一至四存书 8 篇;黄滔《黄
御史公集》卷七存书 3 篇;五代徐铉《徐公文集》卷二〇存书
5 篇。

　　到了宋代,柳开《河东先生集》卷五至卷九,存书 33 篇,诸
多上书、答书、与人书,包括《报弟仲甫书》等,均非短简;王禹
偁《小畜集》卷一八存书 14 篇,多论理言事之作;穆修《河南穆
公集》卷二有答书、上书 4 篇,或谈文论道,指导后学,或自述困
境,求见求援,亦非短制;范仲淹《范文正公集》卷七至卷九,有
书简 14 篇,作为政治家,每以国家大事为言,多长篇大论。尹洙
《河南先生文集》卷六至一一,以"启"为名者不计,收书简多至
47 篇,以议政论军言边事为主,亦有倾吐心怀的短简,如卷一一
《答汝州王仲仪待制书二首》之二云:

　　　　辱赐书教,承自至汝阳,政简讼稀,尊体安适。某到随
　　州城东,得一僧居,竹树甚美,颇有隐者之趣。所愧者,以罪
　　来耳。

全文仅 44 字,问候友人,自述近况,敞露心扉,与欧《书简》中的
大量短信颇为相似。苏舜钦《苏学士文集》卷九至一一存书 14
篇。显然,散体书简的增加,与宋初古文的再次复兴有着密切的
关系。

　　欧阳修就是在这样的背景下,步入政界与文坛,创作了许
多脍炙人口的散文作品,同时也留下了如前所述包括以短简为
主的《书简》10 卷(含天理本新见 96 篇)和《居士集》卷四六、
四七及《外集》卷一六至一九所收信简,凡 624 篇。除了韩愈载

于《外集》的《与大颠书》3篇短简外,韩、柳书简,与欧阳修《居士集》与《外集》所收之56篇,内容、功用一样,但数量均少于欧,更遑论欧存于《书简》的以篇幅短小、落笔随性、袒露心怀等为特点的书信达数百篇之多!事实表明,在韩、柳领导下唐代散文的复兴,推动了唐代散体书简的发展,而欧阳修继承韩、柳的文学事业,引领宋代的散文复兴,也身体力行地推动了散体书简的进一步发展。后人经过对欧简持久不懈的搜集整理,终于刊刻了有史以来第一部以个人大量短简为主命名《书简》的著作。在我国书简发展史上,欧阳修留下了浓墨重彩的一笔和巨大的影响。门生苏轼在欧公之后,创作了数量更多、也更活泼富于灵性的短简,就是这种巨大影响的明证。《四库全书》本《东坡全集》卷七二至七六存有书简66篇之外,卷七七至八五又收入以短简为主的"尺牍"凡811篇,今中华书局出版的《苏轼文集》所收更多,这是苏轼追踪欧公的足迹在书简创作上取得的极不寻常的成就。

欧阳修《书简》的受简者共有一百多人,其中极少数人只知其官职而不知名姓。大多数受简者是当时活跃于政界、文坛的著名官员、学者、文人,也有与欧交往的友人、门生、弟子,还有亲戚与家人。欧阳修的所有书简,包括《书简》加上《居士集》与《外集》所收之"书",以受简数量多寡为序,前41位为梅尧臣(47篇)、韩琦(45篇)、吕公著(36篇)、刘敞(30篇)、薛仲孺(20篇)、王素(19篇)、蔡襄(17篇)、焦千之(17篇)、欧阳发(15篇)、吴奎(13篇)、王拱辰(12篇)、苏颂(11篇)、常秩(10篇)、杜衍(9篇)、赵槩(9篇)、吴充(9篇)、王陶(9篇)、王回(9篇)、王益柔(9篇)、颜复(9篇)、徐无党(8篇)、冯京(8篇)、李端愿(8篇)、程琳(7篇)、陆经(7篇)、丁宝臣(7篇)、陈力(7篇)、马著作(7篇)、欧阳焕(7篇)、富弼(6篇)、孙沔(6篇)、尹洙(6篇)、苏洵(6篇)、曾巩(6篇)、章岷(5篇)、连庶(5篇)、张洞(5篇)、范仲淹(4篇)、张方平(4篇)、王珪(4篇)、王安石(4篇)。其中,前辈有杜衍、程琳、范仲淹、赵㮣、孙沔等人,为政界有影响的人物,杜、程、范、赵皆官至宰辅;平辈有尹洙、梅尧臣、富弼、王素、张方平、韩琦、苏洵、丁宝臣、吴奎、蔡襄、王拱辰、王益柔等人,其中富、张、韩、吴官至宰辅,富、韩与尹、蔡、王素等为庆历革新重要人士,苏洵文章得到欧阳修极力夸奖;晚辈有吕公著、刘敞、曾巩、王珪、张洞、常秩、苏颂、王安石、王陶、吴充、冯京、王回等人,其中吕公著、王珪、苏颂、王安石、冯京皆官至宰辅,刘敞、曾巩、王回等的学识都为欧公所赏识。另,王拱辰、薛仲孺、吴充与欧公为亲戚,徐无党、焦千之为欧公的门生弟子。综上所述,欧阳修交游之广泛非同寻常。他与政界、文坛、学术圈的许多重要人物均有颇为密切的联系,因此,我们可以理解他对仁、英、神宗三朝及后来宋代的政治、文化、学术,特别是文学有着何等重大的影响。

兹将欧阳修所有书简中原已标明年代者,作大致的统计,所得信息如下:天圣九年(1031)至明道二年(1033),凡3年,得11篇,年均3.7篇;景祐元年(1034)至四年(1037),凡4年,得18篇,年均4.5篇;宝元元年(1038)至康定元年(1040),凡3年,得17篇,年均5.7篇;庆历元年(1041)至八年(1048),凡8年,得40篇,年均5篇;皇祐元年(1049)至五年(1053),凡5年,得57篇,年均11.4篇;至和元年(1054)至二年(1055),凡二年,得30篇,年均15篇;嘉祐元年(1056)至八年(1063),凡八年,得183篇,年均22.9篇;治平元年(1064)至四年(1067),凡4年,得68篇,年均17篇;熙宁元年(1068)至五年(1072),凡5年,得84篇,年均16.8篇。从上述统计中,不难发现,欧阳修书简的数量大体上是与时俱进的,从天圣九年至洛阳为西京留守推官,踏上仕途,到嘉祐后期为参知政事,进入国家领导层,除了庆历间稍有回落外,书简量不断增加,年均数一直上升,这与他交游越来越广,涉事越来越多,官职越来越大,声望越来越高有必然的关系。由治平末至自请离京补外及熙宁时归老颍州,书简量又见减少,也是十分自然的。无疑,大量书简的留存,既是胸襟开阔的欧阳修勤于政事,多所交往,擅长文笔,畅抒怀抱之所致;又是周必大等由衷地仰慕先贤,不遗余力地搜集散落各处的遗墨,精心编纂,尤着意于系年,且认真刊刻的结果;也是我国古代散文发展至唐宋两代,尤其是宋代,在书简文体的发展上获得辉煌成就的显示。

当然,还有必要强调的是,相对于《居士集》与《外集》之所载,一般说来,欧阳修《书简》之文具有篇幅短小、落笔随性、涉事琐细、言及私密、情悰显露、较多短句与口语等特点。首先,是篇幅均甚短小。以新见96篇书简为例,皆在300字之内,其中不满百字的67篇,不满150字的17篇,不满200字的8篇,不满250字的2篇,仅有2篇接近300字。其次,是落笔随性。或言身体不适,或述久别思念,或乞唱和诗篇,或约友朋相聚,或称阅文有感而跋尾,或赞后学诗作之优异,林林总总,随意成篇。再次,是涉事琐细。一篇之中,谈气候,说衰病,言集古,道家事,拉拉杂杂,言虽简而意颇丰。关于私密,如皇祐五年《与梅圣俞》云:“闲中不曾作文字,只整顿了《五代史》,成七十四卷。不敢多令人知,深思吾兄一看,如何可得,极有义类。……此小简立焚,勿漏史成之语,惟道意于君谟,同此也。”[1] 又如治平末,胡宿去世,家书中嘱长子暂为保密[2];治平四年出知亳州,呈《谢

---

① 《欧集·书简》卷六。
② 《辑存稿》简九三《与大寺丞》。

上表》后叫长子探听朝中的反应①,等等。关于情悰显露,如言及门生弟子,关切与喜悦之情溢于言表;涉及有人擅自削去《范碑》中关键文字时,无比愤懑之情见于字里行间。至于短句与口语之多,不胜枚举。可以说,作为一代文宗,欧阳修率先开辟了散文平易自然发展的大道,也打通了以大量短简谈心、说事、抒情以至论理的坦途,给后世书简文的发展树起了足以效法的丰碑。

## 二、漫长而又曲折的心路历程的真切写照

　　欧阳修《书简》的创作始于入仕的天圣、明道间,终于致仕一年后逝世的熙宁五年(1072),《书简》中的数百篇作品串起的是漫长的历史和曲折的人生,是他从政四十多年心路历程的真切写照,可以帮助我们近距离地观察欧阳修的内心世界。

　　刚入仕的欧阳修就是非常重友情的,对西京幕府的朋友们一往情深,在各人因故离去后,恋恋不舍。此时的欧阳修,意气风发,豪放不羁,对朋友是直言无忌的。载于《书简》卷一天圣、明道间的《与富文忠公》写道:

　　　　彦国自西归,于今已逾月,无由一致书。……始与足下相别时,屡邀圣俞语,谓"书者,虽于交朋间,不以疏数为厚薄。然既不得群居相笑语尽心,有此犹足以通相思,知动静,是不可忽。苟不能具寸纸,数行亦可。易致则可频致,犹胜都不致也"。当时相顾切切,用要约如此,谓今别后,宜马朝西而书夕东也。不意足下自执牛耳,登坛先歃,降坛而

---

① 《欧集·书简》卷一〇《与大寺丞》。

吐之,何邪? 平生与足下语,思欲力行者事何限,此尺寸纸
为俗累牵之,不能勉强,向所云云,使仆何望哉? 洛阳去京
为僻远,孰与绛之去京师也? 今尚尔,至绛又可知矣。自相
别后,非见圣俞,无一可语者,思得足下一书,不啻饥渴,故
不能不忉忉也。

此书既表达了欧对友朋的牵挂和思念,又毫无隐讳地责备富
弼违背“当时相顾切切”的“要约”。仅观“不意足下……何
邪”、“平生与足下……何望哉”、“洛阳去京……孰与绛之去京
师也”三句反问,其久蓄胸中的郁闷,刚直的个性与极盛的气势
即显露无遗。因此,我们可以理解欧明道元年(1032)曾作《非
非堂记》,何以那样果决地强调“非非”的重要性;而景祐三年
(1036)在大是大非面前,为范仲淹打抱不平,作《与高司谏书》
时,何以那样的强势,用语何以那样的激烈。

有关洛阳“八老”中欧被称为“逸老”之说,亦可窥见欧彼
时的心态。明道元年(1032)有《与梅圣俞》云:

　　捧来简,释所以名老之义甚详。某常仰希隽游,所望正
在规益,岂敢求辩博文才之过美哉! 前承以“逸”名之,自
量素行少岸检,直欲使当此称。然伏内思,平日脱冠散发,
傲卧笑谈,乃是交情已照外遗形骸而然尔。诸君便以轻逸
待我,故不能无言。……必欲不遗“达”字,敢不闻命? 然
宜尽焚往来问答之简,使后之人以诸君自以“达”名我,而
非苦求而得也。①

---

① 《欧集·书简》卷六。

这里,既承认"素行少岸检",又辩解为乃坦荡面对知心朋友,毫无做作,并非轻佻,故不欲人"以轻逸待我",坚持以"达"为名,且声称"非苦求而得"。呈现在我们面前的是才气横溢而放达不羁的欧阳修,尚未成熟有点意气用事又有着极强自尊心的欧阳修。

景祐元年(1034),以王曙的推荐,欧入京为馆阁校勘。翌年,作《与梅圣俞》云:"校勘者非好官,但士子得之,假以营进尔。余既与世疏阔,人所能为皆不能,正赖闲旷以自适。若尔,奚所适哉?"①北宋诸多大臣皆有任职馆阁的经历,能入馆阁对士人而言是求之不得令人艳羡的美事,欧阳修并不以此自幸、自傲、自夸,不屑"假以营进",而只求为国家办实事出大力。"正赖闲旷以自适。若尔,奚所适哉",透露的正是欧不愿取巧谋进的心声。以此,我们也可以理解他何以在翌年即有《上杜中丞论举官书》,声援刚直敢言不惧丢官的石介;后又怒作《与高司谏书》,亦贬夷陵的遭遇。此时所作《与尹师鲁书》云:

> 往时砧斧鼎镬,皆是烹斩人之物,然士有死不失义,则趋而就之,与几席枕藉之无异。有义君子在傍,见有就死,知其当然,亦不甚叹赏也。……又常与安道言,每见前世有名人,当论事时,感激不避诛死,真若知义者,及到贬所,则戚戚怨嗟,有不堪之穷愁形于文字,其心欢戚无异庸人,虽韩文公不免此累,用此戒安道慎勿作戚戚之文。②

这段名言每每被人引述,因为它体现了作者见义勇为、处变不

① 《欧集·书简》卷六。
② 《欧集·居士外集》卷一七。

惊、刚正不阿、宁折不弯的崇高人格,敞露了从政者无比坦荡、光明磊落的胸怀。宝元年间,从《居士外集》的《答李淑内翰书》及《与王源叔问古碑志书》中,知欧在"以罪废"的时光里,修五代纪传,研究古碑,考其文辞,并求教于博学者,依然自强不息。

到了康定元年(1040),已至西线任要职的范仲淹,以幕府掌书记召聘欧阳修,欧辞而不就。苏辙《欧阳文忠公神道碑》据《欧集·附录》卷五所载欧阳发等述《事迹》,书曰:"范公起为陕西经略招讨安抚使,辟公掌书记,公笑曰:'吾论范公,岂以为利哉!同其退,不同其进,可也。'辞不就。"此乃虚美之辞,当年,欧有《答陕西安抚使范龙图辞辟命书》:

> 不幸修无所能,徒以少喜文字,过为世俗见许,此岂足以当大君子之举哉?若夫参决军谋,经画财利,料敌制胜,在于幕府,苟不乏人,则军书奏记一末事耳,有不待修而堪者矣。由此始敢以亲为辞。况今世人所谓四六者,非修所好,少为进士时不免作之,自及第,遂弃不复作。……今废已久,惧无好辞以辱嘉命。①

虽有言"军书奏记一末事耳,有不待修而堪者矣",但总的看,话还显得较委婉。而《书简》卷六《与梅圣俞》则说得直截了当:

> 安抚见辟不行,非惟奉亲避嫌而已,从军常事,何害奉亲?朋党,盖当世俗见指,吾徒宁有党邪?直以见召掌笺奏,遂不去矣。

---

① 《欧集·居士集》卷四七。

这才是欧阳修向知己发出的内心深处的告白。他关心时事,喜于论政议军,在安邦治国上胸有大志,不甘于做类似秘书工作的掌书记。且"吾徒宁有党邪",坦荡表明如能"参决军谋",毫无"同其退,不同其进"的问题,若无此篇书简,岂不是掩没了欧阳修真正的心声?

庆历四年(1044),范仲淹主持、欧阳修等大力支持的新政,已陷困境。是年十一月,新政的反对派,以进奏院援例祀神卖故纸钱宴宾客事,对新政人士发起猛烈的攻击,弹劾的是时监进奏院后被废为平民的苏舜钦,矛头指向的是舜钦的岳父、为相的杜衍,一批包括新政支持者或同情者在内的名士遭到降职的处罚,反对派终于达到了他们"一网打尽"的目的。对此,欧阳修自然愤激不已,但此前的八月,他已调离京师谏官的岗位,至河北任都转运使,无力施以援手,只能在苏舜钦所贻书简之后写道:"子美可哀,吾恨不能为之言。"[1]值得注意的是,欧阳修是年夏曾致书梅尧臣云:

> 前有《水谷诗》,见祁公,云子美秘不令人见,畏时讥
> 谤。吾徒廓然以文义为交,岂避此辈?子美豪迈,何乃如
> 此!世涂万态,善恶由己。所谓祸福,有非人力而致者,
> ——畏避,怎生过日月也?[2]

《水谷诗》全称《水谷夜行寄子美圣俞》,作于是年出使河东返回京师的途中,极力褒扬苏、梅诗的艺术成就,此诗寄给苏舜钦后,舜钦因"畏时讥谤"竟秘不示人,虽进奏院案尚未发生,但由

---

① 费衮《梁溪漫志》卷八。
② 《欧集·书简》卷六《与梅圣俞》。

舜钦的反应可知政坛上已风云密布,气氛相当紧张,欧阳修面对即将袭来的风暴,体现出敢于担当无所畏惧的精神,在书简中也得到充分的展示。

贬官滁州后,国家的安危、百姓的疾苦依然萦回在他的心头。庆历六年(1046)致韩琦书云:

> 山州穷绝,比乏水泉。昨夏秋之初,偶得一泉于州城之西南丰山之谷中,水味甘冷。因爱其山势回抱,构小亭于泉侧,又理其傍为教场,时集州兵、弓手,阅其习射,以警饥年之盗,间亦与郡官宴集于其中。……今春寒食,见州人靓装盛服,但于城上巡行,便为春游。自此得与郡人共乐。"[①]

庆历七年(1047),又有《与梅圣俞》云:"某此愈久愈乐,不独为学之外有山水琴酒之适而已,小邦为政期年,粗有所成,固知古人不忽小官,有以也。"[②] 在与最为亲近的同僚及友人的通信中,真切地显现出欧阳修在失望之时并未丧志,苦闷之中仍思奋发的心态。

皇祐、至和期间,欧阳修移知颖州,乐西湖之美,又有聚星堂宴集;留守南京,遭母丧后又值范仲淹逝世;入京权判吏部流内铨,仅六日即离职。上述经历对欧的心态都产生了很大的影响。皇祐元年(1049)知颖州,致书王陶云:

> 某此幸郡小事稀,苟见恶者稍息心,此亦安然矣。自到此,公私未尝发尺牍,惟有书来即答,余外惟自藏于密。但

---

① 《欧集·书简》卷一《与韩忠献王》。
② 《欧集·书简》卷六。

> 时有一二文字,此事吾徒断不得尔。进取不可干,大祸患当
> 避,其余爱恶,岂能周恤也？①

"郡小事稀",既便于治理,又避免"见恶者"的嫉恨,这是
在遭受庆历革新的挫折后,郁愤不平,坚持操守,姑且藏拙的内
心写照。当然,颍州之美景与友朋的聚会略可抚慰其受伤的心
灵,皇祐三年(1051)欧向年轻的朋友王回吐露了自己的心声：

> 某衰病日增,殊无世间意趣。近买田颍上,思幅巾与
> 二三君往来田间间,其乐尚可终此余年尔。而其势未能速
> 去,非为之不果,犹须晚获也。②

从"买田颍上"知欧阳修已有归隐的念头,但他明白还不是时
候,"犹须晚获"。

皇祐四年(1052)三月,母亲郑氏卒于官舍；五月,又传来
范仲淹逝世的噩耗,对欧阳修都是沉重的打击。四岁丧父,全赖
母亲抚养成人,欧对母亲充满无限的感激,在与韩琦和亲属及
许多朋友的书信中,都抒写了"大祸仓卒,不知所归"③,"攀号冤
叫,五内分崩"④的沉痛心情。对深为崇敬的前辈的逝世,欧阳
修在《祭资政范公文》中不仅给予比拟孔、孟的赞美,而且对仇
视范公的佞人予以猛烈的痛击。是年致孙沔书简云："希文才
行高,忌嫉众……所惜用于时者,万不伸一,为国家惜耳。"⑤另

---

① 《欧集·书简》卷四《与王文恪公》。
② 《欧集·书简》卷七《与王主簿》。
③ 《欧集·书简》卷一皇祐四年《与韩忠献王》。
④ 《欧集·书简》卷一〇皇祐五年《与十四弟》。
⑤ 《辑存稿》简三二《与孙威敏公》。

一简云：

> 昨日范公宅得书，以埋铭见托。哀苦中无心绪作文
> 字，然范公之德之才，岂易称述？至于辨谗谤，判忠邪，上不
> 损朝廷事体，下不避怨仇侧目，如此下笔，抑又艰哉！某平
> 生孤拙，荷范公知奖最深，适此哀迷，别无展力，将此文字，
> 是其职业，当勉力为之。更须诸公共力商榷，须要稳当。①

他深知为一个仍存争议的亲密的伟人铭墓是何等的艰难，自己
既要责无旁贷，实事求是地给予高度评价，对历史负责，但书写
又要稳妥周全，避免不必要的麻烦。其细密的心思尽显于一篇
短简之中。

至和元年（1054）被召回京都，任职不足一周，即突生变动
的事态，令欧阳修所料未及。是年致书张洞云：“某服除，被召
还阙。入见之日，便请蒲、同，朝旨见留，遂领铨管，视职七日，
遽以罪逐。”②又致书李端愿云：“昨自居颖服除，久俟外补。既
而召见，寻乞蒲、同，出处仓皇，谅闻于外也。前日入拜，恩旨复
留。孤生多难，鬓发萧然，心形两衰，岂有荣进之望？但区区未
能即去尔。”③此即胡柯《庐陵欧阳文忠公年谱》是年所载：

> 六月癸巳，朝京师，乞郡，不许。七月甲戌，权判流内
> 铨。会小人诈为公奏请汰内侍，其徒怨怒，以胡宗尧不当改
> 官事中公。戊子，出知同州。判吏部南曹吴充为公辨明，不
> 报。知谏院范镇一再极言，而参知政事刘沆方提举修《唐

---

① 《欧集·书简》卷二《与孙威敏公》。
② 《辑存稿》简六二《与张仲通》。
③ 《欧集·书简》卷四《与李留后》。

书》,亦乞留公修书。八月丙午,沆拜相。戊申,诏公修《唐书》。九月辛酉,迁翰林学士。

虽然事情的发展还算有个值得宽慰的结果,但确确实实是浇了欧阳修一盆冷水,"心形两衰",见再受打击的极端郁闷和悲观。

嘉祐间,欧阳修先权知礼部贡举,再权知开封府,修毕《唐书》,又兼翰林侍读学士,继而拜枢密副使,后任参知政事。官职荣升,位高任重,但对朝政的守常不变,深感无奈,加以健康状况不佳,内心颇为纠结,屡思卸职补外。欧多次致书王素吐露心曲。嘉祐二年(1057),知贡举后即有书云:

> 去冬求洪井未得,便差主文,今既喧噪渐息,遂复理前请,期于必得也。中年衰病尤甚,自出试院,痛不能饮。人生聚散,安能区区于此!进无所补,退又不能自遂,荏苒岁月,有甚了期?①

嘉祐三年(1058),又致书远在蜀地的老友:

> 成都风物非老者所宜,仲仪虽为同甲,然心意壮锐,谅可为乐,难以病夫忖度也。诸贤在外者为复来归,独公远去,相见何时?某非久于此者,然素志未遂,心往形留。②

嘉祐四年(1059),在即将免知开封府前,欧阳修告诉老友"不过月十日,且得作闲人尔,少缓汤火煎熬。有无限鄙怀,不能

---

① 《欧集·书简》卷三《与王懿敏公》。
② 《欧集·书简》卷三《与王懿敏公》。

具述"①。翌年之书云：

> 某自罢府，又一岁有余，方得《唐书》了当，遽申前请，恳乞江西。前后累削，辞极危苦，而二三公若不闻。近年眼目尤昏，又却送在经筵，事与心违，无一是处。未知何日遂得释然，一偿素志于江湖之上，然后归老汝阴尔。②

嘉祐六年（1061），致书吴充云："某以孤拙之姿，不求合世，加以衰病，心在江湖久矣。"③ 同年，致书刘敞云："某区区于此，忽忽半岁。思有所为，则方以妄作纷纭为戒，循安常理，又顾碌碌可羞，不知何以教之？"④ 嘉祐七年（1062），又有书与王素云："某窃位于此，不能明辨是非，默默苟且，负抱愧耻，何可胜言。"⑤ 与挚友交心的话语，真切地道出了欧阳修任重忧责、不愿循安守常、又难有作为、兼以衰病缠身、早已心在江湖的苦闷与无奈。

嘉祐八年（1063），仁宗去世，英宗继位。治平二年（1065），欧与王益柔书云：

> 某窃位于此，已六七年，白首碌碌，初无补报，而罪责无量，谤咎独归。自春首已来，得淋渴疾，癯瘵昏耗，仅不自支。他人视之，若不堪处。况以残骸勉强，情绪可知。久不

---

① 《欧集·书简》卷三《与王懿敏公》。
② 《欧集·书简》卷三《与王懿敏公》。
③ 《欧集·书简》卷二《与吴正献公》。
④ 《欧集·书简》卷二《与刘侍读》。
⑤ 《欧集·书简》卷三《与王懿敏公》。

通问，因书辄敢自道。胜之知我，必见哀怜。①

欧以无所作为，加上病体拖累，日益厌倦于仕宦生涯。

　　濮议之争起，欧以言者指濮议为邪说，力求外任。治平三年（1066），致书王拱辰云："某瘠病薾然，昨屡乞恳，以经此诋辱，于国体非便，第顾势未得遽去，以此强颜，成何情况！"② 治平四年（1067），在遭御史彭思永、蒋之奇以飞语作极难堪的人身攻击之后，欧更是坚请挂冠归田：

> 　　某去就之际，不惟果于自决，而相知者皆勉以必去不疑。亮公见爱素深，意必不殊也。此来赖君相之明，为之辨别，皎然明白，中外无所疑惑矣。则某之引去不嫌稍速，所推恩礼不必过优，使灾难中遂逃祸咎，而保安全于始终，蒙德不浅矣。区区所欲述者此尔，伏惟幸察。③

欧终于如愿以偿出知亳州，但政争激烈，无法躲避，横遭污辱，情何以堪？其愤懑不平与忧谗畏讥已臻极至。

　　熙宁时期是欧阳修人生的最后阶段，一心盼着辞官归田，孰料熙宁元年（1068）八月，又接到从亳州调往青州的诏命，离日思夜梦的颍州越来越远。熙宁二年（1069），有《答黎宗孟书》云："某性自少容，老年磨难多，渐能忍事。"④ 但他依旧是非分明，在原则问题上寸步不让，熙宁三年（1070），在青州任上两上札子，言俵散青苗钱于民不便。后力辞判太原府之任命，改知蔡

---

① 《欧集·书简》卷五《与王龙图》。
② 《欧集·书简》卷三《与王懿恪公》。
③ 《欧集·书简》卷一《与韩忠献王》。
④ 《欧集·书简》卷八。

州。熙宁四年(1071)二月,与长子书云:"写书了,又思得此助役事,方欲议行,人户惊搔,见说颍亦如此。"[1] 足见他对时局的关注和对百姓疾苦的关心。七月,终于得归颍州。

自庆历八年(1048)得眼疾以来,欧便疾病缠身,"两目昏花"、"耳亦不听"、"齿牙动摇"、"手指拘挛"、"左臂疼痛"、"所苦渴淋"、"艰于步履"、"殆不聊生"等语,屡见于欧与友朋的书简中,倾诉着病魔带来的无限痛楚。故致仕不到一年,欧即与世长辞。

众多的书简,不仅清晰地呈现出欧阳修从入仕到归老的人生轨迹,而且真切地展示了他漫长而又曲折的心路历程。天圣、明道时的英气勃发,放达不羁;景祐、宝元时的敢于担当,坦荡自信与沉潜;康定、庆历时的奋发无畏与后来受挫的不甘与藏拙;皇祐时的安闲与感伤;至和时的彷徨和宽慰;嘉祐时荣升的光鲜下难有作为的无奈;治平时的纷扰、屈辱与郁愤;熙宁时在青州为民请命的坚守和归老颍州的执著:都在欧阳修与同僚、友朋、亲人的一篇篇书简中得到淋漓尽致的表达。欧的气质,由英气甚盛转为和气渐增,直至以和气为主导的升华,对其创作的巨大影响及"六一风神"的形成,也成为后人十分关注的话题。

## 三、辛勤而又感人的创作活动的珍贵实录

欧阳修一生勤于笔耕,著述丰硕,诸如《内制集》、《外制集》、《奏议集》之外,文学、史学、经学、金石学等,皆有大手笔。大量的创作活动伴随着他的一生,也在他的诸多书简中得到切

---

[1] 《欧集·书简》卷一○《与大寺丞》。

实的反映。

朋友往来,诗歌唱酬,留下了不少佳话。如嘉祐三年(1058)《与梅圣俞》两简,一云:"闲作《归田乐》四首;只作得二篇,后遂无意思。欲告圣俞续成之,亦一时盛事。"① 又一云:"承宠惠二篇,钦诵感愧。思之,正如杂剧人,上名下韵不来,须勾副末接续尔。呵呵。家人见诮,好时节将诗去人家厮搅,不知吾辈用以为乐尔。"② 欧阳修还为晚辈的佳作而欣喜,以王安石为例,庆历三年(1043)致沈邈书云:"介甫诗甚佳,和韵尤精。"③ 新见书简《与王文公》称赞王所作《杜甫画像》诗云:"修当日会饮于聚星堂,狂醉之间,偶尔信笔,不经思虑,而介甫命意推称之若是,修所不及也。"④ 嘉祐四年《与刘侍读》云:"得介甫新诗数十篇,皆奇绝,喜此道不寂寞,以相告。"⑤

有关友朋殷切求文,书简中也多有记载。如嘉祐三年(1058)《与李留后》云:"前承惠浮槎山水,俾之作记……某中年多病,文思衰落,所记非工,殊不堪应命。"所指为《浮槎山水记》。嘉祐四年(1059)《与梅圣俞》云:"梅公仪来要杭州一亭记。述游览景物,非要务,闲辞长说已是难工,兼以目所不见,勉强而成。幸未寄去,试为看过,有甚俗恶幸不形迹也。"此指《有美堂记》。治平元年(1064)与韩琦书,言及受托撰韩父《魏国令公真赞》事:"屡日抒思,不胜艰讷。盖以巨德难名,非委曲莫究万一,而滞于简拙,遂至窘穷。实辱嘉命,惟负惭恐,勉自录

---

① 《欧集·书简》卷六。
② 《欧集·书简》卷六。
③ 《欧集·书简》卷五《与沈待制》。
④ 《辑存稿》简三六。
⑤ 《欧集·书简》卷五。

呈。"①

当然求文最多的是作墓志碑铭,至和元年(1054)与韩琦书,告知为仲淹作《文正范公神道碑铭》②;同年,程琳"欲使撰述先公神道碑"③,此指《冀国公神道碑铭》;嘉祐三年(1058)致书吴中复,言为其父吴举撰墓碣铭,"不敢辞尔"④;嘉祐五年(1060),与刘敞书云:"凌晨稍凉,为江氏作志。幸语其家勿相煎,兹事安敢奉误,旦夕当得。以方牵强,不能悉。""某为之翰家遣仆坐门下要志铭,所以两日不能至局。大热如此,又家中小儿女多不安,更为人家驱逼作文字,何时免此老业?"⑤此指《江邻几墓志铭》与《尚书刑部郎中天章阁待制孙公墓志铭》。

关于《集古录》的资料搜集与编纂,《书简》中也常提及。庆历六年(1046)《与梅圣俞》云:"贬所僻远,特烦遣人至此,并得……碑文数本、《千字文》等,岂胜慰喜!"⑥欧《集古录跋尾》卷一〇有《王文秉小篆千字文》,疑与此有关。皇祐六年(1054)《与张职方》云"县境有好碑,试为访之"⑦,对考古、集古表现出极大的热情。嘉祐四年(1059)《与王懿敏公》云:"蜀中碑文,虽古碑断缺,仅有字者,皆打取来。如今只见此等事,粗有心情,馀皆不入眼也。"⑧亦见其欲脱身于冗务而专注于集古的心绪。同年《与刘侍读》言及作《集古录》的初衷:"愚家所藏《集古录》,尝得故许子春为余言:'集聚多且久,无不散亡,此物理

<hr>

① 《欧集·书简》卷一《与韩忠献王》。
② 《欧集·书简》卷一《与韩忠献王》。
③ 《欧集·书简》卷二《与程文简公》。
④ 《欧集·书简》卷四《与吴给事》。
⑤ 《欧集·书简》卷五《与刘侍读》。
⑥ 《欧集·书简》卷六。
⑦ 《欧集·书简》卷四。
⑧ 《欧集·书简》卷三。

也。不若举取其要,著为一书,谓可传久。'余深以其言为然,昨在汝阴居闲,遂为《集古录目》。"① 嘉祐五年(1060)《与冯章靖公》云:"前承惠碑,多佳者,甚济编录,感幸感幸。闻金陵有数厅梁、陈碑,及蒋山题名甚多,境内所有,幸为博采以为惠,实寡陋之益也。"② 嘉祐七年(1062)致书刘敞云:"蒙惠以《韩城鼎铭》《莲勺博山盘记》,不意顿得此二佳物。修所集录前古遗迹,自三代以来,往往有之,独无前汉时字,常以为恨。今遽获斯铭,遂大偿素愿,乃万金之赐也。"③ 同年,得刘敞"惠以古器铭文"后致谢云:"发书,惊喜失声。群儿曹走问乃翁夜获何物,其喜若斯?……自公之西,《集古》屡获异文,并来书集入录中,以为子孙之藏也。幸甚幸甚。"④《集古录目》撰作的缘起、收集古碑文的过程、友人的热情帮助、得见古器铭文的惊喜,均见于欧简中。欧对集古的情有独钟、眼力独到与坚持不懈,正是他成为著名金石学家的重要原因。

欧反映创作活动的诸多书简极有史料价值和学术价值,这是毫无疑义的,同时它也是欧阳修高尚人格的真实写照,全面展现了他的从政理想、处事准则、政治智慧以及乐于助人等等,值得认真探讨。

宋承五代之后,亟待休养生息,但至仁宗朝,面临内忧外患,不断滋长因循苟且、得过且过之风。欧阳修在庆历二年(1042)作《准诏言事上书》,陈述"不慎号令"、"不明赏罚"、"不责功实"三弊,与"兵"、"将"、"财用"、"御戎之策"、"可任之臣"五事,末云:"方今天文变于上,地理逆于下,人心怨于内,四夷

---

① 《欧集·书简》卷五。
② 《欧集·书简》卷三。
③ 《辑存稿》简四二。
④ 《欧集·书简》卷五《与刘侍读》。

攻于外,事势如此矣,非是陛下迟疑宽缓之时,惟愿为社稷生民留意。"在此后的庆历革新中,欧更是竭尽全力为朝政改革出谋划策,呐喊助威。庆历四年(1044)欧作《吉州学记》,描写了自己所向往的儒者心目中安定祥和的理想社会,但是现实与理想的差距甚远,新政旋即夭折。庆历六年(1046)在《丰乐亭记》中欧仍发出居安思危的呼吁。对现实的失望,令欧于皇祐三年(1051)与梅尧臣相约买田于颍。重回京都后,嘉祐二年(1057),欧知贡举,大权在手,力推改革,致书王素云:"某昨被差入省,便知不静。缘累举科场极弊,既痛革之,而上位不主,权贵人家与浮薄子弟多在京师,易为摇动,一旦喧然,初不能遏。然所得颇当实材,既而稍稍遂定。"① 嘉祐三年又谓王素云:"近来班著萧条,群贤在外,皆当召归,而议者不及。衰病思去,又亦未得。守常不变,其弊乃尔。"② 欧在朝廷的人事安排上,也满怀求变除弊的渴望。欧力主变革,也是一个敢于担当之人。嘉祐八年(1063),仁宗去世后,英宗继位,与皇太后有隙,为维护朝政的稳定,欧与韩琦竭力弥缝母子,镇安内外。他还力劝富弼勿"以避灾为意,欲深自退抑"③。熙宁三年(1070)欧知青州时,以青苗法于民不便,不顾得罪朝廷,断然加以禁止。时致书韩琦云:"得蔡如请。土俗淳厚,本自闲僻,日生新事,条目固繁,然上下官吏畏罚趋赏,不患不及。"④ 这显然表达了对新法某些措施有扰民之弊的不满,因为这与他所坚持的从政为民的理想相违背。正因为理想难以实现,当然疾病困扰也是原因之一,欧每每在与友人的书简中倾诉离京补外的心声,又一再言及思念颍

---

① 《欧集·书简》卷三《与王懿敏公》。
② 《欧集·书简》卷三《与王懿敏公》。
③ 《欧集·书简》卷一《与富文忠公》。
④ 《欧集·书简》卷一《与韩忠献王》。

州欲辞官归田的意愿。

秉公办事,秉笔直书,不谋私利,不徇私情,这是欧阳修行事
和为文的准则。皇祐时有《与十二侄通理》云:

> 偶此多事,如有差使,尽心向前,不得避事。至于临难
> 死节,亦是汝荣事,但存心尽公,神明亦自祐汝,慎不可思避
> 事也。昨书中言欲买朱砂来,吾不阙此物,汝于官下宜守
> 廉,何得买官下物? 吾在官所,除饮食物外,不曾买一物,汝
> 可安此为戒也。①

欧阳修在为亲密友朋铭墓时,也是尊重实事求是的原则。
尹洙早年与欧皆在洛阳钱惟演幕府,一同游山玩水,切磋文章;
景祐时因支持范仲淹一同被贬;庆历革新时并肩奋斗,同上《论
朋党疏》《朋党论》,又同遭黜斥。对于如此同甘苦共患难的知
心朋友,欧阳修在铭墓时,亦据实直书,并未虚美。《辑存稿》有
欧与范仲淹一简,言及孙甫为尹洙作行状事,值得重视:

> 师鲁拜之翰为兄,于尹材乃父执也,为其诸父作行状。
> 之翰平生与师鲁厚善而无怨恶,必不故意有所裁贬。不
> 过文字不工,或人所见不同。材当作书叙感,然后以所疑
> 请问,而反条疏驳难。又所驳多不当,如之翰言"器使"二
> 字,乃驳云非为人所使。至如《论语》言"君使臣以礼",岂
> 亦不可乎? 其轻易皆此类。后生小子,但见其叔平生好论
> 议,遂欲仿效,既学问未精,故所论浅末,不知其叔平生潜心
> 经史,老方有成,其自少所与商较切磨,皆一时贤士,非一日

---

① 《欧集·书简》卷一〇。

而成也。率然狂妄，甚可怪。修在扬州，极不平之，亦曾作
书拜闻。明公若爱师鲁，愿与戒勖此子。仲尼曰："由也兼
人，故退之。"无使陷于轻率也。师鲁功业无隐晦者，修考
之翰行状无不是处，不知稚圭大骂之翰，罪其何处？此又不
谕也。稚圭处，修自附去也。

此简前称"此帖恐是与范文正公"，确实如此。欧阳修、韩琦、范
仲淹与尹洙关系均甚密切。洙卒，欧撰墓志铭，韩撰墓表，范于
尹洙身后事极为关心。孙甫，字之翰，为尹洙知交。此简论孙甫
为尹洙作行状事，云："师鲁功业无隐晦者，修考之翰行状无不
是处，不知稚圭（韩琦字）大骂之翰，罪其何处，此又不谕也。"查
韩琦《安阳集》卷三七有《与文正范公论师鲁行状书》曰：

> 辱教，示及之翰所撰《师鲁行状》，俾附永叔作志文。
> 读之，思其人，悲咽不能胜。观所载事，又有与闻见殊不相
> 合者，大以为疑。及阅尹氏侄子辨列，则皆某之疑者，于是
> 释然无所恨，而喜尹氏有人矣，甚善。某忆公前书道师鲁将
> 亡时，公亟往而谓曰："师鲁平生节行，当请欧阳永叔与相
> 知者为文字，垂于不朽。"师鲁举手叩头曰："尽矣，某复何
> 言？"某又尝接师鲁言，以为天下相知之深者，无如之翰，则
> 于记述之际宜如何哉！今所误书，若不先由之翰刊正，遂
> 寄永叔，彼果能斥其说，皆以实书之，则行状与墓铭二文相
> 戾，不独惑于今世，且惑后世。是岂公许死者之意，果可不
> 朽邪？之翰果尽相知之诚，不负良友邪？呜呼！师鲁有经
> 济之才，生不得尽所蕴，谪非其罪，而死又为平生相知者所
> 诬，以恶书之，是必不瞑于地下矣，实善人之重不幸也。且
> 前贤行状必求故人故吏为之者，不徒详其家世事迹而已，亦

欲掩疵扬善，以安孝子之心，况无假于掩而反诬之乎？夫生
则卖友以买直，死则加恶以避党，此固庸人之不忍为，岂之
翰之心哉？但恐不知其详耳。然不知其详而轻书之，以贻
今世后世之惑，使师鲁不瞑于地下，为交友者不得无过。今
闻之翰领江南漕，必已离安陆，愿公不以千里之远，速以行
状附还，使详尹偫之说，悉刊其误，然后以寄永叔，必能推而
广之，使师鲁之行实传之光显，垂于无穷，则公之许死者，是
谓践其言，天下忠义之人，皆有所劝，公之名德益重于世矣。

韩琦的观点全然偏向于"尹氏侄子"，孙甫恐多直书，强调写实，
未着力于"掩疵扬善"，引发韩琦之不满，而欧显然从范仲淹处
得知韩琦的看法，但他赞赏实事求是的态度，自然同情孙甫。双
方皆尽忠于国事，不遗余力地支持庆历新政，但在某些具体问题
上，难免有观点的分歧。如在刘沪筑水洛城对付西夏侵袭一事
上，因刘有违尹洙的节制，尹洙派狄青枷取刘沪。欧阳修庆历
四年(1044)连上《论水洛城事宜乞保全刘沪等札子》与《再论
水洛城事乞保全刘沪札子》[①]，认为筑水洛城在军事上有利，主
张"必不得已，宁移尹洙，不可移沪"。《宋史》本传载孙甫亦"谓
水洛通秦渭，于国家为利，沪不可罪，由是罢洙而释沪"。范、韩、
欧、尹的友谊，在庆历革新中经受考验，十分深厚，他们都出于公
心，但处事上见解未免完全一致，这是可以理解的。此简批评尹
材"率然狂妄"地责难作行状的父执孙甫，谓"明公若爱师鲁，
愿与戒勖此子"，同时，极不满于同命运、共患难的挚友韩琦责怪
孙甫的举动。此种情绪，看来也只有向革新阵营的领袖、欧待之
以师友的范仲淹抒发才合适。称"明公"，望其"戒勖此子"，亦

---

① 见《欧集·奏议集》卷九。

符合范仲淹的身份,故谓本简"与范文正公",当是正确的判断。此简展现了欧与范仲淹、韩琦等友人关系亲密而又直言不讳的相处之道。

　　欧阳修为人操守坚正,持论公平,亦富于政治智慧,这在为自己所十分景仰的范仲淹作神道碑铭时,充分表现出来。皇祐四年(1052)致书孙沔云:

　　　　昨日范公宅得书,以埋铭见托。哀苦中无心绪作文字,然范公之德之才,岂易称述? 至于辨谗谤,判忠邪,上不损朝廷事体,下不避怨仇侧目,如此下笔,抑又艰哉! 某平生孤拙,荷范公知奖最深……将此文字,是其职业,当勉力为之。更须诸公共力商榷,须要稳当。①

　　至和元年(1054),欧致书韩琦云:"范公人之云亡,天下叹息。昨其家以铭见责,虽在哀苦,义所难辞,然极难为文也。伏恐要知。"②同年,又有一简云:

　　　　范公道大材闳,非拙辞所能述。富公墓刻直笔不隐,所纪已详,而群贤各有撰述,实难措手于其间。近自服除,虽勉牵课,百不述一二。今远驰以干视听,惟公于文正契至深厚,出入同于尽瘁,窃虑有纪述未详及所差误,敢乞指谕教之。此系国家天下公议,故敢以请。③

欧考虑到既要忠于史实,大力褒扬范仲淹的丰功伟绩,又要着

---

① 《欧集·书简》卷二《与孙威敏公》。
② 《欧集·书简》卷一《与韩忠献王》。
③ 《欧集·书简》卷一《与韩忠献王》。

眼于全局,正视朋党纷争所造成的对朝政的伤害,从"系国家天下公议"的高度,写好这篇大文章。碑文撰毕,欧即寄给韩琦审阅,请其指正,又复信云:"范公碑如所教,悉已改正。"[①] 即使以如此慎重负责态度写下的碑版大作,居然为范氏子弟所删削。《辑存稿》简五七为治平间欧《与苏编礼》,云:"昨日论《范公神道碑》,今录呈。后为其家子弟擅于石本减却数处,至今恨之,当以此本为正也。"苏编礼即苏洵,时于太常礼院编纂礼书。"减却数处"指《范碑》中"及吕公复相,公亦再起被用,于是二公欢然相约戮力平贼"数语。叶梦得《避暑录话》卷上云:"碑载初为西帅时与许公释憾事,曰'二公欢然相约平贼',丞相(范纯仁)得之,曰:'无是,吾翁未尝与吕公平也。'请文忠易之。文忠怫然曰:'此吾所目击,公等少年,何从知之?'丞相即自刊去二十余字,乃入石。既以碑献文忠,文忠却之曰:'非吾文也。'"范家子弟否认范、吕释憾,擅改《范碑》,为亲历其事、尊重史实的欧公所不能容忍。

苏辙说仲淹"为书自咎,解雠而去"[②],亦即张邦基所称"见在范集中"有"与吕公解仇书"[③],此即吕祖谦收入《宋文鉴》卷一一三的《上吕公书》。此书作于仲淹遭贬复出、经制西事之际,时值康定元年(1040)。是年四月,仲淹为陕西都转运使。此前,已由越州召知永兴军。五月,吕夷简复相。联系景祐三年(1036)忤吕夷简,落职遭贬的往事和眼前元昊反宋自立,西夏侵边生事,国难当头,君臣共愤的现实,在《上吕相公书》中,仲淹表示唯知"修身治民"、"报国安危",而不知其他。此详见本书第九章第一节。《上吕公书》写得不卑不亢,正气凛然,见

① 《欧集·书简》卷一《与韩忠献王》。
② 苏辙《龙川别志》卷上,中华书局,1982年,第83页。
③ 《墨庄漫录》卷八,《丛书集成》本。

仲淹与夷简解仇交好的诚心,其意全在一同为国效力。此实为范、吕释憾之明证。《范碑》谓"二公欢然相约戮力平贼",完全真实,绝非杜撰。欧阳修亲历范、吕由交恶至释憾这段历史,撰《范碑》据实直书,叙交恶爱憎分明,言释憾实事求是,这种讲求客观、尊重历史的态度理应得到充分的肯定。欧阳修也凭借"释憾"之事,表明自己化解朋党之争的态度,这与晚年编定《居士集》时未收入《与高司谏书》的想法是完全一致的,也显示出历经时代风云与仕宦波折的欧阳修的思想变化与政治智慧。

欧阳修关心他人、乐于助人的美德,见诸书简,可谓不胜枚举。庆历元年(1041),他致书余靖,称"广文曾生,文识可骇"①;庆历六年(1046),向杜衍夸奖"进士曾巩者,好古,为文知道理"②;同年安慰落第的曾巩曰"畜德养志,愈甚远到"③。庆历七年(1047)向晏殊推荐新登进士第的魏广,称其为"好古守道之士"④。皇祐四年(1052)作书安慰失守端州而遭贬黜的丁宝臣曰:"遭此不幸,古人多然,在处之有道尔。古之君子,所以异于常人者,能安常人之所不能安也。"⑤皇祐六年(1054)有《与张职方》,请张转交信件给丁宝臣,称"斯人文章君子,不幸遭此,在忧患中,难得信问往来,早为达之也"⑥。皇祐五年(1053)作《与焦殿丞》⑦,安慰"不遂解名"的焦千之;嘉祐四年(1059)致书赵槩,请其帮助"专心学古"的"笃行之士"焦千之任职"郓

---

① 《欧集·书简》卷四《与余襄公》。
② 《欧集·书简》卷二《与杜正献公》。
③ 《欧集·书简》卷七《与曾令人》。
④ 《欧集·书简》卷二《与晏元献公》。
⑤ 《欧集·书简》卷八《与丁学士》。
⑥ 《欧集·书简》卷四。
⑦ 《欧集·书简》卷七。

学"①。嘉祐三年（1058），恳请韩琦推荐国子监直讲梅尧臣入馆阁②。嘉祐五年（1060），为屈居下僚的吕溱（字济叔）鸣不平，谓"济叔公议犹屈，乃吾徒之责，未尝少忘于怀"③。欧与多年同僚、为人忠厚的赵㮣情意甚笃，熙宁三年（1070）致书赵㮣，盼早日归田，云："若得自乘一鹿车造门求见，亦未为晚。"④可能由于身体不佳，结果还是年长的赵㮣于后年自南京单车来访，足见友情之深厚。

　　综上所述，欧阳修的 10 卷《书简》，是以个人短简为主的大量信件命名"书简"的首次结集，在我国的书简发展史和文学发展史上具有重要的地位。它是欧阳修长期从政与交游的记录，也是欧阳修心灵的生动写照。阅读这些书简，我们对欧阳修的人格、文学及多方面的学术成就有进一步的了解。这些近千年前的珍贵书简，也让我们深切地理解欧阳修能成为影响深远的一代文宗的原因。

# 第三节　欧阳修的笔记《归田录》

　　欧阳修的《归田录》是众多宋人笔记中的佼佼者。《归田录》之所以在后世广为流传，影响久远，是因为其具有重要的史料与人文价值，而究其根本，自然在于欧阳修官至北宋参政广见博闻，且为著名学者识见卓绝，又是一代文豪落笔不凡的缘故。

---

① 《欧集·书简》卷三《与赵康靖公》。
② 《欧集·书简》卷一《与韩忠献王》。
③ 《欧集·书简》卷三《与冯章靖公》。
④ 《欧集·书简》卷三《与赵康靖公》。

## 一、关于《归田录》的创作与传播

《归田录》是欧公晚年的作品,作于治平四年(1067)九月的《归田录序》云:"《归田录》者,朝廷之遗事,史官之所不记,与夫士大夫笑谈之余而可录者,录之以备闲居之览也。"其写作意图十分明白,即补"史官之所不记",且录颇有意趣的"士大夫笑谈",供致仕闲居时览阅。

《四库全书总目》之《归田录》提要云:

> 陈氏(振孙)《书录解题》曰:"或言公为此录,未成而序先出,裕陵索之,其中本载时事及所经历见闻,不敢以进,旋为此本,而初本竟不复出。"王明清《挥麈三录》则曰:"欧阳公《归田录》初成未出而序先传,神宗见之,遽命中使宣取,时公已致仕在颖州,因其间所记有未欲广布者,因尽删而去之,又恶其太少,则杂记戏笑不急之事,以充满其卷帙。既缮写进入,而旧本亦不敢存。"二说小异。周煇《清波杂志》,所记与明清之说同,惟云"原本亦尝出",与明清之说又不合。大抵初稿为一本,宣进者又一本,实有此事,其旋为之说,与删除之说,则传闻异词耳。

夏敬观《归田录》跋,承续《归田录》提要而云:"此三说皆出宋人,一云初本竟不复出,一云元书未尝存之,一云原本亦尝出。而初稿为一本,宣进者又一本,今所传者为宣进之本,则三说所同也。"[1]

---

[1] 李伟国点校《归田录·附录一》,中华书局,1981年,第57—58页。

　　由上所论,可知确有初稿本,篇幅远比后来的宣进本为多。宣进本两卷,呈进于作《归田录序》之后、已致仕归颍之时。中华书局本,在此两卷外,又搜集增补了见于各种类书或其他笔记的佚文四十条。欧公熙宁五年(1072)逝世,其时所言《归田录》,定然是已删去"所记有未欲广布者"的宣进本,而不可能是于当朝尚有忌讳的初稿本。吴充为逝者作《行状》,所列欧公诸多撰著中有"《杂著述》十九卷"①。韩琦撰《墓志铭》,有关欧公撰著,同云有"《杂著》十九卷"②。过了三十多年,苏辙作《欧阳文忠公神道碑》,"《杂著述》十九卷"依然列撰著中③。至南宋庆元二年(1196),周必大主持编纂的《欧阳文忠公文集》问世,在《居士集》五十卷、《居士外集》二十五卷等直至《奏议集》十八卷之后,列《杂著述》十九卷:《河东奉使奏草》二卷、《河北奉使奏草》二卷、《奏事录》一卷、《濮议》四卷、《崇文总目叙释》《于役志》各一卷、《归田录》二卷、《诗话》《笔说》《试笔》各一卷、《近体乐府》三卷④。韩琦《墓志铭》据吴充《行状》而撰,《行状》作于熙宁六年七月,然则含有宣进本《归田录》两卷的《杂著述》,或在欧公致仕后,最迟在欧公逝世后不久即已编就,流传下来,一个多世纪后才由周必大收入《欧集》中。

　　作《归田录序》的治平四年(1067),对欧公来说,是极不寻常的一年。是年正月,英宗驾崩,赵顼即位,是为神宗。本月,御史蒋之奇以"帷薄不修"事连长媳,诬告曾因"濮议"而遭围攻的欧阳修,御史彭思永藉以弹劾之。后虽辨明诬罔,但遭此奇耻大辱,欧坚乞罢政,最终得以出知亳州。故九月所作《归田录

①　见《欧集·附录》卷一。
②　见《安阳集》卷五〇《故观文殿学士太子少师致仕赠太子太师欧阳公墓志铭》。
③　见《栾城集·后集》卷二三,第1423页。
④　见《欧集》卷首《目录》。

序》中有"既不能因时奋身,遇事发愤,有所建明,以为补益,又不能依阿取容,以徇世俗。使怨嫉谤怒丛于一身,以受侮于群小"的无比愤激之语。此时的欧公虽已远离朝政,但忧谗畏讥的心理仍时时见诸笔墨。而在此前,即六月,欧呈进《亳州谢上表》:

> 伏念臣章句腐儒之学也,岂足经邦;斗筲小器之量也,宁堪大用? 而叨尘二府,首尾八年。荷三朝之误知,罄一心而尽瘁。若乃枢机宜慎,而见事辄言;陷阱当前,而横身不避。窃寻前载,未有能全。一昨怨出仇家,构为死祸。造谤于下者,初若含沙之射影,但期阴以中人;宣言于廷者,遂肆鸣枭之恶音,孰不闻而掩耳? 赖圣神之在上,廓日月之至明,悉究罔诬,遂投谗贼。

此表淋漓尽致地发泄了自己对一心报国却身受诬陷之不满,上呈后,欧与长子欧阳发书云:"《谢上表》到多时,因何不传? 若传,人言谓何? 及今诸事,有何议论,亦问冲卿便知,子细报来。"[①] 欧特别关注自己上表后朝廷的动静与众人的反应,迫不及待地请长子向其岳父、时在朝中任职的吴充打听消息,足见欧内心的焦虑与不安。由此可以想见,当神宗皇帝得知欧有《归田录》之作,欲索取亲览之时,欧的心情难免紧张,生恐其中是否有文字会引起龙颜不悦,于是对《归田录》做些删补就成了顺理成章的事了。正因为有所删减,故有后来所见的诸多佚文。《归田录序》中言"不书人之过恶"表示意在扬善,又有"备闲居之览"等轻松之语,不能说跟当时的境遇没有关系。

---

① 《欧集·书简》卷一〇《与大寺丞发》。

　　检视中华书局本《归田录》佚文,其中确有担心引起圣上不快而从原本中删除的条目。如第二条云:"丁晋公镇金陵,尝作诗有'吾皇宽大容尸素,乞与江城不计年'之句。"后叙在另一场合,"优人作语",不明就里地引述此句,颇为搞笑。又事涉"吾皇"对尸位素餐者的宽容,此等语自然不宜传入宫中。第六条言王沔字楚望,"上每试举人",多令其"读试卷,素善读书,纵文格下者,能抑扬高下,迎其辞而读之,听者无厌,经读者高选。举子尝纳卷祝之曰:'得王楚望读之,幸也!'"此有暗讽先皇仅凭听读取士,而欠缺鉴别能力之嫌,被删去似亦在情理之中。又如第七条中,有"若待筋力不支,人主厌弃后去,乃不得已也"句,恐招致影射圣上刻薄寡恩的指责,故亦不敢存于宣进本中。诸如此类,表明作者自《归田录》原本中作部分删削,乃是合理的判断。

　　《归田录》在欧公致仕时即得到关注,其影响已达一定的范围可想而知。至周必大主持编纂的《欧集》刊刻发行后,以生动的文笔记人叙事的《归田录》,自然深受广大读者的欢迎,影响越来越大。随着《欧集》在历代的不断传播,《归田录》中的不少条目为诸多著作、特别是类书所收录或引用。由《四库全书》观之,其要者,史部类有元马端临《文献通考》、清《钦定历代职官表》等;子部杂家类有宋曾慥《类说》、江少虞《事实类苑》、元陶宗仪《说郛》、明徐应秋《玉芝堂谈荟》;子部类书类有宋高承《事物纪原》、孙逢吉《职官分纪》、阙名《锦绣万花谷》、祝穆《古今事文类聚续集》、元富大用《古今事文类聚外集》、明彭大翼《山堂肆考》、清《御定渊鉴类函》、陈元龙《格致镜原》;子部小说家类的历代笔记和集部的历代文集、诗话等甚多,就不一一罗列了。

## 二、《归田录》的史料价值

《归田录》为我们留下了许多珍贵的史料,其价值首先表现在它作为可靠的人物活动记载为《续资治通鉴长编》、《东都事略》、《宋史》等重要史书所采用。北宋政治人物,特别是帝王、大臣、将领,书中记载颇多。如鲁宗道是真宗朝的参知政事,为人鲠直廉洁。《归田录》中有两条关于他的记载,一条云:

> 仁宗在东宫,鲁肃简公宗道为谕德。其居在宋门外,俗谓之浴堂巷,有酒肆在其侧,号仁和,酒有名于京师,公往往易服微行,饮于其中。一日,真宗急召公,将有所问。使者及门而公不在。移时,乃自仁和肆中饮归。中使遽先入白,乃与公约曰:"上若怪公来迟,当托何事以对,幸先见教,冀不异同。"公曰:"但以实告。"中使曰:"然则当得罪。"公曰:"饮酒,人之常情;欺君,臣子之大罪也。"中使嗟叹而去。真宗果问,使者具如公对。真宗问曰:"何故私入酒家?"公谢曰:"臣家贫,无器皿,酒肆百物具备,宾至如归。适有乡里亲客自远来,遂与之饮。然臣既易服,市人亦无识臣者。"真宗笑曰:"卿为宫臣,恐为御史所弹。"然自此奇公,以为忠实可大用。晚年,每为章献明肃太后言群臣可大用者数人,公其一也。其后章献皆用之。

署名曾巩著、成书于北宋的《隆平集》,晁公武《郡斋读书志》疑非曾巩作①。四库馆臣称"旧本题宋曾巩撰","盖虽不出

---

① 见孙猛《郡斋读书志校证》卷六,上海古籍出版社,1990年,第267页。

于巩,要为宋人之旧笈"①。该书在卷六"参知政事"栏下有"鲁肃简公宗道"条载其事迹云:

> 为谕德时,真宗一日遣中人召之,至其家,俟之久,方从酒家还。使者曰:"即上讶迟,将何以对?"宗道曰:"第直言之。"及宗道见帝,询其所之,对曰:"有乡人来,贫乏杯盘,至酒家饮之也。"帝善其无隐,而知其可大用。

此即据《归田录》文,以简要语而概述之。

王称《东都事略·鲁宗道传》云:

> 真宗一日遣中使召之,至其家,俟之久,方从酒家还。使者曰:"即上讶来迟,将何以对?"宗道曰:"第实言之。"中使曰:"然则当得罪。"宗道曰:"饮酒,人之常情;欺君,臣子之大罪也。"中使嗟叹而去。真宗果问,使者具如宗道之言。真宗问宗道:"何故私至酒家?"宗道谢曰:"有故人自乡里来,臣家贫,乏杯盘,故就酒家觞之也。"真宗善其无隐,自是有大用之意。②

《宋史·鲁宗道传》云:

> 为谕德时,居近酒肆,尝微行就饮肆中。偶真宗亟召,使者及门久之,宗道方自酒肆来,中使遽先入约曰:"即上怪公来迟,何以为对?"宗道曰:"第以实言之。"使者曰:

---

① 　永瑢等《四库全书总目》卷五〇《隆平集》提要,中华书局,1965 年,第 447 页。
② 　王称《东都事略》卷五三,《文渊阁四库全书》本。

"然则公当得罪。"曰:"饮酒,人之常情;欺君,臣子之大罪也。"真宗果问,使者具以宗道所言对。帝诘之,宗道谢曰:"有故人自乡里来,臣家贫,无杯盘,故就酒家饮。"帝以为忠实,可大用。尝以语太后。太后临朝,遂大用之。

以上各书相关内容均引自《归田录》,足见《归田录》记载的原创性。

该书卷一又一条云:

> 鲁肃简公立朝刚正,嫉恶少容。小人恶之,私目为"鱼头"。当章献垂帘时,屡有补益,谠言正论,士大夫多能道之。公既卒,太常谥曰"刚简",议者不知为美谥,以为因谥讥之,竟改曰"肃简"。公与张文节公知白当垂帘之际,同在中书,二公皆以清节直道为一时名臣,而鲁尤简易,若曰"刚简",尤得其实也。

此条为《长编》和《宋史》本传所采用。《长编》卷一〇七天圣七年"二月庚申朔,礼部侍郎、参知政事鲁宗道卒"条载:"自贵戚用事者莫不惮之,时目为'鱼头参政',因其姓,且言骨鲠如鱼头也。……初太常议事曰'刚简',复改为'肃简',议者以为'肃'不若'刚'为得其实也。"《宋史》本传亦云:"宗道为人刚正,疾恶少容,遇事敢言,不为小谨。……初太常谥曰'刚简',复改为'肃简',议者以为'肃'不若'刚'为得其实云。"

《归田录》卷一中有若干涉及宋太祖的记载,一条云:

> 太祖时,郭进为西山巡检。有告其阴通河东刘继元,将有异志者,太祖大怒,以其诬害忠臣,命缚其人予进,使自处

置。进得而不杀,谓曰:"尔能为我取继元一城一寨,不止赎尔死,当请赏尔一官。"岁余,其人诱其一城来降。进具其事,送之于朝,请赏以官。太祖曰:"尔诬害我忠良,此才可赎死尔,赏不可得也。"命以其人还进。进复请曰:"使臣失信,则不能用人矣。"太祖于是赏以一官。君臣之间盖如此。

此条内容亦为《宋史·郭进传》所采用:

> 有军校自西山诣阙诬进者,太祖诘知其情状,谓左右曰:"彼有过,畏法,故诬进,求免尔。"遣使送与进,令杀之。会并人入寇,进谓诬者曰:"汝敢论我,信有胆气。今舍汝罪,能掩杀并寇,即荐汝于朝;如败,可自投河东。"其人踊跃听命,果致克捷,进即以闻,乞迁其职,太祖从之。

此处记述虽不如《归田录》具体生动,但内容一致,取材于《归田录》无疑。

《归田录》卷一记李汉超一条,亦与太祖有关:

> 太祖时,以李汉超为关南巡检,使捍北虏,与兵三千而已。然其齐州赋税最多,乃以为齐州防御使,悉与一州之赋,俾之养士。而汉超武人,所为多不法。久之,关南百姓诣阙,讼汉超贷民钱不还,及掠其女以为妾。太祖召百姓入见便殿,赐以酒食,慰劳之,徐问曰:"自汉超在关南,契丹入寇者几?"百姓曰:"无也。"太祖曰:"往时契丹入寇,边将不能御,河北之民岁遭劫虏,汝于此时能保全其资财妇女乎?今汉超所取,孰与契丹之多?"又问讼女者曰:"汝家

几女,所嫁何人?"百姓具以对。太祖曰:"然则所嫁皆村夫也。若汉超者,吾之贵臣也,以爱汝女则取之,得之必不使失所。与其嫁村夫,孰若处汉超家富贵?"于是百姓皆感悦而去。太祖使人语汉超曰:"汝须钱,何不告我,而取于民乎?"乃赐以银数百两,曰:"汝自还之,使其感汝也。"汉超感泣,誓以死报。

《东都事略·李汉超传》显然据此撰写:

> 以功领齐州防御使、关南兵马都监。汉超在关南,人有讼汉超强取其女为妾,及贷而不偿者。太祖召而问之曰:"汝女可适何人?"曰:"农家也。"又问:"汉超未至关南,契丹如何?"曰:"岁苦侵暴。"曰:"今复尔耶?"曰:"否。"太祖曰:"汉超,朕之贵臣也。为其妾,不犹愈于农妇乎?使汉超不守关南,尚能保汝家之所有乎?"责而遣之。密使谕汉超曰:"亟还其女并所贷,朕姑贳汝,勿复违也。不足于用,何不以告朕也?"汉超感泣,誓以死报。

《宋史》卷二七三《李汉超传》与上文仅三四字有异,可以说几乎全抄录自《东都事略》。可见两书关于汉超的有关记述均取材自《归田录》。

曹彬,以其高尚人品与治军才干极得太祖赏识与重用。《归田录》卷一"曹武惠王"条称其为"国朝名将,勋业之盛,无与为比",述其"既平江南回,诣阁门入见,榜子称'奉敕江南勾当公事回'。其谦恭不伐又如此"。此为宋代文献中最早的记载。南宋朱胜非引《归田录》称:"曹武惠王彬既平江南回,诣阁门求见,其榜子云'奉敕江南勾当公事回',其谦恭如此。"① 曾慥亦引《归田录》作"奉敕江南勾当公事回,其不伐又如此"②。江少虞作"奉敕江南干当公事回,其谦恭不伐又如此"③。朱熹亦作"奉敕江南干当公事回,其谦恭不伐又如此"④。王称《东都事略》作"奉敕江南干事回,其谦恭不伐又如此"⑤。《宋史·曹彬传》则沿袭《东都事略》而无疑。

　　著名文士的活动,《归田录》也留下了有价值的记载。以杨亿为例,该书卷一载:"杨大年每欲作文,则与门人宾客饮博、投壶、弈棋,语笑喧哗,而不妨构思。以小方纸细书,挥翰如飞,文不加点,每盈一幅,则命门人传录,门人疲于应命,顷刻之际,成数千言,真一代之文豪也。"《宋史·杨亿传》有相似的记叙:"亿天性颖悟,自幼及终,不离翰墨。文格雄健,才思敏捷,略不凝滞。对客谈笑,挥翰不辍,精密有规裁,善细字起草,一幅数千言,不加点窜。"

　　《东都事略·杨亿传》又载:

　　　　亿尝草《答契丹书》云"邻壤交欢",真宗自注其侧云:"朽壤、鼠壤、粪壤。"亿遽改为"邻境",明日,引唐故事:学士草制有所改,为不称职,亟求罢,真宗语宰相曰:"杨亿不通商量,真有气性。"

此纯取自欧作,差别仅在将《归田录》"邻壤交欢"后的"进草既入"四字删去,"大年"易以"亿","明旦"改作"明日","作文书"

①　朱胜非《绀珠集》卷一一,《文渊阁四库全书》本。
②　曾慥《类说》卷一三,《文渊阁四库全书》本。
③　江少虞《宋朝事实类苑》卷五四,第 709 页。
④　朱熹《宋名臣言行录》前集卷一,《文渊阁四库全书》本。
⑤　《东都事略》卷二七《曹彬传》。

改为"草制","亟求罢"前的"当罢因"三字删,"求解职"改作
"求罢"而已。

《归田录》卷一云:

> 杨文公亿以文章擅天下,然性特刚劲寡合。有恶之者,
> 以事谮之。大年在学士院,忽夜召见于一小阁,深在禁中。
> 既见,赐茶,从容顾问。久之,出文稿数箧以示大年云:"卿
> 识朕书迹乎? 皆朕自起草,未尝命臣下代作也。"大年惶
> 恐,不知所对,顿首再拜而出,乃知必为人所谮矣。

《东都事略·杨亿传》完全采用上述记载,也只是增减或变动了
若干字句。

《归田录》卷二云:

> 寇莱公在中书,与同列戏云:"水底日为天上日。"未有
> 对。而会杨大年适来白事,因请其对。大年应声曰:"眼中
> 人是面前人。"一坐称为的对。

此条激赏杨亿富于才华应对敏捷的记述,为宋曾慥《类说》卷
一三、江少虞《事实类苑》卷三四、胡仔《苕溪渔隐丛话前集》卷
三五、明安盘《颐山诗话》、清厉鹗《宋诗纪事》卷一〇〇、郑方
坤《全闽诗话》卷二所转载。

再说梅尧臣。《归田录》中有多条记述亲密友人的信息,留
下了颇为难忘的文坛故事。梅尧臣是欧阳修的挚友,欧、梅关系
极为密切。卷二有云:

> 王副枢畴之夫人,梅鼎臣之女也。景彝初除枢密副使,

> 梅夫人入谢慈寿宫,太后问:"夫人谁家子?"对曰:"梅鼎
> 臣女也。"太后笑曰:"是梅圣俞家乎?"由是始知圣俞名闻
> 于宫禁也。圣俞在时,家甚贫,余或至其家,饮酒甚醇,非常
> 人家所有。问其所得,云:"皇亲有好学者,宛转致之。"余
> 又闻皇亲有以钱数千购梅诗一篇者。其名重于时如此。

梅尧臣诗名之盛,于此可见一斑。《事实类苑》卷八"梅圣俞"
条、《说郛》卷四〇上、《古今事文类聚》后集卷二与《山堂肆考》
卷一〇三的"名闻宫禁"条等,皆有收录。同卷又一条云:

> 梅圣俞以诗知名,三十年终不得一馆职。晚年与修
> 《唐书》,书成未奏而卒,士大夫莫不叹惜。其初受敕修《唐
> 书》,语其妻刁氏曰:"吾之修书,可谓猢狲入布袋矣。"刁氏
> 对曰:"君于仕宦,亦何异鲶鱼上竹竿邪?"闻者皆以为
> 善对。

此条以生动的对偶极其形象地展现出梅尧臣诗名显赫而仕宦失
意的处境。《类说》卷一三"猢狲入布袋"条、《说郛》卷四〇上、
《古今事文类聚》前集卷三九皆有转载。

《归田录》卷二还有记嘉祐二年贡举时,与梅尧臣等唱和的
情景,成为脍炙人口的文坛佳话流传后世:

> 嘉祐二年,余与端明韩子华、翰长王禹玉、侍读范景
> 仁、龙图梅公仪同知礼部贡举,辟梅圣俞为小试官,凡锁院
> 五十日。六人者相与唱和,为古律歌诗一百七十余篇,集为
> 三卷。禹玉,余为校理时,武成王庙所解进士也。至此新入
> 翰林,与余同院,又同知贡举。故禹玉赠余云:"十五年前

出门下，最荣今日预东堂。"余答云："昔时叨入武成宫，曾看挥毫气吐虹。梦寐闲思十年事，笑谈今此一樽同。喜君新赐黄金带，顾我宜为白发翁"也。天圣中，余举进士，国学、南省皆忝第一人荐名。其后，景仁相继亦然。故景仁赠余云："澹墨题名第一人，孤生何幸继前尘"也。圣俞自天圣中与余为诗友，余尝赠以《蟠桃诗》，有韩、孟之戏，故至此梅赠余云："犹喜共量天下士，亦胜东野亦胜韩。"而子华笔力豪赡，公仪文思温雅而敏捷，皆勍敌也。前此为南省试官者，多窘束条制，不少放怀。余六人者，欢然相得，群居终日，长篇险韵，众制交作，笔吏疲于写录，僮史奔走往来。间以滑稽嘲谑，形于风刺，更相酬酢，往往烘堂绝倒，自谓一时盛事，前此未之有也。

此条《事实类苑》卷二四"礼闱之盛"条、《说郛》卷四〇上、《古今事文类聚》前集卷二五"唱和盛事"条、王珪《华阳集》附录卷七、《诗话总龟》后集卷一，皆全文引述之。

《归田录》还收录关于民俗风情等记述。卷二言及"世俗传讹，惟祠庙之名为甚"时，举"江南有大、小孤山，在江水中巉然独立，而世俗转'孤'为'姑'"为例。又介绍江西金橘，"都人初不识"，"香清味美，置之樽俎间，光彩灼烁，如金弹丸"，"初亦不甚贵，其后因温成皇后尤好食之，由是价重京师"，还述及自身体验："余世家江西，见吉州人甚惜此果，其欲久留者，则于绿豆中藏之，可经时不变，云橘性热而豆性凉，故能久也。"此条甚为后人喜爱，宋张世南《游宦纪闻》卷二、江少虞《事实类苑》卷六三《风俗杂志》、祝穆《古今事文类聚》后集卷二七《果食部》、潘自牧《记纂渊海》卷九二《果实部》、陈景沂《全芳备祖集》后集卷四、元陶宗仪《说郛》卷四〇上、明彭大翼《山堂肆考》卷二〇六

"光如金弹"条、陈耀文《天中记》卷五二、清《御定佩文斋广群芳谱》卷六五《果谱》、《江西通志》卷一五九《杂记》、潘永因《宋稗类钞》卷三一《工艺》、陈元龙《格致镜原》卷七六《果类三》"金橘"条、吴宝芝《花木鸟兽集类》卷上"橘子"条等,均予收录。

甚为难得的是,《归田录》还有宋代建筑师预浩建造开宝寺塔的记载,在全书中列于第二条,排在第一条记"太祖皇帝初幸相国寺"之后,足见欧阳修对其人其事是何等的重视:

> 开宝寺塔在京师诸塔中最高,而制度甚精,都料匠预浩所造也。塔初成,望之不正而势倾西北,人怪而问之。浩曰:"京师地平无山,而多西北风,吹之不百年,当正也。"其用心之精盖如此,国朝以来木工,一人而已,至今木工皆以预都料为法。有《木经》三卷行于世。世传浩惟一女,年十余岁,每卧则交手于胸为结构状,如此逾年,撰成《木经》三卷,今行于世者是也。

开宝寺塔经历代修葺至今仍巍然屹立于开封,成为海内外游客争相观赏的景点。都料匠预浩不愧为建筑设计与营造的高手,据当地多刮西北风的特点而造出"势倾西北"的高塔,料其百年后"当正"。何止百年,近千年后的事实,证明了预浩的预见无比正确。《归田录》为我国建筑史留下了甚为宝贵的资料。潘自牧《记纂渊海》卷八四载其概要,陶宗仪《说郛》卷三则全文收录,李濂撰《汴京遗迹志》卷一〇、潘永因《宋稗类钞》卷三一也引用了这条资料。王士禛《香祖笔记》卷八载"预浩女《木经》一卷",所记与《归田录》有异:言一卷,而非三卷;另认定为预浩女撰。欧夸预浩为"国朝以来木工一人而已",言"有《木经》

三卷行于世"，又称"世传"预浩之女所撰。实际上《木经》是都料匠预浩专业工作经验的总结，或许其女亲见其父建造事，又多揣摩，而有《木经》之作。

君臣事迹之外，不少礼仪、制度、典章亦赖有《归田录》，方得以保存而流传后世。如卷一云：

> 宝元、康定之间，余自贬所还过京师，见王君贶初作舍人，自契丹使归。余时在坐，见都知、押班、殿前马步军联骑立门外，呈榜子称"不敢求见"。舍人遣人谢之而去。至庆历三年，余作舍人，此礼已废。然三衙管军臣僚于道路相逢，望见舍人，呵引者即敛马驻立。前呵者传声"太尉立马"，急遣人谢之。比舍人马过，然后敢行。后予官于外，十年而还，遂入翰林为学士。见三衙呵引甚雄，不复如当时，与学士相逢，分道而过，更无敛避之礼，盖两制渐轻，而三衙渐重。旧制，侍卫亲军与殿前分为两司。自侍卫司不置马步军都指挥使，止置马军指挥使、步军指挥使以来，侍卫一司自分为二，故与殿前司列为三衙也。五代军制已无典法，而今又非其旧制者多矣。

欧入翰林在至和时。上文系对比宝元、康定及庆历与至和时之所亲见，由礼仪的变化，观察到十几年间，"两制渐轻，而三衙渐重"的事实。《职官分纪》卷三五"殿前司"栏"都指挥使副都指挥使都虞候"条、《说郛》卷四〇上全文加以引述。《事实类苑》卷二六"三衙官不敢谒，舍人逢之则立马"条、《纪纂渊海》卷三三《职官部》"三衙"条、《文献通考》卷五八《职官考十二》"殿前司"栏下、《古今事文类聚新集》卷三五《殿司部》"与学士分道"条、《御定渊鉴类函》卷一〇五《设官部四十五》"殿前司"

条,对上文中"盖两制渐轻,而三衙渐重"经过的记载亦有引述。由自宋迄清诸多文献的引述,可见《归田录》此条据目睹而描述的具体生动的资料,十分受人重视。

《归田录》卷二言及端明殿学士的设置:"端明殿学士,五代后唐时置,国朝尤以为贵,多以翰林学士兼之。其不以翰苑兼职及换职者,百年间才两人特拜,程戡、王素是也。"洪遵《翰苑群书》卷一二、《事实类苑》卷二五"端明殿学士条"之二、《职官分纪》卷一五及《说郛》卷四〇上皆载入。关于年号,《归田录》卷一载:

> 仁宗即位,改元天圣,时章献明肃太后临朝称制,议者谓撰号者取"天"字,于文为"二人",以为"二人圣"者,悦太后尔。至九年,改元明道,又以为"明"字于文"日月并"也,于"二人"旨同。无何,以犯契丹讳,明年遽改曰景祐,是时连岁天下大旱,改元诏意冀以迎和气也。五年因郊又改元曰宝元。自景祐初,群臣慕唐玄宗以开元加尊号,遂请加景祐于尊号之上,至宝元亦然。是岁赵元昊以河西叛,改姓元氏,朝廷恶之,遽改元曰康定,而不复加于尊号。而好事者又曰"康定乃谥尔"。明年又改曰庆历。至九年,大旱,河北尤甚,民死者十八九,于是又改元曰皇祐,犹景祐也。六年,日蚀四月朔,以谓正阳之月,自古所忌,又改元曰至和。三年,仁宗不豫,久之康复,又改元曰嘉祐。自天圣至此,凡年号九,皆有谓也。

据此,仁宗朝诸多年号的来龙去脉便一目了然。此条《事实类苑》卷三二、《说郛》卷四〇上、明胡我琨《钱通》卷四、清钟渊映《历代建元考》卷七皆全文收录。

卷二又有关于年号的记载:"国朝百有余年,年号无过九年者。开宝九年,改为太平兴国。太平兴国九年,改为雍熙。大中祥符九年,改为天禧。庆历九年,改为皇祐。嘉祐九年,改为治平。惟天圣尽九年,而十年改为明道。"《说郛》卷四〇上、《玉芝堂谈荟》卷一、《历代建元考》卷七均有收录。

同卷还指出"四色官"之误称:"唐制:三卫官有司阶、司戈、执㦸、执戟,谓之四色官。今三卫废,无官属,惟金吾有一人,每日于正衙放朝喝,不坐直,谓之四色官,尤可笑也。"《职官分纪》卷三五、《绀珠集》卷一一"四色官"条、《事实类苑》卷二六"官称讹谬"条、《说郛》卷四〇上、《钦定历代职官表》卷四三,皆收有此官称"尤可笑"之事。《归田录》为历代文献所征引者甚多,以上只是举例而言。这些条目填补了宋史记载的某些空白,可据之为考证之用,极具史料价值。《新见欧阳修九十六篇书简》中有欧与梅尧臣之短简:

适承异贶,岂不媿荷!修平生不欲夺人奇物,惟度其人不贤,不足以畜佳玩者,或一留之。若吾兄,岂不足畜邪?砚,聊领厚意。余二物,谨以奉归,幸无疑也。了文字忙,不一一。修顿首圣俞兄。

此简有颖叔跋云:"余闻梅圣俞尝以翡翠鼎赠欧永叔,前帖所谓奇物者,乃此也。"查《梅尧臣集编年校注》卷一五庆历五年诗有《同次道游相国寺买得翠玉罂一枚》,云:"古寺老柏下,曳货翠玉罂。兽足面以立,爪腹肩而平。虚能一勺容,色与蓝水并。我独何为者,忽见目以惊。家无半钟畜,不吝百余金。都人莫识宝,白日双眼盲。"幸亏《归田录》卷二有相关的记载,有助于弄清翠玉罂之来历:"余家有一玉罂,形制甚古而精巧,始得之梅圣俞,以为碧玉。在颍州时,尝以示僚属。坐有兵马钤辖邓保吉者,真宗朝老内臣也,识之,曰:'此宝器也,谓之翡翠。'云:'禁中宝物,皆藏宜圣库。库中有翡翠盏一只,所以识也。'"据此,可知尧臣"不吝百余金"买下翠玉罂,当又名翡翠罂,确系"宝器"。颍叔跋语或将"罂"误书为"鼎"。由《归田录》此条记述,我们也明白了,欧阳修作为梅尧臣最亲密的朋友,最初是"不欲夺人奇物",谦让一番后,终于还是收下了。

当然,《归田录》中所述,有并非亲见而系耳闻与未详加考察者,故极少处的失误亦在所难免。如费衮云:"欧阳公《归田录》载知制诰不试而命者,杨文公、陈文惠及公凡三人,盖误也。实始于至道三年四月,真宗念杨周翰夙负词名,令加奖擢,乃不试而入西阁。自国初以来,不试而命者,周翰实为之首,而杨公继之。"① 清四库馆臣在《归田录》提要中,肯定费衮"纠修误记"②。

又如《归田录》卷二云:"近时名画,李成、巨然山水……成官至尚书郎,其山水寒林,往往人家有之。"所谓"官至尚书郎",有误。郭若虚《图画见闻志》卷三云:"李成字咸熙,其先唐宗室,避地营丘,因家焉。……博涉经史外,尤善画山水寒林,神化精灵,绝人远甚。开宝中,都下王公贵戚,屡驰书延请,成多不答。学不为人,自娱而已。后游淮阳,以疾终于乾德五年。子觉,尤以经术知名,职践馆阁,请恩幽阒,赠光禄丞。"江少虞亦谓李成"子觉仕至国子博士、直史馆,赠成光禄丞"③。王明清亦列出李成的经历,确认李成"以觉赠至光禄寺丞",指出:"欧阳

---

① 费衮《梁溪漫志》。
② 永瑢等《四库全书总目》卷一四〇,第 1190 页。
③ 江少虞《宋朝事实类苑》卷五一,第 673 页。

文忠公《归田录》乃云'李成仕本朝尚书郎',固已误矣。"[1]

　　再如《归田录》卷二云:"饮食四方异宜,而名号亦随时俗言语不同,至或传者转失其本。汤饼,唐人谓之'不托',今俗谓之馎饦矣。晋束皙《饼赋》,有馒头、薄持、起溲、牢九之号,惟馒头至今名存,而起溲、牢九,皆莫晓为何物。薄持,荀氏又谓之薄夜,亦莫知何物也。"此处,欧所书"牢九"乃"牢丸"之误。王太岳、曹锡保等撰《四库全书考证》卷三九《御定月令辑要》卷一载:"牢九,案《初学记》等书,引卢谌《祭法》及束皙《饼赋》,俱作牢丸。《酉阳杂俎》食品亦云笼上牢丸、汤中牢丸。自欧阳修《归田录》误为牢九,而苏轼《游博罗香积寺》诗、陆游《食包子》诗因之。"因欧公之失误导致苏轼等之错用,后人因"牢九"之误有责备苏轼的。尽管有些瑕疵,客观地全面地看,《归田录》的史料价值还是值得充分肯定的。

## 三、《归田录》的人文价值

　　《归田录》蕴含着不容小视的人文价值。首先,它彰显了欧阳修未及年即致仕,不愿随波逐流、尸位素餐的高尚人格和进则兼济天下,退则独善其身的可贵操守,或可称之为充满浩然正气的士大夫的"归田"精神。

　　在漫长的从政生涯中,欧阳修敢于坚持原则,是是非非,逆流而上,追随范仲淹,参与政治革新,屡遭贬谪而不悔。嘉祐后期,虽官职荣升,欧却毫不恋栈。对革新的失望、对现状的不满、对未来的迷茫,一再流露于致友人的书简中。嘉祐六年(1061),欧由枢密副使转任参知政事,有致刘敞简云:"思有所

---

[1]　王明清:《挥麈录·前录》卷三,中华书局1961年,第33页。

为,则方以妄作纷纭为戒,循安常理,又顾碌碌可羞,不知何以教
之?"① 到了治平四年(1067),因横遭人身诬陷,遂下定归田的
决心,而直至熙宁四年(1071)方才得遂归田之愿,以胸怀坦荡,
光明磊落深为世人所景仰。苏轼《贺欧阳少师致仕启》就表达
了由衷敬佩之情:"事业三朝之望,文章百世之师。功存社稷,
而人不知。躬履艰难,而节乃见。纵使耄期笃老,犹当就见质
疑。而乃力辞于未及之年,退托以不能而止。大勇若怯,大智如
愚。至贵无轩冕而荣,至仁不导引而寿。"在欧逝世之后,王安
石作《祭欧阳文忠公文》更是给予"功名成就,不居而去。其出
处进退,又庶乎英魄灵气,不随异物腐散,而长在乎箕山之侧与
颍水之湄"的由衷赞美。

　　欧阳修留下的"归田"精神,给予后代士人以不小的启示与
激励。元代画家兼诗人王冕,在严酷的时代气氛中,从小就刻苦
读书,精心绘画,科举不顺,而诗画卓有成就,吟诗曰:"卧看《归
田录》,行听《击壤歌》。优游只如此,刀锯奈吾何?"② 明代著名
士大夫、人品学问俱佳的薛瑄,晚年虽满腔抱负,但遇昏庸皇帝
而难有作为,他曾有诗赠致仕友人云:"欧公曾写《归田录》,好
继遗芳播迩遐。"③ 清代以清廉正直闻名的大臣、学者陈廷敬与
友人的唱和诗写道:"他时编入《归田录》,分与樵歌牧笛传。"④
都体现出对欧阳修"归田"精神的激赏与礼赞。

　　造极于宋朝的中国古代文化,与北宋杰出士大夫的贡献是
分不开的。这些士大夫中的不少人,出身贫寒:王禹偁出自磨

① 《欧集·书简》卷五《与刘侍读》。
② 王冕《竹斋集》卷中《村居》之二,《文渊阁四库全书》本。
③ 薛瑄《敬轩文集》卷九《送李永年大参致仕十首》之七,《文渊阁四库全书》本。
④ 陈廷敬《午亭文编》卷一七《苑中次韵孙树峰诗成十首》之六,《文渊阁四库全书》本。

面之家,幼时作诗,聪颖过人;范仲淹因母改嫁,以朱氏为姓,少时于寺庙苦读;欧阳修四岁丧父,荻画学书,终成大器;苏轼、苏辙兄弟来自僻远的西蜀乡间,好学不倦,联袂登第。他们深受儒家修齐治平思想的熏陶,立志为国效力。通过当时较为公平的科举考试,登上政治舞台,一展人生的抱负。他们富于真才实学,不仅精于诗词文赋,而且往往擅长琴棋书画,艺术修养令人赞叹。他们以文才烂然闻名于世,有的还擅于理政治军。这些由社会下层,通过自身的奋斗脱颖而出,在政坛、文坛和学界大显身手的精英,是北宋中前期社会稳定和发展的基石。《归田录》展现了此类士大夫的人格魅力和杰出才能,是这部著作所具有的人文价值的重要内容。

　　鲁宗道的刚正、鲠直、忠实、真诚、清廉、爱憎分明和勇于任事,颇能代表有宋一代杰出士大夫之美德。《归田录》在第四条和第十一条,怀着无限的钦佩与尊崇,书写其人格之美。这些事迹,在王禹偁、范仲淹、王安石、司马光、苏轼等名人以及欧阳修本人身上,往往都能见到,它不只是若干个人的操守,更是那个时代杰出士人群体所闪耀的光芒。

　　从《归田录》的众多记载,都可窥见士大夫值得称道的人品。杜衍是欧公身受关怀而极为崇敬的长者,欧在诗文中一再表达自己无限仰慕之情。卷一云:"杜祁公为人清俭,在官未尝燃官烛,油灯一炷,荧然欲灭,与客相对清谈而已。"对杜衍清廉俭朴的由衷赞美溢于字里行间。卷二载:

　　　　吕文穆公蒙正以宽厚为宰相,太宗尤所眷遇。有一朝士家藏古鉴,自言能照二百里,欲因公弟献以求知。其弟伺间从容言之,公笑曰:"吾面不过楪子大,安用照二百里?"其弟遂不复敢言。闻者叹服,以谓贤于李卫公远矣。盖寡好而不为物累者,昔贤之所难也。

吕蒙正为相大度,宽容厚道,且严以律己,廉洁不贪,难能可贵。此条即其品格的形象写照。"寡好而不为物累",为官就不会堕落,腐败就不会泛滥。李卫公指唐李德裕,曾为相,遭贬谪,卒于贬所。后追复太子少保、卫国公。欧《集古录跋尾》卷九,有数条涉及其人,《唐李德裕平泉草木记》云:"若德裕者,处富贵,招权利,而好奇贪得之心不已。"赞吕蒙正"贤于李卫公",即言此也。

《归田录》卷一载:"宋尚书祁为布衣时,未为人知。孙宣公奭一见奇之,遂为知己。后宋举进士,骤有时名,故世称宣公知人。"重才爱才,善于发现人才,孙奭是如此,欧阳修也是如此。同卷载:

> 薛简肃公知开封府,时明参政镐为府曹官,简肃待之甚厚,直以公辅期之。其后,公守秦、益,常辟以自随,优礼特异。有问于公,何以知其必贵者?公曰:"其为人端肃,其言简而理尽。凡人简重则尊严,此贵臣相也。"其后,果至参知政事以卒。时皆服公知人。

薛奎是欧阳修的岳父,此为实录其事。

同卷又载:"王文正公曾为人方正持重,在中书最为贤相,尝谓:'大臣执政,不当收恩避怨。'公尝语尹师鲁曰:'恩欲归己,怨使谁当?'闻者叹服,以为名言。"王曾不计恩怨,勇于担当,这是贤相必备的素质。挚友尹洙亲闻王曾之语,欧载诸《归田录》。此为杰出士大夫生动的事迹与鲜活的言语,凸显王曾难能可贵的品格。

当然,知人善任,还必须有开明国君的支持。同卷又载:

> 至和初,陈恭公罢相,而并用文、富二公彦博、弼。正衔宣麻之际,上遣小黄门密于百官班中,听其论议。而二公久有人望,一旦复用,朝士往往相贺。黄门具奏,上大悦。余时为学士,后数日,奏事垂拱殿,上问:"新除彦博等,外议如何?"余以朝士相贺为对。上曰:"自古人君用人,或以梦卜,苟不知人,当从人望,梦卜岂足凭邪?"故余作《文公批答》云:"永惟商、周之所记,至以梦卜而求贤,孰若用缙绅之公言,从中外之人望"者,具述上语也。

此又是欧公亲历之事、亲闻之语。国君选用大臣,不凭个人揣度,而"从中外之人望",这是仁宗朝群贤辈出的一个重要原因。

人才的成长与他们的勤学不倦、刻苦努力是分不开的,欧阳修也是如此。卷二由称赞当年西京留守、著名文士钱惟演,言及参修国史、家多藏书且手自校勘的宋绶,而后说到自身:

> 钱思公虽生长富贵,而少所嗜好。在西洛时,尝语僚属言:"平生惟好读书,坐则读经史,卧则读小说,上厕则阅小辞,盖未尝顷刻释卷也。"谢希深亦言:"宋公垂同在史院,每走厕必挟书以往,讽诵之声琅然闻于远近,其笃学如此。"余因谓希深曰:"余平生所作文章,多在三上:乃马上、枕上、厕上也。"盖惟此尤可以属思尔。

原来勤奋与坚持就是他们治学成才的秘诀。

卷一载有前朝事:

> 太宗时,宋白、贾黄中、李至、吕蒙正、苏易简五人同时
> 拜翰林学士承旨,扈蒙赠之以诗云:"五凤齐飞入翰林。"其
> 后吕蒙正为宰相,贾黄中、李至、苏易简皆至参知政事,宋白
> 官至尚书,老于承旨。皆为名臣。

宋白奖掖后进,苏易简、王禹偁皆出其门下。他学问渊博,藏书数万卷,与李昉共同编修《文苑英华》。贾黄中清廉正直,知贡举,多擢拔寒俊。出己俸造糜粥,数以千计的饥民赖以存活。李至好古博学,荐人才,购亡书,刊刻经籍,贡献良多。吕蒙正以正道自持,素有威望,遇事敢言,坦荡无隐。苏易简少即聪颖好学,才思敏捷,以状元及第,又直谏敢言。这些人才的脱颖而出,以至"皆为名臣",与太宗朝政治与文化氛围自是相关。此条尤见身兼文士、学者与官员的士人群体之不凡,而前引嘉祐二年知贡举、考官们歌诗唱和的记载,更是显见其时大臣之风采与人才之鼎盛。

《归田录》重视人的智慧。智慧是对人和万物的深刻理解,是勇于探索、善于创造的体现,是宝贵经验的结晶。对人的智慧的尊重与欣赏,无疑是该书富于人文价值的重要表现。

"卖油翁"条为人所熟知与称道,因为它突出了卖油翁的智慧,不仅表现在他有"酌油沥之,自钱孔入而钱不湿"的本领,见熟能生巧的道理,而且表露出他对陈尧咨的不屑。陈尧咨以"善射,当世无双"而"自矜",但"发矢"也不过"十中八九"而已。处于社会下层的卖油翁居然平视而非仰视权贵人物,显示欧阳修赞赏真知、真才能,讲究平等而不问出身的进步理念。"开宝寺塔"条对都料匠预浩事迹的称述,是对行行出状元的肯定,也是对非权贵出身而有创造精神的人物的褒奖。

燕肃,字穆之,官至礼部侍郎。他是北宋著名画家,又擅长

制作,造有指南车、记里鼓车。《归田录》卷二载:"燕龙图肃有巧思,初为永兴推官,知府寇莱公好舞柘枝,有一鼓甚惜之,其环忽脱,公怅然以问诸匠,皆莫知所为。燕请以环脚为锁簧,内之,则不脱矣,莱公大喜。燕为人宽厚长者,博学多闻,其漏刻法最精,今州郡往往有之。"重装鼓环的细节描写和"其漏刻法最精"的评价,充分表露欧对燕肃创造能力和创新精神的钦佩。《东都事略·燕肃传》称:"肃多巧思,以创物大智闻天下。"关于漏刻法,《宋史》本传谓肃"上莲花漏法,诏司天台考于钟鼓楼楼下,云不与《崇天历》合。然肃所至,皆刻石以记其法,州郡用之以候昏晓,世推其精密"。"以创物大智闻天下"和"世推其精密",与《归田录》的评价一样,饱含无限推崇之意。

前引《归田录》卷一载杨亿"挥翰如飞,文不加点"和卷二载其以"眼中人是面前人"应声而对寇準的"水底日为天上日",极见其才华之横溢、出语之敏捷。欧对杨亿的文学才智赞不绝口,可谓佩服之至。

幽默是不寻常的智慧,《归田录》卷一首条记赵匡胤与僧赞宁的对话:

> 太祖皇帝初幸相国寺,至佛像前烧香,问当拜与不拜,僧录赞宁奏曰:"不拜。"问其何故,对曰:"见在佛不拜过去佛。"赞宁者颇知书,有口辩。其语虽类俳优,然适会上意,故微笑而颔之,遂以为定制,至今行幸焚香,皆不拜也。议者以为得礼。

"适会上意"是一种奉承,无可置疑。但面对圣上出的难题,"颇知书,有口辩"的赞宁,脱口而出的妙语,"虽类俳优",还是显现出机灵,一下子摆脱了难于措辞的尴尬,说是一种幽默也无妨。

卷一第八条记述冯道、和凝事：

> 故老能言五代时事者云：冯相道、和相凝同在中书。一日，和问冯曰："公靴新买，其直几何？"冯举左足示和，曰"九百"。和性褊急，遽回顾小吏云："吾靴何得用一千八百？"因诟责久之。冯徐举其右足曰"此亦九百"。于是烘堂大笑。时谓宰相如此，何以镇服百僚？

这是一则笑话，颇见冯道的幽默，但更有趣的是，作者寓褒贬于记叙之中，还借末句的点评，嘲讽了他所感叹不已的五代乱世，嘲讽了他所蔑视的冯道的不正经。

卷一又一条云：

> 陶尚书谷为学士，尝晚召对。太祖御便殿，陶至，望见上，将前而复却者数四，左右催宣甚急，谷终彷徨不进。太祖笑曰"此措大索事分"，顾左右取袍带来，上已束带，谷遽趋入。

陶谷在便殿望见太祖着便服，一再踟蹰不进，太祖笑他找麻烦，也只得穿袍束带见之。紧凑的叙事，着墨无多，而陶谷的迂腐与做作，太祖的率意及对"措大"的无奈，相映成趣，令人忍俊不禁。如此幽默场景，尤见欧的生花妙笔。

薄薄两卷《归田录》是北宋官场、文坛以至整个社会生活方方面面的生动写照。欧阳修的创作成就十分可观，宏文大著外，富于史料价值和人文价值的笔记也值得我们加以重视和珍惜。

# 第九章

# "六一风神"探析

## 第一节 何谓"六一风神"

苏洵深为欧阳修散文的韵味和意态所吸引,在《上欧阳内翰第一书》中说:"李翱之文,其味黯然而长,其光油然而幽,俯仰揖让,有执事之态。"后人对欧文的风韵、风致、风度、风味更是赞不绝口:

茅坤评《与蔡君谟求书集古录序书》:"风韵佳。"[1] 又评《菱溪石记》:"风致翛然。"[2] 又云:"欧阳公于叙事处往往得太史迁髓,而其所为《新唐书》及《五代史》短论,亦并有太史公风度。"[3] 葛端调评《梅圣俞诗集序》:"风味宛曲。"[4]

---

[1] 《唐宋八大家文钞·欧阳文忠公文钞》卷一〇。
[2] 《唐宋八大家文钞·欧阳文忠公文钞》卷二〇。
[3] 《唐宋八大家文钞·欧阳文忠公文钞》卷一五。
[4] 孙琮《山晓阁选宋大家欧阳庐陵全集》卷三引。

评家又极力称誉欧文的神采、神情、神境、神韵:孙琮评《送杨置序》:"何等神采!"① 又评《记旧本韩文后》:"叙得文之由,便写出一见可爱神情来。"② 又评《秋声赋》:"一个'声'字写作两番笔墨,便是两番神境。"③ 姚鼐评《岘山亭记》:"此文神韵缥缈,如所谓吸风饮露、蝉蜕尘壒者,绝世之文也。"④

当然,人们更多地是以"风神"二字涵括上述由"风韵"至"神采"的蕴意:归有光评《新唐书·兵志论》:"风神机轴逼真太史公。"⑤ 方苞云:"永叔摹《史记》之格调,而曲得其风神。"⑥ 沈德潜评《新唐书·艺文志论》:"抑扬顿挫,无限风神。"⑦

欧阳修晚年自号六一居士,世人便以六一风神颂美其文。那么,六一居士有何特点呢? 六一风神标志何在,其本质有何体现,又何以具有无穷的魅力呢? 本文拟作一番探讨。


# 一、身兼三任: 六一居士之特点

欧阳修是北宋著名的政治活动家、杰出的文学家和史学家,是集朝廷重臣、文坛领袖、史学巨擘于一身的重要人物。

作为一个刚直有为的政治家,欧阳修的一生经历了斗争的风雨、几度的磨难。他登上仕途之日,正是北宋的阶级矛盾和民族矛盾日趋尖锐之时,外有契丹、西夏的侵凌,内有革新与守旧的矛盾,对国家的政治危机与官场的腐败黑暗,他有强烈的切身

---

① 《山晓阁选宋大家欧阳庐陵全集》卷三。
② 《山晓阁选宋大家欧阳庐陵全集》卷三。
③ 《山晓阁选宋大家欧阳庐陵全集》卷三。
④ 《评校音注古文辞类纂》卷五四。
⑤ 《欧阳文忠公文选》卷五。
⑥ 《古文约选·序例》清同治乙巳望三益斋重刊本。
⑦ 《唐宋八大家文读本》卷一四。

的感受。范仲淹以言事被黜,欧阳修仗义直言,致书切责司谏高若讷,因此贬官夷陵。阅官署陈年公案,见枉直乖错不可胜数,他愤慨不已。召还朝廷后,为谏官,全力支持范仲淹推行庆历新政。当范仲淹等人因党论罢去朝职时,欧阳修愤然上书为之辩护,被守旧派视作眼中钉,横遭诬陷而降知滁州。九年后,方始召回朝廷,然而权判吏部流内铨仅数日,敌对势力又假造他乞澄汰内侍的奏书,煽动宦官对他的不满,使出知同州,幸得吴充、范镇等保护,留修《唐书》。后因上书论宰相陈执中"不协人望"而出知蔡州,赖赵抃、刘敞辩救而复留朝中。晚年,又因濮议之争被诬以"帷薄不修",朝廷终察其冤。而告老后不久即病逝。这位历仕仁宗、英宗、神宗三朝的元老重臣,置身于政治斗争的漩涡之中,对内忧外患的挂虑和关切,对国泰民安的期盼和追求,始终伴随着他浮沉不定的仕宦生涯。

作为一个好学不倦的学者,欧阳修熟读经史著作,览尽历代兴衰,并竭尽心力编修《新唐书》和《新五代史》。后书为欧所独撰,动笔于谪宦夷陵的景祐四年(1037),完稿于颍州服母丧的皇祐五年(1053)。这十七年里,他遭到两次迁谪的沉重打击,经历了庆历新政的急风暴雨。这十七年也是他精力最为充沛、思想趋于成熟的时期。他收集、阅读了大量有关五代的史料,有感于其时国家的分裂、战乱的频仍、法制的废弛、道德的沦丧,心情十分沉重。他"书人而不书天"[①],在修史中充满了对人事的不尽的慨叹。以古鉴今,他为现实社会中的危机四伏而惊呼:"财不足用于上而下已弊,兵不足威于外而将骄于内,制度不可为万世法而日益丛杂,一切苟且,不异于五代之时。"[②]他

---

① 欧阳修《新五代史》卷五九《司天考第二》,中华书局,1974年,第705页。
② 《欧集·居士外集》卷九《本论上》。

的史论往往联系现实的政治斗争而发,《新五代史·唐六臣传论》写道:"夫欲空人之国而去其君子者,必进朋党之说;欲孤人主之势而蔽其耳目者,必进朋党之说;欲夺国而与人者,必进朋党之说。……欲举天下之善,求其类而尽去之,惟指以为朋党耳。……呜呼,朋党之说,人主可不察哉!"对朋党之说的深恶痛嫉与万般感慨,跟守旧派大造朋党的舆论,攻击庆历新政,自然大有关系,因为史学家的欧阳修,首先是一个关心国事、以天下为己任的政治活动家。

　　欧阳修还是北宋文坛的盟主、成就卓著的文学家。罗泌云:"(欧)公性至刚而与物有情。"[①] 这准确而精炼地概括出政治活动家兼文学家的欧阳修的品格和气质。他是一个情感极为丰富的人,胸怀宽阔而坦荡,正气磅礴而凛然,憎恶邪佞,不畏权贵,敢于直言谏诤,而对长者贤者、同僚友朋、门生后学,则情意真切而浓挚。作为政治革新的积极参与者和古文运动的领袖,他的身边聚集着不少志同道合的友人,那些描写朋辈交往、死生离合的文章,发自心灵深处而成为感慨万端、情韵绵绵的千古绝唱。明道元年(1032)所作《与梅圣俞》书深情地写道:"频于学士处见手迹,每一睹之,便如相对。"又说:"历览中春之游,山水之状皆如故,独昔之青林翠壑,今为槁叶,又目前不见圣俞。……人生不一岁,参差遂如此,因思百年中升沉、死生、离合、异同,不知后会复几人,得同不得同也。"情见于辞的动人之作在《欧集》中比比皆是。近人李刚己云:"欧公文字凡言及朋友之死生聚散与五代之治乱兴亡,皆精采焕发,盖公平生于朋友风义最笃,于五代事迹最熟,故言之特觉亲切有味也。"[②]

---

① 《欧集·近体乐府跋》。
② 《古文辞约编·〈丰乐亭记〉题解》。

要而言之,政治斗争、修史活动、古文运动三者交织在一起,为欧阳修的散文创作提供了一个紧密联系现实而又纵贯古今的视野开阔、驰骋自如的空间。政治家面对国家内外交困的现状而产生的忧患意识,史学家回顾历代兴亡盛衰的教训而引发的深沉思考,文学家以全部身心投入创作而起伏的情感波澜,赋予六一居士的作品以巨大的能量,这正是他的众多篇章中深永而感人的艺术魅力的泉源。当然,这股巨大能量的释放,不像火山爆发那样惊心动魄,也不像怒涛奔泻那样气吞万里,它像曲折的溪水渐流渐远,又像绕梁的余音久而不绝,故钱基博云:"韩愈雄其辞,沛其气,举重若轻;修则舒其气,暇其神,以重驭轻。韩愈风力高骞,修则风神骀荡。"①

## 二、散文诗化:六一风神之标志

通览欧文,我们不难发现,其蕴蓄吞吐、一唱三叹、声韵动人、节奏鲜明等特点,莫不是散文诗化的表现。或者说,六一居士的风采神韵,在其散文的诗化中展示得淋漓尽致。

在拙著《醉翁的世界:欧阳修评传》中,笔者述及欧阳修诗文互为影响,诗歌散文化,散文诗化的现象,认为散文化的欧诗以古朴参差、潇洒流动、平易自然之美,迥别于唐音而别具风采;而诗化的欧文情韵深美,意态动人,读后有余味不尽的感觉。脍炙人口的《醉翁亭记》就是颇有代表性的诗化的散文佳篇,作者以诗赋笔法入散体文中,骈散结合,语言形象,二十一个"也"字构成反复的咏叹,声韵和谐,意境优美,百读而不厌。

诗歌最忌直而露,往往通过比兴手法以含蓄情意。欧文亦

---

① 钱基博《中国文学史》,中华书局,1993年,第504页。

不喜直说。朱熹云:"欧公不尽说,含蓄无尽。"[1]魏禧云:"欧文之妙,只在说而不说,说而又说,是以极吞吐、往复、参差、离合之致。"[2]姚范亦云:"欧公每于将说未说处,吞吐抑扬作态,令人欲绝。"[3]欧文中"吞吐抑扬"的常用手法是俯仰古今。如《丰乐亭记》追述五代时"海内分裂,豪杰并起而争",滁州为"用武之地"的情况,写今日之滁州,"民生不见外事,而安于畎亩衣食,以乐生送死",描绘出一片太平景象。文章将古今作几层对比,以显示社会安定的来之不易。俯仰之间,流露出珍惜太平、居安思危的心绪。《张子野墓志铭》《江邻几文集序》等皆是抚今追昔而见情愫的佳作。

俯仰古今的文字中,有时还插入宾主相形的描写。《岘山亭记》记羊祜登岘山,"谓此山常在,而前世之士皆已湮灭于无闻,因自顾而悲伤"的往事,在颂扬羊祜与杜预"平吴而成晋业"的"功烈"的同时,对于他的"自喜其名之甚而过为无穷之虑",颇不以为然。后文写到友人史中辉"以光禄卿来守襄阳",因襄人"欲纪其事于石,以与叔子、元凯之名并传于久远","乃来以记属于余"。既然前文对羊祜的好名已作了委婉的否定,那么史中辉的求记以扬名不也是"过为无穷之虑"吗?以古说今,以彼喻此,以宾衬主,以吞作吐,从容不迫的行文中蕴含深长的意味,故何焯谓此文:"言外有规史君好名意。盖叔子是宾,光禄堂却是主也。史君非其人而尤汲汲于名,公盖心非之,妙在微讽中有引而进之之意。"[4]欧文纡徐委曲,无平铺直叙、一览无遗之弊,颇得力于这种宾主相形的写法,《释秘演诗集序》中的一段尤为

① 《朱子语类》卷一三九《论文上》。
② 《魏叔子集·日录》卷二《杂说》,易堂刊本。
③ 《援鹑堂笔记》卷四四《文史》。
④ 《义门读书记》卷三八《欧文上》,第690页。

精彩：

> 浮屠秘演者与曼卿交最久，亦能遗外世俗，以气节相高。二人欢然无所间。曼卿隐于酒，秘演隐于浮屠，皆奇男子也，然喜为歌诗以自娱。当其极饮大醉，歌吟笑呼，以适天下之乐，何其壮也！一时贤士，皆愿从其游，予亦时至其室。十年之间，秘演北渡河，东之济、郓，无所合，困而归。曼卿已死，秘演亦老病。嗟夫！二人者，予乃见其盛衰，则予亦将老矣。

两个胸怀大志的"奇男子"，一个"隐于酒"，一个"隐于浮屠"，都见弃于时。文中宾主相形、盛衰对照的俯仰顿挫的描写，显然是为贤士困穷，不得施展奇才而鸣不平，给人以悲壮凄凉、回肠荡气的感觉。此段末尾，作者又把自己作为宾中之宾插入，发出"予亦将老矣"的慨叹，情意含蓄而动人。刘大櫆评曰："欧公诗文集序，当以秘演、江邻几为第一。"[①] 这是颇具眼力的。

自《诗经》始，一唱三叹的手法常见于诗歌创作中。章句的重叠、回旋往复的咏唱，大大增强了诗歌的音乐性和节奏感，也使抒情的色彩更为浓烈。欧阳修于思潮激荡、感慨万千、不能自已之际，也常常凭借反复的唱叹以抒发情怀。《江邻几文集序》写道：

> 自明道、景祐以来，名卿巨公往往见于余文矣。至于朋友故旧，平居握手言笑，意气伟然，可谓一时之盛；而方从其游，遽哭其死，遂铭其藏者，是可叹也。

---

① 王文濡《诸家评点古文辞类纂》卷八。

　　　　盖自尹师鲁之亡,逮今二十五年之间,相继而殁为之铭
　　者至二十人;又有余不及铭,与虽铭而非交且旧者,皆不与
　　焉。呜呼,何其多也! 不独善人君子难得易失,而交游零落
　　如此,反顾身世死生盛衰之际,又可悲夫!

　　　　而其间又有不幸罹忧患,触网罗,至困阨流离以死,与
　　夫仕宦连蹇,志不获伸而殁,独其文章尚见于世者,则又可
　　哀也欤!

文中充满了"世上空惊故人少,箧中唯见祭文多"的感伤,故每
段之末均以"是可叹也"、"又可悲夫"、"又可哀也欤"这样沉
痛的感叹语收束,中段还有"呜呼,何其多也"的哀鸣,前呼后
应,"一意累折而下,纡余惨怆"①。《祭尹师鲁文》以三个"嗟乎
师鲁"引出三段惋惜、同情和赞美尹洙的文字,反复的感叹动人
心魄。《苏氏文集序》夹写苏舜钦的能文与不遇,既美其文之不
朽,又悲其命运之不幸,通篇交响着由衷的赞叹和深沉的哀叹之
音。《五代史·一行传序》亦极尽唱叹之能事,在曲折无尽的悲
慨中,蕴含着悠长的意味。声韵和谐、节奏鲜明也是欧文诗化的
表现。欧文虽然不像诗歌那样讲究严格的韵律和节奏,但它给
人以一唱三叹、韵味不尽的感觉,与声韵音节之美所起的作用有
关。《祭石曼卿文》写道:

　　　　呜呼曼卿! 生而为英,死而为灵。其同乎万物生死而
　　复归于无物者,暂聚之形;不与万物共尽而卓然其不朽者,
　　后世之名。此自古圣贤莫不皆然,而著在简策者,昭如日星。

————————————

①　储欣《唐宋八大家类选》卷一一《江邻几文集序》评语。

这里,"卿"、"英"、"灵"、"形"、"名"、"星"等相押,构成清音幽韵之美。凄切的音调、悲伤的旋律,回环往复,倾诉绵绵不绝的思念。从句式上看,此段为:短,短,短。长,短;长,短。长,稍短,短。长句为过渡,短句为顿歇,长短差互,有张有弛,节奏鲜明,读来抑扬顿挫,声情并茂,令人动容。

姚鼐《与陈硕士书》云:"诗、古文要从声音证入,不知声音,总为门外汉耳。"将诗与古文并提是很有道理的。古文虽然不像诗歌那样讲究平仄押韵,但也有合乎自然以表情达意的音节,欧文不乏声韵之美的例子是很多的。《泷冈阡表》中由"吾于汝父,知其一二,以有待于汝也"至"吾不能教汝,此汝父之志也"的"太夫人"的一段话,和《醉翁亭记》一样,用"也"字煞尾,寓齐整之声韵于参差的语句中。《送杨寘序》中"夫琴之为技,小矣"一段,《有美堂记》"夫举天下之至美与其乐,有不得而兼焉者多矣"云云,都给人以声韵与节奏的美感。《六一居士传》的末幅写道:

> 夫士少而仕,老而休,盖有不待七十者矣。吾素慕之,宜去一也。吾尝用于时矣,而讫无称焉,宜去二也。壮犹如此,今既老且病矣,乃以难强之筋骸,贪过分之荣禄,是将违其素志而自食其言,宜去三也。吾负三宜去,虽无五物,其去宜也,复何道哉!

"宜去一也"、"宜去二也"、"宜去三也"的复迭和"其去宜也"的感慨,形成同字收束的声韵、回环往复的唱叹和鲜明有力的节奏,抒发着辞官归田的强烈愿望,敞露出光明磊落的坦荡襟怀。

## 三、情感外显：六一风神之本质

仕途的莫测风云、坎坷的人生经历、前代的深刻教训和当朝的严重危机，在欧阳修感情的海洋里，不时激起一阵阵的巨浪惊涛。"人为动物，惟物之灵。百忧感其心，万事劳其形，有动于中，必摇其精"①，这是欧阳修生动的自我写照。他的情感是极其深厚的，或者说，他感情的容量是巨大的。

嘉祐时有"四真"之说，其中包拯被称作"真御史中丞"，欧阳修被誉为"真翰林学士"。没有光明磊落的作风和真诚恳挚的情怀，是当不起这个"真"字的。欧阳修笃于友情，不以贵贱生死易意；竭力奖引后进，如恐不及；谆谆告诫侄子"宜守廉"，不得"买官下物"②；治平年间，韩琦、曾公亮议将欧阳修补为枢密使，修"觉其意，谓二公曰：'今天子谅阴，母后垂帘，而二三大臣自相位置，何以示天下？'二公大服而止"③。这些都体现出十分坦荡真诚的襟抱。

欧阳修认为诗人"内有忧思感愤之郁积，其兴于怨刺"④，自然产生动人的杰作。情动于中而形于言，欧阳修的许多优秀散文作品，正是他那深厚而真挚的情感的结晶。

情感是欧阳修为文的巨大动力。著名的《与高司谏书》就是在愤激异常难以抑制的情况下写成的。在《与尹师鲁书》中，欧阳修称："当与高书时，盖已知其非君子，发于极愤而切责之。"储欣指出，欧为此文，是由于"愤以义动"，"义动于中，则言

① 《欧集·居士集》卷一五《秋声赋》。
② 《欧集·书简》卷一〇《与十二侄通理》。
③ 苏辙《栾城集·后集》卷二三《欧阳文忠公神道碑》，第1430页。
④ 《欧集·居士集》卷四二《梅圣俞诗集序》。

激于外,公固不能自制也"①。

碑志墓铭的创作更与情感的澎湃息息相关。在《与尹师鲁第五书》中,欧阳修谈到尹源(尹洙之兄,字子渐)的不幸去世,以自己"马坠伤足"、"行履未得",没能及时抒写"朋友呼号之痛"为憾,并说:"修于子渐,不可无文字。墓志或师鲁自作则已,若不自作,则须修与君谟当作。盖他平生相知深者,吾二人与李之才尔,纵不作墓志,则行状或他文字须作一篇也。愁人,愁人!"后来,他果然写了《太常博士尹君墓志铭》一文,从中可察知他无限痛惜和悲哀的心情。

诗文集序的写作亦出自情感的驱使。《江邻几文集序》称,邻几"文已自行于世矣,固不待余言以为轻重,而余特区区于是者,盖发于有感而云然"。作者因友朋故旧"相继而殁","善人君子难得易失"而黯然神伤,"有感"不发不行,这正是他动笔的原因。

《新五代史》的创作,出于作者修史以辨善恶,正是非,而为当世之鉴的动机。刘熙载云:"欧阳公《五代史》诸论,深得'畏天悯人'之旨,盖其事不足言,而又不忍不言;言之怫于己,不言无以惩于世。情见乎辞,亦可悲矣。"②毫无疑问,如果没有"不言无以惩于世"的担心,没有"欲因此粗伸其心"③的迫切愿望,没有"不忍不言"的强烈情感,《新五代史》这部煌煌巨著是不会问世的。

欧文以富于情感性而著称。沈德潜说欧之"文情感喟欷歔,最足动人"④。储欣更是夸奖道:"言有穷而情不可终,此是

---

① 《唐宋八大家类选》卷九《与高司谏书》评语。
② 《艺概·文概》,第28页。
③ 《欧集·居士外集》卷一七《与尹师鲁第二书》。
④ 《唐宋八大家文读本》卷一一《送徐无党南归序》评语。

庐陵独步。"① 近人姚永朴指出："宋诸家唯欧公有其情韵不匮处。"②散文大师朱自清也说欧文"最以言情见长"③。确实,浓挚的情感渗透于欧阳修的创作之中,而以情动人成了欧文突出的特色。六一风神正是这种动人的情感在作品中的表露。风采神韵皆因情而生,只因韵从情出,所以称为情韵。情是内蓄的,韵是外显的,内蓄的情愈深,则外显的韵愈神。要之,六一风神的本质乃是情感的外显。

因此,富于风神的欧文,常着眼于感情的抒发,至于事件的叙述、景物的描绘、形象的刻画等,往往略去。如《岘山亭记》的开头介绍岘山的地理和外观,仅有"岘山临汉上,望之隐然,盖诸山之小者"十五字,而篇中却用大量的笔墨抒写摒除世俗之虑、不以功名为念的旷达襟怀,引人遐想,予人启迪,被姚鼐誉为"神韵缥缈"的佳作。《张子野墓志铭》对墓主的家世、仕历作极为概括的叙述,而以友朋的聚散生死感叹成文。归有光给此篇以"工于写情,略于序事,极淋漓骚郁之致"④的高度评价。

因此,富于风神的欧文,字里行间,情意深挚而韵味绵邈。振聋发聩的感叹句、笔调荡漾的反问句等,不时地涌现于作者的笔下。《新五代史》赞首皆冠以"呜呼"二字,李淦说:"固是世变可叹,亦是此老文字遇感慨处便精神。"⑤《五代史伶官传序》中"方其系燕父子以组"一段,以"可谓壮哉"与"何其衰也"先扬后抑地表达对庄宗成败的深切感慨。紧接着又写道:"岂得之难而失之易欤? 抑本其成败之迹,而皆自于人欤?"作者不直

① 《唐宋八大家类选》卷一一《江邻几文集序》评语。
② 《文学研究法》,商务印书馆,1933 年,第 93 页。
③ 《经典常谈》,上海古籍出版社,1999 年,第 106 页。
④ 《欧阳文忠公文选》卷九《张子野墓志铭》评语。
⑤ 《文章精义》,王水照《历代文话》本,第 1174 页。

说江山难得易失,成败由人,却故意用"岂……欤"和"抑……欤"两个反问句引起读者的深思,明知故问,笔意游动,而感情含蓄不尽。《苏氏文集序》在谈到经历漫长的岁月,"古文始盛于今"后,问道:"何其难之若是欤? 岂非难得其人欤?"寓意颇深,有异曲同工之妙。《艺概·文概》指出:"屈子《卜居》、《史记·伯夷传》妙在于所不疑事,却参以活句。欧文往往似此。"

因此,富于风神的欧文,极为重视含情传神的虚字的运用。刘大櫆《论文偶记》云:"文必虚字备而后神态出。"刘淇《助字辨略》谓:"构文之道,不过实字、虚字两端,实字其体骨,而虚字其性情也。"欧文极擅于虚词的运用,以曲折委婉地抒情,故晚清古文家吴汝纶在诵读情韵深美的《石曼卿墓表》后,"叹文章之难,第一用虚字"[①]。蒋湘南也说:"永叔情致纤徐,故虚字多。"[②] 笔者曾对《古文辞类纂》所选总字数基本相同的韩愈、欧阳修杂记文各七篇进行统计,发现韩文共用表示语气和关连的虚词121个,欧文却用了230个,几乎是前者一倍[③]。虚词的大量使用令欧文平添了丰富多彩的韵味。《王彦章画像记》末云:

> 一枪之勇,同时岂无? 而公独不朽者,岂其忠义之节使然欤? 画已百余年矣,完之复可百年。然公之不泯者,不系乎画之存不存也。而予尤区区如此者,盖其希慕之至焉耳。读其书,尚想乎其人;况得拜其像,识其面目,不忍见其坏也。

文章借助"岂"、"欤"、"矣"、"然"、"也"、"而"、"焉耳"、"尚"、

---

① 姚永朴《文学研究法·十八声色》,第53—54页。
② 《七经楼文钞》卷四《与田叔子论古文第二书》,陕西教育图书社,1920年。
③ 参见拙著《醉翁的世界:欧阳修评传》第十七章,中州古籍出版社,1990年。

"况"等虚词,低回感慨,往复唱叹,抒情委婉至极。此篇被沈德潜誉为与韩愈的《张中丞传后叙》"各极神妙"、"精采倍加"[①]的佳作。

　　情感之外显,亦即风神之飘逸,使欧文产生了无穷的魅力。曾巩的《祭欧阳少师文》称赞恩师"文章逸发,醇深炳蔚","辞穷卷尽,含意未卒"。刘壎评"欧公文体"云:"虽无豪健劲峭之气,而于人情物理,深婉至到,其味悠然以长,则非他人所及也。"又云:"尝见其天圣、明道间,有一书与富文忠公。……此书非特曲尽事情,而当时朋友真切之意,尚可想见。"[②]归有光读《湖州长史苏君墓志铭》后激赞曰:"淋漓之色、怅惋之致、悲咽之情,种种逼人。"[③]茅坤钦佩地评论欧文:"姿态横生,别为韵折,令人读之,一唱三叹,余音不绝。"[④]方东树亦由衷地赞美道:"欧公情韵幽折,往反咏唱,令人低回欲绝,一唱三叹,而有遗音,如啖橄榄,时有余味。"[⑤]

## 四、阴柔之美:六一风神之属归

　　章学诚在《文史通义·史德》中说:

　　　　凡文不足以动人,所以动人者,气也;凡文不足以入人,所以入人者,情也。气积而文昌,情深而文挚。气昌而情挚,天下之至文也。……气得阳刚,而情合阴柔,人丽阴

---

① 《唐宋八大家文读本》卷一二。
② 《隐居通议》卷一三。
③ 《欧阳文忠公文选》卷九。
④ 《茅鹿门先生文集》卷三一《欧阳文忠公文钞引》,明刊本。
⑤ 《昭昧詹言》卷一二,第276页。

阳之间,不能离焉者也。

上文要点是:第一,"气昌"之文"动人","情挚"之文"入人";第二,只有"气昌而情挚",才能写出"天下之至文";第三,"气得阳刚,而情合阴柔",故阳刚之美主于气,阴柔之美重于情;第四,阳刚、阴柔只是从偏胜的意义上说的,"人丽阴阳之间",气、情均"不能离焉"。章学诚虽然是就史书的撰述而说的,其观点也适用于一般的散文,尤其是富于文学色彩的散文。以《史记》而言,它既是不朽的史学杰作,也是辉煌的文学巨著。章氏与姚鼐在古文创作上意见虽有不同,但在以阳刚阴柔论文上却是一致的。尤为难得的是,章氏明确提出"气得阳刚,而情合阴柔"的观点,而姚氏于此则有形象的表述,《复鲁絜非书》云:

> 其得于阳与刚之美者,则其文如霆,如电,如长风之出谷,如崇山峻崖,如决大川,如奔骐骥;其光也,如杲日,如火,如金镠铁;其于人也,如冯高视远,如君而朝万众,如鼓万勇士而战之。其得于阴与柔之美者,则其文如升初日,如清风,如云,如霞,如烟,如幽林曲涧,如沦,如漾,如珠玉之辉,如鸿鹄之鸣而入寥廓;其于人,漻乎其如叹,邈乎其如有思,暖乎其如喜,愀乎其如悲。

显然,得阳刚之美者气盛,自然界的电闪雷鸣,"决大川","奔骐骥",何等迅猛有力,何等气势磅礴。而得阴柔之美者情深,旭日缓缓而升,轻烟冉冉而起,林幽涧曲,微波荡漾,又何等富于情韵,何等诗意盎然。至于以人为喻,就更明显了。"冯高视远"、"君而朝万众"、"鼓万勇士而战之",均气势浩大无比之谓也。而"漻乎其如叹"以下四句,岂不是惟妙惟肖地写出了人们的情感活动吗？曾国藩阐发了姚鼐的阳刚阴柔说,指出:"阳刚者气势浩瀚,阴柔者韵味深美。"[1] 韵自情出,情深则韵浓。曾氏所见与章氏 "气得阳刚,而情合阴柔" 之说可谓不谋而合。六一风神无疑属于 "韵味深美" 一路,是 "情合阴柔" 的产物。饱注深挚的情感而焕发出阴柔之美,是欧文独具的艺术风格。这种风格的形成,与善于学习古人颇有关系。欧阳修自称:"余固喜传人事,尤爱司马迁善传。"[2] 不少评论家认为,太史公文情感充沛,韵味悠长,欧阳修深受其影响。确实,两人都是极善于言情的,《史记》中有许多含情不尽之处,欧颇得其三昧,故茅坤 "谓世之文人学士得太史公之逸者,独欧阳子一人而已"[3]。方苞云:"欧公志诸朋好,悲思激宕,风格最近太史公。"[4] 刘大櫆亦云:"欧公叙事之文,独得史迁风神。"[5] 近人唐文治先生也指出:"子长高弟,韩、欧二生,阴柔之美,欧得其情。"[6] 他在强调欧善于学习《史记》抒情的同时,揭示了欧文的阴柔之美与其情感的密切关系。

太史公文气情兼备,刚柔相济,成为后世师法的楷模。欧阳修学《史记》含情、柔逸的一面,在言情上极下功夫,于叙事中有唱叹,有唱叹则有不尽之意,有不尽之意则风神溢出纸上。沈德潜评《伶官传序》为 "《五代史》中第一篇文字",认为它 "写得抑扬顿挫,得《史记》神髓"[7]。该篇多纡徐宕漾、不参死语的笔调,"盛衰之理,虽曰天命,岂非人事哉","岂得之难而失之易

---

① 《曾文正公全集·日记·文艺》,世界书局,1936年,第53页。
② 《欧集·居士外集》卷一五《桑怿传》。
③ 《茅鹿门先生文集》卷三一《欧阳文忠公文钞引》。
④ 《古文约选·欧阳永叔文约选》评语。
⑤ 《评校音注古文辞类纂》卷四六《黄梦升墓志铭》评语。
⑥ 《古人论文大义·绪言》,清宣统元年刊本。
⑦ 《唐宋八大家文读本》卷一四。

欤? 抑本其成败之迹而皆自于人欤","夫祸患常积于忽微,而智勇多困于所溺,岂独伶人也哉"云云,与史迁《伯夷列传》中"若伯夷、叔齐,可谓善人者非邪","然回也屡空,糟糠不厌,而卒早夭。天之报施善人,其何如哉","余甚惑焉,傥所谓天道,是邪非邪"等,极为相似。《艺概·文概》对司马迁有不少精当的评价,认为"《史记》叙事"与"长江大河相若",充满旺盛的气势。又称:"太史公文,悲世之意多",有"恻怛之情,抑扬之致"。又曰:"太史公文,韩得其雄,欧得其逸。"要之,史迁之文,气昌情挚,雄逸并举。要说偏胜的话,似乎情略胜于气,曾国藩把他归入阴柔之美者[1]。其实,只能说偏于阴柔,因为《史记》的气势和情韵都是著称的。

欧阳修的散文以六一风神见称于世,偏向阴柔一路发展,显示出前所未有的以情韵取胜的典型而成熟的艺术风格,这是对古代散文多姿多态的发展所作出的杰出贡献。当然,所谓阳刚阴柔,都是从偏胜的意义上说的,并非一绝有,一绝无。欧阳修的阴柔之作,情韵动人,但也有一定的气势;就像韩愈的阳刚之文,气势磅礴,但也不乏情韵一样。独特的富于魅力的六一风神辉耀当时而光照后世,堪称古代散文艺术的瑰宝。

## 第二节 欧阳修的"和气"与"六一风神"

从20世纪90年代起,随着欧阳修研究的深入,"六一风神"引来许多学者的关注:或对"六一风神"称谓的来源详加考查[2];或谓"六一风神"是"对欧阳修散文审美特质最准确的概

---

[1] 见《曾文正公全集·书牍·与张廉卿》,世界书局,1936年,第39页。
[2] 见黄一权《"六一风神"称谓的来源及其阐释》,《中国文学研究》1998年第4期。

括"①；或称"六一居士的人格是六一风神的内在主体精神"②；或强调"茅坤对'风神'的讨论主要针对叙事文而发，与议论文无涉"③。此外，尚有不少真知灼见，不一一赘述。学者们从不同方面阐述自己对"六一风神"丰富内涵的理解，共同深化了"六一风神"的研究。可以说，在迄今为止近二十年的探讨中，大家对如下观点是趋于认同的，即"六一风神"最早见于茅坤、归有光的论述，并上承"史迁风神"；它是抒情范畴的产物，于一唱三叹中见悠长的韵味；与韩文的阳刚之美截然不同，"六一风神"是欧文独特的阴柔之美的体现；就文体而言，它见于叙事文，而与议论文无关。

一

"六一风神"之称谓因独具魅力的欧阳修散文而生，因此，对六一风神的探究，离不开欧阳修这个人物，特别是离不开他与众不同的个性气质。本节结合欧阳修本人的秉性，考察其特有的"和气"的强化，即气质、性致、涵养的完善，探讨这种强化与完善与六一风神形成的关系。

苏洵评欧文云："执事之文，纡余委备，往复百折，而条达疏畅，无所间断；气尽语极，急言竭论，而容与闲易，无艰难劳苦之态。"④曾巩称欧文"深纯温厚，与孟子、韩吏部之书为相唱

① 见周明《论"六一风神"——欧阳修散文的审美特质》，《江苏教育学院学报》（社科版）1999年第3期。
② 见马茂军《庐陵学与"六一风神"》，《东南大学学报》（哲社版）2004年第4期。
③ 见刘宁《叙事与"六一风神"——由茅坤"风神"观切入》，《文学遗产》2011年第2期。
④ 《嘉祐集笺注》卷一二《上欧阳内翰第一书》，第328—329页。

和"。① 苏辙云："公之于文,天材有余,丰约中度,雍容俯仰,不大声色,而义理自胜。"② 与欧公同时代而关系密切的这三位大家,深有所感地评价欧文,其用语虽异,而精神实质却是一致的。所谓"容与闲易,无艰难劳苦之态","深纯温厚"及"丰约中度,雍容俯仰",都形象地道出了欧公的气质素养和欧文独特的艺术风貌。

后世,又有宋人邵博引人注目地指出:"欧阳公之文和气多,英气少。"③ 罗大经引杨东山语称欧公"温雅纯正,蔼然为仁人之言"④。金元人评欧文,延续宋人的论析。赵秉文云:"亡宋百余年间,惟欧阳公之义不为尖新艰险之语,而有从容闲雅之态,丰而不余一言,约而不失一辞。"⑤ 刘壎云:"欧公文体,温润和平,虽无豪健劲峭之气,而于人情物理,深婉至到,其味悠然以长,则非他人所及也。"⑥

至明代前期,方孝孺仍沿袭前人"和气"之说,称"永叔厚重渊洁,故其文委曲平和,不为斩绝诡怪之状,而穆穆有余韵"⑦。而归有光的评说已由"和气"转到"风神",称欧公"风神机轴逼真太史公。"⑧ 茅坤云:"西京以来,独称太史公迁,以其驰骤跌宕,悲慨呜咽,而风神所注,往往于点缀指次外,独得妙解……累数百年而得韩昌黎,然彼固别开门户也。又三百年而得欧阳子……而其姿态横生,别为韵折,令人读之,一唱三叹,余音不

---

① 《曾巩集》卷一五《上欧阳学士第一书》,第 232 页。
② 《栾城集·后集》卷二三《欧阳文忠公神道碑》,第 1432 页。
③ 邵博《邵氏闻见后录》卷一四,中华书局,1983 年,第 111 页。
④ 罗大经《鹤林玉露》丙编卷二,第 264 页。
⑤ 赵秉《闲闲老人滏水文集》卷一四《竹溪先生文集引》,《四部丛刊》本。
⑥ 刘壎《隐居通议》卷一三。
⑦ 方孝孺《逊志斋集》卷一二《张彦辉文集序》,《四部丛刊》本。
⑧ 归有光《欧阳文忠公文选》卷五《新唐书·兵志论》评语。

绝。予所以独爱其文,妄谓世之文人学士得太史公之逸者,独欧阳子一人而已。"① 又云:"《五代史》……往往点次如画,风神烨然。"② 到了清代,桐城派方苞继承归有光、茅坤的论述,曰:"永叔摹《史记》之格调,而曲得其风神。"③ 显而易见的是,在归、茅二氏提出"风神"的概念以前,两宋、金、元、明之人,皆以"和气"之类的言辞描述欧公的气质与文风。当"六一风神"已然成为欧文风格的核心概念深入人心的今天,我们有必要追根溯源到诸多有关"和气"的表述,探究一下它与"六一风神"的关系。

当然,欧公以"和气"为代表的这种气质并非固有的,而是在步入仕途和文坛后逐步形成的。所谓"和气多,英气少",自然不是针对早期的欧公而言,而是指为人与为文、从政与创作趋于成熟时的欧公说的。我们不妨从邵博的话入手,探究欧阳修一生英气与和气的消长及其对创作的影响。

首先,要明确英气与和气的概念。所谓英气,指锐气、豪气、英武之气、刚明秀发之气。陈寿评孙策时云:"策英气杰济,猛锐冠世。览奇取异,志陵中夏。"④ 和气,指温和、温柔、温润之气,多含蓄与涵容。和,有和顺、和谐、宽和、平和等意思。人问伊川先生程颐"横渠之书有迫切处否",程颐答曰:

> 子厚谨严,才谨严便有迫切气象,无宽舒之气。孟子却宽舒,只是中间有些英气。才有英气,便有圭角。英气甚害事,如颜子便浑厚不同……或问:"气象于甚处见?"曰:"但以孔子之言比之便见。如冰与水精虽不光,比之玉,自

---

① 茅坤《茅鹿门先生文集》卷三一《欧阳文忠公文钞引》。
② 茅坤《唐宋八大家文钞·欧阳公史钞》卷首,皖省聚文堂重校刊本。
③ 方苞《古文约选序例》。
④ 陈寿《三国志·吴书》卷一《孙策传评》,《文渊阁四库全书》本。

是有温润含蓄气象,无许多光耀也。"[1]

上述"气象于甚处见"的"气象",即指英气。程氏以为,如将孔、孟之言加以比较,孟子"有些英气",似玉;而孔子"如冰与水精",虽无"许多光耀",但显得"温润含蓄"。确实较形象地道出了英气与和气的不同。故人言孟子善辩,文有气势,有光焰;而孔子德性宽大,气象从容,即之也温,如饮醇醪,如沐春风。

## 二

回顾欧阳修由天圣入仕至熙宁致仕的经历,其英气与和气的消长,大致可以分为五个阶段:

(一)初仕西京及任职馆阁时期:英气甚强,和气甚弱。

天圣末,以国子监试、国学解试与礼部试三个第一步入仕途的欧阳修,英姿焕发,豪气干云,在钱惟演的西京幕府,与尹洙、梅尧臣等切磋诗文,渐以文章知名天下。《答梅圣俞寺丞见寄》云:

> 忆昔识君初,我少君方壮。风期一相许,意气曾谁让。交游盛京洛,樽俎陪丞相。骐骥日相追,鸾凤志高飏。词章尽崔蔡,议论皆歆向。文会忝余盟,诗坛推子将。[2]

早年的欧阳修责无旁贷地以文会的主盟者自居,以飞驰的骐骥与高飏的鸾凤自喻,以古时尽人皆知的著名文士自比,这是何等

---

① 朱熹编《二程遗书》卷一八,《文渊阁四库全书》本。
② 《欧集·居士外集》卷三。

的意气风发、何等的英气逼人啊!

明道元年(1032),因修建遭焚毁的大内,洛阳竹林被砍伐至"地榛园秃",如此"敛取无艺",令欧阳修忍无可忍而痛斥之,呼吁"不作无益害有益"①。初入官场,便以初生牛犊不怕虎的勇气,怒斥时弊,矛头直指"天子有司",真是放胆直言,锐气可嘉。同年,又作《非非堂记》云:"是是近乎谄,非非近乎讪。不幸而过,宁讪无谄。"②英锐之气,尽显于短章之中,见批判错误的无比坚决及严以律己的高度自觉与自信。

至于深为敬佩的人物,欧阳修亦以责贤者备的态度待之,不稍宽贷。明道二年(1033)四月,范仲淹自陈州被召赴阙,欧上书激励鞭策之,称"拜命以来,翘首企足,伫乎有闻而卒未也",谓仲淹当"思天子所以见用之意,惧君子百世之讥,一陈昌言,以塞重望"③。景祐二年(1035),在石介因上书论不当录用五代及诸国后嗣,惹怒仁宗,被罢去即将担任的御史台主簿一职时,欧阳修毅然上书御史中丞杜衍,责备其"为天子司直之臣",未能坚持初衷,推荐石介,不主持公道而屈服于威权④。

与朋友论事,欧有不同的观点,亦坦诚相告。批评对方错误,从不轻描淡写,不留一点情面。景祐二年,欧作《与石推官第一书》,直言不讳地指责石介"端然居乎学舍,以教人为师,而反率然以自异"⑤;在石介不听劝告,强词辩解之后,又作《第二书》,谓石介曰:

---

① 《欧集·居士外集》卷一三《戕竹记》。
② 《欧集·居士外集》卷一三《非非堂记》。
③ 《欧集·居士外集》卷一六《上范司谏书》。
④ 见《欧集·居士集》卷四七《上杜中丞论举官书》。
⑤ 《欧集·居士外集》卷一六《与石推官第一书》。

今足下以其直者为斜,以其方者为圆,而曰我第行尧、
舜、周、孔之道,此甚不可也。譬如设馔于案,加帽于首,正
襟而坐然后食者,此世人常尔。若其纳足于帽,反衣而衣,
坐乎案上,以饭实酒卮而食,曰我行尧、舜、周、孔之道者,以
此之于世可乎? 不可也。[①]

言辞不可谓不辛辣,语气不可谓不尖锐,批评不可谓不有力。

景祐三年(1036),范仲淹言宰相吕夷简专权,忤权相,落职
贬知饶州。欧阳修致书司谏高若讷,斥其诋诮范仲淹,而不能辩
仲淹非辜,痛骂若讷"不复知人间有羞耻事"[②]。爱新觉罗·弘历
曰:"是岁修甫三十岁,年少激昂慷慨,其事之中节与否虽未知,
孔、颜处此当何如? 然而凛凛正气,可薄日月也。时修筮仕才五
年,为京职才一年余,未熟中朝大官老于事之情态语言大抵如
此,千古一辙,于是少所见多所怪,而有是书。"[③]这段评语颇为
生动地道出了官场的情状和欧阳修凛然无畏之英气。

英气甚强,则和气甚弱。《欧集·书简》有天圣、明道间致
富弼书一通,写于富弼离西京赴绛州后,欧"独怪彦国了无一
书",又回忆分手时曾有"通相思,知动静"的约定而写道:

当时相顾切切,用要约如此,谓今别后,宜马朝西而书
夕东也。不意足下自执牛耳登坛先歃,降坛而吐之,何邪?
平生与足下语,思欲力行者事何限,此尺寸纸为俗累牵之,
不能勉强,向所云云,使仆何望哉? 洛阳去京为僻远,孰与

---

① 《欧集·居士外集》卷一六《与石推官第二书》。
② 《欧集·居士外集》卷一七《与高司谏书》。
③ 《唐宋文醇》卷二二,《与高司谏书》评语。

绛之去京师也？今尚尔，至绛又可知矣。①

年轻气盛的欧阳修咄咄逼人地指责富弼未践行好友间的约定，笃于友情固然是修书的动因，但"何邪"、"何限"、"何望"等一连串的诘问亦见少了和气，无后时容与闲易之态也。

（二）贬官夷陵及参与新政时期：英气依然，和气不足。

景祐三年的夷陵之贬并未能使欧阳修屈服。甫抵夷陵，欧即作《黄杨树子赋》，序云："江行，过绝险处，时时从舟中望见之，郁郁山际，有可爱之色。独念此树生穷僻，不得依君子封殖，备爱赏。"赋云："日薄云昏，烟霏露滴。负劲节以谁赏，抱孤心而谁识……节既晚而愈茂，岁已寒而不易。"②显然，欧以树自比，托物言志，抒坚贞不屈之情怀，英气未尝稍减。致尹洙书云："往时砧釜鼎镬皆是烹斩之物，然士有死不失义，则趋而就之，与几席枕藉之无异。"③一赋一书，异曲同工。欧阳修依然斗志高昂，豪气凌霄。同年，欧作《读李翱文》，借他人之酒杯，浇自家胸中之块垒：

> 呜呼！使当时君子，皆易其叹老嗟卑之心，为翱所忧之心，则唐之天下，岂有乱与亡哉？然翱幸不生今时，见今之事，则其忧又甚矣，奈何今之人不忧也……呜呼！在位而不肯自忧，又禁他人使皆不得忧，可叹也夫！④

贬谪中的欧阳修锐气未减而和气未增。

---

① 《欧集·书简》卷一《与富文忠公》。
② 《欧集·居士集》卷一五《黄杨树子赋》。
③ 《欧集·居士外集》卷一七《与尹师鲁第一书》。
④ 《欧集·居士外集》卷二三《读李翱文》。

康定元年(1040)欧返京后即有《通进司上书》,纵论国是,献可替否。庆历二年(1042)又有《准诏言事上书》,采当世急务为三弊五事,谓"天下之势,岁危于一岁"①,极力呼吁变革。此前一年,枢密使晏殊置酒西园,邀欧前往饮酒赏雪,欧即席赋诗云:"主人与国共休戚,不唯喜悦将丰登。须怜铁甲冷彻骨,四十余万屯边兵。"②欧心有所感,口无遮拦,以诗进谏,惹恼恩师,虽经一度贬谪,英气仍旧强盛,和气依然未长。

庆历四年(1044),在新政人士横遭污蔑与攻击之时,欧不避"朋党"之嫌,断然作《朋党论》呈进,吁请仁宗"退小人之伪朋,用君子之真朋"③,刚烈之性可见。何焯谓"此欧文之近苏者","少和气"④。

庆历五年(1045),在范仲淹罢参知政事、富弼罢枢密副使之后,杜衍罢枢密使,韩琦罢枢密副使,新政领导人纷纷被赶出了京都。面对新政已然夭折的严酷局面,志强气盛的欧阳修,在河北都转运按察使任上,呈进《论杜衍范仲淹等罢政事状》,言杜、范等乃可用之贤,无可罢之罪:

> 臣闻士不忘身不为忠,言不逆耳不为谏,故臣不避群邪切齿之祸,敢干一人难犯之颜,惟赖圣明幸加审察……正士在朝,群邪所忌,谋臣不用,敌国之福也。今此数人一旦罢去,而使群邪相贺于内,四夷相贺于外,此臣所为陛下惜之也……今群邪争进谗巧,正士继去朝廷,乃臣忘身报国之

---

① 《欧集·居士集》卷四六《准诏言事上书》。
② 《欧集·居士外集》卷三《晏太尉西园贺雪歌》。
③ 《欧集·居士集》卷一七《朋党论》。
④ 《义门读书记》卷三八,《朋党论》评语,第683页。

秋,岂可缄言而避罪? 敢竭愚瞽,惟陛下择之。[1]

明知局势已难挽回,但骨鲠在喉,不吐不快,欧阳修还是要作最后的抗争。奏状充满了革新者无私无畏的勇气、婴逆麟而直言的正气和久郁于胸中的愤懑之气。同时,欧阳修作《班班林间鸠寄内》诗,向夫人薛氏阐明形势之严峻和抗争到底的决心:

> 孤忠一许国,家事岂复恤? 横身当众怒,见者旁可慄。近日读除书,朝廷更辅弼。君恩忧大臣,进退礼有秩。小人妄希旨,论议争操笔。又闻说朋党,次第推甲乙。而我岂敢逃,不若先自劾……苟能因谪去,引分思藏密。[2]

宁折不弯的欧阳修,最终为自己的抗争付出了横遭污蔑而贬往滁州的代价,但这一时期所展现出的不屈的斗志和磅礴的英气,深受后人的褒扬和钦仰。

(三)贬滁徙扬至颍州居丧时期:英气消减,和气渐长。

欧阳修庆历五年(1045)贬谪滁州,八年徙知扬州;皇祐元年(1049)移知颍州,二年改知应天府兼南京留守司事,四年丁母忧,归颍守制;至和元年(1054)返京,这就是所谓“十年困风波,九死出槛阱”[3] 时期。在新政夭折和贬滁的沉重打击下,欧阳修的挫折感油然而生,不再像早先那样无所顾忌,不惧后果,他仍思进取,但有些犹豫和彷徨了。庆历六年(1046)作《新霜二首》,其一云:

---

① 《欧集·奏议集》卷一一《论杜衍范仲淹等罢政事状》。
② 《欧集·居士集》卷二《班班林间鸠寄内》。
③ 《欧集·居士集》卷五《述怀》。

> 林枯山瘦失颜色,我意岂能无寂寞。衰颜得酒犹强发,可醉岂须嫌酒浊?泉傍菊花方烂漫,短日寒辉相照灼。无情木石尚须老,有酒人生何不乐?

"林枯山瘦"之景,映衬着失意寂寞之人,木石无情,尚且老去,何况有情之人生?无奈的诗人也只能以酒浇愁,愁中取乐了。

其二云:

> 荒城草树多阴暗,日夕霜云意浓淡。……兰枯蕙死谁复吊,残菊篱根争艳艳。青松守节见临危,正色凛凛不可犯。……惟有壮士独悲歌,拂拭尘埃磨古剑。①

这里展现的是诗人情感的另一面:与枯死的兰蕙和篱根的残菊截然不同,青松傲然挺立,凛然不可侵犯,壮士磨砺古剑,引吭悲歌,这是何等的壮烈与不屈,何等的庄严与豪迈!

欧阳修两种矛盾心态的交织,真实地反映了他的苦闷,反映了他的豪气、锐气、英迈之气遭到严重的消磨。这与他第一次被贬的时候大不一样,那时他对政局的革新还充满期待,阅读夷陵架阁陈年公案,为其枉直乖错不可胜数而慨叹,仰天誓心,仍欲大有作为。如今,新政的失败如同当头痛击,他的内心实在难以平静。《重读徂徕集》为受诬蒙冤的石介鸣不平,实际上也是在为夭折的新政鸣不平:

> 人生一世中,长短无百年。无穷在其后,万世在其先。得长多几何,得短未足怜。惟彼不可朽,名声文行然。谗诬

---

① 《欧集·居士集》卷三《新霜二首》。

不须辨,亦止百年间。百年后来者,憎爱不相缘。公议然后出,自然见媸妍。孔孟困一生,毁逐遭百端。后世苟不公,至今无圣贤……我欲犯众怒,为子记此冤。下纾冥冥怨,仰叫昭昭天。书于苍翠石,立彼崔嵬巅。[1]

在愤懑不已的同时,欧阳修也开始自我调适,让滁州的山水抚慰受伤的心灵,留下了《游琅琊山》、《琅琊山六题》、《题滁州醉翁亭》、《丰乐亭小饮》、《丰乐亭游春》及《醉翁亭记》、《丰乐亭记》等诗文,着意描写滁地的安闲、丰乐和醉翁的逍遥、潇洒。我们看到,在英气消减之时,欧阳修的和气明显增长。

庆历八年(1048),徙知扬州,欧为郡宽简,公余携客往游平山堂,传花饮酒;中秋宴饮梅尧臣,请许元、王琪作陪,赋诗为乐。皇祐元年(1049),移知颍州,为西湖风光之美所吸引,叹"柳絮已将春去远,海棠应恨我来迟"[2];二年改知应天府,为杜衍等设庆老公宴……这里,我们看到的是从政事纷扰中脱身的自在平和的欧公。而皇祐四年(1052),范仲淹逝世,欧以无比怀念之情颂美范仲淹,并严词厉色地痛斥诬陷仲淹的邪佞小人:

呜呼公乎! 学古居今,持方入圆。丘、轲之艰,其道则然。公曰彼恶,公为好讦;公曰彼善,公为树朋;公所勇为,公则躁进;公有退让,公为近名:谗人之言,其何可听! [3]

① 《欧集·居士集》卷三《重读徂徕集》。
② 《欧集·居士集》卷一一《初至颍州西湖种瑞莲黄杨寄淮南转运吕度支发运许主客》。
③ 《欧集·居士集》卷五〇《祭资政范公文》。

"公曰"领起的四句排比,盛赞范仲淹的美德,无情地揭露与批判污蔑仲淹的小人的丑恶行径。这里,我们又看到了一个正气凛然、爱憎强烈、锐不可挡的欧公。

(四)逐步高升而历任要职时期:英气犹在,和气大增。

至和元年(1054),欧阳修已四十八岁。服除返京,权判吏部流内铨,即请抑制豪门贵族子弟优先入仕的特权,又遭人中伤,出知外州,幸得吴充、范镇等保护,留京修《唐书》。旋迁翰林学士兼史馆修撰。与"壮年犹勇为,刺口论时政"相比,他感到力单势薄,因无所作为而苦闷:

> 丹心皎虽存,白发生已迸。惭无羽毛彩,来与鸾皇并。铩翮追群翔,孤唤惊众听。严严玉堂署,清禁肃而静。职业愧论思,文章惭诰命。厚颜难久居,归计无荒径。……何日早收身,江湖一渔艇。①

在惶惑和不安中,欧阳修已流露出收身归田的念头。

嘉祐二年(1057)权知贡举,力革文弊,擢拔苏轼等英才,使庆历时已执文坛牛耳的欧公声誉日隆,但身陷宦海,身体衰疲,难有革新作为,令其情绪不佳。嘉祐三年,致书王素云:

> 岁月不觉又添一岁,目日益昏,听日益重,其情悰则又可知……群贤在外,皆当召归,而议者不及。衰病思去,又亦未得。守常不变,其弊乃尔。②

---

① 《欧集·居士集》卷五《述怀》。
② 《欧集·书简》卷三《与王懿敏公》。

　　欧公向庆历时同为谏官支持新政的挚友敞开了心扉：群贤未至，事业难期，"守常不变"，内心不宁。这是壮志尚未完全消泯而对现实又无可奈何的表白。他已作好归田的准备，《归田四时乐春夏二首》之一称："吾已买田清颍上，更欲临流作钓矶。"[①] 对于前时与今日环境及心态的变化，欧公有切身的感受，《谢观文王尚书惠西京牡丹》云："心衰力懒难勉强，与昔一何殊勇怯。"[②] 于是，翌年遂有《秋声赋》问世，直抒百忧感心万事劳形之抑郁。在"砭人肌骨"的秋气中，我们明显感觉到欧公的英气已大大消磨。

　　嘉祐五年(1060)，欧擢为枢密副使；六年，任参知政事。官职的荣升，并未给他带来什么欣喜，昔日的英迈之气，罕见于笔端，而时起归田之念，常有思颍之作。致吴充书云："某以孤拙之姿，不求合世，加以衰病，心在江湖久矣。"[③] 八年，仁宗崩，英宗继位，与皇太后成隙，欧阳修与韩琦竭力弥缝母子，镇安内外。他们的努力促使政局趋于和缓，而避免了动乱的发生。

　　治平年间，濮议之争起，欧阳修在纷扰中益增衰暮之感，归田之念益加迫切。治平二年(1065)作《秋阴》云："国恩惭未报，岁晚念余生。"[④]《秋怀》云："鹿车终自驾，归去颍东田。"[⑤] 四年，作《谢提刑张郎中寄筇竹拄杖》诗，以"玉光莹润锦斓斑，霜雪经多节愈坚"[⑥]，自喻刚正之节操，仍见英迈之气。《归田录序》云："既不能因时奋身，遇时发愤，有所建明，以为补益，

---

① 《欧集·居士集》卷八《归田四时乐春夏二首》。
② 《欧集·居士集》卷七《谢观文王尚书惠西京牡丹》。
③ 《欧集·书简》卷二《与吴正献公》。
④ 《欧集·居士集》卷一四。
⑤ 《欧集·居士集》卷一四。
⑥ 《欧集·居士集》卷一四。

又不能依阿取容,以徇世俗,使怨嫉谤怒丛于一生,以受侮于群小。"①宣泄愤慨与牢骚,见锐气不尽消失,但此时欧公胸中更多的却是平和之气。熙宁元年(1068),欧作《端明殿学士蔡公墓志铭》,四库馆臣云:"(蔡襄)为秘阁校勘时,以《四贤一不肖诗》得名,《宋史》载之本传,以为美谈……欧阳修作襄墓志,削此一事不书,其自编《居士集》亦削去《与高司谏书》不载,岂非晚年客气渐平,知其过当欤?"②确实,与早年的英气远胜于和气不同,致仕前的欧公,和气远胜于英气,心态十分平和,看问题全面而客观。与这种心态相适应,他爱颍州"民淳讼简而物产美,土厚水甘而风气和"③,迫不及待,急欲归田,终老颍州,"其进退出处,顾无所系于事矣"。④

(五)六一居士致仕归田时期:英气甚弱,和气甚强。

熙宁三年(1070),欧公更号六一居士,作《六一居士传》,感叹"轩裳珪组,劳吾形于外;忧患思虑,劳吾心于内"⑤,渴望早日退休。又撰《续思颍诗序》,自称"年益加老,病亦加衰,其日渐短,其心渐迫"⑥,故思颍之诗愈多,仍以告老归田为言。同年,作著名的《岘山亭记》:

> 岘山临汉上,望之隐然,盖诸山之小者,而其名特著于荆州者,岂非以其人哉!其人谓谁?羊祜叔子、杜预元凯是已。……传言叔子尝登兹山,慨然语其属,以谓此山常在,而前世之士,皆已湮灭于无闻,因自顾而悲伤。然独不知兹

---

① 《欧集·居士集》卷四四。
② 《四库全书总目》卷一五二《蔡忠惠集》提要,第1313页。
③ 《欧集·居士集》卷四四《思颍诗后序》。
④ 《欧集·居士集》卷四四《思颍诗后序》。
⑤ 《欧集·居士集》卷四四。
⑥ 《欧集·居士集》卷四四。

山待己而名著也。元凯铭功于二石,一置兹山之上,一投汉
水之渊,是知陵谷有变,而不知石有时而磨灭也。岂皆自
喜其名之甚而过为无穷之虑欤? 将自待者厚而所思者远
欤?①

此记是因襄阳守史中辉"欲记其事于石,以与叔子、元凯之
名并传于久远"而作的。欧公以古说今,以彼喻此,借言羊祜虽
为仁者,但好名之心未泯,杜预声名显赫,犹不忘铭功于石,委婉
地劝说史中辉勿"汲汲于后世之名",也抒发了自己无比谦恭旷
达的情怀,尤见晚年欧公的博大心胸与宽厚平和之气。

熙宁四年(1071),欧公终于如愿以偿地致仕归颍,时有《答
资政邵谏议见寄二首》,其一云:

豪横当年气吐虹,萧条晚节鬓如蓬。欲知颍水新居
士,即是滁山旧醉翁。所乐藩篱追尺鷃,敢言寥廓逐冥鸿。
期公归辅岩廊上,顾我无忘畎亩中。②

从当年豪气冲天的馆阁校勘,到贬滁时锐气渐次消磨的醉翁,再
到退居颍州逍遥自在平和自如的六一居士,在欧阳修自述中,我
们不难察觉他那和气渐长直至主导整个身心的历程。

熙宁五年(1072),欧公与世长辞。此前,所作《退居述怀寄
北京韩侍中二首》之一云:

悠悠身世比浮云,白首归来颍水滨。曾看元臣调鼎鼐,

---

① 《欧集·居士集》卷四〇。
② 《欧集·居士集》卷一四。

却寻田叟问耕耘。一生勤苦书千卷,万事销磨酒百分。放
浪岂无方外士,尚思亲友念离群。[1]

诗中写到自己仕宦漂泊的一生和晚年如愿的致仕归颍,写到在
朝时参与国家大事和退老后安逸自在的田园生活,写到毕生的
勤学与奋斗和如今的逍遥与解脱,也写到了自己对人间真情的
珍惜和感悟于老庄的情怀。这是对自身漫长而丰富的经历的心
平气和的总结。

## 三

综观上述五个阶段,欧阳修贬官滁州前的两段生涯,英气
甚盛而和气不足,而贬官滁州后的三段生涯,和气渐增,并成为
其气质之主导。欧文中所见到的特有的风采、情韵、意态,即
"六一风神",正源于其以和气为主导的人格修养。因此,"六一
风神"在贬滁以前的作品中不是没有,但主要还是见于以和气
为主导的贬滁后的生涯中。由于"六一风神"是欧阳修以和气
为主导的精神产物,自然非一般所说的委婉纡徐之欧文皆有;
属于抒情范畴的"六一风神",亦非见于欧公的所有文体,而仅
见于叙事的文体。历代古文评家争相选录的脍炙人口的佳作,
多具备"六一风神"以沉吟往复、抑扬吞吐、唱叹不尽、韵味无穷
为要素的美感,为读者反复吟诵,珍爱有加。如此精品,有序体
文,如《苏氏文集序》《江邻几文集序》《释秘演诗集序》《梅圣
俞诗集序》《五代史伶官传叙》《五代史一行传叙》等;有赠序
文,如《送徐无党南归序》《送杨寘序》等;有记体文,如《丰乐

---

[1] 《欧集·居士外集》卷七。

亭记》《醉翁亭记》《岘山亭记》等；有墓志文,如《张子野墓志铭》《黄梦升墓志铭》《泷冈阡表》等；还有哀祭文,如《祭石曼卿文》《祭尹师鲁文》等。其中,仅有少数作品,如《释秘演诗集序》《张子野墓志铭》《黄梦升墓志铭》等写于贬滁的庆历五年之前。

归有光和茅坤是最早就欧文提出"风神"这一概念的文评家,"六一风神"见于序、赠序、记三体者尤多,以下谨列茅、归两家各自所编欧公文选中三体文之题目,其作年加括号标示于作品之后。先看茅坤的《欧阳文忠公文钞》,其选录之三体文如下：

序:《外制集序》(庆历五年)、《内制集序》(嘉祐六年)、《薛简肃公文集序》(熙宁四年)、《苏氏文集序》(皇祐三年)、《廖氏文集序》(嘉祐六年)、《江邻几文集序》(熙宁四年)、《仲氏文集序》(熙宁元年)、《梅圣俞诗集序》(庆历六年)、《谢氏诗序》(景祐四年)、《释惟俨文集序》(庆历元年)、《释秘演诗集序》(庆历二年)、《传易图序》(作年不详)、《诗谱补亡后序》(熙宁三年)、《韵总序》(作年不详)、《孙子后序》(康定元年)、《续思颍诗序》(熙宁三年)、《礼部唱和诗序》(嘉祐二年)、《集古录目序》(嘉祐七年)。上文除《传易图序》外,全选自《居士集》。

赠序:《送王陶序》(庆历二年)、《送徐无党南归序》(至和元年)、《送杨寘序》(庆历七年)、《送秘书丞宋君归太学序》(皇祐元年)、《送梅圣俞归河阳序》(明道元年)、《送廖倚归衡山序》(明道二年)、《送曾巩秀才序》(庆历二年)、《送田画秀才宁亲万州序》(景祐四年)。上文除送梅圣俞、廖倚二序外,均选自《居士集》。

记:《相州昼锦堂记》(治平二年)、《有美堂记》(嘉祐四年)、《岘山亭记》(熙宁三年)、《李秀才东园亭记》(明道二年)、

《泗州先春亭记》(景祐三年)、《真州东园记》(皇祐三年)、《海陵许氏南园记》(庆历八年)、《菱溪石记》(庆历六年)、《浮槎山水记》(嘉祐三年)、《游儵亭记》(景祐五年)、《伐树记》(天圣九年)、《吉州学记》(庆历四年)、《襄州谷城县夫子庙记》(宝元二年)、《丰乐亭记》(庆历六年)、《醉翁亭记》(庆历六年)、《画舫斋记》(庆历二年)、《峡州至喜亭记》(景祐四年)、《夷陵县至喜堂记》(景祐三年)、《偃虹堤记》(庆历六年)、《王彦章画像记》(庆历三年)、《樊侯庙灾记》(明道二年)《明因大师塔记》(景祐元年)。以上有"李秀才东园亭"、"游儵亭"、"伐树"、"偃虹堤"、"樊侯庙灾"、"明因大师塔"六记选自《居士外集》,余皆出自《居士集》。

茅坤所选序、赠序、记三体文凡48篇,仅9篇出自《居士外集》,《外集》篇目尚不及总数的二成。这说明欧公晚年亲手编纂的《居士集》,确实汇集了其毕生散文创作的精品,为后人所青睐。如按作品的创作年份来区分,作年不详的《传易图序》、《韵总序》不计,三体文共46篇,其中作于前两段生涯,即庆历五年欧公贬滁之前的作品,计22篇,而贬滁之后的作品有24篇,尚多出2篇。

相较于茅坤,归有光是明代杰出的散文大家,有很强的创作和鉴赏能力,选文更为精当,其所编《欧阳文忠公文选》中选收三体文如下:

序:《外制集序》(庆历五年)、《苏氏文集序》(皇祐三年)、《廖氏文集序》(嘉祐六年)、《江邻几文集序》(熙宁四年)、《释惟俨文集序》(庆历元年)、《释秘演诗集序》(庆历二年)、《诗谱补亡后序》(熙宁三年)、《孙子后序》(康定元年)、《集古录目序》(嘉祐七年)。

赠序:《送徐无党南归序》(至和元年)、《送杨寘序》(庆历七年)、《送秘书丞宋君归太学序》(皇祐元年)、《送梅圣俞归河阳序》(明道元年)、《送廖倚归衡山序》(明道二年)。

记:《御书阁记》(庆历二年)、《相州昼锦堂记》(治平二年)、《岘山亭记》(熙宁三年)、《丰乐亭记》(庆历六年)、《画舫斋记》(庆历二年)、《真州东园记》(皇祐三年)、《浮槎山水记》(嘉祐三年)、《伐树记》(天圣九年)、《王彦章画像记》(庆历三年)。

归氏选三体文凡23篇,只有送梅圣俞、廖倚二序和《伐树记》计3篇出自《外集》,仅占总数的百分之十三,余皆选自《居士集》。欧公贬滁之前的作品仅10篇,贬滁之后的作品有13篇。需要说明的是,包括《居士集》和《居士外集》在内的《欧集》,共收三体文83篇,内作于贬滁前的有46篇,而作于贬滁后的只有37篇,少于前者9篇,但归氏选入其《文选》者,贬滁后作品反多出贬滁前作品3篇。可见,归氏与茅坤一样,更偏重于选收贬滁之后的欧文。因为随着年龄的增长、学识的丰富和仕宦历练的增多,欧阳修涵养也不断提升,襟抱更为阔大,思虑更为周全,处事更为在理,创作亦更为成熟,贬滁后以"和气"为主导的欧阳修,其作品的艺术魅力自是非此前可比,给读者带来更大的吸引力是理所当然的。

特别要指出的是,景祐后期,欧贬夷陵,潜心钻研经学,延至康定及庆历初,在《易》理的探究上,深有创获,成就斐然。在追求中正之道上,他甚有心得,看问题更为全面。这对他品格的提升、修养的完善都有很大的帮助。他指出:"事无不利于正,未有不正而利者。"[①]视中正之道为自己从政处世务必遵循的价值取向,和修身为人务必时刻秉持不可偏离的道德准则。又指出:

---

① 《欧集·易童子问》卷一。

"坤道主顺,凡居蹇难者,以顺而后免于患。然顺过乎柔,则入于邪,必顺而不失其正,故曰往得中也";"必合乎大中,不可以小过也。盖人过乎爱,患之所生也;刑过乎威,乱之所起也。推是可以知之矣。"[1]他强调,要符合大中至正之道,且须实事求是,不能意气用事。应该说,获得这些认识,对贬滁之后欧阳修"和气"的增长有莫大的帮助。如在从政上,他避免偏激,讲求中道,完全肯定范仲淹与吕夷简的释憾解仇[2];晚年编《居士集》,不收早年所写影响极大而未免过火的《与高司谏书》,等等。其实,在贬滁之前任河北都转运按察使时,欧就拒绝在镇压保州兵变之后,富弼欲杀降以斩草除根免却后患的谬见[3],已表露出他坚守中道,不走极端,严防过犹不及的思想。

六一风神的本质是情感的外显,是淋漓尽致的抒情。以"和气"为主导的欧阳修,在贬滁以后,"和气"日增,在情感领域里,则表现为温情、柔情、深情、浓情的强化。借助宾主相形、俯仰今昔的手法,追怀逝去的风云岁月和长眠地下的亲密友人,一篇篇可见梅尧臣、苏舜钦、石延年等至爱友朋身影的以"追"字诀闻名的动人心魄的佳作,一唱三叹,情韵不尽,极致的抒情充满阴柔的美感,无限的风神溢出于字里行间。《丰乐亭记》与《岘山亭记》则是充满"和气"的中、老年欧公书写忧国爱民和谦恭博大情怀的杰作,最见令人心驰神往的"六一风神"。欧公从容的气度、宽阔的胸襟,见诸两篇文字;欧文之蕴蓄吞吐、亦尽显于两篇文中。纡徐的情致、荡漾的笔调、古今的俯仰、无穷

---

[1] 《欧集·易童子问》卷二。

[2] 《欧集·居士集》卷二〇《文正范公神道碑铭》云:"及吕公复相,公亦再起被用。于是二公欢然相约戮力平贼。天下之士,皆以此多二公。"详见本书第十章第一节关于"范吕释憾"的内容。

[3] 见《栾城集·后集》卷二三《欧阳文忠公神道碑》"会保州兵乱"一段记叙,第1427页。

的韵味,令此二篇无愧于历代评家所给予的高度赞誉。这一切都离不开欧公极为真挚阔大的情怀,自然,也离不开欧公那"和气"主导的令人崇敬的人生。

# 第十章

# 欧阳修的友人

## 第一节　范仲淹：古文运动的
## 贡献与范、吕的交恶释憾

### 一、范仲淹对北宋古文运动的贡献

人们从庆历新政和"先天下之忧而忧,后天下之乐而乐"的不朽名句中认识北宋政治家范仲淹,高度赞美他的革新奋斗的精神和乐于奉献的品格。而作为文学家的范仲淹,除了其代表作《岳阳楼记》外,似并不为人们所重视。清人魏裔介在《宋文欣赏集序》里将范仲淹、司马光等同散文大家欧阳修、曾巩、三苏并提,这是有见地的。我们不能低估范仲淹对北宋古文运动所作出的贡献。

　　(一)

范仲淹是继柳开、王禹偁之后与穆修等致力于北宋古文发展的重要人物,在杨、刘昆体风靡天下之际,他不遗余力地呼吁革除文弊,对遏止绮靡文风的蔓延、对促使朝廷数度降诏申戒浮文,都起了十分积极的作用。

关于穆修对北宋古文运动的贡献,历来有较充分的肯定,如《宋史·穆修传》云:"自五代文敝,国初柳开始为古文。其后,杨亿、刘筠尚声偶之辞,天下学者靡然从之。修于是时独以古文称,苏舜钦兄弟多从之游。修虽穷死,然一时士大夫称能文者,必曰穆参军。"但我们不能不看到,穆修官职卑微,在政坛上毫无影响可言,即使想在文坛上大有作为以扭转时风,也缺乏足够的力量。他的可贵之处,正是在昆体盛行,"天下学者靡然从之"之时,率弟子力为古文,反潮流而不气馁。对此,欧阳修给予他和从学于他的苏舜钦等以高度评价,《苏氏文集序》云:"天圣之间,予举进士于有司,见时学者务以言语声偶摘裂号为时文,以相夸尚。而子美独与其兄才翁及穆参军伯长,作为古歌诗杂文,时人颇共非笑之,而子美不顾也。"

那么,面对声偶之辞、靡丽之习的泛滥,有谁出来大声疾呼改革文风并为此作坚持不懈的努力呢? 此人即范仲淹。早在天圣三年(1025)四月二十日,身为文林郎、守大理寺丞的范仲淹就写下了《奏上时务书》,建议革除时弊,振兴朝政,其中有关革除文弊部分是这样写的:

> 臣闻国之文章,应于风化;风化厚薄,见乎文章。是故观虞夏之书,足以明帝王之道;览南朝之文,足以知衰靡之化。故圣人之理天下也,文弊则救之以质,质弊则救之以文。质弊而不救,则晦而不彰;文弊而不救,则华而将落。……伏望圣慈与大臣议文章之道,师虞夏之风。况

我圣朝,千载而会,惜乎不追三代之高,而尚六朝之细! 然
文章之列,何代无人? 盖时之所尚,何能独变? 大君有命,
孰不风从? 可敦谕词臣,兴复古道,更延博雅之士,布于台
阁,以救斯文之薄,而厚其风化也。

这里,范仲淹谈到了文章与教化的密切关系,提出了文质兼济、
严防偏颇的观点,猛烈抨击了六朝浮靡绮艳的文风,恳切吁请垂
帘听政的刘太后降诏"复古",以救文弊。

紧接着,天圣四年(1026),范仲淹作《唐异诗序》,慨叹"五
代以还,斯文大剥",批判"靡靡增华,愔愔相滥",言不由衷、无
病呻吟的文风,指出"大雅君子,当抗心于三代"。

天圣五年(1027),范仲淹又作《赋林衡鉴序》称:"所举之
赋,多在唐人。岂贵耳而贱目哉? 庶乎文人之作,由有唐而复两
汉,由两汉而复三代。"

范仲淹一而再、再而三地呼吁复"三代"之古,表现出他对
文坛危机的深刻认识和改变现状的坚决态度。上述有关改革文
风的意见,不能不对朝廷下达申戒文弊的诏书产生促进作用。
无疑,范仲淹清楚地看到,单是依靠个人的力量,文风的变革很
难奏摧陷廓清之功,必须调动国家机器进行必要的干预。

据《长编》卷一○八记载,天圣七年(1029)五月诏曰:"朕
试天下之士以言,观其趣向,而比来流风之敝,至于会萃小说,磔
裂前言,竞为浮夸靡蔓之文,无益治道,非所以望于诸生也。礼
部其申饬学者,务明先圣之道,以称朕意焉。"朝廷最终于范仲
淹接二连三的呼吁之后降诏,而范仲淹也由此受到鼓舞,翌年五
月,他又作《上时相议制举书》云:

今文庠不振,师道久缺,为学者不根乎经籍,从政者

> 罕议于教化,故文章柔靡,风俗巧伪,选用之际,常患才
> 难。……今朝廷思救其弊,兴复制科,不独振举滞淹,询访
> 得失,有以劝天下之学,育天下之才,是将变小为大,抑薄归
> 厚之时也。斯文丕变,在此一举。

显然,范仲淹已意识到矫正文风有赖于考试制度的改革,而改革考试制度必须抓紧时机。

明道二年(1033),刘太后卒,仁宗亲政。《长编》卷一一三载:"(十月)辛亥,上谕辅臣曰:'近岁进士所试诗赋多浮华,而学古者或不可以自进,宜令有司兼以策论取之。'"看来,范仲淹与最高统治者的想法是一致的,或者说,他的意见实际上已为国君所考虑和肯定,他为革除文弊、扭转时风所作的努力并没有落空。

(二)

到了庆历年间,范仲淹已成为政坛上举足轻重的人物,位至参知政事,领导了著名的庆历革新。新政以政治上的革故鼎新为主要目的,但也影响、推动着北宋的诗文革新,促进着北宋古文运动的发展。

北宋许多著名的文人都是庆历新政的主持者、支持者和同情者,以新政为纽带而结成的文人集团是深入开展古文运动的中坚力量。如果说天圣明道间欧阳修、尹洙、梅尧臣等在西京钱惟演幕府举起了反西昆体的大旗,已为古文运动的发展打下了坚实基础的话,那么庆历年间一群忧国忧民而致力于更新朝政且热衷于古文创作的文人学士汇集在一起,更是壮大了古文运动的声势,加速了这一运动的进程。作为新政的领袖,出将入相的范仲淹和韩琦堪称能文之士。而古文运动的领袖欧阳修,作为仁宗欲更天下弊病而增置的谏官,全力支持新政,倾注了极

大的政治热情。他在新政推行前后所写的一系列散文,如《释秘演诗集序》《送曾巩秀才序》《黄梦升墓志铭》《王彦章画像记》《朋党论》等,或抒发对压抑人才的社会现实的不满,或热情讴歌和捍卫正在从事的改革事业,以充沛的政治激情与完美的艺术形式的结合,显示出新型古文蓬勃旺盛的生命力。此外,与欧阳修同知谏院为新政呐喊助威的蔡襄、余靖,与新政共荣辱同命运的石介、尹洙、苏舜钦等,在古文创作上均有各自的建树。方向一致、联系紧密、声势浩大的政治革新和文学革新震撼了整个社会,感召了四面八方的文士学子,以至远在西蜀,"始总角入乡校"的苏轼,见京师传来石介所作《庆历圣德诗》,了解到韩、范、富、欧阳等人事迹,亦激奋不已,称"八岁知敬爱(范)公"①。苏洵在《上欧阳内翰第一书》中追述这一时期的盛况时说:"往者天子方有意于治,而范公在相府,富公为枢密副使,执事与余公、蔡公为谏官,尹公驰骋上下,用力于兵革之地。方是之时,天下之人,毛发丝粟之才,纷纷然而起,合而为一。"新政的影响,由此可见一斑。当新政领导者和拥戴者的作品,随同他们的事迹,传遍山南海北之时,古文运动的影响也日益深入人心了。

必须着重指出的是,范仲淹作为一个改革家,目光长远,特别注意兴学育才,为政治革新和文学革新培养力量。宋代古文运动获得成功的重要原因之一,是有一支可观的作家队伍,而这支队伍的形成跟范仲淹重视教育是极有关系的。早在天圣五年,范仲淹就接受晏殊的邀请,主持应天府学。《范文正公集·年谱》云:"时晏丞相殊为留守,遂请公掌府学。公常宿学中,训督学者,皆有法度。勤劳恭谨,以身先之。由是四方从学者辐

---

① 《苏轼文集》卷一〇《范文正公文集叙》,第311页。

凑,其后以文学有声名于场屋朝廷者,多其所教也。"景祐二年(1035),范仲淹在苏州奏请立郡学。元代李祁撰《文正书院记》云:"公于所在,开设学校,以教育多士。至吴郡,则以己地建学。……当是时,天下郡县未尝皆置学也,而学校之遍天下,自公始。"范仲淹曾资助家境贫寒的孙复,使之刻苦攻读,而成为著名的学者。庆历二年(1042),又推荐孙复至京师任国子监直讲。庆历四年(1044)三月,在范仲淹等人积极建议下,仁宗"遂诏天下皆立学,置学官之员,然后海隅徼塞四方万里之外,莫不皆有学"①。庆历六年(1046),范仲淹知邓州时作《邠州建学记》,亦追述道:"庆历甲申岁,予参贰国政,亲奉圣谋,诏天下建郡县之学,俾岁贡群士,一由此出。"仍疾呼曰:"国家之患,莫患于乏人。人曷尝而乏哉?……诚教有所未格,器有所未就然耶!庠序可不兴乎?"他还注意改革科举制度以利于人才的培养。庆历三年(1043),范仲淹与其他革新派人士一起条陈十事,内有"精贡举"一条,谓"进士先策论而后诗赋","使人不专辞藻,必明理道,则天下讲学必兴,浮薄知劝"②。北宋文士众多,创作繁荣,古文尤盛,这跟重视教育、改革科举大有关系。范仲淹重教兴学,不遗余力,在促进人才的成长和散文的发展上,堪称有杰出贡献的功臣。

庆历年间,"纷纷然而起,合而为一"的,既是一股政治力量,以范仲淹为领袖;也是一股文学力量,以欧阳修为旗手。作为政治力量,他们随着庆历新政的夭折,离开了国家的权力中枢,而处于下风;作为文学力量,他们散处各地,培养后进,继续发展、壮大自己的队伍,并通过频繁的诗文往来,保持着彼此间

---

① 《欧集·居士集》卷三九《吉州学记》。
② 《长编》卷一四三。

经常的联系。引人注目的是在政治上遭受挫折之后,他们以更
为专注的态度,精益求精地从事古文的创作,奋进不懈,奉献给
世人一批艺术造诣精湛的作品。遗憾的是,范仲淹逝世于皇祐
四年(1052),未能看到五年后的嘉祐二年(1057),欧阳修利用
知贡举的有利时机,力挽狂澜,端正文风,壮大队伍,取得了古文
运动的决定性胜利。但是,范仲淹为这一胜利所作出的巨大努
力,已永载于文学史册。这种努力如上所述之外,还集中地表现
在,庆历七年(1047)他写下了《尹师鲁河南集序》这篇重要文
章,对北宋古文运动前期的发展,作了系统的精辟的论述:

> 唐贞元,元和之间,韩退之主盟于文,而古道最盛。
> 懿、僖以降,寖及五代,其体薄弱。皇朝柳仲涂起而麾之,髦
> 俊率从焉。仲涂门人能师经探道,有文于天下者多矣。洎
> 杨大年,以应用之才独步当世。学者刻辞镂意,有希仿佛,
> 未暇及古也。其间甚者,专事藻饰,破碎大雅,反谓古道不
> 适于用,废而弗学者久之。
>
> 洛阳尹师鲁,少有高识,不逐时辈。从穆伯长游,力为
> 古文。而师鲁深于《春秋》,故其文谨严,辞约而理精。章
> 奏疏议,大见风采。士林方耸慕焉,遽得欧阳永叔从而大振
> 之,由是天下之文一变,而其深有功于道欤!

文中阐明了柳开的首倡之功,批评了在昆体影响下形成的"刻
辞镂意"、"专事藻饰"的绮艳之习,强调了文道结合的重要性。
在赞扬尹洙师从穆修,"力为古文","大见风采"之后,指出古文
运动因"遽得欧阳永叔"而声势"大振",出现了"天下之文一变"
的局面。范仲淹以其崇高的威望,宣传欧阳修的功绩,肯定其在
宋文发展史上的地位,极大地鼓舞了正谪居滁州而热心创作古

文与教诲后生的欧阳修，有力地支持古文运动沿着健康的方向继续发展，从而取得嘉祐二年的巨大的不可逆转的成功。

（三）

范仲淹不仅为革除文弊而竭尽全力地做了大量的工作，而且身体力行地创作了以《岳阳楼记》《严先生祠堂记》为代表的思想内容和艺术形式均臻上乘的一系列作品，为广大古文爱好者树立了学习的榜样。综览《范文正公集》，各体散文，均有佳作，以下略举数例：

《选任贤能论》引古证今，畅谈"得士者昌，失士者亡"的道理。开端云："张良、陈平之徒，秦失之亡，汉得之兴；房、杜、魏、褚之徒，隋失之亡，唐得之兴。"终篇曰："使英雄失望于时，则秦失张、陈，隋失房、杜，岂不误天下之计哉！"前呼后应，结构严谨，言辞恳切，气势动人。

《窦谏议录》记叙窦禹钧以德报怨，厚待盗钱远逃的仆人的女儿；拾金不昧，守候失主，"以旧物还之"，且"复有赠赂"的故事，生动地刻画出主人公善良宽厚、乐于助人的美德。文笔朴实自然，平易畅达。

《清白堂记》由"会稽府署"落笔，迤逦写去，逐句推进地交代出一口废井的方位。继而记叙清理废井而觅得清泉，"当大暑时饮之，若饵白雪，咀轻冰"，若以"茗试之，则甘液华滋，说人襟灵"。文末自述爱井泉之清白，"因署其堂曰清白堂，又构亭于其侧，曰清白亭"。记事抒怀，托物明志，格调高雅，意味悠长。

《祭石学士文》以"曼卿之才"、"之笔"、"之诗"、"之心"，领起四句排比，热烈颂美已逝者的才华，抒发自己对他的崇敬和思念，节奏明快，层次清晰，言简而情深。

《与唐处士书》由"崔公其人也，得琴之道，志于斯，乐于斯，垂五十年"，写到自己"尝游于"崔公"门下"，聆听关于琴之道的教诲。再由崔公称"能琴"而可与自己相"和者"唯唐处士,引出"有人焉,有人焉"的赞美之歌,而后言"崔公既没",望处士"授之一二,使得操尧舜之音"。行文纡徐,情韵深美,颇得宾主相形之妙。

　　范仲淹的散文创作所以能获得可观的成就,是因为他能坚持文道结合的正确方向,而没有偏废。一方面,他注重文章的明道、致用,反浮华;另一方面,他没有忽视作品的文学性,讲究文采,避免了创作的枯索与怪僻。他的作品充溢着革新奋进的蓬勃朝气、鞭挞腐朽的斗争精神和先忧后乐的高尚情趣,而文辞畅达生动,与内容相称,给人以美感。这就是《岳阳楼记》千百年来脍炙人口,充满无穷无尽的生命力的原因。如果与从事古文运动的其他人物作一下比较,范仲淹创作的这个特点就显得更加突出。北宋古文运动中首揭革新旗帜的柳开,局限于以文载道,公然排除古文的文学性。他在《上王学士第三书》中声称:"文章为道之筌也……女恶容之厚于德,不恶德之厚于容也。文恶辞之华于理,不恶理之华于辞也。"在这种偏激理论的指导下,他的作品难免"艰涩"之病,自然是不足为奇的了。穆修强烈反对西昆,热情宣传韩、柳,也完全着眼于"古道息绝不行,于时已久"[①]。重道轻文,致使穆修虽也写出有"深峭宏大"特色的作品,毕竟因欠缺辞采,未有令人交口称誉的名篇。孙复以"佐祐名教,夹辅圣人"为作文宗旨,说"文者,道之用也;道者,教之本也"[②],故笔下也难有生动的文章。石介激烈抨击西昆,全然从卫道出发,否定辞采,为文或失之险僻,读来生涩乏味。

　　相形之下,范仲淹重道亦重文,不仅强调教化,而且注意文

①　《河南穆公集》卷二《答乔适书》,《四部丛刊》本。
②　《孙明复小集·答张洞书》,《问经精舍》本。

采,就显得十分难能可贵了。他反对偏颇和走极端,主张"质文相救"①,比石介等人只讲道而不言文无疑高明得多,辩证得多。他批评六朝的华靡文风,却注意吸收六朝文的长处,故而他的文章具有骈散交融的特点。如《岳阳楼记》中间写景用骈体,首尾的记叙和议论用散体;《严先生祠堂记》于一起一结外,将严先生与光武帝两两相形,互为映衬,作成对偶文字。这两篇文章深受读者的欢迎,说明作者融骈于散的写法是成功的。范仲淹在抛弃六朝"专事藻饰,破碎大雅"的不良风习的同时,对骈文的形式和表现技巧并没有全盘否定,并没有拒绝加以改造和利用,这是他高出时辈之处。《岳阳楼记》遭到所谓"传记体耳"、"殊失古泽"的讥评,为强调"雅洁"的《古文辞类纂》所不取,正说明它的生动与创新。在北宋古文运动发展的前期,范仲淹的文章足以追踪王禹偁,而成为高水平的代表,并不逊于柳开、穆修等人的作品。自然,这也是范仲淹对北宋古文运动所作出的可贵贡献。

## 二、范仲淹、吕夷简之交恶与释憾

代表革新势力的范仲淹与守旧的吕夷简之间的矛盾斗争,关乎全局,影响深远,贯穿于北宋仁宗朝的前期。引人注目的自然不是范、吕交恶,而是范、吕释憾解仇的问题。自欧阳修在《资政殿学士户部侍郎文正范公神道碑铭》中将此事提出以后,在当时及后世便引起颇多的争议。《范碑》是这样写的:

> 自公坐吕公贬,群士大夫各持二公曲直,吕公患之,凡

---

① 《范文正公集》卷九《上时相议制举书》。

直公者,皆指为党,或坐窜逐。及吕公复相,公亦再起被用,
于是二公欢然相约戮力平贼。天下之士皆以此多二公。

　　坚守"事信言文"的创作准则,且置"事信"于首位的欧阳
修,深知铭近于史的功能,对范、吕关系作了上述十分客观和概
括的论断,前述交恶,后言释憾,忠于事实,未有偏颇。
　　《范碑》乃从仲淹之子纯仁之请而作。《欧集·书简》卷一
《与韩忠献王(琦)》云:"范公人之云亡,天下叹息。昨其家以铭
见责,虽在哀苦(时欧为母守丧),义所难辞,然极难为文也。"正
因为铭墓不可避免地涉及复杂的政治斗争和人事纠葛,故欧云
"极难为文",亦见其为文之慎重稳健。同卷另一简云:"范公道
大材闳,非拙辞所能述。……惟公于文正契至深厚,出入同于
尽瘁,窃虑有纪述未详,及所差误,敢乞指谕教之。此系国家天
下公议,故敢以请。"同卷又一简云:"《范公碑》如所教,悉已改
正。"三封书简表明,欧撰《范碑》是抱着极其严肃认真的态度
的,以其"系国家天下公议",不敢有丝毫的马虎与疏忽,此其一;
在庆历新政早已失败的时代气氛中,在政治上反对派仍未善罢
甘休之际,为范仲淹作盖棺论定,坚持原则,信守事实,颇不容
易,此其二;《范碑》是由与仲淹一同主持新政、一起在陕西御敌
的韩琦审阅改定的,韩琦甚有人望,素为欧所钦仰,如此则《范
碑》的客观性、权威性当不容置疑,此其三。
　　以如此慎重负责态度写下的碑文,范家子弟却不满意。邵
博《邵氏闻见后录》卷二一载:"文正之子尧夫以为不然,从欧
阳公辩,不可,则自削去'欢然''共力'等语。欧阳公殊不乐,
为苏明允云:《范公碑》为其子弟擅于石本改动文字,令人恨
之。'"在《与杜䜣论祁公墓志书》中,欧阳修强烈地表露了这种
不满:"范公家神刻为其子擅自增损,不免更作文字发明,欲后

世以家集为信。……以此见朋友门生故吏与孝子用心常异。"

客观存在的事实是改变不了的。以求真写实的精神撰著碑志的欧阳修是可信的,审核《范碑》的韩琦是可信的,而宋人笔记中的下列记载,当为释憾之史实不容更易的佐证:

司马光《涑水记闻》卷八云:"范文正公于景祐三年言吕相之短,坐落职知饶州。康定元年复天章阁待制、知永兴军,寻改陕西都转运使。会吕公自大名复入相,言于仁宗曰:'范仲淹贤者,朝廷将用之,岂可但除旧职邪? 除龙图阁直学士、陕西经略安抚使。'上以许公为长者,天下皆以许公为不念旧恶。文正面谢曰:'向以公事忤犯相公,不意相公乃尔奖拔!'许公曰:'夷简岂敢复以旧事为念邪!'"李焘《长编》卷一二七记康定元年五月任命范仲淹为龙图阁直学士、陕西经略安抚副使时写道:"初,仲淹与吕夷简有隙,及议加职,夷简请超迁之。上悦,以夷简为长者。既而仲淹入谢,帝谕仲淹令释前憾,仲淹顿首曰:'臣向所论盖国事,于夷简何憾也!'"司马光与李焘的记叙大体相同。

苏辙《龙川别志》卷上云:"范文正公笃于忠亮,虽喜功名,而不为朋党。早岁排吕许公,勇于立事,其徒因之,矫厉过直,公亦不喜也。自越州还朝,出镇西事,恐许公不为之地,无以成功,乃为书自咎,解雠而去。其后以参知政事安抚陕西,许公既老居郑,相遇于途。文正身历中书,知事之难,惟有过悔之语,于是许公欣然相与语终日。许公问何为亟去朝廷,文正言欲经制西事耳。许公曰:'经制西事,莫如在朝廷之便。'文正为之愕然。故欧阳公为《文正神道碑》,言二公晚年欢然相得,由此故也。后生不知,皆咎欧阳公。"苏辙与其兄苏轼皆于嘉祐二年及第,为欧阳修的得意门生,关系亲密,非同一般。故辙于欧公行实、言论知之甚详,且为欧撰神道碑铭。显然,《龙川别志》有关欧阳修的记载是可靠的。辙云仲淹"恐许公不为之地,无以成功,乃为书自咎,解雠而去",亦实事求是之论,并不降低仲淹的人格。仲淹时以防御西夏为要务,力求守边成功,除却外患,为朝廷解困,替天下消忧,自然不愿朝中生事,横加掣肘,乐与夷简改善关系,这亦体现出他的大局观和政治智慧,无可非议。

张邦基《墨庄漫录》卷八云:"(欧)公初以范希文事得罪于吕相,坐党人远贬三峡,流落累年。比吕公罢相,公始被进擢。及后为范公作神道碑,言西事,吕公擢用希文,盛称二人之贤,能释私憾而共力于国家。希文子纯仁大以为不然,刻石时辄削去此一节,云'我父至死未尝解仇'。公亦叹曰:'我亦得罪于吕丞相者,惟其言公,所以信于后世。吾尝闻范公自言平生无怨恶于一人,兼其与吕公解仇书见在范集中。岂有父自言无怨恶于一人,而其子不使解仇于地下? 父子之性相远如此!"张邦基,南北宋间人。《四库全书提要》杂家类三谓《墨庄漫录》"多记杂事,亦颇及考证",又谓书中甚多记事,"皆足资考证","尤足与史籍相参考,宋人说部之可观者也"。张邦基在记叙欧撰《范碑》为纯仁削去一节等四事前,特别指出:"欧阳文忠公,本朝第一等人也。其前言往行,见于国史、墓碑及文集书中详矣。予复得四事于公之曾孙当世望之。"张邦基注重考证,记事严谨,材料又亲得诸欧公后裔,当是可靠的。

那么,范家子弟何以执意要删去释憾一节呢? 是认为其父释憾系为形势所迫,作出一种姿态,实际并未解仇吗? 朱熹在《答周益公书》中指出这是不可能的:"若范公果有怨于吕公而不释,乃闵默受此,而无一语以自明其前日之志,是乃内怀愤毒,不能以理自胜,而但以贪得美官之故,俛而受其笼络,为之驱使,未知范公之心其肯为此否也。"是认为欧公记释憾乃忘记了当初革新与保守的激烈斗争,放弃原则,作了政治上的妥协吗?

那事实绝非如此！请看欧公在此前所作的《祭资政范公文》："呜呼公乎！学古居今，持方入圆，丘、轲之艰，其道则然。公曰彼恶，公为好讦；公曰彼善，公为树朋；公所勇为，公则躁进；公有退让，公为近名：谗人之言，其何可听！"欧还是那样的爱憎分明，高度肯定仲淹的业绩和为人，猛烈抨击诬陷仲淹、反对革新的守旧势力。何况这正是《范碑》全篇的基调呢！

当然，最能说明是否释憾的是仲淹本人遗存的文字。苏辙说仲淹"为书自咎，解雠而去"，亦即张邦基所称"见在范集中"有"与吕公解仇书"，此即吕祖谦收入《宋文鉴》卷一一三的《上吕公书》。为深切领会原意，全文照录如下：

伏蒙台慈迭赐钧翰，而褒许之意，重如金石，不任荣惧，不任荣惧。

窃念仲淹草莱经生，服习古训，所学者惟修身治民而已。一日登朝，辄不知忌讳，效贾生"痛哭""太息"之说，为报国安危之计。而朝廷方属太平，不喜生事，仲淹于缙绅中，独如妖言，情既龃龉，词乃睽戾，至有忤天子大臣之威。赖至仁之朝，不下狱以死，而天下指之为狂士。然则忤之之情无他焉，正如陆龟蒙《怪松图赞》谓："草木之性，其本不怪，乘阳而生，小已遏不伸不直，而大丑彰于形质，天下指之为怪木，岂天性之然哉！"今擢处方面，非朝廷委曲照临，则败辱久矣。昔郭汾阳与李临淮有隙，不交一言，及讨禄山之乱，则执手泣别，勉以忠义，终平剧盗，实二公之力。今相公有汾阳之心之言，仲淹无临淮之才之力，夙夜尽瘁，恐不副朝廷委之之意，重负泰山，未知所释之地。

不任惶恐战栗之极！不宣。仲淹惶恐再拜。

此书作于仲淹遭贬复出、经制西事之际,时值康定元年(1040)。是年四月,仲淹为陕西都转运使。此前,已由越州召知永兴军。五月,吕夷简复相。

联系景祐三年仲淹忤吕夷简,落职遭贬的往事和眼前元昊反宋自立,西夏侵边生事,国难当头,君臣共愤的现实,似可从《上吕相公书》中读出如下的意思:

第一,非仅为客套语的发端,表明曾收到吕夷简多封来函,获得友好的信息。

第二,仲淹向来熟读经史,唯知"修身治民"、"报国安危",而不知其他。

第三,正因一心只图报国,故"登朝"而"不知忌讳",效贾生之"痛哭"与"太息"。景祐时"有忤天子大臣之威",盖源于此。

第四,当年在朝廷上下安于"太平,不喜生事"的环境气氛中,仲淹毅然上书指斥弊政,自然"独如妖言",而被目为"狂生",也是理所当然的。

第五,引陆龟蒙《怪松图赞》,以"怪松"自比,似为自贬,实乃自誉,尤见仲淹不畏压抑,勇作抗争,坚持真理,傲岸不屈的精神。

第六,今西夏犯边,大敌当前,理应捐弃前嫌,携手共力,尽瘁国事。以郭子仪期待夷简示好,以己身不及李光弼自谦,无非见忠义为国、急于讨平贼乱之心。翰墨往返,仲淹虚怀大度,不宜侧重以"自贬"、"悔过"视之。

虽然《上吕公书》写得不卑不亢,正气凛然,但仍见仲淹与夷简解仇交好的诚心,其意全在一同为国效力。此实为范、吕释憾之明证。《范碑》谓"二公欢然相约戮力平贼",完全真实,绝非杜撰,岂可删而去之!

当然,朱熹《答周益公书》称"相公有汾阳之心之德"二语为仲淹对吕相倾倒而无余的表现,似亦过分。吕夷简在仲淹的心目中,并没有这么高的位置。仲淹上书,出于尽瘁国事的动机和团结对敌的需要。

由明道时范仲淹反对吕夷简怂恿仁宗废后以致贬知睦州而肇始的范吕之争,至景祐时因仲淹言夷简专权遭贬知饶州而愈演愈烈,随着康定时仲淹出镇西边与夷简互通声问而走向和缓,直到庆历间以仲淹罢参政为陕西安抚使,获夷简经制西事宜在朝廷的忠告而趋于平静,欧阳修亲历这段历史,撰《范碑》据实直书,叙交恶爱憎分明,言释憾实事求是,这种讲求客观、尊重历史的态度理应得到充分的肯定。

从吕夷简方面看,《宋史》本传谓"其于天下事,屈伸舒卷,动有操术",搞政治是相当老练的,他当然了解范仲淹的志向抱负、品格操守和治国理政的能力。双方打了多年的交道,吕夷简深有感受,释憾有他的考虑。朱熹对此作了很好了阐释,《答周益公书》云:"逮其晚节,知天下之公议不可以终拂,亦以老病将归而不复有所畏忌,又虑夫天下之事或终至于危乱,不可如何,而彼众贤之排去者,或将起而复用,则其罪必归于我,而并及于吾之子孙。是以宁损故怨,以为收之桑榆之计。盖其虑患之意,虽未必尽出于至公,而其补过之善,天下实被其赐,则与世之遂非长恶,力战天下之公议,以贻患于国家者,相去远矣。"晚年的吕相算是个明白人,仲淹又是值得尊敬的对手,泯恩怨于一时,自是顺理成章的了。

从范、吕的交恶与释憾中,我们看到了范仲淹的博大胸襟、人格光辉。他嫉恶如仇,勇斗邪佞;他坚持原则,不屈不挠;他顾全大局,讲究策略;他虚怀若谷,实事求是。无论是早先的交恶,还是后来的释憾,体现出的都是"先天下之忧而忧,后天下之乐而乐"的以天下为己任的无私品格、宽阔胸怀。释憾事前已详述,交恶之事再略作补叙。

明道二年(1033),吕夷简因郭皇后曾说了一句对他为相不利的话,就极力怂恿仁宗废后,无视纲纪以泄私忿。在范仲淹与权御史中丞孔道辅率众谏官、御史伏阁谏诤之时,夷简专横地强调废后古已有之。仲淹怒斥其误导人主以效昏君之所为,夷简理屈不能答,却以伏阁请对非太平美事,议逐仲淹、道辅等人。权相虽一时得逞了,却永久地输了道义;仲淹虽暂被贬官,声望却越来越高。时任将作监丞的富弼上疏批评仁宗"举一事而获二过于天下,废无罪之后一也,逐忠臣二也",谓"仲淹不惜性命,为陛下论事","乃为臣之难能者也"①。范吕之争事关谏路不绝、朝纲复振的社稷大事,心忧天下的范仲淹不能不力争,力争遭罢黜亦无悔,充分显示出无私无畏之公心。

景祐三年(1036)之争亦是为公与为私的较量。《长编》卷一一八载:"仲淹言事无所避,大臣权幸多忌恶之。时吕夷简执政,进者往往出其门。仲淹言官人之法,人主当知其迟速、升降之序,其进退近臣,不宜全委宰相。又上《百官图》,指其次第,曰:'如此为序迁,如此为不次,如此则公,如此则私,不可不察也。'夷简滋不悦。"后来,仲淹又向仁宗献上《帝王好尚论》、《选贤任能论》、《近名》、《推委》四论,仍直言无忌地讥指时政,直至告诫仁宗不能像汉成帝信任张禹那样,让吕夷简坏了国家大事。夷简大怒,辨于帝前,双方交章对诉,这是改革与因循的交锋、反专权与专权的斗争,关乎广开言路、限制相权、维护朝纲的大事。结果仁宗还是偏向夷简,仲淹落天章阁待制、权知开封府之职,出知饶州。在吕夷简独揽大权,营一己之私,侵害社稷之时,范仲淹挺身而出,奋勇抗争。他毫不畏惧,放胆直言,只

---

① 《长编》卷一一三。

知有社稷安危,不知有个人祸福。范仲淹以宁折不弯的果敢坚毅,勇抗强权,高扬正气,激励士节,弘扬士风,为有宋一代士人树立了公而忘私、心忧天下的光辉榜样,而万世留名。

# 第二节　尹洙:从政的坎坷与古文的成就

尹洙是 11 世纪上半叶活跃于北宋政界、军界和文学界的重要人物。他义无反顾地投身政治革新,一生坎坷多难,是一个宁折不弯的斗士。在古文运动中,他起了承前启后的作用,为古文创作从重道轻文转向文道并重、从辞涩言苦转向文从字顺作出了贡献,当然才力不及欧阳修。尹洙的创作简而有法,文风古峭劲洁,长于议论而短于写景抒情,文多致用而形象性较弱。

## 一、坎坷多难的人生　宁折不弯的斗士

从天圣二年( 1024 )登第,至庆历七年( 1047 )去世,尹洙一生的主要活动,集中于仁宗朝的前半期。这一时期,北宋政权内忧外患频仍,而文人士大夫的参政意识、实现自身价值的愿望十分强烈,围绕着庆历新政,守旧势力与革新势力展开十分尖锐的斗争,双方势同水火,力量的消长系于最高统治者的好恶。秉性刚毅的尹洙,坚定地站在革新势力一边,在风浪中毫不动摇,故累遭打击迫害,人生道路极其坎坷。富弼《哭尹舍人词》曰:"人皆贵,君实悴焉;人皆富,君实篓焉;人皆老,君实夭焉。"总之,仕途、家境、寿考均不如意。与苏舜钦一样,他终以贬死,是庆历革新人士中命运最不幸者。

景祐三年( 1036 ),天章阁待制、权知开封府范仲淹因抨击宰相吕夷简专权,落职贬知饶州。时治朋党方急,人多缄默不

言,尹洙按捺不住心头的激愤,上《乞坐范天章贬状》,称范仲淹
"忠亮有素,义兼师友",既以朋党获罪,自己固当从坐,"不可苟
免",由是得罪权相,由太子中允、馆阁校勘贬为崇信军节度掌书
记,监郑州酒税。庆历元年(1041),大将任福为西夏军所诱,率
师深入敌阵,全军覆没,阵亡者六千余人。以身许国的尹洙,时
为权签书泾原、秦凤经略安抚判官,闻知任福败绩,心急如焚,遣
都监刘政率锐卒数千往援,却被夏竦以擅发援兵的罪名劾奏,
降为濠州通判。庆历四年(1044),夏竦等大造朋党的舆论,指
杜衍、范仲淹、欧阳修等为党人,仁宗颇怀疑虑,新政处于困境。
在欧阳修写了《朋党论》,希望仁宗"退小人之伪朋,用君子之
真朋"之后,知潞州任上的尹洙,随即呈上《论朋党疏》,劝仁宗
不要迷惑于朋党的舆论,"知贤而不能任,任之而不能终"。这
自然招致敌对势力的忌恨。于是,庆历五年(1045),在革新人
士纷纷被降职而撵出京师之时,尹洙也被执政者抓住"贷公使
钱给部将孙用还债"的把柄,贬为崇信军节度副使,徙监均州酒
税。"被罪放逐",使正直的尹洙蒙受耻辱,他郁郁寡欢,不幸染
疾,未得到很好的治疗,遂于庆历七年(1047)病故,终年46岁。

在《尹师鲁墓志铭》中,欧阳修怀着深切的同情记叙尹洙的
不幸遭遇和悲惨结局:"师鲁凡十年间三贬官,丧其父,又丧其
兄。有子四人,连丧其三。女一适人,亦卒。而其身终以贬死。
一子三岁,四女未嫁,家无余资,客其丧于南阳不能归。"活跃于
北宋政界、军界、文学界的一个著名人物,一个心忧国事而不以
家事为念的改革者,身后如此凄凉,足见北宋党争之惨烈。尹洙
的政治生涯与范仲淹领导的朝政变革紧紧联系在一起。自称从
小就"好论议古今,往往与先生辩是非"①的尹洙,性格倔强,富

---

① 《河南先生文集》卷一四《故三班奉职尹府君墓志铭》。

于正义感。他旗帜鲜明、一以贯之地支持变革,在斗争最激烈的时候,自觉地置身于风口浪尖,毫不退缩,昂然挺立,承受重压,宁折不弯。"十年间三贬官",盖缘于此。故范仲淹为他"举止甚直,议论必公"、"黑白太明,吏议横生"①而万分感慨;苏舜钦也满怀敬意地说:"君性本刚峭,安可小屈柔?"②韩琦更是由衷地称赞这位斗士"临大节,断大事,则心如金石,虽鼎镬前列,不可变也"③。尹洙忧念国事,居安思危,洞察时弊,知无不言。早在知河南府伊阳县时,"天下无事,政阙不讲,以兵言者为妄人",他却"著《叙燕》《息戍》等十数篇,以斥时弊"④。他急赴国难,蔑视强敌,不畏艰险,不辞辛劳。韩琦在《祭龙图尹公师鲁文》中概述了他赴边抗敌的情状:"周旋塞上,余往君随。昼筹夜画,忍睡忍饥。星霜矢石,劳苦艰巇。凡四五年,心瘁形羸。"他为人刚毅,表里如一,国事为先,言不及私。《河南先生文集》里多议政谈兵之作,可以想见当时他一谈国事军事即精神振奋、热情高涨的神态。直至病重之时,他"隐几而坐,顾稚子在前,无甚怜之色;与宾客言,终不及其私"⑤。韩琦在《尹公墓表》中感叹道:"今夫文武之士,平居议论慷慨,自谓忠义勇决,世无及者,一旦遇急难而试之,往往魄丧气夺,百计避脱,虽以富贵诱之,犹掉臂而不顾。余居边久,阅人多矣,如公挺然忘身以为国家者,天下不知有几人!"

庆历前后,致力于政治革新与文学革新的一群士人,以先辈王禹偁为楷模,以君子自居,严以律己,在政坛和文坛上,朝气蓬

---

① 《范文正公集》卷一〇《祭尹师鲁舍人文》。
② 傅平骧、胡问陶《苏舜钦集编年校注》卷四《哭师鲁》,第253页。
③ 《安阳集》卷四七《故崇信军节度副使检校尚书工部员外郎尹公墓表》。
④ 《安阳集》卷四七《故崇信军节度副使检校尚书工部员外郎尹公墓表》。
⑤ 《欧集·居士集》卷二八《尹师鲁墓志铭》。

勃无所畏惧地一展身手，赢得世人的关注与敬重。其政治领袖
为高扬"先天下之忧而忧，后天下之乐而乐"精神的范仲淹，文
学旗手为倡导"所守者道义，所行者忠信，所惜者名节"[①]的欧阳
修，尹洙也是这个群体中出色的一员。面对坎坷的遭际，他不
屈不挠，信念坚定，斗争果敢，爱憎分明。与一生累遭贬谪与挫
折的王禹偁、范仲淹、欧阳修一样，他用自己光明磊落的言行来
展现君子的风范，扫荡晚唐五代以来侵蚀文人肌体而使之寡廉
鲜耻的苟且之习、委靡之气，以独立不羁、刚直不阿的高尚人格
为表率，激励士节，振奋士气，弘扬士风，为文士树立做人的榜
样。要而言之，尹洙是义无反顾地投身政治革新的宁折不弯的
斗士，绝不仅仅是为振兴古文而不遗余力地奋斗的文士而已。

　　尹洙集吏材、将材、文材于一身，在 11 世纪上半叶，是活跃
于北宋政界、军界和文学界的一个重要人物。《四库全书总目》
卷一五二《河南集提要》云："洙为人内刚外和，能以义自守。久
历边寨，灼知情形，凡所措置，多有成效。"又云："至所为文章，
古峭劲洁，继柳开、穆修之后，一挽五季浮靡之习，尤卓然可以自
传。……盖有宋文，（欧阳）修为巨擘，而洙实开其先。"这是符
合实际的公允的评价。

## 二、古文运动的中坚　承前启后的贡献

　　范仲淹的《尹师鲁河南集序》对尹洙在北宋古文运动中的
地位和影响有很恰切中肯的评价："洛阳尹师鲁，少有高识，不
逐时辈。从穆伯长游，力为古文。而师鲁深于《春秋》，故其文
谨严，辞约而理精。章奏书议，大见风采。士林方耸慕焉，遽

---

① 《欧集·居士集》卷一七《朋党论》。

得欧阳永叔从而大振之,由是天下之文一变,而其深有功于道
欤!"在柳开、王禹偁、穆修之后,欧阳修之前,尹洙积极地从事
古文创作,扩大古文运动的影响,起了承前启后的作用。在文学
气氛极为浓厚的西京洛阳,尹洙和欧阳修、梅尧臣相与创作诗歌
古文,携手走上诗文革新的道路,故《四库全书总目》卷一五三
《宛陵集提要》云:"佐修以变文体者,尹洙;佐修以变诗体者,则
尧臣也。"尹洙学古文在欧阳修之前,但欧后来居上。《湘山野
录》卷中载,钱惟演于临辕馆落成之时,命谢绛、尹洙、欧阳修各
撰一记,谢文五百字,欧文五百余,尹文仅三百八十余字,且语简
事备,典重有法。欧未服在尹之下,向尹求教,别作一记,更减
尹文二十字,而尤完粹有法。这是说明欧后来居上的很典型的
例子。尹洙与欧阳修皆尊孟子、韩愈。在《送李侍禁序》中,尹
洙劝人学孟、韩。他称道"古有孟氏书,为仁义之说",指出"自
孟而下千载,能尊孟氏者,唯唐韩文公"。在《送王胜之赞善序》
中,尹洙借赞赏王益柔的文章表达自己的观点:"胜之之文,其
论经义,颇斥远传解众说,直究圣人指归,大为建明,使泥文据旧
者,不能排其言。其策时事,则贯穿古今,深切著名,于俗易通,
于时易行,参较原覆,其说无穷。大抵赡而不流,则而不窘,词厉
而淳,气出而长。"欧阳修解经,每每疑古而不信传注,其论文,
倡易知易明而不为怪异,与尹洙可谓观点相似,见解相通,或者
说,也受到了尹洙的影响。尹洙撰有《五代春秋》,其简而有法
的文笔,得到欧阳修的肯定。在贬官夷陵时,欧阳修拟与尹洙合
修《五代史》,《与尹师鲁第二书》云:"师鲁素以史笔自负,果然,
《河东》一传大妙,修本所取法此传。"欧撰《五代史记》(即《新
五代史》),显然汲取了尹洙修史的经验。叶涛《重修〈神宗〉实
录〈欧阳修〉本传》云:"是时,尹洙与修皆以古文倡率学者,然洙
才下,人莫之与。至修文一出,天下士皆向慕,为之惟恐不及,一

时文字,大变从古,庶几乎西汉之盛者,由修发之。"叶涛关于尹洙"才下"的论断是正确的,欧、尹的差距主要表现在才力上,如两人均作有《岘山亭记》与《秘演诗集序》,但高下判然而别,试以后篇观之:

> 予识演二十年,当初见时,多与穆伯长游。伯长明峻,人罕能与之合,独喜演。演善诗,复辨博,好论天下事,自谓浮图其服而儒其心,若当世有势力者,冠衣而振起之,必荦荦取奇节。今老且穷,其为佛缚,讵得已邪?伯长,小州参军,已死。演老浮图,固其分。演之再来京师,不饮酒,不与人剧谈,颇自持谨,与世名浮图者不甚异。演之心岂与年俱衰乎?(尹洙《浮图秘演诗集序》)
>
> 浮屠秘演者,与曼卿交最久,亦能遗外世俗,以气节自高。二人欢然无所间。曼卿隐于酒,秘演隐于浮屠,皆奇男子也,然喜为歌诗以自娱。当其极饮大醉,歌吟笑呼,以适天下之乐,何其壮也!一时贤士,皆愿从其游,予亦时至其室。十年之间,秘演北渡河,东之济、郓,无所合,困而归。曼卿已死,秘演亦老病。嗟夫!二人者,予乃见其盛衰,则予亦将老矣。(欧阳修《释秘演诗集序》)

尹洙在文中写了秘演、穆修与自己,写了秘演的盛与衰,叙述明晰,语语平实,情见乎辞,不失为一篇文从字顺、畅叙其意之作。欧阳修显然更高一筹。他写了秘演、石延年与自己,也写了秘演的盛与衰,但行文波涛起伏,描写回肠荡气,借助宾主相形的手法,极意渲染盛衰变化,一唱三叹、淋漓尽致地抒发对人才被压抑的无限感慨,具有极强的艺术感染力,获得后世很高的评价。

应该说,从柳开、穆修至尹洙,古文写作已从重道轻文转向文道并重,从辞涩言苦转向文从字顺。在这个转变过程中,尹洙主要以自己创作上的不懈努力,作出贡献。当然,他比不上欧阳修,欧既有创作,又有理论。以创作而言,如上所述,欧阳修以其风格鲜明、艺术高超的作品震动文坛,而尹洙则缺少情辞兼美、有震撼力的艺术佳构。况且尹洙寿短,而欧阳修的文学活动从天圣至熙宁,长达四十多年,创作数量之多、质量之高、影响之大,均非尹洙所能及,故四库馆臣关于"修为巨擘,而洙实开其先"的评价是很确切的。

## 三、简而有法的创作　古峭劲洁的文风

关于尹洙的古文创作,欧阳修在《尹师鲁墓志铭》中一言以蔽之,曰"简而有法"。《河南集》中论18篇、记12篇、赠序10篇、书启55篇、行状碑志34篇、祭文2篇、表状奏议59篇,共190篇。由于文多致用,"皆有为而成"[①],不尚空谈,更无雕琢,故多数篇幅不长,言简而意明。《叙燕》开头仅用百余字就交代了战国至五代燕地的情况。"胜败兵家常势"一段,论述亦甚简明。《与邠州通判刘九太博书》仅55字:"得伯寿书,忻慰无量。伯寿志于古圣人之道有年矣。日来年益加,于道固益邃。某闻邃于道者于世事泊如也。功名未立,其如吾何? 幸伯寿安之。"可谓言虽简而意颇丰。尹文之"简而有法",自然与《尹师鲁墓志铭》所说的"长于《春秋》"有关。尹洙的《五代春秋》明显是仿效《春秋》的作品。由"开平元年四月甲子,帝(梁太祖)即位于沛州"至"(显德)七年正月甲辰,帝(周恭帝)逊位于我宋",梁、唐、晋、汉、周五代共54年的历史,用不到三千的文字作了极概要的叙

---

① 《河南先生文集》卷一一《答邓州通判韩宗彦寺丞书》。

述。春秋笔法,褒善贬恶,是是非非。尹文之"有法",即具备这种特点。尹文如其为人,爱憎强烈,褒贬分明,决不含糊。《乞坐范天章贬状》与《论朋党疏》等,均为正气凛然、爱憎毕现、语简意切之作。《送浮图回光序》《题祥符县尉厅壁》等,亦文短意长,耐人寻味。

如四库馆臣所言,尹洙的文风"古峭劲洁"。古者,倡古道、救文弊也。尹文与时文之华靡背道而驰,以古朴质实的面貌展现于文坛。《叙燕》《息戍》《兵制》等,纵论古今,以矫时弊,文笔古朴,气势不凡,颇有汉文的气象,叶适以为堪"与贾谊相上下"①。尹文长于议论,多议政论兵之作,写得慷慨激昂。《贺枢密副使富谏议启》云:"方今北有骄虏,西有叛羌,王师屡衄,士气不振,疏贱之人,犹怀感愤,况明公得君之深,致位之尊,论议易行,谋虑易信,当此之际,天下不高明公之让,明公岂特以让为高哉?"此等议论,亦颇得汉文之气势而古意盎然。

峭者,峻峭、峭拔也,与尹洙的"举止甚直"、"性本刚峭",也构成了文如其人的关系。《好恶解》以"甚矣,世人毁誉之诬也"的感叹凌空起笔,引出"观人之色辞,则是非纷焉"的种种怪现象:"其色之庄也,誉之则曰重而有守,毁之则曰狠而自恃;其色之和也,誉之则曰易而兼容,毁之则曰谄而求合;其辞之直也,誉之则曰慎而让善,毁之则曰险而伺迎;其辞之博也,誉之则曰通而适理,毁之则曰夸而尚胜。"由是断言"为是说者,皆好恶之为也",并展开深入的论析。可谓文势峻峭,笔力不凡。为文之峭拔跟尹洙的"辨论精博"②自然密切相关,辨不精,论不博,文章是难以峭拔的。《伊阙县筑堤记》在叙过知县事张君为民筑

① 《习学记言序目》卷五〇,中华书局,1977年,第746页。
② 欧阳修评语,见《欧集·附录》卷五附跋。

堤捍灾的情况后,议论道:"尝闻古之为令者,其虑民也深,教之
恤之,又兴利树功,非以名己能,盖审其生殖,谨其祸灾而已,虑
民之深者若是! 今之为令者,其虑己也深,兴一物,更一政,必思
曰:'谤与咎将及焉?'诚不及,犹曰:'吾无改为,尚可俟后人。'
后之人亦视前之政曰:'吾独何加焉? 积日以幸他迁,苟自简而
已也。'其虑己之深若是! 呜呼,为令者岂当然哉?"这一段对
比鲜明的议论,使文章陡增峻拔之势。王安石文的议论,有的也
是由叙事萦带而出,如《给事中赠尚书工部侍郎孔公墓志铭》,
在叙过孔道辅"举笏击蛇杀之"一事后,议论道:"然余观公数处
朝廷大议,视祸福无所择,其智勇有过人者,胜一蛇之妖,何足道
哉?"亦使文章平添峭厉之气,与尹洙此篇有异曲同工之妙。

　　劲者,强而有力也,此乃挽唐末五代文格卑弱以重振雄风之
需要,亦源自作者刚毅之秉性,故尹文一扫浮靡之习,而颇多雄
迈之气。当庆历革新遭受挫折,朋党之说甚嚣尘上之时,尹洙
在写给欧阳修的信中说:"今之相知者多见戒曰当避形迹,见疏
者则相目以朋党,果如是,颜子不幸得罪,须盗跖乃可言,不然,
学圣人者皆颜氏党也。世态殊可憎,然不足恤。……尝忆往年
《送王胜之序》云:'圣朝方以文法治天下,子其慎之。'当日亦偶
为此言,不谓遂验,阘茸辈唯欲摭人细过,不可不虑也。"[①] 有刚
强不屈的性格,才有刚劲无比的文笔,确实文如其人!

　　洁者,文句洁净,无衍词泛笔之谓,亦学《春秋》之所得也。
《故大中大夫尚书屯田郎中分司西京上柱国王公墓志铭》赞墓
主王利审案之精审,叙其捕真盗释疑犯与查清二卒合谋杀人的
案件,言简而意明。《志古堂记》云:"如有志于古,当置所谓文
章、功名,务求古之道可也。古之道奚远哉? 得诸心而已。心无

――――――――――――

① 《河南先生文集》卷一〇《答河北都转运欧阳永叔龙图书》。

苟焉，可以制事；心无蔽焉，可以立言。"作者透彻地论述志古与文章、功名的关系，由志古说到求道，由求道说到"得诸心"，环环相扣，文势紧凑，而笔墨颇为省俭。尹文古峭劲洁，有如上述。总的看来，尹洙长于议论而短于写景抒情，作品实用性强而形象性弱，文学魅力不足。

## 第三节　苏舜钦：庆历士人的一曲悲歌

苏舜钦是北宋前期的著名诗人，与梅尧臣并称"苏梅"，堪称其时诗坛上的双子星座。他的散文在当时也很有开风气之先的作用，欧阳修在《苏氏文集序》中指出他对宋文发展的重要贡献：

> 子美之齿少于予，而予学古文反在其后。天圣之间，予举进士于有司，见时学者务以言语声偶摘裂，号为时文，以相夸尚。而子美独与其兄才翁及穆参军伯长，作为古歌诗杂文，时人颇共非笑之，而子美不顾也。其后天子患时文之弊，下诏书讽勉学者以近古，由是其风渐息，而学者稍趋于古焉。独子美为于举世不为之时，其始终自守，不牵世俗趋舍，可谓特立之士也。

欧阳修将"古歌诗杂文"并提，显然相当重视苏氏散文的地位，又承认苏氏学古文在自己之前，"为于举世不为之时"，无疑有筚路蓝缕之功。至于"始终自守，不牵世俗趋舍"，实已不单指文学创作，而更成为苏氏人格精神的写照。

宋初，承晚唐、五代之弊，士风萎靡不振。王禹偁以振兴国家、振兴儒学与士风为己任，抨击时弊，直言极谏，虽得罪遭贬，仍百折不回。范仲淹在王禹偁之后,继续高举振兴儒学与士风的大旗,奋不顾身地投入兴利除弊革新朝政的斗争,成为广大士人学习的榜样。苏舜钦亦忧国忧民,怀着满腔的政治热情,屡次上疏,指陈时弊,呼吁变革,不遗余力。他积极参加范仲淹领导的革新活动,为此,遭到反对派不择手段的诬陷和残酷无情的打击,除名为民,抑郁而终。有宋一代,有良知的士人,以天下为己任,尽忠国事,奋斗不止,以至舍生取义,无怨无悔。如果说王禹偁堪称重建信仰、重振儒风、重扬士气的代表人物,范仲淹更以他的丰功伟绩和博大胸怀成为当时及后世士人尊崇效法的楷模,那么,苏舜钦则是步履王、范的足迹,大力弘扬士风,坚守"不牵世俗趋舍"的崇高人格,忠实履行士人竭诚效力国家的庄严使命,而披荆斩棘奋不顾身的斗士。

苏舜钦的政治生涯和范仲淹及庆历新政是紧密联系在一起的。景祐三年(1036),范仲淹因上《帝王好尚》等四论,忤权相吕夷简而遭贬,时苏舜钦居丧长安,仍上《乞纳谏书》,为仲淹辩护,要求广开言路。同年,又作诗慰勉远谪鄱阳的范仲淹。景祐五年(1038),上《诣匦疏》,仍为仲淹鸣不平。康定元年(1040),作《上范希文书》,为在抗击西夏前线的范仲淹出谋划策。庆历三年(1043),"范仲淹荐其才,召试,为集贤校理,监进奏院"[1]。四年,舜钦有《上范公参政书》,并附谘目七事,为新政提出宝贵的建议。此前,他还多次上书身为朝中大臣的岳父杜衍,劝勉其以国事为重,勿惮众议,极言直谏。正因为他竭尽全力支持范仲淹与庆历革新事业,故而成为守旧势力的眼中钉、肉中刺,必除之而后快,且欲通过整垮他以达到摧毁革新阵营的目的。处于时代风云中心的苏舜钦,秉承"兼济天下"的儒学信仰,为革新

---

[1] 〔元〕脱脱等《宋史·苏舜钦传》,第13079页。

事业作出巨大的贡献和牺牲,在北宋政治改革和文学变革的征途上,鲜明地留下了自己的足迹。他是为朝政革新英勇奋战的斗士,而命运是不幸的。他的散文不啻庆历士人的悲歌,见证了那一时代的风云。无疑,我们不能低估苏舜钦散文所具有的政治价值和思想价值。

据《苏舜钦集编年校注》①,苏氏散文可编年者70篇。拾遗部分,除《父祖家传》外,仅有极少的跋文和残句。从编年的70篇看,表、状、书、启、上书、答书等占36篇,记8篇,赠序3篇,碑志14篇,行状与传3篇,哀祭3篇,杂文及题跋3篇。总的说,与朝政相关之文多,应用之文多。自然,这是跟苏舜钦满腔热忱地关心国事、积极参加政治斗争密切相关的。他的文学主张明显地表现出对作品思想内容的重视,体现出一个有高度责任感的作家对道义的坚持、对现实社会和国计民生的关注。《上三司副使段公书》开门见山地指出士人要"蹈道"、"知道"、"施才业以拯世务",而后说:"尝谓人之所以为人者,言也。言也者,必归于道义,道与义泽于物而后已,至是则斯为不朽矣。故每属文,不敢雕琢以害正。"这正是苏氏为文具有强烈的政治性、思想性、现实性、实用性而拒绝华艳靡丽、浮而不实之文风的原因所在。同时,必须指出,舜钦拒绝华靡并非不要文采,只不过在主张文道结合之时,置道于文之先。《上孙冲谏议书》云:"上世非无文词,道德胜而后振故也。后代非无道德,诡辩放淫而覆塞之也。故使庞杂不纯而流风易遁,诚可叹息。夫文与词失之久矣,乌可议于近世邪?"显然,他反对的是浮靡的文风,并非不重视文词。因此,他才有诸如《乞纳谏书》等议论慷慨言辞动人的文章,也才有以《沧浪亭记》为代表的写人记事情辞兼美之作。

---

① 苏舜钦著、傅平骧、胡问陶校注《苏舜钦集编年校注》。

正因为他有不寻常的创作才能和成就,且"为于举世不为之时",所以产生了巨大的影响。《苏舜钦集编年校注》附录六有清人宋荦的《苏子美文集序》,曰:"子美诗磊落自喜,文章雄健负奇气,如其为人,以之妃晁俪张,殆无愧色。顾晁、张继起于古学大盛之日,而子美独崛兴于举世不为之时,挽杨、刘之颓波,导欧、苏之前驱,其才识尤有过人者。学者论宋初古文,往往以子美与穆伯长并称,其实伯长不及也。"这应该说是颇为公允的评价。苏舜钦散文的文学价值应予充分肯定,下面略述其主要特色。

## 一、论政之作有刚正之气、雄健之风

苏舜钦以天下为己任,胸怀坦荡,极言直谏,感情澎湃,言辞激切。《苏舜钦集编年校注》附录六有清人徐釚的《苏子美文集序》,赞赏其有"雄奇历落之气"。早在天圣七年(1029)二十二岁时,苏舜钦就作《投匦疏》,称自己所以"析肝沥悃"而上书直言,"盖以陛下开言路,塞讳门,采蒭说,纳愚虑","若陛下责其犯上,罪其错议,臣虽膏钺转戮,不为之怨",体现了为国事献言无所畏惧的精神,笔下刚正之气奋然涌出。景祐三年(1036),苏舜钦于居丧中上《乞纳谏书》云:

> 臣前见陛下以孔道辅、范仲淹刚直不挠,致位谏台,后虽改他官,不忘献纳。此二臣者非不知缄口数年,坐得卿辅,盖不敢负陛下委任之意,亏臣子忠荩之节,而皆罹中伤,窜谪不暇,使正臣夺气,鲠士咋舌,目睹时弊,口不敢论。昔晋侯问叔向曰:"国家之患孰为大?"对曰:"大臣持禄而不极谏,小臣畏罪而不敢言,下情不得上通,此患之大者。"是故汉文感女子之说而肉刑是除,武帝听三老之议而

江充以族。肉刑古法,江充近臣,女子老人,愚耄疏隔之至
也,盖以义之所在,贱不可忽,二君从之,后世称圣。况国家
班设爵位,列陈豪英,故当责其公忠,安可教之循默? 赏之
使谏,尚恐不言;罪其敢言,孰肯献纳? 物情闭塞,上位孤
危,轸念于兹,可为惊怛!

此段文字堪称理直气壮。作者骨鲠在喉,不吐不快,为贤者鸣不
平,愤朝廷不公正,引古代名君之从谏如流,劝仁宗皇帝速改弦
更张。文句短长错落,奇偶相间,如飞流直下,气势磅礴,充分表
现出苏舜钦一心为国无私无畏的品格。

　　苏舜钦议论锋芒毕露,矛头所向往往就是最高统治者。景
祐五年(1038),舜钦上《诣匦疏》,借河东地震之事恳切陈词:

　　　　陛下数年以来,多引俳优贱人于深宫之中,燕乐无节,
赐予过度,燕乐无节则志荒荡,赐予过度则心侈泰;志荒荡
则政事不亲,心侈泰则用度不足……斯大可忧也。伏望陛
下修己以御人,洗心而鉴物,勤于听断,舍其燕安,放弃优谐
近习之纤人,亲近刚明鲠直之良士,因此灾变,以思永图,效
祖宗之勤劳,惜社稷之广大,则天下之幸甚也。

满怀极度忧国忧民之情,苏舜钦不惜犯龙颜,批逆鳞,直揭仁宗
皇帝后宫荒淫无节的短处,凛然正气溢于字里行间。"燕乐无
节"以下六句,兼用排偶与顶针的修辞,痛陈帝王奢靡放荡的严
重危害。"伏望"以下,以短长差互的句式,行排偶之文,充满无
可辩驳的雄健气势,也展现了苏舜钦以身许国而无所顾忌的光
明磊落的情怀。

　　《上范公参政书》附有"谇目七事",皆言当世所急:一言"储

贰未立,国本不建";二言"禁旅之官,不可谓不慎";三言"国之计府,当慎选才者主之";四言"请于嫔御之中,去其冗食";五言聚敛"不伤人情,可谓之术";六言私第可"接宾客","不遗下议";七言边事"定策决议",宜"见其人"。均一事一议,言简意赅,紧扣中心,说清道理,文字晓畅,而富于气势。

## 二、记人之文善于抓住典型,刻画个性

《哀穆先生文》极其生动地展现出穆修刚峭脱俗的个性:

> 先生自废来,读书益勤,为文章益根柢于道,然耻以文干有位,以故困甚。张文节守亳,亳之士豪者作佛庙,文节使以骑召先生作记。记成,竟不审士名,士以白金五斤遗之曰:"枉先生之文,愿以此为寿。"又使周旋者曰:"士所以遗者,乞载名于石,图不朽耳。"既而亟召士让之,投金庭下,遂俶装去郡,士谢之,终不受。常语人曰:"宁区区糊口为旅人,终不为匪人辱吾文也。"

这段描写是文章中最精彩的部分。先是交代主人公因"耻以文干有位"而陷入生活的困境,后述张知白召其为佛庙作记,出资建庙的富豪欲留名记中,以"图不朽",穆修不答应。富豪以"白金五斤"诱之,岂料又遭坚拒。"投金庭下"的动作和掷地有声的语言,把穆修对小人沽名钓誉的鄙视和穷且益坚的品格极其真实而生动地展示出来。

《处士崔君墓志》写崔君仕途偃蹇,但生性耿直清高,"生平交游,皆烜赫将相",以书相召,处士"终不肯一造其门下",而不意途中相遇:

> 纵酒都市中,极醉,闲荡徒步,将出国南门。方春,大臣
> 赐宴苑中,暮罢,驺呼止,君辟道侧仰视之,依然皆故人也,
> 不觉涕泣沾下,因呼自名曰:"老朽不得志去国,决不复仕
> 矣。"诸公面之,亟遣从吏谢以去,已而私自嗟曰:"吾道辟
> 之是已,今日不图为贵人氏所贱也。"遂行。

这里呈现出的是一个颇为典型的场景,累挫于科考的处士与曾相识的达官贵人遭逢于傍晚的京都。作者巧妙地将蹭蹬不前的处士与声势显赫的达官、"纵酒都市"的颓丧无聊与获"赐宴苑中"的春风得意、处士的"涕泣沾下"与"诸公"的傲慢无礼构成鲜明的对比,惟妙惟肖地刻画了处士失落哀伤的心理,寄寓着自己深切的感慨和同情。

《大理评事杜君墓志》在一段看似平淡实不寻常的描写中,抒发了自己对墓主杜叔温的深厚感情:

> 予以叔温亲,而又以文义相周旋。辛巳春,予病甚,叔
> 温来,升床执予手,语言而去。予时为病所毒,不甚辨,尚意
> 己必死,不复见叔温。才三四日,予少间,而闻叔温逝矣,不
> 觉震起一恸,予病复作。今予乃独存而无恙,每一念之,令
> 人悲酸。

一方是"病甚","少间","闻叔温逝"而"病复作"的自己;另一方是来探病,"升床执予手","才三四日"而猝逝的友人。主客交织一死一生无法逆料的描写,细腻真切,突出地反映了双方亲密无间的感情。

此外,《屯田郎荥阳郑公墓志》述郑希甫抗洪救险,身先士卒,"露坐风雨中三日夜";《杜谊孝子传》叙杜谊在两个月里惨

遭双亲亡故的打击,"号恸昼夜不绝,勺水不入者累日","徒跣负土为坟","手足皲裂血流";《先公墓志铭》记苏耆幼时聪颖,父苏易简"特爱之,始令诵诗,必自题硕果之上,逾时占数十百篇,果终不食",等等:皆描画生动,细节感人,令人难以忘怀。

## 三、写景之篇爽朗明快,显矫健之姿

苏舜钦写景文字虽不多,但颇有简捷清新明快的特点。《并州新修永济桥记》写当地水患,着墨不多,却形态尽出:"太原地括众川而汾为大,控城扼关,与官亭民居相逼切,每涨怒则汩漱沙壤,批啮廉岸,势躁豪,颇为人忧。"首句点出太原水情,继以"控"、"扼"、"相逼切"道出汾水流经城区紧贴居所的特点。"每涨怒"领起三句,形象地勾勒出水势的凶猛,自是"颇为人忧"的生动诠释。《处州照水堂记》叙孙元规、李然明两任相隔多年的州守规划、营建照水堂的经过,其中详写李然明之所为:

> 却获乎元规之地,遂构广厦,且以照水题之,庨豁虚明,坐视千里,虽甚盛暑,洒然如秋。有长溪者,源自闽来,趋过槛下,前向南明山,盖王方平之旧隐也。苍峰古刹,阴晴隐见。又于东南创月轩,稍却为燕阁,阁之右又为风亭,亭前启轩曰夕霏,是皆出于照水,而乃有斯胜也。

在点出以"照水"为堂名之后,从视野上的"坐视千里"和感觉上的"洒然如秋"道出彼处的特点。接着写"趋过槛下"的"长溪","阴晴隐见"的"苍峰古刹",又写"月轩"、"燕阁"、"风亭"等,皆因"照水"而引人入胜。行文紧扣题意,文笔清新峻爽,明快有序,诸多景致缀以方位词而连成一体,可谓矫健而多姿。

　　值得一提的是苏氏篇幅较长的写景之作《苏州洞庭山水月禅院记》。这篇游记作于舜钦被废为民之后,写景由远及近,山水交融,十分生动;后又由景及人,感慨寓焉,令人回味。开篇云:

> 予乙酉岁夏四月,来居吴门,始维舟,即登灵岩之巅,以望太湖,俯视洞庭山,崭然特起,云霞采翠,浮动于沧波之中。予时据阑竦首,精爽下堕,欲乘清风,跨落景,以翱翔乎其间,莫可得也。

　　从高处遥望洞庭之景,一曰"崭然特起",引人注目;二曰"云霞采翠",景色诱人;三曰"浮动于沧波之中",更是美不胜收。"予时"六句中,"竦首"、"下堕"、"翱翔"的联翩而出,将内心无限向往之情淋漓尽致地表达出来。

　　次段记与友人游太湖,"泛明月湾",望缥缈峰,登岸至峰下,见到水月禅院,"阁殿甚古,像设严焕,旁有澄泉,洁清甘凉,极旱不枯,不类他水"。在舜钦的笔下,禅院不仅有气度庄严的佛像,还有"洁清甘凉"生生不息的澄泉,足见此地之不凡,文章旋即交代了禅院的兴建和"诵经于此"的"浮屠志勤",当然,吸引人的生动描写仍属此前的写景。

　　末段,云洞庭山称雄震泽,非诸山所能比,景色尤佳,"每秋高霜余,丹苞朱实,与长松茂树相参差,间于岩壑间望之,若图绘金翠之可爱;缥缈峰又居山之西北深远处,高耸出于众山,为洞庭胜绝之境"。形象的描绘宛如画图,夺人眼目,深情的赞叹由衷而发,无以复加。下文,由景及人,写"寂嘿于泉石之间"的僧人,"殊无纤介世俗间气韵"。对超凡脱俗的欣赏与认同中,寄寓着自己对污浊尘世的不满,宣泄了惨遭政治迫害之后郁积已久的愤懑之情。

当然,舜钦最为脍炙人口的是为诸多古文选本所收的《沧浪亭记》。此篇穷形尽态地描绘沧浪美景,以放浪山林之"真趣"反衬黑暗官场之令人憎恶,将简洁的叙事、精美的写景、浓烈的抒情和深刻的议论融为一体,显现出很高的艺术水平,成为传诵千古的名篇。舜钦的记体文,写景堪称上乘,风格矫健爽朗,自成一家,颇得后世好评。

## 四、书信之体直抒胸臆,意气慷慨而不乏沉郁之思

苏舜钦的书信文甚多,内容多谈国事,意气慷慨。《上京兆杜公书》是写给岳父杜衍的,作为女婿的苏舜钦系心朝廷,注目时政,言必尽意,不徇私情:

> 丈人以才业为上所知,自员外郎不六七年擢任至此,天下所共闻。虽所历必尽精力,夙夜孜孜不懈,然未有赫赫报国之迹,为天下所共闻而称道者。今所属有此灾异,故当忧思本朝,建言时病以箴之,不可怀忠不发,默默缄口,如常常者所为。盖今为上所知、天下所想望、号端直者,惟丈人与孔谏议、范吏部耳。孔、范以言得罪,惟丈人昔在廷中,议论必行,擢拜又过二公,度此不言,则他事无足言者,窃恐负陛下任擢之意,而隳天下之望也。

一心为公的苏舜钦,对岳父晓之以理,责之以义,动之以情,字里行间,见刚正之气,行文畅达,有雄健之风。

在庆历新政遭守旧势力的强烈抵制而面临夭折之际,为勉励自己所崇敬的范仲淹排除阻力,推进革新,苏舜钦作《上范公

参政书》,末云:

> 呜呼! 岁月有去而无回,功名难成而易隳,此古人所以珍重寸阴,而皇皇于立事也。若蹉跌失时,则赍汨前志,则抱恨万世,为来者所笑戮,无复自明,亦一痛哉! 亦可惜哉!

对革新事业无比热爱和珍重的苏舜钦,希望范仲淹能以一往无前的气概,力挽狂澜。急迫的腔吻足以窥见舜钦焦虑之心与沸腾之情。"呜呼"的感叹之后,以对句写出时不我待的急切,再以"此……也"的长句强调机不可失,时不再来。"若"、"则"所领起的三短句,一句一顿,有千钧之力。"痛哉"、"惜哉"的深长叹息,更把忧念国事的情感推向高潮。

舜钦书信文的最大特点就是直抒胸臆,此与其为人豪放磊落,倜傥不羁有密切的关系。《答杜公书》毫无隐晦地直陈己见:

> 丈人自入枢府,于今二年余矣,虽天下共知丈人于朝廷谟谋论议,日有所补,然未厌天下之所以望丈人之意,盖贤者未甚进,不肖者未甚退,二边猖炽,兵帅数败,科率诛敛,天下骚然;丈人虽抱雄才,处高位,反为人牵制,上下踬碍而不能尽伸,徒卷缩忧郁,成疾病于胸中,内损天和,外隳物望,生平辛苦为善得令名,至此而削。

真可谓实话实说,不给岳父留一点颜面,何其坦率和真诚!

在遭受进奏院祀神事件的沉重打击之后,苏舜钦的满腔愤慨,在与亲朋好友的通信中,得到尽情的宣泄。庆历四年(1044)末,舜钦有《与欧阳公书》云:"今一旦台中蓄私憾结党,绳小过以陷人,审刑持深文以逞志,伤本朝仁厚之风,当途者得不疾首而叹息也。"继而言自身横遭陷害,然"必未至饿死。故当缄口远遁,不复更云",之后又写道:"但以遭此构陷,累及他人,故愤懑之气不能自平,时复嵯岈于胸中,一夕三起,茫然天地间无所赴诉。天子仁圣,必不容奸吏之如此,但举朝无一言以辨之,此可悲也。"作者不忍言之,又不忍不言,意气慷慨中,见悲愤的倾诉,既有啸傲之态,又含沉郁之思。《答韩持国书》作于次年,跟《与欧阳公书》一样,颇似太史公《报任安书》,慷慨淋漓,以抒愤懑为主旨,怒马奔驰,气势雄健,亦不乏沉郁之思。

综观苏舜钦的一生,雄心可嘉,而壮志难酬,以悲剧告终。然而,他的散文,多为紧贴时代脉搏之作,而呈现出雄迈健爽的风貌,在北宋散文史上,留下了值得珍视的光辉的一页。正如欧阳修在《湖州长史苏君墓志铭》中所写:"嗟子之中兮,有韫而无施。文章发耀兮,星日光辉。虽冥冥以掩恨兮,宜昭昭其永垂!"

# 第四节　韩琦:《相州昼锦堂记》的深层意蕴

欧阳修的名文《相州昼锦堂记》的主人公韩琦,是北宋中叶政治舞台上的一个重要人物。他和范仲淹一起指挥防御西夏的战事,时传"军中有一韩,西贼闻之心胆寒"[1]的谣谚,后来参与范仲淹领导的庆历革新,于嘉祐年间拜相。欧阳修长韩琦一岁,作为谏官,他全力支持庆历新政。为此,敌对势力大造舆论,称范、韩、欧等为"朋党"。韩、欧皆为历仕仁、英、神宗三朝的元老重臣。在仁宗猝然病故之时,他们分居正、副相(即同中书门下平章事与参知政事)的要职,辅佐英宗登基,弥合太后与

---

[1]　陈邦瞻《宋史纪事本末》卷六《夏元昊拒命》,《文渊阁四库全书》本。

英宗的关系,避免权力交接之际可能出现的危机。韩琦后来又促使曹太后归政,被封为魏国公。在漫长的仕宦岁月里,韩、欧二人大抵处于同一阵营,政见相同,交情甚笃。欧逝世后,韩为之撰祭文与墓志铭,韩晚于欧三年而卒,他们堪称同时代共同奋斗、目标颇为一致而又相知甚深的同僚和朋友。

与出将入相的韩琦不同,欧阳修的突出成就是在文学上。这位文坛盟主作于治平二年(1065)的《相州昼锦堂记》,被称为"以永叔之藻采,著魏公之光烈"的"天下莫大之文章"①。韩琦当时写有一首《昼锦堂》诗,载《安阳集》卷二:

> 古人之富贵,贵归本郡县。譬若衣锦游,白昼自光绚。不则如夜行,虽丽胡由见? 事累载方册,今复著俚谚。或纡太守章,或拥使者传。歌樵忘故穷,涤器掩前贱。所得快恩仇,爱恶任骄狷。其志止于此,士固不足羡。兹予来旧邦,意弗在矜炫。以疾而量力,惧莫称方面。……公余新此堂,夫岂事饮燕? 亦非张美名,轻薄诧绅弁。重禄许安闲,顾己常兢战。庶一视题榜,则念报主眷。汝报能何为,进道确无倦。忠义耸大节,匪石乌可转。虽前有鼎镬,死耳誓不变。丹诚难悉陈,感泣对笔砚。

这就是欧阳修在《相州昼锦堂记》中提到的"余虽不获登公之堂,幸尝窃诵公之诗,乐公之志有成,而喜为天下道"的那首诗。将韩诗与欧文比照阅读,精神是完全一致的。宋人李淦就认为欧记"全用韩稚圭《昼锦堂》诗意"②。历来对此文好评甚多,欧

---

① 《古文观止》卷一〇,第445页。
② 《文章精义》,王水照《历代文话》本,第1173页。

阳修自己亦甚满意,朱弁《曲洧旧闻》卷八载:

> 欧阳文忠公作《昼锦堂记》成,以示晁美叔秘监,云:
> "垂绅正笏,不动声色,措天下于泰山之安,如此,予所亲见,
> 故实记其事,无一字溢美。于斯时也,他人皆惴慄流汗,不
> 能措一词;公独闲暇如安平无事,真不可及也。"

所谓"实记其事",是指英宗初即位时,掌管宫廷内生活事务,与
帝、后最为接近的入内都知任守忠,挑拨英宗跟太后的关系,韩
琦觉察后,当机立断,责授任守忠为蕲州团练副使,蕲州安置,即
日押离京都,化解了一场危机。欧了解韩,敬佩韩,曾说:"累百
欧阳修,何敢望韩公?"[1] 所以,他在文章中由"昼锦"这一俗题
翻出一番绝大而得体的议论,虽仍本韩诗之意,但着力突出韩琦
"德被生民,而功施社稷"之志,强调堂名"昼锦"却与"昔人所
夸者"无涉。这使归有光不由地发出"古文章地步如此"[2] 的击
节赞叹。

文章的主题是很清楚的。黄震说:"载韩公大节,出昼锦之
荣之外。"[3] 这一点应该是没有争议的。当然,也有人认为此文
写得不是最好,王若虚谓该篇颇有"争张妆饰之态,且名堂之意
不能出脱,几于骂题"[4],储欣也有"太近人矣"[5] 的批评,都以为
"昼锦"之题难写或难免近俗。须知这是一篇命题文章。范公
偁《过庭录》云:"韩魏公在相,曾乞《昼锦堂记》于欧公。"欧阳

---

① 朱熹《宋名臣言行录》后集卷一。
② 《欧阳文忠公文选》卷七《相州昼锦堂记》评语。
③ 《黄氏日抄》卷六一。
④ 《滹南遗老集》卷五,《四部丛刊》本。
⑤ 《唐宋十大家全集录·六一居士全集录》评语卷五,清光绪壬午江苏书局重刊本。

修治平三年（1066）给韩琦的信中写道："昼锦书刻精好，但以衰退之文不称为惭，而又以得托名于后为幸也。"① 以"昼锦"之俗题做出一篇"超然出于富贵之上"② 的文章，已属不易，恐难苛求于欧公。倒是明人孙绪注意发掘欧文的深意，《沙溪集》卷一四杂著有云：

> 韩魏公胸次若秋空沧海，万变无不容受，然三守乡郡，每谒先垄辄有诗，每诗即自矜其恩荣遭际之隆、驺从旌旗之盛，若不胜其喜者。如曰："至日郊原拥节旄，先茔躬得奉牲醪。霜威压野寒方重，山色凌虚气自高。衣锦不来夸富贵，报亲惟切念劬劳。"又曰："昼锦三来治邺城，古来无似此公荣。首过先垄心先慰，一见家山眼自明。"……如此者不一，不能悉录。……欧公作《昼锦堂记》，谓仕宦至将相，富贵归故乡……此一介之士得志当时，而意气之盛，昔人比之衣锦之荣者也。语意与公诗中句不少异，复以苏秦、买臣为况，岂亦窥见其衷曲而微不满耶？

孙绪这最后一句说得尖锐深刻，评得十分到位，应该说道出了《相州昼锦堂记》颂美韩琦大节的主意之外更深一层蕴意：勉励和警醒自己所崇敬的朋友永远谦虚谨慎，保持为国为民竭尽心力的远大志向。

翻开韩琦的《安阳集》，看到拜坟、省坟、祀坟的诗特别多。《拜先坟》（卷七）云："山川望远平如日，父老欢迎识旧恩。白昼锦衣人已骇，更留旄节宿郊村。"得意之情，溢于言表。《次

---

① 《欧集·书简》卷一五《与韩忠献王》。
② 张伯行《唐宋八大家文钞》卷六《相州昼锦堂记》评语，《丛书集成》本。

日早赴西坟》(卷一八)云:"风入旌旗撼晓光,两茔亲展喜非常。……自叹重茵宁及养,纵垂三组敢夸乡?"又是"风入旌旗",又是"喜非常"、"垂三组",何等风光,何等荣耀!"(岂)敢夸乡"的言辞毕竟掩抑不住那极欲"夸乡"的心理。《岁末省坟》(卷一八)云:"里俗漫矜吾太守,不知何术致民康。"干脆借"里俗"之语作自我夸奖了。另有《初冬祀坟》、《寒食祀坟》等诗,不再列举。《安阳集》中还有《再题昼锦堂》(卷一三)、《初会昼锦堂》(卷一八)诗,前者云:"为郡偏荣昼锦归,再容乡任古来稀。邸人只骇新章贵,仙表谁瞻旧鹤飞?""昼锦归"加上"古来稀",岂不了得!后者云:"白发耻夸金络骑,绿阴欣满铁梁台。因思前彦荣归者,未有三曾昼锦来。""耻夸",可仍要自夸,说"前彦""未有三曾昼锦""荣归"的,不是自夸又是什么!

按韩、欧关系,吟诗作文,互通声气,彼此了解,不会生疏。欧对韩在吟咏时的自夸自荣应是相当了解的。那么,他对自己所尊敬的同道、同僚和老朋友,会因"窥见其衷曲"而在文章中含蕴"微不满"之意吗?

从参与庆历革新到辅佐英宗继位,直至卷入尊崇英宗生父的"濮议之争",韩、欧都是"一条战壕的战友",互相支持,互相声援,互相帮助。但如《朋党论》所说的:"君子与君子以同道为朋","所守者道义,所行者忠信,所惜者名节"。君子爱人以德,遇到是非问题,欧阳修决不因是同道而迁就。他在《太子太师致仕杜祁公墓志铭》中写道:"契丹与夏人争银瓮族,大战黄河外,而雁门、麟、府皆警。范文正公安抚河东,欲以兵从。公以为契丹必不来,兵不可妄出。范公怒,至以语侵公,公不为恨。后契丹卒不来。二公皆世俗指公与为朋党者,其议论之际盖如此。"范仲淹跟杜衍同属庆历革新阵营,因国事而激烈争论,以至发火,但杜衍不计较。后来事实证明杜衍意见是对的。欧阳修以此表彰杜衍胸怀宽广,也说明君子之交是有原则的,同道之间有不同意见的争论是正常的。欧阳修早年就说过:"夫是是近乎谄,非非近乎讪,不幸而过,宁讪无谄。"[1]欧是极重人格、操守和风范的君子,不肯违心地去说颂美的话,对朋友也不会有不同意见而隐忍不言。

尹洙与欧阳修也是相知甚深的朋友。天圣末在西京洛阳钱惟演幕府任职时,就一起切磋诗文;景祐间在枢密使王曙的推荐下,一起进入馆阁;范仲淹因指斥吕夷简专权而落职,尹、欧亦同时牵连被贬;庆历时又都全力支持新政,新政夭折又同遭贬谪。尹洙也深为范仲淹、韩琦所器重。尹洙逝世后,韩为撰墓表,欧为作墓志铭,足见三人交谊之深厚。据《长编》卷一四七记载,尹洙任渭州知州时,郑戬为陕西四路都总管,遣刘沪等人筑水洛城,以通泰州、渭州的援兵,尹洙不赞成这一做法。后郑戬离职,刘沪督役如故,尹洙令其停工未执行,遣人召之又不至,遂派狄青逮捕之。郑戬将此事奏报朝廷,尹洙遂被调往庆州,而水洛城仍继续修筑。此事尹洙考虑欠周,处理过于急躁,酿成事端。韩琦曾奏请罢水洛城,同情、支持尹洙;而欧阳修两次上书请求保全刘沪,范仲淹也认为刘沪是守边的有名将佐,最有战功,应加保护。《宋史·韩琦传》指出:"尹洙与刘沪争城水洛,琦右洙,朝论不谓然。"这是欧阳修坚持原则、未附和韩琦意见的例子。

其实,在《相州昼锦堂记》中,欧阳修已隐约表达了含蕴在颂扬之中的劝勉、激励与警醒之意:

　　　　所谓将相而富贵,皆公所宜素有,非如穷厄之人侥幸得

———————

[1]　《欧集·居士外集》卷一三《非非堂记》。

志于一时,出于庸夫愚妇之不意,以惊骇而夸耀之也。然则高牙大纛不足为公荣,桓圭衮冕不足为公贵;惟德被生民而功施社稷,勒之金石,播之声诗,以耀后世而垂无穷。此公之志,而士亦以此望于公也。

前引韩诗中不是夸耀"旌节"、"旌旗"、"金络骑"吗?欧文指出此"不足为公荣";韩诗中不是标榜"垂三组"、"新章贵"吗?欧文断言此"不足为公贵";韩诗中不是强调"里俗"之"矜"、"邸人"之"骇"吗?欧文以"惟"字领起"德被生民而功施社稷"句,强调"士亦以此望于公也",这真是爱人以德的谆谆告诫。

欧阳修晚年应襄阳太守史炤(字中辉)之请,写了一篇《岘山亭记》,借说不理解功绩卓著的西晋勋臣羊祜、杜预何以"汲汲于后世之名",抒发不以功名为念的阔大谦恭的情怀。何焯《义门读书记》卷三八引长史云:"言外有规史君好名意","妙在微讽中有引而进之之意"。史中辉的地位、业绩都不能跟韩琦相比,但《岘山亭记》所隐隐流露的这种"引而进之之意",在《相州昼锦堂记》中不是也可以体味到吗?

# 第十一章

# 欧阳修对后世散文创作的影响

## 第一节　欧阳修对归有光散文创作的影响

　　归有光被视为"唐宋派"之一,是上承韩欧古文、下开桐城派先河的明代散文大家。他和一代文宗欧阳修究竟有什么关系呢? 钱谦益校勘选编《震川先生文集》,其所作序后,附有归有光"从孙起先拜手敬识"的一段文字,其中云:"不读《史》、《汉》,不知《左》、《国》之所以为文也。不读韩、欧,不知《史》、《汉》之所以为文也。今繇公之文可以知韩、欧,由先生之选可以知公之文。"①这几句话,从中国散文发展史上,揭示了欧阳修与归有光两位相隔五个世纪的散文大师的关系,可谓切中肯綮。

---

① 见《新刊震川先生文集序》,载周本淳校点《震川先生集》卷首,上海古籍出版社,1981 年,序第 9 页。

一

《震川先生集》中涉及欧公的文字甚多,从中我们看到归有
光对欧阳修人格和各方面学术成就的推崇。

归氏给予欧公的道德文章以甚高的评价。《草庭诗序》曰:
"庐陵自欧阳公以来,文章节义,尤称独盛。"他称颂欧阳太夫人
教子之严①;赞赏欧在《连处士墓表》中对连舜宾的表彰:"应山
之人,其长老教其子弟,所以孝友、恭敬、礼让而温仁,必以处士
为法。"②言及承志堂,归氏念念不忘欧公对王彦章节义的无限
仰慕:"欧公《题王太师画像》云:'画已百年,完之又可得百年。'
吾修此堂,亦谓尚可及百年也。"③对欧公在功业上的建树,归亦
赞不绝口:"宋自仁宗之世,天下号称治平。韩、富二公,与范希
文、欧阳永叔,一时并用,世谓之韩、范、富、欧。"④归氏《遂初堂
记》言及周公时云:

> 当时君臣之际可知矣。后之君子,非复昔人之遭会,而
> 义不容于不仕。及其已至贵显,或未必尽其用,而势不能以
> 遽去。然其中之所谓介然者,终不肯随世俗而移易。虽三
> 公之位,万钟之禄,固其心不能一日之安也。则其高世遐举
> 之志,宜其时见于言语文字之间,而有不能自已者。当宋皇
> 祐(当为"嘉祐")、治平之时,欧阳公位登两府,际遇不为不
> 隆矣。今读其《思颖》之诗、《归田》之录,而知公之不安其

①《震川先生集》卷一五《莪江精舍记》,第396页。
②《震川先生集》卷一三《望湖曹翁六十寿序》,第338页。
③《震川先生集》卷一七《重修承志堂记》,第425页。
④《震川先生集·别集》卷二下《河南策问对二道》之二,第785页。

位也。

《题仕履重光册》又云：

> 欧阳公思颍之志，未尝一日少忘，每有蹉跎之叹。自谓
> 日渐短，心渐迫，有志于强健之时，未遂于衰老之后，其意亦
> 可悲矣。

这里，既有对欧公不随流俗、不慕荣利、存"高世遐举之志"的
由衷赞美，又有对欧公身居高位而难有作为深感无奈的深切同
情，还有对欧公"不安其位""每有蹉跎之叹"而急于归田心情
的充分理解。

欧公的文章成就，归有光评价极高，视之为史上与韩愈比
肩的大师："文字难作，每一篇出，人辄异论，惟吾党二三子解意
耳。世无韩、欧二公，当从何处言之？"[1]

欧公在史学上的造诣，归有光亦有好评。其《史论序》云：
"遗石先生自少耽嗜史籍……舟至青山矶，风波大作，船几覆。
但问从者'《史论》在否'？与司马公所称孙之翰事绝类。之翰
之书，得公与欧、苏二公，而后大显于世。"孙甫字之翰，欧阳修
挚友，著《唐史记》，颇有成就。欧为之铭墓曰："公博学强记，尤
喜言唐事，能详其君臣行事本末，以推见当时治乱。每为人说，
如其身履其间，而听者晓然如目见。故学者以谓终岁读史，不如
一日闻公论也。"[2]归有光充分肯定了欧与司马光及苏轼对孙甫
史学成就的褒扬。

---

① 《震川先生集·别集》卷七《与沈敬甫十八首》之六，第 867 页。
② 《欧集·居士集》卷三三《尚书刑部郎中充天章阁待制兼侍读赠右谏议大夫孙
　　公墓志铭》。

《新五代史》卷五五《李怿传》载:"张文宝知贡举,所放进士,中书有覆落者。乃请下学士院,作诗赋,为贡举格。窦梦征、张砺等所作不工,乃命(李)怿为之,怿笑曰:'予少举进士登科,盖偶然耳。……令予复就礼部试,未必不落第。安能与英俊为准格?'"归有光《送国子助教徐先生序》指出:"夫科举之所为式者,要不违于经,非世俗所谓柔曼、䛍㕞、媚悦之辞以为式也。"他认为李怿之言"当时以为得体。欧阳公特著之《五代史》。今以柔曼、䛍㕞、媚悦之辞以相夸,而以得者骄其未得者。以此为格,此欧阳子所以叹也"。

《吏部司务朱君寿序》复述上事:

> 学士李怿曰:"予少举进士登科,盖偶然耳。后生可畏,来者未可量。假令予复就试礼部,未必不落第。安能与英俊为准格?"闻者多知其体。欧阳永叔特以此一事,为怿立传。

一再记述此事,既见归有光对科举中"柔曼、䛍㕞、媚悦之辞以为式"的不满,引欧说以表明所见完全一致,也反映出他对《新五代史》的熟记于心与观点认同。

归有光钦佩欧公的史学见识,云:

> 欧阳修以为史官职废,其所撰述简略,百不存一,至于事关大体,没而不书,加以《时政》《日历》《起居注》,例皆积滞相因,故追修前事,岁月既远,遗失莫存,圣人典法,遂成废坠。若今之追修积滞,得无如欧阳修之所论者乎?[①]

---

① 《震川先生集·别集》卷二上《隆庆元年浙江程策四道》之二,第751页。

《震川先生集·别集》卷四《马政志》在"至和二年,群牧使欧阳修言"之下,征引了欧《奏议集》卷一六《论监牧札子》中"今之马政,皆因唐制,而今马多少与唐不同者,其利病甚多,不可概举"一大段话,也见证了归氏对欧公所撰史实的重视。

欧公金石学研究成果,归有光亦甚关注。《跋广平宋文贞公碑》云:"欧阳文忠公以谓(颜)鲁公真迹今世在者,得其零落之余,犹足以为宝。今此碑剥蚀犹少,况以广平之重,使欧公得之,其为珍赏,当倍他书矣。"《与傅体元二首》之一云:"宋广平墓在沙河,有《颜鲁公碑》,前令方司道于沙土中出之,此碑欧、赵亦未见也。"广平宋文贞公为唐代名相宋璟,其神道碑铭为颜鲁公所书。欧《集古录跋尾》卷七言及颜鲁公所书碑刻者有26条之多,令归氏钦羡不已。颜真卿,封鲁郡公,故人尊称颜鲁公,为唐大臣,又是杰出的书法家,参与平定安史之乱,为叛将李希烈所杀害。欧云:"余谓颜公书如忠臣烈士,道德君子,其端严尊重,人初见而畏之,然愈久而愈可爱也。其见宝于世者不必多,然虽多而不厌也。故虽其残缺,不忍弃之。"[1] 在无比崇敬颜真卿的人格和书法上,归氏与欧公有着强烈的共鸣,亦见归、欧自身人格之高尚和对考古与书法的爱好。

归氏《题隶释后》云:"夫去古益远,古碑存者无什一矣,况天地陵谷之异乎! 然则欧阳公、赵德夫、洪景伯所录,恐今不可复见也。"又有小简《与徐南和》云:"向求慧炬寺断碑,又城北东韩村东岳庙中有《开皇石桥碑记》,并乞命搨一二本。官舍无事,颇慕欧阳公《集古录》,奈力不能也。"简短的记述中流露出对欧公开创宋代金石学的崇敬之情。

综上所述,归有光对欧公的道德、功业和文章均有甚高的评

---

① 《欧集·集古录跋尾》卷七《唐颜鲁公书残碑》。

价,换言之,欧公的人格与学术对归有光有着不容忽视的重要影响。

二

欧、归有共同的儒学信仰。欧云:"仲尼之业垂之六经,其道闳博,君人治物,百王之用,微是无以为法。"[①]归云:"诸君皆禀父兄之命而来……所读者即圣人之书,所称述者即圣人之道,所推衍论缀者,即圣人之绪言。无非所以明修身、齐家、治国、平天下之事,而出于吾心之理。"[②]"圣人"即孔子,此与欧赞美孔子之道,认为"微是无以为法",毫无二致。对佛、老的看法,欧云:"二家之说,皆见斥于吾儒。"[③]实际上,他对老、庄是有所择取的。他反对道家神仙长生等茫昧之说,却接受老、庄鄙弃荣利的健康观念。欧崇尚自然之道,此与《老子》相合。而庄子强调全性保真,关注生命,追求自由与超脱等等,欧阳修亦有所共鸣。归有光也有取于老、庄之说。言及道家"以天、地、水府为三元,能为人赐福涉罪解厄"等等之时,也认为"其说诡异,盖不可晓"[④]。但他赞赏《老子》"逸则寿"及"知足之足,常足"之说,谓其"有得于庄子《逍遥》之旨"[⑤]。他肯定《老子》"知其雄,守其雌,为天下溪"的智慧,曰:"不能守雌,不能为天下溪,不足以称雄于天下。"[⑥]当然,在排佛还是礼佛上,欧、归是有差异的。欧至老坚持辟佛,而归氏评欧《本论中》,引徐文昭语云:"释迦

① 《欧集·崇文总目叙释·儒家类》。
② 《震川先生集》卷七《山舍示学者》,第151页。
③ 《欧集·居士集》卷三九《御书阁记》。
④ 《震川先生集》卷一五《汝州新造三官庙记》,第402页。
⑤ 《震川先生集》卷一三《周秋汀八十寿序》,第324页。
⑥ 《震川先生集》卷三《张雄字说》,第78页。

生于周定王时，与孔子、老聃并出，则三教乃天地一劫处，况达摩以下，有一片直见本性处，所以虽魁奇俊悟之士，咸宗其教。欧公言'修本以胜之'是已，然仅区区于礼仪之习，其何能胜？"[①]归氏幼年丧母、壮年丧妻、中年丧子后又丧继室，相当不幸，难免从佛学中寻求精神之慰藉。

　　正是基于共有深厚的儒学修养，欧、归皆忧念国事，以天下为己任。虽仕宦岁月之长短与官职之大小殊异，而始终遵奉仁政爱民之信条，皆尽心尽职任事，有刚正不阿的人格，在品德、气节与学术上多有相通相似之处，所以归有光才如前所述，十分景仰和钦佩欧公，在为人、为学、为文上，深受欧公的影响。

　　归氏擅长散文创作，诗歌数量不多，不大为人所关注，他对欧公的接受主要表现在散文领域。韩、柳、欧、苏是归有光、唐顺之、茅坤等所心仪的唐宋大家，归氏对欧公情有独钟，不仅编有《唐宋四大家文选》，还专门编有《欧阳文忠公文选》（以下简称《欧选》），并加以自己和他人的评语。《欧选》精选欧文91篇，其中，议及朝政的上书、疏、札子、状计14篇，表、启6篇，书8篇，政论、史论15篇，序及赠序14篇，记9篇，神道碑铭、墓志铭、墓表17篇，祭文3篇，杂题跋3篇，赋2篇，各种文体较为齐全，比例也大体适当。由选文及评语可知归氏熟读欧文，对欧文有自己独到的见解。以文学观言之，归与欧有四个方面所见略同：

　　首先，他们都强调文道结合，关心世间百事，不作空言。欧阳修云："君子之于学也，务为道。为道必求知古。知古明道，而后履之于身，施之于事，而又见于文章而发之，以信后世。"[②]欧《答吴充秀才书》尤其反对文士"弃百事不关于心"。归有光在《欧阳文忠公文选》卷三中评此书云："文本于道,道乃生文,其识深而论确。"此与欧在该书中所云"圣人之文,虽不可及,然大抵道胜者,文不难而自至也"一样,重点在于强调道对文的重要性,即不作空言的重要性,而非以道代文。归氏云:"以为文者,道之所形也。道形而为文,其言适与道称。"① 又云:"余谓士大夫不可不知文,能知文而后能知学古。故上焉者能识性命之情,其次亦能达于治乱之迹,以通当世之故,而可以施于为政。"② 欧、归都是言行一致,说到做到。欧从贬官夷陵到庆历革新,从出使河东到拥立英宗,关心国事,体恤民瘼,行道救时,竭尽全力,情见乎辞,留下诸多篇章。归氏早年应童子试而成名,位卑不敢忘忧国,蒿目时艰,揭露时弊,从兴修水利到抗击倭寇,献可替否,不遗余力;从培育众多举子,到为受害民女申冤,全心全意,不辞艰辛。花甲之年进士及第,由长兴知县、顺德通判至太仆寺丞,虽岁月无多,然兢兢业业,为民尽心,为国效力。所作所为,也都在他的作品中得到生动的反映。欧、归道德文章之著称,都是他们知行合一的结果。

　　其次,他们都反对拟古,力主创新。欧云:"仆少孤贫,贪禄仕以养亲,不暇就师穷经,以学圣人之遗业。而涉猎书史,姑随世俗作所谓时文者,皆穿蠹经传,移此俪彼,以为浮薄,惟恐不悦于时人,非有卓然自立之言如古人者。然有司过采,屡以先多士。及得第已来,自以前所为不足以称有司之举而当长者之知,始大改其为,庶几有立。"③ 当然,他没有全盘否定时文,认为它"虽曰浮巧,然其为功,亦不易也"④。欧学韩愈,但不拟韩,

① 《震川先生集》卷二《雍里先生文集序》,第 26 页。
② 《震川先生集》卷二《山斋先生文集序》,第 25 页。
③ 《欧集·居士集》卷四七《与荆南乐秀才书》。
④ 《欧集·居士集》卷四七《与荆南乐秀才书》。

而是学其精神而自具机杼,故《五代史伶官传序》、《丰乐亭记》、《泷冈阡表》等以鲜明的风格在文坛上独树一帜。归有光亦甚欣赏欧之不袭旧套,运笔不凡,评欧《送徐无党南归序》云:"'三不朽'最是常论,却发得如此浓至,可见文字新陈无常,惟人是运。"① 归氏反对前后七子"文必秦汉"的模拟之风,肯定唐宋以来古文发展的成就,云:"盖今世之所谓文者难言矣。未始为古人之学,而苟得一二妄庸人为之巨子,争附和之,以诋排前人。韩文公云:'李、杜文章在,光焰万丈长。不知群儿愚,那用故谤伤! 蚍蜉撼大树,可笑不自量。'文章至于宋、元诸名家,其力足以追数千载之上,而与之颉颃,而世直以蚍蜉撼之,可悲也。"② 面对明代科举文之程序固化、文风萎靡,如前文所述,归氏旗帜鲜明地反对"柔曼、靡冗、媚悦之辞以为式"之泛滥。其以《项脊轩志》、《先妣事略》、《寒花葬志》为代表的佳作,让人有耳目一新之感。

　　有学者以为,前后七子固然模拟秦汉,归有光也不过上承韩、欧而已。其实,归氏并非抵排秦汉文,相反,他从中汲取了极多的营养。他赞赏欧学史迁,谓欧文"风神机轴逼真太史公"③ 评欧《释惟俨文集序》,引徐文昭语云:"竟是列传体,其奇伟历落,亦从太史公《游侠传》得来者也。"④ 又评欧《御书阁记》云:"颇似史迁。"⑤ 归氏亦崇拜并学习史迁,云:"不喜今世之文。性独好《史记》,勉而为文,不《史记》若也。"⑥ 与人书云:"执事又过称其文有司马子长之风。子长更数千年,无人可及,亦无人能

①　《欧阳文忠公文选》评语卷六。
②　《震川先生集》卷二《项思尧文集序》,第 21 页。
③　《欧阳文忠公文选》评语卷五。
④　《欧阳文忠公文选》评语卷六。
⑤　《欧阳文忠公文选》评语卷七。
⑥　《震川先生集》卷二《五岳山人前集序》,第 27 页。

知之。仆少好其书,以为独有所悟。"① 他只是厌恶形式上的模拟而毫无个性。《项脊轩志》中"项脊生曰"即学《史记》"太史公曰"的写法,以自己"区区处败屋中"与"女怀清"、诸葛亮"二人昧昧于一隅"时相比,抒发徒有抱负却难以施展的抑郁与激愤。这不是一味模拟,而是借以畅抒了自己的情怀。再者,唐宋比明代远较秦汉为近,欧阳修又开辟了古文平易自然的康庄大道,此有利于明人通过学唐宋,进而更好地学秦汉,亦无可厚非。四库馆臣曰:"自明季以来,学者知由韩、柳、欧、苏沿洄以溯秦汉者,有光实有力焉。"② 虽然归氏的文学成就难与欧公比肩,但他学欧为文之精髓,且在记叙抒情上亦有所发展,自具特色,决非纯然模欧拟欧而毫无个性者可比,这是众所周知的事实。

再次,欧、归皆崇尚自然,不事雕琢。欧反对骈文的雕琢、浮艳,也拒绝行文的怪异与艰涩,云:"闻古人之于学也,讲之深而信之笃,其充于中者足,而后发乎外者大以光。譬夫金玉之有英华,非由磨饰染濯之所为,而由其质性坚实,而光辉之发自然也。"③ 为学作文,须厚积薄发,"充于中"则显于外,故极其自然。曾巩赞欧文曰:"垂光简编,焯若星日。绝去刀尺,浑然天质。"④ 亦是此意。欧劝弟子徐无党为文"不必勉强,勉强简节之,则不流畅,须待自然之至"⑤,可见对文章畅达自然的重视。归有光亦有相近的论述,他对刻意雕琢以摹古,极为反感,云:"今世乃为追章琢句,模拟剽窃,淫哇浮艳之为工,而不知其所

① 《震川先生集》卷七《与陆太常书》,第 152 页。
② 永瑢等《四库全书总目》卷一七二《震川文集》提要,第 1511 页。
③ 《欧集·居士外集》卷一九《与乐秀才第一书》。
④ 《曾巩集》卷三八《祭欧阳少师文》,第 526 页。
⑤ 《欧集·书简》卷七《与渑池徐宰》。

为,敝一生以为之,徒为孔子之所放而已。"①又云:"仆文何能为古人?但今世相尚以琢句为工,自谓欲追秦汉,然不过剽窃齐梁之余,而海内宗之,翕然成风,可谓悼叹耳。"②以为"文字又不是无本源。胸中尽有,不待安排"③,"字所以难下者,为出时非从中自然,所以推敲不定耳"④。在归氏眼中,成于自然,发自胸臆,不待刻意而为的作品,才有生命力;相反,模拟雕琢,"而海内宗之,翕然成风",只不过是一时热闹的表象而已。

再有重要的一点,即欧、归皆富于情感,创作皆以情动人。查阅《欧阳文忠公集》《诗本义》和《新五代史》,提及"人情"二字的即有一百多处。人情有人心、世情、民风、情面、应酬等多种意思,但主要是指人之感情、人之常情。如《送慧勤归余杭》曰:"人情重怀土,飞鸟思故乡。"《纵囚论》批评唐太宗纵囚曰:"此岂近于人情?"《御书阁记》曰:"佛能钳人情而鼓以祸福。"《梅圣俞诗集序》谓诗者"道羁臣寡妇之所叹,而写人情之难言"。《答宋咸书》曰:"圣人之言,在人情不远。"论《易》曰:"人情处危则虑深,居安则意怠。"⑤《滁州谢上表》曰:"在人情难弃于路隅,缘臣妹遂养于私室。"《诗本义》卷六《常棣》本义曰:"极陈人情,以谓人之亲莫如兄弟。"《新五代史》卷三八《宦者传》曰:"呜呼!人情处安乐,自非圣哲,不能久而无骄怠。"欧是极为重情的人。情动于中而见于文,自然极有感染力,无论是早年所作《上范司谏书》,还是后来的《祭资政范公文》,都充满了对视为师友的革新领袖范仲淹的崇敬。《梅圣俞诗集序》《苏氏文集序》、

---

① 《震川先生集》卷二《沈次谷先生诗序》,第30页。
② 《震川先生集·别集》卷七小简《与沈敬甫十八首》,第869页。
③ 《震川先生集·别集》卷七小简《与沈敬甫十一首》,第865页。
④ 《震川先生集·别集》卷七小简《与沈敬甫四首》,第903页。
⑤ 《欧集·易童子问》卷二。

《祭尹师鲁文》《祭石曼卿文》等无不怀着对挚友遭遇的同情和极为深切的怀念。还有无数的短简,如促膝谈心,更是包含着对同僚、友朋、亲人的浓情厚意。

归有光亦重人情,云:"予以为天下之礼,始于人情;人情之所至,皆可以为礼。"① 这是他对儒家发乎情而止于礼之说的理解。又云:"圣人者,能尽乎天下之至情者也。"② 认为"夫士以其身为国,而使之忘其私,非人情也"③,既肯定士之以身许国,又强调个人情感必须得到应有的尊重。《欧阳文忠公文选》评语中,谈的最多的,还是作品情感性的问题。如归氏评《苏氏文集序》云:"文多悲悯。读一过,使人感慨流涕。"④ 评《释秘演诗集序》云:"读到慷慨呜咽处,清夜如听击筑声。"⑤ 评《王彦章画像记》云:"于叙事行议论,更于感慨处着精神。"⑥ 评《湖州长史苏君墓志铭》云:"淋漓之色,怅惋之致,悲咽之情,种种逼人。"⑦ 评《江邻几墓志铭》:"其文澹荡,其思悲慨。"⑧ 评《祭尹师鲁文》云:"哀以愤。"⑨ 评《读李翱文》云:"感慨悲愤,其深情都在时事上。"⑩

在归氏的笔下,情意也是恣肆流淌,万般感慨,难以遏止。《答俞质甫书》云:"人至,得初一日所惠书,感激壮厉。三复,浪然雪涕。"《与潘子实书》云:"思古之人不得见,往往悲歌感慨,

① 《震川先生集》卷五《书冢庐巢燕卷后》,第 118 页。
② 《震川先生集·别集》卷一《泰伯至德》,第 694 页。
③ 《震川先生集》卷一四《朱母孙太孺人寿序》,第 348 页。
④ 《欧阳文忠公文选》评语卷六。
⑤ 《欧阳文忠公文选》评语卷六。
⑥ 《欧阳文忠公文选》评语卷七。
⑦ 《欧阳文忠公文选》评语卷九。
⑧ 《欧阳文忠公文选》评语卷九。
⑨ 《欧阳文忠公文选》评语卷一〇。
⑩ 《欧阳文忠公文选》评语卷一〇。

至于泪下。"对已故亲人绵绵不绝的思念,更令他肝肠寸断。54
岁所作《己未会试杂记》,写到归乡途中梦见发妻魏孺人:"惨
然,甚感!"又云:"思昔丙辰南还,见吾祖,云:'不第,不足言;
汝还,慰吾怀也。'今吾祖长逝,还更不可见,更不复闻此语,悲
痛胡可言也!"在《俞楫甫妻传》中,他由人及己,以俞氏丧妻而
发慨曰:"余尝再失妇,有楫甫之悲,而不能以告人。其悲也,独
自知之而已。昔雍门子吟,而孟尝于邑,事固有相感者。悲乎!
悲乎!"归氏多情重情,不因岁月流逝而改变,于此可窥一斑。

## 三

　　归有光散文之最著称者,即是饱含真情、深情、浓情之佳作。
诸多文学史及无数论文所提及的《先妣事略》《项脊轩志》《寒
花葬志》等,皆为脍炙人口的代表作。从更多一些作品来看,其
富于情感性的文章,主要集中于序、记、墓志等文体,此与欧阳修
大致相同。但必须指出,归氏记、墓志、行状以亲人为对象者最
佳,其他受人请托而作的占相当大的比重,给予人的印象不深。
因其60岁及第前,多在家乡,接触面有限,不像欧阳修官至参
政,名满天下,交游甚多,在为政治和文学革新的共同奋斗中,与
同伴结下深厚的情谊,故不少诗文集序、碑志墓铭、记体文和哀
祭文都充满对亲密朋友浓浓的情意。

　　真挚的情感是欧阳修不得不写的创作动力,也成为其笔下
难以抑止的创作内容,从上述文体中的诸多佳作和《新五代史》
多以"呜呼"发端的一些传论,都可以看出这一点。归有光亦是
如此,丧子之痛是无比沉重的打击,悲情为创作之动力,亦成为
创作的内容。《思子亭记》云:

> 每念初八之日,相随出门,不意足迹随履而没,悲痛之极,以为大怪无此事也。盖吾儿居此七阅寒暑,山池草木,门阶户席之间,无处不见吾儿也。葬在县之东南门,守冢人俞老,薄暮见儿衣绿衣,在享堂中,吾儿其不死耶!

字里行间充满对儿子离世的无比悲痛和难以忘怀的思念。

《与沈敬甫七首》之一云:

> 二诗乃哭耳,不成诗也。昨见诸友,多欲为仆解闷者。父子之情已矣,惟此双泪为吾儿也,又欲自禁耶?

之二云:

> 安亭情景更悲,念儿在枉死城中也。山妻哭死,方甦,旧疾又作矣……痛痛。头发尝有二三茎白者,炤镜,视十二月忽似添十年也。人非木石,奈何奈何?

揪心的悲痛形诸文字,怎能"自禁"?难以言状的悲情,这是创作的强大驱动力。而"念儿在枉死城中"、"视十二月忽似添十年也"等文句,又蕴含着何等凄苦的悲情!

情感也是贯串文章的主线,在组织素材、形成篇章上起重要的作用。欧阳修在庆历革新夭折,贬官滁州后,仍深念国事,写了著名的《丰乐亭记》,忧国忧民的情感蕴蓄于滁州古今变化的叙写与感叹中。言其地之安定与百姓之丰乐,是一种喜;叙丰乐来自五代乱世时宋太祖之平滁,而"故老皆无在者,盖天下之平久矣",是深恐今人忘记丰乐来之不易,则忧在其中;又说欲问五代之事,"而遗老尽矣",更见对今人安享太平之忧;最后仍说欲"使民知所以安此丰年之乐者,幸生无事之时也":安不忘危、乐不忘忧的情怀袒露无遗。

归有光名篇《项脊轩志》中,项脊轩无疑是一条明线,而作者因遭受各种不幸而产生的悲情则是潜伏其中的暗线。文章开头,写修葺项脊轩,使其内外焕然一新,"然予居于此,多可喜,亦多可悲"。此处喜,实为悲之反衬。下文,悲大家庭分崩离析;悲疼爱子女的母亲早逝;悲祖母言"吾家读书久不效",望孙及第心切,而自己科场失利;又补记"吾妻来归"、"妻死,室坏不修"及目睹"吾妻死之年所手植"枇杷树,"今已亭亭如盖",更是痛心不已,悲上加悲。虽时代、题材与欧文均不同,但均有贯穿全篇的潜伏的情感,可谓不谋而合。

借端发慨于欧文中常见。《菱溪石记》以菱溪石之遭遇言富贵不可长有。储欣评曰:"考订不苟,就中生出感慨议论,最有情。"[1]《画舫斋记》由滑州居室似画舫,引出"今予治斋于署,以为燕安,而反以舟名之,岂不戾哉"之设问,借此回顾当初因支持范仲淹反对吕夷简专权的贬官经历,感慨不尽:"矧予又尝以罪谪走江湖间,自汴绝淮,浮于大江,至于巴峡,转而以入于汉、沔,计其水行几万余里。其羁穷不幸而卒遭风波之恐,往往叫号神明以脱须臾之命者数矣。……而乃忘其险阻,犹以舟名其斋,岂真乐于舟居者邪?"末云:"古之人,有逃世远去江湖之上,终身而不肯反者,其必有所乐也……顾予诚有所未暇,而舫者宴嬉之舟也,姑以名予斋,奚曰不宜?"一波三折的感慨,道出了欧坚守正义、不惧风浪的品格和国事为重、奋斗不息的精神。归氏颇欣赏此文,评曰:"先模出画舫景趣,中用三层翻跌,后澹

---

[1] 《唐宋十大家全集录·六一居士全集录》评语卷五。

澹收转,极有法度。"①

归有光亦有借端发慨之作,《南陔草堂记》叙友人陈吉甫草堂以"南陔"命名,而《南陔》乃《诗·小雅》之篇名,《南陔》谓"孝子相戒以养也"②,归氏就此发出一番强烈的感慨:

> 人无孝友之心,则君臣、兄弟、朋友何由而得其叙? 和乐、忠信、廉耻、礼义何由而得其道? 法度、蓄积、师众、征伐、功力何由而得其度? 福禄何由而绥? 阴阳何由而得其理? 贤者何由而得其所? 万物何由而遂? 为国之基何得不坠? 恩泽何得不乖? 万物何得不失其道理? 万国何得不离? 诸夏何得不衰? 此四夷之所以交侵而中国微也。"③

成串反问式的排比,宣泄了胸中对国家腐败现状的极度不满。《悠然亭记》叙表兄淀山公作亭,以陶渊明"悠然见南山"之语取名,而发了一大段"靖节事远,吾无从而问也。吾将从公问所以悠然者"的感慨。

至于俯仰古今、感慨不尽之作,欧《丰乐亭记》《岘山亭记》等皆是,《苏氏文集序》中有著名的一段:

> 韩、李之徒出,然后元和之文始复于古。唐衰兵乱,又百余年而圣宋兴,天下一定,晏然无事。又几百年,而古文始盛于今。自古治时少而乱时多,幸时治矣,文章或不能纯粹,或迟久而不相及,何其难之若是欤? 岂非难得其人欤? 苟一有其人,又幸而及出于治世,世其可不为之贵重而爱惜

---

① 《欧阳文忠公文选》评语卷七。
② 朱熹《诗序》卷下,《文渊阁四库全书》本。
③ 《震川先生集》卷一五《南陔草堂记》,第 395 页。

之欤？嗟吾子美，以一酒食之过，至废为民而流落以死。此其可以叹息流涕，而为当世仁人君子之职位宜与国家乐育贤材者惜也。

回顾由唐至宋古文发展的曲折历程后，接连是"欤"字结尾的三句反问，为才华横溢的苏舜钦的不幸遭遇鸣不平，又用"此其……惜也"一长句，表达刻骨铭心的痛惜，令人至为难忘。

归有光的《沧浪亭记》云"此沧浪亭为大云庵也"，遂以浮屠文瑛"寻古遗事，复子美之构于荒残灭没之余"，而大发思古之幽情：

> 夫古今之变，朝市改易。尝登姑苏之台，望五湖之渺茫，群山之苍翠，太伯、虞仲之所建，阖闾、夫差之所争，子胥、种、蠡之所经营，今皆无有矣。庵与亭何为者哉？虽然，钱镠因乱攘窃，保有吴、越，国富兵强，垂及四世。诸子姻戚，乘时奢僭，宫馆苑囿，极一时之盛。而子美之亭，乃为释子所钦重如此。可以见士之欲垂名于千载之后，不与其渐然而俱尽者，则有在矣。

文章由周朝一直说到五代，众多王侯将相皆化为云烟，唯苏氏沧浪亭毁而复建，传至后世。古今俯仰之间，感慨无尽。太伯等人"今皆无有矣"与钱镠不过一度所有的"极一时之盛"，衬托出苏子美"垂名于千载之后"的难能可贵，表达了作者对苏氏不幸命运的同情，也体现了归氏作为一个坦荡正直、胸有抱负的士人的高度自尊与自信。

归氏散文创作受欧公影响之处甚多，不再一一列举。二者皆学史迁，于《史记》多有所得。历来评论，以韩、欧并称，谓皆学史迁,而韩得其雄,欧得其逸。唐文治云:"子长高弟,韩、欧二生。阴柔之美,欧得其情。"[1]归氏学《史记》、学欧公,侧重在学阴柔之美,以其文之富于情感著称,亦以富于阴柔之美奠定了他在散文发展史上的地位。当然在行文的委婉纡徐、含蓄吞吐上,欧公特别着力,归氏略显不及,但他有自己的特色,也有超越前人的地方。

# 四

　　归文最有特色、最为世人所看重的,毫无疑问,就是那些讲述家庭琐事,书写骨肉亲情的篇章。从中可以看出,他学欧而有所发展,有所超越。

　　欧善于言情,叙友朋之情,叙亲属之情。鉴于他的地位、声望和漫长的仕宦经历,他的作品,叙友朋远较叙亲属者为多,而且身为杰出的士大夫,以求道取义、行道救时、守道不屈造就了自己的人格,他一生坚持辟佛,奉行并宣扬儒道,虽极重视并屡言"人情",但不忘谨守儒家"发乎情止于礼义"的规范。归氏亦为名儒,但毕竟生活在欧公之后五个世纪的明代,受阳明心学影响,重视心灵之感悟,而非唯理学教义之是从,因此叙写家庭生活、抒发至爱亲情的题材,进入了他载道以文的领域时,比欧更为从容与自由。"发乎情",他畅快淋漓;"止于礼",他则有所突破。《书冢庐巢燕卷后》云:"儒者之论,以庐墓为礼之过。然予以为天下之礼,始于人情,人情之所至,皆可以为礼。"又云:"天下之事苟至于过,皆不可以为礼。而独于爱亲之心,即不可以纪极。故圣人以其过者为礼,盖所以用其情也。"由是,归氏

---

[1] 《古人论文大义》。

在叙写亲人的篇章中,怀着"爱亲之心",自由地驰骋笔墨,喜怒哀乐,一一展露,悲泣呼号,尽情宣泄,浓情厚意,感人至深。

欧阳修的《泷冈阡表》是叙写家事、怀念父母的名篇,留下了"祭而丰不如养之薄"等名句。母叙父祭祀与治狱一段最为精彩动人,茅坤赞曰:"幼孤而欲表父之德也于其母之言,故为得体。"① 当然,这是一篇阐说"能养"、"有后"、"有待"之理和旨在光宗耀祖的文章,末尾有众多闪亮的头衔。与归氏怀念家人,信笔而书,亲切生动,人物栩栩如生的描写相比,显得更多理性、更多架势,而形象性略显不足。此自然与宋时碑志文的书写常规以及撰文时作者为高官的身份有关,自然,这是不能苛求于作者的。

归氏抒发丧子悲情最为淋漓尽致的当属《亡儿𬸚孙圹志》(下简称《亡儿圹志》)。此篇由"先姒为聘定先妻"写起,叙三年后"生吾儿,先妻时已病,然甚喜,呼女婢抱以见舅氏。临死之夕,数言二儿,时时戟二指以示余,可痛也"。又写今十六岁的"吾儿丰神秀异,已能读父作书,常自喜先妻为不死矣"。继而笔锋一转,自责"不慈不孝,延祸于吾儿,使吾祖、吾父垂白哭吾儿也。吾儿之亡,家人无大小,哭尽哀"。回顾儿子短暂的一生,少即聪慧,"尝试之三史,即能自解",且心地善良,曾"殷勤慰藉"前来求学的贫者,又因己"误答一人,儿前力争之"。在写儿好学、诵《离骚》之事后,笔锋陡然一转,曰"会外氏之丧,儿有目疾,不欲行,强之而后行"。"执意出门之时,姊弟相携,笑言满前;归来之时,悲哭相向,倏然独不见吾儿也",盖于外氏处传染得疾而亡。而"前死二日",己往探视,儿不忍父陪夜,己尤增伤感,遂发出痛彻心肺的呼号:

<hr>

① 《唐宋八大家文钞·欧阳文忠公文钞》评语卷三〇。

> 呜呼！孰无父母妻子？余方孺慕，天夺吾母；知有室家，而余妻死；吾儿几成矣，而又亡。天之毒于余，何其痛耶！吾儿之孝友聪明，与其命相，皆不当死。三月而丧母，十六而弃余。天之于吾儿，何其酷耶！当时足不逾阈外，而以旅死，其又何耶？

在"余茕茕世路，落落无所向，回视三稚，韩子所谓'少而强者不可保，而孩提者可冀其成立耶'"的催人泪下的诉说后，发出"呜呼！吾与世已矣"的悲叹。文末又万分感伤道："余于吾儿，欲勿殇也，其可乎？"

篇幅甚长的《亡儿圹志》，溢出的尽是无比辛酸的泪水。它是纪实的，又是富于文学性的，一再倾吐人生极难承受的不幸，令人不忍卒读。此文颇能综合归氏写至爱亲属之作的特点，兹结合其他名篇，阐述如下：

一是融叙事、描写、抒情、论说于一体，形成浓浓的悲情氛围。《亡儿圹志》既有关于"余晚婚，初举吾女，每谈先姚时事，辄夫妇相对泣"等叙事，又有"（吾）病畏寒，不能蚤起，日令儿在卧榻前诵《离骚》，音声琅然"等描写；既有"天之毒于余，何其痛耶"的抒发悲情，又有引述《礼》《春秋》及孔子之言等一段论说，均反复哀叹中年丧子之不幸。《项脊轩志》先是叙述"室仅方丈"的"阁子"修葺的经过，遂有"三五之夜，明月半墙，桂影斑驳。风移影动，珊珊可爱"的景色描写，接着是大家庭解体、先姚挂念幼儿、祖母关心"余"三事的记述，以"项脊生曰"引出一段议论后，是"亭有枇杷树"的怀念亡妻的抒情。家族衰败的隐痛，亲人逝去的悲凉，科举不利的失望，相互交织，发出凄凄惨惨戚戚的哀鸣。

二是人物形象逼真，如在目前。《亡儿圹志》写"吾儿丰神秀异"及"姊弟相携,笑言满前",着墨不多,然形象颇生动。《寒花葬志》写婢女,不过百余字,却把人物写得栩栩如生:"婢初媵时,年十岁,垂双鬟,曳深绿布裳。一日天寒,爇火煮荸荠熟,婢削之盈瓯,予入自外,取食之,婢持去不与。魏孺人笑之。孺人每令婢倚几旁饭,即饭,目眶冉冉动,孺人又指予以为笑。"婢女的发型、穿着,"倚几旁饭"时,"目眶冉冉动"的神态,"予"欲取荸荠食,"婢持去不与"的动作,将十岁女孩的天真、可爱,惟妙惟肖地描绘出来。《女二二圹志》写不满周岁的女儿二二,"不见予,辄常常呼予……及予出门,二二尚跃入予怀中也"。三言两语,画龙点睛地刻画出幼女的聪颖和父女之情深。

三是细节刻画生动,予人印象深刻。《亡儿圹志》中先妻"临死之夕,数言二儿,时时戟二指以示余"的细节描写,突出其放心不下二儿,不甘就此撒手而去的凄凉和无奈。《先妣事略》云:"孺人不忧米盐,乃劳苦若不谋夕。冬月炉火炭屑,使婢子为团,累累暴阶下。"此一细节,彰显母亲勤俭持家之美德。又有"孺人中夜觉寝,促有光暗诵《孝经》,即熟读无一字龃龉,乃喜"的细节,见母亲念念不忘督促儿子学习且望子成才的心理。《畏垒亭记》中"呼儿酌酒,登亭而啸,忻忻然"的细节刻画亦充满浓浓的情意。

四是不事雕饰,善用白描手法。《亡儿圹志》写儿子临终前的情景,纯为白描般实录:"儿见余夜坐,曰:'大人不任劳,勿以吾故不睡也。'曰:'吾母勿哭我,吾母羸弱,今三哭我矣。'又数言:'亟携我还家。'余谓'汝病不可动',即辇蹙甚苦。"父子对话毕现儿子的孝心与父亲的不舍。故下文云:"盖不听儿言,欲以望儿之生也。死于外氏,非其志也。"《先妣事略》写母不幸去世时,"诸儿见家人泣,则随之泣,然犹以为母寝也,伤哉",几笔勾勒,凸显诸儿年幼,尚不知已与母亲永别,虽无妙笔形容,只是平淡地记实,却收到悲上加悲的感人效果。王世贞《归太仆赞并序》云:"先生于古文词,虽出自《史》《汉》,而大较折衷于昌黎、庐陵。当其所得,意沛如也。不事雕饰,自有风味,超然当名家矣。""不事雕饰,自有风味"的评价十分准确,如指叙写亲属的文字,则出自《史记》而折衷于庐陵为多。方苞深知欧、曾、归文皆属阴柔一路,故云:"至事关天属,其尤善者,不俟修饰,而情辞并得,使览者恻然有隐。其气韵盖得之子长,故能取法于欧、曾,而少更其形貌耳。"① 天属,乃父母、兄弟、姐妹等家人之谓,方苞敏锐地看出归氏"事关天属"之文,深深地打动人心,是情韵不匮的缘故。《史记》刚柔兼备,欧、曾得其阴柔一面。归氏受到欧、曾尤其是欧的影响,故有"事关天属"而取法于欧公的"不俟修饰而情辞并得"的诸多佳作传世。方苞的分析非常精辟,归有光名扬后世、感人至深的文章,主要就是"事关天属"之作,这与欧阳修的影响是分不开的。

# 第二节　欧阳修对朱自清散文创作的影响

"五四"新文化运动终结了文言文驰骋文坛的历史,揭开了白话文写作的新篇章。在看到文言与白话本质差异的同时,我们也不能不看到它们的联系。以白话文为载体的现代散文是在以文言文为载体的古代散文的基础上发展起来的,前者不可避免地受到后者的影响,革故鼎新也并不排除对优良传统的继承。

朱自清是"五四"以后涌现出的最杰出的散文家之一。他创作的美文虽然数量不多,但质量很高,传播甚广,有口皆碑。

---

① 《方苞集》卷五《书归震川文集后》,上海古籍出版社,1983 年,第 117 页。

朱自清的文章之美与其古典文学造诣之深有密切的关系,从他的美文创作中不难发现我国古代优秀散文的巨大影响。

在为林庚的《中国文学史》所作的序文《什么是中国文学史的主潮》中,朱自清对"著者有'沟通新旧文学的愿望'"给予充分的肯定,认为"这确是'文学史应有的任务',在当前这时代更其如此;著者见到了这一层,值得钦佩"。对古今文学,朱自清并没有把它们割裂开来,而是加以联系和比较。在《什么是文学》中,他指出:

> 传统的文的意念也经过几番演变。南朝所谓"文笔"的文,以有韵的诗赋为主,加上些典故用得好,比喻用得妙的文章;《昭明文选》里就选的是这些。这种文多少带着诗的成分,到这时可以说是诗的时代。宋以来所谓"诗文"的文,却以散文就是所谓古文为主,而将骈文和辞赋附在其中。这可以说是到了散文时代。现代中国文学的发展,虽只短短的三十年,却似乎也是从诗的时代走到了散文时代。初期的文学意念近于南朝的文的意念,而与当时还在流行的传统的文的意念,就是古文的文的意念,大不相同。但是到了现在,小说和杂文似乎占了文坛的首位,这些都是散文,这正是散文时代。特别是杂文的发展,使我们的文学意念近于宋以来的古文家而远于南朝。

对于漫长历史中的文的发展,这是以古况今的颇有见地的认识。有关"语言与文学"的讨论,朱自清在《〈语言与文学〉发刊的话》中说:

> 不以古代为限,而要延展到现代。讨论到古代的时

候,也打算着重语言和文学在整个文化里的作用,在时代生活里的作用,而使古代跟现代活泼的连续起来,不那么远迢迢的,冷冰冰的。这是闻一多先生近年治学的态度,我们觉着值得发扬。

朱自清如此重视古今的联系和沟通,因为古今是一个整体,现代是古代的"延展",自然古代是现代的源头。

朱自清在古典文学方面有扎实的功底和深厚的修养。他自小熟读经籍、古文、诗词,14岁时国文就已经作通。后来,他撰有《诗言志辩》《经典常谈》等著作和许多古典文学论文,充分肯定中国古典文学,尤其是古代散文的价值。自然,他的那些脍炙人口的美文的创作,得到了古代文化的熏陶,继承了古代散文的优良传统。

朱自清在《中国散文的发展》中称赞欧阳修"最以言情见长"。欧阳修对朱自清创作的影响,表现在朱自清散文亦以言情见长,喜爱并学习欧文的风格,作品亦具阴柔之美。姚鼐《复鲁絜非书》将欧文定位为"偏于柔之美者",读朱自清的作品,也能清晰地感觉到那种"偏于柔之美"的味道。这种柔性之美,见于古今不少佳作中,而在欧阳修与朱自清的散文里,表现得尤为典型。同具柔性美的这两家散文,正是以富于深美情韵和感人魅力为主要特征,而给读者以巨大的感染。无怪乎朱自清的许多散文,题材并不引人注目,有的仅是写家庭生活琐事,如《背影》《给亡妇》《冬天》等,因感情的分量很重,很能打动读者的心。而欧阳修也确实担得起朱自清给予的"最以言情见长"的评价,《江邻几文集序》《释秘演诗集序》《醉翁亭记》《丰乐亭记》《祭石曼卿文》《泷冈阡表》《述梦赋》等,情意深美,情韵悠长,感人至深,令读者久而难以忘却。

　　欧阳修与朱自清都是感情极为深厚真挚的人。欧阳修情浓意真，"笃于交友，恤人之孤"，"待人接物，乐易明白，无有机虑与所疑忌"，"人人以为开口可见心腑"①。而朱自清呢，如李广田先生《最完整的人格——哀念朱自清先生》所写，"是一个有至情的人"，"凡是和朱先生相识，发生过较深关系的，没有不为他的至情所感的"②。他认为，正是因为朱自清有"这样的至情"，"才产生了他的至文"③。朱自清之子朱乔森为《完美的人格——朱自清的治学和为人》所作《再版序》说，"父亲的诗文所以至今还受到人们的喜爱甚至'迷恋'，是因为他们觉得其中"有"深沉情感"④。欧阳修与朱自清都有这样的深情、浓情、真情贯注于笔下，所以他们的诸多佳作才能充满富于诗意的无穷魅力。

　　散文富于诗意确是欧、朱作品共有的特征。郁达夫在《新文学大系·现代散文导论》中说："朱自清虽则是一个诗人，可是他的散文仍然能够贮满那一种情意。"朱德熙《于平淡中见神奇》一文也指出："朱自清散文里创造了许多新鲜的意境，新鲜的用语，富有诗意，也富有风趣。"⑤他特别赞赏朱自清的《松堂游记》：

　　　　好了，月亮上来了，却又让云遮去了一半，老远的躲在树缝里，像个乡下姑娘，羞答答的。从前人说："千呼万唤始出来，犹抱琵琶半遮面。"真有点儿！云越来越厚，由他罢，懒得去管了。可是想，若是一个秋夜，刮点西风也好。

①　《欧集》附录卷五欧阳发等述《事迹》。
②　载朱金顺编《朱自清研究资料》，北京师范大学出版社，1981年，第251页。
③　载朱金顺编《朱自清研究资料》，第252页。
④　郭良夫编《完美的人格——朱自清的治学和为人》，清华大学出版社，2003年，第4页。
⑤　载朱金顺编《朱自清研究资料》，第66页。

虽不是真松树,但那奔腾澎湃的"涛"声也该得听吧。①

这里有多么口语化的妙笔,多么令人赏心悦目的意境,多么富于浓浓的诗意和无穷的韵味啊!

研究者也注意到欧诗的散文化和欧文诗化的问题,认为欧阳修的许多美文堪称散文诗。总之,深长的情韵令欧、朱作品充满了浓浓的诗意,而闪耀着柔性美的光芒。

如果说气势是阳刚之美的重要特征,而气是气势的内核的话;那么情韵则是阴柔之美的重要特征,而情则是情韵的内核。如同势从气出,有气方有势一样;韵从情出,有情方有韵。情韵越是深长、真切,柔性之美越是浓烈,越是动人。换言之,读者对柔性美的感受是否强烈,跟情韵的深浅与真切的程度紧密相关。下面,我们来看看欧、朱所共有的柔性美在他们的文章中是怎样展现的。

## 一、纤徐婉曲,流韵始远

《醉翁亭记》与《荷塘月色》是两位大师的名篇,二者皆以"一路行去"为线索构撰全文。篇中的主人公,一为滁州太守,一为清华教授,但都是"心里颇不宁静"的人。《醉翁亭记》由"环滁皆山"移步换景地写到"翼然临于泉上"的醉翁亭,推出其"意不在酒,在乎山水之间"的醉翁。点题毕,概述山间朝暮景、四时景,而后次第写游人、宾客和太守自身,抒发身处逆境而能泰然处之的旷达之情。《荷塘月色》写夜间出门至荷塘,由荷塘四周的景致,写到独处其间的妙处,引出荷塘之美的描述,特

---

① 载朱金顺编《朱自清研究资料》,第67页。

别突出朦胧的月色下光和影的和谐,又以蝉声和蛙声衬托月夜荷塘的宁静。而后因想到采莲而上溯六朝时荡舟嬉游的光景,并勾起对江南的惦念。两篇文章都写得曲折多姿,委婉尽致。

林纾云:"凡情之深者,流韵始远,然必沉吟往复久之,始发为文。"① 欧阳修在"沉吟往复久之"以后,是如何为文的呢?苏洵在《上欧阳内翰第一书》中说:"执事之文,纡余委备,往复百折,而条达疏畅,无所间断。"这里的"纡余"与"百折",点明了欧文以曲作势而淋漓尽致地抒发情感的特点,欧的《述梦赋》云:

夫君去我而何之乎?时节逝兮如波。昔共处兮堂上,忽独弃兮山阿。

呜呼,人羡久生,生不可久,死其奈何!死不可复,惟可以哭;病予喉使不得哭兮,况欲施乎其他!愤既不得与声而俱发兮,独饮恨而悲歌;歌不成兮断绝,泪疾下兮滂沱。行求兮不可过,坐思兮不知处,可见惟梦兮,奈寐少而寤多!

或十寐而一见兮,又若有而若无,乍若去而若来,忽若亲而若疏。杳兮倏兮,犹胜于不见兮,愿此梦之须臾。

尺蠖怜予兮为之不动,飞蝇闵予兮为之无声。冀驻君兮可久,恍予梦之先惊。梦一断兮魂立断,空堂耿耿兮华灯。世之言曰:"死者,澌也。"今之来兮,是也非也?又曰:"觉之所得者为实,梦之所得者为想。"苟一慰乎予心,又何较乎真妄?

绿发兮思君而白,丰肌兮以君而瘠,君之意兮不可忘,何憔悴而云惜?愿日之疾兮,愿月之迟,夜长于昼兮,无有

---

① 《春觉斋论文·情韵》,第84页。

四时。虽音容之远矣,于恍惚以求之。

这是欧阳修为早逝的胥夫人所写的悼亡赋。岳父胥偃对欧有栽培之恩,引领欧阳修科举及第而登上仕途。欧与夫人胥氏情深意笃,但在欧短暂外出期间,年仅十七岁的胥氏不幸逝世。欧遭此意外打击,心情分外悲痛,在这篇散文赋中,以对梦境的追寻与留恋,抒写极度的伤怀与刻骨铭心的思念。文中写爱妻逝去之突然,"病予喉"致使痛哭而不能,悲歌又不成,思念亡者,"可见惟梦",奈何梦亦难成,原因是"寐少而寤多";好不容易"十寐而一见",虽隐隐约约,然犹"胜于不见",可惜时间仅得"须臾",而"梦一断兮魂立断";梦断也罢,知死而皆空,梦境并非现实,但只要心中能得一丝安慰,"又何较乎真妄",足见情之笃、念之深;既然如此,则唯愿日疾月迟,"夜长于昼",可以在"恍惚"之中不断寻觅亡妻的音容。文章不长,却写得千折百回、往复不断,悲情跃然纸上,韵味悠长不绝,柔性之美展现无遗。

朱自清的散文也很讲究起伏跌宕,往往写得曲折尽致。《桨声灯影里的秦淮河》写在夏夜里与俞平伯泛舟秦淮河的情景。先是两人雇了一只"七板子"行于河上,谈起明末《桃花扇》等故事,神往于历史遗迹的同时,小船"便成了历史的重载了"。舟行至大中桥外"顿然空阔",疏林淡月,拂面清风,使人"身子顿然轻了",似已卸下"历史的重载"。而目睹灯与月的交相辉映,不由生出"天之所以厚秦淮河,也正是天之所以厚我们"的感慨。可是好景不长,风波陡起,遇上催人点歌的妓船,一再拒绝之后,窘迫之感使游兴尽消,觉得"清艳的夜景也为之减色","船里便满载着怅惘",心里充满了幻灭的情思"。一波三折的描写,抒发了对五四运动洗礼之后的社会依然充斥着丑陋现象的极度不满。刚卸下"历史的重载",却又承担了黑暗现实的重压,心境由稍感沉重而趋于轻松,又回归沉重,且是分外的沉重;感情由淡淡的忧伤转为欣悦,却又陷入深深的迷惘和哀愁之中。曲折的情思、深沉的韵味,令文章的柔性之美亦展现无遗。

## 二、蕴蓄吞吐,含意更浓

　　欧文感情的抒发不是急流直下,汹涌澎湃;而是蕴蓄已久,吞吐自如。魏禧指出:"欧文之妙,只在说而不说,说而又说,是以极吞吐,往复、参差、离合之致。"①《丰乐亭记》就是这样一篇佳作。在叙过丰乐亭的风光之后,作者回忆滁州为"五代干戈之际,用武之地"的情况,颂扬宋太祖赵匡胤"破李景兵十五万于清流山下,生擒其将皇甫晖、姚凤"的赫赫战功,随即感叹道:"修尝考其山川,按其图记,升高以望清流之关,欲求晖、凤就擒之所,而故老皆无在者,盖天下之平久矣。"抚今追昔,以故老"无在"、天下久安,含蓄安享太平当不忘动乱时世之意,此所谓"说而不说"。但作者实在又按捺不住,"说而又说":"自唐失其政,海内分裂,豪杰并起而争,所在为敌国者,何可胜数!及宋受天命,圣人出而四海一。向之凭恃险阻,划削消磨,百年之间,漠然徒见山高而水清。欲问其事,而遗老尽矣。"仍是对"海内分裂"的感慨和对大宋一统天下的赞颂,但"欲问"二句把话吞住,又由滁州百姓"乐生送死"的太平现实,引出"孰知上之功德,休养生息,涵煦于百年之深"的喟叹,实际上隐蓄着对人们居安而不思危的担忧。全篇以吞作吐,蕴蓄无尽,而吞吐转换之间,荡漾着无穷的韵味。《岘山亭记》写到"平吴而成晋业"的两位功臣,羊祜登岘山,"自顾而悲伤";杜预"铭功于二石",欲声名

---

① 《魏叔子集·日录》卷二《杂说》。

之不朽。紧跟着反问道:"岂皆自喜其名之甚而过为无穷之虑欤?"不疑而故问的句式,含蓄着作者对好名之心的否定之意和自守谦恭的情怀。言古意在讽今,于是,"以光禄卿来守襄阳"的友人史中辉,"名其后轩为光禄堂",求记于作者,欲与羊祜、杜预之名"并传于久远"的举动,就变得十分可笑了。言此意彼、以古说今的手法和循循善诱的规劝,使情意蕴蓄得十分深厚而韵味格外动人。

朱自清也善于蕴蓄情思。《冬天》先是写"哥儿三个"和父亲一起吃"'小洋锅'白煮豆腐",父亲"从氤氲的热气里伸进筷子,夹起豆腐,一一放在我们的酱油碟里",我们则是"等着那热气,等着热气里从父亲筷子上掉下来的豆腐"。浓浓的父爱和对这种父爱的感激,没有点明,却满满地储于字里行间。接着写与 S 君 P 君"坐小划子"游西湖,写 S 君口占诗句与 P 君的微笑,纯洁的友情和对友情的难以忘怀,也在不言之中。最后写"一家四口子"在台州,"外边虽老是冬天,家里却老是春天",妻子和孩子"三张脸都带着天真微笑地向着我",以至多年之后还"老记着"亡妻"那微笑的影子"。三段冬天的生活场景满贮情思,从亲情、友情写到爱情。末尾云:"无论怎么冷,大风大雪,想到这些,我心上总是温暖的。"寥寥数语,串起了三段文字,而逐段蕴蓄的浓情密意顿时涌出,极富艺术感染力。

再看名篇《背影》。全文的构撰以背影为线索,这是明线;感情则是一条暗线,隐伏其中。开始记祖母亡故,赴徐州奔丧和回扬州理丧,已渲染了悲情。接着写父亲"本已说定不送我",但"终于不放心",执意要送到浦口;到了车站,还要送上车,拣座位,托茶房照应。在逐段描写父亲爱子情切的同时,他在不断蕴蓄和深化着自己对无微不至的父爱万般感激之情。写到父亲为买橘子,移动着肥胖的身躯吃力地爬上月台时,"我的泪很快

地流下来了",而当父亲离别之后,"我的眼泪又来了"。两次流
泪是此前积淀的情感不可遏止的外泄。而后在北京接到父亲感
叹"大约大去之期不远矣"的来信时,泪水又充盈了"我"的眼
眶,先前所蕴蓄的对父爱的感激已得到淋漓尽致的抒发。与开
头奔丧理丧的渲染相呼应,末尾由对父亲身体担心所引发的悲
情也达到了高峰。

朱自清视情感为艺术的生命,认为文学作品之吸引人,"最
大因却在情感的浓厚"①。正因为他像欧阳修一样,有深挚的情
感,不断地蕴蓄,自如地吞吐,故极大地增强了作品感人的韵
味,让人读了久久不能忘怀。

## 三、平易自然,传情尤切

平易自然是欧文的一个重要特色。欧阳修称:"君子之欲
著于不朽者,有诸其内而见于外者,必得于自然。"②苏轼也赞美
欧公"文采字画,皆有自然绝人之姿"③。欧文崇尚平易,既反对
西昆体的雕琢,也反对太学体的怪异。平易自然的欧文,传情尤
为真切,韵味自是动人。《泷冈阡表》中"太夫人告之曰"一段,
通过母亲之口叙说父亲的廉洁仁厚,语语平易,句句感人。顾锡
畴评曰:"自家屋里文,亦只淡写几句家常话,遂无一字不入情,
无闲语不入妙。"④孙鑛亦以"不事藻饰,但就直意写出,而语语
精绝"⑤高度评价此文。正因为欧文自然平易而"不事藻饰",故

---

① 见《朱自清全集》第九卷载 1924 年 8 月 15 日之日记,江苏教育出版社,1998 年。
② 《欧集·集古录跋尾》卷七《唐元结阳华岩铭》。
③ 《苏轼文集》卷六九《跋刘景文欧公帖》,第 2198 页。
④ 归有光《欧阳文忠公文选》卷一〇引。
⑤ 孙琮《山晓阁选宋大家欧阳庐陵全集》卷四引。

能传真情,写真意,浓浓的情韵溢于字里行间。

朱自清的语言风格就是典型的口语化,文章平易自然至极。他在《内地描写》中说:"像寻常谈话一般,读了亲切有味。这种谈话风的文章,正是我们所要的。"王瑶在《念朱自清先生》一文中,称朱自清的"作品很注意于文字的洗炼,所用全是口语,从口语中提取有效的表现方式;偶有一些文言成分,念起来也有口语的韵味。读后觉得作者态度亲切诚挚,有一种娓娓动人的风采"[①]。朱德熙《于平淡中见神奇》一文也指出,朱自清"文章严谨不苟,虽然着意锤炼文字,但风格平易自然,既不流于险涩,也很少华丽的铺排与藻饰"[②]。就以写景著称的《绿》来说吧,虽经文字锤炼,写得美轮美奂,但毫不雕琢,依然呈现出朱自清自称的"谈话风":

> 我曾见过北京什刹海拂地的绿杨,脱不了鹅黄的底子,似乎太淡了。我又曾见过杭州虎跑寺近旁高峻而深密的"绿壁",丛叠着无穷的碧草与绿叶的,那又似乎太浓了。其余呢,西湖的波太明了,秦淮河的也太暗了。可爱的,我将什么来比拟你呢? 我怎么比拟得出呢?

确如王瑶先生所说,态度如此"亲切诚挚,有一种娓娓动人的风采"。这"动人的风采",应该就是韵味十足的柔性美吧!

记人的《白采》,也以朴素无华的口语般的文笔传达出真切的情意。白采"是一个有真心的人",朱自清觉得他的诗《羸疾者的爱》"大有意思","想写一篇评论",白采也盼望着"早些见

---

① 载朱金顺编《朱自清研究资料》,第 29 页。
② 载朱金顺编《朱自清研究资料》,第 62 页。

着"这篇文字。文中写道："我回信答应他,就要做的。以后我们常常通信,他常常提及此事。但现在是三年以后了,我才算将此文完篇;他却已经死了,看不见了! 他暑假前最后给我的信还说起他的盼望。天啊! 我怎样对得起这样一个朋友,我怎样挽回我的过错呢?"我们仿佛看见朱自清怀着极端歉疚的心情向我们讲述着对不起白采的事。对白采盼望的辜负之意、发自肺腑的忏悔之情都通过平朴自然的诉说真切地表露出来。此类例子在朱自清的散文中屡见不鲜,《给亡妇》是借与亡妻对话抒发感激与怀念之情的名篇,"我们想告诉你,五个孩子都好,我们一定尽心教养他们,让他们对得起死了的母亲——你! 谦,好好儿放心安睡吧,你"等描写,传情细致入微,口语朴实至极,催人泪下。

## 四、清音幽韵,其味无穷

读欧阳修的散文,让人享受到一种音律声韵之美。王安石曾以"其清音幽韵,凄如飘风疾雨之骤至"[1]形容情味悠远动人的欧文。欧文的音律声韵之美,首先体现在扣人心弦的节奏感上。《苏氏文集序》云:"自古治时少而乱时多,幸时治矣,文章或不能纯粹,或迟久而不相及。何其难之若是欤! 岂非难得其人欤? 苟有其人,又幸而及出于治世,世其可不为之贵重而爱惜之欤? 嗟吾子美,以一酒食之过,至废为民而流落以死;此其可以叹息流涕,而为当世仁人君子之职位宜与国家乐育贤材者惜也! ""何其……欤"的慨叹之后,紧跟着"岂非……欤"与"世其可不……欤"的反问,再以"此其……而为……惜也"的沉重

---

[1]　《临川先生文集》卷八六《祭欧阳文忠公文》。

感叹收束,对友人不幸命运的同情,对人才未被重用而横遭迫害的不平和愤慨,通过极富节奏感的句式,充分表达出来。

《六一居士传》云:"夫士少而仕,老而休,盖有不待七十者矣,吾素慕之,宜去一也;吾尝用于时矣,而讫无称焉,宜去二也;壮犹如此,今老且病矣,乃以难强之筋骸,贪过分之荣禄,是将违其素志而自食其言,宜去三也。吾负三宜去,虽无五物,其去宜矣,复何道哉!""宜去一也"、"宜去二也"、"宜去三也"和"其去宜矣"的反复唱叹,在回环荡漾的旋律中,尽情倾吐了作者不慕荣利、急流勇退的心声。

欧文的音律声韵之美,还体现在长短差互的句式之末有着颇为整齐的韵脚。《祭石曼卿文》云:"奈何荒烟野蔓,荆棘纵横,风凄露下,走磷飞萤? 但见牧童樵叟,歌吟而上下,与夫惊禽骇兽,悲鸣踯躅而咿嘤。今固如此,更千秋而万岁兮,安知其不穴藏狐貉与鼯鼪? 此自古圣贤亦皆然兮,独不见夫累累乎旷野与荒城。"痛悼友人的真情展露无遗。储欣评此文曰:"运长短句,一气旋转。"[1]林云铭评曰:"文情浓至,音节悲哀,不忍多读。"[2]《祭尹师鲁文》与此篇有异曲同工之妙。《醉翁亭记》、《泷冈阡表》等篇虽非韵文,但也有意用"也"字煞尾,造成声韵的回环之美而产生无穷的韵味。

朱自清的散文或通过排比、或通过对偶,也形成了鲜明的节奏。《匆匆》写道:"燕子去了,有再来的时候;杨柳枯了,有再青的时候;桃花谢了,有再开的时候。但是,聪明的,你告诉我,我们的日子为什么一去不复返了呢?"作为起兴的三句排比,诗味浓郁,与后面的散句构成了寓整齐于参差之中的节奏。《绿》

---

① 《唐宋八大家类选》卷一四。
② 《古文析义》初编卷五。

中写道:"那醉人的绿呀!我若能裁你以为带,我将赠给那轻盈的舞女;她必能临风飘举了。我若能挹你以为眼,我将赠给那善歌的盲妹;她必明眸善睐了。我舍不得你;我怎舍得你呢?"大致对称的句子置于前后的散句中,亦显出轻快而不呆板的节奏,诗意盎然地道出了作者对绿的沉醉。这里,首句是深沉的感叹,末尾是有力的反问,中间是充满诗意的陈述。在《文艺之力》中,朱自清写道:"短句使人敛;长句使人宛转;锁句使人精细;散句使人平易;偶句使人凝整,峭拔。说到'句式',便会联想到韵律,因为这两者是相关甚密的。普通说韵律,但就诗歌而论;我所谓韵律却是广义的,散文里也有的。"可见,朱自清有意地在散文中通过各种句式的使用与协调以产生动人的韵律。《给亡妇》写妻子不顾自己重病在身悉心照料患病的孩子:"那一个夏天他病的时候多,你成天儿忙着,汤呀,药呀,冷呀,暖呀,连觉也没有好好儿睡过。"这里主要通过长短句的结合,述说妻子的美德,表达自己深深的思念之情。

朱自清还善于运用叠字叠词以营造声韵之美。《春晖的一月》写白马湖的美丽:"那软软的绿呀,绿的是一片","闪闪闪闪的,像好看的眼睛"。《瑞士》写隧道"老是高高低低","湖上迷迷蒙蒙的",房舍"稀稀疏疏错错落落",雪崩"沙沙沙沙流下来像水一般"。这些都使文章平添了不少情韵,柔性之美显得益发突出了。即使在一些评论的文章里,朱自清也喜欢通过重叠的组合来增添文章的韵味。《〈忆〉跋》写道:"人生若真如一场大梦,这个梦倒也是很有趣的。在这个大梦里,一定还有长长短短,深深浅浅,肥肥瘦瘦,甜甜苦苦,无数无数的小梦。"朱文的韵律之美真是无处不在!

欧阳修和朱自清的散文共有一种柔性之美,虽然前后相隔近九百年,但这种柔性美在他们各自的作品中却有着十分相似的表现。当然,他们散文之富于柔性美,与他们情真情挚,善于言情有关;与他们作品的题材常涉及至爱亲属、知心友朋及其他易于感发真情的内容有关;也与他们继承儒家温柔敦厚的诗学传统和中和主义的美学思想有关。苏洵在《上欧阳内翰第一书》中,以李翱作比,认为欧文"其味黯然而长,其光油然而幽",有"俯仰揖让"之态。苏辙在《欧阳文忠公神道碑》中,也赞美欧"公之于文,天材有余,丰约中度,雍容俯仰,不大声色"。这些都道出了欧的胸怀与气度,足见传统儒家思想的中和、雍容等等对欧的熏蒸浸渍。朱自清在《诗言志辨》中说:"'温柔敦厚'是'和',是'亲',也是'敬',也是'适',是'中'。这代表殷、周以来的传统思想。儒家重中道,就是继承这种传统思想。"在《文艺之力》中,论述"文艺里的情绪"时,他说:"我宁愿说它是平静的,中和的。这中和与平静正是文艺的效用,文艺的价值。"他又说:"纯净,平和,普遍,像汪汪千顷,一碧如镜的湖水虽然没有涛澜的汹涌,但又何能说是微薄或不充实呢?"确实,欧、朱的散文,一般地说,没有涛澜汹涌的阳刚之态,但却以深情绵邈的阴柔之美感染着读者,在文学史上留下了永不磨灭的印迹。

# 第十二章

# 历代对欧阳修的
# 接受和对欧文的评说

## 第一节　两宋对一代文宗的
## 确认和对欧文的评说

　　宋代的欧阳修研究具有鲜活性、原创性、引领性和零散性的特点。

　　关于欧阳修的研究，始于欧公在世之时。欧与诸多友朋间的诗歌唱酬、书信往来等，已经涉及对欧多方面创作成果的评说，留下了许多可供研究的宝贵资料。欧阳修逝世后，又有事迹行状、碑铭传记及两宋笔记等大量文字，反映他的一生，评价其在各个学术领域里的作为。正因为如此，宋代的欧阳修研究呈现出鲜活性，即能够在当时和近期生动与真切地再现人物的学术面貌。

　　其次是原创性。对欧阳修的文学、史学、经学等，宋人从事研究最早,且无所依傍。就散文而言,诸多文人、学者对欧阳修各种体裁、题材的作品,对欧的文学理论、作品的艺术特色和创作风格,都有各自的见解,发表了不少的评论,相对于后世的著述,天然地具有原创的特点。

再有是引领性。由于宋人的探索理所当然地居于各代之先,启发后人甚多,极大地影响着后人的研究,诸多见解为后世所采纳、引用。如在宋人创造的古文评点模式的引领下,历代对欧文的评点越来越多,研究也不断深入,至明代趋于繁荣,到清代而臻于鼎盛。

另外必须提及的是零散性。与后代有较多的专书相比,宋代的研究成果多散见于各家文集与宋人笔记中。由于起步早,自然不如后世有诸多内容丰富的文献、诸多引领学者前行的心得和理论可资借鉴,从而使研究更加全面、完整和系统,故宋时的研究多以零散的面目示人。

# 一、两宋对一代文宗的确认和景仰

宋代是华夏文化高度发展的时代,欧阳修是这一时代出类拔萃的人物。自天圣末步入政坛,欧阳修历经仁、英、神宗三朝,官至参知政事,是一位有担当、有作为、有节操、忠直敢言的政治家。贬夷陵、谪滁州及自请出知亳州的三次离京,显示其操守与风骨。王安石《祭欧阳文忠公文》云:"自公仕宦四十年,上下往复,感世路之崎岖,虽屯邅困踬,窜斥流离,而终不可掩者,以其公议之是非。既压复起,遂显于世,果敢之气,刚正之节,至晚而不衰。"欧阳修以其崇高的人格和多方面的成就,深受宋人的爱戴,尤其以在文学上的巨大成就,获得宋人的确认和景仰,被尊为"一代文宗"。

（一）北宋："欧阳子，今之韩愈也。"

苏轼在欧公逝世多年之后的元祐年间，作《六一居士集叙》云：

> 士无贤不肖，不谋而同曰："欧阳子，今之韩愈也。"宋兴七十余年，民不知兵，富而教之，至天圣、景祐极矣，而斯文终有愧于古。士亦因陋守旧，论卑而气弱。自欧阳子出，天下争自濯磨，以通经学古为高，以救时行道为贤，以犯颜纳谏为忠，长育成就，至嘉祐末号称多士，欧阳子之功为多。

这是门生对其恩师相当客观、全面、正确的评价。以唐代的大文豪韩愈比拟欧阳修，确认欧在宋代文坛的领袖地位，是苏轼要表达的最重要的观点。文学之外，与之紧密相关的欧阳修的立朝大节、经学修养、除弊革新、养育人才等等，都得到很高的评价。

这不是一家之言，曾巩早在庆历元年（1041）作《上欧阳学士第一书》时就称欧阳修的文章"与孟子、韩吏部之书为相唱和……韩退之没，观圣人之道者，固在执事之门矣"。门生的赞誉之辞是有当时的公议为基础的，据陈师道《后山谈丛》载，出将入相、在政坛享有很高威望的韩琦，屡次向宋仁宗推荐欧阳修，说"欧阳修，今之韩愈也"，希望仁宗加以重用。欧阳修逝世后，韩琦作《故观文殿学士太子少师致仕赠太子太师欧阳公墓志铭》云："自汉司马迁没几千年，而唐韩愈出。愈之后又数百年，而公始继之，气焰相薄，莫较高下，何其盛哉！"

欧阳修在北宋文坛有着十分崇高的地位，这自然与他历仕三朝以果敢刚正著称的从政与立身有关，但最根本的还在于他那非凡的创作业绩产生巨大的影响，而令天下之文一变。在

《欧阳公行状》中，吴充精辟地阐明了这一点："及景祐中，（公）与尹师鲁偕为古学。已而有诏，戒天下学者为文使近古。学者尽为古文，独公古文既行，世以为模范。"

论说欧阳修在宋代文坛地位的确立，不能不提及范仲淹。这位以"先天下之忧而忧，后天下之乐而乐"而闻名后世的政治家，是欧阳修十分尊敬和信赖的前辈和同道。他在《尹师鲁河南集序》里最早定下了基调：

> 洛阳尹师鲁，少有高识，不逐时辈，从穆伯长游，力为古文。而师鲁深于《春秋》，故其文谨严，辞约而理精，章奏疏议，大见风采。士林方耸慕焉，遽得欧阳永叔从而大振之，由是天下之文一变，而其深有功于道欤！

这段话的前半是称颂尹洙"力为古文"之难能可贵，后半是充分肯定欧阳修在关键时刻发挥巨大的能量，从而除旧布新、振兴古文的不朽的历史功绩。

韩琦承接范仲淹的论述，在《故观文殿学士太子少师致仕赠太子太师欧阳公墓志铭》中，更是充分阐明了欧阳修对宋文发展的巨大贡献：

> 自唐室之衰，文体隳而不振，陵夷至于五代，气益卑弱。国初，柳公仲涂一时大儒，以古道兴起之，学者卒不从。景祐初，公与尹师鲁专以古文相尚，而公得之自然，非学所至，超然独骛，众莫能及。譬如天地之妙，造化万物，动者、植者，无细与大，不见痕迹，自极其工。于是文风一变，时人竞为模范。自汉司马迁没几千年，而唐韩愈出。愈之后又数百年，而公始继之，气焰相薄，莫较高下，何其盛哉！

　　韩琦由唐末、宋初说起，强调欧阳修以"众莫能及"的卓绝功力，创作出堪称典范的佳作，震撼当世，促使"文风一变"，承接汉唐，开创振兴古文的伟业。

　　从当朝与近世人的言论中可知，庆历时，年未及不惑的欧阳修已成为知名度甚高的文坛盟主[①]，这为他日后文学事业的发展奠定了坚实的基础。张耒《上曾子固龙图书》云："天下之文章稍稍兴起。而庐陵欧阳公始为古文，近揆两汉，远追三代，而出于孟轲、韩愈之间，以立一家之言，积习而益高，淬濯而益新，而后四方学者始耻其旧，而惟古之求。而欧阳公于是时，实持其权，以开引天下之豪杰，而世之号能文章者，其出欧阳之门者居十九焉。而执事实为之冠。"曾巩于庆历元年上书欧阳修，并献杂文时务策两编，得到欧的赏识与栽培，他就是"出欧阳之门"的佼佼者。

　　宋人对欧阳修发现苏轼才华之异常欣喜和日后的竭力栽培，记载甚悉。葛立方《韵语阳秋》卷一八载："王介甫、苏子瞻皆为欧阳文忠公所收，公一见二人，便知其他日不在人下。《赠介甫》诗云：'老去自怜心尚在，后来谁与子争先？'子瞻登乙科，以书谢欧公，欧公语梅圣俞曰：'老夫当避此人，放出一头地。'当是时，二人俱未有声，而公知之于未遇之时，如此所以为一世文宗也欤？"王安石早在庆历二年即登第，志在政事，不在文学，苏轼后出，欧视为自己的接班人，未来的文坛盟主。他在《试笔·苏氏四六》中写道："自古异人间出，前后参差不相待，余老矣，乃及见之，岂不为幸哉！"苏轼没有辜负恩师的重托，在颍州所写的《祭欧阳文忠公夫人文》为后世留下了欧公付托斯文，而他"不敢不勉"，"有死无易"的第一手资料：

----

①　见本书第三章第二节。

　　呜呼，轼自齠龀，以学为嬉。童子何知，谓公我师。昼诵其文，夜梦见之。十有五年，乃克见公。公为拊掌，欢笑改容："此我辈人，余子莫群。我老将休，付子斯文。"再拜稽首："过矣公言。"虽知其过，不敢不勉。契阔艰难，见公汝阴。多士方哗，而我独南。公曰子来，实获我心。我所谓文，必与道俱。见利而迁，则非我徒。又拜稽首："有死无易。"

　　苏轼继承欧阳修开创的文学事业，也未忘培养后继者。苏门六君子之一的李廌，在《济南先生师友谈记》中写道："东坡尝言：文章之任，亦在名世之士相与主盟，则其道不坠。方今太平之盛，文士辈出，要使一时之文有所宗主。昔欧阳文忠常以是任付某，故不敢不勉，异时文章盟主贵在诸君，亦如文忠之付授也。"东坡之语道出了欧阳修的远见卓识，东坡之培养接班人，表明北宋的文学事业将代代相传，欧阳修亲手缔造的嘉祐辉煌，功在当时而利在后世。

　　欧阳修由天圣起步，庆历奠基，至嘉祐辉煌，为一世文宗。北宋的宗欧是其时文人的共识，也是北宋文学发展的必然。

　　(二)南宋："惟宋文章，曰欧与苏。"

　　南宋学者延续了北宋对欧阳修一代宗师地位的确认和尊崇。他们高度肯定欧阳修学韩的历史功绩。张戒云："韩退之之文，得欧公而后发明。"[1] 陈善云："韩文重于今世，盖自欧公始倡之。"[2] 杨万里激赏欧、苏文一"倡于前"，一"踵于后"时，亦

---

① 《岁寒堂诗话》卷上，《武英殿聚珍版丛书》本。
② 《扪虱新语》上集卷一《欧公作文拟韩文》。

云"当时天下之人,皆以欧公为今之韩愈"①;楼钥盛称"欧阳文
忠公为本朝文章宗师,犹昌黎文公之在唐也,光焰万丈,不容赞
叹"②;黄震云:"唐文三变,至韩文公,方能尽扫八代之衰,追配
六经之作,呜呼,亦难哉! 文公没未几,俳语之习已复如旧……
欧阳公起,十岁孤童,得文公遗文六卷于李氏敝簏,酷好而疾
趋之,能使古文粲然复兴。"③ 他又感叹道:"公一代文章宗师,
东坡先生所尊事,昌黎公以来一人而已。"④ 南宋士人特别强调
欧阳修作为一代宗师令天下文章一变的卓越贡献。王十朋指
出:"我国朝四叶文章最盛,议者皆归功于我仁祖文德之治,与
大宗伯欧阳公救弊之力,沉浸至今,文益粹美,远出乎贞观、元和
之上,而进乎成周之郁郁矣。"⑤ 与王十朋同时的林光朝也指出:
"国家开造之初,文章未备,作者往往仍其故习。及欧阳子以古
学为倡,而文章始一变矣。"⑥ 其后,徐谊作《平园续稿序》,亦云:
"国初承五季之后,士习俳俪,欧阳文忠公自庐陵以文章续韩昌
黎正统,一起而挥之,天下翕然尊尚经术,斯文一变而为三代、两
汉之雅健。"⑦ 陈傅良指出,士大夫之学"至天圣、明道间,一洗五
季之陋,知向方矣,而守故蹈常之习未化,范子始与其徒抗之以
名节,天下靡然从之,人人耻无以自见也。欧阳子出,而议论文
章粹然尔雅,轶夫魏、晋之上"⑧。生活年代已近宋末的陈振孙,
认为宋初为古文者有柳开、穆修,其后又有尹洙等,欧阳修"虽

---

① 《诚斋策问》卷上《问本朝欧苏二公文章》,《豫章丛书》本。
② 《攻媿集》卷五二《静退居士文集序》,《四部丛刊》本。
③ 《黄氏日钞》卷六一。
④ 《黄氏日钞》卷五〇。
⑤ 《梅溪王先生文集》前集卷一四,《四部丛刊》本。
⑥ 《艾轩集》卷四,《四库全书珍本初集》本。
⑦ 见周必大《庐陵周益国文忠公集·平园续稿》卷首。
⑧ 《止斋先生文集》卷三九,《四部丛刊》本。

皆在诸公后,而独出其上,遂为一代文宗"①。无疑,尊崇欧阳修为一代文章宗师,已成为两宋士人的共识。

与北宋不同的是,南宋人往往将欧阳修与其门生苏轼并提,在尊崇欧阳修的同时,对苏轼给予很高的评价。朱弁《曲洧旧闻》卷八载:

> 东坡诗文落笔,辄为人所传诵;每一篇到,欧阳公为终日喜。前辈类如此。一日,与棐论文及坡公,叹曰:"汝记吾言,三十年后,世上人更不道著我也。"崇宁、大观间,海外诗盛行,后生不复有言欧公者。是时朝廷虽尝禁止,赏钱增至八十万,禁愈严,而传愈多,往往以多相夸。士大夫不能诵坡诗,便自觉气索,而人或谓之不韵。

早在北宋末期,苏文就以锐不可当的气势冲破当政者的封锁,盛传于民间,东坡佳作之脍炙人口,足以印证欧阳修的预见。

南渡以后,苏轼更成为年轻士人尊奉的耀眼明星。陆游《老学庵笔记》卷八载:"建炎以来,尚苏氏文章,学者翕然从之,而蜀士尤盛。亦有语曰:'苏文熟,吃羊肉;苏文生,吃菜羹。'"此言南宋举子皆以苏轼为学习对象,东坡文风靡一时。可见,度过了绍圣、元符、崇宁的政治打压,至北宋之末,苏轼已然声誉鹊起,至南宋前期,特别是在高宗与孝宗朝,苏轼赢得了前所未有的尊重。郎晔《经进东坡文集事略》卷端载有高宗《苏文忠公赠太师制》称:"人传元祐之学,家有眉山之书。"又载有孝宗《御制文集序》赞苏轼曰:"山川风云,草木华实,千汇万状,可喜

---

① 《直斋书录解题》卷一七"六一居士集"条,《武英殿聚珍版丛书》本。

可愕,有感于中,一寓之于文。雄视百代,自作一家,浑涵光芒,至是而大成矣……信可谓一代文章之宗也欤!"赵彦卫《云麓漫钞》卷八云:"淳熙中,尚苏氏,文多宏放。"淳熙是孝宗的年号,足见由建炎(1127—1130)以后直至淳熙(1174—1189),约半个世纪里,苏轼在文坛上的风头甚至盖过了欧阳修。

事实表明,北宋嘉祐时欧门的兴盛,其中最引人注目的即是彼时苏轼的崭露头角,以及元祐时苏轼的入主文坛和苏门的兴盛,故由北宋文坛的宗欧,发展为高宗、孝宗朝"尚苏氏"之风的掀起,南宋文坛总体呈现宗欧与宗苏并重的局面,是顺理成章、十分自然的过程。

北宋书法大家米芾于建中靖国元年(1101)所作《苏东坡挽诗五首》之三云:"道如韩子频离世,文比欧公复并年。"这是笔者今天所看到将欧阳修与苏轼并称的最早的文字。

钦宗朝宰相徐处仁幼子、绍兴八年(1138)除校书郎、官至吏部侍郎的徐度,谓柳永"以歌词显名于仁宗朝","其后欧、苏诸公继出,文格一变,至为歌词,体制高雅,柳氏之作,殆不复称于文士之口"[1]。徐度说"欧、苏诸公"出而"文格一变",虽称以"诸公"群体,然以欧、苏为领军人物。

绍兴六年(1136)赐进士出身的东莱先生吕本中(1084—1145),在《童蒙诗训·文字体式》中说:"学文须熟看韩、柳、欧、苏。"不仅将欧、苏并称,而且与唐之韩、柳并提,韩、柳、欧、苏遂被视为唐宋古文四大家。吕氏对苏轼推崇备至,同书《苏黄文字之妙》又曰:"自古以来,语文章之妙,广备众体,出奇无穷者,唯东坡一人。"

绍兴进士、淳熙十四年拜相、光宗时封益国公的周必大

---

[1]　《却扫编》卷下,《学津讨原》本。

（1126—1204），谈及“尺牍传世者三，德、爵、艺也，而兼之实难”时说：“若欧、苏二先生，所谓毫发无遗恨者，自当行于百世。”①从周氏对欧、苏尺牍的赞美上，可看出他对两位大师的无比推崇。

绍兴进士、南宋四大家之一的杨万里（1127—1206）在《赠彭云翔长句》中写道：“赠我文章无不有，出入欧苏与韩柳。”表达了对唐宋四大家的景仰之情。

隆兴进士、官至参知政事的楼钥（1137—1213）也怀着对欧、苏由衷的崇敬，感慨不尽地写道：“惜哉生晚百余载，欧苏之门久登龙。”②

乾道进士、宁宗朝为中书舍人兼侍读、官终宝谟阁待制的陈傅良（1137—1203）曰：“议论盖本之欧、苏，风流尚想于王、谢。”③对欧、苏亦钦仰有加。

淳熙进士、永嘉学派之巨擘叶适（1150—1223）为人铭墓称：“远有贾、陆遗思，近有欧、苏新意，时材不能及也。”④亦见对欧、苏之格外推崇。

绍定进士、诗作与刘克庄齐名的方岳（1199—1262），在《答洪宗谕简》中以“上轶欧、苏，甚盛甚休”盛赞洪氏先人，见欧、苏为世人所崇拜。

宝庆进士、宋亡后不仕的赵孟坚（1199—1295）曰：“文与道相属，溯自熙、丰。后专门始分，目欧、苏以文雄，周、程理义熟，从此判而二，流派各异躅。”⑤他认为，元丰以后，欧、苏即以文称

---

① 《庐陵周益国文忠公集·省斋文稿》卷一六《又跋欧公及诸贵公帖》。
② 《攻媿集》卷四《吴少游惠诗百篇久未及谢又以委贶勉次来韵》。
③ 《止斋先生文集》卷三三《贺正》。
④ 《水心集》卷二三《资政殿学士参政枢密杨公墓志铭》，《文渊阁四库全书》本。
⑤ 《彝斋文编》卷一《为仓使吴荆溪先生寿》，《文渊阁四库全书》本。

雄天下。

淳祐进士、咸淳时为右相兼枢密使的马廷鸾(约1223—1289)云:"窃以我宋盛时,无如元祐,斯文大老,厥有欧、苏。"①

宋末太学生、为文天祥勤王之师毁家助饷、天祥被执北上后作《生祭文丞相文》的王炎午云:"唐兴而韩、柳还大雅,宋盛而欧、苏扶正气,号称四大家。"②可知其对欧、苏的无比服膺与崇敬。

由北宋时的独崇欧公,尊之为一代文宗,至南宋理宗淳祐二年(1240)人称"惟宋文章,曰欧与苏"③,宋文发展经历了从宗欧到宗欧与宗苏并重的演变。这种变化还可以从吕祖谦编《皇宋文鉴》和《古文关键》、楼昉编《崇古文诀》、谢枋得编《文章轨范》的精心选文中看出。兹将上述四书所精选的欧、苏、曾、王四大家古文的篇数统计如下:

| | 《皇宋文鉴》 | 《古文关键》 | 《崇古文诀》 | 《文章轨范》 | 合计 |
|---|---|---|---|---|---|
| 欧阳修 | 98 | 11 | 18 | 5 | 132 |
| 苏 轼 | 121 | 14 | 15 | 12 | 162 |
| 曾 巩 | 35 | 4 | 6 | 0 | 45 |
| 王安石 | 84 | 0 | 9 | 1 | 94 |

《皇宋文鉴》收入许多名家的作品,但数量远不能同欧、苏

---

① 《秋声集》卷五《陈南斋诗序》,《文渊阁四库全书》本。
② 《吾汶稿》卷一《上参政姚牧庵书》,《文渊阁四库全书》本。
③ 王遂《祭宛陵先生文》,见《宛陵集》附录,《文渊阁四库全书》本。

相比,故不一一罗列他们的姓名和作品的篇数。欧、苏、曾、王皆名列唐宋八大家中,相互比较则颇能说明问题。由上表可以看出他们的古文作品受到一代编选家欢迎的程度。显然,先后为北宋文坛盟主的欧阳修与苏轼的入选作品,比起曾巩和王安石,数量已遥遥领先,故南宋时以欧、苏并列,且与唐之韩、柳并称古文四大家是很合理的,可谓实至名归。而且,苏轼入选作品数量超过恩师欧阳修,见青出于蓝而胜于蓝,这是宋代文学发展出现的十分可喜的现象。

(三)由宗欧向宗欧与宗苏并重演变的意义。

综上所述,北宋庆历时欧阳修即为享誉文坛的盟主,着意培养有潜力的接班人,不断扩大古文的影响,由是带来嘉祐时欧门的兴盛和古文的空前繁荣,此后宗欧成为北宋文士的共识,而苏轼的崛起及元祐时继为文坛盟主,又带来了苏门的兴盛与古文又一次的繁荣。降及南宋,东坡文的影响呈现出超越欧阳修的势头,但总体上二者仍并驾齐驱,北宋的宗欧遂发展演变为南宋的宗欧与宗苏并重。两宋文学史上的这一进程,有着不同寻常的重要意义,试陈述如下:

其一,萌芽于范仲淹"遽得欧阳永叔从而大振之,由是天下之文一变"的论述,而鼎盛于嘉祐贡举二苏、曾巩等人才辈出,号称一时,欧阳修的文学事业可谓蒸蒸日上,无与伦比。北宋的宗欧与欧门的形成,谱写了北宋文学极其辉煌灿烂的篇章,这里,既有文坛的激烈较量、曲折的斗争历程,又有和谐的友朋聚会、精彩的诗文唱酬;既有领袖的革新理论、示范的经典佳作,又有人才的养育壮盛、群体的创作业绩。所有这些,都已成为中国文学史上令后人称颂不已传诵不绝的佳话。

其二,欧阳修和苏轼两位文坛盟主前后的成功交接,在北宋文学事业领导权上实现了两代之间的顺利过渡,尤为引人注目的是在散文创作上苏轼对欧阳修的效法和青出于蓝而胜于蓝的超越,是北宋文坛走向成熟的重要标志,也是北宋良好文学生态的生动展现。这保证了继唐代文学的兴盛之后,宋代文学、特别是古文发展的不断前进与长盛不衰。而由北宋的宗欧向南宋的宗欧与宗苏并重演变,足见欧、苏深得南宋士人景仰和尊崇乃无可争辩的事实,充分显示了北宋两大文学巨匠无人匹敌的能量和魅力,极其强烈地彰显出北宋文学阵营的强大实力和对南宋文人、文学的巨大影响。

其三,欧阳修与苏轼不仅以他们杰出的文学成就,而且以他们的从政与立身,为两宋士人的为人与为文树立了光辉的典范。由宗欧到宗欧与宗苏并重表明,起始于欧阳修而完成于苏轼的北宋文学事业的成功,是对欧、苏业绩与人格的高度肯定。以思想性与艺术性的统一、人格魅力与文学魅力的交融,创作众多美不胜收的非凡篇章的两位大师,已成为两宋士人从文学到心灵都无限向往与极力追踪的楷模。在中国文学史上留下巨大足迹的同时,他们的人格精神也在熏陶着两宋及后世的无数读者。

其四,欧阳修与苏轼都是全面发展的大家,诗词文赋皆有出色的成就,琴棋书画的创作或鉴赏亦具不可小觑的功力。在诸多学术领域,如史学和经学等方面,他们均深有造诣。两宋士人的宗欧与宗苏,都显示了他们对包含文学、史学、经学、金石学、目录学、谱牒学等研究成就在内的博大精深的欧学与苏学的倾慕。毫无疑问,欧学与苏学对宋代士人有着极大的感染力,对两宋的学术发展有着重要的导向作用,对中国学术的发展也有不可低估的重大影响。欧阳修与苏轼在中国学术史上也是贡献非凡的人物。

其五,欧阳修在古文创作上倡导平易自然的文风,反对华靡、雕琢、艰涩与怪异。欧请曾巩转告王安石,"勿用造语及模拟前人","孟、韩文虽高,不必似之也,取其自然耳"①。苏轼亦强调行文的畅达自然,《答谢民师书》以行云流水为喻,谓作文"常行于所当行,常止于所不可不止,文理自然,姿态横生"。如此高度一致的共识,保证宋文沿着平易自然的康庄大道前进,而不可逆转。宗欧与宗苏是对欧、苏所倡导的此种文风的郑重确认,自宋迄清的文坛始终以平易自然的文风为主导,这是欧阳修与苏轼开创并坚持这种文风的结果,也是宋人始终不渝地宗欧与宗苏的莫大成就。

其六,欧阳修与苏轼都鼓励门生弟子不同风格的自由发展。不论是曾巩、王安石、二苏,还是苏门四学士或六君子,他们都得到欧或苏的提携、扶掖,但创作各具特色,风格迥异,竞放异彩。欧阳修反对"模拟前人",以为"古人之学者非一家,其为道虽同,言语文章,未尝相似"②。苏轼批评王安石"患在于好使人同己",认为"地之美者,同于生物,不同于所生"③。故宗欧与宗苏也是对欧、苏推崇创作自由、倡导不同风格发展的确认和遵从,这对宋代文学的发展,尤其是古文创作的繁荣,起了极大的推动作用。

## 二、两宋对欧文开创性的评说

作为杰出的文学大师,欧阳修诗、词、文无所不能,且均有不同寻常的造诣,当然,他最重要的贡献还是在散文创作方面,这也是宋人最为关注、研究最多的内容。

---

① 见《曾巩集》卷一六《与王介甫第一书》,第 255 页。
② 《欧集·居士外集》卷一九《与乐秀才第一书》。
③ 《苏轼文集》卷四九《答张文潜县丞书》,第 1427 页。

（一）评欧阳修文道结合的观点。

欧阳修虽有先道后文,道胜文至等言论,但总的看,他是主张文道结合的。他的文论主张在宋代颇受关注。

欧阳修既重道又重文,强调道的作用,又指出道与文有区别。欧推崇儒家之道,注重道的践行,"修之于身,施之于事"①。宋人从道德文章之兼备上给予欧公很高的评价。曾巩称他为"畜道德而能文章者"②,吴充称他"以文章道德为一世学者宗师"③,苏轼赞恩师曰:"全德难名,巨材不器。事业三朝之望,文章百世之师。"④苏颂赞曰:"道济三千子,文高二百年。"⑤毕仲游赞曰:"生前事业成三主,天下文章无两人。志与经纶埋厚地,道怀正直作明神。"⑥周必大亦赞曰:"欧阳文忠公文章事业,师表百世。"⑦

由于欧阳修攘斥佛老,故释氏甚有微辞,惠洪曰:"欧阳文忠公以文章宗一世,读其书,其病在理不通,以理不通,故心多不能平。以是后世之卓绝颖脱而出者,皆目笑之。东坡盖五祖戒禅师之后身,以其理通,故其文涣然如水之质,漫衍浩荡,则其波亦自然而成文。盖非语言文字也,皆理故也。自非从般若中来,其何以臻此?"⑧当然多数士人对欧之理道持正面肯定的态度。吴则礼谓欧公:"摈诡辞,斥邪说,破私见,排异行,真六

①《欧集·居士集》卷四三《送徐无党南归序》。
②《曾巩集》卷一六《寄欧阳舍人书》,第253页。
③《欧集》附录卷一《赠太子太师欧阳公行状》。
④《苏轼文集》卷四七《贺欧阳少师致仕启》,第1346页。
⑤《苏魏公文集》卷一四《欧阳文忠公挽辞》,1925年石印本。
⑥《西台集》卷二○《挽欧阳文忠公》,《武英殿聚珍版丛书》本。
⑦《庐陵周益国文忠公集·省斋文稿》卷一九《题方季申所刻欧阳文忠公集古跋真迹》。
⑧惠洪《石门文字禅》卷二七,《四部丛刊》本。

经之羽翼,万世之准绳也。"①王称撰《东都事略》,对欧之文与道推崇备至,《欧阳修传》云:"斯文,古今大事也,天未尝轻以畀人。然自孔子以来,千有余载之间,得其正传者,仅四五人而已。……愈之后而修得其传。其所以明道秘而息邪说,立化本而振儒风,邃然以所学入,发为朝廷之论议,志得道行,沛然有余,则功利之及于物者,盖天之所畀也。故天下尊仰之,如泰山、大河,日月所不能磨而竭矣。"

理学大师朱熹对欧阳修的重道而不轻文取批评的态度,《读唐志》云:

> 欧阳子曰:"三代而上,治出于一,而礼乐达于天下;三代而下,治出于二,而礼乐为虚名。"此古今不易之至论也。然彼知政事礼乐不可不出于一,而未知道德文章之尤不可使出于二也。

谈及欧所尊崇的韩愈,该篇云:

> 今读其书,则其出于诙谐、戏豫、放浪而无实者,自不为少。若夫所原之道,则亦徒能言其大体,而未见其有探讨服行之效,使其言之为文者,皆必由是以出也。故其论古人,则又直以屈原、孟轲、马迁、相如、扬雄为一等,而犹不及于董、贾……其师生之间,传受之际,盖未免裂道与文以为两物。而于其轻重缓急,本末宾主之分,又未免于倒悬而逆置之也。

---

① 《北湖集》卷五,南城李氏宜秋馆校刊宋人集乙编本。

紧接着,谈及欧阳修:

> 自是以来,又复衰歇数十百年,而后欧阳子出,其文之
> 妙,盖已不愧于韩氏。而其曰治出于一云者,则自荀、扬以
> 下,皆不能及,而韩亦未有闻焉。是则疑若几于道矣。然考
> 其终身之言,与其行事之实,则恐其亦未免于韩氏之病也。
> 抑又尝以其徒之说考之,则诵其言者,既曰吾老将休,付子
> 斯文矣,而又必曰,我所谓文,必与道俱。其推尊之也,既曰
> 今之韩愈矣,而又必引夫文不在兹者,以张其说。由前之
> 说,则道之与文,吾不知其果为一耶? 为二耶? 由后之说,
> 则文王、孔子之文,吾又不知其与韩、欧之文,果若是其班乎
> 否也。

　　朱熹的观点是批评韩、欧裂文与道为二,重文而轻道,其
实,事实并非如此。韩愈《答陈生书》云:"愈之所志于古者,不
惟其辞之好,好其道焉尔。"《题欧阳生哀辞后》云:"愈之为古
文,岂独取其句读不类于今者邪? 思古人而不得见,学古道则
欲兼通其辞,通其辞者,本志乎古道者也。"欧阳修《答吴充秀才
书》云:"大抵道胜者,文不难自至也。"《答祖择之书》云:"道纯
则充于中者实,中充实则发为文者辉光。"朱熹认为道是最重要
的,文不能有自己独立的空间。他不能容忍韩文中存在"出于
诙谐、戏豫、放浪而无实者",这主要是指那些文学性较强而未很
好"言道"的作品。对韩愈颇推崇屈原、孟轲、马迁、相如、扬雄
等好以文辞鸣者,而忽视维护封建纲常的大儒董仲舒和关注国
事直言极谏的贾谊,深致不满。他承认就"文之妙"而言,欧阳
修无愧于韩愈,但指责欧重蹈韩愈割裂道文,"未免于倒悬而逆
置之"的覆辙,反对欧阳修"我所谓文,必与道俱"的文道结合

的观点。

联系《朱子语类》卷一三九中的一些论述,可以清楚看出朱熹的重道轻文与欧阳修文道结合的对立。朱熹云:

> 道者,文之根本;文者,道之枝叶。惟其根本乎道,所以发之于文皆道也。三代圣贤文章,皆从此心写出,文便是道。今东坡之言曰:"吾所谓文,必与道俱。"则是文自文,而道自道,待作文时,旋去讨个道来,入放里面。此是它大病处。

虽然在后文中朱熹说"欧公之文,则稍近于道,不为空言",但他所抨击的"吾所谓文,必与道俱",恰是东坡之笔所传欧公之语。重道而不轻文、文道结合为欧公行文之指针,二者并未分离。朱熹从文学本体论出发,强调道是本源,固然可以理解。但他毕竟持重道轻文的理学家的文道观,把研道明理放在首位,反对在文上多下工夫。认为既然"必与道俱",连在一起,何尝"文自文而道自道呢"? 当然,朱熹也不否认欧阳修为首的古文家的文学成就,云:"文字到欧、曾、苏,道理到二程,方是畅。"又云:"今人作文皆不足为文,大抵专务节字,更易新好生面辞语。至说义理处,又不肯分晓。观前辈欧、苏诸公作文,何尝如此?"[①]朱熹这里肯定欧、苏为文好,又会"说义理",跟批评欧、苏裂道与文为二又自相矛盾了。

(二)评欧文创作的辉煌业绩。

欧阳修倡导重文亦重道,文道结合,而且身体力行,在创作实践中取得辉煌的业绩。苏辙《欧阳文忠公神道碑》云:

---

① 《朱子语类》卷一三九。

　　公之于文，天材有余，丰约中度，雍容俯仰，不大声色，而义理自胜，短章大论，施无不可。有欲效之，不诡则俗，不淫则陋，终不可及。是以独步当世，求之古人，亦不可多得。公于六经，长于《易》《诗》《春秋》，其所发明，多古人所未见。尝奉诏撰唐本纪、表、志，撰《五代史》。二书本纪，法严而词约，多取《春秋》遗意，其表、传、志、考与迁、固相上下。

　　以上是欧阳修在文学、史学、经学、金石学等方面成果的综述，洋洋大观，令人惊叹。吴充在为欧公所作《行状》中盛赞曰："公之文备众体，变化开阖，因物命意，各极其工。"
　　罗大经云：

　　　　杨东山尝谓余曰："文章各有体，欧阳公所以为一代文章冠冕者，固以其温纯雅正，蔼然为仁人之言，粹然为治世之音，然亦以其事事合体故也。如作诗，便几及李、杜。作碑铭记序，便不减韩退之。作《五代史记》，便与司马子长并驾。作四六，便一洗昆体，圆活有理致。作《诗本义》，便能发明毛、郑之所未到。作奏议，便庶几陆宣公。虽游戏作小词，亦无愧唐人《花间集》。盖得文章之全者也。①

　　这里的文章指包括诗词、古文、骈文在内的诸多作品，内容亦涉及文学、史学、经学等方面，综合论之，给予好评。当然，欧阳修最突出的是文，吴则礼极力赞美欧文：

_____

① 《鹤林玉露》丙编卷二《文章有体》，第265页。

　　窃尝论所谓文者,有曰叙事,有曰述志,有曰析理,有曰阐道。叙事之文,难于反复而不乱,述志之文,难于驰骋而不乏;析理之文,难于雄辩而委曲;阐道之文,难于高妙而深远。……公出东南,持高文,取科第,能自拔起以追于古,而不溺于习俗之卑,卒以翰墨为天下宗,所谓反复而不乱,驰骋而不乏,雄辩而委曲,高妙深远者,殆兼有之。①

　　吴氏归纳文章为叙事、述志、析理、阐道四类,认为欧之各类文能自拔于流俗,皆甚可观,臻于完美之境界。

　　宋人对欧文创作尤关注以下几点,并给予好评:

　　其一,学韩:另辟蹊径,自具面目。

　　如前所述,欧阳修对古文产生兴趣,是从学韩开始的。刻苦学韩,使他对韩愈有深刻的了解。王十朋言“(欧阳)文忠之文追配韩子”②;王称谓“愈之后而修得其传”③;周必大云“庐陵郡自欧阳文忠公以文章续韩文公正传,遂为本朝儒宗”④。自然,在创作中欧也不免留下摹韩的痕迹。陈善云:“公集中拟韩作多矣,予辄能言其相似处。公《祭吴长史文》似《祭薛中丞文》,《书梅圣俞诗稿》似《送孟东野序》,《吊石曼卿文》似《祭田横墓文》,盖其步骤驰骋亦无不似,非但仿其句读而已。”⑤当然,更应看到的是,欧之学韩有其发展与创造。董逌曰:“今天下知文公者莫如文忠公,文忠谓是,人不敢异其说。”又曰:“文章大敝于唐,至韩愈勴除叛乱,天下始变而知所守。后世学退之者众,惟

　　---

① 吴则礼《北湖集》卷五。
② 《梅溪王先生文集》后集卷二七。
③ 《东都事略》卷七二《欧阳修传》。
④ 《庐陵周益国文忠公集·平园续稿》卷一五《龙云先生文集序》。
⑤ 《扪虱新语》上集卷一《欧公作文拟韩文》。

欧阳永叔独探其源,既乘其流,放乎江之津矣,惊涛怒澜,汗漫乎莫之所极也。"① 此言欧之学韩,乃学根本,且气象不凡,他从韩文中汲取了大量的营养,大有所得。总的看来,欧阳修如朱熹所言,其文之妙能"无愧韩氏",原因在于他能另辟蹊径,如下文所言,能自成一家,自具面目。

其二,语言:平易自然,晓畅充实。

孙奕云:"(欧)公以文章独步当世,而于昌黎不无所得。观其词语丰润,意绪婉曲,俯仰揖逊,步骤驰骋,皆得韩子之体,故《本论》似《原道》,《上范司谏书》似《谏臣论》,《书梅圣俞诗稿》似《送孟东野序》,《纵囚论》《怪竹辩》断句皆似《原人》,盖其横翔捷出,不减韩作,而平澹详赡过之。"② 所谓某篇似某篇,主要是强调"祖述文意"。而赞欧文"横翔捷出,不减韩作"之后,末句"而平澹详赡过之"是画龙点睛之语,尤为重要。平澹,亦作"平淡",平易自然、不事雕琢之意。吕祖谦《古文关键》论看诸家文法,即以"平淡"概称欧之文法。朱熹赞赏欧文"只是平易说道理"③。在回应道夫"欧阳公文平淡"之语时"曰:虽平淡,其中却自美丽,有好处,有不可及处,却不是阘茸无意思。"又曰:"欧文如宾主相见,平心定气,说好话相似。"④ 这里对平淡的表述,于平易自然之外,强调绝非凡庸寡味,似还有从容、淡定、平和、晓畅之意。至于详赡,乃详尽充实之谓。平淡详赡,合而言之,谓平易自然,丰润充实,道出了欧文与韩文,亦即宋文与唐文之间平与峭、丰与瘦的差异。欧阳修正是以自己迥异韩愈的创作开辟了宋文发展的平易自然的康庄大道。苏轼赞美欧公的

① 《广川书跋》卷九《田弘正家庙碑》,《适园丛书》本。
② 《履斋示儿编》卷七《祖述文意》。
③ 《朱子语类》卷一三九。
④ 《朱子语类》卷一三九。

《试笔》云："此数十纸,皆文忠公冲口而出,纵手而成,初不加意者也。其文采字画,皆有自然绝人之姿。"①平易自然而有"绝人之姿",这是苏轼对欧公行文深切的感悟与高度的赞美。

其三,风格:纡余委备,往复百折。

关于欧文的风格,苏洵《上欧阳内翰第一书》云："执事之文,纡余委备,往复百折,而条达舒畅,无所间断;气尽语极,急言竭论,而容与闲易,无艰难劳苦之态。"又云："李翱之文,其味黯然而长,其光油然而幽,俯仰揖让,有执事之态;陆贽之文,遣言措意,切近的当,有执事之实。"苏洵认为,这才是自成一家的"欧阳子之文"。应该说,他是欧阳修在世时就对欧文风格作出极其确切又十分生动评价的学者。他的形象论述在后世被一再征引,充分显示其见解之深邃与正确。

欧阳修逝世后,王安石作《祭欧阳文忠公文》,对欧公的从政与立身作出盖棺论定的高度评价,对欧公的文章也有很形象具体的评述:

> 如公器质之深厚,智识之高远,而辅学术之精微,故充于文章,见于议论,豪健俊伟,怪巧瑰琦。其积于中者,浩如江河之停蓄;其发于外者,烂如日星之光辉;其清音幽韵,凄如飘风急雨之骤至;其雄辞闳辩,快如轻车骏马之奔驰。世之学者,无问乎识与不识,而读其文,则其人可知。

这里讲到文如其人,讲到欧公的"器质"、"智识"和"学术"对其创作的影响,即所谓根深而叶茂,亦欧所谓"其充于中者

---

① 《苏轼文集》卷六九《跋刘景文欧公帖》,第2198页。

足,而后发乎外者大以光"①之意,还涉及欧文的特点和风格。以"豪健俊伟,怪巧瑰琦"形容欧文的笔力强劲,俊美雄伟,卓异多姿。"怪巧瑰琦",作卓异多姿解,自然亦可,但以"怪巧"称欧文,似未尽当。"其清音幽韵"四句,分别言及欧抒情文字与议论文字的特点,从中尤可见欧文的情韵与风采了。

　　苏辙《欧阳文忠公神道碑》中"丰约中度,雍容俯仰,不大声色,而义理自胜"等语,亦颇见欧文的气度,与其父《上欧阳内翰第一书》中"容与闲易"、"俯仰揖让"等描述,有异曲同工之妙。而此后吕本中关于"文章纡余委曲,说尽事理,惟欧阳公得之"②的论述,对欧文的说理特色也作了相当准确的刻画。

　　至于朱熹,虽对欧阳修的文道观有尖锐的批评,但本身作为擅于为文且精于赏鉴的文士,他对欧文之妙仍赞不绝口。如《朱子语类》卷一三九称"六一文一倡三叹,今人是如何作文";称欧文"有纡余曲折,辞少意多,玩味不能已者";又称"欧公不尽说,含蓄无尽,意又好"等等。这些虽属片言只语,综而观之,已道出了朱熹对欧文风格的真知灼见。陈亮编有《欧阳文忠公文粹》,选文130篇。其《书欧阳文粹后》云:"公之文雍容典雅,纡余宽平,反复以达其意,无复毫发之遗,而其味常深长于言意之外。"亦堪称欧文风格之的评。李淦《文章精义》以唐宋四大家并评比较的方式,即所谓"韩如海,柳如泉,欧如澜,苏如潮",极简练而形象地显现他对欧文风格的认定。

　　其四,骈文:融散于骈,四六创新。

　　欧阳修不仅实现古文的振兴,而且着力于骈文的改革。陈

---

① 《居士外集》卷一九《与乐秀才第一书》。
② 《童蒙诗训·欧阳公文》,《宋诗话辑佚》本。

善指出："以文体为诗,自退之始;以文体为四六,自欧公始。"①
陈振孙评四六偶俪之文云："本朝杨、刘诸名公,犹未变唐体。
至欧、苏始以博学富文为大篇长句,叙事达意,无艰难牵强之
态。"② 都道出了欧阳修对骈文革新的贡献。邵博曰："本朝
四六,以刘筠、杨大年为体,必谨四字六字律令,故曰四六。然其
敝类俳语可鄙,欧阳公深嫉之,曰:'今世人所谓四六者,非修所
好。少为进士时,不免作,自及第,遂弃不作;在西京佐三相幕
府,于职当作,亦不为作也。'如公之四六云:'造谤于下者,初若
含沙之射影,但期阴以中人;悬言于廷者,逐肆鸣枭之恶音,孰
不闻而掩耳?'俳语为之一变。"③ 这里,举例阐述了欧对四六的
改造和成效。

　　为应举而练习骈文,欧阳修下了很大功夫,魏泰举随州乡试
说明之："欧阳文忠公年十七随州取解,以落官韵而不收。天圣
已后,文章多尚四六,是时随州试《左氏失之诬论》,文忠论之,
条列左氏之诬甚悉,其句有'石言于宋,神降于莘。外蛇斗而内
蛇伤,新鬼大而故鬼小'。虽被黜落,而奇警之句,大传于时。"④
黄震对欧早期的骈文作品不以为然:"《上胥学士偃启》等,皆少
年之作,一句一故事,非晚年明白言意者比。"⑤ 但如前引邵博之
文所指出的,入仕后欧遂弃不复作,而致力于骈文的革新。吴
子良云:"本朝四六,以欧公为第一,苏、王次之。然欧公本工时
文,早年所为四六,见别集,皆排比而绮靡;自为古文后,方一洗
去,遂与初作迥然不同。"如何不同呢?吴子良指出:"顾其简淡

---

① 《扪虱新语》上集卷一《文体》。
② 《直斋书录解题》卷一八《浮溪集》条。
③ 《邵氏闻见后录》卷一六,第124页。
④ 《东轩笔录》卷一二,第138页。
⑤ 《黄氏日钞》卷六一。

朴素,无一毫妩媚之态,行之自然,无用事用句之癖,尤世俗所难识也。"① 简朴、不妩媚、自然、不用故事,这些都是古文的特色,显然,欧阳修着意以古文笔法融入骈文的创作之中。

在邵博之前,陈师道就指出:"国初士大夫例能四六,然用散语与故事尔。杨文公刀笔豪赡,体亦多变,而不脱唐末与五代之气。又喜用古语,以切对为工,乃进士赋体尔。欧阳少师始以文体为对属,又善叙事,不用故事陈言而文益高,次退之云。"② 这段论述,前抑杨亿,以其不脱唐、五代之习;后扬欧阳修,称其"文益高",因其以"文体为对属",即运古文之笔法于四六文的创作中,从而产生四六新体,这就是后人所说的宋四六。

由欧阳修革新的四六文,运单行之气,行散体之法,不求"切对之工",不用故事陈言,一如其所为古文,以平易自然著称。张邦基《墨庄漫录》卷八载欧为陈执中草制,其词甚美,云:"杜门却扫,善避权势而免嫌;处事执心,不为毁誉而更守。"这就是十分平易自然的佳作。朱熹"言欧公为蒋颖叔辈所诬陷,即得辩明,谢表中自叙一段,只是自胸中流出,更无些窒碍,此文章之妙也"③。朱熹的褒奖可视为对欧阳修以文体为四六的肯定。

（三）南宋对欧文的选评。

南宋,古文评点专书流行。评点由评和点两部分构成。评,即作批语。就古文评而言,有眉批、旁批、题下批、尾批、夹批等。对全篇下批语的总评,多以题下批或尾批的形式出现。笔者在本书中提到某篇评语,一般就是指总评。点,是以符号评说,指圈、点、抹。圈有单圈、双圈;点有单点、双点或三角点;抹,即划线条。本书主要着眼于评,特别是总评;作为符号的

---

① 《荆溪林下偶谈》卷二,《宝颜堂秘笈续集》本。
② 《后山诗话》,《历代诗话》本。
③ 《朱子语类》卷一三九。

点,当然有其妙处,要靠读者反复阅读,以便心领神会,姑且略去,就不举例加以说明了。

　　与朱熹同时的吕祖谦是开古文评点先河的著名学者,他奉敕编纂《皇朝文鉴》150卷,选收欧文甚多。还编成《古文关键》,其中评选欧文9篇,对各篇的主要特点有准确的把握。如评《朋党论》曰:"议论出人意表,大凡作文妙处须出意外。"盖指篇中公然不讳言朋党,声称有"小人之朋",亦有"君子之朋",而朋党实为人君之大忌。评《送王陶序》曰:"凡文字用《易》象,多失之陈,此篇使得疏通不陈,窒塞处能疏通。"确实,该篇纯用《易》象论说,却畅达无碍。吕氏开古文评点之先河,功不可没。《古文关键》注意对作品从文学的角度加以评说。该书卷首有《总论看文字法》,于比较中见韩、柳、欧、苏文之不同。其中"看欧文法"以"平淡"二字概括欧文,谓欧"祖述韩子,议论文字最反复。学欧平淡,不可不学他渊源;徒平淡而无渊源,则委靡不振"。吕氏既点出欧文之学韩,又强调其平正而无韩之奇崛,且非浅薄而是有"渊源",甚具眼力,堪称的评。然不足的是选文以议论为主,未照顾到各类文体的平衡。

　　南宋其他古文选本都是在《古文关键》的影响下而问世的。吕祖谦弟子楼昉编《崇古文诀》,选评欧文18篇。楼氏选文重视艺术特色,不仅对文章的主题,而且对文章的结构、特色、渊源、表现手法等多有论及。如评《画舫斋记》"文字宛转,以见出险而不忘险之意";评《有美堂记》"将他州外郡宛转假借,比并形容,而钱塘之美自见";评《上范司谏书》"出于韩退之《谏臣论》之后,亦颇祖其遗意,而文字无一语一言与之重叠,真是可与争衡"。与吕氏侧重于论议之体不同,楼氏选了包括《醉翁亭记》、《丰乐亭记》在内的多篇记体文,祭文选了《祭丁元珍文》与《祭苏子美文》,赋选了《秋声赋》,杂著选了《读李翱文》,至于论,还选了《新五代史》的《伶官传论》和《宦者传论》。应该说,楼氏在选文上颇有眼光,注重文学性,把握欧文擅长抒情的特点,为后人的遴选做了很好的示范。

比楼昉晚些中进士的真德秀有《文章正宗》与《续文章正宗》,前书选篇自先秦至唐末;后书选了欧阳修、王安石、曾巩、苏轼等人的作品,而收欧文甚多,但无评语。南宋末,谢枋得编《文章轨范》选收欧文5篇。《文章轨范》对欧文的评论亦有独到之处,《上范司谏书》后有批语云:“欧阳公文章为一代宗师,然藏锋敛锷,韬光沈馨,不如韩文公之奇奇怪怪,可喜可愕。学韩不成,亦不庸腐;学欧不成,必无精彩,独《上范司谏书》《朋党论》《春秋论》《纵囚论》,气力健,光焰长,少年熟读,可以发才气,可以生议论。”在对唐宋两位大家的比较中,谢氏凸显了欧文的特色。难能可贵的是,这已经不是对单篇文章的评说了,而是谈到了欧文总体的风格,且与韩文相比较,又列举显见阳刚特色的数篇,予以赞美。

上述编著中,吕氏所选的《朋党论》《纵囚论》《上范司谏书》(本篇楼氏亦选;此及前二篇,亦为谢氏所选)、《送徐无党南归序》(本篇亦为楼氏所选),楼氏所选的《醉翁亭记》《丰乐亭记》《五代史·伶官传论》《秋声赋》凡8篇,在后世亦获得极高的评价,名列历代著名古文选本选收数的前茅①。足见选评本的问世对催生经典作品的巨大作用。

宋末黄震著有《黄氏日钞》,述及欧文一百多篇,一般是用数语或引用文中语概叙文意,极少篇目有评议,如《王彦章画像记》题下曰:“述其以奇取胜以叹时事,文字展转不穷。”《醉翁亭记》题下曰:“以文为戏者也。”此书对欧文的传播自然有所

---

① 　参阅拙著《醉翁的世界:欧阳修评传》,中州古籍出版社,1990年,第216页。

贡献,但属读书笔记性质,与《古文关键》等选评本有别。

在开创古文评点这一独特的文学评论方式上,南宋诸家有其不可磨灭的功绩,他们确立了古文评点的模式,后世大抵不出其范围。当然,也有不足:评家较少,所选篇目有限,有些评说尚嫌简略,此于欧文评中亦可见一二。

## 第二节　金元对欧文成就的传承和延展性的评说

### 一、金代对欧文成就的传承和评说

（一）金代文坛对欧阳修古文传统的接受。

金代有"小尧舜"之誉的世宗、章宗在位时期,南北讲和,北方政局稳定,经济复苏,文教事业也渐渐发展起来。据《金史》卷九《章宗本纪》记载,金章宗明昌二年(1191),接连发生了几件重要的事情。首先是尚书省进言:"齐民与屯田户往往不睦,若令递相婚姻,实国家长久安宁之计。"诏令从之。其次是皇帝宣谕有司:"自今女真字直译为汉字,国史院专写契丹字者罢之。"第三是"学士院新进唐杜甫、韩愈、刘禹锡、杜牧、贾岛、王建,宋王禹偁、欧阳修、王安石、苏轼、张耒、秦观等集二十六部"。概言之,允许女真与汉族通婚,废除原来作为汉字与女真字中介的契丹字,进奏欧阳修等汉人文集,这些都说明金代文坛的环境已经营造起来。此期文坛上已经出现以宗法欧公风格著称的古文大家党怀英与王庭筠。由唐代韩愈、柳宗元等人肇端的"古文运动",经宋代欧阳修、苏轼等人的推动达到高峰,至金代末年,元好问又集其大成,形成了一个相对完整的发展环节。

金末,古文创作领域已经出现了宗苏(王若虚)、宗韩(雷渊)和宗古(李纯甫)三种倾向。同期的南宋文坛则是宗欧与宗苏并重,而理学家之文占统治地位。至元代,宗韩、宗古思潮被北方作家继承,而宗苏风气在南北文坛开始共同向宗欧转移。

欧阳修的古文风格经由南宋与金,嬗递到元代文坛,成为对元代散文影响最大的文风传统。元代初年,活跃于文坛的北方作家群虽很重视对欧阳修文风的学习,但雄奇文风仍是主导倾向。到了元代中期,在江西作家群的倡导和浙东作家群的呼应下,欧文温醇和雅的风格成为一代文风的底色。到元末,文坛形成欧苏并尊、唐宋并重的格局,开明代唐宋派之先声。

金代散文直继辽、北宋,在百余年的发展历程中,形成了以古文为主体的文体风貌。金代散文对文体形式的探索经历了宋文、唐文、先秦两汉文这样一个由近及远的学习和扬弃的过程。它与南宋散文异轨而并驱,进一步稳固了唐宋古文范式,并共同将其传递到元代。

金代立国初年,阿骨打就注重吸纳和笼络了一些早已成名于辽、宋的文士,让他们负责实用文字的撰写。辽国降臣韩昉和宋廷使者宇文虚中是这个时期两位杰出的代表。韩昉在辽国时已经官至乾文阁待制,入金后致力于朝廷文诰的撰写,自然将辽文的一些特点带入金初文坛。辽文有浓重的唐文特色,韩昉也以笔力雄劲著称。但是在他之后,宇文虚中等由宋入金的文士开始接掌翰苑,宋文的平易特色也迅速在金朝发展起来,再加上他们的后辈文人蔡松年、吴激、施宜生等的努力,形成一种合力,共同将金代散文渲染上了宋文的底色。不过这个时期文坛上的散文创作并未形成自觉,作品基本上是应朝廷的实际需求而作,金代散文自身的审美特色并未形成。

金代初年往往是直接使用辽、宋两国已经成名的文人,但是一个王朝总要建设自己的人才培养体系。自太宗时代起,金朝的科举制度渐渐建立,熙宗、海陵王、世宗时期皇帝对科举的重视更是鼓舞了文人散文创作的热情。

自金世宗时期开始,金源散文雄健的风格特色也已经形成。大定(世宗年号,1161—1189)以后,作家笔力饱满,直继北宋诸贤。蔡珪、王寂等人是金代文坛的第一代宗主。他们在民族观念上摆脱了前辈的精神负担,俨然以大金臣子自居,在行文风格上多具有以欧、苏文为代表的平易晓畅的宋文特征。

(二)金人对欧阳修古文风格的追摹。

宋朝降臣蔡松年之子蔡珪,人称"国朝文派"之宗。他的文章《镜辨》充分体现了金代中期的文章特色。这是一篇辨别两枚古镜年代和经历的学术短章,由于作者用友人之间闲谈的结构娓娓道来,紧扣"一日有二奇事"来叙写,所以读来感觉如清风和煦,不觉枯燥。作者广博的学识和仁厚的风范自然流露,令人钦慕。此文风格与欧阳修、苏轼的一些小品文非常接近。

到了章宗时期,以党怀英、王庭筠为代表的第二代国朝文士开始执掌文坛。他们更加明确地推崇欧阳修等人的创作,并且取得了突出的成就。

党怀英,号竹溪先生,少年时师从亳社刘瞻,与辛弃疾有同学渊源。党怀英在文风上最具有欧阳修的"六一风神",稍后一代文坛盟主赵秉文《竹溪先生文集引》云:"自公未第时,已以文名天下。然公自谓入馆阁后,接诸公游,始知为文法,以欧阳公之文为得其正,信乎公之文有似乎欧阳公之文也。"[①]从这段文字可以看出,党怀英对欧公文风的追摹,是在文坛一种集体风气背景下的主动选择。元好问在《中州集》卷三则继承赵秉文的

---

① 赵秉文《闲闲老人滏水文集》卷一五。

观点说："公（党怀英）之文似欧公，不为尖新奇险之语。"① 概而言之，党怀英的文风倾向于不尚虚饰、不求新异、重在达意、因事遣词、平易晓畅的宋文风格。

党怀英之后的文坛领袖是王庭筠。元好问在《王黄华墓碑》中称赞他"为文能道所欲言，如《文殊院斫琴》、《飞来积雪赋》及《汉昭烈庙碑文》等，辞理兼备，居然有台阁体裁"②。唐宋古文名家之中，欧阳修散文平正典雅，深得王庭筠的尊崇。细观王庭筠古文，学习欧阳修的痕迹还是很明显的。《涿州重修蜀先主庙碑》是元好问在为王庭筠撰写的碑志中点到的名文，元初郝经赞曰："议论文采，近世所无。"③ 整篇文章调动议论、叙事、说理、抒情等各种表达方式对刘备的品德与功业进行论赞。

据《金史》卷六四《文艺传》记载，章宗对王庭筠的文章有过批评："王庭筠所试文，句太长，朕不喜此，亦恐四方效之。""王庭筠文艺颇佳，然语句不健，其人才高，亦不难改也。"所谓"句太长"、"语句不健"，如果细细追究，欧、曾文有之，而三苏及王安石则无此病。苏轼文风爽利、王安石文风峭刻，都无冗长问题。这反倒说明他在古文创作上对欧文的偏好。

宣宗以后科举文弊日甚，古文创作开始沉潜。但是随着时代前进与文化发展，古文在民间的酝酿则越来越深厚。这反映在两个方面：一方面是各地文化事业的重建工作已经激发出大量以儒道为基本内容的古文作品，另一方面是一些没有在朝内为官的文士开始重视和传授古文，比如刘中。刘中字正夫，明昌五年（1194）词赋经义进士，"赋甚得楚辞句法，尤长于古文，典雅雄放，有韩、柳气象。教授弟子王若虚、高法飏、张履、张云

---

① 元好问编《中州集》卷三，中华书局，1962 年，第 130 页。
② 《元好问全集》卷一六，山西古籍出版社，2004 年，第 471 页。
③ 王庭筠《黄华集》卷一，《辽海丛书》本。

卿,皆擢高第,学古文者翕然宗之曰'刘先生'"①。刘中是较早推崇韩、柳古文的金代文学家,对文风演变颇有先导意味。不过,金室南渡后的文苑领袖是赵秉文、杨云翼。他们在理论上以韩、欧并重,但是在实际创作上还是以平易为主,并没有韩愈那样尚奇的追求。

赵秉文《答李天英书》云:"六经,吾师也。可以一艺名之哉?贾谊、董仲舒、司马迁、扬子云、韩愈、欧阳修、司马温公,大儒之文也,仆未之能学焉。梁肃、裴休、晁迥、张无尽,名理之文也,吾师之。"②在另一篇写给后学的书信《答麻知几书》中,他阐述了对时文的不满和对韩、欧文的推崇:"足下所喜韩子、欧子之学,固为纯正,如退之《感二鸟赋》《上宰相》三书,亦少年未知道时语也。其后谏佛骨南迁,若与生死利害相忘者。然《过黄陵庙》求哀乞灵,恐死瘴雾中,亦学圣人而未至者。今之士人,以缀辑声律为学,趋时干没为贤,能留心于韩、欧者几人?"③在韩、欧之间,他更推崇的是欧阳修。赵秉文对士子的批评,颇有以嘉祐二年欧公革新文风的担当为己任的味道。

赵秉文的文论代表作《竹溪先生文集引》,主要是对党怀英的文集进行评价,但也借此表达对欧文的看法与推崇,提出"文以意为主,辞以达意而已"的主张。这是对欧、苏文论的引申,倡导因事遣辞、随物赋形的达意之文。他就党怀英的成就问题发表议论,肯定了党怀英的文坛偶像欧公文章风格的地位:"亡宋百余年间,唯欧阳公之文,不为尖新艰险之语,而有从容闲雅之态,丰而不余一言,约而不失一辞,使人读之者亹亹不厌,盖非

---

① 元好问编《中州集》卷四,第200页。
② 赵秉文《闲闲老人滏水文集》卷一九。
③ 赵秉文《闲闲老人滏水文集》卷一九。

务奇之为尚,而其势不得不然之为尚也。"① 说欧文有平易闲雅之风,确实;不以务奇为尚,也符合欧阳修的文风追求;但说欧文"约而不失一辞",由今日观之,实为过誉。自金末的王若虚开始,文坛上对欧阳修文有繁冗之弊已出现颇多批评。

在为党怀英撰写的神道碑中,赵秉文再次表达了对韩、欧文章的看法:"韩文公之文,汪洋大肆,如长江大河,浑浩运转,不见涯涘,使人愕然不敢睥视。欧阳公之文,如春风和气,鼓舞动荡,了无痕迹,使读之亹亹不厌,凡此皆文章之正也。"② 从创作实践看,赵秉文的散文尽管号称宗欧,但实际上更加鲜明地具有苏轼散文的特色。

在赵秉文等人的倡导下,金代中期到后期的文坛上,形成了一股习欧、宗欧的风尚。除了在赵秉文作品中提到的党怀英、麻知己之外,王若虚、元好问、刘祁等著名作家均以欧文为宗,兼取韩、苏之长。

元好问《内翰王公墓表》称王若虚"文以欧、苏为正脉,诗学白乐天,作虽不多,而颇能似之"③。他的创作无韩、杜之奇崛深厚,而偏于欧、苏的流畅睿智。元好问的学生徐世隆又评价其师云:"诗祖李、杜,律切精深而有豪放迈往之气;文宗韩、欧,正大明达而无奇纤晦涩之语。"④ 一直到清代,学者们对元好问作为继承韩、欧文风的金代古文集大成者并无异议,可见元好问最终以毕生的创作实现了自己的理想。王恽《追挽归潜刘先生》诗则以"道从伊洛传心事,文擅韩欧振古风"⑤ 二句对金末文坛

---

① 赵秉文《闲闲老人滏水文集》卷一五。
② 赵秉文《闲闲老人滏水文集》卷一一《翰林学士承旨文献党公碑》。
③ 《元好问全集》卷一九,第515页。
④ 《元好问全集》附录一,第414页。
⑤ 《秋涧先生大全集》卷一六,《文渊阁四库全书》本。

又一名家刘祁的文章作了准确的概括。

（三）金人对欧阳修古文创作的评点。

金代初年，由于与宋朝政权的隔阂较深，自身文化事业在曲折中刚刚起步，所以只是在一些零星的评语中能够看得出北方士人对唐宋文家的推崇。就唐宋文学的影响而言，在诗歌方面金代作家比较接受李白与苏轼，在古文方面则比较推崇韩愈、欧阳修和苏轼。

历仕五朝，有金源欧公之称的赵秉文对欧阳修的推崇，前文已经备言。在文风建设上，赵秉文也有扭转大势的勇气。当代学者许结云："赵氏辞赋创作实践效法欧、苏文赋重'意'特征，与其理论相通。因此，在赋史上，欧、苏文赋创作对宋初偏重声律形式的应制律赋弊病的驱除与赵秉文文赋创作对金代大定以前'以速售为功'之应制律赋弊病的驱除，有极为相同之处。"[①]值得注意的是，由于北宋战败者的身份，金代的学者们在创作上接受其影响的同时，往往能够跳出盲目崇拜的误区，认识得更加深刻。自金末王若虚起，金代的学术有了自身的鲜明特色，能够脱略出宋儒的因循桎梏，发表独特的看法。针对宋人及金代中期党怀英和赵秉文等人对欧文极端的推崇，稍后的王若虚则认为："邵公济云：'欧公之文，和气多，英气少；东坡之文，英气多，和气少。'其论欧公似矣，若东坡，岂少和气者哉？文至东坡无复遗恨矣。"[②]"和气"和"英气"主要反映了欧阳修散文委婉从容和苏轼散文奔放恣肆的不同特点，在此文中他又引党怀英的话评述道："党世杰尝言：'文当以欧阳子为正，东坡虽出奇，非文之正。'定是谬语。欧文信妙，讵可及坡？坡冠绝古今，吾未

---

① 许结《金源赋学简论》，《西南师范大学学报》（哲学社会科学版），1996 年第 4 期。

② 王若虚《滹南遗老集》卷三六。

见其过正也。"①可见与党、赵不同,王若虚更为推崇的是苏轼的散文。他对欧阳修散文在肯定中也有批评:

> 欧公散文自为一代之祖,而所不足者精洁峻健耳。《五代史论》曲折太过,往往支离蹉跌,或至涣散而不收,助词虚字亦多不惬,如《吴越世家论》尤甚也。②

金代中后期文坛的文学接受历程,与北宋中后期由欧文到苏文的过渡,呈现出相同的发展轨迹。这一点与元代文坛对欧文的接受不同,元代文坛停留在宗欧的环节没有向宗苏发展,中期形成了成熟的台阁体文风。

关于欧阳修古文作品的评论,多见于王若虚《滹南遗老集》的四卷《文辨》中。受全书风格的影响,以批评的意见为多,如"张九成云:'欧公《五代史论》多感叹,又多设疑,盖感叹则动人,设疑则意广,此作文之法也。'慵夫曰:欧公之论则信然矣,而作文之法不必再是也"③。宋初名家王禹偁的《黄州新建小竹楼记》和欧阳修的《醉翁亭记》都是宋代记体文中的佳作,然而由于后者是信笔放怀,不守成规,宋人早就对它的体制有所批评,王安石、黄庭坚等人甚至认为《竹楼记》比《醉翁亭记》更好。王若虚对此不以为然:《醉翁亭记》虽涉玩易,然条达迅快如肺肝中流出,自是好文章。《竹楼记》虽复得体,岂足置欧文之上哉?"又云:"宋人多讥病《醉翁亭记》。此盖以文滑稽,曰:何害为佳,但不可为法耳。"这里确立了一种佳作和范文的区别观念。他认为有些作品是大家的逞才之作,是"出新意于法度

---

①　王若虚《滹南遗老集》卷三六。
②　王若虚《滹南遗老集》卷三六。
③　王若虚《滹南遗老集》卷三六。

之中"的结果,不宜后学模仿。

虚词运用不当对文势会产生阻滞,使文章显得冗弱不健。据《桑榆杂录》记载,欧阳修《醉翁亭记》一出,四方争相传诵。一次王安石和幕僚们闲坐,有学者认为《醉翁亭记》中使用的"也"字太多了,王安石说:"以某观之,尚欠一字也。"座中有范司户说:"'禽鸟知山林之乐而不知人之乐',必此处欠之。"王安石认为正中下怀。王若虚对这段材料表示了怀疑:"若如此说,不惟意断,文亦不健矣。恐荆公无此言,诚使有之,亦戏云耳。"这种推断是有道理的,王安石为文最崇尚雄健峭刻,说他给原本纡徐散漫的《醉翁亭记》再加一个助词,不太符合王安石的文风追求。

宋代中期,古文运动开始勃兴,但是取向各有不同。尹洙学习《左氏春秋》,以"简而有法"为创作准则;欧阳修则取法韩愈,着力在语言的散体化方面用功。据宋人笔记记载,他们同在西京钱惟演幕府时,同为钱惟演作《河南驿记》之事,常常被后世作为散文语言贵在简练的例子,但是王若虚认为:"此特少年豪俊一时争胜而然耳,若以文章正理论之,亦惟适其宜而已,岂专以是为贵哉? 盖简而不已,其弊将至于俭陋而不足观也已。"王若虚明确反对盲目求简以至于损害文章内容表达的倾向。在王若虚看来,真正要删减的,是那些繁复的代词和滥用的虚字等,试举《滹南遗老集》卷三六中两例如下:

> 欧公《秋声赋》云:"如赴敌之兵,衔枚疾走,不闻号令,但闻人马之行声。"多却"声"字。又云:"丰草绿缛而争茂,佳木葱茏而可悦;草拂之而色变,木遭之而叶脱。"多却上二句。或云:"草正茂而色变,木方荣而叶脱。"亦可也。
>
> 欧公多错下"其"字。如《唐书·艺文志》云:"六经之

道，简严易直而天人备，故其愈久而益明。"《德宗赞》云：
"耻见屈于正论，而忘受欺于奸谀，故其疑萧复之轻己，谓
姜公辅为卖直而不能容。"《薛奎墓志》云："遭时之士，功
烈显于朝廷，名誉光于竹帛，故其常视文章为末事。"《苏
子美墓志》云："时发愤闷于歌诗，又喜行草，皆可爱，故其
虽短章醉墨，落笔争为人所传。"《尹师鲁墓志》云："所以
见称于世者，亦所以取嫉于人。故其卒穷以死。"此等"其"
字皆当去之。《五代史·蜀世家》论云："龙之为物，以不见
为神，今不上于天而下见于水中，是失职也。然其一何多
欤！""然其"二字尤乖戾也。

王若虚认为，散文语言的简繁应该以表达意思的需求来评价，不
应当简单地厚此薄彼。

王若虚对唐文与宋文的态度是倾向于宋的："甚矣！唐人
之好奇而尚辞也"，"散文至宋人始是真文字"。王若虚对于宋文
体制灵活、平易惬当的特征推崇有加，他在文章理论上大体继承
了宋人的美学原则：

> 凡文章须是典实过于浮华，平易多于奇险，始为知本
> 末。世之作者往往致力于其末而终身不返，其颠倒亦甚
> 矣。①

在王若虚的理论中，实际上蕴藏着援欧、苏文为据，排击散文审
美精神和理性价值的因素，这也招致了同时代李纯甫、雷渊等人
的不满。

---

① 《滹南遗老集》卷三七。

李纯甫,号屏山居士,他为文取法庄周、左氏,故而其词雄奇简古,后进者宗之,文风由此一变:

> 屏山幼无师传,为文下笔便喜左氏、庄周,故能一扫辽、宋余习。而雷希颜、宋飞卿诸人皆作古文,故复往往相法效,不作浅弱语。①

他和同时期另一位著名的文学家雷渊一起倡导了一次文风的"奇古"运动。"奇古"追求与王若虚的"平淡"追求,两种散文观念在文坛上也曾有过正面交锋:

> 正大中,王翰林从之在史院领史事,雷翰林希颜为应奉兼编修官,同修《宣宗实录》。二公由文体不同,多纷争,盖王平日好平淡纪实,雷尚奇峭造语也。王则云:"实录止文其当时事,贵不失真。若是作史,则又异也。"雷则云:"作文字无句法,萎靡不振,不足观。"故雷所作,王多改革。雷大愤不平,语人曰:"请将吾二人所作,令天下文士定其是非。"王亦不屑,王尝曰:"希颜作文好用恶硬字,何以为奇?"雷亦曰:"从之持论甚高,文章亦难止以经义科举法绳之也。"②

这些争论虽然没有直接提及欧阳修,但作为宋文平易晓畅的文风代表,还是可以看得出金代后期文坛对欧文的反思。

在理论的探讨上,另一位学术大家元好问虽多处不明提欧

---

① 刘祁《归潜志》卷八,中华书局,1983年,第85页。
② 刘祁《归潜志》卷八,第89页。

阳修,然观其《诗文自警》中语,实由承继欧阳修文论而来。"鲁直曰:文章大忌随人后。又曰:自成一家乃逼真。孙元忠朴学士尝问欧阳公为文之法,公云:'于吾侄岂有惜,只是要熟耳。变化姿态,皆从熟处生也。'"元好问对欧阳修这个心得颇为欣赏。此外,欧阳修的"道胜文至"、"中充实者发为文者辉光"等理论也多有继响。元好问的"文贵曲折斡旋,不要排事,须得明白坦然"①等理论与欧阳修一唱三叹、平易畅达的文风追求何其吻合。

总体而言,在金代作家看来,韩、欧、苏为唐宋古文的最高典范,接续韩、欧、苏的文脉成为金代作家创作上的己任,也是对他人的较高期许和评价。

## 二、元代对欧文成就的接受和评说

元人刘将孙云:"昔吾有先正为欧阳公,文章勋业师表海内。"②这句话涵盖欧阳修为文与从政两个方面的成就,能够代表元人对欧阳修影响的全面评价。在南宋与金代,欧阳修作为宋代文风代表人物,始终与唐代文风代表人物韩愈并称。但在创作方面,苏轼的影响无疑较韩、欧更大。元代的情形却有所不同,方回云:"欧公之文为宋第一,诗不减梅。"③学者们在进一步确定欧阳修为有宋"一代文宗"的基础上,更加积极而坚决地学习欧阳修的古文创作,并使平易纡徐成为元代文风的主要特色。苏轼的影响相应地在南北两方文坛上都逐渐减弱。到

---

① 《元好问全集》附录五,第507、508页。
② 《养吾斋集》卷一五《吉州路重修学记》,《文渊阁四库全书》本。
③ 方回选评、李庆甲集评校点《瀛奎律髓》卷二二,上海古籍出版社1986年,第925页。

元末,文坛最终形成欧苏并重、唐宋共尊的格局,开启了明代唐宋派的先声。元代文坛大体先后崛起为三个作家群:北方作家群,有郝经、王恽、姚燧、卢挚、刘因和元明善等人;江西作家群,有吴澄、刘将孙、虞集、欧阳玄和揭傒斯等人;浙东作家群,有戴表元、袁桷、黄溍、柳贯和朱右等人。其中,北方作家群沿着金末文风继续向前发展,他们对欧阳修的地位并无异词,并且时有推尊,但自身的创作风格比较复杂,奇崛一路略占上风。江西作家群代表了元代中期文坛的主流风格,以虞集等人为代表的古文家将欧阳修的文风继承发扬到了极盛。浙东作家群与江西作家群交游甚密,他们的创作代表了元代中后期的文坛主流。在学习欧阳修的同时,他们也注重发掘韩、柳、曾、王、苏之长,慢慢奠定了唐宋文派的基本格局。自南宋葛立方首次在《韵语阳秋》中将欧阳修称为"一世文宗"后,欧阳修对宋文传统的代表意义不断被强化。元初姚燧云:"欧阳子为宋一代文宗,一时所交海内豪俊之士,计不千百而止。"[①]元人戴良云:"至唐之久,而昌黎韩子以道德仁义之言起而麾之,然后斯文几于汉。奈何元气仅还,而剥丧戕贼,已浸淫于五代之陋。直至宋之刘、杨,犹务抽青媲白,错绮交绣以自炫。后七十余年,庐陵欧阳氏又起而麾之,而天下文章复侔于汉、唐之盛。"[②]这些作家在肯定欧阳修文学贡献的同时,也都注意到欧阳修对时代文风发展的整体贡献。以下从三方面论述:

(一)北方作家对"一代文宗"的推重。

元人称金代文坛盟主赵秉文为"金源一代一坡仙",但他的门生元好问却以韩、欧文法为楷模。元好问是连接金元文化的

---

① 姚燧《牧庵集》卷四《送畅纯甫序》,《四部丛刊》本。
② 《九灵山房集》卷一二《夷白斋稿序》,《四部丛刊》本。

重要作家,对当时北方作家影响较大。元初北方作家群体尊韩
而不轻欧,但更愿意向先秦两汉学习。元好问的学生郝天挺之
子郝经在《答友人论文法书》中说:

> 故先秦之文,则称左氏、《国语》、《战国策》、庄、荀、屈、
> 宋;二汉之文,则称贾谊、董仲舒、司马迁、刘向、扬雄、班
> 固、蔡邕;唐之文则称韩、柳;宋之文则称欧、苏;中间千有
> 余年,不啻数千百人,皆弗称也。骚赋之法,则本屈、宋;作
> 史之法,则本马迁;著述之法,则本班、扬;金石之法,则本
> 蔡邕;古文之法,则本韩、柳;论议之法,则本欧、苏;中间
> 千有余年,不啻数千百文,皆弗法也。

这段话历数各代文家,在推重欧、苏作为“得理而有法”的宋代
文章典范后,还专门点明对欧、苏为代表的宋文议论长处的
重视。

王恽也崇敬韩、欧。由于不欣赏奇险文风,他更推许欧阳
修。王恽评价欧文在“尊经尚体”的前提下,于“中和中作精
神”,认为“浮艳陈烂是去,方能造乎中和醇正之域”[1]。在创作上
他也实践了自己的主张,与后来大德、延祐年间虞集、揭傒斯等
人倡起的欧文风格传统盛行起到了前呼后应的效果。

元代前期著名文人姚燧从习韩入手,继而倾向于欧,文风
既有雄刚古奥一面,也有平和温醇的一面。他多次在自己的文
章中推许欧阳修为“一代文宗”,《元史·姚燧传》载其语云:“表
古今人物,九品中必以一等置欧阳子,则为去圣贤也有级而不
远。”友人吴善为姚燧文集《牧庵集》作序云:“唐三百年,惟韩

① 《秋涧先生大全文集》卷四三《遗安郭先生文集引》。

愈、柳宗元二人。宋三百年,惟欧阳修、苏轼二人。当是时非无作者杂出其间,与三四君子相与度长而絜大,并驾而齐驱焉,然皆掇拾剽窃,不能成一家之言。"①吴善以历代著名作者及韩、柳、欧、苏四家的成就来推扬他的功绩,可见姚燧本人应无唐宋乃至先秦两汉文风的轩轾概念。姚燧师法多家,创作上也明显有多元的美学追求,习韩抑苏的转折已经显见,也可以视为元初北方作家群创作风格转变的一个代表。

　　然而北方作家中却始终有一路文风上承金末李纯甫的主张而来,强调先秦风气,要求文风奇崛,文坛上的"平淡"与"奇古"之争仍在延续。卢挚直接标举古风,在《文章宗旨》中说:"宋文章家尤多,老欧之雅粹,老苏之苍劲,长苏之神俊,而古作甚不多见。"他甚至不满韩、柳,认为他们虽为大家,"然古文亦有数"②。这种观点虽然一时声势较大,但并未成为文坛的主导。《元史·元明善传》记传主"早以文章自豪,出入秦、汉间,晚益精诣"。这样的追求,实质是从创作实践的角度提出了对唐宋古文的质疑,在当时即受到文坛的回应。《元明善传》记虞集批评元明善说:"凡为文辞,得所欲言而止,必如明善云'若雷霆之震惊,鬼神之灵变'然后可,非性情之正也。"由李纯甫到元明善这一脉被乱世激发起来的周秦之气,随着时局的大体稳定终究未能蓬勃起来。到元代中期,刘因、王恽等人坚持宗法宋文的主张得到了南方文人虞集、戴表元等的响应,遂成为文坛的主导,代表了元代散文的成熟。在这种成熟之中,元代文人剥落了苏文的光辉,放大了欧文的特色。

　　(二)江西文派对"庐陵欧阳公"的效法。

---

① 《牧庵集序》,载《牧庵集》卷首。
② 陶宗仪《南村辍耕录》卷九,中华书局1959年,第107页。

南宋时期,南方"家有眉山之书",可见苏轼的影响之大,但到了元代,苏轼的影响力相对减弱,南方文坛上出现了宗唐与宗宋之争。宗唐者以张伯淳、任士林等人为代表,宗宋者以邓文原、刘将孙等人为代表。江西庐陵人刘将孙撰《赵青山先生墓表》,主张"以欧、苏之发越,造伊、洛之精微",这是为了回击南宋理学界轻视词章义法的观念,试图调和理学家与古文家矛盾而提出的,对于回升古文的气势很有帮助。虞集《刘桂隐存稿序》更是批评了"宋末说理者鄙薄文辞而丧志"的不良风气,并在创作上实现了对欧阳修所代表的北宋文风的倡导。

虞集字伯生,江西临川人,曾与吴澄交游求学。据《元史》本传记载,虞集幼时"汲挈家居岭外,干戈中无书册可携,(其母)杨氏口授《论语》、《孟子》、《左氏传》、欧苏文,闻辄成诵"。他祖籍四川,但也自视为江西人,在《南昌刘应文文稿序》中说:"余侨居江西二十年矣,是亦江西之人,于江西得无情乎?"[①] 所以,他对江西的先贤欧阳修自然非常敬慕,《道园学古录》卷二三《庐陵刘桂隐存稿序》云:

> 昔者庐陵欧阳公,秉粹美之质,生熙洽之朝,涵淳茹和,作为文章,上接孟、韩,发挥一代之盛。英华浓郁,前后千百年,人与世相期,未有如此者也。……然则二君子(苏轼与曾巩)之所以心悦诚服于公者,返而观其所存,至于欧公,则暗然而无迹,渊然而有容,挹之而无尽者乎!

在其他文章中,虞集也有类似的说法,《南昌刘应文文稿序》云:"盖三君子(欧阳修、王安石、曾巩)之文,非徒然也,非止

---

① 苏天爵编选《元文类》卷三五,《四部丛刊》本。

发于天资而已也。其通今博古,养德制行,所从来者远矣。"①赵汸《邵庵先生虞公行状》评价虞集的散文是"蔼然庆历、乾、淳风烈",北宋庆历以及南宋乾道、淳熙年间,正是欧阳修古文文风大盛的年代。"在欧阳修的接受史上,虞集是学习欧文的台阁文人序列中的一员,欧阳修文风中雍容典雅的一面经以虞集为主的元代台阁文人的学习而进一步经典化。"②虞集所处的时代,也是承平日久,文教兴盛的元代中期,相似的时代氛围给虞集等人提供了习欧崇欧的条件。元代刘性指出:"宋嘉祐二年,诏修取士法,务求平淡典要之文。文忠公知贡举而先生(梅尧臣)为试官,于是得人之盛若眉山苏氏、南丰曾氏、横渠张氏、河南程氏,皆出乎其间,不惟文章复乎古作,而道学之传,上承孔、孟,然则谓为文忠公与先生之功,非耶?"③元代中期,虞集等人很注意效仿欧阳修利用贡举改革文风的行为。

　　元末明初,王祎在《文评》中总结道:"有元一代之文,其亦可谓盛矣。当至元、大德之间,时则柳城姚文公之文振其始,及至正以后,时则庐陵欧阳文公之文殿其终。即两公之文而观之,则一代文章之盛概可见矣。"文中提到的欧阳文公为欧阳玄,与虞集同年生,是欧阳修的同宗后辈。欧阳玄自言"吾江右文章名四方也久矣,以吾六一公倡为古也",并追求"羽翼吾欧阳公之学",十分注重张扬江西作家在欧阳修等人影响下的古文成就。他推崇欧阳修"舒徐和易"的文风,在《刘桂隐先生文集序》中说:"今余读刘先生之文,温柔敦厚,欧也;明辩闳隽,苏也。"这是在评价友人,也是对欧、苏文风的比较。就创作而言,

---

① 《道园学古录》卷二三,《四部丛刊》本。
② 程宇静《欧阳修"文宗"形象的构建与衍变》,河北师范大学硕士学位论文,2010 年。
③ 《宛陵先生集》附录刘性《宛陵先生年谱序》,《四部丛刊》本。

欧阳玄为文,如揭傒斯《欧阳先生集序》所言"丰蔚而不繁,精密而不晦",也是偏于欧阳修文风的。

(三)浙东作家对"江西之文"的呼应。

南方江西和浙东两个作家群,宗宋成为共同的指向,而欧阳修的"温淳"更受作家们的欣赏。总体而言,欧、苏等人奠定的宋文范式在元代得以进一步发展和深化,但与南宋和金朝苏轼文风盛行的情况相比,欧阳修及其门生曾巩的文风得到了更多的认可。

袁桷字伯长,号清容居士,庆元鄞县(今浙江宁波市)人,是大德、延祐间开一代风气之先的文坛领袖。四库馆臣谓其文"气象光昌,蔚为承平雅颂之声。文采风流,遂为虞、杨、范、揭等先路之导,其承前启后,称一代文章之巨公"[1]。苏天爵云:"公为文辞,奥雅奇严,日与虞公集、马公祖常、王公士熙作为古文,论议迭相师友,间为歌诗倡酬,遂以文章名海内。士咸以为师法,文体为之一变。"[2] 正如当代学者所云:"元初文坛,姚燧等北方文人倡导的韩愈、苏轼文风为胜,正是到了袁桷,文风才从雄浑与洒脱之中别处一脉纡徐闲雅之气。""袁桷在文风发展上的主要贡献就是舍弃了韩愈文风,而以欧阳修文风为师法对象,并以坚实的创作成绩影响了后辈文人。"[3] 袁桷对于欧阳修文风的认识体现在下面一段话中:

> 江西之文,曰欧阳、王、曾,自庆历以来为正宗,举天下师之无异辞。宋金分裂,群然师眉山公,气盛意新,于科举为尤宜。至乾道、淳熙,江西诸贤,别为宗派,窃取《国策》、

---

① 永瑢等《四库全书总目》卷一六七《清容居士集》提要,第 1436 页。
② 《滋溪文稿》卷九,中华书局,1997 年,第 133 页。
③ 杨亮《袁桷与元代散文创作》,《南京师范大学文学院学报》2010 年第 1 期。

庄周之词杂进,语未毕而更,事遽起而辍。断续钩棘,小者一二言,长者数十言。迎之莫能以窥其涯,而荒唐变幻,虎豹竦而鱼龙杂也。呜呼!三公之文,其思厚以深,其理精以正,凌厉乎诸子。贞元而下,曾勃然不肯自让。后之人惧蹈袭之讥,卒至于滥觞沦胥,而莫能以救,可胜恨哉! [①]

欧阳修、王安石、曾巩等人代表的江西之文曾有天下师从的接受盛况,但也有受到过苏轼以及战国文风的挑战,到元初,很多学子害怕剽窃抄袭之讥,也因避嫌而不学,令袁桷非常痛心。

对于元代作家而言,韩愈的文风代表着奇崛雄健的美学特征,而欧阳修则是平易纡徐,苏轼是自然明快。据《元史》程钜夫所撰仁宗朝《科举诏》云:"试艺则以经术为先,词章次之。浮华过实,朕所不取。"此为元代延祐年间恢复科举取士时之规定,可见元代散文重视经世致用的功能,充满对现实人事的关心,这和欧阳修的主张更为接近。与苏轼不同,欧阳修本就具有重道又重文的特点,故而他的文风超越了苏轼,为元代南方文人所接受。

欧阳修更受稍后的戴表元等人重视。戴表元的散文清深雅洁,颇有欧文之风。他的好友赵孟頫也认为文章应该"以经为法"、"以理为本","文者所以明理也",反对理学家"作文害道"的看法。他反对"夸诩以为富,剽疾以为快,诙诡以为戏,刻划以为工" [②],认为"诙诡"等病,韩退之有之,苏子瞻有之,而欧文则无有。上面的观点与欧公的主张并无矛盾,可以说出脱于欧阳修的文论。

① 《清容居士集》卷二二《曹伯明文集序》,《四部丛刊》本。
② 《松雪斋文集》卷六《刘孟质文集序》,《四部丛刊》本。

到了元末,宗唐与宗宋的观念进一步调和,出现了临海人朱右编选的《六先生文集》,该书实收八先生,因苏氏父子兄弟三家合而为一,故称"六先生",详见后文。由此,唐宋八大家之称已见雏形。朱右云:"欧阳公当一代文章宗匠,而尤著意于笔削,庶几乎马、班之亚欤?"① 可见他是在欧文的平易风格基础上倾向宋文的。又云:"唐韩愈上窥姚、姒,驰骋马、班,本经参史,制为文章,追配古作;宋欧阳修又起而继之,文统于是乎在其间。"② 这里所说的"文统",在元初江西著名理学家吴澄那里已经阐释得很清楚,他在《刘尚友文集序》中指出:

> 西汉之文几三代,品其高下,贾太傅、司马太史第一。汉文历八代浸弊,而唐之二子兴;唐文历五代复弊,而宋之五子出。文人称欧、苏,盖举先后二人言尔。欧而下,苏而上,老苏、曾、王未易偏有所取舍也。如道统之传称孔、孟,而颜、曾、子思固在其中。岂三子不足以绍孔而劣于孟哉?叙古文之统,其必曰唐韩、柳二子,宋欧阳、苏、曾、王、苏五子也。

晚年的吴澄还在《题何太虚近稿后》中说:"唐宋盛时,号为追踪先汉,而仅见韩、柳、欧阳、曾、王、二苏七子焉。"在《送虞叔当北上序》中说:"东汉至于中唐六百余年,日以衰敝,韩、柳二氏者出,而文始革。季唐至于中宋二百余年,又日以衰敝,欧阳、王、曾三氏者出,而文始复。噫!何其难也。同时眉山乃有三苏氏者,萃于一家。噫!何其盛也。""子由之文如子瞻,而名

① 《白云稿》卷五《三史钩玄序》,《文渊阁四库全书》本。
② 《白云稿》卷三《文统》。

可与兄齐者也。"其实合起来看,八大家之目已呼之欲出了。

浙东作家袁桷论文已在宗法欧阳修、苏轼之外,提出王安石和曾巩两家,这是早于江西人虞集的。在浙东派作家的观念中,这种列举是普遍的。余阙云:"汉之盛也,则有董子、贾傅、太史公之文,东都而下,则敝而不足观也;唐之盛也,则有文中子、韩子之文,中叶而下,则敝而不足观也;宋之盛也,则有周子、二程子、张子、欧、曾之文,南迁而下,则敝而不足观也。"① 刘壎亦云:"欧、曾、王、苏四家,为宋文宗,然皆未尝用怪文奇字,刻琢取新,而趣味深沈,自不可及。若欧则尤纯粹,宜其为一代之宗工,群公之师范也。"② 元代后期作家马祖常有《周刚善文稿序》一文,自六经之文至司马迁、韩、柳、欧、王、曾各家都有赞美,唯独对苏轼之文颇有微词。至朱右编选唐宋《六先生文集》,平衡八家地位,唐宋文派从此有了典范方面的依归,为明代"唐宋派"的形成和"唐宋八大家"概念的凝定奠定了基础。

在文选编刊史上,虞集的《虞邵庵批点文选心诀》是必须关注的。此书有明初刻本,明人高儒《百川书志》著录此书云:"《虞邵庵批点文选心诀》一卷,元雍虞集伯生批选韩、柳、欧、曾、苏公父子之作,不具别体,止序记三十篇,以启后学著作之初也。"可见这是一部供初学文章子弟使用的教学课本类的文选,内容比较简略。

此书所收入欧文仅有《集古录目序》、《送徐无党南归序》、《昼锦堂记》、《醉翁亭记》、《王彦章画像记》五篇。继楼昉《崇古文诀》之后,虞集亦选入《醉翁亭记》,凸现了该文的价值,从而使之成为被人广泛关注的一代名文。这五篇作品,虞集还对它

---

① 《柳待制文集》卷首,《文渊阁四库全书》本。
② 《隐居通议》卷一五《龙川宗欧文》。

们的写作技法进行了评论,虽然比较浅易,但也弥足珍贵。到了元代末期,又有朱右《新编欧阳先生文集》二卷行世,见于《新编六先生文集》。此书成于元末,明人已经未见此书[①]。朱右《白云稿》中有《新编六先生文集序》云:

> 《六先生文集》总一十六卷。唐韩昌黎文三卷,六十一篇;柳河东文二卷,四十三篇;宋欧阳子文二卷,五十五篇,见《五代史》者不与;曾南丰文三卷,六十四篇;王荆公文三卷,四十篇;三苏文三卷,五十七篇。[②]

此55篇欧阳修文章的具体篇目,现在已经不得而知了。但朱右是理学家,持"文以载道"的观点,可以推知,他选录欧阳修文章的标准肯定不会是从文学的角度来评判的。

元人富大用在南宋祝穆所编《古今事文类聚》诸集的基础上增选了《古今事文类聚新集》《古今事文类聚遗集》,其中选录欧文19篇(有一篇与祝穆所选重复)。元代杜仁杰选编《欧苏手简》则以专录书札为特色,收欧公书信123篇[③]。在谈到欧、苏手简特色时,编者曰:"今观新刊《欧苏手简》数百篇,反复读之,所谓'但见性情,不见文字'。盖无心于奇,而不能不为之奇也。"[④] 这是从情感性的角度来评价欧、苏手简的。实际上,欧、苏在情感的表达上是不同的,欧偏于韵致,苏偏于趣味,编者并未细致探讨这些差别。

---

① 详参孙杰《欧阳修文选编刊小史》,复旦大学硕士学位论文,2002 年。
② 《白云稿》卷五。
③ 参见夏汉宁《从历代古文选本看欧阳修散文的经典化过程》,《江西社会科学》2010 年第 3 期。
④ 参见祝尚书《〈欧苏手简〉考》,《中国典籍与文化》,2003 年第 3 期。

# 第三节 明代对欧阳修的接受
## 和欧文研究的拓展

## 一、明代对欧阳修的接受

明代文坛对欧阳修的接受,明显地历经三个阶段:前期,宋濂等文臣和杨士奇等"台阁体"人士的尊崇,是第一阶段;中期,唐宋派大家茅坤、归有光等的推重与宣传,是第二阶段;后期,公安派大家的称赏和唐宋派承继者艾南英的盛赞,是第三阶段。

(一)前期:开国文臣和"台阁体"人士的尊崇。

明初,被称为"开国文臣之首"的宋濂,置欧阳修于极高的地位,在《文原》中盛赞云:"六籍以外,当以孟子为宗,韩子次之,欧阳子又次之。此则国之通衢,无榛荆之塞,无蛇虎之祸,可以直趋圣贤之大道。"他从弘扬程朱理学和韩欧文统出发,推崇欧阳修为仅次于孟子、韩愈的圣贤人物。另一篇《王君子与文集序》点出"秦汉以来"的佼佼者,仅述及"班、马之雄深,韩、柳之古健,欧、苏之峻雅",欧阳修被尊奉为罕见的文坛大家。

明朝开国功臣、被封为诚意伯的刘基,在《苏平仲文集序》中叙过汉唐诗文之盛后写道:"继唐者宋,而有欧、苏、曾、王出焉。其文与诗,追汉唐矣。"

国子监助教贝琼撰《欧阳先生文衡序》,也强调"孟子没千余年而得韩子,韩子没二百余年而得公",与宋濂之颂美无异。著名学者赵汸曰:"当宋室之盛,而欧阳公出焉。雄文直道,世盖谓孟、韩复生也。"① 以学问该博著称的谢肃云："韩子深醇正大,在唐为文中之主。继韩子者欧阳公,渊永和平,在宋为文中之宗。"②

一代名臣、师从宋濂的方孝孺云："道明则气昌,气昌则辞达。文者,辞达而已矣。然辞岂易达哉? 六经、孔、孟,道明而辞达者也。"③ 在肯定"汉之司马迁、贾谊,其辞似可谓之达矣"之后曰："唐之韩愈、柳子厚,宋之欧阳修、苏轼、曾巩,其辞似可谓之达矣。"④ 其视欧阳修为自古以来屈指可数的"道明而辞达"的人物。方氏另有《三贤赞》,其中《欧阳永叔赞》云："伟人谓谁? 曰欧阳公。宗孟继韩,蔚为文宗。"

《永乐大典》总编纂解缙云："六经卓矣,后千百年,太史迁、昌黎伯、欧阳公有以窥其蕴,于是文人之文作焉。"⑤ 颇有文名的倪谦云："自亚圣七篇之后,自唐而有韩子,宋有欧阳子,皆能发明斯道,振起衰陋,一趋于古。"⑥

宋濂等著名文臣、学者何以不遗余力地交口称赞欧阳修呢? 这与明初的时代背景有关。元、明易代,天下大乱,而拨乱反正,当推教化,重振儒风,势所必然。欧阳修为一代宗师,道德文章,堪为楷模,学术醇厚,文风平易雅正,学欧便于入手,自然成为恢复儒家道统与文统,振兴文化与学术的极佳选择。宋濂《文说赠王生黼》云："明道之谓文,立教之谓文,可以辅俗化民之谓文。斯文也,果谁之文也? 圣贤之文也。"欧文即是"圣贤之文",正适应了其时社会的需要。当然,欧阳修不仅仅是一个

---

① 《东山存稿》卷二《对问江右六君子策》,《文渊阁四库全书》本。
② 《密庵集》卷六《长林先生文集序》,《文渊阁四库全书》本。
③ 《逊志斋集》卷一一《与舒君》,《四部丛刊》本。
④ 《逊志斋集》卷一一《与舒君》。
⑤ 王偁《虚舟集》卷首解缙《序》,《文渊阁四库全书》本。
⑥ 《倪文僖集》卷二二《松冈先生文集序》,《文渊阁四库全书》本。

人,作为宋代文宗,居唐宋八大家中宋六家之首,为曾、王、三苏的导师,是宋六家和宋代文学的杰出代表。赞欧是要学欧,学欧是为了传承他所代表的造极于宋世的华夏文明。生活在明初的徐一夔说:

> 国家之兴,必有魁人硕士乘维新之运,以雄辩巨笔出而敷张神藻,润饰洪业,铿乎有声,炳乎有光,耸世德于汉、唐之上。使郡国闻之,知朝廷之大;四夷闻之,知中国之尊;后世闻之,知今日之盛。然后见文章之用为非末技也。①

由此,我们可以理解,明初文坛对欧阳修的接受何以那样的积极:明初文臣深深懂得,那是在易代之后复兴儒道和文学的需要,也是推尊中国、润饰鸿业的需要。

由明成祖至明英宗时期,在最高统治者的推重之下,程朱理学隆盛至尊,而欧、曾文的平正纡徐最适于理道的发挥,所以学欧、曾,特别是学欧,成为台阁大臣的自觉追求。以杨荣、杨溥、杨士奇作品为代表的"台阁体"诗文,以雍容醇厚、平易典雅的特色盛行于世。"三杨"之中,诗文成就及影响之大者,当推杨士奇。《四库全书总目·东里集》提要云:

> 明初,"三杨"并称,而士奇文章特优,制诰碑版,多出其手。仁宗雅好欧阳修文,士奇文亦平正纡余,得其仿佛,故郑瑗《井观琐言》称其文典则无浮泛之病。杂录叙事,极平稳不费力。后来馆阁著作,沿为流派,遂为七子之口实。然李梦阳诗云:"宣德文体多浑沦,伟哉东里廊庙珍。"亦不

① 《始丰稿》卷五《陶尚书文集序》,《文渊阁四库全书》本。

尽没其所长。盖其文虽乏新裁,而不失古格,前辈典型,遂主持数十年之风气,非偶然也。

杨士奇之闻名,与学欧有关。他喜好欧文而学之,"亦平正纾余","文章特优";其"制诰碑版"之类,推尊本朝,歌功颂德,雍容典雅,适逢其时之需;而明仁宗倾慕欧公道德文章,认为欧文有益治道,故"雅好"欧文,亦十分欣赏学欧的杨士奇:这些都是杨士奇能"主持数十年之风气"的原因。

杨荣在《欧阳文忠公祠堂重创记》中写道:

甚矣,文章之洗陋习而归诸古,著当时而传后世者,不恒有也。宋欧阳公之文足以当之,宜乎后之人读其文而思其人,思其人而崇其祀也。……唐有韩子。又二百余年,而宋有欧阳子,其文推韩子以达于孔、孟,一洗唐末五季之陋,当时学者,翕然宗之。及今四百年,而读其文者,如仰丽天之星斗,莫不为之起敬。

杨荣对欧公之文"推韩子以达于孔、孟"的评价与宋濂、方孝孺等毫无二致,足见欧公在其时文坛享有何等崇高的威望。

杨士奇《滁州重建醉翁亭记》云:

欧阳文忠公以古文奥学、直言正行卓卓当时,其凛然忠义之气,知有君而已,知有道而已……我仁宗皇帝在东宫,览公奏议,爱重不已,有生不同时之叹。尝举公所以事君者勉群臣,又曰:"三代以下之文,惟欧阳文忠有雍容醇厚气象。"既尽取公文集,命儒臣校定,刻之永乐庚子。

正德辛巳（1521）登进士第的黄佐，编有《翰林记》，该书卷一一《评论诗文》云：

> （明仁宗）恒谓士奇曰："为文而不本正道，斯无用之文；为臣而不能正言，斯不忠之臣，欧阳真无忝矣。"故馆阁文字自士奇以来，皆宗欧阳体也。

很清楚，其时学欧是最高统治者的需要，也是馆阁文人的需要。在"台阁体"诗文盛行的约半个世纪里，借助官方的推动，欧阳修和他的文章得到广泛的传播。

当然，也有对"台阁体"不以为然者。成化进士、后官至刑部尚书的林俊，对韩、欧的评价与宋濂以来的名家大相径庭，对学欧的杨士奇更是极为看轻，所著《见素集》卷四《东白集序》云：

> 昌黎子、欧阳子文起历代之衰，以擅鸣唐宋之盛，求其深，去秦汉远矣。国朝文运隆复前古，当时作者，如潜溪宋公、义乌王公、括苍刘公，并步二子之踪。至东里杨公，又学欧而近嗣，是学步徒踽，致远则泥，而徐疾周折，殊乖故武。

"三杨"之后，李东阳主持文坛，《明史·李东阳传》称东阳"为文典雅流丽，朝廷大著作多出其手"，赞其"奖成后进，推挽才彦，学士大夫出其门者，悉灿然有所成就。自明兴以来，宰臣以文章领袖搢绅者，杨士奇后，东阳而已"。李东阳亦推崇欧、曾的平易雅正，所作《叶文庄公集序》以极为赞赏的口吻写道："公之文博取深诣，而得诸欧阳文忠公者为多。公惟未尝自言，然窥其纤余委备，详而不厌，要知为欧学也。"他对曾巩的学问修养、治国理念十分认同,撰《曾文定公祠堂记》云:"宋盛时,以文章名者数家,予于文定公独深有取焉者……其所自至非独为词章之雄也。"他对欧阳修的崇敬亦出于对一代文宗道德文章的认同,《叶文庄公集序》云:

> 夫欧之学,苏文忠公谓其学者皆知以通经学古为高,救时行道为贤,犯颜敢谏为忠。盖其在天下,不徒以文重也。后之为欧文者,未得其纤余,而先陷于缓弱;未得其委备,而已失之靦缕。以为恒患文之难亦如此。苟得其文,而不得其所以重天下,且犹轻之,而况乎两失之者哉!

李东阳之服膺欧、曾,乃基于对二公为人与为文之钦仰,认为二者不可分离,因而对单纯从风格技巧上学欧拟欧甚为不满,他已察觉"台阁体"一些作品重于形式上摹拟的弊端。

其实,明初宋濂早已预见到这一点,他在《琅琊山游记》中指出:"(欧)公以道德师表一世,故人乐诵其文。不然,文虽工,未必能久传也。"在《张侍讲翠屏集序》中又指出,欧阳修、曾巩、王安石"三君子者取法于周于秦于汉也,所以学欧阳氏而不至者,其失也纤以弱;学曾氏而不至者,其失也缓而弛;学王氏而不至者,其失也枯以瘠。此非三君子之过也,不善学之,其流弊遂至于斯也"。宋濂认为欧、曾、王的深厚学养与"取法于周于秦于汉"密不可分,徒学欧、曾、王之文风,不明其根柢,不学其精髓,则将弊病丛生。

(二)中期:唐宋派大家的推重与宣传。

明代中期,掀起诗文复古之风,以李梦阳、何景明为首的前七子,不满于"台阁体"诗文的纤弱纤缓,力主文必秦汉、诗必盛唐。《明史·文苑传序》云:"弘、正之间,李东阳出入宋元,溯流唐代,擅声馆阁;而李梦阳、何景明倡言复古,文自西京、诗自中唐而下,一切吐弃。"以李攀龙、王世贞为首的后七子,持同样的看法,且拟古更甚。《明史·李攀龙传》称李氏"持论谓文自西京、诗自天宝而下,俱无足观"。《明史·王世贞传》谓王氏"持论,文必西汉,诗必盛唐,大历以后书勿读"。

针对"文必秦汉"的复古拟古,唐顺之、王慎中、茅坤、归有光等,大力推崇唐宋散文,被称为唐宋派。他们有理论,有创作,唐顺之和茅坤还分别编纂有《文编》《唐宋八大家文钞》。《文编》取由周至宋之文,分体编排,其中唐宋八大家文颇丰,欧、苏之文尤多;《文钞》选取八家各体文,欧阳公一家,不仅收了《文钞》,而且收了《史钞》。二书对唐宋文广为宣传,特别是茅《钞》在普及唐宋文、扩大其影响上贡献良多。四库馆臣评《文编》云:"学秦汉者当于唐宋求门径,学唐宋者固当以此编为门径矣。"① 《明史·茅坤传》云:"坤善古文,最心折唐顺之。顺之喜唐宋诸大家文,所著《文编》,唐宋人自韩、柳、欧、苏、曾、王八家外,无所取,故坤选《八大家文钞》,其书盛行海内,乡里小生无不知茅鹿门者。"

时值阳明心学盛行,茅坤视王守仁为明代能继承文统的唯一作家。《唐宋八大家文钞·论例》云:

> 八大家而下,予于本朝独爱王文成公论学诸书,及记学、《记尊经阁》等文,程、朱所欲为而不能者。……嗟乎,公固百世殊绝人物,区区文章之工与否所不暇论。予特附揭于此,以见我本朝一代之人豪,而后世之品文者,当自有定议云。

---

① 《四库全书总目》卷一八九《文编提要》,第 1716 页。

显然,茅坤注重文的载道功能,反对前七子形式上的拟古复古,而从文道之合一上,推崇王守仁。阳明心学突出人的主体地位,尊重个性,其影响所及,不仅"复古健将徐祯卿、郑善父竟为其所化"①,而且深得以自然平易之语传真情实感的唐宋派作家的认同。茅坤赞欧文"多感慨俊逸处,予故往往心醉"②,归有光重情,文亦多情。从他们对人的个性、情感和心灵的尊重中,可以看出阳明心学的影响。

在唐宋八大家尤其是宋六家中,欧阳修有着举足轻重的地位。唐宋派对欧阳修格外推崇,这既是基于一代文宗的崇高声誉和巨大影响,也是基于平易自然的欧文为读者所喜闻乐见,便于学习与效仿。当然,唐宋派也很明确,学欧、曾、学八家,还要上溯秦汉,特别是学司马迁,进而得古人为文之神理,创作出自具风采的文章。茅坤《复唐荆川司谏书》云:

> 愚窃谓今之有志为文者,当本之六经以求其祖龙。而至于马迁,则龙之出游,所谓大行、华阴而之秦中者也。故其气尚雄厚,其规制尚自宏远,若遽因欧、曾以为眼界,是犹入金陵而览吴会,得其江山逶迤之丽,浅风乐土之便,不复思履毂、函以窥秦中者已。大抵先生诸作,其旨不悖于六经,而其风调,则或不免限于江南之形胜者。故某不肖,妄自引断,为文不必马迁,不必韩愈,亦不必欧、曾。得其神理而随吾所之,譬提兵以捣中原,惟在乎形声相应,缓急相接,得古人操符致用之略耳。

---

① 顾炎武《日知录》,清光绪三年刊本。
② 《唐宋八大家文钞·论例》。

正由于欧文根柢深厚，其来有自，茅氏很喜欢欧文，《文钞》《史钞》兼收，对欧公创作有甚高之评价。《庐陵文钞引》云：

> 西京以来，独称太史公迁，以其驰骤跌宕，悲慨呜咽，而风神所注，往往于点缀指次，独得妙解，譬之览仙姬于潇湘洞庭之上，可望而不可近者。累数百年而得韩昌黎，然彼固别开门户也。又三百年而得欧阳子。予览其所序次当世将相学士大夫墓志碑表，与《五代史》所为梁、唐二纪及他名臣杂传，盖与太史公略相上下者。……序、记、书、论虽多得之昌黎，而其姿态横生，别为韵折，令人读之，一唱三叹，余音不绝。予所以独爱其文，妄谓世之文人学士得太史公之逸者，独欧阳子一人而已。

茅氏为世人及后学标明了由史迁至韩愈再至欧阳修的"文统"，亦标明了由学欧到学韩进而学史迁的研习古文的路径。其谓史迁之后有韩愈，"然彼固别开门户也"，此当专指韩愈未得史迁风神而言。清人刘熙载《艺概·文概》谓"太史公文，韩得其雄，欧得其逸"，实为至论，韩、欧乃各师史迁之一面，各有所得。茅氏《唐宋八大家文钞·论例》云：

> 世之论韩文者，共首称碑志。予独以韩公碑志多奇崛险谲，不得《史》《汉》序事法，故于风神处或少遒逸，予间亦镌记其旁。至于欧阳公碑志之文，可谓独得史迁之髓矣。

又云：

> 宋诸贤叙事，当以欧阳公为最。何者？以其调自史迁

出,一切结构裁剪有法,而中多感慨俊逸处,予故往往心
醉。曾之大旨近刘向,然逸调少矣。王之结构裁剪,极多镜
洗苦心处,往往矜而严,洁而则,然较之曾,特属伯仲,须让
欧一格。

茅氏关于欧文之学史迁、"得史迁之髓"、"调自史迁出"的再三
申述,固然是对欧公风神(后人称六一风神)及其源头史迁风神
发自肺腑的赞誉,实际上也是对"文必秦汉"论调的一种嘲讽。
因为茅坤等重唐宋之论并非凌虚而无根柢,而是"本之六经以
求其祖龙",又尊崇且师法如"龙之出游"的史迁。简言之,唐宋
派自视以唐宋为津梁而直达秦汉,比之复古派毫无愧色。

当然,复唐宋与复秦汉都是复古,但与李梦阳、何景明等
"文必秦汉,诗必盛唐"论比较,唐宋派主张学唐宋八大家,但并
没有那样的绝对,在申明秦汉根柢的重要性的同时,他们并没有
对唐宋文句模字拟,而是强调在意态风神上的学习。

唐宋派在创作上成就最高者,无疑是归有光。时后七子领
袖王世贞主盟文坛,"独操柄二十年。才最高,地望最显,声华
意气笼盖海内"①,归氏仍坚持不懈地反对"文必秦汉"的拟古
复古。《明史·归有光传》曰:"有光为古文,原本经术,好《太史
公书》,得其神理。时王世贞主盟文坛,有光力相抵排,目为庸妄
巨子。世贞大憾,其后亦心折有光,为之赞曰:'千载有公,继韩
欧阳,余岂异趋,久而自伤。'其推重如此。"连文学主张针锋相
对的文坛巨子,都不得不佩服归有光"继韩欧阳"的突出成就,
足见归氏古文在当时产生的影响。

王世贞《归太仆赞序》云:"先生于古文词,虽出之自《史》、

《汉》,而大较折衷于昌黎、庐陵。当其所得,意沛如也。不事雕饰,而自有风味,超然当名家矣。"王氏承认归有光效法唐宋,而根柢在西汉。倘若以"不事雕饰,而自有风味"言之,归有光更多的是学欧阳修,而不是韩愈。这一点,明末清初的钱谦益看得非常清楚,《列朝诗集小传》云:"熙甫为文,原本六经,而好《太史公书》,能得其风神脉理。其于八大家,自谓可肩随欧、曾,临川则不难抗行。"得太史公之风神者,欧阳修也。六一风神与史迁风神一脉相承,归有光堪称心折,钦羡不已。欧与曾巩行文平易纡徐,归文与之相近,"自谓可肩随欧、曾",确为实事求是之自评,并非无据之自夸。我们不妨看看归氏在所编《欧阳文忠公文选》中对欧文下的一些评语:

《唐书·兵志论》:风神机轴逼真太史公。(该书卷五)

《外制集序》:本遭逢处感慨次序,其忧深,其言远,其源深而流长。(卷六)

《苏氏文集序》:子美为世所摈死,故文多悲悯。读一过,使人感慨流涕。(同上)

《释秘演诗集序》:读到慷慨呜咽处,清夜如听击筑声。(同上)

《孙子后序》:其文逸而远。(同上)

《浮槎山水记》:兴致悠然,风韵翛然。(卷七)

《王彦章画像记》:以叙事行议论,更于感慨处看精神。(同上)

《湖州长史苏君墓志铭》:淋漓之色,怅惋之致,悲咽之情,种种逼人。(卷九)

《江邻几墓志铭》:其文瀩荡,其思悲慨。(同上)

《张子野墓志铭》:工于写情,略于叙事,极淋漓骚郁之

致。(同上)

《读李翱文》：感慨悲愤，其深情都在时事上。(卷
一〇)

再看该书所引徐文昭的评语：

《与刁景纯学士书》：情致依依，隔千里如面谈。(卷
三)

《岘山亭记》：风流感慨。(卷七)

《黄梦升墓志铭》：从生平交游感慨为志，令人可歌可
舞，欲泣欲笑。(卷九)

《尚书屯田员外郎张君墓表》：累欷感慨，不知文生情、
情生文也。(卷一〇)

《祭吴尚书文》：通篇用"也"字为韵，而感慨世道处，
更使人不堪多读。(同上)

《祭石曼卿文》：字字泪，随笔堕。(同上)

从归氏及其所引徐文昭的评语看来，他对欧文是何等的倾心，而
对欧文特色的认定又是何等集中而明确。

笔者所见归有光《欧阳文忠公文选》，为清刊本。后又看到
上海图书馆所藏《唐宋四大家文选》，为日本明治十二年宝文
阁刻本，题"明归震川先生编次、顾鹿城先生增评，宍户逸郎训
点"，凡8卷。卷首《例言》称："是编翻刻明归震川、顾鹿城所评
辑之《四大家文选》，原本浩翰，烦缮阅，因抄录，以为八卷"；"如
评语及圈点，皆据原本之旧，不敢漫加私意也"；"世尤推重八
家，而此书不取他四家，人或有断锦之憾。然唐宋四家称四，不
数八者，是归氏之卓见，而余所服也。"查其中欧文37篇，而选

自归编《欧阳文忠公文选》(下简称《欧文选》)的仅 19 篇,归氏评语完全相同,而《欧文选》实收欧文 91 篇。可见,第一,日本宝文阁本所依据的原本,所收欧文比《欧文选》少得多,因是《唐宋四大家文选》,而非一家之选;第二,《四大家文选》中欧文与《欧文选》只有 19 篇相同,余 18 篇另选,则《四大家文选》中欧文部分为另编,非《欧文选》之简编;第三,与茅坤从八大家着眼略有不同,归有光更重视韩、柳、欧、苏四大家。

值得注意的是,评语中出现最多的是"感慨"一词。确实,欧文多感慨,南宋《文章精义》评欧早就指出"永叔发之以感慨","此老文字,遇感慨处便精神"。感慨因情而发,故评语中,不仅出现了"泣"、"泪"、"笑"的表情描述,而且"悲咽"、"悲慨"、"悲愤"等含"悲"之词及"写情"、"深情"、"情致"等含"情"之词亦甚多。于是,就有了情与文关系的"文生情情生文"的论述,而与此相关,涉及欧文风格的"逸"、"风韵"、"风神"等字眼分外引人注目,而由风神又溯源而及太史公。

无疑,归有光充分认识到欧文的情感性,即富于情感与善于表达情感。欧文之情韵,常为人所称道,而韵出自情,有情方有文章的逸致、韵味和风神。正因为归有光准确把握了欧文的本质特征,所以能凭借自己对欧文的品评,生动地宣传此一特征,不断扩大欧文的影响。同时,在自己的创作中,归有光也不知不觉地被欧文所潜移默化,写出了《项脊轩志》、《先妣事略》、《寒花葬志》等传世佳作,如王锡爵《明太仆寺寺丞归公墓志铭》所云:"所为书写怀抱之文,温润典丽,如清庙之瑟,一唱三叹,无意于感人,而欢愉惨恻之思,溢于言语之外,嗟叹之,淫佚之,自不能已已。"清人毕沅《文则序》云:"熙甫氏之为文也,近祖欧、曾,而探源于太史公之书。"也道出了归有光学欧、特别是学欧得自《史记》飘逸多情、感慨唱叹的一面。

总的看来,茅坤、归有光等对欧阳修其人其文尊崇有加,对欧文的深入研究和推广普及起了很大的作用。欧是一代文坛的领军人物,给予特别的重视,与其成就与地位是相称的。当然,唐宋文毕竟是名家迭出,丰富多彩的,即以韩、柳、欧、苏论之,不仅韩、欧文风有雄、逸的差异,即使是师生如欧、苏也有极大的不同。茅坤《评司马子长诸家文》以形象之语道出了四大家各具特色的艺术风貌:

> 吞吐骋顿,若千里之驹,而走赤电,鞭疾风,常者山立,怪者霆击,韩愈之文也。巉岩峭岁,若游峻壑削壁,而谷风凄雨四至者,柳宗元之文也。遒丽逸宕,若携美人宴游东山,而风流文物照耀江左者,欧阳氏之文也。行乎其所当行,止乎其所不得不止,浩浩洋洋,赴千里之河而注之海者,苏长公也。

在《唐宋八大家文钞·论例》中,茅坤又指出:

> 予览欧、苏二家论不同。欧次情事甚曲,故其论多确而不嫌于复;苏氏兄弟则本《战国策》纵横以来之旨而为文,故其论直而畅,而多疏逸遒宕之势。欧则譬引江河之水而穿林麓,灌畎浍;若苏氏兄弟,则譬之引江河之水而一泻千里,湍者萦,逝者注,杳不知其所止者已。

显然,正是因为各家均有所长,才有唐宋文园地的百花盛开,姹紫嫣红。唐宋派文人对唐宋文既有整体的观照,深知重情与尚气兼顾、雄健与遒逸互补的道理,当然也难免有个人的偏好,如归有光与茅坤对欧公风神的情有独钟。

（三）后期：公安派的称赏与艾南英的盛赞。

到了明代后期，提倡独抒性灵的公安三袁登上文学舞台，反对前后七子的复古，更趋猛烈。袁宏道《叙小修诗》云：

> 盖诗文至近代而卑极矣，文则必欲准于秦汉，诗则必欲准于汉唐，剿袭模拟，影响步趋。见人有一语不相肖者，则共指以为野狐外道。曾不知文准秦汉矣，秦汉人何尝字字学六经欤？诗准盛唐矣，盛唐人何尝字字学汉魏欤？秦汉而学六经，岂复为秦汉之文？盛唐而学汉魏，岂复有盛唐之诗？……不效颦于汉魏，不学步于盛唐，任性而发，尚能通于人之喜怒哀乐嗜好情欲，是可喜也。

钱谦益《列朝诗集小传》谓："中郎之论出，王、李之云雾一扫。天下之文人才士始知疏瀹心灵，搜剔慧性，以荡涤摹拟涂泽之病，其功伟矣。"很清楚，袁宏道要的是"能通于人之喜怒哀乐嗜好情欲"，喜的是"疏瀹心灵，搜剔慧性"，最反对"剿袭模拟，影响步趋"，这与明代后期的文学思潮有着密切的关系。由王阳明开启的与程朱理学相异的心学，从明代中期的盛行，至此已近百年。明代后期的文人学者，人本观念日益增强，因此，畅抒胸臆、纵情议论、清新自然的宋代诗文，特别是宋文，在经唐宋派的宣传推广之后，也深得公安派的青睐。

袁宏道甚爱欧、苏诗文，观《袁中郎全集》即可知。《雪涛阁集序》论诗云："有宋欧、苏辈出，大变晚习，于物无所不收，于法无所不有，于情无所不畅，于境无所不取，滔滔莽莽，有若江河。今之人，徒见宋之不唐法，而不知宋因唐而有法者也。如淡非浓，而浓实因于淡。"《与江进之》云："近日读古今名人诸赋，始知苏子瞻、欧阳永叔辈见识真不可及。"《答梅客生开府》云：

"邸中无事,日与永叔、坡公作对。坡公诗文卓绝无论,即欧公诗文,当与高、岑分昭穆,钱、刘而下,断断乎不屑。"《与李龙湖》云:"近日最得意,无如批点欧、苏二公文集。"又云:"韩、柳、元、白、欧,诗之圣也;苏,诗之神也。"又评欧《内制集序》曰:"欧文极占地步。"① 袁宗道云:"汉、唐、宋诸名家,如董、贾、韩、柳、欧、苏、曾、王诸公及国朝阳明、荆川,皆理充于腹而文随之。"② 可见公安派对前代唐宋大家、本朝唐宋派作家和心学大师王阳明的推重。江盈科云:"韩昌黎文起八代,而诗笔未免质木,所乏俊声秀色,终难脍炙人口。宋朝惟欧阳公号称双美天才。"③ 亦见公安派作家对欧诗评价甚高。

应该指出,同是尊崇欧阳修,公安派与唐宋派的文学观还是有很大不同。唐宋派没有忽视创作主体的能动作用,没有忽视个性化的创作,没有忽视情感对创作的巨大影响,但毕竟重视文统,重视儒道与经术,强调道文合一,讲究文章作法;而公安派强烈反对复古,主张摆脱羁绊,独抒性灵,张扬个性,更重视文学本身的价值。

明代后期,对欧阳修尊崇最为有力者,当推艾南英。艾氏生于三袁之后,他盛赞唐宋文,于欧阳修尤为钦仰。艾氏谓"天下事不难于因袭,而难于创始"④,批判的锋芒直指李攀龙、王世贞为首的复古派:"王元美、李于鳞古文尽钞《史》、《汉》,是以臭腐。欧阳公赞东坡先生之文,谓其洗净面孔,与天下相见,其意亦与此同。"⑤ 他赞赏两代古文大师以复古为创新的精神:"唐之

---

① 归有光《欧阳文忠公文选》卷五评语引。
② 《白苏斋类集》卷二〇《论文下》,清刊本。
③ 《雪涛诗评》,陈继儒编《古今诗话》本。
④ 《天傭子集》卷二《陈大士近稿序》,清康熙己卯重刻家塾藏本。
⑤ 《天傭子集》卷五《与郑超宗书》。

韩子、宋之欧阳子,力挽六朝五季之陋,而天下翕然共趋于古。此所谓开风气之先者也。"① 又高度评价道:"先代名家,尚未见有如韩如欧者。"② 他认为;"自东汉以来,尽去先秦、西京之浑朴,而琢句析字以为新诡,则其气之断续而不能自行其意,无足怪也。自西汉至唐宋,千有余年,韩欧两君子出,而后秦汉之文章烂然于天下。"③ 此即茅坤取径唐宋而达秦汉之意。艾氏与茅坤一样,特别提及司马迁对欧阳修的影响:"千古文章,独一史迁。史迁而后,千有余年,能存史迁之神者,独一欧公。"④ 他还以碑志文为例,以韩愈作比较称:"古文一道,其传于今者,贵传古人之神耳。即以史迁论之,昌黎碑志,非不子长也,而史迁之蹊径皮肉,尚未浑然。至欧公碑志,则传史迁之神矣。然天下皆慕韩之奇,而不知欧之化,乃知识者之功侔于作者。"⑤ 此亦沿袭茅坤关于欧公独得史迁风神之说。艾南英又云:"文章大家,亦复无所不有,方为大家,古文中惟欧公足当之。欧公有《史记》文,有韩文,有柳文,又有六朝鲜藻文,而亦自具宋时同时之文,如苏,如王,如李纲奏议,皆若于欧集先见之。此所以为大家。"⑥ 艾氏于欧公之推崇可谓极矣。

　　难能可贵的是,艾南英在明代后期,仍高举唐宋派的旗帜,竭尽全力,呐喊鼓吹,深入阐述、热烈宣传唐宋派的理论,与以后七子为代表的复古的秦汉派,展开坚决的斗争。他与陈子龙的论战在当时影响很大,《答陈人中论文书》云:

———————

① 《天傭子集》卷二《续刻周伯誉遗稿序》。
② 《天傭子集》卷三《王康侯合并稿序》。
③ 《天傭子集》卷二《陈兴公湖上草序》。
④ 《天傭子集》卷五《再与周介生论文书》。
⑤ 《天傭子集》卷五《与沈崑铜书》。
⑥ 《天傭子集》卷五《与温伯芳论大家书》。

足下谓宋之大家未能超津筏而上,又谓欧、曾、苏、王之上,有左氏、司马氏,不当舍本而求末。夫足下不为左氏、司马氏则已,若求真为左氏、司马氏,则舍欧、曾诸大家,何所由乎? 夫秦汉去今远矣,其名物、器数、职官、地理、方言、里俗,皆与今殊。存其文以见于吾文,独能存其神气尔。役秦汉之神气而御之者,舍韩欧奚由? 譬之于山,秦汉则蓬山绝岛也,去今既远,犹之有大海隔之也,则必借舟楫焉而后能至,夫韩欧者,吾人之文所由以至于秦汉之舟楫也。由韩欧而能至于秦汉者,无他,韩欧得其神气而御之耳。若仅取其名物、器数、职官、地理、方言、里俗,而沾沾然自以为秦汉,则足下之所极赏于元美、于鳞者耳。不佞方由韩欧以师秦汉,足下乃谓不当舍秦汉而求韩欧;不佞方以得秦汉之神气者尊韩欧,而足下乃以窃秦汉之字句者尊王李,不亦左乎? ……昌黎摹史迁,尚有形迹,吾姑不论,足下试取欧阳公碑志之文及《五代史》论赞读之,其于太史公,盖得其风度于长短肥瘠之外矣,犹当谓之有迹乎? 犹谓之不能径渡乎? ……宋之文,由乎法,而不至于有迹而太严者,欧阳子也,故尝推为宋之第一人。……宋人诗诚不如唐,若宋之文,则唐人未及也。唐独一韩柳,宋自欧、曾、苏、王外,如贡父、原父、师道、少游、补之、同甫、文潜、少蕴数君子,皆卓卓名家。愿足下闭户十年,尽购宋人书读之,然后议宋人未晚也。

此书以辛辣的笔调批评复古派的主张,以形象的分析阐明唐宋派以唐宋为津梁学秦汉的正确,划清以王世贞、李攀龙为代表的后七子"窃秦汉之字句",与以欧阳修为代表的宋大家得秦汉之神气而"御之"的本质区别,特别肯定了欧阳修学太史公,

"得其风度于长短肥瘠之外"的杰出成就。又指出宋文在欧阳修等大家的推动、影响之下,形成强大的群体力量,成绩斐然,超过唐代而雄踞散文发展的巅峰。艾氏还声称"文至宋而体备,至宋而法严,至宋而本末源流遂能与圣贤合,恐太史公复生,不能不抚掌称快"①。

　　艾南英对唐宋派的理论不仅深入阐析,而且还有所发展。他主张为文应有法度,但认为有法而不能过度,所谓"由乎法,而不至于有迹而太严者"②。他强调文应有神与气,赞赏归有光"留心《史记》,摹神摹境"③,认为"古之至文,未有不以气为主者"④。他重视行文的雅洁,谓"每见六朝及近代王、李崇饰句字者,辄觉其俚;读《史记》及昌黎、永叔古质典重之文,辄觉其雅。然后知浮华,学古质,则俚雅之辨也"⑤。又谓"文必洁而后浮气敛,昏气除,情理以之生焉。其驰骤跌宕,呜咽悲慨,倏忽变化,皆洁而后至者也",并称"韩、欧、苏、曾数君子,其卓然能立言于后世,未有不由于洁者也"⑥。艾南英的上述观点,上承唐宋派,下则开清桐城派文论的先河。

　　当然,我们也看到,与重个性、强调独抒性灵的公安三袁相比,生于三袁之后的艾南英却重理道、推崇程朱理学,在散文观上已有很大的局限。其所撰《重乐轩初选序》云:"宋之理学文章,俨然与三代比隆,固程、朱、欧、曾诸君子之力。"《与周介生论文书》云:"夫文之通经学古者,必以秦、汉之气,行六经、《语》《孟》之理。"此般理念与明初的宋濂等已无何差异了。

───────

① 《天傭子集》卷五《再答夏彝仲论文书》。
② 《天傭子集》卷五《答陈人中论文书》。
③ 《天傭子集》卷五《再答夏彝仲论文书》。
④ 《天傭子集》卷二《陈兴公湖上草序》。
⑤ 《天傭子集》卷五《答夏彝仲论文书》。
⑥ 《天傭子集》卷三《金正希稿序》。

明代文坛接受欧阳修的历史进程有如上述。这一历程之所以具有十分重要的意义,是因为它明白无误地彰显着如下的道理:

其一,欧阳修是兼为儒宗与文宗、兼有人格与文学魅力的一代伟人,明代延续并加强了自宋以来对欧阳修一代儒宗和文宗地位的确认和尊崇。在明代初期,这种尊崇更多是强调欧公是合道统文统于一身的人物,此乃出于大明王朝复兴儒家思想文化、促进社会发展和稳定的需要。到了明代中后期,阳明心学兴起且影响日甚一日,欧阳修的儒家思想与学术虽依然为士人所重视,但是比起前期作为身兼道统与文统二任的人物,他在中后期更多是以一代文学巨匠的形象出现,他的文学业绩、特别是散文创作的成就,在明代文坛上可谓耀眼夺目。欧阳修对明代文学、特别是散文发展的重大影响,是不可低估的。

其二,欧阳修对明代文坛的巨大影响,得力于明代前中后期士人持续不断的推重与宣传。这种推重与宣传,主要是通过编文选、作点评得以实现的。将韩愈、欧阳修等人优秀作品所代表的唐宋散文,积极推介给广大读者,是明代文人的重大贡献。前期,朱右编选《六先生文集》,其中苏含三苏,实为“唐宋八先生文集”,在唐宋八家之名的框定与文章的选编上自有不可磨灭之功。中期,茅坤推出《唐宋八大家文钞》,归有光推出韩、柳、欧、苏《四大家文选》,又编有《欧阳文忠公文选》,深受士人关注。他们不仅选文,还加点评,将唐宋文在社会上的普及又大大推进了一步。后期,选评唐宋八大家或韩、柳、欧、苏四大家更是成为风尚,以致欧文及其所代表的宋代散文的影响越来越大。

其三,随着欧阳修的散文在读者中的传播和影响日渐扩大,其平易自然的文风也为广大士人所喜好与效仿,从而主导着一代文风发展的趋势,给一度盛行的“文必秦汉”的拟古之习以致命的打击。明初,谢肃称颂道:"平易说理,气脉浑厚者,欧阳修、苏轼、曾巩之文也。"① 方孝孺赞曰:"永叔厚重渊洁,故其文委曲平和。"② 平正纡徐的欧文亦深得馆阁大臣的赏识。明之中期,陆钶称欧阳修"为文简明信通"③。何良俊称"自陈寿《三国志》后,惟欧阳公《五代史》平典质直"④。张萱批评欧文"一以显白为主,殊无一毫古奥意"⑤,实际上道出了欧文平易自然的特色。王世贞称赞学欧的归有光"不事雕饰,而自有风味"。至明后期,钟惺评欧文"浅易中自有风致"⑥。方以智云:"去其痕而一以平行之,则欧、曾也。"⑦ 欧氏平易自然的文风在有明一代的巨大影响与导向作用,于此可见一斑。

　　其四,明人对欧文的独特风致颇为赞赏,郑瑗曰:"欧阳文纡徐曲折,偃仰可观,最耐咀嚼。"⑧ 此大抵认同北宋以来对欧文特色的评说。到了唐宋派驰骋文坛之时,欧文所具有的深厚而真挚的情感引起人们前所未有的关注。归有光编《欧阳文忠公文选》,茅坤编《欧阳文忠公文钞》,对欧文之富于情感性极为重视,备加赞赏。他们在诸多作品的评点中,一再揭示欧文重于和善于抒情的特色,强调其感人的艺术魅力。归有光饱含深情、一唱三叹的作品,更是在创作上深受欧公影响的生动表现。而且,归、茅二人还明确指出,重于和善于抒情的欧公,在创作上继承了司马迁的不朽风神。他们关于欧公"风神机轴逼真太史

---

① 《密庵集》卷六《送车义初归京师序》。
② 《逊志斋集》卷一二《张彦辉文集序》。
③ 杨守阯《碧川文选》卷尾《碧川文选跋》,《四明丛书》本。
④ 《四友斋丛说》卷五,第47页。
⑤ 《疑耀》卷四"诗文显白古奥"条,《丛书集成》本。
⑥ 孙琮《山晓阁选宋大家欧阳庐陵全集》卷三《菱溪石记》评语引。
⑦ 《通雅》卷首三《文章薪火》,清光绪庚辰刊本。
⑧ 《井观琐言》卷一,《宝颜堂秘笈续集》本。

公"①、"调自史迁出……中多感慨俊逸处"②及"世之文人学士得太史公之逸者,独欧阳子一人"③等评议,实开后世"六一风神"论的先河。

其五,明代前期之宗欧,于本文前引宋濂、刘基、方孝孺等人的表述中清晰可见。他们公认欧为一代文宗,曾、王、三苏皆在其麾下。到明代中期,苏轼的影响愈来愈大,欧苏并重,已成共识。王世贞评欧氏云:"要之宋文,竟当与苏氏踞洛屋两头,曾、王而下,置之两庑。"④此与两宋文坛由宗欧向宗欧与宗苏并重演变颇为相似。当然,南宋对苏轼散文的推重,固然因苏文富于艺术魅力,但与高宗、孝宗的褒奖与士子科考的需要亦密切相关。至明代后期,文人学者的人本观念日益增强,畅抒胸臆、挥洒自如、行云流水的苏轼文,特别受到他们、尤其是独抒性灵的公安派的青睐。这展现出其时明人更加张扬个性、尊重心灵、崇尚艺术的特点和由偏于重道向更为重文转变的文学观。

## 二、明代对欧文研究的拓展

(一)茅坤《唐宋八大家文钞》拓展性的贡献。

明代是我国评点文学获得迅速发展的时期,诗词、散文、戏剧、小说的评点全面展开。就古文评点而言,与前代相比,有长足的进步:古文选本增多,评点内容更为丰富,参与古文评点的作家甚众。曾点评过欧文的人就不少,其著名者有归有光、徐文昭、唐顺之、茅坤、孙鑛、李廷机、钟惺、顾锡畴、陈仁锡等。由此

---

① 《欧阳文忠公文选》卷五《唐书·兵志论》评语。
② 《唐宋八大家文钞·论例》。
③ 《茅鹿门先生文集》卷三一《欧阳文忠公文钞引》。
④ 《读书后》卷三《书欧阳文后》,清乾隆丙子刊本。

名单可见,唐宋派作家在推动古文评点上发挥了带头的作用。无疑,茅坤是唐宋派作家从事古文评点影响最大的一位,其《唐宋八大家文钞》堪称明代古文选评极具份量与代表性的著作。而该书收录与评说欧文最多,对深化欧文研究也做出了重大的贡献。

与此前的古文选本相比,茅坤《唐宋八大家文钞》具有如下的特点:

第一,篇幅宏大,涵盖作家作品面广。

清《四库全书》所收通行本茅《钞》,凡 164 卷:韩文 16 卷,柳文 12 卷,欧文 32 卷、附《五代史钞》20 卷,王文 16 卷,曾文 10 卷,老苏文 10 卷,大苏文 28 卷,小苏文 20 卷。在古文选评本中,茅《钞》堪称前所罕有的煌煌巨著。宋六家卷数占八家总卷数的近八成三,欧《文钞》、《史钞》合计 52 卷,几乎占总卷数的三分之一,足见茅坤对宋文尤其是欧文的喜爱和重视。四库馆臣云:"八家全集浩博,学者遍读为难,书肆选本又漏略过甚,坤所选录尚得烦简之中。"① 茅《钞》为读者提供了有较大阅读量、繁简较为适中的唐宋八大家文读本,而且大多数文章都有批语,如欧阳修《文钞》279 篇,242 篇有批语,占了近九成;《史钞》87 篇,批语也有 47 篇,占了一半多。茅批多平易简洁,对于初学者理解八家古文颇有帮助,这是值得称道的。

第二,文道合一,关注作品的文学特色。

茅坤选文力主文道合一,茅《钞》之《总序》曰:"之八君子者,不敢遽谓尽得古六艺之旨,而予所批评,亦不敢自以得八君子之深,要之,大义所揭,指次点缀,或与道不相盭已。"与人言及所编《文钞》时,茅坤云:"文以载道,道也者,庖牺氏以来不易

① 永瑢等《四库全书总目》卷一八九《唐宋八大家文钞》提要,第 1719 页。

之旨也。……八君子者,赋材不同,然要之并按古六艺及西京以来之遗响而揣摩之者,其在孔门,不敢当游、夏列,而大略因文见道,就中擘理。"① 在强调道的同时,茅坤分外重视人的个性、情感,重视作品的文学性、作家的艺术风格。他极为欣赏史迁与欧公之文,前者"以其驰骤跌宕,悲慨呜咽,而风神所注,往往于点缀指次外,独得妙解",后者以其"姿态横生,别为韵折,令人读之,一唱三叹,余音不绝"②。虽然茅坤的有些批语未免肤浅,缺乏深度,但总的看,他既重道,又重文,为读者、特别是初学者指引路径,功不可没。他对八家文的批评鉴赏具体切实,大体是公允的。

第三,纵向追溯,重视探讨各家的渊源。

茅坤十分重视八大家学术渊源的探讨。《柳柳州文钞引》指出韩、柳的不同:"昌黎之文得诸古六艺及孟轲、扬雄者为多,而柳州则间出乎《国语》及《左氏春秋》诸家矣。"《欧阳文忠公文钞引》指出:"世之文人学士得太史公之逸者,独欧阳子一人而已。"《曾文定公文钞引》云:"曾子固之才焰,虽不如韩退之、柳子厚、欧阳永叔及苏氏父子兄弟,然其议论必本于六经,而其鼓铸剪裁必折中于古作者之旨。朱晦庵尝称其文似刘向,向之文于西京最为尔雅,此所谓可与知者言,难与俗人道也。"《王文公文钞引》云:"王荆公湛深之识、幽渺之思,大较并本之古六艺之旨,而于其中别自为调,镂刻万物,鼓铸群情,以成一家之言者也。"《苏文公文钞引》云:"苏文公崛起蜀徼,其学本申韩,而其行文杂出于荀卿、孟轲及《战国策》诸家。"《唐宋八大家文钞论例》谓"苏氏兄弟则本《战国策》纵横以来之旨而为文"。茅

---

① 《茅鹿门先生文集》卷五《与王敬所少司寇书》。
② 《茅鹿门先生文集》卷三一《欧阳文忠公文钞引》。

氏不仅在总论作家时有上述明晰的论述,而且在点评具体作品时,也指出所学对象或所受的影响,以苏轼为例,评《上神宗皇帝书》曰:"大略摹仿陆宣公奏议来。"① 评《武王论》曰:"通篇将无作有,转辗不穷,大略从战国辩口中来。"② 评《六一居士传后》曰:"本庄生'齐物我'见解,而篇末类滑稽可爱。"③

第四,横向比较,着意突出各家的不同。

茅坤重视对各家的艺术风格及文体擅长进行比较,以凸显其不同。在《评司马子长诸家文》中他以十分形象的文字对包括韩、柳、欧、苏在内的诸家文风作生动的描叙,已见前述。《唐宋八大家文钞论例》写道:"世之论韩文者,共首称碑志。予独以韩公碑志多奇崛险谲,不得《史》《汉》叙事法,故于风神处或少遒逸,予间亦镌记其旁。至于欧阳公碑志之文,可谓独得史迁之髓矣。王荆公则又别出一调,当细绎之。序、记、书,则韩公崛起门户矣。而论、策以下,当属之苏氏父子兄弟。四六文字,予初不欲录,然欧阳公之婉丽,苏子瞻之悲慨,王荆公之深刺于君臣上下之间,似有感动处,故录而存之。"《论例》在评叙事文时,谓"当以欧阳公为最",又曰:"曾之大旨近刘向,然逸调少矣。王之结构裁剪,极多镵洗苦心处,往往矜而严,洁而则,然较之曾,特属伯仲,须让欧一格。"《王文公文钞引》也是通过比较突出王文的独特:"荆公之雄不如韩,逸不如欧,飘宕疏爽不如苏氏父子兄弟,而匠心所注,意在言外,神在象先,如入幽林邃谷而杳然洞天,恐亦古来所罕者。"其他,诸如作品的思想内涵、作家的学问取向、人生经历与创作特长等,也不乏比较的评说。如评苏轼《十八大阿罗汉颂》云:"此等文字,韩、欧所不欲为;此

---

① 茅坤《唐宋八大家文钞·苏文忠公文钞》评语卷二。
② 茅坤《唐宋八大家文钞·苏文忠公文钞》评语卷一二。
③ 茅坤《唐宋八大家文钞·苏文忠公文钞》评语卷二八。

等见解,韩、欧所不能及。由苏长公少悟禅宗,及过南海后,遍历劫幻,以此心性超朗,乃至于此。可谓绝世之文矣。"① 评欧阳修《文正范公神道碑铭》云:"欧阳公碑文正公,仅千四百言,而公之生平已尽;苏长公状司马温公,几万言而上,似犹有余旨。盖欧得史迁之髓,故于叙事处裁节有法,自不繁而体已完;苏则所长在策论纵横,于史家学或短。此两公互有短长,不可不知。"②

正是由于具备上述特点,同时因"亦为举业而设"③,茅《钞》在问世后广受欢迎,由晚明至清代一再翻刻,滋养了一代又一代的读者。清高宗弘历于乾隆三年序《御选唐宋文醇》曰:"明茅坤举唐宋……八家,荟萃其文各若干首行世,迄今操觚者脍炙之。"④ 四库馆臣亦称赞茅《钞》曰:"初学之士人奉一编用为模法。"⑤ 茅《钞》在年轻学子中推广普及唐宋文,可谓功不可没。

为了更清楚地了解茅《钞》的影响,不妨考察一下此书不断刊印的过程。《四库全书总目》卷一八九《唐宋八大家文钞》提要云:"其书初刊于杭州,岁久漫漶。万历中,坤之孙著复为订正重刊之,始以坤所批《五代史》附入欧文之后,今所行者,皆著重订本也。"此处记述"万历中"疑有误,茅《钞》最初面世的是万历七年(1579)茅一桂刻本,凡144卷,收韩文16卷、柳文12卷、欧文32卷、苏洵文10卷、苏轼文28卷、苏辙文20卷、曾文10卷、王文16卷,尚未收欧阳修的《五代史钞》。崇祯元年(1628),在初刻本刊行半个世纪后,有方应祥修订本问世,凡145卷,其中欧文增至33卷(含《五代史钞》1卷)。崇祯四

① 茅坤《唐宋八大家文钞·苏文忠公文钞》评语卷二七。
② 茅坤《唐宋八大家文钞·欧阳文忠公文钞》评语卷二三。
③ 永瑢等《四库全书总目》卷一八九《唐宋八大家文钞》提要,第1719页。
④ 爱新觉罗·弘历《唐宋文醇》卷首。
⑤ 《唐宋文醇》书前提要,《文渊阁四库全书》本。

年(1631),而不是"万历中",茅坤之孙茅著在方本的基础上又作修订,将原《凡例》中论文九则另编一卷,成146卷,所收篇目与方本同。在三种版本中,茅著本影响最大,遂一再被后世翻刻,现存首都图书馆藏康熙四十二年云林大盛堂刻本,即是其中之一[①]。而至乾隆五十八年(1793)《四库全书》纂成,所收茅《钞》,又作了一些变动:欧之外,各家卷数与茅著本均同,唯欧文删去所含《五代史钞》1卷,恢复为32卷,另增补《史钞》20卷,《凡例》不单独成卷,全书共164卷。简言之,由万历七年至崇祯四年的半个世纪里,茅《钞》经两度修订、三次刊行;而至清乾隆时,又增补了欧《五代史钞》20卷,成为卷数最多的通行本,此时离茅《钞》首次刊行,历经两个朝代,计200余年,足见其影响经久不衰,而欧文所受到的特别的推重也是不争的事实。

我们还不能忽视的是,受茅《钞》影响,有其他大量的唐宋八家文选本面世。崇祯时期问世的,有六种非茅坤所选的八大家选本,即孙慎行刊行《精选唐宋八大家文钞》6卷,顾锡畴刊行《唐宋八大家选本》59卷,汪应魁校勘、钟惺选评《唐宋八大家选》24卷,王志坚编刊八家文之选评本《古文渎编》29卷,题名钟惺所选《唐宋八大家文选》10卷,刘肇庆发祥堂刻茅坤、孙鑛、钟惺评《唐宋八大家文钞选》26卷[②]。到了清代,从康熙时期开始,又有众多八大家选评本刊行,其著名者有储欣《唐宋八大家类选》、吕留良《八家古文精选》、张伯行《唐宋八大家文钞》、汪份《唐宋八大家文分体读本》、沈德潜《唐宋八大家文读本》、刘大櫆《精选八大家文钞》、高嵣《唐宋八家钞》、孙琮《山晓阁选

---

① 此处述茅《钞》刊印过程及大量唐宋文选本问世,参考付琼《唐宋八大家选本在明清时期的衍生和流行》,载《中国社会科学院研究生院学报》2008年第4期。

② 此处亦参考付琼《唐宋八大家选本在明清时期的衍生和流行》。

唐宋八大家文》、陈兆仑《陈太仆批选八大家文钞》等。客观地说，储欣、沈德潜等所作批语，在鉴赏品评上，有不少超过茅坤的地方，但我们仍不能不充分肯定茅坤选评唐宋八家文巨著问世的开创之功和巨大影响。

无可讳言，茅《钞》有明显的不足，其要有三：

一是有些批语乃泛泛而言，较为肤浅。以《欧阳文忠公文钞》为例，茅坤评《论任人之体不可疑札子》曰："的确。"评《论茶法奏状》曰："的确之见。"评《谢校勘启》曰："句句校勘绝佳之作。"评《梅圣俞诗集序》曰："绝佳。"不说何以"的确"，"佳"在何处，而显得笼统空洞。评《樊侯庙灾记》曰："议归于正，分明是诮让樊将军之旨。"显然未得要领。清孙琮评曰："一段辨禾稼灾伤必非樊侯迁怒，此是明于人道；一段辨风霆雨雹亦非樊侯所能驱使，此是明于天道。"[1] 浦起龙评曰："庙灾在像，郑灾在苗，本两事也。人骇，捏作一事。击侯，正以晓众也，勿粘死句。"[2] 可谓鞭辟入里。

二是缺乏学术上的精心考证，而时有疏舛。清四库馆臣就指出茅坤的问题："欧文内，薛简肃举进士第一，让王岩，疑其何以得让；又以《张谷墓表》迁员外郎、知阳武县为当时特重令职；《孙之翰志》学究出身，进士及第为再举进士：皆不明宋制而妄为之说。"[3] 欧文《尚书户部侍郎简肃薛公墓志铭》云："初举进士，为州第一，让其里人王岩，而居其次，于是乡里皆称之。"此处点明非进士及第，而是"初举进士"，薛奎谦让，故为乡里称道。张谷一事，黄宗羲曰："鹿门云：'宋制，以观察推官徙参军，而知阳武县，又以通判眉州，入为员外郎，而复知阳武，可见当时

<hr />

[1]　《山晓阁选宋大家欧阳庐陵全集》评语卷三。
[2]　《古文眉诠》评语卷六〇，静寄东轩刊本。
[3]　永瑢等《四库全书总目》卷一八九《唐宋八大家文钞》提要，第1719页。

重令职如此。' 按宋制,未改京朝官,谓之县令;已改京朝官,方谓之知某县。张谷初知阳武,其京朝官是著作佐郎;再知阳武,其京朝官是屯田员外郎。知县虽同,而京朝官之崇卑则异,俱未尝入朝也。鹿门不明宋制耳。"[①]孙之翰事,见《右谏议大夫孙公(甫)墓志铭》,黄宗羲指出:"之翰初举进士不及第,再举方得及第,未尝再也。学究出身,非进士之第耳。"[②]

三是韩、柳两家选文偏少,与宋六家不成比例。韩、柳、欧、苏,自古齐名,然而茅《钞》中韩、柳两家文总共只有 28 卷,仅与苏轼文卷数相等,而欧《史钞》不计,《文钞》即有 32 卷。一般认为,八家中,苏辙文稍逊一些,但也有 20 卷,都高过韩、柳的卷数。以人均而论,唐两家为 14 卷;而欧的《史钞》不计在内,宋六家也有 19 卷之多。虽说茅坤从有益于初学者出发偏爱宋文的自然平易,或者说宋六家卷帙原来就较韩、柳为多,但如此失衡,未免失当。而清代选评家掌握较好的,不乏其人。如储欣选评八大家加孙樵、李翱的《唐宋十大家全集录》和沈德潜的《唐宋八大家文读本》,就做得比较适当。《全集录》选有韩 8 卷,柳 6 卷,欧 7 卷,苏洵 5 卷,苏轼 9 卷,苏辙 6 卷,曾 2 卷,王 4 卷。韩、柳、欧、苏(轼)之比例甚为合适,惟小苏所选略多,相形之下,曾、王显得偏少。《读本》共 30 卷,韩 6 卷,柳 3 卷,欧 5 卷,苏洵 3 卷,苏轼 7 卷,苏辙 2 卷,曾巩 2 卷,王安石 2 卷。愚见以为除柳、王二家偏少一点,似均可增添一卷外,总体上各家比例较为恰当。

(二)明代古文选本对欧文的广泛评说。

明代盛行文学评点,参与欧文评点者不少,著名者有林希

① 黄宗羲《南雷文案》卷四《答张尔公论茅鹿门批评八家书》,《四部丛刊》本。
② 黄宗羲《南雷文案》卷四《答张尔公论茅鹿门批评八家书》。

元(号次崖)、归有光、徐文昭、唐顺之、茅坤、孙鑛、李廷机(号九我)、钟惺、顾锡畴、王弱生、陈仁锡等。笔者所关注的上述名家对包括欧文在内的唐宋文的评点,主要是他们一般就每篇文章作少仅一句、多至十几句的总评,涉及文章的写作缘由、思想内容、谋篇布局、表现手法以至遣词用字等等。

对欧文的评说比较集中于以下几个方面:

其一,揭示其治国理政方面之意义。

徐文昭评《准诏言事上书》:"天下国家之经略具焉,千秋万世之药石备矣。"[①] 茅坤评《通进司上皇帝书》:"览此书反复利害,洞悉事机,欧阳公少时已具宰相之略如此,不可不知。"[②] 评《再论水灾状》:"因水灾议及用贤,亦探本之论。"[③] 顾锡畴评《言西边事宜第一状》:"经画区处,动中机宜,真可折冲樽俎之上。非胸中具数万甲兵者,那能到此?"[④] 评《原弊论》:"指陈情弊,淋漓痛快。有志甦吾民者,不可不置之座隅,反复展玩。"[⑤] 倪鸿宝评《五代史唐六臣传论二》:"千古朋党之祸,经欧公之论而钩镂摘抉无遗,真照妖镜也。"[⑥] 陈仁锡评《通进司上书·通漕运》:"陈列水运陆运之便,欲其两利而俱存之。欧公中有成画,殊非经生口吻。"[⑦]

其二,肯定其议论深透、动人心魄之笔力。

徐文昭评《论张子奭恩赏太频札子》:"论事之文,须使读

---

①　归有光《欧阳文忠公文选》评语卷一引。
②　茅坤《唐宋八大家文钞·欧阳文忠公文钞》评语卷一引。
③　《唐宋八大家文钞·欧阳文忠公文钞》评语卷七引。
④　《唐宋八大家文钞·欧阳文忠公文钞》评语卷四引。
⑤　《唐宋八大家文钞·欧阳文忠公文选》评语卷四引。
⑥　题孙鑛、钟惺选《唐宋八大家文钞选·欧阳文忠公集选》卷一引,明末刘肇庆发祥堂刊本。
⑦　题孙鑛、钟惺选《唐宋八大家文钞选·欧阳文忠公集选》卷三引。

者神动,受者心服。欧公诸奏,所谓论尽天下事,莫敢抒一议,弹尽天下官,莫敢吐一气者也。"① 评《杜衍范仲淹等罢政事状》:"情激而文婉,议论有针线,指陈有根据,使人神动。"② 归有光评《与石推官第二书》:"西江之口,悬河之辨。"③ 茅坤评《朋党论》:"破千古人君之疑。"④ 孙鑛评《廖氏文集序》:"论图书事未必是,独俟同于数千岁后一意却奇警快人,而写得亦劲肆有锋。"⑤ 评《王彦章画像记》:"议论叙事相间插,纵横恣肆,如蛟腾虎跃,绝为高作。"⑥ 评《上范司谏书》:"力健焰长,熟读可以发才气,生议论。"⑦ 陈仁锡评《论台谏官言事未蒙听允书》:"议论叠涌,而无堆垛之病……公言特为剀切。"⑧

其三,指出其谋篇严谨、布局精妙之技巧。

归有光评《论台谏官唐介等宜早牵复札子》:"前如游兵,使人入伏;后如追兵,使人风靡。"⑨ 评《送秘书丞宋君归太学序》:"通篇以难易立论,极有深浅。"⑩ 评《画舫斋记》:"先模出画舫景趣,中用三层翻跌,后澹澹收转,极有法度。"⑪ 评《伐树记》:"胸中先有末后一段议论,借客对以发其感慨。"⑫ 唐顺之评《有美堂记》:"如累九层之台,一层高一层,真是奇绝。"⑬ 评《王彦章画像

---

① 《欧阳文忠公文选》卷二引。
② 《欧阳文忠公文选》卷二引。
③ 《欧阳文忠公文选》卷二引。
④ 《唐宋八大家文钞·欧阳文忠公文钞》卷一四。
⑤ 孙琮《山晓阁选宋大家欧阳庐陵全集》卷三。
⑥ 孙琮《山晓阁选宋大家欧阳庐陵全集》卷三。
⑦ 题孙鑛、钟惺选《唐宋八大家文钞选·欧阳文忠公集选》卷三。
⑧ 题孙鑛、钟惺选《唐宋八大家文钞选·欧阳文忠公集选》卷三。
⑨ 归有光《欧阳文忠公文选》卷一。
⑩ 归有光《欧阳文忠公文选》卷六。
⑪ 归有光《欧阳文忠公文选》卷七。
⑫ 归有光《欧阳文忠公文选》卷七。
⑬ 茅坤《唐宋八大家文钞·欧阳文忠公文钞》卷二〇引。

记》："此文凡五段：一段是总叙其略，二段是言其能全节，三段是辨其事，四段是言其善出奇策，五段是寺中画像之事。而通篇以忠节善战分作两项，然不见痕迹。"① 评《集贤院学士刘公墓志铭》："首尾分应有力，从班、马中来。"② 茅坤评《永春县令欧君墓表》："以三人同里、同志行、特不同遇处相感慨。"③

其四，突显其善于言情、富于韵味之特色。

徐文昭评《与刁景纯学士书》："情致依依，隔千里如面谈。"④ 评《尚书屯田员外郎张君墓表》："累欷感慨，不知文生情情生文也。"⑤ 评《祭石曼卿文》："字字泪，随笔堕。"⑥ 归有光评《释秘演诗集序》："读到慷慨呜咽处，清夜如听击筑声。"⑦ 评《湖州长史苏君墓志铭》："淋漓之色，怅惋之致，悲咽之情，种种逼人。"⑧ 评《张子野墓志铭》："工于写情，略于序事，极淋漓骚郁之致。"⑨ 茅坤评《外制集序》："公本知制诰时所遭逢处，感慨序次，有忧深言远之思。"⑩ 评《送田画秀才宁亲万州序》："风韵跌宕。"⑪ 孙鑛评《江邻几文集序》："只是悼亡意，作感慨调，抑扬顿挫，便有无限风致。此文佳处盖在字句外。"⑫ 钟惺评《谢致仕表》："情至之语，自尔动人。"⑬

---

① 茅坤《唐宋八大家文钞·欧阳文忠公文钞》卷二一引。
② 《唐宋八大家文钞·欧阳文忠公文钞》卷二五。
③ 《唐宋八大家文钞·欧阳文忠公文钞》卷三〇。
④ 归有光《欧阳文忠公文选》卷三引。
⑤ 归有光《欧阳文忠公文选》卷一〇引。
⑥ 归有光《欧阳文忠公文选》卷一〇引。
⑦ 归有光《欧阳文忠公文选》卷六。
⑧ 归有光《欧阳文忠公文选》卷九。
⑨ 归有光《欧阳文忠公文选》卷九。
⑩ 《唐宋八大家文钞·欧阳文忠公文钞》卷一七。
⑪ 《唐宋八大家文钞·欧阳文忠公文钞》卷一八。
⑫ 孙琮《山晓阁选宋大家欧阳庐陵全集》卷三。
⑬ 题孙鑛、钟惺选《唐宋八大家文钞选·欧阳文忠公集选》卷四。

　　其五,赞赏其委婉纡徐、曲折尽致之文风。

　　唐顺之评《菱溪石记》:"行文委曲幽妙。"① 评《樊侯庙灾记》:"文不过三百字,而十余转折,愈出愈奇,文之最妙者也。"②钟惺评《为君难论下》:"欧文实宗于韩柳,而更为炉冶,更加精彩委曲。"③ 茅坤谓欧"序、记、书、论虽多得之昌黎,而其姿态横生,别为韵折,令人读之,一唱三叹,余音不绝"④。又云:"欧次情事甚曲,故其论多确而不嫌于复;苏氏兄弟则本《战国策》纵横以来之旨而为文,故其论直而畅,而多疏逸遒宕之势。欧则譬引江河之水而穿林麓,灌畎浍;若苏氏兄弟,则譬之引江河之水而一泻千里。"⑤

　　明代的古文选评是肇始南宋的古文选评的承继与发展。从形式到内容,明代的选评家大抵遵循宋人的路子,并未超越前人的模式。如同前文对茅《钞》特点的分析,明人的发展在于选评(或选而未评)的范围更广,涉及的作品更多,评说的内容更为深入。如唐顺之的《文编》收入由先秦至宋代分体编排之文,总计 64 卷 1100 多篇。茅《钞》中欧阳修一家的《文钞》收文就多达 32 卷 279 篇。选本的形式更多样化,或收历代各家,如唐顺之的《文编》、李廷机集评的《百家评注续文章轨范》、陈仁锡选评的《古文奇赏》;或收断代(唐宋)作家,如题陈继儒选评的《唐宋文归》、钟惺选评的《唐宋十二大家文归》;或收各家文选组成的系列,如归有光的《唐宋四大家文选》、茅坤的《唐宋八大家文钞》、孙鑛的《山晓阁选宋大家全集》。就评说内容的更为

---

① 茅坤《唐宋八大家文钞·欧阳文忠公文钞》卷二〇引。
② 茅坤《唐宋八大家文钞·欧阳文忠公文钞》卷二一引。
③ 钟惺《唐宋十二大家文归》卷二,明刻本。
④ 茅坤《茅鹿门先生文集》卷三一《欧阳文忠公文钞引》。
⑤ 茅坤《茅鹿门先生文集》卷三一《欧阳文忠公文钞引》。

深入而言,表现在更注重作家个性及其对作品影响的探究,横向
比较与纵向追溯更为具体细致,有关欧公"风神"的评说颇有创
见,如茅坤所作的八家《文钞引》等。另外,像归有光、钟惺那样
创作上成绩卓著的大家,评说更为生动形象,意味深远。

　　从不足的方面看,各家评说在前代已有成果的基础上深入
还不够,因而令人眼目一亮的极具真知灼见的阐析论断尚不
多。有些评语较多沿袭前人,或略作语词上的变化,给人以似
曾相识的感觉。如顾锡畴评欧《论校勘启》:"蕴思转调,如峡
流泉,似岫吐云。寻其刀尺断续之痕,了不可得。"①此极似茅坤
评《谢襄州燕龙图肃惠诗启》:"词虽四六之体,而蕴思转调,如
峡之流泉,如岫之吐云,绝无刀尺,绝无断续。"②《送杨寘序》,徐
文昭评:"送失意人,却以得意处摹写之,故妙。"③钟惺之评几乎
一样:"送失意人,以极得意处摹写之,妙绝。"④欧阳修的同一文
章,茅坤《欧阳文忠公文钞》与归有光《欧阳文忠公文选》的评
语相似的不少,下举十数篇为例:

| 篇　名 | 归有光《文选》评语 | 茅坤《文钞》评语 |
|---|---|---|
| 《春秋论》 | 是谓明辨。(卷四) | 辨。(卷一四) |
| 《五代史周臣传论》 | 古今不刊之语。(卷五) | 名言。(卷一六) |
| 《五代史唐六臣传论二》 | 深于世变之旨。(同上) | 文甚圆,而所见世情特透。(同上) |

---

① 　归有光《欧阳文忠公文选》卷三引。
② 　茅坤《唐宋八大家文钞·欧阳文忠公文钞》卷九。
③ 　归有光《欧阳文忠公文选》卷六引。
④ 　题孙鑛、钟惺选《唐宋八大家文钞选·欧阳文忠公集选》卷二。

| 篇　　名 | 归有光《文选》评语 | 茅坤《文钞》评语 |
|---|---|---|
| 《外制集序》 | 本遭逢处感慨次序，其忧深，其言远，其源深而流长。（卷六） | 公本知制诰时所遭逢处感慨序次，有忧深言远之思。（卷一七） |
| 《苏氏文集序》 | 子美为世所摈死，故文多悲悯。读一过，使人感慨流涕。（同上） | 予读此文，往往欲流涕。专以悲悯子美为世所摈死上立论。（同上） |
| 《御书阁记》 | 颇似史迁。（卷七） | 叙事类太史。（卷二〇） |
| 《岘山亭记》 | 确是岘山亭文，当与孟浩然风流感慨诗并绝千古者也。（同上） | 正是岘山亭文字，与孟浩然岘山诗并绝千古。（同上） |
| 《丰乐亭记》 | 风流太守之文。（同上） | 太守之文。（卷二一） |
| 《浮槎山水记》 | 兴致悠然，风韵翛然。（同上） | 风韵翛然。（卷二〇） |
| 《王彦章画像记》 | 以叙事行议论，更于感慨处着精神。（同上） | 以叙事行议论，其感慨处多情。（卷二一） |
| 《文正王公神道碑铭》 | 不独诏撰元勋体当如此，盛世君臣之际遂如指掌。（卷八） | 诏撰元勋之文当如此，盛世君臣之际如掌。（卷二二） |
| 《梅圣俞墓志铭》 | 通篇以诗作案，此昌黎《贞曜志》体也。（卷九） | 通篇以诗为案。（卷二八） |
| 《南阳县君谢氏墓志铭》 | 法度恰好。（同上） | 法度恰好。（卷二九） |
| 《石曼卿墓表》 | 欧阳公深知曼卿，如印在心，不觉笔下描画得欲哭欲笑。（卷一〇） | 以悲慨带叙事，欧阳公知得曼卿，如印在心，故描画得会哭会笑。（卷三〇） |

（续表）

| 篇　名 | 归有光《文选》评语 | 茅坤《文钞》评语 |
|---|---|---|
| 《读李翱文》 | 感慨悲愤，其深情都在时事上。（同上） | 其结胎全在感当时事上，归重于愤世。（卷三二） |

从上列评语的比较中，可以看出茅评除个别与归评完全一样外，或简缩用词，或表达得极为相似，意思毫无二致。《唐宋八大家文钞》初刻于万历七年（1579），而归有光已于八年之前的隆庆五年（1571）去世，看来茅坤参考、沿用归有光评语的可能性当更大些。这种相似、雷同的现象的产生，损害了明人文评的独创性。也有可能当时评家之间的相互参考和借鉴、化用或因袭，不是什么问题，但现在看来，终是不妥。且后来书商为牟利，借名家之名编书刻印，将某甲评语挪于某乙名下，令人真假难辨，如此作伪使评语的公信力遭到怀疑，实在是令人遗憾的。

（三）明代文话著述对欧文的论析。

明人有关文话的著述甚多，宋濂的《文原》、吴讷的《文章辨体序说》、王鏊的《震泽长语·文章》、杨慎的《升庵集·论文》、王文禄的《文脉》、归有光的《论文章体则》、何良俊的《四友斋丛说·论文》、徐师曾的《文体明辨序说》、王世贞的《艺苑卮言》、董其昌的《画禅室随笔》、李腾芳的《山居杂著·文字法三十五则》、王守谦的《古今文评》等，皆有研探、赏析欧文的内容。其他明人的不少文集中，也有相关的论述。

明人充分肯定欧阳修自成一家的独特风格。宋濂曰："欧阳氏之文如澄湖万顷，波涛不兴，鱼鳖潜伏而不动，渊然之色自不可犯。"[1] 方孝孺曰："永叔厚重渊洁，故其文委曲平和，不为

---

① 《文宪集》卷六《张侍讲翠屏集序》，《文渊阁四库全书》本。

斩绝诡怪之状,而穆穆有余韵。"① 二者所言,深得苏洵论孟、韩、欧文之三昧。② 郑瑗曰:"欧阳文纡徐曲折,偃仰可观,最耐咀嚼。"③ 王世贞曰:"欧阳之文雅浑不及韩,奇峻不及柳,而雅靓亦自胜之。记序之辞,纡徐曲折;碑志之辞,整暇流动……要不如韩之变化奇崛。"④ 王鏊认为欧善学韩而自成一家:"为文必师古,使人读之,不知所师,善师古者也。韩师孟,今读韩文,不见其为孟也;欧学韩,不觉其为韩也。"⑤ 关于欧文的曲折纡徐,明人多称道不已。何良俊谓:"欧阳公《丰乐亭记》,中间何等感慨,何等转换,何等含蓄,何等顿挫!"⑥ 唐顺之引述吕居仁之语:"文章纡余委曲,说尽事理,惟欧阳公得之。"⑦ 崔铣则感叹:"欧之雍容、苏之英发,恻然可动乎君也。"⑧

　　然而,也有不同看法,如杨慎虽赞美"欧阳公之文粹如金玉"⑨,但在论述"辞尚简要",应除"繁冗"之弊时云:"宋之欧、苏、曾、王,皆有此病,视韩、柳远不及矣。"⑩ 宋人文章不是没有"繁冗"处,但总的说,这涉及唐宋两代文章瘦丰各异的特点,不能一味肯定唐文之瘦,而否定宋文之丰,并视为弊病。王文禄也

---

① 《逊志斋集》卷一二《张彦辉文集序》。
② 《嘉祐集笺注》卷一一《上欧阳内翰第一书》:"孟子之文,语约而意尽,不为巉刻斩绝之言,而其锋不可犯。韩子之文,如长江大河,浑浩流转,鱼鼋蛟龙,万怪惶惑,而抑遏蔽掩,不使自露,而人望见其渊然之光,苍然之色,亦自畏避,不敢迫视。执事之文,纡余委备,往复百折,而条达疏畅,无所间断,气尽语极,急言竭论,而容与闲易,无艰难劳苦之态。"
③ 《井观琐言》卷一。
④ 《读书后·书欧阳文后》。
⑤ 《震泽长语·文章》。
⑥ 《四友斋丛说》卷二三,第208页。
⑦ 唐顺之《荆川稗编·文章杂论上》,王水照《历代文话》本,第1767页。
⑧ 《洹词》卷一一《古文类选序》,清乾隆三十六年刊本。
⑨ 《丹铅总录》卷一二,明嘉靖三十三年甲寅门人梁佐校刊本。
⑩ 《升庵集·论文》,王水照《历代文话》本,第1671页。

认为："欧、苏、曾、王条畅豪迈,而曲折纤徐终亦宋格。"①还特别
指出:"欧阳六一典文衡,变文体,自作原弱,欲变入于弱也。"②
关于欧阳文"弱"的指责,与王氏对古今之文发展的认识相关。
其谓"古之文也简而直"、"今之文也繁而虚"③,与杨慎关于欧、
苏文皆病于"繁冗"的见解如出一辙。王氏更是指称"文之妙
者,汉得九人焉","唐得七人焉","宋得六人焉"④,实谓今不
如古,一代不如一代。韩、欧各为一代宗师,竟皆不得列于"七
人"、"六人"的名单之中,《文脉》的观点未免偏激。

　　从文章学的角度,明人充分肯定欧阳修创作的成就。由归
有光七世孙归朝煦校刊的《归震川先生论文章体则》,以先秦
至明代的名人文章为范例,阐述作文要则,纲举目张,凡六十六
条,其中"用意奇巧则"、"化用经传则"、"下句载上句则"、"设为
难解则"、"叠用缴语则"、"结意有余则"、"结末括应则"、"结句
有力则",都选取欧文为范例。如"化用经传则"云:"凡文字引
用经传,易失之陈腐。惟欧阳永叔《送王陶序》,全用易象点化
疏通,而议论亦好,文章似此方成文章。"分析极有道理。李腾
芳撰《文字法三十五则》,从欧文中举了大量的例子。一则云:
"《醉翁亭记》:'峰回路转,有亭翼然临于泉上者,醉翁亭也。'一
'翼'字将亭之情、亭之景、亭之形象俱写出,如在目前,可谓妙
绝矣。"一则解说"将本题意义一句喝开的"的"顺喝开法",举
欧《相州昼锦堂记》"仕宦而至将相,富贵而归故乡"为例。又
一则关于"入法"的解说,举欧《送梅圣俞归河阳序》"求珠者必
之乎海"以下十数句,阐述"顺入"之法;又举《送陈经秀才序》

---

① 王文禄《文脉》卷二《杂论》,《百陵学山》本。
② 王文禄《文脉》卷二《杂论》。
③ 王文禄《文脉》卷三《新论》。
④ 王文禄《文脉》卷二《杂论》。

"洛阳西都来此者"以下十数句,阐述"翻人"之法。无疑,归有光、李腾芳对欧文的品评、鉴赏都颇有眼力,对初学古文者的写作,也是颇有帮助的。吴讷的《文章辨体序说》和徐师曾的《文体明辨序说》,则从文体辨析入手,探讨古代文章的流变,也不乏以欧文为例。如吴讷云:"记之名,始于《戴记》《学记》等篇。记之文,《文选》弗载。后之作者,固以韩退之《画记》、柳子厚游山诸记为体之正。然观韩之《燕喜亭记》,亦微载议论于中。至柳之记新堂、铁炉步,则议论之辞多矣。迨至欧、苏而后,始专有以论议为记者……至若范文正公之记严祠、欧阳文忠公之记昼锦堂、苏东坡之记山房藏书……虽专尚议论,然其言足以垂世而立教,弗害其为体之变也。"① 徐师曾云:"按右语者,宋时词臣进呈文字之词也;谓之右语者,所进文字列于左方,而先之以此词,实居其右,故因而名之。盖变进书表文之体,而别其称耳。然考之诸集,惟欧阳修、王安石等有《进功德疏右语》,岂其特用于此等文字,而他皆不用欤?"② 无疑,明人对文章学的研究,表现出前所未有的兴趣与专注,在作文要则、文体辨析等方面,明人比起前人所从事的研究,更为集中、更为细致,因此也更有收获。

对欧文的思想价值,明人大多推重有加,然亦有些出自理学观念的不同看法。洪武时,张惟康在指出欧阳修的倡导令宋文趋于兴盛之后,就强调说:"然亦皆文人之文也,非圣贤之文也……惟周茂叔氏挺生南荒,倡鸣道学,揭太极之图,阐《通书》之说,二程、张、朱从而发明之,然后圣贤之文有绪,而圣贤之学亦传矣。"③ 明代中期,何乔新虽谓"君子所取者,(唐宋)惟韩氏、欧阳氏、曾氏三家之文而已,以其颇得于经而有见于道也",但认

① 《文章辨体序说·记》,人民文学出版社,1982年,第41—42页。
② 徐师曾《文体明辨序说·右语》,人民文学出版社,1982年,第170页。
③ 吴海《闻过斋集》卷首,《嘉业堂丛书》本。

为只有"至濂、洛、关、闽诸大儒出,宗经明道,而后其文粹然一
出于正"①。在他的理学视觉中,甚至认为:"如欧阳子之精纯典
雅,苏老泉之雄俊明白,苏子瞻之雄浑瑰伟……笔力骎骎,与周、
汉追踪。惜乎学未闻道,辞不逮理,终有愧于古也。"②程敏政也
持理学家的见识:"昔者朱子谓欧阳公知政教出于一,而不知道
德文章之不可二,因笔之以诏学者,真不易之论哉!"③

　　自南宋以降,言及唐宋文,必称韩、柳、欧、苏。欧、苏先后位
居北宋文坛的领袖地位,在明代也都获得巨大的尊崇和荣光,但
在不同的时期,明人对欧、苏文的喜好的程度显现出变化。明
代初期,崇欧之风最甚,宋濂、朱右、贝琼、赵汸、杨士奇等,景仰
欧公之情,屡见于言辞之间。明代中期以后,仍不乏崇欧者,但
喜好苏文的热度开始上升。吴宽欣赏苏轼非凡的才情,由《匏
翁家藏集》中怀想东坡的诗作和题跋东坡真迹的文字,可见他
对东坡深厚的艺术涵养的钦佩。李东阳云:"苏子瞻才甚高,子
由称之曰:'自有文章,未有如子瞻者。'其辞虽夸,然论其才气,
实未有过之者也。"④都穆云:"苏文忠公文章之富,古今莫有过
者。"⑤《归震川先生论文章体则》中,有17则举东坡文为例,足
见归有光对苏轼文章笔法的高度欣赏。撰有《论学须知》的庄
元臣,对东坡文尤为推崇,书中专门有《论苏文当熟》一节,云:
"余今所论,皆唐宋以下之轨辙,韩、柳、欧、苏,莫不由斯。而余
生平所最喜玩者,尤在眉山父子,故动引苏文为证据。"这里说
的"苏文",主要是东坡文。庄氏又撰有《文诀》,内收56则论

───────────

① 《椒邱文集》卷九《琼台类稿序》,《文渊阁四库全书》本。
② 《何文肃椒丘先生策府群玉文集》卷上《文章》,清雍正九年刊本。
③ 《篁墩文集》卷二八《金坡稿序》,《文渊阁四库全书》本。
④ 《怀麓堂诗话》,《历代诗话续编》本。
⑤ 都穆《南濠诗话》,《历代诗话续编》本。

文章的随笔,涉及苏轼的文字不少,曰:"文不必传于班、马、苏、韩,而善文者无不协班、马、苏、韩之辙者也。"又曰:"文章立意之妙,观所起,不能测所止,随看随解,至尽后知。此惟苏、韩文能得其解,余人莫及也。"可见他对苏轼的评价极高。至明代后期,崇东坡者益众,陈继儒《苏长公集选叙》云:"古今文章大家以百数,语及长公,自学士大夫以至贩夫灶妇,天子太后以及重译百蛮之长,谁不知有东坡?其人已往而其神日新,其行日益远,则千古一人而已。"① 董其昌认为"东坡突过昌黎、欧阳"②。提倡抒写性灵的袁宏道,对苏轼自然十分崇拜,《与冯琢庵师》云:"宏近日始读李唐及赵宋诸大家诗文,如元、白、欧、苏与李、杜、班、马,真是雁行,坡公尤不可及,宏谬谓前无作者。"宏道作《识伯修遗墨后》,指出兄伯修(宗道)"嗜长公尤甚"。苏轼以其纵横驰骋、自由挥洒,比之欧阳修,更得公安派的垂青,自是理所当然的了。明末王守谦作《古今文评》,称"坡公文如晴空鸟迹,水面风痕,有天地以来,一人而已。"时人虽仍将欧、苏并称,实际上更高看苏轼了。

## 第四节　清代对欧阳修的接受和欧文评说的鼎盛

### 一、清代文坛对欧阳修的接受

以宋代文学领军人物的身份,历经金、元、明代的反复褒扬

① 陈元植《苏长公集选》卷首,明万历刊本。
② 《画禅室随笔·评文》,中国书店,1983 年,第 67 页。

和作品影响的不断扩大,与唐代的领军人物韩愈一样,欧阳修在整个清代都受到文坛的关注。在不同时期和不同人的眼中,关于欧阳修的评价虽然有别,但对他的人格、文学与学术成就多数给予正面的积极的评价。有清一代,在学术水平上超越前代的学者非寥寥可数,这是令人可喜的现象。清代文坛对欧阳修的接受,随着整个社会,包括文学及学术的发展,大致可分为前、中、后三期。由明清易代至康雍之世,约为前期;乾嘉年间,约为中期;道光以后,约为后期。

（一）前期:著名学者文士对欧阳修的称扬。

明清易代之际,学术思想活跃,以顾炎武、黄宗羲等为代表的学者,议论勃发,酣畅淋漓,著书立说,多所发明。以侯方域、汪琬、魏禧等为代表的文人,亦勤于著述,成果丰硕,各有特色。这些有思想、有才气的学者、文人,对欧阳修的人格、文学与学术成就颇有称说,一般言之,较公允而精当。如侯方域云:"昔韩、欧、苏之三公者,皆能守道不随于时……而当世见其片言只字,皆爱而重之不衰。"[1]他对欧公的人格深为崇敬。顾炎武言及宋"真、仁之世"曰:"田锡、王禹偁、范仲淹、欧阳修、唐介诸贤,以直言谠论倡于朝,于是中外荐绅知以名节为高,廉耻相尚,尽去五季之陋。"[2]孙琮称赞欧公曰:"遭时贤主,周旋于杜、富、韩、范之列,尽忠匡弼,设施经济,为有宋名臣。"[3]钱谦益高度评价欧的文史成就:"欧阳子,有宋之韩愈也。其文章崛起五代之后,表章韩子,为斯文之耳目,其功不下于韩。《五代史记》之文,直欲跳班而祢马。《唐六臣》《伶人》《宦者》诸传,淋漓感叹,绰

① 《壮悔堂集·壮悔堂文集》卷二,《四部备要》本。
② 《日知录》卷一三,清光绪三年刊本。
③ 《山晓阁选宋大家欧阳庐陵全集》卷首《序》。

有太史公之风。"① 这承继了明代唐宋派对欧阳修文章的评价。顾炎武又称颂欧公集古考古的学术贡献："余自少时,即好访求古人金石之文,而犹不胜解。及读欧阳公《集古录》,乃知其事多与史书相证明,可以阐幽表微,补阙正误,不但词翰之工而已。"②

　　就欧学的主体,即欧阳修文的成就而言,综合前期各家之说,集中在如下几点:

　　其一,肯定欧阳修文的历史地位。

　　吴伟业在提及贾谊、董仲舒、司马迁、刘向、韩愈、柳宗元之后称："有宋庆历、嘉祐之间,欧、曾并起。此数君子,各成一代之文,声施后祀。"③ 又曰："夫诗之尊李、杜,文之尚韩、欧,此犹山之有泰、华,水之有江、河,无不仰止而取益焉。"④ 曹尔堪作《锦瑟词序》曰："欧、苏两公,千古之伟人也。其文章事业,炳耀天壤。"⑤ 王夫之论文,谓老苏"猖狂谲躁",曾巩"扳今掉古,牵曳不休",安石"转折烦难"之后,曰："八家中,唯欧阳永叔无此三病,而无能学之者。要之,更有向上一路在。"⑥ 汪琬亦云："欧阳永叔、苏子瞻,数百年以来所推文章大家也。"⑦ 魏裔介赞欧公曰："窃以为古文之废久矣。三代而后,自当以马、班为宗,韩、欧为嗣。"⑧ 又云："浏览宋文,终当以欧、苏为操觚之标准耳。"⑨

————————

①　《牧斋有学集》卷三八《再答苍略书》,《四部丛刊》本。
②　《日知录》卷一三《宋世风俗》。
③　《梅村家藏稿》卷二七《陈百史文集序》,《四部丛刊》本。
④　《梅村家藏稿》卷五四《与宋尚木论诗书》,《四部丛刊》本。
⑤　汪懋麟《百尺梧桐阁集·锦瑟词》卷首,上海古籍出版社1980年影印本。
⑥　王夫之《姜斋诗话》,第180页。
⑦　《尧峰文钞》卷三〇《姚氏长短句序》,《四部丛刊》本。
⑧　《兼济堂集》卷四《宋文欣赏集序》。
⑨　《兼济堂集》卷七《复安庆郡丞程昆仑书》。

有的学者,还从极力推尊韩文上,赞誉欧公的业绩。叶燮云:"韩愈之文,当愈之时,举世未有深知而尚之者;二百余年后,欧阳修方大表章之,天下遂翕然宗韩愈之文,以至于今不衰。"[1]王士禛曰:"韩吏部文章,至宋始大显……若天不生欧公,则公之文几湮没而不彰矣。"[2]

其二,指出欧阳修重于经术,故其文能横绝一世。

黄宗羲谓"文必本之六经,始有根本",称"惟刘向、曾巩多引经语",后以极敬佩的口吻曰:"至于韩、欧,融圣人之意而出之,不必用经,自然经术之文也。近见巨子动将经文填塞,以希经术,去之远矣。"[3]"融圣人之意而出之",足见欧对六经的深入理解与融会贯通。徐作肃《壮悔堂文集序》云:"欧阳修曰:'读《易》者如无《春秋》,读《诗》者如无《书》,圣人之文不可及也。'至矣哉!修之研见至隐也哉!"欧语见《答吴充秀才书》,语本李翱《答朱载言书》,翱谓当学六经"创意造言,皆不相师"。徐氏对欧公研经之见至为钦佩,认为正因为有如此研见,其文才能取六经之精、洁,既有起伏变化,又合乎规矩。魏裔介指出:"六朝绮靡日甚,唐、宋之间,有韩、欧诸君子起衰振弊,盖必得经之意以为文,而后其文足以传。此文之所以与立德、立功而并垂不朽也。"[4]朱彝尊也认为韩愈、欧阳修等"莫不原本经术,故能横绝一世"[5]。《清史稿·儒林传》本传载黄宗羲语曰:"尝谓明人讲学,袭语录之糟粕,不以六经为根柢,束书而从事于游谈,故问学者必先穷经,经术所以经世。"清初学者之重视经学,视为安身

① 《原诗》内篇下,人民文学出版社,1979年,第28页。
② 《池北偶谈》卷一五《皇甫湜评韩文》,中华书局,1982年,第360页。
③ 《金石要例》附《论文管见》,《丛书集成》本。
④ 《兼济堂集》卷四《古文欣赏集序》。
⑤ 朱彝尊《曝书亭集》卷三一《与李武曾论文书》,《四部备要》本。

立命与做学问之根柢,于此可见一斑。

其三,强调欧学韩而不似韩,能自具面目。

吴乔曰:"永叔学昌黎而不似昌黎,以其虽取法乎古人,而自有见识学问也。"① 杜濬作《百尺梧桐阁文集序》云:"韩固不易学也。欧学韩而卒自为欧,遂为宋文之矩。"储欣《唐宋十大家全集录凡例》云:"庐陵之师昌黎也,尽变其奇奇怪怪之词,而不失其浑灏流转之气。"《六一居士全集录序》又云:"庐陵之文自昌黎出。……韩文不专一能,而公差若专焉者,所以耳食者流以为公逊于韩。而余则谓此缪论也。今夫后人之求至前人者,其灼知之矣。既灼知之,因笃好之,因深造之,得乎否乎,不敢知也。虽深造之,滋不敢知也。一旦若化若迁,油然而生,勃然而长,沃然而茂,卓然而立。夫是之谓自得,而千百世下读欧之文者如无韩。嗟乎!惟其如无韩也,乃所谓必至于是而后已也。"应该说,欧之学韩而不似韩,早在宋代就有人言及,但清人对欧文如何"若化若迁,油然而生,勃然而长,沃然而茂,卓然而立",终至自具面目,确有较具体而独到的分析。储欣《六一居士全集录》卷五评《梅圣俞诗集序》曰:"韩子云'愁苦之音易好',文不出此语,衍成一篇绝世文字。"《唐宋八大家类选》卷一一又评该篇曰:"只'穷''工'二字往复议论悲慨,古今绝调。"两评均不长,可视为储氏对欧学韩而独具面目的极好诠释。

其四,突出欧文富于情感性,即多感慨,以情动人的特点。

归庄谓欧文情感动人,《书欧阳公泷冈阡表后》云:"余读欧阳子《泷冈阡表》,未终篇,废卷而泣。余素刚忍少泪,家人相视惊怪,不知其所以然。呜呼,文字之感人深矣。"金圣叹评《五代史·一行传论》,以为史迁"《伯夷传》低昂屈曲,妙于孤愤,此又

---

① 《围炉诗话》卷六,《清诗话续编》本。

妙于悲凉"①。黄宗羲谓"庐陵之志交友,无不呜咽"②。王符曾评
《读李翱文》云:"何人不读习之文,公独感触乃尔耶!予尝论东
坡作文有诀,曰随物赋形;庐陵作文亦有诀,曰触景生情。"③孙
琮云:"欧公作《子美文集序》,纯是十分痛惜;今作《邻几文集
序》,又纯是十分感慨。……文字从性情中流出,何曾假饰得一
笔!"④欧文之感慨不尽,已见宋人李淦《文章精义》关于"此老
文字,遇感慨处便精神"之评说。明人如归有光、茅坤等,亦屡
屡言及。清代评家层出不穷,于此感受特深,相关论析亦精彩
不绝。

其五,阐说欧文独特的艺术风格。

昔人多以纡徐宛转或曲折尽致等形容欧文,孙琮有类似的
表述:"欧公之文,大抵婉转委折,低昂尽致。"⑤邵长蘅亦云:"欧
阳文,世之好者尤多。盖其行文,即之如浅,复而弥深,而纡徐
俯仰之态,往往百折而愈舒,宜好之者众矣。"⑥魏禧则说得更加
形象,更加具体,其《日录》卷二《杂说》云:"欧文之妙,只是说
而不说,说而又说,是以极吞吐往复、参差离合之致。"又云:"韩
文入手多特起,故雄奇有力;欧文入手多配说,故逶迤不穷。相
配之妙,至于旁正错出,几不可分,非寻常宾主之法可言矣。"又
云:"唐宋八大家文,退之如崇山大海,孕育灵怪;子厚如幽岩怪
壑,鸟叫猿啼;永叔如秋山平远,春谷倩丽,园亭林沼,悉可
图画。"

与多数清初文人、学者给予欧学较多正面评价不同,冯班

---

① 《评注才子古文》卷一二大家欧文评语,江左书林 1914 年石印本。
② 《金石要例》附《论文管见》,《丛书集成》本。
③ 《古文小品咀华》评语卷四,书目文献出版社,1983 年版,第 257 页。
④ 《山晓阁选宋大家欧阳庐陵全集》卷三《江邻几文集序》评语。
⑤ 《山晓阁选宋大家欧阳庐陵全集》卷一《与高司谏书》评语。
⑥ 《邵子湘全集·青门簏稿》卷七,青门草堂刊本。

颇看轻欧公之学术。欧文之成就与影响及欧公之人品,冯氏并未否定,称:"欧阳公之文,创革杨、刘之浮华,首变唐人之艰涩。至于人品之高,见于史册,此泰山北斗,岂可议乎?"[①] 但他对欧公的文学、史学、经学都有所批评,有合理的部分,但总的看,多失之偏激,持论颇为极端,令人难以苟同。如以欧《上范司谏书》之责备仲淹、《读李翱文》之称韩愈"得一饱而足",为"非君子之言",曰:"欧公性不好善,要求古人过失,说话带口病,此是大过。其去谗人佞夫,不能以寸,诬善游词,君子勿为也。"[②] 二文均为欧早年所作,时年轻气盛,英气勃发,慷慨激昂,或给予素所景仰的范仲淹以严厉的鞭策,或对韩愈入仕前所作的《感二鸟赋》深表不满,均体现欧责贤者备的精神。后文如唐介轩《古文翼》卷七评语所言,其主意"非佐韩而右李,但借'叹老嗟卑'数语,发出胸中不可一世之意"。且韩赋虽不平而鸣,但格调确实不高。谓欧语为"诬善游词","去谗人佞夫,不能以寸",未免失当。可能是不满于"今之自附于欧、苏者,浅薄通率,号为古文"[③],冯氏在"韩史部变今文为古文后",紧接着指责"欧阳公变古文为今文"[④]。此激起李慈铭之不平,在《越缦堂读书记》之八,专列"钝吟杂录"条,谓冯氏此言"未免过当,欧文何可易言"。关于史学,冯氏云:"欧阳永叔文太略,所以不及《史记》"[⑤],就《新五代史》而言,欧确有"文太略"而事不详之弊,难与《史记》比肩。冯氏又云:"欧阳公文甚高,然用心不平,作史论则不

①  《钝吟杂录》卷八,《丛书集成》本。
②  《钝吟杂录》卷二。
③  《钝吟杂录》卷四。
④  《钝吟杂录》卷五。
⑤  《钝吟杂录》卷四。

便。"① "用心不平"，当指欧多感慨，频频于《新五代史》之论中发出，某些史论纯因亲身所涉时事而发，确有牵强欠妥之处。但"作史论则不便"之断语，未免以偏概全。若连《五代史·伶官传序》等都全盘否定，似有失公允。关于经学，清人与欧公观点不尽相同者，不乏其人。但一般平和说理，各抒己见。冯氏不满于欧公的疑古，批评"宋人纷纷之论，多有不信六经处"，曰："欧公不信《系辞》，朱子深辩其谬。以愚论之，更不必多言，只问欧公能作《系辞》否。不信《系辞》，又何功于天下万世？ 欧公只是不曾细读。"② 此语直是打棍子，以不赞成欧之独立思考与科学的疑古精神，而欲剥夺欧公之发言权。

（二）中期：桐城派人士对欧阳修的评说。

乾隆之初，已进入清代中期，桐城派兴起是这一时期的重要标志。曾国藩《欧阳生文集序》云："乾隆之末，桐城姚姬传先生善为古文辞，慕效其乡先辈方望溪侍郎之所为，而受法于刘君大櫆及其世父编修君范。三子既通儒硕望，姚先生治其术益精。历城周永年书昌为之语曰：'天下之文章，其在桐城乎！'由是学者多归向桐城，号桐城派。"桐城派承继明代的唐宋派，对唐宋文十分重视，在唐宋八大家中，欧阳修位居宋六家之首，自然深受尊崇。此为清代中期的主流导向，桐城派或非桐城派的学者，都对欧阳修在中国文学史上的地位，给予充分的肯定。

李绂云："自汉以来，董、韩、欧、曾皆粹然儒者。"③ 又激赞云："学文者于韩、欧，犹学道者之于孔、孟，当尊敬之，不可横加訾议。"④ 郑燮亦赞韩、柳、欧、曾之文，谓其"理明词畅，以达天地

---

① 《钝吟杂录》卷四。
② 《钝吟杂录》卷二。
③ 《穆堂初稿》卷四六《书赝作昌黎与大颠书后》，清乾隆庚申刊本。
④ 《穆堂初稿》卷四六《书茅顺甫与查近川书后》。

万物之情,国家得失兴废之故。读书深,养气足,恢恢游刃有余地矣"①。袁枚对欧公颇为钦佩,称:"枚读书六十年,知人论世,尝谓韩、柳、欧、苏,其初心俱非托空文以自见者,惟其有所余于文之外,故能有所立于文之中。"②恽敬曰:"欧阳永叔自儒家、杂家、词赋家入,故其言详雅有度。"③张惠言称"古之以文传者",于唐宋首列"韩、李、欧、曾"④。管同赞曰:"文坏八祀,笃生韩公,继汉以唐,轹迁凌雄。韩去欧起,化奇而易,如彼菽帛,终古莫弃。"⑤梅曾亮谓:"士之生于世者,不可苟然而生。上之,则佐天子宰制万物,役使群动;次之,则如汉董仲舒、唐之昌黎、宋之欧阳,以昌明道术,辨析是非治乱为己任。"⑥也是置欧公于极高的位置之上。当然,也有在肯定欧公成就的同时,指出其不足者。如钱大昕《十驾斋养新录》卷六"宋景文识见胜于欧阳公"条,谓《唐书·儒学传·啖助论》见解不凡,以为"此等议论,欧阳所不能道"。

　　其时学者多将唐宋两代文宗并论。如方苞云:"退之变《左》、《史》之格调,而阴用其义法;永叔摹《史记》之格调,而曲得其风神。"⑦沈德潜云:"庐陵得力昌黎,上窥孟子。"⑧王应奎云:"昌黎之文,字句皆古,人悉知为锤炼而成矣,而不知欧公之平易,亦是锤炼而成者。"⑨蔡上翔云:"欧公云:'孟、韩文虽

---

① 《郑板桥集》补遗《与江宾谷江禹九书》,中华书局,1962年,第197页。
② 《小仓山房续文集》卷三〇《答平瑶海书》,《四部备要》本。
③ 《大云山房文稿》二集卷首《目录叙说》,《四部丛刊》本。
④ 《茗柯文三编·文稿自序》,《四部丛刊》本。
⑤ 《因寄轩文集》二集补遗《欧阳文忠公画像赞》,清光绪己卯重刊本。
⑥ 《柏枧山房集》文集卷二《上汪尚书书》,清咸丰六年刊本。
⑦ 《方苞集·集外文》卷四《古文约选序例》,上海古籍出版社,1983年,第615页。
⑧ 沈德潜《唐宋八大家文读本·凡例》。
⑨ 《柳南随笔》卷六,中华书局,1983年,第112页。

高,不必似之也,取其自然耳.'予谓此数语即欧公所以自道,而起衰之功,遂与昌黎并,以是得成其为欧阳子之文也。"①李调元云:"文忠得《韩集》于废簏,读而好之,遂造古文之极致。"②彭绍升云:"韩、欧之文,元气所流,变化自在,故不可句仿而字为。"③钱兆鹏云:"古文之至者,前有马、班,后有韩、欧。"④黄绥诰云:"吾乡人文之盛,自宋以来,以庐陵欧阳氏为称首,而其为文则皆原于昌黎韩氏,变卓荦为纡徐,自成为欧阳氏之文。"⑤毫无疑义,众多文人学者之所以将韩、欧并论,是因为他们重视唐宋古文及其代表人物,肯定唐宋古文的历史地位,认同唐宋古文一体,有前后传承的密切关系。

这里,必须提及姚鼐的伯父兼为其经学、文章学导师的姚范,他对唐宋古文与韩、欧二公有不少比较分析,更多论及唐与宋、韩与欧的差异。姚范《援鹑堂笔记·文史》先有一则云:"汉体自是高似唐体,唐体自是高似宋体。昌黎无论,即如柳州永、柳诸记,削壁悬崖,文境似觉逼侧,欧公情韵或过之,而文体高古莫及。"后一则云:"昌黎于作序原由每能简洁,而文法硬札高古。欧、曾以下无之。"又一则云:"昌黎雄处,每于一起、一结、一落,忽来忽止,不可端倪。宋六家及震川俱犯骈塞之病。"另有一则云:"欧文《黄梦升》、《张子野》墓志最工,而《黄志》尤风神发越,兴会淋漓,然皆从昌黎《马少监》出,而瑰奇绮丽,欧未之及也。"以上均为相当精辟的见解,论及韩之奇崛与欧之平易;韩之硬直与欧之柔婉,韩之气势逼人与欧之情韵动人。当

①　《王荆公年谱考略》卷三,上海人民出版社,1973年。
②　李调元《童山文集》卷二,《丛书集成》本。
③　《二林居集》卷四,清光绪辛巳刊本。
④　《述古堂集》卷九,1912年鄂官书处重刊本。
⑤　见鲁九皋《山木居士文集》卷首《山木先生文集叙》,清道光十四年桐华书屋重刊本。

然,差异之产生,固然与二者禀性不同有关,主要还是时势使然。就文章的发展而言,自然要历经汉体、唐体、宋体各个阶段,各代自具特色,各有长短。然而,姚范比较唐宋文的不同特色,推崇奇崛高古、气势雄健的韩文,谓为宋六家与归有光所不及,当对姚鼐后来创阳刚阴柔之说,且倡以阳济阴之不足,带来有益的启示。

方苞、刘大櫆、姚鼐作为桐城派的代表人物,在清代文坛有着巨大的影响,那么他们是怎么看欧阳修的呢?

方苞的学生王兆符作《望溪文集序》,称方苞"论行身祈向"为"学行继程、朱之后,文章在韩、欧之间"。可见其所承继者,乃宋之理学与韩、欧所代表的唐宋古文。换言之,他以程、朱理学与唐宋古文的继承者自命,欲于道与文两方面发扬光大之。他在学行方面景仰程、朱,但在作文方面并不苟同程、朱的合道与文为一和作文害道说,而对韩、欧之文有甚多之赞美。他编有《古文约选》,选文讲义法,求雅洁,《左传》《史记》之外,对韩、欧作品尤为重视。《古文约选序》云:"惟两汉书疏及唐宋八家之文,篇各一事,可择其尤。而所取必至约,然后义法之精可见。故于韩取者十二,于欧十一,余六家或二十、三十而取一焉,两汉书疏则百之二三耳。"《欧阳永叔文约选》所收欧文含有评语的13篇,论、序、记、墓志皆有。方苞充分肯定欧阳修学古而能创新的精神,但也直言欧的不足,评《五代史职方考序》云:"其机轴明学《史记·汉兴以来诸侯年表序》,特气韵古厚不及耳。鹿门乃谓太史公所欲为而不能,谬矣。"

方苞对欧文的以情动人深有体会,《与程若韩书》云:"足下喜诵欧公文,试思所熟者,《王武公》《杜祁公》诸志乎? 抑《黄梦升》《张子野》诸志乎? 然则在文言文,虽功德之崇,不若情辞之动人心目也。"而情思之荡漾、情韵之幽长正是欧文的一大特色,这自然与欧学史迁不无关系,故方苞指出:"欧公叙事仿《史记》。"① "欧公志诸朋好,悲思激荡,风格最近太史公。"② 又曰:"永叔摹《史记》之格调,而曲得其风神。"③ 关于欧公学韩,方苞强调欧之独具特色:"欧公苦心韩文,得其意趣,而门径则异。韩雄直,欧变而纡余;韩古朴,欧变而秀美。"④ 关于记体文,方苞云:"惟记无质干可立,徒具工筑兴作之程期,殿观楼台之位置,雷同铺叙,使览者厌倦,甚无谓也。故昌黎作记,多缘情事为波澜。永叔、介甫则别求义理以寓襟抱。柳子厚惟记山水,刻雕众形,能移人之情。"⑤ 这里,对八大家中四家记体文作了颇具个性的分析,"别求义理以寓襟抱"确实道出了欧文的特点,如《丰乐亭记》发治不忘乱之慨,《岘山亭记》寓淡薄功名之意等皆是。

　　刘大櫆在《论文偶记》中对欧阳修有很高的评价:"昔人谓意尽而言止者,天下之至言也,然言止而意不尽者尤佳。意到处言不到,言尽处意不尽,自太史公后,惟韩、欧得其一二。"当然,他也明确指出,由于时代的不同,以韩、欧为代表的唐文与宋文存在明显的差异:"唐人之体,校之汉人,微露圭角,少浑噩之象,然陆离璀璨,犹似夏、商鼎彝。宋人文虽佳,而万怪惶惑处少矣。荆川云:'唐之韩,犹汉之班、马;宋之欧、曾、二苏,犹唐之韩。'此自其同者言之耳。然气味有厚薄,力量有大小,时代使然,不可强也。"他认为韩、欧、苏在古文写作的创新上成就不凡:"文贵去陈言。昌黎论文,以去陈言为第一义。后人见为昌

① 《春秋论下》评语,见《古文约选·欧阳永叔约选》。
② 《太常博士尹君基志铭》评语,见《古文约选·欧阳永叔约选》。
③ 《方苞集·集外文》卷四《古文约选序例》,第615页。
④ 《与高司谏书》评语,见《古文约选·欧阳永叔约选》。
⑤ 《方苞集》卷六《答程夔州书》,第165—166页。

黎好奇故云尔,不知作古文无不去陈言者。试观欧、苏诸公,曾直用前人一言否？"说到"行文最贵者品藻",他指出:"欧阳子逸而未雄；昌黎雄处多,逸处少；太史公雄过昌黎,而逸处更多于雄处,所以为至。"此乃上承茅坤《评司马子长诸家文》对史迁、韩愈、欧阳修文风格的形象叙述与《唐宋八大家文钞》中关于韩、欧以气昌情深各擅胜场的分析,下开刘熙载《艺概·文概》关于"太史公之文,韩得其雄,欧得其逸"等论断。无疑,刘大櫆比方苞更着重于散文艺术性的探讨,如方宗诚《桐城文录序》所云,刘大櫆"义理不如望溪之深厚,而藻采过之"。

在《精选八家文钞序》中,刘大櫆揭示了各家在文体方面的擅长,指出:"欧之所长者三:曰序,曰记,曰志铭。"这是相当准确的判断。欧阳修情感深厚,又极善抒情,在序、记、志铭三体中,抒情尤其淋漓尽致。因此刘氏在选文时,录此三体最多。评《五代史一行传序》云:"慨叹淋漓,风神萧飒。"评《五代史伶官传序》云:"跌宕遒逸,风神绝似史迁。"评《苏氏文集序》云:"沉着痛快,足为子美舒其愤懑。"评《江邻几文集序》云:"情韵之美,欧公独擅千古,而此篇尤胜。"评《河南府司录张君墓表》云:"历叙交游,而俯仰身世,感叹淋漓,风神遒逸。"评《张子野墓志铭》云:"以交游之聚散生死,感叹成文,淋漓郁勃。"评《黄梦升墓志铭》云:"欧公叙事之文,独得史迁风神。"评《岘山亭记》云:"欧公长于感叹,况在古之名贤,兴遥集之思,宜其文之风流绝世也。"评《真州东园记》云:"欧公记园亭,从虚处生情……此篇铺叙今日为园之美,一一倒追未有之荒芜,更有情韵意态。"这显然继承了明代茅坤、归有光关于欧文富于情感、情韵幽长、得史迁之风神等论说,而通过对范文的精选,论述更为集中,并开启后人关于六一风神的探讨,表现出他对欧文艺术魅力的高度关注。

姚鼐在桐城三宗中虽居其末,却是构筑桐城文统的重要人物。他推尊方苞、刘大櫆,形成方、刘和他自己所代表的桐城文系。又通过编纂《古文辞类纂》,以唐宋八大家为主干,上溯先秦、两汉,下联明代归有光,并延伸至方苞、刘大櫆,从而将桐城文系融入由先秦至有清漫长的古文发展的统系之中①。虽然在桐城派影响隆盛的清朝中叶,学术已从宋学转入汉学,唐宋八大家仍受到有力的推重,而身居宋六家之首的欧阳修,亦仍被众多文士视为高山仰止的对象,其脍炙人口的古文亦成为大家心摹手追的范本。

《古文辞类纂》以唐宋八大家文为主干,八家文占全书很大的比重,计416篇。其中,韩、欧文收得最多,分列第一、二位,为133篇和65篇;接着是王文,有58篇;苏轼居第四位,有51篇;柳为第五,44篇;曾巩、苏洵、苏辙居后,分别为26、24和15篇。看来,各家选文的数量过于悬殊,韩、柳与欧、苏历来居唐宋排名的前两位,《类纂》把柳挤出前四,而王列苏轼之前,各家入选作品的比例,不如之前储欣编《唐宋十大家全集录》和沈德潜编《唐宋八大家文读本》安排得更为适当。尽管有如此不足,《类纂》在宣传、推广唐宋文,扩大唐宋文、尤其是韩欧文的影响上,还是起了很大的推动作用,其影响远远超过此前的许多古文选本。

姚鼐论文,主张义理、考证、文章的结合,其"论说力图融宋学、汉学及唐宋古文于一炉,而精神所注,则在文章"②。《古文辞类纂》之《序目》云:"凡文之体类十三,而所以为文者八,曰神、

---

① 王达敏《姚鼐与乾嘉学派》第五章《桐城文统》(学苑出版社2007年版),对此有详尽的论述。
② 王运熙、顾易生主编《中国文学批评史》下册,上海古籍出版社,1985年,第84页。

理、气、味、格、律、声、色。"此显见姚氏对文章艺术的深入研究。他揭示了阳刚、阴柔两种截然不同的风格,而他选文最多的韩愈、欧阳修,既是两代名闻古今的文学宗师,又是两种不同风格的代表。姚鼐虽然极为推崇韩愈阳刚的作品,但并未忽视阴柔为另一典型风格。《复鲁絜非书》曰:"宋朝欧阳、曾公之文,其才皆偏于柔之美者也。欧公能取异己者之长而时济之,曾公能避所短而不犯。"对欧阳修一往情深、抑扬吞吐的阴柔之作,姚鼐也十分欣赏,《古文辞类纂》卷五四评欧《岘山亭记》云:"欧公此文神韵缥缈,如所谓吸风饮露、蝉蜕尘壒者,绝世之文也。"在《类纂》所选的 65 篇欧文中,序跋 10 篇,杂记 12 篇,碑志 28篇,此三体凡 50 篇,占总数的七八成,秉承了刘大櫆重视欧公序、记、志铭的见解。此三体最便于欧公抒情,亦最生动鲜明地体现欧文的阴柔之美,其独特的六一风神往往跃然纸面。可见,刘、姚二氏的艺术眼光颇为锐利,也颇为一致。

(三)后期:沿袭与变化并存的欧阳修研究。

道光之世,清代进入后期,仍不乏对欧公其人其学其文的颂声。方履籛云:"庐陵先生契圣于既往,肩道于将坠。粹学入孔、颜之室,名世应伊、周之期,雄文择荀、扬之精,论史轶迁、固之躅,实峻极所特钟、人伦之水镜也。"[1]吴敏树亦云:"自唐韩子文章复古,始号称古文。至宋欧阳修,复修其业。言古文者必以韩、欧阳为归。"[2]蒋湘南赞欧公曰:"昌黎矫唐文之弊,而唐之古文兴;永叔矫宋文之弊,而宋之古文兴。韩、欧不自名其法,而其法自足以范后人,文成则法自立也。"[3]曾国藩不同意朱熹关于欧阳修"裂道与文以为两物"的批评,曰:"欧阳公《送徐无党

---

① 《万善花室文稿》卷四《欧阳文忠公画像赞》,《丛书集成》本。
② 《桦湖文集》卷七《与朱伯韩书》,清光绪辛巳思贤讲舍刊本。
③ 《七经楼文钞》卷四《与田叔子论古文第三书》,陕西教育图书社,1920 年。

序》亦以修之于身,施之于事,见之于言分为三途。夫其云修之
身者,即叔孙豹所谓立德也;施之事、见之言者,即豹所谓立功、
立言也。欧公之言,盖深慕立德之徒,而鄙功与言为不足贵。且
谓勤一世以尽心于文字者,皆为可悲,与朱子讥韩公先文后道,
讥永嘉之学偏重事功,盖未尝不先后同符。朱子作《读唐志》
时,岂忘欧公送徐无党之说? 奚病之若是哉!"[①] 刘熙载则对以
逸见长、情见乎辞的欧文赞不绝口:"太史公文,韩得其雄,欧得
其逸。雄者善用直捷,故发端便见出奇;逸者善用纡徐,故引绪
乃觇入妙。"[②] "欧阳公文几于史公之洁,而幽情雅韵,得骚人之
指趣多。"[③] "欧之奇不如韩,固有之,然于韩之抑遏蔽掩,不使自
露,讵相远乎?"[④] "昌黎文意思来得硬直,欧、曾来得柔婉。硬直
见本领,柔婉正复见涵养也。"[⑤] 这些精辟的论断都展现出刘氏
对欧文艺术精粹的深刻洞察力。邓绎亦钦佩不已:"为古文章,
亦能争光日月而参列不朽,惟韩、欧瑰异之才,望光气,测景响而
知之。"[⑥] 李元度更给予极度的褒扬:"三代下,兼三不朽而诣其
极者,宋欧阳文忠公一人而已。"[⑦] 林纾指出:"欧之学韩,无一似
韩,即会其神而离其迹。"[⑧] 他还撰有《春觉斋论文》和《古文辞
类纂选本》,对欧文之精妙,从写作背景到文章主题,从篇章结构
到遣词用语,从表现手法到神采气韵,都做出极为细致的分析。

　　与清代前、中期主于沿袭前人之说不同,到了后期,关于欧

---

① 《曾文正公全集·文集·复刘孟蓉书》,世界书局,1936年,第59—60页。

② 《艺概·文概》,第13页。

③ 《艺概·文概》,第28页。

④ 《艺概·文概》,第29页。

⑤ 《艺概·文概》,第31页。

⑥ 《藻川堂谭艺》日月篇,清光绪四年刊本。

⑦ 《天岳山馆文钞》卷一五《平山堂重建欧阳文忠公祠记》,清光绪六年刊本。

⑧ 《畏庐三集·答徐敏书》,商务印书馆,1927年。

阳修的研究,已呈现出沿袭与变化兼有的局面。姚鼐的弟子刘开,就以自己异于前辈的新见,在桐城派传统理论的底色中抹上变化的色彩。他对欧阳修作为北宋文坛盟主的业绩是充分肯定的:"欧阳学士崛起景祐之末,以文章风义励多士,而布衣苏洵亦以雄文奇略为之左右,其子轼、辙相继师法,海内翕然信从,风俗丕正,莫不知讲习欧阳子之书。此所谓能以一人倡天下,能合天下应一人者也。"① 包括欧阳修在内的唐宋八家,他是怎样评说的呢?在《与阮芸台宫保论文书》中,刘开承继了桐城派关于文统的表述:"文之义法至《史》《汉》而已备;文之体制,至八家而乃全。"又称:"学《史》《汉》者由八家而入,学八家者由震川、望溪而入,则不误于所向。"但他紧接着说:"然不可以律非常绝特之才也。夫非常绝特之才,必尽百家之美以成一人之奇,取法至高之境以开独造之域。"他以"百家之美"突破了桐城派由八家上溯至《史》《汉》而止的畛域,此"百家"包括六经、《国语》、《春秋》三传、《大戴记》、《考工记》、荀、扬、老、庄、列、韩、孙武等等。如果说,明代唐宋派以韩、欧上接《史》《汉》,表明自有根柢,但着重点仍在学韩、欧的话,那么,刘开则强调,不仅要学韩、欧,更要学《史》《汉》,并进而要学六经及诸子百家,其视野之宽、取径之广,此前桐城派学人中无出其右。

在《与阮芸台宫保论文书》中,刘开敏锐地指出归有光与方苞所共有的"囿于八家"之病:"望溪丰于理而啬于辞,谨严精实则有余,雄奇变化则不足,亦能醇不能肆之故也。震川熟于《史》《汉》矣,学欧、曾而有得,卓乎可传,然不能进于古者,时艺太精之过也,且又不能不囿于八家也。望溪之病与震川同。"他揭示"专为八家者,必不能如八家"的三个原因:

---

① 《孟涂文集》卷三《致鲍觉生学士书》,扫叶山房石印本。

　　韩退之约六经之旨,兼众家之长,尚矣。柳子厚则深于《国语》,王介甫则原于经术,永叔则传神于史迁,苏氏则取裁于《国策》,子固则衍派于匡、刘,皆得力于汉以上者也。今不求其用力之所自,而但规仿其辞,遂可以为八家乎? 此其失一也。汉人莫不能文,虽素不习者亦皆工妙。彼非有意为文也,忠爱之谊、悱恻之思、宏伟之识、奇肆之辨、诙谐之辞,出之于自然,任其所至,而无不咸宜,故气体高浑,难以迹窥。八家则未免有意矣。夫寸寸而度之,至丈必差。效之过甚,拘于绳尺,而不得其天然,此其失二也。自屈原、宋玉工于言辞,庄辛之说楚王,李斯之谏逐客,皆祖其瑰丽。至相如、子云为之,则玉色而金声;枚乘、邹阳为之,则情深而文明。……宋贤则洗涤尽矣。夫退之起八代之衰,非尽扫八代而去之也,但取其精而汰其粗,化其腐而出其奇。其实八代之美,退之未尝不备有也。宋诸家叠出,乃举而空之,子瞻又扫之太过,于是文体薄弱,无复沉浸醲郁之致、瑰奇壮伟之观。所以追古者,未始不由乎此。夫体不备不可以为成人,辞不足不可以为成文。宋贤于此不察,而祖述之者,并西汉瑰丽之文而皆不敢学,此其失三也。

　　虽然刘开关于汉人"非有意为文","均出之自然","难以迹窥",而八家"有意"为文,故不如汉人的观点,明显有失偏颇。但他认为,学八家"不求其用力之所自,而但规仿其辞"及"效之过甚,拘于绳尺,而不得其天然",乃重大之失误,无疑是对清代文坛弊端的有力针砭。关于韩愈"非尽扫八代而去之",乃"取其精而汰其粗,化其腐而出其奇",为宋诸家所不及的论说,也颇有见地。刘熙载《艺概·文概》有"韩文起八代之衰,实集八代之成"之论断,刘开实已发其先声。

桐城派的理论从方苞到姚鼐,随着时代的发展,已经发生了明显的变化。方苞生活在宋学未衰的康、雍两朝及乾隆前期,信奉程朱理学与韩欧文章。姚鼐所处的乾嘉时期,汉学已凌驾宋学之上,成为学术的主流,考据学盛行。今阅其时文集,开卷即见大量的考据文章。姚鼐主张义理、考据、辞章三者不可缺一,已与方苞仅有义理、文章不同,增添了富于时代特色的"考据"要素,足见汉学的影响。生活在道光、咸丰与同治朝的曾国藩,被称为中兴桐城派的代表人物,学术上主张兼采汉宋,提出义理、词章、经济、考据"四者缺一不可",强调重义理、讲考据的文章要发挥经世致用的功能。所谓"经济"的提出,既本于《礼记·大学》"修齐治平"的理念,也跟清王朝的统治遭到太平天国运动的冲击有关。受姚鼐《古文辞类纂》的影响,曾氏编有《经史百家杂钞》,其《序例》云:

> 村塾古文,有选《左传》者,议者或议之。近世一二知文之士,纂录古文,不复上及六经,以云尊经也。然溯古文所以立名之始,乃由屏弃六朝骈俪之文,而返之于三代两汉。今舍经而降以相求,是犹言孝者,敬其父祖,而忘其高曾。言忠者曰:"我家臣耳,焉敢知国?"将可乎哉? 余抄纂此编,每类必以六经冠其端。涓涓之水,以海为归,无所于让也。姚姬传氏撰次古文,不载史传,其说以为史多,不可胜录也。然吾观其奏议类中,录《汉书》至三十八首;诏令类中,录《汉书》三十四首。果能屏诸史而不录乎? 余今所论次,采辑史传稍多,命之曰《经史百家杂钞》云。

曾氏以尊经标示其溯古之真诚,为唐宋八家、归有光以至姚鼐的作品①,确立了后继的正宗地位,延续了桐城派的影响。将史传阑入书中,实现文史的融合,让富于文学性的史传名正言顺地归于文学百家的园地,显现其闳通的眼光。当然,也正由于收入经史百家,《杂钞》展现了不纯然沿袭姚氏《类纂》而有所变化发展的一面。因此,所彰显的印记也只能属于桐城派之旁系湘乡派了。

《经史百家杂钞》收唐宋八家作品数量可观,韩、欧两家尤多。其他各家皆能视各人特点,在选收作品时有所侧重,如柳宗元收游记最多,王安石收碑铭、祭文不少,凸显他们对若干文体之擅长。欧文收了45篇,《朋党论》、《秋声赋》、《五代史伶官传序》、《湖州长史苏君墓志铭》、《泷冈阡表》、《祭石曼卿文》、《岘山亭记》、《丰乐亭记》等名篇尽在其中,曾氏对作品文学性的重视于此可见一斑。唯不选《醉翁亭记》,见其仍严守姚鼐不收带有六朝赋体色彩古文的藩篱。

姚鼐《复鲁絜非书》以阳刚阴柔论文,谓“欧阳、曾公之文,其才皆偏于柔之美者也。欧公能取异己者之长而时济之,曾公能避所短而不犯”。曾国藩认同姚氏阳刚阴柔之说,其《圣哲画像记》云:

> 西汉文章,如子云、相如之雄伟,此天地遒劲之气,得于阳与刚之美者也,此天地之义气也。刘向、匡衡之渊懿,此天地温厚之气,得于阴与柔之美者也,此天地之仁气也。东汉以还,淹雅无惭于古,而风骨少隤矣。韩、柳有作,尽取扬、马之雄奇万变,而内之于薄物小篇之中,岂诡哉! 欧阳氏、曾氏皆法韩公,而体质于匡、刘为近。文章之变,莫可穷

---

① 《经史百家杂钞》选录了归有光文多篇和姚鼐文一篇。

诘,要之不出此二途,虽百世可知也。

　　曾氏以唐宋之韩、欧分别为得阳刚与阴柔之美者,确认他们的代表性,并将二美之源追溯至西汉文章大家。同时,他还指出二美的特征:"大抵阳刚者气势浩瀚,阴柔者韵味深美,浩瀚者喷薄而出之,深美者吞吐而出之。""尝慕古文境之美者,约有八言,阳刚之美曰雄、直、怪、丽,阴柔之美曰茹、远、洁、适。"[①]姚鼐也欣赏阳刚之美,但自身气质偏于阴柔,曾氏则表明自己"平生好雄奇瑰丽之文"[②]。他对阳刚之美十分重视:以为阳刚可弥补阴柔所固有之缺失,尝语张裕钊:"柔和渊懿之中,必有坚劲之质、雄直之气运乎其中,乃有以自立。足下气体近柔,望熟读扬、韩各文,而参以两汉古赋,以救其短,何如?"[③]姚鼐的阳刚阴柔说及曾国藩对此说的继承与发展,是二者于清代中后期对古文美学探究的重大贡献。

　　谢章铤亦力挺韩、柳之阳刚,对欧、曾之柔弱不无微词:"唐文予最服膺韩、柳,窃谓二公文皆有峰,韩大柳小,然惟柳足以抗韩,故曰力与之角而不敢暇。自李文公以下,未尝不见峰,然土山也,盘郁渐高,非壁地拔起也。至欧、曾诸公,则水体耳,皆在潆洄冲澹之间,而荡胸生云,决眦归鸟,无是也。"[④]此与曾国藩关于阴柔有其不足的论述具异曲同工之妙。

　　桐城人方宗诚做过曾国藩的幕僚,是晚清的理学家,尊奉程朱理学,自称"生平好读义理及经济书,文章殊非所尚"[⑤]。方

---

① 《曾文正公全集·日记·文艺》,世界书局,1936 年,第 53—54 页。
② 《曾文正公书札》卷五《复吴南屏》,《续修四库全书》本。
③ 《曾文正公书札》卷五《与张廉卿》。
④ 《赌棋山庄馀集》文一《跋昌黎所书鹦鹉赋后》,1918 年刊本。
⑤ 《柏堂集》外编卷九《答爽秋》,《柏堂遗书》光绪刻本。

氏曰：

> 秦、汉以后，文章之士兴，于是有专以文字为文者矣。专以文字为文，故文日浮而道日晦，文日多而道日裂。于是老、庄、佛之徒出，反得以其所谓杳冥昏默、虚无寂灭者为道，扫除文字，虽三代圣人载道之文，亦皆视为土苴、糟粕、尘垢而秕糠之。……韩、欧崛起，超然有见于是，著文而非之，诚可谓振古之豪杰也。虽然，彼所谓文，究犹不过周末诸子立言之意；其所谓道已成，究犹是道之浅焉末焉者耳，而非孔子所谓"斯文在兹"者也。①

清代包括桐城派在内的众多文人学士，奉韩、欧为"粹然儒者"、"古文正宗"，然而方氏虽然承认韩、欧为"振古之豪杰"，却一改前辈对唐宋文章宗师的无比尊崇，称其道尚是"浅焉末焉者"。这自然与他笃信程朱理学、极端重道轻文密切相关。他认为"义理所以立本"，文章"仅可以发挥道蕴而已"②。因此，对后学的劝导是："望专精致力于四子五经及大儒书，实为穷理尽性之学。至诸史诸子及大家诗文，亦不妨作游艺观之。"③

在西学东渐的晚清，吴汝纶这位来自桐城的古文名家，在珍视与维护古典文学遗产的同时，对西学持开放的态度，在《答严几道书》中声称："新旧二学当并存具列。"其为《天演论》作序云：

> 今议者谓西人之学，多吾所未闻，欲瀹民智，莫善于译

---

① 《柏堂集》次编卷一《斯文正脉叙》，《柏堂遗书》光绪刻本。
② 《柏堂集》外编卷三《与王子怀侍郎》。
③ 《柏堂集》外编卷三《与萧生敬甫》。

书。吾则以谓,今西书之流入吾国,适当吾文学靡蔽之时。
士大夫相矜尚以为学者,时文耳,公牍耳,说部耳。舍此三
者,几无所为书。而是三者,固不足与文学之事。今西书虽
多新学,顾吾之士以其时文、公牍、说部之词,译而传之,有
识者方鄙夷而不之顾,民智之瀹何由? 此无他,文不足焉故
也。文如几道,可与言译书矣。……其书乃駸駸与晚周诸
子相上下,然则文顾不重耶?"[①]

　　吴汝纶深知西学对开启民智的重要性,故对严复译书极表
赞成。他深知流行的"时文、公牍、说部之词"难以承担"译而
传之的重任",赞赏严复以"与晚周诸子相上下"的古文,翻译
《天演论》而取得佳绩。以传统古文与"西人之学"对接,严译
《天演论》成为吴氏"新旧二学当并存具列"的成功范例。吴氏
热衷于古文的传播,《记校勘〈古文辞类纂〉后》叙说自己在《类
纂》重印时"为是正讹夺,遂遍考古今文史同异"的辛劳。他为
欧阳修《丰乐亭记》、《黄梦升墓志铭》、《集贤校理丁君墓表》等
所作评语,颇有见地,为王文濡编《评校音注古文辞类纂》所收
录,但他并未守旧而固步自封,勇于为高水平的西学译著叫好,
实属开明之举。

　　基于晚清统治的腐朽和社会的动荡,梁启超对力主变法
的王安石推崇备至,且高度评价其文学成就,谓安石"论事说
理之文,其刻入峭厉似韩非子,其强聒胼挚似墨子。就此点论
之,虽韩、欧不如也。"[②] 又称宋初西昆体盛行,"欧、梅以冲夷淡
远之致,一洗浓纤绮冶之旧,至荆公更加以一种瘦硬雄直之气,

---

① 《桐城吴先生文集》卷三《天演论序》,《续修四库全书》本。
② 《王安石评传》第 21 章《荆公之文学》上,国学整理社,1935 年,第 141 页。

为欧、梅所未有。故欧、梅仅能破坏,荆公则破坏而复能建设者
也"①。应该说,王安石的文学成就是有目共睹的,其议论、碑志、
哀祭等体及晚年诗歌的创作,成绩非凡,梁启超的评价还是较公
允的。当然,他说诗歌方面"欧、梅仅能破坏",未免偏激。至于
安石之文,他限定于议论文,并强调仅"就此点论之"。如就全
面的文学贡献而论,安石是不可能超过韩、欧两位宗师的。

## 二、清代欧文评说的鼎盛

如前所述,我国古代,以评点方式研究、推介名家散文的专
书中,就有数量颇丰的欧公作品。评点是我国古代文学评论的
一种独特方式,其中的评,每每要言不烦,切中肯綮,精思妙语,
发人深省,嘉惠后学良多。自南宋至晚清,这种方式独特的文学
评论,在发展中不断臻于完善与丰富。

清代在古代文学发展上堪称集大成的时代,古文创作以桐
城派为代表长期兴盛,古文评点亦历久不衰。据孙琴安《中国
评点文学史》"桐城派评点文学总览"记载,涉及唐宋八家文评
点的有:方苞《评点唐宋八大家文》《评点韩文》《评点柳文》,
刘大櫆《选评八家文序目》《评点茅坤唐宋八家文钞》,姚范《评
点欧阳永叔文》《评点曾子固文》,王元启《读韩记疑》《读欧记
疑》《嘉祐集记疑》《曾集记疑》《荆公集记疑》,姚莹《评点五
代史》,吕璜《评点唐宋八大家》,吴汝纶《评点韩文公集》《评点
柳柳州集》《评点欧阳永叔集》《评点苏明允集》《评点曾子固
集》等。有清一代,涉及欧文的古文选本,据不完全统计,不下
50部,且形式多样,各具特色,对欧文的研究而言,给予贡献巨

① 《王安石评传》第22章《荆公之文学》下,第147页。

大的评价是不过分的。

（一）古文评专书的多种形式。

有清一代,评古文的专书,其形式多种多样:

其一,按收文的多寡分,有巨著,也有小册子。储欣《唐宋十大家全集录·六一居士全集录》、孙琮《山晓阁选宋大家欧阳庐陵全集》等是大部头。爱新觉罗·弘历《唐宋文醇》、林纾《古文辞类纂选本》等也是大部头,且收欧文甚多。而江皋居士《古文经训》仅收欧文 2 篇,李刚己《古文辞约选》薄薄一册,欧因是大家,仅次于韩愈,比他人多收,亦仅有 3 篇。

其二,按收文的朝代分,有历代的,也有合代的。前者如林云铭《古文析义》、吴楚材与吴调侯《古文观止》、余诚《古文释义》、过珙《古文评注》等,后者如张伯行《唐宋八大家文钞》、沈德潜《唐宋八大家文读本》、陈兆仑《陈太仆批选八大家文钞》等。

其三,按收文的作者分,多数为群体的,少数为个体的。如上条所引诸书内作者皆为群体,而王元启《读欧记疑》、吴汝纶《评点欧阳永叔集》则评欧一人。

其四,按收文的体裁分,绝大多数是各体文不区隔而连排;少数按文体分类,如储欣《唐宋八大家类选》、林纾《古文辞类纂选本》等。

其五,按收文的篇幅分,绝大多数是各种篇幅皆收的;也有极少数是专收短小篇幅的,如王符曾《古文小品咀华》、陈天定《古今小品》。

其六,按评语是否为原创分,多数为原创,或附有他人之评语,少数为汇编。前者如孙琮《山晓阁选宋大家欧阳庐陵全集》,各篇均有作者评语,另酌收极少量明代王鏊、钟惺、孙鑛等人的评语。后者如于在衡《古文分编集评》、王文濡《评校音注古文辞类纂》。

其七，按总评之外的特色分。如浦起龙以《古文眉诠》命名，乃因书中有甚多的眉批；余诚《古文释义》有音义注释与白话译文；过珙《古文评注》有注解，书名反映了各自的特色。

其八，其他特殊的分类。如黄仁黼《古文笔法百篇》按不同的"笔法"编排，让文章"各就各位"；陈曾则《古文比》将不同作者所撰而题材相近或相同的文章，如韩愈《原道》与欧阳修《本论》、王安石《秘阁校理丁君墓志铭》与欧阳修《集贤校理丁君墓表》置为前后篇，加以比较，以见渊源所在或风格不同等。

（二）古文评专书的内容侧重。

清代古文评专书，形式上多种多样，内容上也各有侧重：

其一，侧重谋篇布局的分析：

谋篇布局为古文评家所重视，在总评中多有涉及。孙琮《山晓阁选宋大家欧阳庐陵全集》、林云铭《古文析义》、朱心炯《古文评注便览》、朱宗洛《古文一隅》、林景亮《评注古文读本》等在这方面颇为着力。

《山晓阁选宋大家欧阳庐陵全集》每每从篇章结构入手，作段落层次的分析。如评《思颍诗后序》云："篇中详记思颍，作三段看。第一、第三段是实写思颍，第二段是虚写思颍，两番实写间一番虚写，便令文字不板重。"评《吉州学记》云："一篇文字须要看他前后波澜宽展处。如一起将天子咨治说来，不急入学校，此一宽展法也。第二段从天下立学说来，又不急入吉州，又一宽展法也。第三段说三代学校之盛，引入宋之立学，亦不急入吉州，又一宽展法也。至第四段方说吉州之学，第五段方写李侯建学，乃是正文。第六段以学成期后人，又一宽展法也。第七段说己之乐观其成，又一宽展法也。一篇凡七段，二段是正文，五段是前后波澜，可悟作文宽展之法。"围绕着宽展法将全篇解剖得如此详尽。

《古文析义》亦重谋篇布局,常言埋伏照应之类。评《真州东园记》云:"此特借许子春之口,件件数来,不但写得已画,并写得未画;不但写得已言,并写得未言,即躬历亦不过此。此布局之巧也。末止用数语收束,却都是上文所有,其前后埋伏照应,无不浑成高绝。"评《岘山亭记》云:"亭在岘山,记亭必先记山。奈山是两人之山,撤下一人不得;亭是一人之亭,扯上一人又不得。看他挈个'名'字双提,挈个'思'字单表,全在埋伏照应上闲闲布置,忽双忽单。末两扫旧套作结,真化工大手笔。"

《古文评注便览》揣摩文章的构思,深得作者之意。评《释惟俨文集序》连带及《释秘演诗集序》,云:"欧阳公好士之诚出于天性,故俨之介、演之奇,即无曼卿,亦必见取。况二人皆交曼卿,曼卿与公既非泛交,又先下世,则因此及彼,人情天理也。故两篇皆从此入手,只直书其事,而友谊盎然,所谓文到妙来,不过自写其性情耳。然要看其兴会连属,不甚相远,故每以相犯处见其变化,仍于变化处见其相连,合而读之,愈见其趣。"

《古文一隅》也多从全篇的结构框架、前后关联等着眼,如评《上范司谏书》云:"前有总冒,后有总束,中有过脉,是其纪律森严处。前借九卿、宰相作陪,中借洛之士大夫作反跌,后借阳城立论,将'有待'二字连作翻驳,故一线联络中自具千回百折之势。"

《评注古文读本》对每篇文章均作篇法、章法的分析,如关于《游儵亭记》的篇法,书中云:"以'浩然其心'为壮做柱义。前后用'壮'字、'勇'字、'乐'字、'适'字等作脉络,而又以江陪池,以池陪亭,为宾主兼照应法。"关于章法,则指出"通篇分五段",并详加说明,言其"章法完密"。该书注重篇章结构的分析,对初学者的阅读欣赏颇有帮助。

其二,侧重文情风神的欣赏:

欧文富于情感。情感驱使着欧公为文,抒情也成为其创作的重要内容,一唱三叹,韵味无穷,六一风神至今为读者所津津乐道。这些其实都为清代诸多古文评家如储欣、沈德潜、过珙及桐城派大师刘大櫆等所深切关注。

储欣《唐宋八大家类选》评《苏氏文集序》云:"篇中将能文与不遇两意夹说,流涕唏嘘,此古人情至之作。"评《江邻几文集序》云:"一意累折而下,纡余惨怆,言有穷而情不可终,此是庐陵独步。"又谓《送徐无党南归序》"伤立言之不足恃,无限唏嘘感慨";谓《丰乐亭记》"以五代之滁与今日之滁相形凭吊,最有深情"。

沈德潜《唐宋八大家文读本》谓《苏氏文集序》"极言有文无命,徘徊惋惜,令后人读之,犹觉悲风四起";谓《江邻几文集序》"生极伤感事,故言言悲切";谓《释秘演诗集序》述"盛衰死生之感,不胜呜咽";又评《资政殿学士户部侍郎文正范公神道碑铭》云:"公有志于平治天下,而屡起屡仆,以小人妒嫉之者众,非天子知之深,几不能保全始终矣。铭词中益露其旨,无限惋惜,无限徘徊,令读者于言外得之。"评《张子野墓志铭》云:"叙交游聚散生死,有山阳闻篴之感。"沈氏还将《伶官传序》评为"《五代史》中第一篇文字",因为它"抑扬顿挫,得《史记》神髓",即所谓"风神"也。

过珙《古文评注》选欧文16篇,除少数几篇外,均言及欧之"文情"、"情味"、"情态"、"感慨"等。评《伶官传序》云:"悲情壮语,萦后绕前,非永叔不能有此姿态。"评《送杨寘序》云:"文致曲折,古秀雅淡,言有尽而情味无穷。"评《岘山亭记》云:"文情起伏顿挫,无限情态俱从一'思'字取意也。"

刘大櫆评《五代史一行传叙》云:"慨叹淋漓,风神萧飒。"

评《五代史伶官传序》云：“跌宕遒逸，风神绝似史迁。”评《江邻几文集序》云：“情韵之美，欧公独擅千古，而此篇尤胜。”评《真州东园记》云：“从虚处生情……更有情韵意态。”以上评语所言及者，即欧文所特有的一唱三叹、委婉动人、情韵深美的特色；所言风神，亦即后世学者每每称道不已的六一风神。

其三，侧重若干句段的评说：

何焯《义门读书记》、王元启《读欧记疑》等笔记型的专书，于总评之外，多有关于句段的评析。如《论尹师鲁墓志》，“意谓举世无可告语”至“诗人之意也”，何焯评曰：“铭词非公自言，固不能遽得之也。总之，古人文章其来源甚远，非深考六艺，未足以知其深处。”又，“不辨师鲁以非罪”至“自然知非罪矣”，何评曰：“其《祭师鲁文》已极言其冤矣，其亦在可以互见之例也。”“及有宋先达甚多”，何曰：“如柳开、孙仅皆学韩，开之徒又有张景也。”又如《本论下》，王元启于“莫若为之以渐”后评云：“前篇重一‘本’字，此篇重一‘渐’字。”而于“就使佛为圣人，及其弊也，犹将救之”下云：“周世宗毁佛像以铸钱，谓佛以利人为急，虽真身尚在，犹欲割截，况肯惜此铜像。理至之语，虽真心奉佛者，无从更置一辞。”至于许多评家通过眉批、旁批等对若干句段加以概括的评说，就不赘述了。

其四，侧重文从字顺的考察：

此以王元启的《读欧记疑》为代表。该书共有5卷，对欧文的遣词用字，自认为不合适、不妥帖之处，一一指出，并阐明自己的意见。如《内殿崇班薛君墓表》，王氏评曰：“篇中始终称‘公’，标题不宜独异，故‘君’亦当作‘公’。”细查该文，确皆称“公”，且墓主薛塾为欧岳父薛奎之弟，属长辈，当以称“公”为宜。又《泷冈阡表》云太夫人“自其家少微时，治其家以俭约”，王元启评曰：“家可言微，不可言少。又次句即有‘家’字，不宜作此复叠。考《外集》墓表,此句作'自其子少贱时',此文上句'家'字亦当改作'子'字。"王氏的意见有理有据,无疑是正确的。当然,有些修改的意见显得多余或牵强,似无必要。《薛简肃公文集序》云:"君子之学,或施之事业,或见于文章,而常患于难兼也。盖遭时之士,功烈显于朝廷,名誉光于竹帛,故其常视文章为末事,而又有不暇与不能者焉……公之文既多,而往往流散于人间。"大概是考虑到文字应尽量简洁的缘故,王氏认为"'也'字衍","'其'字衍","'而'字衍",均应删去。但欧文的委婉常常借助于所用之虚字,把虚字去掉,文字是省了,然而文章的情韵意态到哪里去了呢?

其五,侧重形象生动的品味:

金圣叹《评注才子古文》善用形象的语言抒写自己品味名篇的心得。评《新五代史》的《梁太祖论》云:"用笔如侠客飞刀插屏,用力过猛,刀已透屏,其鞭犹连动不已。"欧阳修在该篇中用一连串排比申述"予所以不伪梁者,用《春秋》之法也",又强调"夫欲著其罪于后世,在乎不没其实","书其为君,其实篡也","《春秋》于大恶之君不诛绝之者,不害其褒善贬恶之旨也",可谓极言竭论,不遗余力,故金氏有"飞刀插屏"之喻,形象而又贴切。评《宦者传论》云:"看他只是一笔,犹如引绳,环环而转。"此篇详论宦者之祸,经八九转方曲尽其意,评语堪称简练生动至极。又,金氏评《纵囚论》云:"此论有刀斧气,横斫竖斫,略无少恕。读之,增人气力。"该篇先批唐太宗纵囚"岂近于人情";继而从太宗与囚犯的心理断定,一方非施恩德,另一方亦非知信义,乃"上下交相贼以成此名";末言"必本于人情,不立异以为高,不逆情以干誉"。确实,健笔如刀,锋芒所向,无坚不摧。

王符曾《古文小品咀华》评语与金圣叹的一样,喜好形象的解说。评《送田画秀才宁亲万州序》云："无心出岫之云，忽然来鸣之鸟，皆于闲处见妙。欧公此文，情闲致逸，君从何处看得此无人态耶？"又评《伶官传论》的抑扬唱叹云："始为变徵之音，继为羽声慷慨，读之不觉起舞。"其他各家亦不乏笔墨生动、形象而极具说服力之评语，此亦不赘述。

其六，侧重源流传承的探讨：

方苞《古文约选·欧阳永叔文约选》评《与高司谏书》云："欧公苦心韩文，得其意趣，而门径则异。韩雄直，欧变而纡余；韩古朴，欧变而秀美。唯此篇骨法形貌皆与韩为近。"评《唐书·五行志论》云："欧公志、考论，皆持之有故，言之成理。其章法气韵乃自《史记》八书、诸表序论变化而出之。"又评《新五代史·职方考序》云："其机轴明学《史记·汉兴以来诸侯年表序》，特气韵古厚不及耳。鹿门乃谓太史公所欲为而不能，谬矣。"

清代评家重视探本溯源以明传承关系的，自然远不止方苞。如沈德潜评《记旧本韩文后》云："孟子后，韩子继其绪；韩子后，欧阳子继其绪。故韩子盛称孟子，欧阳子盛称韩子，不忘得力所自也。"[1]刘大櫆评《黄梦升墓志铭》云："欧公叙事之文，独得史迁风神。"[2]又如曾国藩评韩愈《送杨少尹序》云："唱叹抑扬，与《送王秀才序》略相类，欧公多似此种。"[3]

其七，侧重治政教化的宣传：

基于编者的身份与编书的宗旨，爱新觉罗·弘历的《唐宋文醇》，多宣传治政教化的内容。如评《本论》云："此文切中宋仁宗时政事之失。汉之不复于三代，人每为文、景叹；宋之遽衰

---

① 《唐宋八大家文读本》卷一二。
② 王文濡《评校音注古文辞类纂》卷八，中华书局，1923年。
③ 《曾文正公全集·读书录·韩昌黎集》，世界书局，1936年，第141页。

于神、哲,人亦每为仁、英惜。盖国无人焉,孰与为理?此《雅》诗所以颂美人君,必以贤才众多为辞。盖国家之福,天地之祥,诚莫大乎此也。"评《祭苏子美文》云:"仁宗逐苏舜钦辈,不使朝士以夸诞标榜相尚,所以维风端习,未为失也。特宜正王益柔侮慢圣贤之罪,而苏舜钦辈醉饱之过,则教而不怒。斯才士不至沉沦,而恹壬一网打尽之策,亦自不堕其术中矣。"

蔡世远《古文雅正》、毛庆蕃《古文学余》等亦颇从治政教化着眼。《古文雅正》如其书名,总评中多有关教化的"雅正"之语。评《五代史冯道传论》云:"取一绝无耻者,与极节烈者同论,不加点窜,自然成文。此等最有关风教。"评《吉州学记》云:"欧、曾学记,虽于道之大原未能洞彻,学者下手工夫未能亲切指示,然从经史中几经研究,议论正大,文笔茂美,卓然儒者之文。"评《泷冈阡表》云:"忠孝之文,起人歌泣。"《古文学余》评《五代史一行传叙论》云:"从《伯夷列传》来,然世变可知矣。又以见赵宋之兴,如复见天日之光也。"评《秋声赋》云:"欧公之世,宋之极盛也,而忽闻秋声,岂新法之始行耶?"

其八,侧重穷理格物的功夫:

张伯行《唐宋八大家文钞》卷首语称选文"不特以资学者作文之用,而穷理格物之功,即于此乎在"。其评《仲氏文集序》云:"以其不苟屈以求合于世,而许其为'知命之君子',信哉言乎!士若不知命,虽苟屈以求合于世,亦卒未能有合也,徒成其为小人而已。屈于一时而伸于后世,则君子何尝不可为哉!"评《章望之字序》云:"以'望'字作骨,见古今有许多人物阶级,士当自择而勉,不可与凡民同泯没于天地之间也。"江皋居士《古文经训》评《秋声赋》云:"用心之要,谋于理,愈返而愈静;逐于欲,愈纷而愈驰。劳逸休拙之故,亦视用心何如,非逐冥然寂守为得其养也。"其评文皆于穷理格物上下功夫。

　　需要指出的是,清代学者重视学术研究,熟谙古代历史、典章制度,受此影响,不少评家在审视前人成果时,具有锐利的学术眼光,而有纠谬补阙之功。仅以黄宗羲、何焯等评茅《钞》为例言之,黄宗羲《答张尔公论茅鹿门批评八家书》云:"欧公谓正统有时而绝,此是确论。鹿门特以为统之在天下,未尝绝也。如此必增多少附会,正统之说所以愈不明也。"又云:"薛简肃初举进士,为州第一,让其里人王严,而居其次。鹿门云:'宋制举进士何以得让?'宋制解试虽有主文考校,然尚有乡举里选之意,故得自相推让。凡举子,皆谓之进士,其中殿试者,谓之及第出身。鹿门不知宋制,而以今制赐进士者当之,故有此疑。"何焯在《义门读书记》中议及《资政殿学士尚书户部侍郎简肃薛公墓志铭》中"悉除故时王氏无名租"一句时写道:"王审之据闽时无名租也,茅谓即五代王建之后者谬。"

　　对于本朝选本,凡有不同意见者,清代古文评家也勇于发表自己的看法。争鸣使问题愈辩愈明。关于《丰乐亭记》,《古文评注便览》评曰:"茅评是篇为太守之文,真是引而不发……夫太守举动,一州之耳目属焉,在上之考察系焉。既不可放浪,又不可美言谀上;又不如台阁体,可以宏大;又不如散逸士,可以寒瘦萧疏。有此数难,故公命题时必通盘算过,及至执笔行文,只需切题便是。故《赏音》谓借事发感慨,《析义》谓小题做得大,皆未允协。盖既有今日太平安乐之滁,自有昔日干戈扰攘之滁,一反一正,法立而情生矣。"

　　(三)清代古文评兴盛的原因。

　　清代古文评家众多,古文选本形式多样,内容上又各有侧重,各具特色。欧文不仅政治内容、思想价值得到诸多评家的关注和解读,而且其艺术造诣,从谋篇立意、遣词造句直到表现手法、独特风格无不为评家所激赏和认真探讨。在弘扬欧公学术、总结欧公文学创作经验,尤其是突出欧公散文成就方面,清代古文评家无疑作出了杰出的贡献。清代古文评之兴盛,大致有如下的原因:

一是历史积淀的深厚。

由南宋兴起的古文评点到明代已得到长足的发展,为清代的趋于极盛奠定了良好的基础。南宋吕祖谦《古文关键》对所选文章加以简短的评语,此种模式后世一直遵循。而楼昉《崇古文诀》对古文中写作特色、表现手法和艺术风格的概括评说,也为后世诸多选本评语关注文章艺术的着笔,提供了生动的范例。明代茅坤编纂的《唐宋八大家文钞》的影响延及清代,乾隆皇帝曰:"明茅坤举唐宋两朝中昌黎、柳州、庐陵、三苏、曾、王八大家,荟萃其文各若干首行世,迄今操觚者脍炙之。"① 由此可见,御编《唐宋文醇》的编纂受到茅《钞》刊行长盛不衰的启发。就欧文而言,由宋迄清,相关评论不断深入,选本由少而多,内容自狭而广,类型由单一趋于多样,研究由一般趋于深刻。以欧阳修散文评点史观之,学术上集大成的清代,古文选评在广度和深度上都超过了过往,堪称鼎盛多彩。

二是科举考试的推动。

熟读古文名篇,从评点中领悟为文要领,能写一手好文章,自然有利于举业。方苞编《古文约选》,在序中,他提倡学习"唐宋八家之文,篇各一事,可择其尤。而所取必至约,然后义法之精可见……学者能切究于此,而以求《左》、《史》、《公》、《谷》、《语》、《策》之义法,则触类而通,用为制举之文,敷陈论策,绰有余裕矣"。读八家之文,可"触类而通",科举应试,"绰有余裕"。这样的读本对梦寐以求金榜题名的士子,不是太有吸引力了

---

① 爱新觉罗·弘历《唐宋文醇·序》。

吗？吴兴祚为从子楚材、从孙调侯编的《古文观止》作序,夸奖楚材"潜心力学,工举业",云:"二子寄余《古文观止》一编,阅其选,简而该,评注详而不繁,其审音辨字,无不精切而确当……以此正蒙养而裨后学,厥功岂浅鲜哉!"这本康熙年间刊行的古文读本,收录了大量唐宋八家之文,与《唐诗三百首》并为最受欢迎的启蒙读物,一再翻刻,长盛不衰,这跟它能"正蒙养"而有利举业自然有很大关系。

三是桐城派复兴古文的影响。

方苞、刘大櫆、姚鼐桐城三祖,均极重视古文写作与评论,他们分别编有《古文约选》、《海峰先生精选八家文钞》和《古文辞类纂》,都颇有影响。特别是《古文辞类纂》,按文体编列,以简驭繁,分十三类;选文亦较妥当,多有精品,故深受欢迎。后林纾编有《古文辞类纂选本》、吴闿生编有《古文范》、李刚已撰有《古文辞约编》,都有甚多精彩的评语。王文濡还搜集了不少评语,附于原文之后,编就《评校音注古文辞类纂》,亦为众多读者所喜爱。这些评语的作者,包括梅曾亮、张裕钊、吴汝纶等人皆是桐城派中古文成就之佼佼者。曾国藩编有《经史百家杂钞》和《古文四象》,为扩大古文的影响,也作出了贡献。至于桐城派人士所撰文话亦颇有影响,其著名者,有姚范的《援鹑堂笔记》、吴德旋的《初月楼古文绪论》、姚永朴的《文学研究法》等。

四是最高统治者的重视。

《四库全书》有康熙皇帝御选《古文渊鉴》、乾隆皇帝御选《唐宋文醇》即是明证。《古文渊鉴》由徐乾学等奉旨编注,若干篇目有康熙御评。该书选收先秦至宋代散文,主要是诏令、札子、书、论、序、记等等,皆为训导臣民以有利统治之内容。如录欧文29篇,记体文取《吉州学记》、《王彦章画像记》、《丰乐亭记》3篇,意在宣扬崇文兴学、忠于国君及圣上功德。又,此书欧文仅有 1 卷，而曾巩文收了近 2 卷（其一为曾巩、曾肇合卷），朱熹收了 3 卷，可见此书旨在加强封建教化的功能。康熙作序云："夫帝王之道，质文互用，而大化以成；圣贤之业，博约并施，而性功以备。"《唐宋文醇》参照储欣的选文，主要收录唐宋八家的作品，诸篇皆有乾隆皇帝的评语。从作者人数及作品数量上看，宋代皆远多于唐代。如韩、柳、欧、苏四家，收有作品 43 卷，其中韩 10 卷、柳 8 卷，而欧、苏各收了 12 及 13 卷。最高统治者的带头示范，对古文选评专书的涌现，自然起了极大的作用。

# 参考文献

## 一、著作类

程树德集释《论语集释》，中华书局，1990 年。

清郭庆藩集释《庄子集释》，中华书局，1961 年。

汉司马迁《史记》，中华书局，1973 年。

魏曹植《曹子建集》，《四部丛刊》本。

晋嵇康《嵇中散集》，《四部丛刊》本。

晋陈寿《三国志》，《文渊阁四库全书》本。

晋陆云《陆士龙文集》，《四部丛刊》本。

南朝宋鲍照《鲍氏集》，《四部丛刊》本。

南朝梁萧统《梁昭明太子集》，《四部丛刊》本。

南朝梁江淹《江文通集》，《四部丛刊》本。

南朝陈徐陵《徐孝穆集》，《四部丛刊》本。

北朝西魏庾信《庾子山集》，《四部丛刊》本。

唐王勃《王子安集》，《四部丛刊》本。

唐卢照邻《幽忧子集》，《四部丛刊》本。

唐骆宾王《骆宾王文集》，《四部丛刊》本。

唐陈子昂《陈伯玉文集》，《四部丛刊》本。

唐张九龄《曲江张先生文集》，《四部丛刊》本．

唐李白撰、宋杨齐贤集注、元萧士赟补注《分类补注李太白诗》，《四部丛刊》本。

唐元结《元次山文集》,《四部丛刊》本。

唐颜真卿《颜鲁公文集》,《四部丛刊》本。

唐权德舆《权载之文集》,《四部丛刊》本。

唐韩愈《朱文公校韩昌黎先生集》,《四部丛刊》本。

唐韩愈著、马其昶校注、马茂元整理《韩昌黎文集校注》,上海古籍出版社,1998 年。

唐柳宗元《增广注释音辨柳先生集》,《四部丛刊》本。

唐柳宗元《柳河东集》,上海人民出版社,1974 年。

唐刘禹锡《刘梦得文集》,《四部丛刊》本。

唐刘禹锡《刘宾客文集》,《文渊阁四库全书》本。

唐吕温《吕和叔文集》,《四部丛刊》本。

唐张籍《张司业集》,《文渊阁四库全书》本。

唐皇甫湜《皇甫持正文集》,《四部丛刊》本。

唐李翱《李文公集》,《四部丛刊》本。

唐欧阳詹《欧阳行周集》,《四部丛刊》本。

唐孟郊《孟东野诗集》,《四部丛刊》本。

唐沈亚之《沈下贤文集》,《四部丛刊》本。

唐李德裕《李文饶文集》,《四部丛刊》本。

唐元稹《元氏长庆集》,《四部丛刊》本。

唐白居易《白氏长庆集》,《四部丛刊》本。

唐杜牧《樊川文集》,《四部丛刊》本。

唐李商隐《李义山文集》,《四部丛刊》本。

唐刘蜕《刘蜕集》,《四部丛刊》本。

唐孙樵《孙樵集》,《四部丛刊》本。

唐皮日休《皮子文薮》,《四部丛刊》本。

唐司空图《司空表圣文集》,《四部丛刊》本。

唐黄滔《黄御史公集》,《四部丛刊》本。

南唐徐铉《徐公文集》,《四部丛刊》本。

宋李昉等编《文苑英华》,《文渊阁四库全书》本。

宋柳开《河东先生集》,《四部丛刊》本。

宋王禹偁《小畜集》,《四部丛刊》本。

宋穆修《河南穆公集》,《四部丛刊》本。

宋范仲淹《范文正公集》,《四部丛刊》本。

宋孙复《孙明复小集》,《问经精舍》本。

宋尹洙《河南先生文集》,《四部丛刊》本。

宋欧阳修《欧阳文忠公集》,《四部丛刊》本。

宋欧阳修著、洪本健校笺《欧阳修诗文集校笺》,上海古籍出版社,2009 年。

宋欧阳修著、〔日〕东英寿考校、洪本健笺注《新见欧阳修九十六篇书简笺注》,上海古籍出版社,2014 年。

宋欧阳修《新五代史》,中华书局,1974 年。

宋梅尧臣《宛陵集》,《文渊阁四库全书》本。

宋苏舜钦著,傅平骧、胡问陶编年校注《苏舜钦集编年校注》,巴蜀书社,1990 年。

宋韩琦《安阳集》,《文渊阁四库全书》本。

宋苏洵著,曾枣庄、金成礼笺注《嘉祐集笺注》,上海古籍出版社,1993 年。

宋祖无择《龙学文集》,《文渊阁四库全书》本。

宋司马光《温国文正司马公文集》,《四部丛刊》本。

宋司马光《涑水记闻》,《学津讨原》本。

宋司马光《资治通鉴》,《文渊阁四库全书》本。

宋曾巩《曾巩集》,中华书局,1984 年。

宋宋敏求《春明退朝录》,中华书局,1980 年。

宋刘敞《公是集》,《武英殿聚珍版丛书》本。

宋苏颂《苏魏公文集》,1925 年石印本。

宋文莹《湘山野录》,《学津讨原》本。

宋王安石《临川先生文集》,《四部丛刊》本。

宋强至《祠部集》,《武英殿聚珍版丛书》本。

宋沈括《梦溪笔谈》,中华书局,1959 年。

宋王辟之《渑水燕谈录》,中华书局,1981 年。

宋苏轼《苏轼文集》,中华书局,1986 年。

宋苏轼《经进东坡文集事略》,文学古籍刊行社,1957 年。

宋李之仪《姑溪居士集》,1911 年刊本。

宋苏辙《栾城集》,上海古籍出版社,1987 年。

宋苏辙《龙川别志》,中华书局,1982 年。

宋黄庭坚《豫章黄先生文集》,《四部丛刊》本。

宋毕仲游《西台集》,《武英殿聚珍版丛书》本。

宋陈师道《后山集》,《文渊阁四库全书》本。

宋陈师道《后山谈丛》,《宝颜堂秘籍续集》本。

宋陈师道《后山诗话》,《历代诗话》本。

宋张耒《柯山集》,《武英殿聚珍版丛书》本。

宋张耒《柯山集拾遗》,《武英殿聚珍版丛书》本。

宋邵伯温《邵氏闻见录》,中华书局,1983 年。

宋李廌《济南先生师友谈记》,陶氏涉园影刻宋刊左氏《百川学海》本。

宋郭若虚《图画见闻志》,《文渊阁四库全书》本。

宋晁说之《嵩山文集》,《四部丛刊》本。

宋惠洪《石门文字禅》,《四部丛刊》本。

宋吴坰《五总志》,《知不足斋丛书》本。

宋吴则礼《北湖集》,南城李氏宜秋馆校刊宋人集乙编本。

宋孙逢吉《职官分纪》,《文渊阁四库全书》本。

宋叶梦得《避暑录话》,《学津讨原》本。

宋叶梦得《石林诗话》,《历代诗话》本。

宋叶梦得《石林燕语》,中华书局,1984 年。

宋邵博《邵氏闻见后录》,中华书局,1983 年。

宋徐度《却扫编》,《学津讨原》本。

宋员兴宗《九华集》,《四库全书珍本初集》本。

宋施德操《北窗炙輠录》,《学海类编》本。

宋江少虞《宋朝事实类苑》,上海古籍出版社,1981 年。

宋张邦基《墨庄漫录》,《丛书集成》本。

宋朱胜非《绀珠集》,《文渊阁四库全书》本。

宋李纲《梁溪集》,《文渊阁四库全书》本。

宋吕本中《童蒙诗训》,《宋诗话辑佚》本。

宋张戒《岁寒堂诗话》,《武英殿聚珍版丛书》本。

宋朱弁《曲洧旧闻》,《丛书集成》本。

宋陈善《扪虱新语》,《儒学警悟》本。

宋曾慥《类说》,《文渊阁四库全书》本。

宋董逌《广川书跋》,《适园丛书》本。

宋王灼《碧鸡漫志》,《知不足斋丛书》本。

宋胡仔《苕溪渔隐丛话》,《文渊阁四库全书》本。

宋吴曾《能改斋漫录》,中华书局,1960 年。

宋晁公武《郡斋读书志》,上海古籍出版社,1990 年。

宋魏泰《东轩笔录》,中华书局,1983 年。

宋王十朋《梅溪王先生文集》,《四部丛刊》本。

宋李焘《续资治通鉴长编》,清光绪七年浙江书局刊本。

宋林之奇《拙斋文集》,《文渊阁四库全书》本。

宋张镃《仕学规范》,《文渊阁四库全书》本。

宋葛立方《韵语阳秋》,《历代诗话》本。

宋王称《东都事略》,《文渊阁四库全书》本。

宋洪遵《翰苑群书》,《文渊阁四库全书》本。

宋洪迈《容斋随笔》,中华书局,2005年。

宋陆游《老学庵笔记》,中华书局,1979年。

宋周必大《庐陵周益国文忠公集》,清道光二十八年瀛塘别墅刊本。

宋王明清《挥麈录》,中华书局,1961年。

宋杨万里《诚斋集》,《四部丛刊》本。

宋杨万里《诚斋策问》,《豫章丛书》本。

宋朱熹《晦庵先生朱文公文集》,《四部丛刊》本。

宋朱熹《朱子语类》,清同治壬申刊本。

宋朱熹《宋名臣言行录》,《文渊阁四库全书》本。

宋朱熹编《二程遗书》,《文渊阁四库全书》本。

宋吕祖谦《古文关键》,日本刊本。

宋吕祖谦《宋文鉴》,中华书局,1992年。

宋楼钥《攻媿集》,《四部丛刊》本。

宋陈傅良《止斋先生文集》,《四部丛刊》本。

宋陈亮《龙川文集》,明崇祯癸酉刊本。

宋王楙《野客丛书》,《丛书集成》本。

宋林光朝《艾轩集》,《四库全书珍本初集》本。

宋叶适《水心集》,《文渊阁四库全书》本。

宋叶适《习学记言序目》,中华书局,1977年。

宋周煇《清波杂志》,《知不足斋丛书》本。

宋孙奕《履斋示儿编》,《知不足斋丛书》本。

宋赵彦卫《云麓漫钞》,《丛书集成》本。

宋韩淲《涧泉日记》,《武英殿聚珍版丛书》本。

宋楼昉《崇古文诀》,《文渊阁四库全书》本。

宋费衮《梁溪漫志》,涵芬楼刊本。

宋李淦《文章精义》,王水照主编《历代文话》本,复旦大学出版社,2007 年。

宋吴子良《荆溪林下偶谈》,《宝颜堂秘籍续集》本。

宋张侃《拙轩集》,《四库全书珍本初集》本。

宋张世南《游宦纪闻》,中华书局,1981 年。

宋刘克庄《后村先生大全集》,《四部丛刊》本。

宋祝穆《古今事文类聚》,《文渊阁四库全书》本。

宋罗大经《鹤林玉露》,中华书局,1983 年。

宋王柏《鲁斋集》,《文渊阁四库全书》本。

宋赵孟坚《彝斋文编》,《文渊阁四库全书》本。

宋陈振孙《直斋书录解题》,《武英殿聚珍版丛书》本。

宋黄震《黄氏日钞》,耕馀楼刊本。

宋姚勉《雪坡集》,《文渊阁四库全书》本。

宋王应麟《困学纪闻》,商务印书馆,1959 年。

宋谢枋得《文章轨范》,清同治五年刊本。

宋马廷鸾《秋声集》,《文渊阁四库全书》本。

宋王炎午《吾汶稿》,《文渊阁四库全书》本。

金王庭筠《黄华集》,《辽海丛书》本。

金赵秉文《闲闲老人滏水文集》,《四部丛刊》本。

金王若虚《滹南遗老集》,《四部丛刊》本。

金元好问《元好问全集》,山西古籍出版社,2004 年。

金元好问编《中州集》,中华书局,1962 年。

金刘祁《归潜志》,中华书局,1983 年。

金郝经《郝文忠公陵川文集》,《四部丛刊》本。

元王恽《秋涧先生大全文集》,《四部丛刊》本。

元方回《桐江续集》,《文渊阁四库全书》本。

元方回选评、李庆甲集评校点《瀛奎律髓》，上海古籍出版社，1986年。

元姚燧《牧庵集》，《四部丛刊》本。

元刘壎《隐居通议》，《文渊阁四库全书》本。

元戴表元《剡源戴先生文集》，《四部丛刊》本。

元赵孟頫《松雪斋文集》，《四部丛刊》本。

元袁桷《清容居士集》，《四部丛刊》本。

元陶宗仪《南村辍耕录》，中华书局，1959年。

元陶宗仪《说郛》，《文渊阁四库全书》本。

元虞集《道园学古录》，《四部丛刊》本。

元柳贯《待制集》，《文渊阁四库全书》本。

元刘将孙《养吾斋集》，《文渊阁四库全书》本。

元吴师道《礼部集》，《文渊阁四库全书》本。

元黄镇成《秋声集》，《文渊阁四库全书》本。

元王冕《竹斋集》，《文渊阁四库全书》本。

元祝尧《古赋辨体》，《文渊阁四库全书》本。

元苏天爵《滋溪文稿》，中华书局，1997年。

元苏天爵编《元文类》，《四部丛刊》本。

元欧阳玄《圭斋文集》，《文渊阁四库全书》本。

元脱脱等《宋史》，中华书局，1977年。

元戴良《九灵山房集》，《四部丛刊》本。

元刘因《静修集》，《文渊阁四库全书》本。

元马端临《文献通考》，《四部丛刊》本。

元吴海《闻过斋集》，《嘉业堂丛书》本。

明宋濂《文宪集》，《文渊阁四库全书》本。

明朱右《白云稿》，《文渊阁四库全书》本。

明谢肃《密庵集》，《文渊阁四库全书》本。

明赵汸《东山存稿》,《文渊阁四库全书》本。

明徐一夔《始丰稿》,《文渊阁四库全书》本。

明王祎《王忠文集》,《文渊阁四库全书》本。

明方孝孺《逊志斋集》,《四部丛刊》本。

明王偁《虚舟集》,《文渊阁四库全书》本。

明杨士奇《东里文集》,清光绪三年刊本。

明吴讷《文章辨体序说》,人民文学出版社,1982 年。

明倪谦《倪文僖集》,《文渊阁四库全书》本。

明何乔新《椒邱文集》,《文渊阁四库全书》本。

明何乔新《何文肃椒丘先生策府群玉文集》,清雍正九年刊本。

明吴宽《匏翁家藏集》,《四部丛刊》本。

明徐柏龄《蟫精隽》,《文渊阁四库全书》本。

明程敏政《篁墩文集》,《文渊阁四库全书》本。

明李东阳《怀麓堂集》,清康熙二十年刊本。

明王鏊《震泽长语》,《宝颜堂秘籍普集》本。

明郑瑗《井观琐言》,《宝颜堂秘籍续集》本。

明李梦阳《空同集》,明万历壬寅刊本。

明崔铣《洹词》,清乾隆三十六年刊本。

明陈元植《苏长公集选》,明万历刊本。

明安磐《颐山诗话》,《文渊阁四库全书》本。

明杨慎《丹铅总录》,明嘉靖三十三年甲寅门人梁佐校刊本。

明杨慎《升庵集·论文》,王水照主编《历代文话》本,复旦大学出版社,2007 年。

明杨慎《辞品》,《续修四库全书》本,上海古籍出版社,2002 年。

明杨守阯《碧川文选》,《四明丛书》本。

明何良俊《四友斋丛说》,中华书局,1959 年。

明归有光《震川先生集》,上海古籍出版社,1981 年。

明归有光《欧阳文忠公文选》,清刊本。

题明归有光编《唐宋四大家文选》,日本明治十二年宝文阁刻本。

明归有光《古文举例》,清光绪乙巳邹寿祺重辑昆山归氏本。

明归有光《文章指南》,清光绪二年闰五月皖江节署刊本。

明唐顺之《荆川稗编》,王水照主编《历代文话》本,复旦大学出版社,2007 年。

明茅坤《唐宋八大家文钞》,皖省聚文堂重校刊本。

明茅坤《唐宋八大家文钞》,《文渊阁四库全书》本。

明茅坤《茅鹿门先生文集》,明刊本。

明王文禄《文脉》,《百陵学山》本。

明徐师曾《文体明辨序说》,人民文学出版社,1982 年。

明王世贞《弇州四部稿》,《文渊阁四库全书》本。

明王世贞《弇州山人续稿》,明崇祯刊本。

明王世贞《艺苑卮言》,《文渊阁四库全书》本。

明王世贞《读书后》,清乾隆丙子刊本。

明薛瑄《敬轩文集》,《文渊阁四库全书》本。

明胡应麟《少室山房集》,《文渊阁四库全书》本。

明董其昌《画禅室随笔》,中国书店,1983 年。

明张志淳《南园漫录》,《文渊阁四库全书》本。

明张萱《疑耀》,《丛书集成》本。

明江盈科《雪涛诗评》,陈继儒编《古今诗话》本。

明袁宗道《白苏斋类集》,清刊本。

明袁宏道《袁中郎全集》,上海杂志公司 1935 年版。

明袁中道《珂雪斋集选》,明万历戊午刊本。

题明孙鑛、钟惺选《唐宋八大家文钞选》,明末刘肇庆发祥堂刊本。

明钟惺《唐宋十二大家文归》,明刻本。

明艾南英《天傭子集》,清康熙己卯重刻本。

明陈邦瞻《宋史纪事本末》,《文渊阁四库全书》本。

明徐应秋《玉芝堂谈荟》,《文渊阁四库全书》本。

明方以智《通雅》,清光绪庚辰刊本。

明李长祥《天问阁文集》,南林刘氏求恕斋刊本。

清钱谦益《牧斋初学集》,《四部丛刊》本。

清钱谦益《牧斋有学集》,《四部丛刊》本。

清黄宗羲《南雷文案》,《四部丛刊》本。

清黄宗羲《金石要例》,《丛书集成》本。

清顾炎武《顾亭林诗文集》,中华书局,1959 年。

清顾炎武《日知录》,清光绪三年刊本。

清冯班《钝吟杂录》,《丛书集成》本。

清朱鹤龄《愚庵小集》,上海古籍出版社 1979 年影印本。

清朱鹤龄《读左日钞》,《文渊阁四库全书》本。

清傅山《霜红龛集》,清宣统三年山阳丁氏刊本。

清金圣叹《金圣叹全集》,上海锦文堂据唱经堂原本校印。

清金圣叹《评注才子古文》,江左书林 1914 年石印本。

清吴伟业《梅村家藏稿》,《四部丛刊》本。

清魏裔介《兼济堂集》,《畿辅丛书》本。

清汪懋麟《百尺梧桐阁集》,上海古籍出版社 1980 年影印本。

清侯方域《壮悔堂集》,《四部备要》本。

清孙枝蔚《溉堂集》,上海古籍出版社 1979 年影印本。

清毛奇龄《西河合集》,《续修四库全书》本,上海古籍出版社,2002 年。

清汪琬《尧峰文钞》,《四部丛刊》本。

清魏禧《魏叔子文集》,易堂刊本。

清王符曾《古文小品咀华》,书目文献出版社,1983 年。

清孙琮《山晓阁选宋大家欧阳庐陵全集》,清康熙刊本。

清赵士麟《读书堂全集》,《云南丛书》本。

清朱彝尊《曝书亭集》,《四部备要》本。

清储欣《唐宋十大家全集录》,清光绪壬午江苏书局重刊本。

清储欣《唐宋八大家类选》,清光绪壬辰湖北官书处重刊本。

清钟渊映《历代建元考》,《文渊阁四库全书》本。

清王士禛《池北偶谈》,中华书局,1982 年。

清陈廷敬《午亭文编》,《文渊阁四库全书》本。

清田雯《古欢堂集》,《清诗话续编》本。

清管竭忠《开封府志》,《文渊阁四库全书》本。

清谢有辉《古文赏音》,清康熙五十四年刊本。

清张伯行《唐宋八大家文钞》,《丛书集成》本。

清何焯《义门读书记》,中华书局,1987 年。

清林云铭《古文析义》,清康熙丙申刊本。

清方苞《方苞集》,上海古籍出版社,1983 年。

清方苞《古文约选》,清同治乙巳望三益斋丛刊本。

清吴楚材、吴调侯《古文观止》,文学古籍刊行社,1956 年。

清沈德潜《沈归愚诗文全集》,教忠堂刊本。

清沈德潜《唐宋八大家文读本》,清光绪壬寅年宁波汲绠斋石印本。

清李绂《穆堂初稿》,清乾隆庚申刊本。

清吕留良、吕葆中《唐宋八家古文精选》,清康熙甲申吕氏家塾刊本。

清浦起龙《古文眉诠》，静寄东轩刊本。

清蔡世远《古文雅正》，清光绪乙巳宏道堂丛刊本。

清王应奎《柳南随笔》，中华书局，1983年。

清余诚《古文释义》，上海锦章图书局石印本。

清厉鹗《宋诗纪事》，《文渊阁四库全书》本。

清郑燮《郑板桥集》，中华书局，1962年。

清爱新觉罗·弘历《唐宋文醇》，清光绪三年浙江书局重刊本。

清刘大櫆《论文偶记》，人民文学出版社，1959年。

清袁枚《小仓山房诗文集》，《四部备要》本。

清袁枚《随园随笔》，《续修四库全书》本，上海古籍出版社，2002年。

清蔡上翔《王荆公年谱考略》，上海人民出版社，1973年。

清纪昀《纪文达公遗集》，清宣统二年上海保粹楼石印本。

清纪昀等《钦定历代职官表》，《文渊阁四库全书》本。

清赵翼著、王树民校证《廿二史劄记校证》，中华书局，2013年。

清王太岳、曹锡保等《四库全书考证》，《文渊阁四库全书》本。

清鲁九皋《山木居士文集》，清道光十四年桐华书屋重刊本。

清李调元《童山文集》，《丛书集成》本。

清章学诚《文史通义》，北京古籍出版社1956年版。

清张廷玉《明史》，《二十五史》本，上海古籍出版社、上海书店，1986年。

清永瑢等《四库全书总目》，中华书局，1965年。

清彭绍升《二林居集》，清光绪辛巳刊本。

清钱兆鹏《述古堂集》，1912年鄂官书处重刊本。

清邵长蘅《邵子湘全集》，青门草堂刊本。

清恽敬《大云山房文稿》，《四部丛刊》本。

清凌扬藻《蠡勺编》,《丛书集成》本。

清张惠言《茗柯文三编》,《四部丛刊》本。

清方东树《昭昧詹言》,人民文学出版社,1961 年。

清陆继辂、魏襄《河南洛阳县志》,《文渊阁四库全书》本。

清俞正燮《癸巳存稿》,商务印书馆,1957 年。

清管同《因寄轩文集》,清光绪己卯重刊本。

清王赠芳《慎其余斋文集》,清咸丰甲寅留香书屋刊本。

清刘开《孟涂文集》,扫叶山房石印本。

清梅曾亮《柏枧山房集》,清咸丰六年刊本。

清张金吾《金文最》,中华书局,1990 年。

清方履篯《万善花室文稿》,《丛书集成》本。

清陆以湉《冷庐杂识》,中华书局,1984 年。

清秦笃辉《平书》,《湖北丛书》本。

清吴敏树《柈湖文集》,清光绪辛巳思贤讲舍刊本。

清蒋湘南《七经楼文钞》,陕西教育图书社 1920 年排印本。

清曾国藩《曾文正公全集》,世界书局,1936 年。

清曾国藩《曾文正公书札》,《续修四库全书》本,上海古籍出版社,2002 年。

清刘熙载《艺概》,上海古籍出版社,1978 年。

清邓绎《藻川堂谭艺》,清光绪四年刊本。

清方宗诚《柏堂集》,《柏堂遗书》光绪刻本。

清李元度《天岳山馆文钞》,清光绪六年刊本。

清谢章铤《赌棋山庄馀集》,1918 年刊本。

清李慈铭《越缦堂读书记》,中华书局,1963 年。

清方濬师《退一步斋文集》,文海出版社,1969 年。

清徐士銮《宋艳》,上海进步书局印行笔记小说大观本。

清吴汝纶《桐城吴先生文集》,《续修四库全书》本,上海古籍出版社,2002 年。

清林纾《畏庐文集》,商务印书馆,1927 年。

清林纾《春觉斋论文》,人民文学出版社,1959 年。

清林纾《古文辞类纂选本》,商务印书馆,1926 年。

清毛庆蕃《古文学馀》,清光绪戊申刊本。

清唐文治《古人论文大义》,清宣统元年刊本。

清姚永朴《文学研究法》,商务印书馆,1933 年。

清李刚己《古文辞约编》,1917 年刊本。

清梁启超《王安石评传》,国学整理社,1935 年。

高步瀛《唐宋文举要》,上海古籍出版社,1982 年。

清王文濡《评校音注古文辞类纂》,中华书局,1923 年。


吴文治《柳宗元资料汇编》,中华书局,1964 年。

傅永魁、周到《巩县石窟寺·北宋皇陵·杜甫故里》,中州书画社,1981 年。

朱金顺编《朱自清研究资料》,北京师范大学出版社,1981 年。

吴文治《韩愈资料汇编》,中华书局,1983 年。

邓广铭、程应镠主编《中国历史大辞典·宋史卷》,上海辞书出版社,1984 年。

王运熙、顾易生主编《中国文学批评史》,上海古籍出版社,1985 年。

叶百丰《韩昌黎文汇评》,正中书局,1990 年。

洪本健《醉翁的世界:欧阳修评传》,中州古籍出版社,1990 年。

程千帆、吴新雷《两宋文学史》,上海古籍出版社,1991 年。

洪本健《宋文六大家活动编年》,华东师大出版社,1993 年。

钱基博《中国文学史》,中华书局,1993年。

四川大学中文系唐宋文学研究室《苏轼资料汇编》,中华书局,1994年。

陈祥耀《唐宋八大家文说》,福建教育出版社,1995年。

洪本健《欧阳修资料汇编》,中华书局,1995年。

孙望、常国武主编《宋代文学史》,人民文学出版社,1996年。

王水照主编《宋代文学通论》,河南大学出版社,1997年。

朱自清《朱自清全集》,江苏教育出版社,1998年。

杨渭生等《两宋文化史研究》,杭州大学出版社,1998年。

朱自清《经典常谈》,上海古籍出版社,1999年。

白寿彝总主编《中国通史》,上海人民出版社,1999年。

孙琴安《中国评点文学史》,上海社会科学院出版社,1999年。

郭预衡《中国散文史》,上海古籍出版社,2000年。

郭预衡主编《中国古代文学史长编》,首都师范大学出版社,2000年。

夏传才主编《诗经研究丛刊(第二辑)》,学苑出版社,2002年。

郭良夫编《完美的人格——朱自清的治学和为人》,清华大学出版社,2003年。

谭家健《中国古代散文史稿》,重庆出版社,2006年。

刘德清《欧阳修纪年录》,上海古籍出版社,2006年。

王水照主编《历代文话》,复旦大学出版社,2007年。

王水照《苏轼选集》,上海古籍出版社,1984年。

王达敏《姚鼐与乾嘉学派》,学苑出版社,2007年。

## 二、论文类

邹自振《艾南英及其散文理论与创作》,《苏州大学学报》（哲学社会科学版）1995 年第 2 期。

许结《金源的赋学》,《西南师范大学学报》（哲学社会科学版）1996 年第 4 期。

朱迎平《宋文发展整体观及南宋散文评价》,《复旦学报》（社会科学版）1998 年第 4 期。

黄一权《"六一风神"称谓的来源及其阐释》,《中国文学研究》1998 年第 4 期。

周明《论"六一风神"——欧阳修散文的审美特质》,《江苏教育学院学报》（社会科学版）1999 年第 3 期。

熊礼汇《唐宋派新论》,《文学评论》2000 年第 3 期。

夏咸淳《〈唐宋八大家文钞〉与明代唐宋派》,《天府新论》2002 年第 3 期。

孙杰《欧阳修文选编刊小史》,复旦大学硕士学位论文,2002 年。

祝尚书《〈欧苏手简〉考》,《中国典籍与文化》2003 年第 3 期。

马茂军《庐陵学与六一风神》,《东南大学学报》（哲学社会科学版）2004 年第 4 期。

周潇《明中叶"前七子"文学复古运动与阳明心学之关系》,《上海师范大学学报》（哲学社会科学版）2004 年第 4 期。

刘浦江《"五德终始"说之终结——兼论宋代以降传统政治文化的嬗变》,《中国社会科学》2006 年第 2 期。

朱迎平《宋文文体演变论略》,《中山大学学报》（社会科学版）2007 年第 5 期。

张德建《"欧学"与明初台阁文学》,《天津师范大学学报》

（社会科学版）2008 年第 1 期。

　　付琼《唐宋八大家选本在明清时期的衍生和流行》,《中国社会科学院研究生院学报》2008 年第 4 期。

　　付琼《明人所辑唐宋八大家选本版本知见录》,《兰州学刊》2010 年第 1 期。

　　杨亮《袁桷与元代散文创作》,《南京师范大学文学院学报》2010 年第 1 期。

　　夏汉宁《从历代古文选本看欧阳修散文的经典化过程》,《江西社会科学》2010 年第 3 期。

　　刘尊举《唐宋派文学思想发展的几个理论维度》,《南开大学学报》（哲学社会科学版）2010 年第 5 期。

　　付琼《清人所辑唐宋八大家选本版本知见录》,《兰州学刊》2010 年第 6 期。

　　程宇静《欧阳修"文宗"形象的构建与衍变》,河北师范大学硕士学位论文,2010 年。

　　刘宁《叙事与"六一风神"——由茅坤"风神"观切入》,《文学遗产》2011 年第 2 期。